Jane Austen

EMMA

LADY SUSAN

Traductor: Benjamin Briggent

Diseño de cubierta: Marta Martín Juanes
Maquetación: Saul Rojas Blonval

Edita: Plutón Ediciones X, s. l.,

E-mail: contacto@plutonediciones.com
http://www.plutonediciones.com

I.S.B.N: 978-84-10233-63-8
Depósito Legal: B-16578-2024

Impreso en España / Printed in Spain

Estudio Preliminar

La inglesa Jane Austen vino al mundo en Hampshire en 1775. Su padre era párroco de la Rectoría de Steventon, de la que llegaría a ser deán. Su madre era de origen aristocrático. Jane fue la penúltima de ocho hijos (seis chicos y dos chicas).

Se educó en la Rectoría paterna, en donde transcurrirían veinticinco años de su vida y donde se impregnó de la vida rural que tanto reflejaría en su obra. Es allí donde, en contacto con la quietud del lugar, se acrecentará en Jane el amor por la lectura, por la literatura en general y por la creación literaria.

Salvo una pequeña estancia durante un año en la escuela de Oxford junto con su hermana Casandra, Jane se formó en la biblioteca de su padre, en donde leyó a los principales autores ingleses como Shakespeare, Milton, Pope, Grey, Hume… acompañada de las lecturas de sus contemporáneos Johnson y Goldsmith, así como de los novelistas Fielding, Richardson, Sterne y también novelistas femeninas inglesas.

Durante el período de 1787 a 1795 escribió veintinueve obras breves en forma de cuentos que redactó como entretenimiento para sus hermanos. Antes de los veinticinco años, inició su primera novela, a la que dio varios títulos como *Primeras Impresiones* y que, muchos años más tarde, antes de salir de la imprenta, cambiaría por el de *Orgullo y Prejuicio.*

Un año después escribió en forma epistolar *Elionor y Marianne*, que transformaría en *Sentido y Sensibilidad* y *Susan*, que publicaría como *La Abadía de Northanger.* Todas ellas recreadas durante su vida en Steventon. Sin embargo, ninguna sería publicada hasta mucho más tarde, poco antes de su muerte.

A los veinticinco años se trasladó a Bath en donde captaría para sus descripciones las costumbres de dos de las clases sociales más significativas de Inglaterra: la *gentry* (pequeña nobleza) y la *clergy* (el clero).

Mucho se ha escrito sobre sus fracasadas relaciones sentimentales de las que tuvo varias sin llegar al matrimonio. Jane combatirá estos fracasos con mucha cordura y humor y así pudo soportar la muerte de su padre y el incierto futuro familiar que Jane reflejó en *Sentido y Sensibilidad* y más tarde en *Emma* (escrita entre 1814 y 1815, y publicada en 1816).

Fuente importante para reconstruir su vida fueron las cartas escritas por Jane, la mayoría de las cuales se dirigieron a su hermana Casandra.

Tras una estancia en Southampton con la novela *Lady Susan* empezada, la muerte de la mujer de su hermano Edward cambió los planes familiares al tener que cuidar de sus once hijos. Jane y su madre se mudaron para ello a Chawton, en Hampshire. Sería allí donde revisaría para su publicación final *Sentido y Sensibilidad* y *Orgullo y Prejuicio* y finalizó *Mansfield Park*, *Emma* y *Persuasión*, quedando incompleta *Sanditon* (no se editaría hasta 1925).

Tras una nueva estancia en Londres, a partir de 1816 comenzó a aquejarle la enfermedad que iba a llevarla al sepulcro, una especie de tuberculosis ósea que la obligó a una inactividad total, aquejada de agudos dolores. Falleció en Winchester en 1817, en brazos de su hermana Casandra a los cuarenta y un años de edad.

EMMA

Fue publicada en 1816. Los críticos reconocen que *Emma* está reconstruida con una gran habilidad. El estudio de sus personajes es muy complejo (Austen había madurado y la escribió pocos años antes de su muerte). La autora revela en ella una actitud más profunda y posiblemente más benévola que en sus obras anteriores.

La originalidad argumental estriba en que, en ella, Emma, la protagonista, una joven veinteañera, inteligente, sin ninguna capacidad de cambiar su rutina diaria, que vive con su padre (un hipocondríaco egoísta de tomo y lomo, cuya única preocupación es su salud y al que su hija atiende con exquisita paciencia), está empeñada en hacer de casamentera de sus amistades y relaciones y al ocuparse de estos asuntos se olvida de atender sus propios sentimientos.

Emma se enfrenta a un vacío en su vida: ¿Cómo ayudar a los demás a tener una vida que ella cree tan perfecta como la suya?

Esta convicción se apoya en que Emma, a diferencia de las protagonistas de las otras novelas de Austen, cuenta con amplios recursos financieros, por lo que no siente la necesidad de casarse con un hombre rico, prácticamente el único camino de las jóvenes de entonces, y no alberga ningún interés romántico hacia ellos. Hasta se sorprende cuando alguien le declara su amor. Su capricho por cierto caballero determinado representa más un deseo de poner drama a su monótona existencia que un auténtico amor romántico.

Solo cuando una de sus amigas revela su interés por su amigo, confidente y crítico demoledor (mucho mayor que ella), cuya sinceridad llevará a echarle en cara su arrogancia y despotismo, Emma se dará cuenta de sus propios sentimientos.

La novela es como una muda protesta contra la estrecha perspectiva vital de una mujer de su época, soltera y sin hijos.

Como las otras obras de Austen, la televisión y el cine, la han adaptado en numerosas oportunidades.

Lady Susan

Lady Susan fue una de las primeras obras de Jane Austen. Escrita probablemente sobre 1794, aunque no estuvo en el ánimo de su autora publicarla.

Su estilo adopta la forma epistolar que había puesto en boga S. Richardson y se compone de 41 cartas que constituyen una magnífica obra de juventud. La protagonista, Lady Susan, mujer atractiva para la edad de entonces (más de treinta años), más que una heroína, aparece como una antiheroína que sobresale por su egoísmo. Inteligente, intenta atrapar al marido más conveniente, mientras su objetivo principal es casar a su hija, fruto de su primer matrimonio, con un hombre rico.

La novedad (muy actual por cierto) es que los pretendientes de Susan son tan jóvenes como su hija, produciéndose así una auténtica subversión de la novela romántica. Susan desempeña un papel activo. Es hermosa, despierta e ingeniosa y es tratada con mayor suavidad que la adúltera de *Mansfield Park*. Descubre las flaquezas de los demás y es capaz de calcular los efectos de sus acciones con la precisión de un reloj. Intrigas y engaños se suceden en esta novela primeriza de Austen con una maestría indiscutible que pregonará en sus obras posteriores.

Las cartas se ofrecen de distintos remitentes a distintos destinatarios. Con una moral maquiavélica ("el fin justifica los medios"), Austen no desecha los tópicos de siempre sobre el matrimonio, clases sociales, costumbres y hábitos de su tiempo. El estilo, que ofrece muy pocas descripciones, se desarrolla con cuidado y, para su desenlace, (que no llegó a escribirse) se presentan diversos puntos de vista y se presta atención a la forma expresiva y a los detalles.

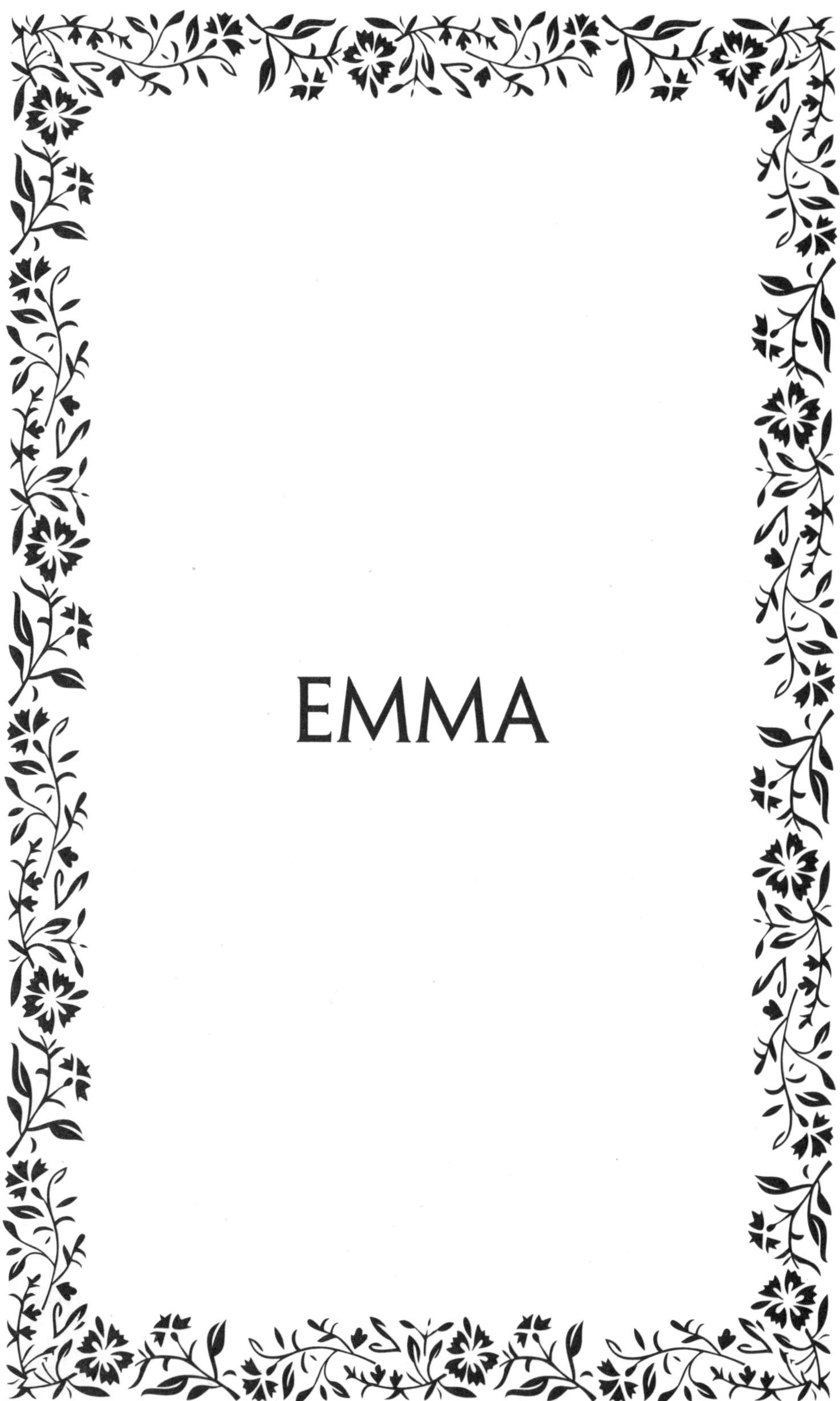

EMMA

Capítulo I

Sin que casi nada la enojara o la desconsolara, había vivido cerca de veintiún años Emma Woodhouse. Era inteligente, de buen carácter, bella y millonaria, con una familia de buena posición social, y en Emma parecían reunirse las más grandes virtudes de la vida.

Como consecuencia de la boda de su hermana, desde muy joven tuvo que hacer de ama de casa. Era la hija más pequeña de un padre muy indulgente y amoroso. Ya hacía mucho tiempo que su madre había fallecido, por lo que ella solamente conservaba un recuerdo muy confuso de sus caricias, y su lugar había sido ocupado por una institutriz, que se había hecho querer casi como una madre y era una mujer de gran corazón.

Durante dieciséis años había permanecido la señorita Taylor con la familia del señor Woodhouse, pero más que una institutriz era una amiga y estaba muy unida, a través del cariño, con las dos hijas, pero especialmente con Emma. Entre ellas, el trato y la intimidad eran de verdaderas hermanas. Incluso antes de que la señorita Taylor dejara de ser institutriz, la suavidad de su carácter en pocas ocasiones le permitía imponer una prohibición; y entonces, que ya hacía mucho tiempo había desaparecido la sombra de sus funciones y de su autoridad, siguieron viviendo juntas muy unidas, como hermanas y amigas, pero Emma haciendo siempre lo que deseaba, apreciando el criterio de la señorita Taylor, pero guiándose principalmente por el suyo y tomando sus propias decisiones.

La realidad era que los auténticos peligros de la situación de Emma eran, por un lado, que siempre podía hacer su absoluta voluntad y, por otro, que era proclive a tener una idea demasiado buena de sí misma; estas eran las desventajas que amenazaban combinarse con sus muchas cualidades. No obstante, en esos instantes el peligro era tan imperceptible que de ninguna manera podía considerarse como inconveniente para ella.

Pero llegó la contrariedad —una pequeña contrariedad—, sin que ello la perturbara en absoluto de una manera muy evidente: se casó la señorita Taylor. El primero de sus sinsabores fue perderla. Y fue el día del casamiento de su querida amiga cuando Emma comenzó a alimentar ideas sombrías de alguna importancia. Finalizada la boda, y cuando ya se fueron todos los invitados, ella y su padre se sentaron solos a cenar, sin una tercera persona que les alegrara la larga velada. Después de la cena, su padre se fue a dormir, como era habitual, y Emma se puso a pensar en lo que había perdido.

A la señorita Taylor, el matrimonio parecía prometer toda suerte de alegrías. El señor Weston era un hombre de intachable reputación, excelente posición, edad adecuada y maneras agradables; y en Emma existía un poco de satisfacción en pensar con qué desinterés, con qué generosa amistad ella siempre había alentado y deseado esta unión. Pero fue muy triste la mañana siguiente. A todas horas y todos los días iba a sentirse la ausencia de la señorita Taylor. Emma recordaba el cariño que le tenía —el afecto mutuo durante dieciséis años—, cómo había jugado con ella desde que tenía cinco años y cómo la había educado... cómo, con ternura, hacía todos los esfuerzos para distraerla cuando se encontraba sana y cómo la cuidó cuando llegaron las enfermedades de la infancia. Con ella había contraído una gran deuda de amor y gratitud, pero durante los últimos siete años, el encontrarse en las mismas condiciones y la gran intimidad que siguió a la boda de Isabella cuando las dos se quedaron solas con su padre, tenía recuerdos más entrañables, más queridos. Fue una amiga y una compañera como existen pocas: instruida, servicial, afectuosa, inteligente, conocía todas las costumbres de la familia, comprendía todas sus inquietudes y, sobre todo, se preocupaba por ella, por todos sus planes y por todas sus ilusiones; alguien a quien podía revelar sus ideas apenas nacían en su mente y que sentía tanto cariño por ella que jamás podía decepcionarla.

¿Cómo soportaría ese cambio? A solamente un kilómetro de distancia de su casa se había ido a vivir su amiga, pero Emma sabía que debía existir una inmensa diferencia entre una señora Weston que vivía solamente a un kilómetro de distancia y una señorita Taylor que habitaba en la casa; y aunque tenía muchas cualidades naturales y de ama de casa, corría el gran peligro de sentirse sola espiritualmente. Con mucha ternura amaba a su padre, pero él no era la mejor compañía para ella; ambos no podían mantener conversaciones ni serias ni en broma.

El problema de la diferencia de edad (el señor Woodhouse no se había casado muy joven) se veía ampliamente incrementado por su estado de salud y sus hábitos, pues, como siempre fue muy enfermizo y no realizaba mucha actividad ni física ni intelectual, sus costumbres eran las de un hombre mucho mayor de lo que correspondía a sus años y, a pesar de que era querido y apreciado por todos por su carácter afable y por la bondad de su corazón, lo más destacado de su personalidad no era precisamente el talento.

Aunque el matrimonio no la había apartado mucho de ellos, debido a que vivía en Londres, a unos veintiséis kilómetros del lugar, su hermana se encontraba lo suficientemente lejos como para no poder compartir con ella y estar a su lado diariamente; y tenían que hacer frente a muchas largas veladas de octubre y de noviembre en Hartfield, antes de que la Navidad viniera acompañada por la nueva visita de Isabella, de su esposo y de sus pequeños hijos, que llenaban de alegría la casa, brindándole otra vez el placer y la dulzura de su compañía.

En la populosa y gran villa Highbury, casi una ciudad, de la que Hartfield era parte, a pesar de sus sembradíos, de su fama y de sus prados independientes, no residía nadie de su misma dase. Y por ello, en ese lugar los Woodhouse eran la primera familia. Todos les consideraban como superiores. En el pueblo, Emma tenía muchas amistades, ya que su padre era amable con todos, pero nadie que se pudiera aceptar en el lugar que dejó la señorita Taylor, ni por medio día siquiera. Era un cambio muy triste; y cuando pensaba en ello, Emma suspiraba y solamente deseaba imposibles, hasta que su padre despertaba y tenía que ponerle buena cara. Necesitaba que siempre le levantaran el ánimo. Era un hombre propenso al abatimiento, nervioso; quería a cualquiera a quien estuviera habituado y odiaba estar separado de él; no le gustaban los cambios. El matrimonio, como raíz de transformaciones, nunca le era agradable; y todavía no había asimilado el matrimonio de su hija, y cuando hablaba de ella lo hacía de una manera compasiva, aunque había sido un matrimonio por amor, cuando se vio en la obligación de separarse también de la señorita Taylor; y sus hábitos de plácido egoísmo y su absoluta incapacidad para imaginar que otros podían pensar de manera diferente a él, lo inclinaron a pensar que la señorita Taylor cometió un grave error, tanto para ellos como para ella misma, y que hubiera sido mucho más feliz si se hubiese quedado toda su vida en Hartfield. Mientras se esforzaba por que su conversación fuera lo más animada posible, Emma sonreía para apartar a su padre de estas ideas; pero a la hora del té, el señor Woodhouse repetía lo que ya había dicho al mediodía de manera puntual y con total exactitud:

—¡Pobre señorita Taylor! Me encantaría que pudiera regresar con nosotros. ¡Pero qué pena que al señor Weston se le ocurriera pensar en ella precisamente!

—Papá, ya sabes que en esto no estoy de acuerdo contigo. El señor Weston es un buen hombre, de excelente carácter y muy agradable, y por lo tanto merece una buena esposa; y me imagino que no hubieras deseado que la señorita Taylor viviera con nosotros durante toda su vida y tener que aguantar mis muchas manías, cuando ella podría tener su propia casa...

—¡Su propia casa! Pero ¿con tener una casa propia qué está ganando? Esta es tres veces más grande. Y, querida, tú jamás has tenido manías.

—Ellos vendrán a visitarnos y nosotros iremos a verlos con frecuencia... ¡Estaremos juntos siempre! Nosotros somos los que tenemos que comenzar, muy pronto les haremos la primera visita.

—¿Cómo iré tan lejos, querida? Randalls se encuentra muy lejos. Ni la mitad del camino podría caminar.

—Papá, nadie dice que tengas que ir caminando. Por supuesto que iremos en coche.

—¿Cómo dices? ¿En coche? Pero por un viaje tan corto, a James no le gusta sacar los caballos, ¿y mientras estemos de visita dónde vamos a dejar a los pobres caballos?

—En las cuadras del señor Weston, papá. Todo estaba previsto, ya lo sabes. Hablamos de todo esto con el señor Weston ayer por la noche. Y con respecto a James, puedes estar totalmente seguro de que siempre querrá ir a Randalls, porque su hija se encuentra allá trabajando como doncella. Pero dudo que quiera llevarnos a algún otro lugar. Papá, fue obra tuya. Tú fuiste quien le consiguió el empleo a Hannah. Hasta que tú la mencionaste nadie pensaba en Hannah... ¡James siente mucho agradecimiento!

—Sí, estoy muy feliz de haber pensado en ella. Fue una suerte muy grande, porque no hubiese querido que el pobre James pensara que lo desairé; y estoy seguro de que será una excelente criada; es una joven que sabe hablar y es muy educada; de ella tengo muy buena opinión. Siempre me hace una reverencia cuando la encuentro y, de manera muy cortés, me pregunta cómo me encuentro; y cuando está aquí en sus labores de costura, me doy cuenta de que siempre gira muy bien la llave en la cerradura y jamás la cierra violentamente de un portazo. Estoy seguro de que será una muy buena doncella; y también será un gran alivio para la pobre señorita Taylor tener como compañía a alguien a quien conoce y está habituada a ver. Ya puedes imaginarte que tendrá noticias nuestras, porque James siempre va a ver a su hija. Él le dirá cómo nos encontramos.

Emma no escatimó esfuerzos para lograr que su padre permaneciera en este estado de ánimo y, con la ayuda del chaquete, confiaba conseguir que pasara aceptablemente bien la velada, sin que le asaltaran más tristezas que las suyas propias. Se colocó la tabla del chaquete, pero lo hizo innecesario la entrada repentina de una visita.

El señor Knightley, un hombre de excelente criterio, tenía unos treinta y siete o treinta y ocho años y no solamente era un íntimo y viejo amigo de la familia, sino que también se encontraba especialmente vinculado con ella por ser el hermano mayor del esposo de Isabella. Residía a un kilómetro y medio de distancia, aproximadamente, de Highbury, les visitaba frecuentemente y siempre era muy bien recibido, y en esta ocasión mejor recibido de lo habitual, ya que traía nuevas noticias de sus mutuos parientes de Londres. Después de varios días de ausencia, había regresado poco después de la hora de cenar y se había dirigido a Hartfield para informarles que todo iba muy bien en la plaza de Brunswick. Por cierto tiempo, esta fue una alegre circunstancia que animó al señor Woodhouse. Como el señor Knightley era un hombre muy alegre, le levantaba siempre el ánimo; y sus múltiples interrogantes acerca de "la pobre Isabella" y sus hijos fueron respondidos con total satisfacción. Cuando finalizó, el señor Woodhouse, muy agradecido, dijo:

—Usted ha sido muy amable al salir tan tarde de su casa y venir a visitarnos, señor Knightley. ¿Salir a esta hora no le habrá sentado mal?

—No, no, en absoluto. Hay una bella luna, hace una noche estupenda e incluso tengo que alejarme del fuego de la chimenea, porque el clima está muy templado.

—Pero seguro la encontró muy húmeda y con mucho lodo en la vía. Espero que no se haya resfriado.

—¿Lodo? Observe mis zapatos. Ni una partícula de polvo.

—¡Vaya! Estoy muy sorprendido, porque hemos tenido muchas lluvias por aquí. Cuando estábamos desayunando llovió de una manera terrible durante media hora. Yo quería que aplazaran el matrimonio.

—Por cierto... No le he dado a usted la enhorabuena todavía. Imagino la alegría que los dos deben sentir y por eso no he tenido prisa en felicitarlos, pero espero que todo haya sucedido sin más complicaciones. ¿Quién ha llorado más? ¿Qué tal se encuentran?

—¡Ay! ¡Qué pena! ¡Pobre señorita Taylor!

—Creo que sería mejor decir, si me permite, pobre señor y señorita Woodhouse; pero no me es posible decir "pobre señorita Taylor". A usted y a Emma yo les aprecio mucho, pero cuando se trata de un asunto de dependencia o independencia... Sin ninguna duda, tiene que ser preferible complacer a una sola persona en lugar de a dos.

—Sí, sobre todo cuando una de esas dos personas es muy fastidiosa y antojadiza —dijo Emma bromeando—; ya sé que esto es lo que está pensando... y que sin duda es lo que diría si no se encontrara delante mi padre.

—Querida, lo cierto es que pienso que esto es cierto —dijo el señor Woodhouse suspirando—; temo que a veces soy muy fastidioso y antojadizo.

—¡Pero papá querido! ¡No pensarás que estaba hablando de ti o que el señor Knightley se refería a ti! ¡A quién se le ocurre algo así! ¡Oh, no! Yo estaba hablando de mí misma. Ya sabes que al señor Knightley le agrada sacar a relucir mis defectos... bromeando... todo es bromeando. Ambos nos decimos todo lo que queremos siempre.

El señor Knightley, en efecto, era una de las pocas personas que veía defectos en Emma Woodhouse, y el único que le hablaba de ellos; y aunque eso a Emma no le era agradable, sabía que para su padre lo era mucho menos, y que le costaba mucho imaginar que hubiera alguien que no pensara que ella era perfecta.

—Emma sabe que yo jamás la trato con adulación —dijo el señor Knightley—, pero en realidad no me refería a alguien en particular. La señorita Taylor estaba habituada a complacer a dos personas; ahora solamente tendrá que complacer a una. Por lo tanto, existen más posibilidades de que gane con este cambio.

—Bien —dijo Emma, presurosa por cambiar de tema de conversación—, usted quiere que le hablemos del matrimonio, y yo con mucho gusto lo haré, porque todos nos comportamos de manera admirable. Todos fueron puntuales, todos vestían las mejores galas... Apenas hubo alguna cara larga y no se vio ni una sola lágrima, y. ¡Oh, no! Todos sabíamos que viviríamos solamente a un kilómetro de distancia, y estábamos seguros de que todos los días nos veríamos.

—Mi querida Emma todo lo sobrelleva muy bien —dijo su padre—; pero, señor Knightley, lo cierto es que le ha dolido mucho perder a la pobre señorita Taylor, y estoy seguro de que la extrañará más de lo que piensa.

Entre lágrimas y sonrisas, Emma volvió la cabeza.

—No es posible que Emma no extrañe a una amiga y compañera así —dijo el señor Knightley—. Si supusiéramos algo semejante, no la apreciaríamos como la apreciamos. Pero ella sabe lo conveniente que es este matrimonio para la señorita Taylor; también sabe lo importante que es para la señorita Taylor, a sus años, poseer una casa propia y tener una existencia desahogada asegurada, y por lo tanto siente, a la vez, tristeza y alegría. Todos los amigos de la señorita Taylor deben estar muy felices de que se haya desposado tan bien.

—Pero usted olvida —dijo Emma— otra razón de alegría para mí, y no pequeña: que yo fui quien hizo la boda. ¿Sabe usted?, fue hace cuatro años y ver que ahora se realiza y que se compruebe que acerté cuando eran tantos los que comentaban que el señor Weston no se casaría otra vez, eso a mí me consuela.

Ante ella, el señor Knightley inclinó la cabeza. Su padre replicó rápidamente:

—¡Oh, querida! Espero que no vayas a hacer más predicciones ni más matrimonios, porque todo lo que tú dices siempre termina sucediendo. Por favor, no hagas ningún matrimonio más.

—Te prometo, papá, que no voy a hacer ninguno para mí; pero creo que debo hacerlo por los otros. ¡Es lo más divertido del mundo! Imagínate, ¡después de este éxito! Todos decían que el señor Weston no se casaría nuevamente. ¡Oh, no! El señor Weston, que era viudo desde hacía tanto tiempo y que parecía estar tan a gusto sin una esposa, siempre tan bien recibido en todas partes, siempre tan alegre, siempre tan ocupado con sus negocios de la ciudad o aquí con sus amigos,... El señor Weston, que, si no quería, no necesitaba pasar ni una sola velada solo. ¡Oh, no! Seguro, decían, que el señor Weston jamás se casaría otra vez. Incluso había quien hablaba de una promesa que hizo a su esposa en el lecho de muerte, y otros comentaban que el tío y el hijo no se lo permitirían. Sobre esta cuestión se dijeron las más solemnes boberías, sin embargo, yo no creí ninguna. A partir del día (ya hace unos cuatro años) que la señorita Taylor y yo le conocimos en Broadway-Lane, cuando comenzaba a llover y se apresuró de manera tan galante a pedir prestados en la tienda de Farmer Mitchell dos paraguas para nosotras, no dejé de pensar en ello. Desde ese instante ya planeé la boda; y después de ver el éxito que he tenido en este caso, papá querido, no te vas a imaginar que dejaré de hacer de casamentera.

—Lo que quiere usted decir con eso de "éxito" no lo entiendo —dijo el señor Knightley—. Para obtener éxito hay que hacer un esfuerzo. Usted hubiera utilizado su tiempo de una manera más digna y más adecuada si durante estos cuatro últimos años hubiera estado haciendo lo posible para que se realizara este matrimonio. ¡Una labor admirable para una joven! Pero si es como yo pienso, y sus funciones de casamentera, como usted dice, se reducen a planear el matrimonio, diciéndose a sí misma un día en que no tiene absolutamente nada que pensar: "Pienso que sería muy adecuado para la señorita Taylor casarse con el señor Weston", y, de vez en cuando, repitiéndoselo a sí misma, ¿cómo, entonces, puede hablar de éxito?, ¿pero dónde está el mérito? ¿De qué se encuentra usted orgullosa? Solamente tuvo una afortunada intuición, eso es todo, nada más.

—¿Y jamás usted ha conocido el triunfo y el placer de una afortunada intuición? Lo compadezco. Creía que usted era más inteligente. Porque de una cosa puede estar seguro: una intuición afortunada jamás es tan solo un asunto de suerte. En ello siempre hay algo de talento.

Y en lo que se refiere a mi sencilla y simple palabra de "éxito", que usted me recrimina, no creo que esté tan alejada de poder atribuírmela. Ha planteado usted dos posibilidades extremas, pero yo pienso que puede existir una tercera: algo que se encuentre entre no hacer nada y hacerlo todo. Si yo no hubiese logrado que el señor Weston viniera a visitarnos y no le hubiera atendido en mil pequeñas cosas, y no hubiese ayudado a eludir muchas pequeñas dificultades, a fin de cuentas tal vez no hubiéramos llegado a este final feliz. Pienso que usted conoce Hartfield lo suficientemente bien para entender esto de una manera clara.

—Una mujer sensata y sin melindres como la señorita Taylor y un hombre franco y sincero como Weston pueden muy bien dejar que sus cuestiones se arreglen por sí mismas. Usted, mezclándose, se exponía a hacerse más daño a sí misma que a ellos.

—Emma jamás piensa en sí misma si puede hacer algún bien a los otros —intervino el señor Woodhouse, que solamente entendía en parte lo que estaban conversando—; pero querida, por favor, te suplico que no hagas más matrimonios, son disparates que destruyen de una manera terrible la unidad familiar.

—Papá, solamente una más; solo para el señor Elton. ¡Pobre señor Elton! Papá, tú le tienes aprecio al señor Elton... Debo encontrarle esposa. En Highbury no hay nadie que lo merezca... ya lleva aquí todo un año y ha arreglado su casa de una forma tan confortable que realmente sería una lástima que permaneciera soltero por más tiempo... y hoy me ha dado la impresión de que cuando les juntaba las manos hizo un gesto como que le hubiese gustado mucho que alguien hiciera lo mismo con él. Yo le tengo mucho aprecio al señor Elton, y esa es la única manera que tengo de ayudarlo, de hacerle un favor.

—Por supuesto que el señor Elton es un hombre excelente y un joven muy agraciado, y yo también lo aprecio. Pero, querida, si quieres tener una atención con él es preferible que lo invites a cenar uno de estos días. Eso será mucho mejor. E imagino que el señor Knightley será tan amable como para venir con nosotros.

—Claro, con muchísimo gusto, siempre que usted lo quiera —dijo el señor Knightley riendo—; y estoy absolutamente de acuerdo con usted en que eso será preferible. Emma, invítelo a cenar y demuéstrele todo su aprecio con el pollo y el pescado, pero permita que sea él quien elija a la que se convertirá en su esposa. Un hombre de veintiséis o veintisiete años sabe cómo cuidar de sí mismo, se lo aseguro.

CAPÍTULO II

En el seno de una familia honorable, que en el transcurso de las dos o tres últimas generaciones había ido acrecentando su fortuna y su nobleza, había nacido el señor Weston, quien era natural de Highbury. Recibió una excelente educación, pero como ya desde una edad muy temprana tuvo una cierta independencia, no era capaz de desempeñar ninguna de las labores de la casa que realizaban sus hermanos; y su espíritu inquieto y activo y su carácter sociable le había llevado a ingresar en la milicia del condado que se había formado en esa época.

Todos apreciaban al capitán Weston; y cuando las situaciones de la vida militar le permitieron conocer a la señorita Churchill, perteneciente a una gran familia del Yorkshire, y ella se enamoró de él, para nadie fue una sorpresa, excepto para el hermano de ella y su esposa, quienes eran orgullosos y pretensiosos, jamás lo habían visto y se sentían ofendidos por esta relación.

Pero la señorita Churchill, como ya era mayor de edad y se encontraba en total posesión de su fortuna —a pesar de que no fuese proporcionada a la riqueza de la familia— no se dejó convencer y el matrimonio tuvo lugar con infinita preocupación por parte del señor y la señora Churchill, quienes se lo quitaron de encima con el debido recato. Esta fue una unión desdichada y no fue motivo de mucha alegría. La señora Weston hubiera debido ser más feliz, ya que tenía un esposo cuya dulzura de carácter y afecto le hacían considerarse deudor suyo en pago de la inmensa dicha de estar enamorada de él; pero a pesar de que era una mujer de carácter fuerte no tenía el mejor. Como para hacer su propia voluntad, contrariando a su hermano, tenía temple suficiente, pero no así como para dejar de hacer reproches excesivos a la furia, igualmente excesiva, de él ni para no extrañar los lujos de su antigua casa. Vivieron por encima de sus posibilidades, sin embargo, eso no era nada comparado con Enscombe: ella jamás dejó de amar a su esposo, pero quiso ser, al mismo tiempo, la señora Churchill de Enscombe y la esposa del capitán Weston.

Resultó que el capitán Weston era quien se llevaba la peor parte, a pesar de que muchos consideraban, sobre todo los Churchill, que había realizado una boda muy ventajosa, ya que cuando, después de tres años de matrimonio, falleció su esposa tenía menos dinero que al inicio y tenía que mantener a un hijo. No obstante, pronto se le libró de la responsabilidad de este hijo. El pequeño, existiendo además otro argumento de acuerdo motivado a la enfermedad de su madre, había sido la razón de una especie de reconciliación, y el señor y la señora Churchill, que no tenían hijos ni ningún otro niño de parientes tan cercanos, se ofrecieron a encargarse del pequeño Frank al poco tiempo de la muerte de su madre. Ya puede suponerse que el viudo tuvo cierto recelo y cautela y no cedió de muy buen ánimo, pero como estaba agobiado por otras preocupaciones, el pequeño fue confiado a la riqueza y a los cuidados de los Churchill, y él solamente tuvo que ocuparse de su propio bienestar y de mejorar su situación todo lo que pudo.

Necesitaba un cambio completo de vida. Se dedicó al comercio y abandonó la milicia, ya que tenía hermanos que estaban muy bien establecidos en Londres y que le facilitaron los comienzos. Fue un negocio que solamente le proporcionó algo de desahogo. Mantenía todavía una casita en Highbury en donde pasaba la mayor parte de sus días libres; y entre los placeres de la sociedad y su ocupación provechosa, transcurrieron felizmente dieciocho o veinte años más de su existencia. Para ese tiempo ya había conseguido una situación más estable que le permitió adquirir una pequeña propiedad cercana a Highbury con la que siempre había soñado, así como contraer matrimonio con una mujer incluso con tan pequeña dote como la señorita Taylor, y vivir de acuerdo con los impulsos de su personalidad sociable y cordial.

Ya hacía un tiempo que la señorita Taylor había comenzado a influir en sus proyectos, pero como no era la autoritaria y tiránica influencia que la juventud ejerce sobre la juventud, no lo había hecho dudar en su decisión de no establecerse hasta que pudiera adquirir Randalls, y la compra de Randalls era algo en lo que pensaba hacía ya muchos años; pero había seguido el sendero que se trazó teniendo a la vista estas metas hasta que realizó sus sueños. Había acumulado una fortuna, comprado una casa y tenía una esposa; y estaba iniciando una nueva etapa de su existencia que, según todas las probabilidades, sería más dichosa que ninguna otra de las que había vivido. Él jamás había sido un hombre desafortunado; su carácter le había impedido serlo, incluso en su primer matrimonio, pero el segundo debía demostrarle cuán juiciosa, encantadora y verdaderamente cariñosa puede llegar a ser una mujer, y darle la más hermosa de las pruebas de que es mucho mejor despertar gratitud que sentirla y elegir que ser elegido.

Solamente podía felicitarse por su excelente elección; de su riqueza podía disponer con total libertad, ya que, en lo que respecta a Frank, había sido expresamente educado como el único heredero de su tío, quien lo adoptó, por lo que tomó el nombre de Churchill cuando alcanzó la mayoría de edad. Por lo tanto era poco probable que algún día necesitase el apoyo de su padre. La tía gobernaba completamente a su marido y era una mujer muy caprichosa, pero el señor Weston no podía llegar a pensar que ninguno de sus caprichos fuese tan fuerte como para dañar a alguien tan querido y, según él pensaba, tan merecidamente querido. Veía a su hijo en Londres cada año y estaba muy orgulloso de él; y sus comentarios sobre Frank, tan apasionados y llenos de admiración, presentándolo como un joven muy apuesto e inteligente habían hecho que Highbury sintiese una especie de orgullo por él. Consideraban que pertenecía a aquel sitio, hasta el punto de hacer que sus posibilidades y sus méritos fuesen algo de interés colectivo.

Uno de los orgullos de Highbury era el señor Frank Churchill y siempre había una gran curiosidad por verle, a pesar de que esta admiración era tan poco correspondida que él jamás había estado allí. En muchas ocasiones se había hablado de que visitaría a su papá, pero esta visita jamás se había realizado.

Ahora, cuando se casó su padre, se comentó mucho que era un momento excelente para que efectuara la visita. Al hablarse de este tema no hubo ni una sola voz que no estuviera de acuerdo, ni cuando la señora Perry tomó el té con la señora y la señorita Bates, ni cuando devolvió la visita la señorita Bates. Esa era la oportunidad para que el señor Frank Churchill conociese el sitio; y aumentaron las esperanzas cuando se enteraron de que había escrito a su nueva madre sobre el asunto. Por unos cuantos días, en todas las visitas matutinas que se hacían en Highbury, se hablaba, de una manera u otra, de la bella carta que la señora Weston había recibido.

—Imagino que usted ha escuchado hablar de la hermosa carta que el señor Frank Churchill escribió a la señora Weston. Me han comentado que es una misiva muy bonita. Me lo dijo el señor Woodhouse. Él la vio y dice que no ha leído una carta tan hermosa en toda su vida.

Realmente era una carta admirable. Claro que la señora Weston se había formado una idea muy favorable del joven; y una atención tan agradable era una prueba irrefutable de su enorme sensatez y algo que se sumaba gratamente a todas las felicitaciones y buenos deseos que había recibido por su matrimonio. Sintió que era una mujer muy afortunada; y había vivido lo suficiente para saber lo dichosa que podía considerarse, y solamente lamentaba la separación, a medias, de sus amigos, cuya amistad jamás se había enfriado y a quienes les costó mucho alejarse de ella.

Estaba segura de que a veces la extrañarían y pensaba, no sin dolor, en que Emma perdiese un solo momento de placer o sufriese una sola hora de aburrimiento al no tenerla a su lado; pero su querida Emma era una persona fuerte de carácter, sabía estar a la altura de su situación mucho mejor que la mayoría de las jóvenes y tenía suficiente energía, ánimo y sensatez, que la ayudaría a sobrellevar alegremente sus pequeñas contrariedades y dificultades. Y su consuelo, además, era que fuese tan poca la distancia entre Randalls y Hartfield, y tan sencillo de recorrer el camino, incluso para una mujer sola, y en el caso y en las circunstancias de la señora Weston que en la estación del año que ya se aproximaba no pondría impedimentos en que pasaran juntas la mitad de las tardes de cada semana.

A la vez, para la señora Weston su situación era motivo de horas de agradecimiento y solamente de instantes de pesar; y su satisfacción —más que satisfacción—, su inmensa felicidad era tan justa y tan visible que Emma, aunque conocía tan bien a su padre, a veces quedaba asombrada al ver que todavía era capaz de compadecer a "la pobre señorita Taylor", cuando la dejaron en Randalls rodeada de las más grandes comodidades, o la vieron alejarse al atardecer al lado de su atento y amable esposo en un su propio coche. Pero jamás se iba sin que el señor Woodhouse suspirara suavemente y exclamara:

—¡A la señorita Taylor cómo le gustaría quedarse! ¡Ah, pobrecita!

A la señorita Taylor no había manera de recuperarla... Y era improbable que dejara de compadecerla, pero al señor Woodhouse unas pocas semanas le trajeron algún consuelo. Habían finalizado las felicitaciones de sus vecinos, ya nadie hurgaba en su herida felicitándole por un suceso tan triste, y el pastel de boda, que tanta aflicción le había ocasionado, ya había sido comido totalmente. Su estómago no aguantaba nada sustancioso y se resistía a pensar que los otros no fuesen como él. Consideraba que lo que a él le caía mal, también debía caerle mal a los demás, y por lo tanto había hecho hasta lo imposible por convencerlos de que no hicieran pastel de boda y cuando se dio cuenta de que sus esfuerzos no dieron los resultados esperados, entonces hizo todo lo posible para evitar que los otros se lo comieran. Se tomó la molestia de consultar el tema con el boticario, el señor Perry. Era un hombre muy inteligente y de mucho mundo el señor Perry, y sus visitas frecuentes eran uno de los consuelos de la existencia del señor Woodhouse; y cuando fue consultado tuvo que reconocer (aunque parece ser que más bien muy a pesar suyo) que realmente el pastel de boda podía hacerle daño a muchos, tal vez a la mayoría, a menos que se comiese moderadamente. El señor Woodhouse, con esta opinión que ratificaba la suya, hizo muchos intentos por influir en los invitados y visitantes de los recién casados; pero, a pesar de todo, el pastel se terminó y hasta que no quedó ni una migaja, no tuvieron descanso sus benevolentes nervios.

Corrió un raro rumor por Highbury que afirmaba que habían visto a los hijos del señor Perry con un trozo del pastel del matrimonio de la señora Weston en la mano, pero el señor Woodhouse jamás lo creyó.

CAPÍTULO III

Al señor Woodhouse le gustaba la compañía, pero a su manera. Le agradaba mucho que sus amistades lo visitaran, y una serie de factores se sumaban, su buen carácter, su inmensa residencia en Hartfield, su casa, su fortuna y su hija, haciendo que pudiese elegir, en gran parte, las visitas de su pequeño círculo según sus gustos. Pero tenía poco trato con las demás familias fuera de este círculo; su pánico a las cenas muy concurridas y a trasnochar no permitía que tuviera más amigos que los que estaban dispuestos a visitarle según sus conveniencias. Highbury, que incluía a Randalls en su parroquia, y Donwell Abbey en la parroquia vecina —donde habitaba el señor Knightley— tenían entre sus habitantes a muchas de esas personas, por fortuna para él. En algunas ocasiones, Emma lo convencía y entonces invitaba a cenar a algunos de los mejores y más elegidos amigos, pero para él eran preferibles las reuniones de la tarde, y a menos que alguna vez se le ocurriera que uno de ellos no se encontraba a la altura de la casa, apenas había alguna tarde de la semana en que Emma, para jugar a las cartas, no pudiese reunirse con suficientes personas.

La entrada a su casa de los Weston y del señor Knightley se dio por un auténtico y antiguo aprecio; y con respecto al señor Elton, un muchacho que vivía solo contra su voluntad, tenía el privilegio de poder escapar todas las tardes libres de su oscura soledad y cambiarla por la compañía del salón del señor Woodhouse, los refinamientos y por la hermosa sonrisa de su encantadora hija, sin ningún riesgo de que se le echara de ese lugar.

Venía un segundo grupo detrás de ellos, del cual, entre los más habituales estaban la señora y la señorita Bates, y la señora Goddard, tres damas que casi siempre estaban dispuestas a aceptar una invitación que viniera de Hartfield y a quienes se iba a buscar y se devolvía a su casa tan frecuentemente, que el señor Woodhouse no pensaba que ello fuese molesto ni para James ni para los caballos. Lo hubiera considerado como una gran molestia si solamente hubiera sido una vez al año.

Viuda de un antiguo vicario de Highbury, la señora Bates era una mujer muy anciana, que ya no era capaz de realizar muchas actividades, con excepción del té y el cuatrillo[1]. De forma muy modesta vivía con su única hija, y se le tenía todo el respeto y todas las consideraciones que una anciana pacífica en tan incómodas circunstancias puede generar. Su hija disfrutaba de una popularidad muy poco común en una mujer que no era ni bella ni rica ni joven ni casada. Era de las peores la posición social de la señorita Bates para que, sin embargo, disfrutara de tantas simpatías; no poseía ninguna superioridad intelectual para compensar sus carencias o para intimidar a los que hubieran podido odiarla y hacer que le demostraran un simulado respeto y consideración. Jamás presumió ni de inteligencia ni de belleza. Sin llamar la atención había transcurrido su juventud, y cuando llegó a la edad madura se dedicó a cuidar a su anciana madre y a la labor de hacer el mayor número posible de cosas con sus pocos ingresos. No obstante, era una mujer dichosa, y una mujer a quien nadie nombraba sin indulgencia. Era su encantadora buena voluntad y lo alegre de su carácter lo que lograba estas maravillas. Buscaba la felicidad de todo el mundo, quería a todo el mundo, ponderaba de inmediato los méritos de todo el mundo; se consideraba a sí misma como una persona muy afortunada, a quien la vida le había obsequiado con algo tan hermoso y valioso como una excelente madre, buenos amigos y vecinos, y un hogar en el que no faltaba nada. La alegría y la sencillez de su personalidad, su carácter alegre, afable y agradecido complacían a los demás y eran una fuente de felicidad para ella misma. Le agradaba mucho conversar sobre temas triviales, lo cual encajaba a la perfección con los gustos del señor Woodhouse, siempre atento a los chismes inofensivos y a las pequeñas y frívolas noticias.

La maestra de escuela era la señora Goddard, pero no de un pensionado ni de un colegio ni de otra cosa por el estilo en donde se intenta, con largas frases hechas de refinada bobería, mezclar la libertad de la ciencia con una moral elegante acerca de nuevos sistemas y nuevos principios, y en donde las muchachas, a cambio de cancelar grandes sumas, adquieren vanidad y pierden salud, sino una auténtica, honesta, escuela de internas a la vieja guardia, en donde se vendía, a un costo razonable, un razonable cúmulo de conocimientos, y a donde podía mandarse a las jóvenes para que no estorbaran en casa, y podían recibir un pequeña educación sin ningún riesgo de que salieran de allí transformadas en prodigios intelectuales. Tenía muy buena reputación, y muy bien merecida, la escuela de la señora Goddard, ya que Highbury era considerado como un sitio particularmente saludable: tenía un jardín, una casa

1 Cuatrillo: juego de naipes que se juega entre cuatro personas.

confortable y espaciosa, brindaba comida sana y abundante a las niñas, dejaba que corretearan a su gusto en verano, y ella misma les curaba los sabañones en invierno. Entonces no era de extrañar que una fila de a dos de unas cuarenta muchachas la siguieran cuando iba a la iglesia. La señora Goddard era una mujer maternal y sencilla, que trabajó mucho cuando era joven, y que ahora pensaba que tenía el derecho a permitirse el esparcimiento ocasional de ir a tomar el té y como, desde tiempo atrás, tenía una deuda debido a la generosidad del señor Woodhouse, se sentía especialmente obligada a no rechazar sus invitaciones y a dejar su pulcra salita, y, siempre que podía y sus labores se lo permitían, compartir unas horas de ocio ganando o perdiendo unas cuantas monedas de seis peniques al lado de la chimenea de su gentil anfitrión.

Precisamente eran estas las señoras que Emma podía reunir frecuentemente, y estaba muy contenta de lograrlo por su padre; a pesar de que, por lo que a ella respecta, no había solución para la ausencia de la señora Weston. Estaba fascinada de ver que su padre parecía sentirse muy contento y a gusto con ella por saber arreglar tan bien las cosas, pero la sosegada y monótona conversación de aquellas tres mujeres le hacía darse cuenta que cada velada que pasaba de este manera era una de las largas veladas que había previsto con tanto temor.

Cuando pensaba poder asegurar que el día iba a terminar de esta manera, una mañana trajeron una nota de parte de la señora Goddard que pedía, en los términos más respetuosos, que se le autorizara venir en compañía de la señorita Smith, una petición que fue muy bien recibida, ya que la señorita Smith era una joven de diecisiete años a quien Emma conocía muy bien de vista y por quien hacía tiempo que sentía interés debido a su hermosura. Respondió con una amable invitación, y la gentil dueña de la casa ya no temió la llegada de la tarde.

De "alguien" era hija natural Harriet Smith. Alguien la había hecho ingresar en la escuela de la señora Goddard hacía ya varios años y, recientemente, alguien también la había promovido desde su posición de alumna a la de huésped. Esto era todo lo que se sabía de su historia. No tenía, aparentemente, más amigos que los que había hecho en Highbury, y ahora acababa de regresar de una larga visita que había hecho a unas muchachas que vivían en el campo y que en la escuela habían sido sus compañeras.

Era una joven muy bonita, y su belleza resultó ser de un tipo que Emma admiraba especialmente. Era rubia, bajita y regordeta, de ojos azules, cabello reluciente, rasgos regulares, un aire de gran dulzura y llena de lozanía; y antes del final de la reunión, Emma estaba encantada tanto con sus modales como con su personalidad, y totalmente resuelta a seguir teniendo trato con ella.

En el trato de la señorita Smith no le llamó la atención nada especialmente inteligente, pero, en conjunto, le pareció muy simpática —sin alguna timidez fuera de lugar y sin miedo a expresarse— y con todo, sin ser por ello inoportuna, sabiendo estar tan bien en su sitio y mostrándose tan respetuosa, expresando estar tan agradablemente agradecida por haber sido recibida en Hartfield, y tan honestamente impresionada por todas las cosas que veía, tan por encima en calidad a lo que ella estaba habituada, que debía tener muy buen juicio y merecía impulso. Y se le daría. No iban a desperdiciarse en la sociedad inferior de Highbury y sus relaciones aquellos ojos azules y serenos y todos esos dones naturales. Eran indignas de ella las amistades que ya había hecho. Seguro que debían estar perjudicándola las amigas de quien acababa de separarse, aunque fueran muy buenas personas. Era una familia cuyo apellido era Martin, y a la que Emma conocía mucho por comentarios, ya que tenían arrendada una granja muy grande del señor Knightley y vivían en la parroquia de Donwell, tenían excelente reputación, según creía —sabía que el señor Knightley les apreciaba mucho— pero seguro era gente vulgar y con poca educación, y de ninguna manera adecuada, para tener intimidad con una joven que solamente necesitaba algo más de elegancia, refinamiento y conocimientos para ser totalmente perfecta. Emma le daría consejos; la haría mejorar; haría que dejara sus amistades inadecuadas y la presentaría en la buena sociedad; la ayudaría a formar sus opiniones y sus modales. Sería una buena obra y, sin duda, también una empresa interesante; algo muy apropiado a sus posibilidades, a su situación en la vida y a su tiempo libre.

La tarde pasó muchísimo más aprisa de lo habitual, porque estaba tan abstraída admirando aquellos ojos azules y serenos, hablando y oyendo y trazando todos estos proyectos en las pausas de la charla; y la cena con la que siempre culminaban esas veladas, y para la que Emma acostumbraba a preparar la mesa con tranquilidad, aguardando a que llegara el instante oportuno, aquella vez se realizó en un abrir y cerrar de ojos, y casi sin que ella misma se diera cuenta, se acercó a la chimenea. Con una rapidez que no era natural en un temperamento como el suyo que, con todo, jamás había sido indiferente al prestigio de hacerlo todo excelentemente y colocando en ello los cinco sentidos, con el real entusiasmo de un espíritu que se satisfacía en sus propias ideas, en aquella ocasión realizó los honores de la mesa, y recomendó y sirvió las ostras asadas y el picadillo de pollo, con una insistencia que sabía que se requería en esa temprana hora adecuada a los amables cumplidos de los comensales.

En el ánimo del bondadoso señor Woodhouse se libraba una penosa batalla en ocasiones como esta. Le agradaba ver la mesa servida, ya que esas invitaciones habían sido la moda elegante de cuando era joven, pero como estaba convencido de que las cenas eran dañinas para la salud, más bien le causaba tristeza ver servir los platos; y al tiempo que su sentido de la hospitalidad le conducía a animar a sus invitados a que comieran de todo, le apenaba ver que comían, debido a que cuidaba mucho su salud.

Conscientemente, lo único que recomendaba era un pequeño tazón de avenate[2] claro como el que él ingería, pero, mientras las señoras no tenían ningún reparo en comer bocados más apetitosos, se contentaba con expresar:

—Permítame aconsejarle que pruebe uno de estos huevos, señora Bates. Un huevo duro poco cocido no puede dañar a nadie. Quien sabe hacer huevos duros mejor que nadie es Serle. A nadie más yo recomendaría un huevo duro, pero usted no tema, ya ve que son muy pequeños, uno de esos huevos tan pequeños no pueden perjudicarle. Deje que Emma le sirva un pedacito de tarta, señorita Bate, un trocito chiquitín. Nuestras tartas son solamente de manzana. En nuestra casa no le daremos ningún dulce que pueda dañarle. Lo único que no le aconsejo son las natillas. ¿Qué le parecería medio vasito de vino, señora Goddard? ¿Medio vasito pequeño combinado con un poco agua? No creo que eso pueda hacerle daño.

Emma servía a sus invitados platillos más consistentes, aunque dejaba hablar a su padre, y esa noche tenía un interés particular en que quedaran satisfechos. Se propuso entablar amistad con la señorita Smith y lo había logrado. La señorita Woodhouse era una persona tan importante y distinguida en Highbury que la noticia de que iban a ser presentadas le había producido tanto temor como alegría... Pero la agradecida y sencilla muchacha abandonó la casa llena de gratitud, muy alegre por la amabilidad y cortesía con la que la señorita Woodhouse la había tratado durante toda la reunión; ¡es más, cuando se despidió le había estrechado la mano!

CAPÍTULO IV

Muy pronto fue un hecho la presencia frecuente y la confianza e intimidad de Harriet Smith en Hartfield. Emma, rápida y decidida en

2 Avenate: bebida hecha de avena mondada y cocida en agua.

sus acciones, no perdió el tiempo y la invitó en repetidas ocasiones, diciéndole que visitara su casa muy a menudo y cuando así lo deseara; y a medida que su amistad se acrecentaba, también se incrementaba el placer de estar juntas que las dos sentían. Emma ya había pensado, desde los primeros instantes, en lo útil que podía serle como compañera de sus paseos. En referencia a esto, el que la señora Weston no estuviese con ella había sido importante. Su padre jamás iba más allá del sembradío, en donde dos divisiones de los terrenos indicaban el final de su paseo, corto o largo, dependiendo de la época del año; y desde el matrimonio de la señora Weston, se redujeron mucho los paseos de Emma.

En una sola ocasión se había arriesgado a ir sola hasta Randalls, pero fue una experiencia desagradable, y por lo tanto, una Harriet Smith, alguien a quien podía llamar en cualquier instante para que paseara con ella, sería una apreciable compañía que aumentaría sus posibilidades. Y cuanto más la trataba, más llenaba sus expectativas en todos los aspectos, y en todos sus afectuosos propósitos se reafirmó.

Harriet no era muy inteligente, evidentemente, pero tenía un temperamento dulce y era apacible y agradecida; no era engreída, y solamente deseaba ser orientada por alguien a quien pudiese respetar y considerar como superior a ella. Su inclinación hacia Emma era espontánea, Harriet se mostraba muy afectuosa, además demostraba que no estaba exenta de buen gusto, debido a su afición al trato de personas selectas y su capacidad de apreciar lo que era elegante e inteligente, a pesar de que no podía pedírsele un gran talento. En resumen, estaba totalmente convencida de que Harriet Smith era exactamente la amiga que necesitaba, lo que también se necesitaba en su casa, sin ninguna duda.

No había ni que pensar en una amiga como la señora Weston. Jamás hubiera hallado otra igual, y no la necesitaba tampoco. Era algo totalmente diferente, un sentimiento distinto y que no se parecía en nada al otro. Sentía un cariño basado en la gratitud y en la estimación por la señora Weston. Pero a Harriet la estimaba como a alguien a quien podía ser útil. Porque por Harriet podía hacerlo todo, en cambio por la señora Weston no podía hacer nada.

Y en su labor de serle útil, su primer intentó consistió en tratar de conocer quiénes eran sus padres, pero Harriet guardó silencio. Se encontraba dispuesta a contarle todo lo que supiera, pero las preguntas acerca de este tema no encontraron respuestas. Emma se vio obligada a imaginar lo que le pareció, pero jamás pudo convencerse de que, de encontrarse en igual situación, ella no hubiese dicho la verdad. Harriet no era curiosa. Se había conformado con escuchar y creer lo que la señora

Goddard le había querido contar, y nunca se preocupó por averiguar algo más.

Como era lógico, la señora Goddard, las alumnas, los profesores y, en general, todas las cuestiones de la escuela constituían una gran parte de la conversación, y a no ser por su amistad con los Martin de Abbey-Mill-Farm, solamente hubiese hablado de eso. Pero gran parte de sus pensamientos la ocupaban los Martin, con ellos había pasado dos meses muy felices, y ahora le agradaba hablar de los placeres de su visita, y describir los múltiples encantos y delicias del sitio. Emma le animaba a conversar, divertida por esta descripción de un tipo de vida diferente al suyo, y disfrutando de la ingenuidad juvenil con la que comentaba con tanto entusiasmo que la señora Martin tenía "dos salones, nada menos que dos magníficos e inmensos salones"; y que uno de ellos era tan grande como la sala de estar de la señora Goddard; y de que tenía una doncella que ya tenía a su lado veinticinco años; y de que poseía ocho vacas, dos de ellas Alderneys, y otra de raza galesa, realmente es una linda vaquita galesa; y de que la señora Martin decía, ya que le tenía mucho afecto, que tendría que llamársele su vaca; y de que, en su jardín, tenían un precioso pabellón de verano, en donde el pasado año un día tomaban todos el té: verdaderamente un hermoso pabellón de verano donde cabía fácilmente una docena de personas, porque es muy grande.

Esto divirtió a Emma durante algún tiempo, sin que tuviera que pensar en nada más, pero poco a poco surgieron otros sentimientos cuando fue conociendo mejor a la familia. Al imaginarse que se trataba de una madre, una hija y un hijo y su esposa que vivían todos juntos se había hecho una idea equivocada, pero cuando entendió que el señor Martin, que tanto peso e importancia tenía en la narración y que siempre se nombraba con elogios por su inmensa bondad cuando hacía tal o cual cosa, no era casado; que no existía ninguna joven señora Martin, ninguna nuera en la casa; temió que podía haber algún riesgo para su pobre amiguita tras toda aquella amabilidad y hospitalidad, y pensó que si alguien no cuidaba de ella corría el peligro de ir a menos para toda la vida.

Lo que hizo que sus preguntas se incrementaran en número y fuesen cada vez más agudas fue precisamente esta sospecha, y sobre todo logró que Harriet hablara más del señor Martin... y claramente ello no le era desagradable a la muchacha. Siempre, Harriet estaba a punto de charlar de la parte importante que él tenía en sus paseos a la luz de la luna y de las alegres reuniones que habían pasado juntos jugando; y se emocionaba mucho cuando mencionaba que era un hombre tan amable y tan de buen carácter. Había dado un rodeo de cinco kilómetros un día para obsequiarle unas nueces porque ella comentó que le gustaban mucho... ¡y era siempre tan atento en todas las cosas! Había traído al salón una noche al hijo de su pastor para que entonara una canción para ella. Es que a Harriet le gustaban mucho las canciones. También el señor Martin sabía cantar un poco. Ella pensaba que él era muy inteligente y creía que comprendía de todo. Tenía un maravilloso rebaño, y durante el tiempo que la joven estuvo en su casa vio que venían a pedirle más lana que a cualquier otro de la región. Ella pensaba que toda la gente hablaba muy bien de él. Sus hermanas y su madre lo querían mucho. La señora Martin le comentó un día a Harriet (y ahora cuando lo repetía se sonrojaba) que no era posible que existiera un hijo mejor que el suyo, y que por lo tanto estaba plenamente segura de que cuando contrajera matrimonio sería un esposo excelente. No es que ella deseara casarle. No tenía apuros, ya habría tiempo para eso.

—¡Vaya, señora Martin! —se dijo a sí misma Emma—. Usted sabe lo que debe hacerse, claro que sí.

—Y cuando yo me marché, la señora Martin fue tan generosa y amable que le mandó un extraordinario ganso a la señora Goddard; el ganso más bello que la señora Goddard había visto en toda su existencia. Un domingo, la señora Goddard lo guisó e invitó a cenar con ella a sus tres profesoras: la señorita Richardson, la señorita Nash y la señorita Prince.

—¿Al señor Martin le gusta leer? Imagino que no será un hombre que tenga una cultura muy por encima de la que es natural entre los de su clase.

—¡Oh, claro que sí! Quiero decir, no; bueno, la verdad es que no lo sé... pero creo que ha leído mucho... aunque con seguridad son cosas que nosotros no leemos. Lee las *Noticias agrícolas* y algún libro que tiene en una estantería al lado de la ventana, pero de todo eso jamás habla. Aunque en ocasiones, durante la tarde, antes de jugar a cartas, lee en voz alta algo de *El compendio de la elegancia,* un libro muy entretenido. Y también sé que ha leído *El Vicario de Wakefield.* Jamás ha leído *La novela del bosque* ni *Los hijos de la abadía.* No había escuchado nunca hablar de estos libros antes de que yo se los nombrara, pero ahora está decidido a encontrarlos lo más rápido posible.

El siguiente interrogante fue:

—¿Cómo es el señor Martin físicamente?

—¡Oh! Él no es un hombre guapo, no, para nada. Inicialmente me dio la impresión de que era muy corriente, pero ahora creo que no es tan corriente. Después de un tiempo de conocerle ya no lo parece, ¿comprendes? Pero ¿jamás lo has visto? Viene a Highbury con bastante frecuencia y es seguro que, por lo menos un día a la semana, pase por aquí a caballo camino de Kingston. Muchas veces has tenido que cruzarte con él.

—Tal vez le haya visto cincuenta veces, es posible, pero sin saber ni tener la menor idea de quién era. La última persona que despertaría mi curiosidad y llamaría mi atención sería un joven granjero, tanto si va a caballo como a pie. Precisamente esos hacendados son una clase de persona con la que considero que no tengo nada en común. Puede interesarme gente que esté por debajo de su clase social, con tal de que me inspire confianza su aspecto; puedo esperar ser útil a sus familias de una manera u otra. Pero de mí un granjero no necesita nada, por lo que, de cierta forma, está tan por encima de mi atención como está por debajo en todos los demás.

—¡Oh! Sí, no es probable que te hayas fijado en él. Sin duda alguna.... pero él sí que te conoce muy bien... de vista, quiero decir.

—No tengo dudas de que sea un muchacho muy digno. Realmente sé que lo es, y como a tal le deseo mucho éxito. ¿Cuántos años crees que tiene?

—Cumplió veinticuatro años el día ocho del pasado junio, y mi cumpleaños es el día veintitrés... ¡dos semanas y un día de diferencia, exactamente! Qué casualidad, ¿cierto?

—Solamente veinticuatro años. Es todavía muy joven para contraer matrimonio. Tiene toda la razón su madre al no tener prisa. Parece ser que ahora viven muy bien, y si ella se preocupara por casarle quizá después se arrepentiría. El asunto podría ser muy conveniente si dentro de seis años conoce a una buena joven de su misma clase con un poco de dinero.

—Pero, querida Emma, ¡dentro de seis años!, ¡él entonces tendrá treinta años de edad!

—Exacto, esa es la edad a la que la mayoría de los hombres que no han nacido ricos tienen que esperar para contraer matrimonio. Imagino que el señor Martin todavía tiene que labrarse un futuro, y no puede hacerse nada antes de eso. Aunque haya heredado mucho dinero al morir su padre, aunque sea muy importante su parte en la propiedad de la familia, me arriesgaría a decir que no está disponible en su totalidad, que está empleado en el rebaño; y que es casi imposible que ahora sea rico, aunque con laboriosidad y buena suerte dentro de un tiempo pueda serlo.

—Tienes mucha razón, por supuesto. Pero viven muy bien. No les falta nada, aunque no tienen ningún criado en la casa, y la señora Martin comenta que, para el próximo año, contratarán a un sirviente.

—No quisiera, Harriet, que te encontraras con problemas cuando él se case; me estoy refiriendo a tus relaciones con su esposa, ya que, a pesar de que sus hermanas hayan recibido una educación superior y no pueda objetárseles nada, eso no quiere decir que él no pueda contraer matrimonio con una mujer que no sea digna de relacionarse contigo. La desdicha de tu nacimiento debería hacerte todavía más cuidadosa con las personas con la que te vinculas. No hay duda de que tu padre es un caballero y debes permanecer en esta categoría por todos los medios posibles o, de lo contrario, muchos serán los que disfrutarán rebajándote.

—Sí, sí, tienes razón, imagino que hay personas así. Pero no tengo miedo de lo que otros puedan hacer mientras yo frecuente Hartfield y tú seas tan amable y educada conmigo.

—Entiendes muy bien lo que influyen las amistades, Harriet, pero yo deseo que estés establecida en la sociedad de una forma tan sólida, que seas independiente incluso de la señorita Woodhouse y de Hartfield. Quiero verte muy bien relacionada y de una manera permanente... y para eso sería recomendable que, en la medida de lo posible, tuvieses muy pocas amistades inferiores, y por eso te digo que, si todavía continúas en la región cuando el señor Martin se case, sería mejor que tu intimidad con sus hermanas no te obligara a vincularte con su esposa, que quizá será la hija de un simple granjero, sin educación alguna.

—Sí, desde luego. Pero pienso que el señor Martin no se casará con alguien que no sea de buena familia y no tenga algo de educación. Pero con eso no quiere decir que te estoy llevando la contraria, yo sé, estoy completamente segura, de que no querré conocer a su esposa. Les tendré siempre mucho cariño a sus hermanas, sobre todo a Elizabeth, y sentiría mucho dejar su amistad, porque han recibido tan buena educación como yo. Pero si él se llegara a casar con una mujer muy ignorante y vulgar, por supuesto que, si puedo evitarlo, sería preferible no visitarla.

A través de las fluctuaciones de este razonamiento, Emma estuvo analizándola y no vio en ella síntomas alarmantes de amor. El muchacho había sido su primer admirador, pero ella tenía confianza en que las cosas no habían pasado de ahí y que no habrían inconvenientes mayores por parte de Harriet como para oponerse al joven que ella pensaba proponerle como posible pretendiente.

Mientras paseaban por Donwell Road, al día siguiente, se encontraron con el señor Martin. Él iba caminando, y tras mirar con mucho respeto a Emma, vio a su compañera con una emoción poco disimulada. Emma no lamentó tener esta oportunidad para analizar sus reacciones, por lo que se adelantó un poco mientras ellos conversaban y su aguda mirada se formaba rápidamente una idea sobre el señor Robert Martin. Su aspecto era muy pulcro y parecía un muchacho maduro y con mucho juicio, pero le faltaban otros encantos; y cuando mentalmente lo comparó con otros caballeros, pensó que era necesario que todo el terreno que había ganado en el corazón de Harriet lo perdiera. Harriet era muy sensible a las maneras distinguidas, y le había llamado la atención la gentileza del padre de Emma, de las que hablaba maravillada, con mucha admiración. Y daba la impresión de que el señor Martin ni siquiera sabía lo que eran las buenas maneras y la delicadeza.

Solamente estuvieron unos pocos minutos juntos, ya que no debían hacer esperar a la señorita Woodhouse; y entonces Harriet, corriendo, logró alcanzar a su amiga, tan confundida y con una sonrisa en la cara, que Emma no tardó mucho en interpretar la situación.

—¡Qué coincidencia! ¡Imagina lo casual que ha sido encontrarle! Me dijo que ha sido mucha casualidad que no haya ido a pasear por Randalls. Él no sabía que caminaríamos por aquí. Pensaba que la mayoría de los días paseábamos en dirección a Randalls. Todavía no ha conseguido un ejemplar de *La novela del bosque.* La última vez que estuvo en Kingston estaba tan ocupado que se olvidó completamente, pero mañana regresará allí. ¡Pero qué casualidad que nos encontráramos! Bueno, dime, ¿es como tú pensabas? ¿Crees que es muy vulgar? ¿Qué te ha parecido?

—Por supuesto que lo es, y mucho; pero eso no es nada si se compara con su total ausencia de "clase"; bueno, no tenía por qué esperar mucho de él, y realmente no me hacía muchas ilusiones; pero no creía que fuese de tan poca categoría, tan ordinario. Imaginaba que era algo más refinado, lo confieso.

—Por supuesto —dijo Harriet, un poco contrariada—, no tiene la educación ni los modales de un auténtico caballero.

—Harriet, me parece que desde que te relacionas con nosotros has tenido muchas oportunidades de estar al lado de verdaderos caballeros, y que debes ver claramente la diferencia entre estos y el señor Martin. Has conocido a modelos de hombres bien educados y distinguidos en Hartfield. Me asombraría si ahora que los conoces pudieras tratar al señor Martin sin fijarte que es muy inferior, y más bien sorprendiéndote de que antes hubieras podido considerarlo como un hombre agradable e interesante. ¿No comienzas a sentir algo así? ¿Esto no te ha llamado la atención? Estoy segura de que has tenido que darte cuenta de su aspecto torpe, de sus bruscos modales y de lo rudo de su voz, que incluso no tenía la menor modulación, algo que se advertía desde esta distancia.

—Claro que no es como el señor Knightley. No posee un aire tan distinguido como él, ni sabe caminar como el señor Knightley. Por supuesto que me doy cuenta de la diferencia. ¡Pero es un hombre tan elegante el señor Knightley!

—No me parece bien compararle con el señor Martin, porque el señor Knightley es muy distinguido. No encontrarías entre los caballeros uno que mereciera tanto esta distinción como el señor Knightley. Pero él no es el único caballero a quien has tratado en estos últimos días. ¿Qué me dices del señor Elton y del señor Weston? Solamente compara al señor Martin con ambos. Compara su modo de caminar, sus maneras, su forma de hablar, de guardar silencio. Tienes que darte cuenta de la diferencia, es muy clara.

—¡Oh, sí! Por supuesto que existe una gran diferencia. Pero el señor Weston es algo mayor. Debe tener entre cuarenta y cincuenta años.

—Lo que todavía le da más mérito. Harriet, cuantos más años tiene una persona, más importante es que tenga buenas maneras y educación... se nota más y es más desagradable cualquier grosería, torpeza o falta de tono. Lo que se perdona en la juventud, es intolerable en la edad madura. Actualmente, el señor Martin es rudo y torpe, entonces cuando tenga la edad del señor Weston, ¿cómo será?

—Eso jamás puede asegurarse —exclamó, con cierto énfasis, Harriet.

—Pero es muy sencillo de adivinar. En el futuro será un granjero ordinario, tosco y absolutamente vulgar, que nunca se preocupará por las apariencias y que solamente pensará en lo que deja de ganar o en lo que gana.

—Si es de esa manera, ciertamente no será muy atractivo.

—Hasta qué punto, incluso en este momento, sus labores lo absorben, esto se evidencia por el hecho de que no haya recordado buscar el libro que le sugeriste. No ha pensado en nada más, porque estaba muy preocupado por sus negocios en el mercado... que es justamente lo que debe hacer un hombre que quiera progresar. ¿Él que tiene que ver con los libros? Y yo no tengo dudas de que progresará y de que, con el tiempo, podrá ser muy rico... y el que sea un hombre de pocas letras y poco refinado no tiene por qué intranquilizarnos.

—Me parece raro que no recordara el libro —fue todo lo que contestó Harriet, y en su voz había un tono de tan profunda contrariedad que Emma no quiso intervenir. Por lo que dejó que permaneciera unos minutos callada, y después continuó:

—De cierta forma, tal vez las maneras del señor Elton están por encima de las del señor Knightley o del señor Weston; son más delicadas. Podrían considerarse como más ejemplares que las de los otros. Hay una franqueza en el señor Weston, una vivacidad, casi una brusquedad, que con él todas las personas se encuentran a gusto, porque responden a lo afectuoso de su carácter... pero que no deberían ser copiadas. Igual sucede con la naturalidad y sencillez, ese aire decidido y altivo del señor Knightley, aunque a él le queda muy bien; su cara y su aspecto físico, e incluso su situación en la vida, parecen permitírselo; pero si cualquier muchacho lo imitara resultaría insoportable. Al contrario, en mi opinión, a un joven se le podría recomendar muy bien que tomara al señor Elton como modelo. Él es alegre, amable, cortés y tiene muy buen carácter. Y me da la impresión de que en estos últimos tiempos se muestra particularmente amable y gentil. Harriet, no sé si tiene el propósito de llamar la atención de alguna de las dos incrementando sus gestos amables, pero me asombra que su trato sea todavía más delicado de lo que era habitualmente. Si algo se propone tiene que ser agradarte y llamar tu atención. ¿No te comenté lo que dijo de ti hace unos días?

Y entonces repitió una cantidad de vehementes elogios que el señor Elton había dicho de Harriet, sin inventar ni omitir nada; y Harriet se sonrió y sonrojó, y dijo que siempre había pensado que el señor Elton era muy agradable y gentil.

Precisamente el señor Elton era el hombre que Emma había elegido para conseguir que Harriet olvidara al joven granjero. Le daba la impresión de que iba a formar una maravillosa pareja; solamente que era una pareja demasiado natural, probable y evidente para que, para ella, tuviese algún mérito el planear su matrimonio. Sentía temor de que no fuese algo que los otros debían pensar y predecir. No obstante, lo que era poco probable era que nadie más lo hubiese pensado antes que a ella, ya que esa idea la tuvo la primera vez que Harriet visitó a Hartfield. Mientras más lo pensaba, aquella reunión le parecía más oportuna. La más favorable era la situación del señor Elton, ya que era un completo caballero y no se relacionaba con personas por debajo de su escala social y, al mismo, tiempo no tenía familia que pusiera objeciones al nacimiento dudoso de Harriet. A su esposa podía ofrecerle un hogar confortable y digno, y Emma imaginaba que también un nivel económico respetable, pues aunque la parroquia de Highbury no era muy grande, se conocía que tenía algunos bienes personales; y tenía muy buen concepto de él, considerándolo como un muchacho de juicio claro y respetabilidad, de buen temperamento, sin nada que enturbiase su comprensión y conocimiento de todo lo referente al mundo.

Estaba muy satisfecha Emma de que él pensara que Harriet era atractiva, y confiaba que el hecho de que se encontraran con frecuencia en

Hartfield era suficiente, inicialmente, para interesar al señor Elton; y en cuanto a Harriet, no había casi duda de que el sentirse admirada por él tendría la efectividad y la influencia que suelen tener tales hechos. Y es que él era verdaderamente un muchacho muy gentil y agradable, un joven que le podía gustar a cualquier mujer que no fuera mimada, susceptible y complicada. Muchas pensaban que era muy atractivo; era muy admirado, aunque no por ella, ya que extrañaba una distinción en su rostro que no podía perdonar; pero la joven que se sentía tan agradecida porque un Robert Martin recorriese unos metros a caballo para obsequiarle unas nueces, también por la admiración que le tenía el señor Elton podía ser fácilmente conquistada.

Capítulo V

—Señora Weston, no sé qué opinión tiene usted —dijo el señor Knightley— con respecto a la gran amistad e intimidad que existe entre Harriet Smith y Emma, pero a mí me parece que no es conveniente.

—¿Conveniente? ¿Pero usted cree verdaderamente que es algo malo? ¿Y por qué?

—Pienso que no es beneficioso para ambas.

—¡Usted me sorprende! A Harriet le puede hacer mucho bien Emma; y al darle una nueva razón para sentirse motivada, se puede decir que Harriet le hace mucho bien a Emma. Con gran satisfacción yo veo su amistad. ¡Con respecto a eso, sí que opinamos de una manera diferente! ¿Y usted dice que no va a salir beneficiada ninguna de las dos? Sin duda este será el inicio de una de nuestras discusiones con respecto a Emma, señor Knightley...

—Quizá piense que he venido con la finalidad de polemizar con usted sabiendo que Weston no estaba aquí y que usted, sola, debería defenderse.

—Si el señor Weston estuviera aquí, sin duda alguna me apoyaría, porque sobre este tema piensa igual que yo. Precisamente ayer conversamos sobre ello y ambos estuvimos de acuerdo en que Emma era muy afortunada de que en Highbury hubiera una joven así con la que pudiera relacionarse y frecuentar. En lo que a mí concierne, señor Knightley, no le acepto que usted se transforme en juez en este asunto. Usted no sabe apreciar lo que vale la compañía, porque está muy acostumbrado a vivir solo; y tal vez ningún hombre sería buen juez cuando se trata de apreciar el deleite que proporciona a una mujer estar acompañada por alguien de su mismo género, después de estar acostumbrada a ello durante toda su existencia. Ya supongo la objeción que va a poner a Harriet Smith: no es una muchacha de tanta categoría como tendría que serlo una amiga de Emma. Sin embargo, por otro lado, como Emma quiere instruirla, ella misma será una motivación para leer más. Estando juntas leerán, sé que eso es lo que planea.

—Siempre, desde que tenía doce años, Emma se ha propuesto leer cada vez más. Yo he visto muchas listas suyas de lecturas a futuro, de épocas distintas, con todos los libros que quería ir leyendo... Y, realmente, eran unas listas muy buenas, con libros excelentemente elegidos y clasificados ordenadamente, en ocasiones alfabéticamente, otras según otro sistema. Todavía recuerdo la lista que hizo cuando solamente tenía catorce años, y que hizo que me formara una idea muy favorable de su buen criterio, por lo que la guardé durante algún tiempo; y me atrevería a afirmar que ahora debe tener alguna lista también muy buena. Pero la verdad es que he perdido toda esperanza de que Emma se ajuste a un plan fijo de lecturas. Jamás se someterá a nada que requiera paciencia y esfuerzo, simplemente una sujeción del capricho a la razón. Donde nada pudieron hacer el entusiasmo y la motivación de la señorita Taylor, puedo asegurar, sin temor a equivocarme, que nada podrá hacer Harriet. Usted jamás pudo convencerla para que leyera ni siquiera la mitad de lo que usted deseaba, usted ya sabe que no lo logró.

—Yo diría —replicó, sonriendo, la señora Weston— que opinaba de esa manera entonces, pero desde que contraje matrimonio, me es imposible recordar ni un solo deseo mío que Emma haya dejado de cumplir.

—Entiendo que usted no sienta un gran deseo de recordar cosas como estas —dijo, vivamente, el señor Knightley.

Se mantuvo en silencio durante unos instantes y de inmediato agregó:

—Sin embargo, yo, que no he padecido tan directamente el efecto de sus encantos, todavía debo mirar, escuchar y recordar. El ser la más inteligente de su familia ha perjudicado a Emma. Tenía la desdicha, a los diez años, de responder a preguntas que dejaban perturbada a su hermana a los diecisiete. Ha sido rápida y muy segura de sí misma siempre; Isabella siempre ha sido indecisa y lenta. Y, desde los doce años, Emma ha sido siempre la dueña de la casa... y de todos ustedes también. Perdió a la única persona capaz de hacerle frente cuando murió su madre. Hubiera debido educarse bajo la autoridad de su madre, porque heredó el talento de ella.

—En bonita circunstancia me hubiera visto de tener que depender de una recomendación suya, señor Knightley, en caso de que hubiese tenido que abandonar la familia del señor Woodhouse y buscar otro trabajo; pienso que usted no hubiera hecho ningún elogio de mí a nadie. Tengo la certeza de que siempre me consideró como alguien inadecuado para la labor que realizaba.

—Sí —dijo con una sonrisa—. Su sitio es este, usted es una esposa admirable, pero para institutriz no sirve en absoluto. Pero, durante todo el tiempo que estuvo en Hartfield, usted se estuvo preparando para ser una excelente esposa. Usted a Emma no podía dar una educación tan completa como su capacidad prometía, pero estaba recibiendo, justamente de ella, una extraordinaria educación para la vida en matrimonio en lo que respecta a someter su voluntad a otra persona, haciendo lo que se le indicaba; y si Weston me hubiera solicitado que le recomendara una mujer para esposa, yo hubiese nombrado a la señorita Taylor, sin duda alguna.

—Le agradezco mucho, pero con un hombre como el señor Weston tiene muy poco mérito ser una excelente esposa.

—Para ser sincero, temo que no tenga oportunidad de emplear sus habilidades y virtudes, y que estando dispuesta a tolerarlo todo, no tenga nada que tolerar. Pero no desesperemos. Por llevar una existencia excesivamente tranquila y regalada, o tal vez su hijo le dé muchos disgustos, Weston puede llegar a sentirse molesto.

—Ojalá que no sea de esa manera. Es improbable. No, no pronostique usted disgustos por ese lado, señor Knightley.

—No, por supuesto que no. Solamente menciono posibilidades. No intento tener la intuición de Emma para adivinar el futuro y hacer predicciones. De todo corazón deseo que el muchacho pueda ser un Churchill en riqueza y un Weston en méritos. Pero Harriet Smith... como puede darse cuenta todavía no he finalizado, ni mucho menos, con el tema de Harriet Smith. En mi opinión es la peor clase de amiga que Emma puede tener. Ella no sabe absolutamente nada, y piensa que Emma lo sabe todo. No hace más que halagarla y, lo que todavía es peor, la elogia, la adula, sin proponérselo. Es una permanente adulación su ignorancia. ¿Cómo se imagina Emma que puede aprender algo mientras Harriet ofrezca una tan agradable inferioridad? Y en lo que respecta a Harriet, me arriesgaría a decir que de esta amistad no saldrá beneficiada en nada. Hartfield solamente logrará que se sienta desplazada en todos los otros ambientes a los que pertenece. Sí, obtendrá más refinamientos, pero solamente los necesarios para que no se sienta cómoda con las personas con las que tiene que convivir por su posición y su nacimiento. De medio a medio me equivocaría si las instrucciones de Emma le dan más personalidad o logran que la joven se adapte de una manera más racional a las distintas circunstancias de su existencia. Solamente conseguirá darle algo de brillo y esplendor.

—En el sentido común de Emma yo tengo más confianza que usted, o tal vez me preocupo más por su bienestar de este momento, porque a mí sí me agrada esta amistad. ¡Qué bien se veía la pasada noche!

—¡Oh! Me doy cuenta de que usted habla de su aspecto físico y no de su mundo interior, ¿no? Está bien, no niego que Emma sea bella.

—¡Bella! Sería más adecuado decir muy hermosa. ¿Usted concibe algo que se acerque más a la belleza perfecta que Emma, que su figura y su cara?

—Lo que podría concebir no lo sé, pero confieso que pocas veces he visto una figura más bella o un rostro más hermoso que los de ella. Pero en eso yo soy parcial, porque soy un viejo amigo.

—¡Y qué me dice de sus ojos! Ojos de auténtico color avellana ¡y con un brillo extraordinario! ¡Y lo proporcionado de su cuerpo, sus facciones regulares, lo franco de su fisonomía! ¡Qué silueta tan armoniosa y qué semblante más saludable! Tan firme y erguida. Se ve tan saludable, no solamente en sus frescos colores, sino también en toda su apariencia, en sus miradas, en su cabeza. En ocasiones se escucha decir de un niño que es "la viva imagen de la salud"; pero a mí siempre me da la impresión de que Emma es la imagen más completa de lo saludable en plena evolución. Es la viva encarnación de la lozanía. ¿Qué piensa usted, señor Knightley?

—En ella yo no encuentro ni un solo defecto —contestó—. Pienso que es exactamente como usted la está describiendo. Mirarla es un auténtico placer. Y yo agregaría también este elogio: que no me da la impresión de que sea vanidosa. Tomando en cuenta lo bella y atractiva que es, creo que no piensa mucho en ello; por otras cosas es su vanidad. Pero yo, señora Weston, sigo sosteniendo que no estoy de acuerdo con su amistad con Harriet Smith, y que temo que salgan perjudicadas las dos.

—Señor Knightley, y yo también sigo manteniendo que confío en que eso no será dañino para ninguna de las dos. Emma es una joven excelente, a pesar de todos sus pequeños defectos ¿Acaso puede existir mejor hija, una hermana más cariñosa, una amiga más leal? No, no, usted puede tener plena confianza en sus virtudes; no es capaz de ocasionar un verdadero perjuicio a alguien; no puede cometer un error de cierta importancia; hay cien veces que Emma acierta por cada vez que se equivoca.

—No deseo importunarla más, de acuerdo. Emma es un ángel, y mis prejuicios me los guardaré hasta que Isabella y John vengan a visitarnos por Navidad. John siente por Emma un cariño razonable y, por lo tanto, no le ciega el afecto, e Isabella piensa igual que él siempre; excepto cuando su esposo no se sobresalta lo suficiente con algo de los niños. Estarán de acuerdo conmigo, estoy seguro.

—Tengo la absoluta certeza de que todos ustedes la quieren mucho para ser injustos o muy duros con ella, pero señor Knightley, usted me disculpará si me tomo la libertad (ya sabe que creo que tengo el derecho de dar mi opinión como hubiera podido hacerlo la mamá de Emma) de señalar que no pienso que se logre ningún bien haciendo que la amistad de Emma y Harriet Smith sea tema de una larga discusión entre todos ustedes. Le suplico que no lo tome a mal, pero imaginando que halláramos algún pequeño problema en esta amistad, no es de esperar que Emma, que no tiene que rendir cuentas de sus acciones a nadie más que a su padre, quien aprueba completamente esa amistad, la finalice mientras sea algo que le agrada. Mi misión ha sido la de dar consejos durante muchos años, es decir, señor Knightley, que usted no puede extrañarse de que todavía mantenga algo de eso.

—¡En absoluto! —dijo—, es un excelente consejo, yo se lo agradezco mucho, y tendrá más suerte de la que habitualmente han tenido sus consejos, porque este lo tomaré en cuenta.

—Con mucha facilidad se alarma la señora de John Knightley, y no deseo que se preocupe por su hermana.

—Usted puede estar tranquila —dijo él—, no voy a ocasionar ningún alboroto. Esconderé mi mal humor. Por Emma tengo un interés muy sincero. A mi cuñada Isabella no la considero más hermana que ella; no siento más interés por ella que por Emma, y tal vez ni siquiera tanto. Por Emma lo que siento es como una curiosidad, como una ansiedad. Me preocupa honestamente todo lo que pueda ser de ella.

—Igualmente a mí, y mucho —dijo, quedamente, la señora Weston.

—Ella siempre dice que jamás se casará, lo que, por supuesto, no quiere decir absolutamente nada. Pero pienso que no ha encontrado todavía a un hombre que llame su atención suficientemente. Sería muy bueno que se enamorara perdidamente de alguien que la merezca. Confieso que me encantaría ver a Emma enamorada, sin que tuviera la total certeza de ser correspondida; eso le haría mucho bien, sin duda. Pero sale tan poco de su casa y por estos alrededores no hay nadie en quien pueda pensarse.

—La realidad es que ahora me parece todavía menos decidida que antes a romper esta determinación —dijo la señora Weston—; mientras viva tan feliz en Hartfield, yo no puedo desearle que haga nuevas amistades y relaciones que ocasionarían muchos inconvenientes al pobre señor Woodhouse. Por lo pronto yo no aconsejaría a Emma que se casara, a pesar de que a usted le aseguro que no intento para nada desestimar el matrimonio.

Lo que ella se proponía con todo esto, en parte, era esconder, en la medida de las posibilidades, los planes que ella y el señor Weston tenían con respecto a aquel tema. En Randalls habían proyectos referentes al porvenir de Emma, pero no era adecuado que nadie sospechara nada de ellos; y cuando el señor Knightley de inmediato cambió tranquilamente de tema, preguntando: "¿Y Weston qué piensa del tiempo? ¿Considera que tendremos lluvia?", estuvo segura de que él no tenía nada más que decir con respecto a Hartfield y que de todo aquello no tenía la más mínima sospecha.

CAPÍTULO VI

No tenía la menor duda Emma de que había conducido bien la ilusión e imaginación de Harriet, y de que había logrado que su instinto juvenil lleno de vanidad se orientara hacia el buen camino, ya que se daba cuenta de que la joven ahora era mucho más sensible al hecho de considerar que el señor Elton fuese un hombre de maneras muy agradables y atractivo; y como no perdía ninguna oportunidad para convencer a Harriet de la admiración que él sentía por ella, presentándoselo de una manera sugestiva, no tardó Emma en estar segura de haber generado en Harriet tanto interés como era posible; por otro lado, estaba totalmente convencida de que al señor Elton le faltaba poco para estar enamorado, si es que ya no lo estaba. Emma no dudaba de los sentimientos del muchacho. Ella pensaba que solamente con que transcurriera algún tiempo más todo iba a ser perfecto, ya que el señor Elton le hablaba de Harriet y la elogiaba con mucho entusiasmo. El que él se fijara en la asombrosa evolución de las maneras de Harriet desde que visitaba frecuentemente Hartfield era una de las más evidentes pruebas de su interés creciente.

—Emma, usted ha dado a la señorita Smith todo lo que ella requería —decía el muchacho—; le ha dado naturalidad y gracia. Ya era una joven muy bella cuando comenzaron a tratarse, pero, en mi opinión, los atractivos que usted le ha brindado son infinitamente superiores a los que la naturaleza le entregó.

—Estoy muy complacida de saber que usted cree que le he podido ser de utilidad, pero Harriet solamente necesitaba algo de guía, recibir unas escasas, muy escasas, orientaciones. Yo he hecho muy poco. Ella tenía el don de la naturalidad y de la dulzura de carácter.

—Oh, si tan solo fuera posible llevarle la contraria a una dama... dijo, galantemente, el señor Elton.

—Tal vez, yo le he dado un poco más de decisión, quizá le he hecho pensar en cosas que jamás se le habían ocurrido antes.

—Eso es exactamente lo que más me sorprende. La seguridad en sí misma, la decisión que ha adquirido. ¡Ha tenido una maestra extraordinaria!

—Pero también yo he tenido una buena alumna, a quien le aseguro que ha sido muy agradable enseñar; jamás había conocido a alguien con mayor disposición para aprender, con más sutileza.

—No tengo la menor duda.

Y con una especie de viveza anhelante fueron pronunciadas estas palabras, tanto, que ya parecían las palabras de un enamorado. Emma no quedó menos complacida otro día cuando vio cómo el joven la apoyó en su súbito deseo de pintar un retrato de Harriet.

—¿Jamás te han hecho un retrato, Harriet? —dijo Emma—; ¿has posado para un pintor alguna vez?

Harriet en aquel instante se disponía a abandonar la estancia, y solamente se detuvo para decir con una inocencia acompañada de algo de afectación:

—¡Oh, querida! No, jamás.

Emma exclamó apenas salió:

—¡Un buen retrato suyo sería hermoso! A cualquier precio yo lo pagaría. Pero es que casi me dan ganas de pintarlo yo misma. Imagino que usted no lo sabía, pero hace dos o tres años tuve una gran inclinación por la pintura e hice el retrato de algunas de mis amistades y la mayoría me dijo que no lo hacía tan mal. Pero me aburrí, por una u otra razón, y lo dejé pasar. Pero si Harriet quisiera posar para mí, lo intentaría otra vez. ¡Tener un retrato suyo sería maravilloso!

—Déjeme que le anime a hacerlo —dijo el señor Elton—, sería hermoso. Déjeme, señorita Woodhouse, que le anime a desarrollar sus excelentes habilidades artísticas en beneficio de Harriet. Yo he visto sus dibujos. ¿Cómo podía imaginar que no sabía que usted fuese una auténtica artista? ¿Acaso en este salón no hay suficientes muestras de sus pinturas de flores y paisajes? ¿La señora Weston no tiene en su salón de Randalls unos dibujos inimitables que son de su creación?

“Por supuesto, hombre de Dios —pensó Emma—, pero todo eso

¿qué relación tiene con saber reproducir, con plasmar, el parecido de un rostro? Conoces muy poco de dibujo. Pensando en los míos no te quedes en éxtasis. Para cuando estés delante de Harriet, guárdate el éxtasis".

—Señor Elton, verá usted —dijo en voz alta—, si me anima de una manera tan amable y gentil, pienso que intentaré hacerlo. Las líneas del rostro de Harriet son muy delicadas y por eso son más difíciles de plasmar en un retrato; y tiene rasgos muy particulares, como el trazado de la boca o la forma de los ojos, que es necesario copiar con exactitud.

—Lo ha dicho usted... El trazado de la boca y la forma de los ojos. No tengo la menor duda de que usted lo logrará. Inténtelo, por favor. Tal como usted lo haga será, para utilizar su propias palabras, algo hermoso, estoy completamente seguro.

—Señor Elton, pero yo temo que Harriet no desee posar para mí. Le da tan poco valor a su belleza. ¿Usted ha visto la forma en que me ha respondido? ¿Qué otra cosa quiso decir si no: "Un retrato mío, ¿para qué hacerlo?".

—¡Oh, sí! Ya me he dado cuenta, se lo aseguro. No pasó inadvertido para mí. Pero no dudo de que podamos convencerla finalmente.

No tardó en volver Harriet y, casi de inmediato, se le hizo la propuesta y sus objeciones no pudieron resistir mucho ante la insistencia de los dos. Sin más demoras, Emma quiso poner manos a la obra, por lo que fue a buscar rápidamente la carpeta en donde guardaba sus bocetos, ya que ninguno de ellos estaba finalizado, con el objetivo de que entre los tres decidieran cuál podía ser la mejor medida para el retrato de Harriet. Les enseñó sus muchos bocetos. Retratos de medio cuerpo, de cuerpo entero, miniaturas, dibujos a lápiz y al carbón, acuarelas, todo lo que había ido practicando. Siempre, Emma había deseado hacerlo todo, y donde su evolución había sido mayor fue en el dibujo y en la música, sobre todo teniendo en cuenta la poca disciplina a la que se había sometido en el trabajo. Cantaba y tocaba algún instrumento y, en casi todos los estilos, dibujaba, pero siempre carecía de perseverancia; y en nada alcanzó el nivel de perfección que ella hubiese querido tener, ya que no aceptaba errores. Con respecto a sus habilidades pictóricas o musicales no se hacía muchas ilusiones, pero le gustaba deslumbrar a los otros, y no le importaba saber que tenía una fama casi siempre mayor que la que sus destrezas y habilidades merecían.

Pero tenían su mérito todos los dibujos, y tal vez los mejores eran los que todavía no estaban acabados; es que estaba lleno de vida su estilo, pero la complacencia y la admiración de sus amigos hubiera sido la misma tanto si hubiera tenido mucho menos como si hubiese tenido diez veces más. Los dos estaban embelesados. La similitud agrada a todo el mundo y los aciertos de la señorita Woodhouse eran muy notorios en este aspecto.

—Usted no verá mucha variedad de rostros —dijo Emma—. Solamente disponía de los integrantes de mi familia como modelos. Aquí está mi papá (otro de mi papá), pero pensar que iba a posar para este retrato le puso tan nervioso que lo dibujé cuando él estaba distraído; por eso en ninguno de estos bocetos pude hacerlo parecido. Aquí de nuevo la señora Weston, y otra y otra, ya puede darse cuenta. ¡Ay, mi amada señora Weston! En todas las ocasiones mi mejor amiga siempre. Todo el tiempo que se lo pedía, ella estaba dispuesta a posar. Esta es mi hermana, y realmente representa mucho su silueta elegante y fina y las facciones son muy similares. Si hubiera posado más tiempo, hubiera podido hacerle un buen retrato, pero tenía tanta prisa para que dibujara a sus cuatro pequeños que no había manera de que estuviera tranquila. Y aquí está todo lo que logré con tres de sus cuatro hijos; este es Henry, este es John y esta es Bella, en la misma hoja los tres, y apenas se puede distinguir el uno del otro. Su mamá estaba tan interesada en que los pintara que no pude decir que no, pero usted ya sabe que no es posible conseguir que niños de tres o cuatro años estén tranquilos, y también es muy difícil sacarles alguna similitud, aparte de un cierto aire personal y de la construcción de la cabeza, a no ser que posean las facciones más marcadas de lo que es natural en una pequeña criatura; este es el bosquejo que hice del cuarto hijo, que todavía llevaba pañales. Lo pude dibujar cuando estaba dormido en el sofá y esta cabecita sonrosada, se lo aseguro, es muy semejante a la suya. Tenía la cabeza inclinada de una manera muy graciosa y adorable. Sí, se le parece mucho. Yo estoy muy orgullosa de mi pequeño George. Está muy bien en el rincón del sofá. Y aquí pueden ver mi último dibujo (y desplegó un boceto muy hermoso, de pequeño tamaño, que personificaba a un hombre de cuerpo entero), el último y el mejor: es el señor John Knightley, mi cuñado. Cuando lo escondí en un instante de mal humor me faltaba muy poco para culminarlo y, entonces, me prometí a mí misma que no haría más retratos nuevamente. No puedo tolerar que me provoquen, porque después de todos mis esfuerzos, y cuando había logrado realizar un retrato lo que se dice excelente (la señora Weston y yo estuvimos completamente de acuerdo en que era casi igual), solamente que tal vez muy favorecido, muy halagador, pero eso era un defecto que se podía disculpar; pero, después de esto, llegó Isabella y su opinión fue demoledora: "Sí, se asemeja un poco, pero, por supuesto, no le has dibujado muy favorecido". Y también nos dio mucho trabajo convencerle para que posara, era como si nos estuviera haciendo un inmenso favor y, total, era más de lo que yo podía soportar; de modo que no pienso finalizarlo y de esa manera se ahorrarán, ante sus visitas, disculparse de que el retrato no se le asemeje; y como ya dije, entonces me juré que jamás dibujaría nuevamente a nadie. Estoy resuelta a romper mi promesa por Harriet o, mejor dicho, por mí misma, ya que ahora ningún matrimonio va a intervenir en el asunto.

Muy emocionado y complacido con la idea, el señor Elton decía:

—Es verdad, por ahora no intervendrá ningún matrimonio, como bien lo dice usted. Ningún matrimonio. Tiene usted mucha razón.

Y tanto insistía en ello que Emma comenzó a pensar si no era mejor dejarlos solos. Pero Harriet decidió que la declaración podía esperar, porque quería que le hicieran el retrato.

En concretar las medidas y la modalidad del retrato, Emma no tardó mucho. Iba a ser un retrato a la acuarela, de cuerpo entero, igual al del señor John Knightley, y ocuparía un sitio de honor sobre la chimenea, si era del agrado de la artista.

Sonriendo y ruborizándose, y con temor de no saber adoptar la posición más adecuada, Harriet ofrecía a la mirada escudriñadora de Emma una encantadora combinación de gestos juveniles… así comenzó la sesión. Sin embargo, con el señor Elton no podía hacerse nada, ya que no paraba ni un instante y, colocado detrás de la pintora, seguía cada pincelada con especial atención. Emma lo autorizó a colocarse donde pudiera observarlo todo sin incomodar ni obstaculizar la sesión, pero finalmente se vio obligada a terminar todo aquello y a solicitarle que se colocara en otro lugar. Se le ocurrió entonces a Emma que podía hacerlo leer.

—Señor Elton, le agradeceríamos mucho si fuera usted tan amable de leernos algo. Haría mucho más sencilla mi labor y distraería a la señorita Smith.

No deseaba otra cosa el señor Elton. Emma dibujaba con tranquilidad y Harriet escuchaba. Tuvo que dejar que el joven se pusiera de pie frecuentemente para ver, era lo menos que podía pedírsele a un hombre enamorado, y a la menor pausa del trabajo del lápiz, se levantaba para aproximarse a observar la evolución de la obra y quedar fascinado. Es que no había manera de que se incomodara con un crítico tan poco exigente, debido a que su admiración le hacía vislumbrar semejanzas incluso casi antes de que fuera posible evidenciarlas. Emma no tomaba mucho en cuenta su opinión, pero eran indiscutibles su buena voluntad y su amor.

La sesión resultó muy satisfactoria, en general; los bocetos del primer día la dejaron lo suficientemente satisfecha como para querer proseguir.

Era evidente la semejanza, estuvo muy acertada en la elección de la posición y como tenía pensado realizar en el cuerpo unos pequeños retoques, para proporcionarle algo más de altura y hacerlo considerablemente más elegante y esbelto, se sentía confiada en que finalizaría siendo, en todos los aspectos, un maravilloso dibujo, que iba a ocupar, con honor para las dos, el lugar que tenía reservado; un perdurable recuerdo de la hermosura de una, de la destreza y talento de la otra y de la amistad de ambas; sin mencionar otras muchas agradables sugerencias que el tan prometedor cariño del señor Elton era probable que agregase.

Al día siguiente, Harriet tenía que posar nuevamente y, como era de esperar, el señor Elton solicitó permiso para acudir a la sesión y servirles de lector otra vez.

—Por supuesto, con mucho gusto. Estaremos muy complacidas de que usted forme parte de nuestro equipo.

Hubo las mismas cortesías e iguales cumplidos al día siguiente, la misma satisfacción y el mismo éxito, y todo ello conjuntamente con las rápidas y afortunadas evoluciones que hacía el dibujo. Todos los que lo veían quedaban encantados, pero el señor Elton estaba en un éxtasis permanente y, contra toda crítica, siempre lo defendía.

—Emma ha dotado a su amiga de las únicas perfecciones de las que carecía —comentaba la señora Weston con él, ignorando que estaba hablando con un enamorado—. Es admirable la expresión de los ojos, pero la señorita Harriet no posee esas cejas ni esas pestañas. Justamente el defecto en su rostro es no tenerlas.

—¿Lo cree usted? —dijo él—. No estoy de acuerdo, lo siento. A mí me da la impresión de que en todos los rasgos hay una perfecta similitud. En mi vida he visto un parecido igual. Sabe usted, también hay que tener en cuenta los efectos de sombra.

—Emma, el señor Knightley dijo que la ha pintado demasiado alta.

Emma sabía que esto era verdad, pero no estaba dispuesta a reconocerlo y, acaloradamente, intervino el señor Elton.

—¡Oh, no! Por supuesto que no es muy alta, ni muchísimo menos. Piense usted que está sentada... lo cual, evidentemente, significa una perspectiva diferente... y la reducción da justamente la idea... y considere que tienen que conservarse las proporciones. La figura, las proporciones... ¡Oh, no! Da con exactitud la idea del tamaño de la señorita Harriet. Exactamente su estatura, por supuesto...

—Es hermoso —comentó el señor Woodhouse—; está perfecto. Igual que todos tus dibujos y cuadros, querida hija. De verdad no conozco a nadie que dibuje tan maravillosamente bien como tú. Solamente lo que no me termina de gustar es que dé la impresión de que la señorita Harriet está al aire libre y nada más lleva sobre los hombros un pequeño chal..., por lo que parece que cogerá un resfriado.

—Pero querido papá, se intuye que es verano; un día caluroso de verano. Observa él árbol con cuidado.

—Sí, hija, pero es una exposición mantenerse de esa manera al aire libre.

—Usted puede decir lo que quiera —intervino el señor Elton—, pero yo debo reconocer que me parece una idea muy acertada el colocar al aire libre a la señorita Harriet; ¡y con una gracia inimitable está tratado el árbol! Hubiera tenido mucho menos carácter cualquier otra ambientación. La inocencia y la candidez de la posición de la señorita Smith... ¡Finalmente, todo! ¡Oh, es algo más que admirable y hermoso! No puedo apartar mi mirada del dibujo. Jamás había visto una semejanza tan sorprendente.

Luego, lo siguiente fue pensar en enmarcar el retrato, y aquí surgieron algunos inconvenientes. Alguien tenía que encargarse de ello, y debía realizarse en Londres; el encargo tenía que ser confiado a alguien inteligente y sensible, de cuyo buen gusto se pudiera estar seguro; pero no se podía pensar en Isabella, que era quien habitualmente se ocupaba de estos asuntos, ya que era diciembre y el señor Woodhouse no podía tolerar la idea de hacerla salir de casa con la niebla de invierno. Pero cuando el señor Elton supo del conflicto, todo quedó resuelto. Siempre estaban presentes su galantería y su gentileza.

—Si este encargo me lo confiaran a mí, ¡lo cumpliría con infinito placer! En cualquier instante estoy preparado para ensillar mi caballo y dirigirme a Londres. No me es posible describir la satisfacción y la alegría que me produciría ocuparme de esta tarea.

"¿Cómo cree? ¡Es mucha amabilidad por su parte!", "¡No se puede pensar en ocasionarle tantas incomodidades!", "¡Por nada de este mundo aceptaría encargarle algo tan molesto!"... Cumplidos que generaron la esperada repetición de frases amables e insistencias nuevas y, después de algunos minutos, se llegó al acuerdo de que se haría de esa manera.

Entonces, el señor Elton llevaría el retrato a Londres, haría la elección del marco y se encargaría de todo lo que se necesitara; y Emma pensó que podía enrollar la tela de manera que pudiese llevarla sin ningún riesgo y sin que ocasionara muchos inconvenientes al joven, al tiempo que este temía que tales inconvenientes fueran muy pequeños.

—¡Pero qué hermoso encargo! —dijo suspirando con ternura cuando le dieron el retrato.

—Para estar enamorado es como muy galante —se dijo Emma—.

Eso es lo que me parece, pero imagino que debe haber muchas formas diferentes de estar enamorado. Es un muchacho muy bueno y a Harriet eso es lo que le conviene; "eso es, exactamente", como dice él siempre; pero suspira, se enternece de una forma y hace unos cumplidos tan exagerados que es más de lo que yo en un hombre puedo tolerar. Una buena parte de esos cumplidos me toca a mí, pero, definitivamente, en segundo lugar; es su forma de agradecerme por lo que hago por mi amiga.

Capítulo VII

A Emma se le presentó una nueva ocasión de prestar un servicio a su amiga el mismo día que el señor Elton partió para Londres. Como lo hacía habitualmente, Harriet fue a Hartfield poco después del desayuno y, después de un rato, había regresado a su casa para volver a la hora de la cena a Hartfield. Pero, antes de lo acordado, regresó algo nerviosa y turbada, señal de que le había sucedido algo fuera de lo común que quería contar. De esa manera, no tardó ni un minuto en contarlo todo. Cuando regresó a casa de la señora Goddard, le comentaron que allí había estado el señor Martin una hora antes y que, al no hallarla en casa y que tal vez tardaría todavía, dejó un pequeño paquete para ella de parte de una de sus hermanas y se fue; y cuando abrió el paquete encontró, al lado de las dos canciones que había prestado a Elizabeth para que las copiara, una misiva para ella, esta carta era del señor Martin y contenía una propuesta formal de matrimonio.

—¡Pero quién lo diría! Quedé tan asombrada que no sabía cómo actuar. Sí, sí, toda una propuesta de matrimonio; y una misiva muy gentil y atenta, o al menos a mí me dio esa impresión. Es que me escribe como si de verdad me amara... pero yo no sé... y por eso vine lo más rápido posible para que me dijeras qué debo hacer en este caso...

Al ver que parecía tan encantada y tan dudosa, Emma casi se avergonzó de Harriet.

—¡Bien! —exclamó—. El muchacho está decidido a no perder nada por timidez. Quiere relacionarse bien por encima de todo.

—¿Pero quieres leer la carta? —interrogó Harriet—. Te lo suplico. Me gustaría que la leyeras, Emma...

No se hizo rogar mucho. Leyó la carta y quedó sorprendida. La misiva estaba mucho mejor redactada de lo que imaginaba. No solamente no había ningún error gramatical, sino que su redacción era perfecta y digna de un caballero; el lenguaje, aunque sencillo, era enérgico y sin artificios, y la expresión de los sentimientos hablaba a favor de quien la había escrito. Era corta, pero revelaba un intenso cariño, nobleza, corrección e incluso delicadeza de sentimientos y buen sentido. Emma tardó en leerla, al tiempo que, ansiosa, Harriet la miraba esperando su opinión y susurrando:

—¡Vaya, vaya!

Hasta que finalmente no pudo aguantarse y agregó:

—Es una carta hermosa ¿verdad? ¿O tal vez te parece demasiado breve?

—Sí, ciertamente es una carta muy hermosa —dijo Emma con pensada lentitud—, tan hermosa, Harriet, que, teniendo en cuenta todas las circunstancias, pienso que quizás alguna de sus hermanas lo ayudó a redactarla. Apenas puedo creer que el muchacho que el otro día vi conversando contigo se exprese de esta manera sin apoyo de nadie, pero tampoco es el estilo de una dama; no, es muy enérgico y preciso; no es tan difuso para ser redactado por una mujer. Indudablemente es un hombre sensible, y acepto que pueda tener un talento natural para... Piensa de una manera precisa y enérgica... y cuando coge la pluma sabe hallar las palabras apropiadas para expresar sus ideas. Eso les sucede a algunos hombres. Sí, ya me entero de cómo es su forma de ser y su carácter. Es enérgico, arriesgado, sensible, sin la menor vulgaridad. Harriet —agregó devolviéndole la carta— está mejor redactada de lo que imaginaba.

—Sí —dijo Harriet, que seguía esperando algo más—. Sí... y... ¿qué debo hacer, Emma?

—¿Qué quieres decir? ¿Te refieres a esta carta? ¿Qué tienes que hacer?

—Sí.

—¿Cómo es posible que tengas dudas? Por supuesto que tienes que responderla... y además inmediatamente.

—Sí. Pero ¿qué le diré? ¡Aconséjame, querida Emma!

—¡No, no! Es preferible que tú sola escribas la carta. Estoy segura de que escribirás con mucha más soltura y propiedad. No existe riesgo de que no te hagas comprender, y eso es lo que más importa. Debes expresarte sin vaguedades ni rodeos y con total claridad... Yo estoy segura de que todas esas frases de agradecimiento, y de sentimiento por el dolor que le produces con tu negativa, y que exige la urbanidad y las buenas costumbres, a ti misma se te ocurrirán. No requieres del consejo de nadie para escribirle lamentando la decepción que le ocasionas.

—Tú piensas, entonces, que debo rechazarlo —dijo Harriet, bajando la mirada.

—¿Qué dices? ¿Que si debes rechazarlo? ¡Querida Harriet!, ¿qué pretendes decir con eso? ¿Es que acaso tienes dudas? Yo pensaba... pero, en fin, te pido mil disculpas porque quizá yo estaba en un error. Por supuesto, si dudas con respecto a lo que debes responder es que yo te había entendido mal. Yo pensaba que solamente me consultabas sobre la manera de redactar la respuesta.

Harriet guardaba silencio. Adoptando una actitud más reservada, Emma continuó:

—Por lo que veo piensas darle una respuesta afirmativa.

—No, de eso no se trata; es decir, yo no quiero... ¿Qué debo hacer? ¿Qué me aconsejas que haga? Emma querida, dime lo que debo hacer, por favor...

—Yo no puedo darte ningún consejo, Harriet. Con eso no tengo nada que ver. Este es un asunto que tú sola, y según tus sentimientos, debes decidir.

—Es que yo no me imaginaba que le atrajese tanto —dijo Harriet mirando la carta.

Emma siguió callada unos instantes, pero comenzó a entender que el halago seductor de esa misiva podía llegar a ser muy poderoso y pensó que era mejor inmiscuirse:

—Para mí, Harriet, hay una norma general que es la siguiente: si una mujer duda si debe aceptar o no a un hombre, evidentemente debería rechazarlo. Si llega a dudar de decir "Sí", debe decir "No", sin pensarlo más. El matrimonio no es un estado en el que se pueda entrar tranquilamente con sentimientos de duda, sin tener plena certeza. Pienso que es mi deber como tu amiga, y también por tener más años que tú, el decirte todo esto. Pero no pienses que deseo influir en tu decisión.

—¡Oh, no! Yo estoy muy segura de que me quieres demasiado como para... Pero, solamente si pudieras aconsejarme qué es lo mejor que podría hacer... No, no, no quiero decir eso... Debería estar totalmente segura, como tú dices... En estas cosas no se puede dudar... Es algo muy serio... Tal vez sea más seguro decir que no, ¿piensas que diciendo que no hago lo correcto?

—Por nada del mundo —dijo Emma sonriendo con gracia— te aconsejaría sobre qué decisión debes tomar. Tú tienes que ser el mejor juez de tu propia felicidad. Si prefieres al señor Martin más que a cualquier otro hombre; si te parece el caballero más agradable de todos los que has conocido, entonces ¿por qué dudas? Harriet, te sonrojas. ¿Es que en este instante piensas en algún otro a quien convendría mejor esta descripción? Harriet, Harriet, amiga no te mientas a ti misma; no te dejes llevar por la compasión y por la gratitud. ¿En quién estás pensando en este instante?

Eran muy favorables las señales... En lugar de responder, Harriet giró la cabeza llena de dudas y se quedó pensando al lado del fuego; y a pesar de que continuaba todavía con la carta en la mano, sin mirarla, la iba enrollando maquinalmente. Con impaciencia, pero no sin grandes esperanzas, Emma aguardaba el resultado. Finalmente, Harriet dijo con voz vacilante:

—Ya que no quieres darme tu opinión, Emma, intentaré expresar la mía lo mejor que pueda; estoy completamente decidida, y realmente ya casi me he hecho a la idea... de no aceptar la propuesta del señor Martin. ¿Piensas que es lo mejor?

—Claro que es lo mejor, querida Harriet, estoy segura de que haces muy bien, haces lo que debes. Cuando estabas dudando, yo me guardaba mis sentimientos, pero en estos momentos que te veo tan decidida no tengo ningún problema en aprobar tu actitud. No sabes cuánto me alegro, Harriet. La verdad es que me hubiera dado mucha pena perder tu amistad y dejar de tratarte, y esa hubiera sido la consecuencia de que contrajeras matrimonio con el señor Martin. Mientras te veía dudosa, aunque hubiera sido en lo más mínimo, no te iba a decir nada acerca de este asunto, porque no quería tener influencia en tu decisión; pero hubiera significado para mí perderte como amiga. Yo no podía ir a ver a la señora de Robert Martin en Abbey-Mill Farm. Ahora ya estoy segura de que no te perderé jamás.

No se le había ocurrido a Harriet pensar en aquel peligro, pero entonces esa idea la dejó muy asombrada.

—¿Que tú no hubieras podido ir a verme? —exclamó horrorizada—. No, por supuesto no hubieras podido, pero jamás se me había ocurrido pensar en eso antes de este momento. Hubiera sido terrible. ¿Y eso iba a ser la solución de mi existencia? Por nada de este mundo renunciaría al honor y al placer de tu amistad, querida Emma.

—Sí, Harriet, para mí perderte hubiera sido un golpe horrible; pero hubiera tenido que ser de esa manera. Yo hubiera tenido que renunciar a ti y tú misma te habrías alejado de toda la buena sociedad.

—¿Cómo hubiese podido aguantarlo? ¡Definitivamente sería mi muerte el no regresar a Hartfield nunca más!

—¡Tan cariñosa, pobre criatura! ¡Tú confinada en Abbey-Mill Farm! ¡Durante toda tu existencia condenada a solamente relacionarte con gente sin cultura y vulgar! Me pregunto cómo ese muchacho ha tenido el atrevimiento de proponerte algo así. Por lo menos una muy buena opinión de sí mismo debe tener.

—No creo que sea un engreído —dijo Harriet, cuya conciencia se revelaba a esta censura—; es un hombre de intenciones rectas, sea como sea, y yo le estaré muy agradecida siempre y pensaré en él con cariño... Sin embargo, esto es una cosa, y casarse con él es... Y, además, a pesar de que yo pueda atraerle, eso no significa que yo vaya a... y, por supuesto, debo confesar que desde que vengo aquí he tratado a muchas personas... y si comparo, me refiero a la elegancia y al trato, entonces desde luego no existe comparación posible... aquí he conocido a hombres tan atractivos y de trato tan cortés... Pero lo cierto es que pienso que el señor Martin es un muchacho muy amable, y de él tengo muy buena opinión; y el que sienta tanta atracción por mí y el que me escriba una carta como esta... Pero, por nada del mundo, yo me separaría de ti.

—Querida Harriet, gracias, muchas gracias, ¡eres tan dulce y afectuosa! No nos vamos a separar. Y tampoco una mujer tiene por qué casarse con un hombre solo porque él se lo pida, o porque le haya inspirado un cariño, o porque él sea capaz de redactar una carta aceptable.

—¡Oh, no! Y además es una carta muy breve...

Emma notaba el mal sabor de boca que le había quedado a Harriet, pero prefirió ignorarlo y prosiguió:

—Por supuesto, y te iba a servir de poco consuelo el saber que tu esposo sabe escribir bien una carta cuando puede estar poniéndote en ridículo cada instante del día con la vulgaridad de sus modales y su trato.

—¡Oh, sí! Es cierto, tienes mucha razón. ¿Una carta qué importa? Lo importante es disfrutar siempre de la compañía de gente agradable. Estoy completamente decidida a no aceptarlo. Pero, ¿qué voy a decirle? ¿Cómo lo haré?

Emma le aseguró que no había ningún inconveniente en responder, y le aconsejó que le escribiera de inmediato, a lo cual Harriet accedió con la esperanza de tener la ayuda de Emma; y aunque ella le seguía afirmando que no requería ninguna ayuda, la verdad fue que colaboró en la redacción de todas y cada una de las frases de la misiva. Cuando Harriet releyó la del señor Martin para responderla se sintió más inclinada a suavizarse, tanto, que fue necesario que Emma fortaleciera su determinación con unas pocas, pero categóricas palabras; Harriet estaba tan preocupada por la idea de hacerle infeliz, pensaba tanto en lo que iban a decir sus hermanas y su madre y temía que la consideraran una ingrata, que Emma se convenció de que si el joven hubiese acertado a pasar por allí en aquel instante, hubiese sido aceptado a pesar de todo.

No obstante, la carta fue redactada, sellada y enviada. Harriet estaba a salvo y el asunto solventado. Harriet estuvo muy deprimida durante toda la noche, pero Emma escuchó pacientemente sus tiernos lamentos y trataba de levantarle el ánimo de vez en cuando hablándole del cariño que ella le tenía, y, en ocasiones, reavivando también el recuerdo del señor Elton.

—Ya jamás me invitarán otra vez a Abbey-Mill —dijo Harriet en un tono más bien afligido.

—Harriet y si te invitaran yo jamás sabría separarme de ti. Eres muy necesaria en Hartfield para dejar que pierdas el tiempo en Abbey-Mill.

—Y nunca querré ir allí, estoy segura, porque el único lugar donde yo soy feliz es en Hartfield.

Y Harriet continuó después de un rato:

—Pienso que la señora Goddard se quedaría muy asombrada si supiera todo lo que ha sucedido. Y la señorita Nash también, estoy segura... Porque la señorita Nash piensa que su hermana ha hecho un gran matrimonio, y eso que solamente se ha casado con un pañero.

—Sería triste darse cuenta de que una maestra de escuela tiene unos gustos más refinados o más orgullo. Me arriesgaría a asegurar que la señorita Nash te envidiaría una oportunidad como esta para contraer matrimonio. Incluso sería de gran valor a sus ojos esta conquista. Con respecto a algo que para ti fuera más valioso, imagino que ella no es capaz ni de pensarlo. Dudo que las atenciones de cierta persona sean todavía razón de chismes en Highbury. Hasta este momento me supongo que tú y yo somos las únicas para quienes su proceder y sus miradas han sido suficientemente evidentes.

Harriet sonrió y se ruborizó, y comentó algo con respecto a su extrañeza de que hubiera quien pudiese tener tanto interés en ella. Claro que le halagaba pensar en el señor Elton, pero al cabo de unos instantes se conmovía nuevamente recordando que había rechazado al señor Martin.

—Ya habrá recibido mi carta a estas horas —dijo quedamente—. Cómo quisiera saber qué están haciendo todos... si ya lo saben sus hermanas... si él se siente triste e infeliz, también lo serán los demás. Espero que no le afecte mucho todo esto.

—Ahora pensemos en nuestros amigos que no están que viven horas más dichosos —dijo Emma—. En estos instantes tal vez el señor Elton le está mostrando tu retrato a su mamá y a sus hermanas, y les está diciendo hasta qué punto es más bello el original, y después de habérselo hecho suplicar cinco o seis veces aceptará decirles tu nombre, tu nombre para él tan querido.

—¡Mi cuadro! Pero ¿no lo dejó en Bond Street?

—¡Sí, es posible! Si lo hizo de esa manera es que yo desconozco al señor Elton. No, mi querida y modesta amiga, puedes estar segura de que no llevará el cuadro a Bond Street hasta un instante antes de montar a caballo para regresar mañana hacia aquí. Toda esta noche será su consuelo, su deleite, su compañero. Le será adecuado para que su familia vea sus intenciones, para que te vean y te conozcan, para divulgar entre los que están a su alrededor los más hermosos sentimientos del alma humana, la viva curiosidad y la calidez de una favorable inclinación. ¡Qué animados, qué contentos deben estar! ¡De las imaginaciones de todos ellos cómo deben brotar las fantasías!

Las sonrisas se fueron acentuando en el rostro de Harriet.

Capítulo VIII

Harriet durmió en Hartfield esa noche. Permanecía allí casi la mitad del día en las últimas semanas y, lentamente, fue teniendo una habitación fija para ella; y Emma consideraba que era preferible, en todos los aspectos, tenerla en su casa, alegre y segura, el mayor tiempo posible, por lo menos en esos instantes. Tuvo que ir a casa de la señora Goddard a la mañana siguiente, por una o dos horas, pero ya se había acordado que regresaría a Hartfield para permanecer durante varios días allí.

El señor Knightley llegó durante su ausencia y estuvo charlando con Emma y el señor Woodhouse, hasta que el señor Woodhouse, que esa mañana se propuso salir a pasear, dejó que su hija lo convenciera de que no lo aplazara, y la insistencia de ambos logró vencer los escrúpulos de su educación y su cortesía que le impedían dejar al señor Knightley por esa razón. Ya que no tenía nada de ceremonioso, con sus respuestas concisas y rápidas, el señor Knightley daba un divertido contraste con las corteses dudas y las excusas interminables de su interlocutor.

—Permítame, señor Knightley, que me tome esta licencia; si usted quisiera disculparme, si no me considerara usted muy maleducado, yo aceptaría el consejo de Emma y saldría a pasear un cuarto de hora. Ya que el sol se ha puesto, pienso que sería preferible que diera mi pequeño paseo antes de que refrescara mucho. Ya ve, señor Knightley, que con usted no hago ningún cumplido. Nos consideramos con ciertos privilegios nosotros los inválidos.

—No faltaba más, por Dios, no tiene usted que tratarme como a una persona extraña.

—Entonces, le dejo acompañado por mi hija, que es una excelente suplente. Muy complacida estará Emma de atenderle. Así que le pido nuevamente mil disculpas, y me iré a dar mi paseo de invierno... mi vueltecita.

—Me parece excelente idea, señor Woodhouse.

—Con mucho gusto yo le pediría que me acompañara, señor Knightley, pero camino muy despacio y a usted le sería muy molesto adaptarse a mi paso; y además, ya usted tiene que dar otro paseo muy largo para regresar a Donwell Abbey.

—Es usted muy amable, muchas gracias; pero yo me iré ahora mismo, y pienso que es preferible que usted salga lo antes posible. Iré a buscarle la capa larga y le abro la puerta del jardín, señor.

Finalmente, el señor Woodhouse se marchó, pero el señor Knightley, en lugar de prepararse también para irse, se sentó nuevamente como si estuviera deseoso de conversar más. Comenzó hablando de Harriet y, espontáneamente, elogiándola, más de lo que Emma había escuchado nunca en sus labios.

—Tanto como lo hace usted yo no podría alabar su belleza —dijo él—, pero es una joven bonita, y pienso que no le faltan buenas razones. Es cierto que su personalidad depende de los que tiene a su alrededor, pero llegará a ser una mujer de muchos méritos si está en buenas manos.

—Me hace feliz saber que usted piensa de esa manera, y confío en que esas buenas manos no las eche de menos.

—¡Vaya! —dijo él—. Me doy cuenta de que lo que está deseando es que la halague, de manera que le diré que, gracias a usted, ha mejorado mucho la señorita Harriet. Ha hecho que pierda su tonta e infantil risita de colegiala, y eso habla muy bien de usted.

—Le agradezco mucho. Debo confesarle que me disgustaría demasiado si no pudiera creer que he sido útil para algo, pero no todas las personas nos elogian cuando en verdad lo merecemos. Por ejemplo, usted no me abruma frecuentemente con muchos halagos.

—Usted me decía que esta mañana la está esperando, ¿verdad?

—Sí, de un instante a otro. Por lo que dijo, ya ha debido estar de regreso.

—Algo debe haber sucedido para que se retrasara, quizás una visita.

—¡Qué gente más habladora la de Highbury! ¡Qué personas más fastidiosas son!

—Tal vez Harriet no encuentra a toda la gente tan fastidiosa como le parece a usted.

Emma guardó silencio, porque sabía que esto era una realidad muy evidente para que pudiera llevarle la contraria. Después de unos instantes, el señor Knightley, con una sonrisa, agregó:

—No intento fijar lugar ni tiempo, pero le debo comentar que tengo buenos motivos para suponer que su querida amiga no tardará mucho en saber algo que la hará muy feliz.

—¿Sí? ¿De qué se trata? ¿Qué noticia será esta?

—¡Oh, es una noticia muy importante, se lo aseguro! —dijo sonriendo.

—¿Es muy importante? Solamente puede tratarse de una cosa. Dígame, ¿quién le ha hecho confidencias? ¿Quién está enamorado de ella?

Ella estaba casi segura de que fue el señor Elton quien le hizo una insinuación. El señor Knightley era un poco el consejero y el amigo de todos, y ella sabía que uno que lo consideraba mucho era el señor Elton.

—Tengo motivos para suponer —dijo— que Harriet Smith no tardará en recibir una propuesta de matrimonio que viene de un hombre completamente intachable. Es Robert Martin. Da la impresión de que la visita de Harriet el verano pasado a Abbey-Mill surtió efecto. Robert está locamente enamorado y quiere casarse con ella lo antes posible.

—Eso hay que agradecerlo —dijo Emma—, pero ¿está seguro de que Harriet querrá casarse con él?

—Bueno, bueno, ese ya es otro asunto, por ahora desea proponérselo. ¿Logrará lo que se propone? Vino a verme hace dos noches a la Abadía para consultarme el tema. Él sabe que le tengo mucho aprecio a él y a toda su familia, y estoy seguro de que me considera como uno de sus mejores amigos. Me preguntó si me parecía oportuno que contrajera matrimonio siendo tan joven, si no pensaba que ella era muy niña; en resumen, si yo aprobaba su decisión; tenía cierto temor de que se la considerase (sobre todo desde que usted tiene relación con ella) como parte de una clase social superior a la suya. Me agradó mucho todo lo que me dijo. Jamás había escuchado hablar a nadie con más sentido común y propiedad. Siempre habla de una manera muy acertada; es muy sincero, no anda con rodeos y no tiene nada de bobo. Me contó absolutamente todo; sus proyectos y su situación, todo lo que se proponían hacer en caso de que contrajera matrimonio. Es un muchacho excelente, buen hijo y buen hermano. Yo no dudé en aconsejarle que se casara. Me pudo demostrar que estaba en posición de hacerlo, y en este caso me convencí de que eso era lo mejor que podía hacer. También elogié a su amada, y se marchó de mi casa feliz y emocionado. Imaginando que antes no hubiera tomado mucho en cuenta mi opinión, a partir de ese momento se hubiera hecho de mí una idea mucho más favorable; y me arriesgaría a afirmar que abandonó mi casa considerándome como el mejor consejero y amigo que nunca tuvo hombre alguno. Eso sucedió anteanoche.

Entonces, como es sencillo de imaginar, no querrá dejar que pase mucho tiempo antes de conversar con ella y, como parece ser que ayer no le habló, es muy probable que hoy haya ido a casa de la señora Goddard; y por eso Harriet puede haberse visto retrasada por una visita que, estoy muy seguro, no va a considerar precisamente como molesta.

—Disculpe, señor Knightley —dijo Emma, que no había dejado de sonreír mientras él conversaba—, pero ¿usted cómo sabe que el señor Martin no habló ayer con ella?

—Es verdad —dijo él, asombrado—, lo cierto es que no sé nada de ello, pero lo he imaginado. ¿Pero es que ayer Harriet no estuvo con usted todo el día?

—Mire —dijo ella—, correspondiendo a lo que usted me ha contado, yo le contaré también algo que usted desconocía. Ayer el señor Martin habló con Harriet, es decir, le escribió, y no fue aceptado.

Emma tuvo que repetirlo para que su interlocutor lo creyera, y al instante el señor Knightley se sonrojó de asombro y de decepción, e indignado se puso de pie diciendo:

—Es que esta muchacha entonces es mucho más tonta de lo que yo pensaba. Pero ¿qué le sucede a esa desdichada?

—¡Oh, ya entiendo! —exclamó Emma—. Un hombre nunca puede comprender que una mujer rechace una propuesta de matrimonio. Un hombre supone siempre que una mujer está dispuesta a aceptar al primero que le pida matrimonio.

—¡Para nada! A ningún hombre se le ocurre pensar eso. Pero ¿qué quiere decir todo eso? ¡Que Harriet Smith no acepta a Robert Martin! ¡Si es cierto, es una locura! Pero confío en que usted no tenga buena información.

—No existe error posible, yo misma vi la respuesta a su carta.

—¿De manera que usted vio la respuesta de Harriet? Y también la escribió, ¿verdad? Esto es obra suya, Emma. Usted la convenció para que no lo aceptara.

—Y si lo hubiera hecho (lo cual, sin embargo, estoy muy lejos de aceptar), no pensaría que ha hecho nada malo. El señor Martin es un muchacho muy honorable, pero no puedo aceptar que se le considere al mismo nivel de Harriet; y lo cierto es que más bien me sorprende que se haya arriesgado a dirigirse a ella. Por lo que usted dice parece haber tenido unos escrúpulos. Y es una pena que se librara de ellos.

—¿Que no está al mismo nivel de Harriet? —dijo el señor Knightley, alzando la voz y acalorándose; y unos instantes después agregó más calmado, pero con dureza—: No, lo cierto es que no está a su nivel, porque él es muy superior en posición social y en criterio. Usted está cegada por el cariño que siente por esa muchacha, Emma. ¿Es que puede aspirar Harriet Smith por su nacimiento, por su inteligencia o por su educación a contraer matrimonio con alguien mejor que Robert Martin? Harriet es la hija natural de un total desconocido que quizá no tenía la menor posición y, sin duda, alguna relación más o menos honorable. Es solamente una pensionista de una escuela pública. Es una joven que carece de toda instrucción y de sensibilidad. Nada útil le han enseñado, y es muy joven y muy obtusa como para haber aprendido algo por sí sola. A sus años no puede tener experiencia alguna, y con sus pocas luces no es sencillo que llegue a tener una experiencia que le sea útil para algo. Tiene buen carácter y es agraciada, nada más. Y para ser sincero el único escrúpulo que tuve para dar mi opinión favorable a este matrimonio fue por ella, porque considero que el señor Martin, definitivamente, merece algo mejor, y ella no es el mejor partido para él. En lo que respecta al asunto económico, me da la impresión también de que él tiene todas las posibilidades de hacer un matrimonio mucho más provechoso; y en referencia a tener a su lado a una esposa sensata y comprensiva que le ayude, pienso que no podía haber elegido peor. Pero yo de esa manera no podía razonar con un hombre enamorado, y preferí confiar en que, no existiendo en ella nada básicamente malo, tenía ciertas cualidades que, en manos como las suyas, podían ser encauzadas bien con facilidad y dar muy buenos resultados. Yo opino que quien verdaderamente salía beneficiada en este matrimonio era ella; y no tenía ni la más mínima duda (ni tampoco la tengo ahora) de que la opinión general sería que Harriet era muy afortunada. Estaba seguro incluso de que usted estaría alegre. De inmediato se me ocurrió pensar que usted no lamentaría separarse de su amiga cuando la viera tan bien casada y feliz. Recuerdo que me dije: “Incluso con su absoluta parcialidad por Harriet, Emma estará de acuerdo en que hace un buen matrimonio”.

—¡Por Dios! Solo puedo extrañarme de que usted conozca tan poco a Emma como para decir algo semejante. ¡Pensar que un granjero (porque, con todos sus méritos y todo su sentido común, el señor Martin es solamente eso) podría ser un buen partido para mi amiga Harriet! ¡Que no lamentaría el que se separara de mí para contraer matrimonio con un hombre al que yo jamás admitiría entre mis amigos! Me asombra el que usted creyera posible el que yo pensara de esta manera. Le aseguro que mi actitud no puede ser más diferente. Y le confieso que su planteamiento del asunto me parece injusto. Usted es muy duro y severo al hablar de las posibles aspiraciones de Harriet. En cambio, otras personas estarían de acuerdo conmigo en ver el caso de una manera muy distinta; el señor Martin entre los dos tal vez sea el más rico, pero sin ninguna duda está por debajo de ella en nivel social. Los escenarios en los que ella se desenvuelve están muy arriba de los de este muchacho. Este matrimonio rebajaría a mi amiga.

—Pero ¿usted le llama rebajarse a que una joven que tiene orígenes ilegítimos y que es una perfecta ignorante contraiga matrimonio con un propietario rural inteligente y honorable?

—Con respecto a las circunstancias de su nacimiento, a pesar de que ante la ley se le podría considerar como hija de nadie, esta es una postura inadmisible para una persona con un poco de sentido común. Ella no tiene por qué pagar las culpas de los demás, como sucede si la situamos en un nivel inferior al de la gente con la que fue educada. De que su padre es un caballero no cabe duda alguna... y un caballero de riqueza... Es muy generosa la pensión que recibe, jamás se ha escatimado nada para rodearse de más y mayores comodidades o mejorar su educación. El que sea hija de un caballero para mí es algo indudable. Que se relaciona con hijas de caballeros imagino que nadie puede negarlo. Esto quiere decir que su clase social está por encima de la del señor Robert Martin.

—Pero sean quienes sean sus padres —dijo el señor Knightley—, sean quienes sean quienes se han ocupado de ella hasta este momento, no existe absolutamente nada que haga suponer que tenían el deseo de introducirla en lo que usted llamaría la buena sociedad. Después de haberle proporcionado una enseñanza muy regular, la confiaron a la señora Goddard para que se las arreglara como pudiera... Es decir, para que viviera en el ambiente de la señora Goddard y se vinculara con los amigos de la señora Goddard. De manera evidente, sus amigos consideraron que eso le era suficiente; y, realmente, le era suficiente. Ella misma no quería nada mejor. Antes de que usted tomara la decisión de convertirla en su amiga ella jamás se sintió desplazada en su ambiente, nada más ambicionaba. Se sentía completamente feliz el verano pasado al lado de los Martin. En ese momento no creía que era superior a ellos. Y si ahora cree esto es porque usted ha hecho que cambie. Emma, usted no ha sido una buena amiga para Harriet Smith. Jamás hubiera llegado tan lejos Robert Martin si no hubiera estado convencido de que ella no lo veía con indiferencia. Lo conozco muy bien. Es muy realista para declararse a una mujer al azar de un cariño que sabe que no es correspondido. Y con respecto a que sea vanidoso, es la última persona que conozco de la que pensaría algo semejante. Usted puede estar segura de que ella le animó.

Era mejor para Emma no responder directamente a esta afirmación, de manera que prefirió restablecer el hilo de su propia reflexión.

—Usted es muy buen amigo del señor Martin, pero es injusto con Harriet, como ya le dije antes. Los deseos de Harriet de casarse bien no son tan despreciables como usted los muestra. No es una joven inteligente, pero tiene mejor juicio de lo que usted cree y no es merecedora de que se hable tan ligeramente de sus capacidades intelectuales. Pero dejemos ese asunto e imaginemos que es como usted la describe, tan solo una buena joven muy encantadora; déjeme decirle que el grado en que tiene estas cualidades no es una recomendación de vana importancia para muchas personas, ya que lo cierto es que es una joven muy bella y atractiva, y así deben considerarla el noventa y nueve por ciento de los que la han tratado, y hasta que no se demuestre que, en materia de belleza, los hombres son mucho más filosóficos de lo que en general se cree; hasta que no se enamoren de los espíritus intelectuales y cultivados en vez de los rostros bellos, una joven con los encantos y belleza que posee Harriet está segura de ser pretendida y admirada, de hacer una elección entre muchos como corresponde a su hermosura. Su buen carácter, además, tampoco es una cualidad tan despreciable, sobre todo, como sucede en su caso, con una natural dulzura y apacibilidad, una inmensa modestia y la virtud de adaptarse de manera muy sencilla a otras personas. O estoy equivocada o, en su mayoría, los hombres creen que una belleza y un temperamento como estos son los más grandes atractivos que una mujer puede tener.

—Le doy mi palabra, Emma, de que solo el escuchar cómo abusa usted del talento y la viveza que le ha dado Dios, casi me es suficiente para darle la razón. Es preferible carecer de inteligencia que utilizarla tan mal como lo hace usted.

—¡Claro! —dijo ella en tono de broma—. Ya sé que con respecto a eso todos ustedes piensan lo mismo. Ya sé que una muchacha como Harriet es justamente lo que todos los hombres desean... la mujer que no solamente fascina y cautiva sus sentidos, sino que también complace su inteligencia. ¡Oh! Harriet puede decidir a su gusto. Para usted mismo, si un día pensara en contraer matrimonio, esta es la mujer ideal. Y a los diecisiete años, cuando comienza a vivir apenas, cuando empieza a darse a conocer, ¿es tan raro que rechace la primera propuesta que se le haga? No... Déjela que tenga tiempo para descubrir mejor el mundo que tiene alrededor.

—Pensé siempre que esta amistad de ustedes dos no daría ningún buen resultado —dijo de inmediato el señor Knightley—, aunque me reservé mi opinión, pero en este momento me doy cuenta de que será de consecuencias muy nefastas para Harriet. Usted logra que se envanezca con esos pensamientos sobre su belleza y sobre todo a lo que podría desear y aspirar y, después de algún tiempo, a ella ninguna de las personas que la rodean le parecerá de suficiente nivel. Cuando se tiene poca inteligencia, la vanidad llega a provocar todo tipo de desdichas. Para una damita como ella nada más sencillo que colocar demasiado altas sus pretensiones. Y tal vez las propuestas de casamiento no fluyan tan rápido a la señorita Harriet, incluso siendo una joven muy bella. A pesar de lo que usted se empeña en afirmar, los hombres de buen juicio no están interesados en esposas tontas. Los caballeros de buena familia se resistirán a vincularse con una mujer cuyo nacimiento es tan oscuro y enigmático... y los más prudentes sentirán temor de las desdichas y contrariedades en que pueden verse envueltos cuando se descubra el misterio de su origen. Si se casa con Robert Martin tendrá una vida respetable, dichosa y segura para siempre, pero si usted la incita a querer casarse de forma más ventajosa, y le enseña a no conformarse si no es con un hombre de mucho dinero y de gran posición, tal vez sea pensionista de la señora Goddard durante todo el resto de su existencia... o por lo menos (porque Harriet Smith es una joven que finalizará casándose con uno u otro) hasta que se desespere, y con pescar al hijo de un viejo maestro de escuela se dé por satisfecha.

—Señor Knightley, en este tema nuestros puntos de vista son tan radicalmente diferentes que no serviría de nada que continuáramos discutiendo. Solamente lograríamos molestarnos. Pero es imposible que yo haga que se case con Robert Martin, ella lo rechazó, y de manera tan categórica que pienso que no deja espacio para que él siga insistiendo. Tiene que atenerse ahora a las malas consecuencias que pueda tener el no haberlo aceptado, sean las que sean; y por lo que respecta a la negativa en sí, no es que yo quiera decir que no haya podido influir en ella un poco, pero le aseguro que ni yo ni nadie podía hacer algo en esa cuestión. La presencia del señor Martin lo daña mucho, y sus modales son tan corrientes que, si es que en alguna ocasión estuvo dispuesta a prestarle atención, ya no lo está. Entiendo que antes de que ella hubiera conocido a nadie de más nivel pudiera aguantarlo. Él era el hermano de sus amigas y se desvivía para alegrarla y complacerla; y entre una cosa y otra, como ella no había conocido nada mejor (situación que para él fue la mejor aliada), mientras permaneció en Abbey-Mill lo encontraba agradable. Pero la situación cambió ahora. Ya sabe lo que es un caballero; y solamente un caballero, por sus modales y por su educación, tiene posibilidades de conquistar a Harriet.

—¡En mi vida había escuchado cosa más ilógica y absurda, qué desatino! —exclamó el señor Knightley. En su trato, Robert Martin es sincero, tiene buenos sentimientos y buen humor, todo lo cual lo convierten en un hombre muy atractivo. Y su espíritu es mucho más delicado de lo que Harriet Smith es capaz de entender.

Esforzándose por adoptar un aire de alegre despreocupación, Emma no replicó, pero la verdad es que cada vez se iba sintiendo más incómoda, y con toda su alma deseaba que su interlocutor se marchara. Pero no se arrepentía de lo que había hecho; seguía pensando que estaba mejor capacitada para opinar sobre refinamientos y derechos de la mujer que él; pero, a pesar de todo, el respeto que siempre tuvo por las opiniones del señor Knightley le hacía sentirse molesta de que en esta ocasión fueran tan opuestas a las suyas; y que estuviese sentado delante de ella, indignado, le era absolutamente desagradable. En un silencio incómodo transcurrieron unos minutos que solamente rompió Emma en una ocasión intentando hacer un comentario sobre el tiempo, pero él no respondió. Se encontraba reflexionando. Finalmente, con estas palabras expresó sus pensamientos:

—Bueno, no pierde gran cosa Robert Martin... confío que se dé cuenta, y espero que no tarde mucho tiempo en entenderlo. Solamente usted sabe los proyectos que tiene respecto a Harriet, pero como usted no esconde a nadie sus aficiones casamenteras, es sencillo descubrir lo que se propone y los planes que tiene... y solo quiero indicarle como amigo una cosa: pienso que solo perderá el tiempo si Elton es su objetivo.

Mientras negaba con la cabeza, Emma reía. Él continuó:

—Usted puede tener la seguridad de que Elton no le será útil para sus planes. Él es una persona muy buena y un honorable vicario de Highbury, pero es improbable que se atreva a realizar un matrimonio poco conveniente. Él, mejor que nadie, sabe lo que una buena renta vale. Elton actuará con la cabeza, aunque puede hablar según sus sentimientos. Es tan consciente de cuáles pueden ser sus ambiciones, como también usted puede serlo de las de Harriet. Sabe que es un muchacho muy atractivo y que, vaya donde vaya, se pensará que él es un gran partido; y por la manera en que habla cuando se encuentra en confianza y solamente hay hombres presentes, estoy plenamente convencido de que no desaprovechará sus atractivos personales. Le he escuchado hablar con mucho interés de unas muchachas que son amigas íntimas de sus hermanas y que cada una cuenta con una renta de veinte mil libras.

—Estoy muy agradecida con usted —dijo Emma, riéndose otra vez—.

Usted me haría un gran favor al abrirme los ojos si yo me hubiese empeñado en que el señor Elton se casara con Harriet, pero por los momentos solo deseo cuidar a Harriet y mantenerla como mi amiga. La realidad es que ya estoy aburrida y agotada de arreglar matrimonios. No voy a suponerme que lograría igualar todas mis hazañas de Randalls. Antes de tener algún fracaso, prefiero abandonar mi actividad en plena popularidad.

—Deseo que usted lo pase muy bien —dijo el señor Knightley mientras se ponía en pie bruscamente y abandonaba la sala.

Estaba sumamente enfadado. Le dolía mucho la decepción que había sufrido su amigo y lamentaba que él fuera un poco responsable de lo sucedido al aprobar su proyecto; y le irritaba sobremanera la intervención que, estaba convencido, Emma había tenido en aquella cuestión.

También Emma se enfadó, pero las razones de su molestia eran más confusas que las de él. No estaba tan complacida consigo misma, tan totalmente convencida de que tenía razón y de que su adversario estaba equivocado, como era el caso del señor Knightley. Él se fue de la casa mucho más convencido que Emma de estar totalmente en lo cierto. Pero Emma no quedó tan afligida como para que, después de unos instantes, el regreso de su amiga Harriet no le hiciera estar segura de sí misma nuevamente. Ya comenzaba a intranquilizarla la larga ausencia de Harriet. La sola posibilidad de que Robert Martin visitara la casa de la señora Goddard esa mañana y conversara con Harriet para intentar convencerla la angustió. El terror a sufrir un fracaso terminó siendo la razón principal de su preocupación; y cuando Harriet llegó, y de excelente humor, y sin que su larga ausencia se justificara por ninguno de aquellos motivos, sintió tal alegría y satisfacción que hizo que se reafirmara en su opinión, y la convenció de que, a pesar de todo lo que pudiera pensar o decir el señor Knightley, ella no hizo nada que no pudieran justificar los sentimientos femeninos y la amistad.

Debía confesarse que se asustó un poco con lo que había escuchado en referencia al señor Elton, pero cuando analizó que el señor Knightley no podía haberlo estudiado como lo había hecho ella ni tampoco con el mismo interés que ella ni (debía reconocerlo, modestia aparte, a pesar de las intenciones del señor Knightley) con la aguda sagacidad de que ella era capaz en asuntos como este, que él había hablado de manera precipitada y movido por la rabia, se inclinaba a pensar que lo que dijo era más bien lo que la animadversión le llevaba a desear que fuera cierto, más que lo que realmente sabía. Sin ninguna duda había escuchado hablar al señor Elton con más confianza de lo que ella había podido escucharle, y era muy posible que el señor Elton no fuese tan arriesgado y tan despreocupado en asuntos de dinero; también era posible que le prestase más atención que a otras; pero es que el señor Knightley no le había otorgado suficiente importancia y valor al influjo de una pasión arrolladora en lucha permanente con todos los intereses de este mundo. Esa pasión no la veía el señor Knightley y, en consecuencia, no le daba la importancia debida a sus efectos; pero ella lo vio con sus propios ojos y estaba segura de que vencería todas las dudas que una prudencia razonable pudiera suscitar inicialmente; y también de que el señor Elton, en aquellos instantes, no era tampoco un hombre excesivamente prudente ni demasiado calculador.

A Emma la alegría y el entusiasmo de Harriet le devolvieron la calma: regresaba no para pensar en el señor Martin, sino para charlar del señor Elton. La señorita Nash le comentó algo que ella de inmediato repitió muy contenta. El señor Perry fue a casa de la señora Goddard para visitar a una pequeña enferma, y él le contó a la señorita Nash que cuando volvía de Clayton Park, el día anterior, se encontró con el señor Elton, advirtiendo, con gran asombro, que este iba a Londres y que no pensaba regresar hasta la mañana siguiente, a pesar de que esa noche había la partida de *whist,* a la cual antes de ese momento jamás había faltado; y el señor Perry se lo cuestionó, diciéndole que no era justo que precisamente él se ausentara, el mejor de los jugadores, y por todos los medios intentó convencerlo para que pospusiera su viaje para el día siguiente; pero no lo logró; el señor Elton decidió partir, y dijo que lo obligaba un asunto por el que tenía un interés muy especial y que por ningún motivo podía aplazarlo; y agregó algo con respecto a que le habían encargado una misión envidiable y que era portador de algo sumamente valioso e importante. El señor Perry no terminó de comprenderlo muy bien, pero quedó convencido de que debía existir alguna dama en todo ese asunto, y así se lo comentó; y el señor Elton solamente se sonrió, pero de manera muy significativa, y se alejó con su caballo, dando muestras de encontrarse muy alegre. La señorita Nash le contó a Harriet todo esto y le dijo otras muchas cosas sobre el señor Elton; y comentó, viéndola intencionalmente, "que ella no intentaba saber de qué podía tratarse aquella cuestión, pero que solamente sabía que cualquier dama elegida por el señor Elton debería considerarse la más afortunada y dichosa de todo el mundo, ya que, sin ninguna duda, ni por su gallardía ni por la gentileza de su trato el señor Elton tenía rival".

Capítulo IX

Pero Emma no podía pelearse consigo misma, aunque el señor Knightley sí podía pelearse con ella. Él tardó más de lo que tenía por costumbre en regresar a Hartfield, porque estaba muy enfadado; y cuando se vieron nuevamente, la seriedad de su cara evidenciaba que Emma todavía no había sido disculpada. Eso le dolía mucho a ella, pero no estaba arrepentida de nada. Por el contrario, sus proyectos y sus procedimientos cada vez le parecían más justificados, y la hizo aferrarse todavía más a sus ideas el cariz que tomaron las cosas en los días posteriores.

Elegantemente enmarcado, el retrato llegó sano y salvo a la casa poco después de la llegada del señor Elton, y cuando estuvo colgado sobre la chimenea de la sala de estar subió a mirarlo, y ante la pintura susurró entre suspiros las frases de admiración que se requerían; y con respecto a los sentimientos de Harriet era notorio que se estaban concretando en una intensa y sólida inclinación hacia él, según su mentalidad y su juventud se lo permitían. Y Emma se puso muy contenta y se sintió satisfecha cuando se dio cuenta de que solamente recordaba al señor Martin para hacer comparaciones con el señor Elton, muy favorables siempre para este último.

Sus planes de cultivar el alma y el espíritu de su querida amiga a través de lecturas abundantes y educativas y mediante el diálogo no trascendieron más allá de leer los primeros capítulos de unos libros y de la intención de continuar al día siguiente. Conversar era mucho más sencillo que estudiar; era mucho más placentero dejar que la imaginación volara y hacer proyectos para el porvenir de Harriet que esforzarse por incrementar su inteligencia o ejercitarla en materias más áridas y aburridas; y la única tarea literaria que por el momento inició Harriet, el único cúmulo intelectual que realizó proyectándose hacia la madurez de su existencia, fue copiar y coleccionar todos los acertijos de las clases más variadas que pudo hallar, en un pequeño cuaderno forrado con papel lustroso diseñado y elaborado por su amiga y que tenía iniciales pintadas y viñetas a manera de adornos.

Eran frecuentes los libros de mucha extensión con recopilaciones como esta en esa época. La directora del internado de la señora Goddard, la señorita Nash, había copiado al menos trescientos de esos acertijos; y Harriet, quien había tomado la idea de ella, estaba confiada de que con la colaboración de la señorita Woodhouse podría reunir muchos más. Emma apoyaba con su creatividad, su buen gusto y su memoria, y como Harriet tenía una letra muy hermosa, todo hacía imaginar que sería una colección de primer nivel, tanto por lo abundante como por el esmero de la presentación.

Casi tan interesado en aquel tema como las jóvenes estaba el señor Woodhouse y frecuentemente intentaba darles algo digno de estar en la colección.

—¡Oh, tantos buenos acertijos que había en mi juventud!

Y se asombraba de no poder recordar ninguno de ellos. Pero estaba confiado de que con el tiempo los iría recordando. Y siempre finalizaba con: "Kitty, una moza linda, pero fría... ya no recuerdo más…".

Su gran amigo Perry, a quien le había comentado acerca de aquello, tampoco logró por el momento facilitarle algún acertijo, pero le había solicitado a Perry que estuviera pendiente y como él frecuentemente visitaba muchas casas imaginaba que por ese lado algo iba a encontrarse.

Pero su hija no aspiraba que todo Highbury se exprimiera el cerebro pensando. Solamente pidió la ayuda del señor Elton. Se le invitó a aportar todos los misterios, adivinanzas y charadas que pudiese encontrar; y Emma tuvo la alegría de verlo interesarse realmente por esta actividad; y al mismo tiempo se dio cuenta de que ponía el más grande empeño en que no saliera de su boca nada que no fuese un elogio, una galantería para las damas. Él fue quien contribuyó con los dos o tres rompecabezas más galantes; y la dicha y la emoción con que al final recordó y declamó, en un tono más bien lleno de sentimientos, aquella adivinanza tan conocida:

Denota cierta pena mi primera
que tiene que sentir mi segunda[3]*;*
a mi conjunto habrá de recurrir
para calmar la pena aquella.

Se transformó en decepción cuando se dio cuenta de que, unas páginas atrás, ya la tenían copiada.

—¿Por qué usted mismo no escribe un acertijo para nosotras, señor Elton? —dijo Emma—; solamente así estaremos seguras de que es inédita, y nada más sencillo para usted.

—¡Oh, no! En toda mi existencia nunca he escrito una cosa semejante. Para esto no tengo ningún talento. Incluso siento temor de que ni siquiera la señorita Woodhouse... —se quedó callado un instante— o la señorita Smith logren inspirarme.

3 "Primera" y "segunda", que se refieren a las sílabas de que se compone la palabra que hay que descubrir.

Al siguiente día, sin embargo, produjo algunos frutos su inspiración. Les hizo una visita muy rápida solo para dejarles sobre la mesa una hoja de papel que contenía, según comentó, una adivinanza que un amigo suyo había dedicado a una muchacha de la que estaba perdidamente enamorado; pero Emma, debido a su forma de actuar, dedujo de inmediato que su autor era el mismo señor Elton.

—No se la doy para que forme parte de la colección de la señorita Harriet —señaló—. Ya que, como pertenece a mi amigo, no tengo ningún derecho a hacer que se difunda ni poco ni mucho, pero pensé que tal vez a ustedes les agradaría leerla.

Estaban dirigidas sus palabras a Emma más que a Harriet, lo que Emma entendía perfectamente. Él se encontraba muy nervioso y serio, y le resultaba más sencillo verla a ella que a su amiga. Y repentinamente se marchó. Se produjo una pausa muy pequeña, y Emma, entregándole el papel a Harriet, dijo sonriendo:

—Es para ti, toma.

Harriet estaba nerviosa y trémula y no podía extender la mano, y Emma, a quien jamás le importaba ser la primera, tuvo que leerlo.

A la señorita...

Adivinanza
La pompa de los reyes ofrece mi primera,
¡los dueños de la tierra! Su esplendor y su fasto.
Otra visión del hombre presenta mi segunda,
¡señor, vedle allí cómo reina de los mares!
Pero ¡ah!, las dos relacionadas, ¡qué visión más diferente!
Poderío y libertad, todo se extinguió ya;
cual esclavo se humilla señor de mar y tierra;
reina en su corazón una mujer hermosa.

La pronta solución la descubrirá tu ingenio.
¡Oh, si brillaran con amor sus dulces ojos!

Emma leyó lo que estaba escrito en el papel, reflexionó sobre su contenido, entendió su significado, lo leyó nuevamente para estar totalmente segura y, habiendo esclarecido ya el sentido de esos versos, se lo entregó a Harriet y sonrió levemente, diciendo para sí, al tiempo que Harriet pretendía descifrarlo en medio de la confusión que le ocasionaban su torpeza y sus ilusiones:

—Señor Elton, muy bien, muy bien. He leído peores adivinanzas que esta. *Courtship*[4]... un auténtico descubrimiento. Lo felicito. Eso sí es estar seguro de lo que se hace. Eso es decir claramente: "Señorita Smith, se lo suplico, déjeme dedicársela. Que mi adivinanza y mis intenciones sean aprobadas al mismo tiempo por el brillo de sus ojos".

"¡Oh, si brillaran con amor sus dulces ojos!"

»Eso solamente puede dirigirse a Harriet. El adjetivo más adecuado para sus ojos es precisamente "dulces"... el más adecuado y el mejor que podía utilizar.

"La pronta solución la descubrirá tu ingenio".

»¡Claro! ¡El ingenio de Harriet! Mucho mejor. Para describirla de esa manera un hombre tiene que estar lo que se dice muy enamorado. ¡Ah, señor Knightley! Como me gustaría que usted pudiera presenciar todo eso; estoy segura de que finalmente se convencería. Se vería obligado, por una vez en su vida, a reconocer que ha cometido un error. ¡Eso es lo que es, una extraordinaria adivinanza! Y también muy oportuna. Se están precipitando los acontecimientos.

Se vio Emma forzada a interrumpir sus agradables reflexiones que, de otra manera, se hubieran extendido mucho más, porque Harriet ya la estaba asediando con interrogantes.

—¿Emma qué quiere decir todo eso? ¿Pero qué querrá decir? Yo no tengo ni la más mínima idea, no sé ni por dónde comenzar. ¿Qué significa? Intenta hallar la solución. Ayúdame, Emma. Jamás había visto nada tan difícil. ¿Piensas que podría tratarse de la palabra "reino"? Me encantaría saber quién es el amigo, y quién puede ser la muchacha a quien se dirige. ¿Te parece una buena adivinanza? ¿Será acaso "mujer"? Dime, por favor...

"reina en su corazón una mujer hermosa".

»Quizá es "Neptuno":

"¡señor, vedle allí cómo reina de los mares!"

---

4 *Courtship*: esta palabra, que significa en inglés "cortejo" o "galanteo", puede separarse en las dos sílabas a las que alude la adivinanza: *court* (corte real) y *ship* (barco).

»¿Y "sirena"? ¿Y "tridente"? ¿Y "tiburón"? ¡Oh, no, "tiburón" es imposible, *shark* solamente posee una sílaba![5]. Seguro es más ingenioso, si no, no nos lo hubiera entregado. ¡Oh, Emma!, ¿piensas que encontraremos la respuesta?

—¡Qué tonterías! ¡Sirenas! ¡Tiburones! ¿En qué estás pensando, querida Harriet? ¿Acaso por qué iba a traernos una adivinanza de un amigo suyo sobre una sirena o un tiburón? Entrégame el papel y óyeme. Aquí donde coloca "A la señorita..." puedes leer "señorita Smith". "La pompa de los reyes ofrece mi primera,/ ¡los dueños de la tierra! Su esplendor y su fasto". Aquí se refiere a la primera sílaba, "*court*", la corte de un rey. "Otra visión del hombre presenta mi segunda,/ ¡señor, vedle allí cómo reina de los mares!". En esta se refiere a la segunda sílaba, "*ship*", un barco. Más sencillo no puede ser. Pero ahora viene lo mejor: "Pero ¡ah!, las dos relacionadas (*courtship*, lo ves, ¿no?) ¡qué visión más diferente!/ Poderío y libertad, todo se extinguió ya;/ cual esclavo se humilla señor de mar y tierra/ reina en su corazón una mujer hermosa".

»Es una cortesía muy elegante... Y después continúa la conclusión, que imagino, querida Harriet, que no tendrás mucho problema en entender. Puedes estar feliz. Ha sido escrita para ti y en tu honor, no hay ninguna duda.

Por mucho tiempo, Harriet no resistió la deliciosa tentación de dejarse convencer. Leyó los versos de la conclusión y quedó muy feliz y, a la vez, muy confundida. No era capaz de hablar. Pero no se le pedía que hablara tampoco. Era suficiente con que sintiera. Emma estaba hablando por ella.

—Definitivamente es una galantería tan ingeniosa —comentó— y de un sentido tan específico que no tengo la menor duda con respecto a las aspiraciones del señor Elton. Está perdidamente enamorado de ti... y pronto tendrás las pruebas más claras de ello. Es justamente como yo pensaba. Me hubiese parecido muy raro engañarme, pero en este momento todo está muy claro. Son tan claras y decididas sus intenciones como siempre, desde que te conocí, lo han sido mis deseos sobre este asunto. Sí, desde entonces, Harriet, he esperado que sucediera justamente lo que ahora está sucediendo. Jamás hubiese podido asegurar si la atracción mutua entre tú y el señor Elton era algo más deseable que espontáneo, o al contrario. Hasta tal punto se igualaban su conveniencia y su probabilidad. Estoy muy feliz y de todo corazón te felicito, querida Harriet. Toda mujer debe sentirse orgullosa de despertar un afecto como este. Esta es una relación que solamente traerá excelentes consecuencias.

5 "Tiburón", *shark* en inglés.

Que te permitirá tener todo lo que necesitas: independencia, un hogar propio, respetabilidad... que te colocará en el centro de todos tus auténticos amigos, cerca de mí y de Hartfield, y que reafirmará nuestra amistad para siempre. Harriet, esta unión jamás podrá hacernos ruborizar a ninguna de las dos.

—¡Emma! ¡Querida Emma! —era todo lo que Harriet, entre cariñosos y numerosos abrazos, podía susurrar en esos instantes.

Pero cuando lograron entablar algo más parecido a una charla, Emma notó claramente que, antes y ahora, Harriet se ponía en el sitio que le correspondía. Nunca dejó de reconocer la absoluta superioridad del señor Elton.

—En todo lo que dices tú tienes siempre la razón —dijo Harriet—, y por lo tanto imagino, pienso y confío que también ahora la tengas, pero de otra manera jamás hubiera podido suponerlo. ¡Es algo muy por encima a todo lo que yo merezco! ¡El señor Elton, que puede elegir entre tantas damas! Y de él opina lo mismo todo el mundo. ¡Es un hombre de tanto nivel! Solamente piensa en estos versos tan hermosos... "A la señorita...". ¡Oh qué buen poeta es, querida! ¿Es acaso posible que los haya escrito para mí? ¿Realmente son para mí?

—Claro, de eso no cabe la más mínima duda. Créeme, es totalmente seguro, tengo la completa seguridad. Es como una especie de introducción a la obra, el lema del capítulo, y pronto llegará la prosa de los hechos.

—¡Ocurren cosas tan inesperadas! Es algo que nadie hubiese esperado. Estoy segura, yo misma no tenía ni la menor idea hace un mes.

—Suceden esas cosas cuando una señorita Smith se encuentra con un señor Elton... y verdaderamente es algo poco frecuente; no sucede a menudo que algo tan evidente, de una conveniencia tan natural y obvia que necesitaría la intervención de otros, por sí misma se concrete tan rápido. El señor Elton y tú, por su posición, estaban predestinados a encontrarse; la circunstancia de sus respectivos ambientes los empujaba el uno hacia el otro. Su matrimonio será parecido al de los de Randalls. Da la impresión de que hubiera algo en el aire de Hartfield que encauza el amor por el mejor camino que hubiera podido tomar, y lo conduce de la mejor manera posible.

"El amor verdadero no es jamás río de curso apacible..."[6]

Una edición de Shakespeare en Hartfield necesitaría un comentario sobre esta prosa.

—¡Que se haya enamorado realmente de mí el señor Elton... de mí...

6 Cita de Shakespeare.

que entre tantas jóvenes me haya elegido precisamente a mí, de mí, que por la Sanmiguelada[7] todavía no lo conocía y no había conversado jamás con él! Y él, el más atractivo de todos los caballeros y a quien todos le tienen tanto respeto como al mismo señor Knightley. Él, cuya compañía es tan solicitada que todas las personas dicen que si come en alguna ocasión en su casa es porque así lo desea, ya que no le hacen falta invitaciones; que tiene más invitaciones que días la semana. ¡Y en la iglesia es tan interesante! Todos los sermones que ha predicado desde que llegó a Highbury los tiene copiados la señorita Nash. ¡Desdichada de mí! ¡Cuando recuerdo la primera vez que lo vi…! ¡Yo estaba tan lejos de pensar...! Las hermanas Abbot y yo fuimos a la habitación delantera y vimos por entre las mirillas cuando escuchamos que se aproximaba; la señorita Nash vino y nos regañó y nos echó de ese cuarto... y ella se quedó a ver, pero de inmediato me llamó y también me dejó observar, lo cual fue muy amable por parte de ella, ¿verdad? ¡Y qué atractivo lo encontramos! Estaba acompañado por el señor Cole.

—Esta es una relación que todas tus amistades, sean como sean, verán con buenos ojos si tienen algo de sentido común; y no vamos a adaptar nuestra actuación a la opinión de los tontos. Si lo que quieren es que seas dichosa en tu matrimonio, aquí tienen al hombre que por la gentileza y afabilidad de su temperamento da todas las garantías; si su deseo es que te establezcas en la misma comarca y frecuentes los mismos escenarios que ellos hubieran querido para ti, con este matrimonio sus sueños se verán cumplidos; y si su solo objetivo es el de, como se dice de forma vulgar, hacer un buen matrimonio, el señor Elton, por su respetable fortuna, su brillante carrera y la honorabilidad de su posición, tiene que complacerles forzosamente.

—¡Oh, qué bien hablas, Emma! ¡Tienes mucha razón!, me encanta escucharte hablar. Tú lo entiendes todo. El señor Elton y tú son muy inteligentes. ¡Esta adivinanza...! Yo hubiese sido incapaz de sacar algo parecido, aunque lo intentara durante todo un año.

—Ya imaginé que tenía la intención de probar su ingenio por la forma en que se negó ayer a complacernos.

—Es la mejor adivinanza que he leído en toda mi vida, estoy segura.

—Sí, ciertamente jamás había leído una más oportuna y acertada.

—Sí, y es una de las más extensas de las que tenemos copiadas.

—No creo que tenga un gran mérito el que sea más o menos larga. No pueden ser demasiado breves generalmente.

7 La Sanmiguelada, los últimos días de septiembre.

Harriet no podía escucharla, porque estaba embelesada y concentrada en la lectura de los versos. Surgían en su pensamiento las comparaciones más favorables para su pretendiente.

—Tener algo de ingenio —dijo de inmediato con las mejillas sonrojadas—, como todo el mundo, es una cosa, y si hay que decir algo, sentarse a redactar una carta y expresarse de una manera clara; y otra es escribir adivinanzas y versos como estos.

No hubiese podido Emma querer un ataque más directo a la prosa del señor Martin.

—¡Qué armoniosos esos versos! —siguió Harriet—. ¡Principalmente los dos últimos! Pero ¿cómo le regresaré el papel? ¿Le diré que he descubierto la adivinanza? ¡Oh, Emma! ¿Qué haremos?

—Déjamelo a mí. No hagas nada tú. Podría asegurar que vuelve esta tarde y entonces le devolveré el papel y hablaremos de alguna que otra tontería, y de esa manera tú no sueltas prenda... Tus dulces ojos deben decir cuál es el instante adecuado para que brillen con amor. Debes confiar en mí.

—¡Oh, Emma, qué lástima que no pueda copiar esta adivinanza tan hermosa en mi álbum! Estoy segura de que no tengo ninguna que sea ni la mitad de bella.

—Solo quita los dos últimos versos y no veo que haya ningún motivo para que no la copies en tu álbum.

—¡Pero, Emma, estos dos versos son...!

—... los mejores de todos, absolutamente. Claro, para que tú sola lo disfrutes; y para que lo disfrutes tú sola, guárdalos para ti. Porque los separes de los demás no van a estar peor escrito. No cambia ni desaparece el sentido del pareado. Lo que desaparece si los separas es toda mención personal, y resulta una adivinanza muy hermosa y galante adecuada para cualquier colección. No debes dudar de que no le agradaría ver que desprecias su adivinanza, como tampoco que desprecias su amor. Cuando está enamorado, un poeta requiere que lo estimulen como galán y como poeta. Entrégame el álbum, la copiaré yo misma y de esa manera tú quedas totalmente fuera de todo esto.

Harriet aceptó, pero no le era fácil imaginar las dos partes separadas hasta el punto de estar completamente segura de que Emma no iba a copiar una declaración de amor. Consideraba que era un regalo de mucho valor como para exponerse a que se difundiera.

—Jamás saldrá de mis manos este álbum —exclamó.

—Estoy muy de acuerdo —respondió Emma—, es muy natural ese sentimiento; y cuando más perdure en ti, yo estaré más feliz. Pero aquí llega mi papá, no tendrás problema en que le lea la adivinanza. ¡Sé que le gustará mucho! Todas esas cosas lo emocionan y, sobre todo, lo que significa un cumplido para las mujeres. ¡Es el caballero más galante y delicado que he conocido! Déjame que se la lea, por favor.

Harriet se puso muy seria de inmediato.

—Pero Harriet, querida, con esta adivinanza no tienes que exagerar tanto. Vas a evidenciar tus sentimientos sin necesidad alguna si estás tan preocupada o nerviosa y demuestras dar más importancia a sus versos, o incluso toda la importancia que pueda dárseles. Tampoco te deslumbres por lo que solo es un tributo muy pequeño de admiración. Si él hubiese tenido tanto interés por mantener el secreto no hubiese dejado de esa manera el papel cuando yo me encontraba presente, y más bien lo acercó hacia mí que hacia ti. No le des tanta importancia a esa cuestión. Tú ya le has dado muestras más que suficientes para que no tenga que desanimarse, y no tenemos por qué pasarnos todo el día suspirando por ese acertijo.

—¡Oh, no! Haz lo que consideres mejor. Confío en que no me pondré en ridículo…

El señor Woodhouse entró y no tardaron en hablar del tema gracias a la pregunta que constantemente les hacía:

—¿Cómo va el álbum, hijas mías? ¿Tienen alguna novedad?

—Sí, tenemos algo que mostrarte, papá, que es lo más reciente. Esta mañana hemos hallado una hoja de papel sobre la mesa (imaginamos que la dejó un hada) que contenía una bella adivinanza, y nosotras la copiamos.

Se la leyó a su padre de la manera que le agradaba a él que se lo leyeran todo, con claridad y muy despacio, y dos y hasta tres veces, explicando cada una de las partes al tiempo que iba leyendo... y quedó muy satisfecho y, de acuerdo con lo que ella ya había previsto, el cumplido final le llamó mucho la atención.

—¡Muy bien expresado, espléndido, definitivamente espléndido! ¡Qué gran realidad! “Reina en su corazón una hermosa mujer”. Es una adivinanza tan hermosa, querida, que me es sencillo descubrir qué hada la dejó aquí... Emma, nadie más que tú es capaz de escribir algo tan bello.

Sonriendo, Emma solo asintió con la cabeza. Después de reflexionar brevemente, suspiró profundamente y agregó:

—¡Ay, es fácil saber a quién te asemejas! ¡Era tan inteligente para estas cosas tu mamá! ¡Yo solamente desearía tener tu memoria! Pero ya no recuerdo nada, ni siquiera de aquel acertijo que siempre me escuchas mencionar, solo recuerdo la primera estrofa; y tenía varias.

Kitty, una moza linda pero fría,
una llama encendió que es sufrimiento;
al niño de ojos ciegos llamaría,
a pesar del temor que ahora siento
por lo cruel que me fuera hasta ese día.

»De nada más me acuerdo... pero es muy ingenioso, lo sé. Pero, querida, creo que me dijiste que ya tenías este acertijo.

—Sí, lo tenemos copiado en la segunda página, papá. Lo extrajimos de las *Citas elegantes.* ¿Sabes? Es de Garrick[8].

—Sí, es cierto. Me encantaría acordarme de algún pedazo más. "Kitty, una moza linda pero fría...". Me hace pensar el nombre en mi pobre Isabella, por poco le ponemos Catherine, igual que su abuela, cuando la bautizamos. Imagino que vendrá la semana próxima a vernos. ¿Ya has pensado dónde la vas a colocar, querida... y qué habitación reservarás para los pequeños?

—¡Claro! Dormirá en su habitación, por supuesto, su habitación de siempre, y los niños también tienen la suya... ya lo sabes, la de cada vez que vienen. ¿Por qué razón cambiaríamos nada?

—Querida, no sé... ¡pero es que hace tanto tiempo que no han venido a visitarnos! La última vez fue por los días de Pascua, y solamente por muy poco tiempo... Es un gran inconveniente el que el señor John Knightley sea abogado... ¡Mi pobre Isabella! ¡Que tenga que estar separada de todos nosotros es muy triste! ¡Y qué afligida se pondrá cuando venga y no encuentre aquí a la señorita Taylor!

—Papá, pero para ella no va a ser ninguna sorpresa.

—No lo sé, querida. Lo que sí sé es que yo me quedé muy asombrado la primera vez que escuché decir que iba a contraer matrimonio.

—Cuando Isabella esté aquí tenemos que invitar a cenar con nosotros a los señores Weston.

—Por supuesto, querida. Con tal de que haya oportunidad... Pero —en un tono muy triste— solamente viene por una semana. Estoy seguro de que no habrá tiempo para nada.

—Es una pena que no puedan quedarse durante más tiempo... pero da la impresión de que es un asunto de fuerza mayor. El señor John Knightley debe estar de vuelta en la ciudad para el día 28, y yo pienso, papá, que deberíamos agradecerles que todo el tiempo que van a pasar

---

8 David Garrick (1717 - 1779), famoso actor inglés del siglo XVIII, escribió una serie de adaptaciones de las obras de Shakespeare, y varias obras originales y exitosas.

fuera de Londres nos lo dediquen y que durante dos o tres días para estar en la Abadía no nos priven de su compañía. Promete el señor Knightley que esta Navidad renunciará a sus derechos... a pesar de que ya sabes que hace más tiempo que no han estado en su casa que en la nuestra.

—Querida, lo cierto es que me resultaría terrible ver que la pobre Isabella va a algún otro sitio que no sea Hartfield.

El señor Woodhouse jamás estaba dispuesto a aceptar que el señor Knightley tuviese derechos con su hermano, y muchísimo menos que hubiera alguien, con excepción de él mismo, que los tuviese sobre Isabella. Durante unos instantes se quedó pensativo y después dijo:

—Pero lo que no entiendo es por qué Isabella tiene la obligación de volver tan pronto, aunque él se vaya. Emma, me parece que trataré de convencerla para que se quede con nosotros más días. No comprendo por qué los niños y ella no pueden quedarse aquí.

—¡Pero, papá, esto es algo que jamás has logrado, y no creo que puedas conseguirlo nunca! Por nada del mundo, Isabella quiere separarse de su esposo.

Esto era algo muy evidente para que pudiese discutirlo. Y muy a su pesar, el señor Woodhouse solamente suspiró resignado; y Emma, al ver a su padre afectado por la idea de la obediencia de su hija a su esposo, de inmediato cambió de tema y condujo la conversación hacia unos temas que sabía que tenían que serle agradables.

—Mientras mis hermanos estén con nosotros, todo el tiempo que pueda Harriet nos hará compañía. Estoy completamente segura de que le agradarán los niños. Estamos muy orgullosos de los pequeños, ¿cierto, papá? A cuál de los dos va a encontrar más guapo no lo sé, si a John o a Henry.

—No, no sé a cuál preferirá de los dos. ¡Mis pobres pequeños, qué felices estarán de venir! ¿Sabes, Harriet?, se sienten muy dichosos en Hartfield con nosotros.

—Eso sí que no lo dudo. No sé quién no puede sentirse muy dichoso en Hartfield.

—John es igual que su mamá y Henry es un buen chico. Henry es el mayor, y le colocaron mi nombre, no el de su padre. Y al segundo, John, le pusieron el nombre de su padre. Imagino que hay personas que se extrañan de que no sea el mayor de ellos quien tenga ese nombre, pero Isabella decidió que se llamara Henry, y a mí me pareció un gesto muy hermoso de su parte. Y es un niño muy inteligente, ¿eh? Ambos son muy inteligentes; ¡y tienen cada salida...! Se acercaron un día a mi sillón y me dijeron: "¿Quieres darme un pedazo de cordel, abuelito?", y en una ocasión Henry me pidió una navaja, pero yo le dije que las navajas solamente la podían usar los abuelitos. Creo que su papá es muy duro con ellos.

—Papá, a ti te parece duro —dijo Emma— porque tú eres muy suave, pero no te parecería duro si lo compararas con otros padres. Él desea que sus hijos sean decididos y trabajadores; y cuando se descarrilan de vez en cuando, con alguna palabra enérgica tiene que pararles los pies, pero ¡es un papá muy afectuoso el señor John Knightley! Ambos niños lo aman.

—Y después llega su tío, y los lanza al aire de una manera que aterra, y casi hace que toquen el techo.

—Pero a ellos les encanta, papá, es lo que más les gusta de todo. Tanto les divierte que si su tío no hubiera impuesto la norma de que deben turnarse, cuando comienza con uno jamás querría darle al otro su lugar.

—Bueno, pues eso yo no lo comprendo.

—Eso nos sucede a todos, papá. La mitad del mundo no es capaz de comprender las diversiones de la otra mitad.

Cuando las jóvenes ya iban a separarse para preparar la acostumbrada comida de las cuatro, a última hora de la mañana, el héroe de aquella inimitable adivinanza regresó a visitar la casa. Harriet giró la cara, pero Emma lo recibió con la sonrisa de siempre, y su sagaz mirada no tardó en notar que él era consciente de haber jugado una partida importante... de haberse atrevido a lanzar sobre la mesa los dados; e imaginó que venía a ver si la fortuna le había sido favorable. El pretexto de su visita, sin embargo, era el de preguntar si podían prescindir de él en la velada de esa noche, en casa del señor Woodhouse, o si es que era totalmente necesaria su presencia en Hartfield. Dejaría de lado todo lo demás de ser así. Pero, en caso contrario, su amigo Cole insistió tanto en que cenara con él... en ello había puesto tanto interés, que le había hecho la promesa, aunque condicionalmente, que iría a su residencia.

Emma le agradeció, pero no consintió que por su causa desatendiera a su amigo; su padre podría encontrar otro jugador, sin duda. El señor Elton insistió... ella rehusó nuevamente; y cuando el muchacho ya se preparaba a iniciar la reverencia para irse, Emma cogió la hoja de papel que estaba colocada encima de la mesa y se la entregó.

—¡Ah, por cierto! Aquí tiene usted la adivinanza que tuvo la amabilidad de prestarnos; muchas gracias por haberla dejado. Nos gustó mucho y me tomé la libertad de copiarla en el álbum de la señorita Harriet. Espero que no lo vaya a tomar a mal su amigo. Por supuesto que solamente copié los primeros ocho versos.

Era evidente que el señor Elton no sabía qué decir. Parecía algo confuso e indeciso; dijo algo con respecto de que "era un gran honor"; vio a Emma y a Harriet, y después, mirando el álbum abierto sobre la mesa, lo cogió y atentamente lo examinó. Emma, con la finalidad de salir de esa situación un tanto embarazosa, dijo sonriendo:

—Le suplico que me disculpe con su amigo, pero era imposible que una adivinanza tan bella como esta tan solo fuera conocida por una o dos personas. Mientras escriba de una manera tan galante, su amigo podrá tener la admiración de todas las damas.

—No dudo en declarar —dijo el señor Elton, a pesar de que dudaba un poco al pronunciar estas palabras—, no dudo en declarar... por lo menos si es que mi amigo siente lo que yo siento... yo no tengo la más mínima duda de que si viese su sencilla expresión poética honrada como yo la veo en este momento —dirigiendo nuevamente la mirada hacia el álbum y dejándolo otra vez sobre la mesa— consideraría este instante como uno de los más felices de su existencia.

Y después de decir esto se fue lo más rápido que pudo. Pero a Emma todavía le daba la impresión de que tardaba mucho, ya que, a pesar de sus brillantes virtudes, el muchacho al hablar hacía unas pausas que a ella le producían risa. Entonces, salió de allí para reír libremente, dejando que Harriet, a solas, saboreara lo sublime y lo tierno del momento.

Capítulo X

El mal tiempo todavía no había impedido a los jóvenes realizar sus habituales paseos, a pesar de encontrarse ya a mediados de diciembre; y Emma, al día siguiente, tenía que ir a visitar a un enfermo de una familia muy pobre, que habitaba a cierta distancia de Highbury.

Para dirigirse a esta cabaña, que quedaba alejada, tenía que pasar por el callejón de la Vicaría, que nacía en la amplia aunque irregular calle mayor del pueblo; y allí, como es de imaginar por su nombre, se encontraba la mansión del señor Elton. Había que pasar primero frente a varias casas más modestas y, después, después de andar alrededor de unos cuatrocientos metros, se podía apreciar el edificio de la vicaría; una residencia antigua y sin muchas pretensiones que no podía estar más pegada al sendero. No era muy buena su situación, pero en ella había introducido muchas mejoras su actual propietario; y en esas circunstancias era imposible que ambas amigas pasaran por delante sin afinar la mirada y frenar el paso.

Emma comentó:

—Aquí está. Aquí vendrás, uno de estos días, tú y tu álbum de adivinanzas.

Y Harriet dijo:

—¡Oh, qué casa tan preciosa! ¡Pero qué linda es! ¡Observa, las cortinas amarillas que a la señorita Nash le gustan tanto!

—Vengo pocas veces por este lado ahora —dijo Emma, al tiempo que continuaban caminando—, pero ya tendré una motivación dentro de poco para venir por aquí, y lentamente me iré familiarizando con las cercas, los estanques, los árboles y los setos de este lado de Highbury.

Se enteró entonces de que Harriet jamás había estado dentro de la Vicaría, y era tan extrema su curiosidad por verla por dentro que, teniendo en cuenta el aspecto exterior de la casa, Emma pudo considerarlo solamente como una prueba de amor, semejante a cuando el señor Elton vio "ingenio" en la joven.

—Déjame ver si se nos ocurre algo para ingresar —dijo—, pero en este momento no tenemos ningún pretexto lógico; no requiero pedir informes a su ama de llaves sobre algún criado... ni tengo ninguna encomienda que darle de parte de mi papá...

No se le ocurría nada, a pesar de que estuvo reflexionando. Después de que las dos guardaron silencio durante unos minutos, Harriet dijo:

—¡Emma, lo que más me extraña es que todavía no hayas contraído matrimonio ni vayas a casarte pronto! ¡Con lo encantadora y bella que eres tú!

Riéndose, Emma dijo:

—El que yo sea encantadora y bella, Harriet, no es suficiente para hacerme pensar en el matrimonio; es necesario que encuentre encantadoras y bellas a otras personas... bueno, por lo menos a una. Y por ahora no solo no voy a casarme, sino que tengo muy pocas intenciones de hacerlo.

—¡Oh! Yo no puedo creerlo, eso es lo que tú dices.

—Tendría que encontrar a alguien que esté muy por encima de todos los hombres que he conocido hasta ahora para que esa idea me tiente; por supuesto que el señor Elton —dijo recordando con quien hablaba— no cuenta para este caso. Pero es que tampoco tengo algún deseo de hallar a alguien así. Pienso que no me siento motivada a contraer matrimonio. No voy a estar mejor que este momento. Y es lógico imaginar que terminaría por arrepentirme de haberlo hecho si acaso me casara.

—¡Es tan raro que una mujer hable de esta manera, querida Emma!

—Es que yo no poseo ninguno de los motivos que suelen conducir a las mujeres directo al matrimonio. Por supuesto que si acaso me enamorara, la cosa sería muy diferente, pero yo jamás me he enamorado, no va con mi forma de ser ni con mi carácter, y pienso que jamás me enamoraré. Estoy segura de que sería una loca si dejara la posición de la que disfruto sin sentir amor. No me hace falta dinero; cosas en qué ocupar mi tiempo, tampoco, y nivel social mucho menos; pienso que existen muy pocas mujeres casadas que sean tan amas y dueñas de la casa de su esposo como yo lo soy en Hartfield; y sé que jamás, jamás podría esperar ser tan considerada y amada; y, para un hombre, tener siempre la razón y ser siempre la primera, como en estos momentos tengo siempre la razón y soy la primera para mi papá.

—¡Entonces, finalizarás tu vida transformada en una solterona, igual que la señorita Bates!

—Harriet, me pones el más terrible de los ejemplos; yo me casaría mañana mismo si supiera que finalizaría siendo igual que la señorita Bates, tan vulgar, tan insulsa, tan acomodaticia, tan tonta, tan pesada, tan llena de sonrisas,... y siempre tan dispuesta a contar chismes de todas las personas. Pero estoy completamente segura de que entre nosotras jamás habrá la más mínima semejanza, con excepción del hecho de no haber contraído matrimonio.

—¡Pero a pesar de todo siempre serás una solterona! ¡Y eso es terrible, horrendo!

—Harriet, no te preocupes, jamás seré una solterona sin dinero ni posición; y para la mujer que no contrae matrimonio, la pobreza es lo único que la hace despreciable a los ojos de los que viven cómodamente. Una mujer soltera con una baja renta será siempre una solterona desagradable y ridícula, centro de burla permanente para los jóvenes, pero, al contrario, una mujer soltera con riqueza será siempre respetada, y, como cualquier otra persona, puede ser inteligente y de trato agradable. Y, como podría parecer inicialmente, no pienses que esta distinción atenta tan gravemente contra el sentido común y la buena fe de las personas, porque una renta muy baja tiende a debilitar el ánimo y agria el temperamento. Los que apenas pueden sobrevivir y se ven obligados a tratar a pocas personas, e incluso esta, comúnmente, de muy bajo nivel, adquieren fácilmente una mentalidad estrecha y andan de malhumor. No obstante, eso no se puede aplicar a la señorita Bates; solamente que es muy cándida, muy tonta para serme útil como ejemplo; pero generalmente suele agradar a todos, a pesar de que es soltera y pobre. Realmente la pobreza no le ha debilitado el ánimo. Estoy completamente segura de que, aunque solo tuviera en el bolsillo un chelín, no tendría ningún problema en gastar seis peniques; y ninguna persona le tiene miedo: esto es una maravilla.

—¡Pero Emma querida! ¿Cuándo envejezcas a qué vas a dedicarte? ¿Qué harás?

—Si no estoy engañada con respecto a mí misma, Harriet, soy una persona perfectamente activa, que no sabe estar desocupada y que cuenta con sus propios recursos; y no sé por qué a los cuarenta o a los cincuenta años tienen que faltarme cosas que hacer, cuando en estos momentos, a los veintiuno, no me faltan. Las ocupaciones naturales de una mujer, que las tengo ahora, por lo que respecta al cerebro, a los ojos y a las manos, igual entonces puedo tenerlas; o por lo menos sin que exista una enorme diferencia. Si en el futuro dibujo menos, leeré más; si dejo la música, bordaré tapetes. Y en lo que se refiere a personas que reclamen nuestra atención, seres en quien colocar nuestro cariño, y lo cierto es que en ese punto es en donde sí hay una mayor diferencia y cuya ausencia es el riesgo más grande que tienen que evitar las que no contraen matrimonio, por ese lado me encuentro totalmente tranquila, porque podré ocuparme de todos los hijos de mi hermana, a quien amo tanto. Su número, según todas las probabilidades, será suficiente para atender toda la necesidad de afecto que pueda sentir en el ocaso de mi existencia. Para todos mis temores y todas mis esperanzas, ellos serán suficientes. Y a pesar de que el cariño que yo pueda darles jamás será idéntico al de una madre, se adapta mucho mejor a mis ideas de tranquilidad y comodidad que si fuera más ciego y más fuerte. ¡Mis sobrinos y sobrinas! A alguna de mis sobrinas la tendré a menudo en mi casa.

—Emma, ¿conoces a la sobrina de la señorita Bates? Claro, ya sé que has tenido que verla en miles de ocasiones... pero quiero decir si la has tratado, si has hablado con ella.

—¡Oh, sí! Cuando viene a Highbury siempre tenemos que tener trato con ella. Con respecto a lo que charlábamos, este es un asunto como para dejar de sentir todo el orgullo que se pueda sentir por una sobrina. Espero que yo, con todos los hijos de los Knightley, no molestaré a todos ni la mitad de lo que la señorita Bates nos molesta a todos con Jane Fairfax. ¡Santo Cielo! Incluso del mismo nombre de Jane Fairfax estamos hastiados. Se lee cuarenta veces cada carta suya, no sé cuantas veces circulan por todo el pueblo los saludos que envía para sus amistades y en todo un mes no se oye hablar de otra cosa solamente con que envíe a su tía los patrones de un corsé o un par de ligas de punto para su abuela. Definitivamente, Jane Fairfax me tiene lo que se dice aburrida, aunque le deseo todos los bienes imaginables.

Ya estaban cerca de la cabaña cuando abandonaron aquella conversación ociosa. Emma era muy caritativa y atendía las necesidades de los más pobres no solamente con su dinero, sino también con su tiempo y su esfuerzo personal, su cariño, su paciencia y sus consejos. Entendía su manera de ser, no se escandalizaba de su ignorancia y de sus tentaciones, ni imaginaba novelescas esperanzas de espectaculares actos de virtud en esas personas por cuya educación casi nada se había hecho; de inmediato se interesaba auténticamente por sus preocupaciones, y siempre les ayudaba con buena voluntad y mucha inteligencia. Esa vez, la pobreza y la enfermedad se habían adueñado al mismo tiempo de la familia a la que iba a ver; y después de estar allí todo el tiempo que pudo darles consejos y ánimo, abandonó la cabaña tan asombrada por la escena que acababa de ver, que mientras regresaban le dijo a Harriet:

—Esos espectáculos son los que nos hacen mejores personas, Harriet. ¡Qué insignificante y superfluo parece todo lo demás junto a esto! En este instante me siento como si solamente pudiera pensar en esas pobres personas durante todo el resto del día y, sin embargo, ¡qué poco tiempo tardará en esfumarse de mi pensamiento!

—Emma, tienes mucha razón —dijo Harriet—. ¡Qué difícil es pensar en otra cosa! ¡Pobre gente!

—Realmente no creo que esta impresión desaparezca tan rápido —dijo Emma, al tiempo que atravesaba un seto muy bajo apoyando el pie en la inestable pasarela con la que culminaba el resbaladizo y estrecho camino que cruzaba el huerto de la cabaña, y que les dejaba nuevamente en el callejón—. Pienso que no se desvanecerá tan pronto —agregó, deteniéndose para observar otra vez más la miseria exterior de aquel sitio, y recordar que todavía era más grande la que ocultaba la cabaña.

—¡Oh, no, Emma! —dijo su compañera.

Continuaron caminando. El callejón daba una leve vuelta y, cuando apenas la pasaron, se toparon con el señor Elton; y tan cerca que Emma solamente tuvo tiempo para agregar:

—¡Ah! Mira, Harriet, que rápido nuestra perseverancia en los buenos pensamientos se pondrá a prueba. Bueno —sonriendo—, por lo menos espero que si la compasión ha logrado consolar y ayudar a los que padecen, ya cumplió su misión más importante. Si nos compadecemos de los desafortunados hasta lograr hacer por ellos todo lo que podemos, todo lo demás es una inútil simpatía que solamente sirve para causarnos tristezas a nosotras mismas.

Harriet apenas tuvo tiempo de contestar antes de que el señor Elton llegase al lado de ellas:

—¡Oh sí, querida Emma!

No obstante, el primer tema de conversación fueron las desdichas y las necesidades de aquella pobre familia. También él iba en ese momento a la cabaña, aunque aplazaría la visita, pero mantuvieron una interesante conversación acerca de lo que podía hacerse y de lo que se tendría que hacer. Con el fin de acompañarlas, el señor Elton dio media vuelta.

"Encontrarse en un momento como este —pensó Emma—, teniendo ambos un motivo caritativo, incrementará mucho el amor que sienten el uno por el otro. No me parecería extraño que eso impulsara la declaración. Estoy completamente segura de que, si yo no estuviera presente, se le declararía ahora. Cómo me encantaría estar en este momento en cualquier otro sitio".

Emma, tratando de alejarse de ellos todo lo más posible, no tardó en tomar un estrecho camino que bordeaba el callejón desde una altura algo mayor, dejándoles solos en el sendero principal. Pero todavía no habían transcurrido dos minutos, cuando vio que el hábito de Harriet de seguirla a todas partes y de imitarla en todo, le hacía ir detrás de ella y que, en resumen, dentro de poco los dos iban a caminar tras sus pasos. Eso no servía; entonces repentinamente se paró, y con la excusa de tener que atarse los cordones de los botines se detuvo en mitad del pequeño sendero, suplicándoles que tuvieran la gentileza de seguir caminando, que, en menos de un minuto, ella ya les daría alcance. Los dos jóvenes hicieron lo que les pedía Emma; y, cuando consideró que ya había transcurrido un tiempo razonable para haber finalizado con sus botines, tuvo la fortuna de hallar una nueva excusa para retrasarse más, ya que fue alcanzada por la niña de la cabaña, que, de acuerdo con sus órdenes, salió con un jarro para ir a Hartfield a buscar caldo. Caminar junto a la pequeña, conversar con ella y hacerle preguntas era la cosa más normal del mundo, o quizá hubiese sido la más natural si hubiera actuado sin segundas intenciones; y de esta manera los otros pudieron continuar llevándole alguna delantera sin ninguna obligación de esperarla. No obstante, sin querer, les ganaba terreno; el paso de la pequeña era muy rápido y el de la pareja más bien muy lento; y Emma lo sintió más porque veía claramente que ambos estaban muy interesados en la charla que mantenían. El señor Elton conversaba animadamente, Harriet le oía con mucha atención, y Emma, que le había dicho a la niña que se adelantara, comenzaba a pensar en cómo podría retrasarse algo más cuando los dos giraran la cabeza y estuviese obligada a caminar con ellos.

El señor Elton continuaba conversando, aun debatiendo algún interesante tema, y Emma se sintió un poco decepcionada cuando notó que solamente le estaba refiriendo a su bella acompañante cómo se había desarrollado la velada del día anterior en la residencia de su amigo Cole, y que le hablaba sobre el queso de Stilton, el del norte del Wiltshire, la mantequilla, la remolacha, el apio y, en general, de los postres.

—Vaya, espero que eso les conduzca a hablar de algún tema más interesante —fue la consoladora reflexión que hizo—; entre dos personas que se quieren todo es muy interesante y todo les es útil para expresar lo que tienen dentro del corazón. ¡Si tan solo pudiera dejarles a los dos solos mucho más tiempo!

Los tres siguieron caminando tranquilamente hasta llegar a la vista de la valla de la vicaría, cuando la rápida decisión de hacer que por lo menos Harriet entrara en la casa hizo que Emma tuviese que detenerse nuevamente gracias a su botín y atrasarse para anudarse otra vez los cordones; se las ideó entonces para romperlos y los lanzó a una zanja, por lo que se vio obligada a suplicarles que también se detuvieran y a reconocer que no era capaz de llegar hasta su casa relativamente cómoda.

—Se me rompió el cordón del botín —dijo— y no sé cómo arreglarlo. Lo cierto es que soy una compañera muy molesta para ambos, pero pienso que no voy tan mal equipada siempre. No hay otra solución, señor Elton, que suplicarle que me deje entrar un instante en su casa y solicitarle a su ama de llaves un pedazo de cinta o de cordel o algo parecido, solamente para llegar hasta mi casa, se lo agradecería mucho.

Con gran alegría, el señor Elton recibió esta petición y se desvivió en cuidados y atenciones para acompañar a las señoritas a entrar en su casa y hacerles todos los honores. El pequeño salón en el que fueron recibidas era el que él ocupaba habitualmente la mayor parte del día y daba a la fachada de la casa; junto a él había otra habitación que comunicaba con el salón por una puerta, que se encontraba abierta, y Emma pasó a la otra estancia acompañada del ama de llaves, quien estaba dispuesta a ayudarla de la mejor manera posible. Emma se vio obligada a dejar la puerta entreabierta, tal como la encontró, pero su deseo era que el señor Elton la cerrara. No obstante, no se cerró, sino que quedó entreabierta; pero al comenzar una larga charla con el ama de llaves, confió en que él tendría, en la habitación de al lado, oportunidad de decir todo lo que deseara. Durante diez minutos solamente se escuchó a sí misma. Esa situación no podía prolongarse. Y se vio obligada a finalizar y a pasar a la otra habitación.

Uno al lado del otro, los enamorados se encontraban de pie, cerca de una de las ventanas. La situación tenía una apariencia más que favorable, Emma se sintió orgullosa del éxito de sus proyectos durante medio minuto. Pero la realidad era un poco diferente; él no había alcanzado el fondo del asunto. Estuvo muy atento, muy delicado; le dijo a Harriet que las vio pasar y decidió seguirlas; y había agregado alguna alusión y algún que otro pequeño cumplido, pero nada importante ni relevante.

"Prudente, demasiado prudente —pensó Emma—; anda paso a paso y no desea aventurarse hasta saber que pisa terreno seguro y fértil".

No obstante, a pesar de que su ingeniosa estrategia no había dado los resultados esperados por ella, se sintió halagada cuando pensó que había dado oportunidad a los dos jóvenes de disfrutar aquellos agradables instantes que, con toda seguridad, los iban a ayudar a continuar adelante hacia el gran evento.

Capítulo XI

Pero, en estos momentos, debía dejarse la iniciativa en manos del señor Elton. En las de Emma ya no estaba encauzar su felicidad o hacer que se precipitaran los sucesos. Era tan inminente la llegada de la familia de su hermana que, primero en la imaginación y después en la realidad, se transformó en el objeto principal de su pensamiento; y durante los diez días de su permanencia en Hartfield no era de esperar —ella misma no lo esperaba— que pudiese ayudar a ambos enamorados más que de una manera eventual y fortuita. No obstante, si ellos deseaban, la evolución podía ser rápida; y de todas maneras, tanto si querían como si no, debían avanzar en su relación. Y ahora Emma no lamentaba no tener tiempo para dedicarles. Existen personas que cuanto más se hace por ellas, menos hacen por sí mismas.

Como había sido más larga de lo habitual la ausencia de Surry del señor y la señora John Knightley, naturalmente despertaban un interés más grande que el acostumbrado. Todas las vacaciones largas, hasta aquel año, que se habían tomado desde su matrimonio las habían dividido entre Donwell Abbey y Hartfield, pero en aquel otoño todas las fiestas se habían dedicado a baños de mar para los pequeños y, por esa razón, habían pasado muchos meses desde la última vez en que habían visitado con regularidad a sus familiares de Surry, y habían visto al señor Woodhouse, quien era totalmente incapaz de dejar que lo llevaran a Londres, ni aun por su pobre Isabella; y quien por lo tanto ahora estaba muy nervioso y lleno de una inquieta alegría pensando en una visita que sería muy breve.

El señor Woodhouse analizaba mucho los riesgos que podía acarrear para su hija ese viaje y también en el cansancio que iba a provocarle a sus propios caballos y a su cochero, que irían a recoger a parte de los viajeros a mitad del camino, aproximadamente; pero no tenían justificación sus miedos; sin ningún incidente se recorrieron los veintiséis kilómetros, y el señor y la señora John Knightley, sus cinco hijos y un número apropiado de niñeras llegaron sanos y salvos a Hartfield. La felicidad y la algarabía de su llegada, la presencia de tanta gente a quien dar la bienvenida, hablar, animar y acomodar en la casa, produjeron tal confusión y desorden que los nervios del señor Woodhouse no lo hubieran resistido por ningún otro motivo, e incluso por este tampoco por mucho más tiempo; pero las costumbres de Hartfield y la sensibilidad de su padre eran tan respetadas por la señora de John Knightley que, a pesar de su solicitud maternal porque sus hijos estuvieran a gusto lo antes posible y porque tuvieran al instante toda la libertad y todos los cuidados que necesitaban, y porque durmieran y jugaran, comieran y bebieran a sus anchas, a los pequeños se les impidió que molestasen al señor Woodhouse por mucho tiempo; ni ellos ni la continua labor que significaba cuidarlos y protegerlos.

La señora de John Knightley era una mujer elegante y muy bella, de maneras reposadas y muy finas, y de temperamento muy sensible y afectuoso; muy enamorada de su esposo y embelesada por sus hijos, sentía un cariño tan vivo por su papá y su hermana que ningún otro amor más intenso y profundo, con excepción el de estos lazos superiores, hubiese sido posible para ella. En ninguno de ellos encontraba defecto alguno. Sin embargo, no era mujer de mucha inteligencia ni de ingenio muy despierto; y en eso no era lo único en lo que se asemejaba a su padre, debido a que también heredó de él su carácter y su constitución física; era de salud muy frágil, siempre preocupada excesivamente por la de sus hijos, todo la asustaba, era muy nerviosa y era tan fanática de su señor Wingfield, de la ciudad, como lo era su padre de su señor Perry. Los dos también eran iguales en lo bondadoso de su personalidad y en una fuerte tendencia a la adoración por las viejas amistades.

El señor John Knightley era un hombre de gran estatura, de apariencia distinguida y muy inteligente; muy brillante en el ejercicio de su profesión, de hábitos hogareños y de vida intachable; pero muy callado y reservado, lo que hacía que no todos lo hallaran simpático; y capaz de tener accesos de mal humor en ocasiones. Sin embargo, no era un hombre de mal carácter, ni sus rabias sin causa justificada eran tan repetidas como para hacerle merecedor de tal recriminación; pero su temperamento no era la más grande de sus perfecciones, y la verdad es que, con la veneración que le brindaba su esposa, era difícil que sus defectos naturales no se incrementaran. Chocaba con su temperamento la extrema sumisión de ella. Él tenía toda la viveza de inteligencia y la claridad de juicio de la que carecía su esposa y, en ocasiones, le era inevitable hacer o decir algo desagradable u ofensivo. El señor Knightley no era justamente el preferido de su hermosa cuñada. No se le escapaba ninguno de sus defectos. Jamás dejaba de notar las pequeñas ofensas a Isabella, que esta nunca advertía. Tal vez hubiera sido más indulgente en sus juicios si él se hubiese mostrado más considerado con la hermana de Isabella, pero la actitud del señor Knightley para con Emma era la de un hermano y amigo fríamente cortés y objetivo, sin abundar en las alabanzas y sin que le cegara el afecto; pero por mucho que él hubiese deseado elogiarla, Emma difícilmente hubiese podido pasar por alto lo que a sus ojos era la falta más imperdonable, y en la que su cuñado incurría en ocasiones: no tenerle una paciencia respetuosa a su padre. Con él no siempre tenía la paciencia que se requería. Y las aprensiones y las rarezas del señor Woodhouse generaban en él, a veces, palabras de sentido común algo bruscas o respuestas muy duras. Eso no sucedía frecuentemente, ya que la verdad es que el señor John Knightley sentía un gran cariño por su suegro y, generalmente, era muy consciente del respeto que le debía, pero aun así era muy frecuente para la sensibilidad de Emma, sobre todo porque, muy a menudo, todos tenían que estar con el alma en vilo, con temor de que se produjera un momento desagradable que finalmente no se producía. No obstante, solía reinar en los primeros días de cada visita suya un ambiente de mucho afecto y, como aquella visita debía ser necesariamente tan breve, se esperaba que esos días pasaran en medio de la mayor cordialidad y armonía.

Cuando ya se habían instalado y acomodado en la casa, el señor Woodhouse, cabeceando con melancolía y suspirando, llamó la atención de su hija acerca de las tristes transformaciones que se produjeron en Hartfield desde la última vez que ella había estado allí de visita.

—¡Ay, querida Isabella! —dijo—. ¡Qué lástima! ¡Pobre señorita Taylor!

—¡Oh sí, papá, ya comprendo! —dijo ella, adivinando de inmediato sus sentimientos—. ¡Sé cómo debes extrañarla! Y tú también, Emma. ¡Qué pérdida tan terrible para ambos! ¡Lo he sentido tanto por ustedes! No puedo suponerme cómo pueden arreglársela sin ella... Lo cierto es que es un cambio muy triste y lamentable… Pero imagino que ella está muy a gusto, ¿no?

—Sí, muy a gusto, querida hija... por lo menos eso imagino... Muy a gusto... Lo único que sé es, dentro de todo, que el sitio le sienta muy bien...

El señor John Knightley preguntó, en tono calmado, a Emma si existían dudas con respecto a lo sano de los aires de Randalls.

—¡Oh, no, en absoluto! Nunca había visto a la señora Weston tan bien... ni tener mejor semblante. Mi papá dice eso, porque le aflige haberse separado de ella.

—Lo cual dice mucho en favor de los dos —fue la respuesta amable.

—Y ¿al menos puedes verla frecuentemente, papá? —preguntó Isabella en un tono de queja que correspondía de manera exacta al de su papá.

Antes de responder, el señor Woodhouse dudó:

—No tan frecuentemente como yo quisiera, querida.

—¡Papá, por Dios! Solo hemos dejado de verlos un día desde que contrajeron matrimonio. En ocasiones por la mañana y en otras por la tarde, todos los días, con una sola excepción, hemos visto al señor o a la señora Weston y, por lo general, a ambos, unas veces en Randalls, otras aquí... y ya puedes imaginar, Isabella, que vernos aquí ha sido lo más frecuente. Han sido muy atentos, pero lo que se dice muy atentos, en sus visitas. Y el señor Weston ha sido tan amable y afectuoso como ella misma. Si hablas de esta manera tan afligida, papá, le darás a Isabella una idea errada de todos nosotros. Todos tienen que notar que hemos extrañado a la señorita Taylor, pero también todos deberían tener la plena seguridad de que los señores Weston hacen todo lo posible para que no la extrañemos, tal como nosotros ya habíamos supuesto antes que harían... y esta es la justa realidad.

—Es de esa manera como debe ser —dijo el señor John Knightley— y como yo imaginaba que era por lo que decían sus cartas. Que ella quiera complacerlos no se pone en duda, y que él no esté ocupado y sea un hombre sociable lo hace todo más sencillo. Querida, siempre te he dicho que no podía creer que en Hartfield hubiera habido un cambio tan importante como tú imaginabas; y en este instante, después de lo que ha dicho Emma, supongo que te quedarás plenamente convencida.

—Sí, por supuesto —dijo el señor Woodhouse—, sí, lo cierto es que para mí es innegable que la señora Weston, la pobre señora Weston, viene a visitarnos frecuentemente... pero, es que... siempre tiene que irse nuevamente.

—Papá, y el señor Weston lamentaría mucho que no fuera de esa manera. Te olvidas completamente del pobre señor Weston.

—La realidad —dijo John Knightley irónicamente— es que, a mi parecer, el señor Weston también tiene un pequeño derecho. Emma, tú y yo nos atreveremos a tomar la defensa del pobre esposo. Yo por estar casado y tú por ser soltera, probablemente es que no entendamos por igual los derechos que pueda alegar un hombre. Con respecto a Isabella, ya lleva casada bastante tiempo como para ver lo adecuado de dejar de lado a todos los señores Weston, siempre que sea posible.

—¿Te refieres a mí, querido? —exclamó su esposa, que solamente oía y entendía parte de lo que estaban conversando—. ¿Acaso estás hablando de mí? Yo estoy plenamente segura de que no existe nadie que pueda ser defensora tan acérrima del matrimonio como yo; y de no ser por la desdicha de que tuviera que abandonar Hartfield, jamás hubiese pensado en la señorita Taylor más que como en la mujer más feliz y afortunada del mundo; en referencia a lo de dejar de lado al señor Weston, que es un hombre excelente, creo que se merece lo mejor. Es uno de los hombres, en mi opinión, de mejor carácter que nunca han existido. Con la excepción de ti y de tu hermano, yo no conozco a nadie que pueda asemejársele. Siempre recordaré el día aquel, en la última Pascua, que hacía tanto viento, cuando le levantó la cometa a Henry... y desde que tuvo un gesto tan bonito, en septiembre hizo un año, al escribirme aquella nota, a las doce de la noche, para darme la seguridad de que no había escarlatina en Cobham, he estado convencida siempre de que no podía haber en el mundo un corazón más sensible ni un hombre mejor; si alguien puede merecerle es la señorita Taylor, definitivamente.

—¿Y el joven? —interrogó el señor Knightley—. ¿Vino para el matrimonio o no?

—Todavía no ha venido —dijo Emma—. Poco después del matrimonio se le esperaba con mucha expectativa, pero todo quedó en nada; y últimamente no he escuchado hablar de él nuevamente.

—Pero, querida, dile lo de la carta —dijo su padre—. Le escribió una carta felicitando a la señora Weston, y era una misiva muy bien escrita y muy fina. Ella me la mostró. Lo cierto es que me dio la impresión de que fue un detalle muy hermoso de parte de él. Ahora no sabría decir si fue idea suya o no. Todavía es muy joven, y tal vez su tío...

—Pero, papá querido, te olvidas de que el tiempo pasa, si ya tiene veintitrés años.

—¿Veintitrés años? ¿Es eso posible? Pues... jamás lo hubiera creído... ¡Si cuando murió su pobre madre solo tenía dos años! Sí, sí, lo cierto es que el tiempo pasa volando... y yo tengo muy mala memoria. Sea como fuere era una misiva muy bella, lo que se dice hermosa, y les hizo mucha ilusión al señor y la señora Weston. Recuerdo que estaba escrita en Weymouth y fechada el 28 de septiembre... y comenzaba: "Apreciada señora", pero ya no recuerdo cómo continuaba; y firmaba "F. C. Weston Churchill"... Eso sí lo recuerdo a la perfección.

—¡Qué educado y qué amable! —dijo la bondadosa Isabella—. No tengo la más mínima duda de que es un muchacho de grandes virtudes. ¡Pero es una pena que no viva en casa de su papá! ¡Da tan mala impresión ver a un joven lejos de sus padres y de su auténtico hogar! Jamás he podido entender cómo el señor Weston se separó de él. ¡Por Dios, abandonar a su propio hijo! Jamás podría tener buena opinión de alguien que le hiciera una propuesta así a otra persona.

—Sospecho que jamás nadie ha opinado muy bien de los Churchill —dijo con frialdad el señor John Knightley—. Pero no pienses que el señor Weston sintió lo que tú podrías sentir si abandonaras a John o a Henry. El señor Weston, más que una persona de sentimientos muy arraigados y profundos, es un hombre acomodaticio y algo despreocupado; se toma las cosas tal como llegan, y de una manera u otra se aprovecha de las situaciones, y yo creo que para él eso que llamamos sociedad tiene más valor e importancia desde el punto de vista de su bienestar, es decir, el poder comer y beber y jugar al *whist* con sus vecinos cinco veces semanales, que desde el punto de vista del cariño familiar o de cualquier otra cosa que puede brindar un hogar.

Todo lo que significara hacerle una crítica al señor Weston contrariaba a Emma y estaba casi resuelta a defenderlo, pero se controló y no dijo absolutamente nada. Si era posible, deseaba que la paz no se perturbara, y existía algo digno y estimable en la intensidad del cariño hogareño, en la idea de la autosuficiencia de un hogar, que predisponía a su hermano a despreciar el trato social de la mayoría de las personas y a la gente para la que este trato era muy valioso... Y Emma notaba que eran poderosos sus argumentos y que con él tenía que ser tolerante.

CAPÍTULO XII

Esa noche cenó con ellos el señor Knightley, lo que más bien molestó un poco al señor Woodhouse, quien el primer día de la estancia de Isabella prefería no tener invitados. Pero Emma lo había decidido de esa manera y, aparte de la consideración que se les debía a ambos hermanos, tenía un interés muy especial motivado por la discusión reciente entre el señor Knightley y ella.

Tenía confianza en que podrían ser buenos amigos nuevamente. Le daba la impresión de que ya era hora de hacer las paces. Pero lo cierto es que no iban a reconciliarse. Por supuesto ella tenía razón, y él nunca aceptaría que no la había tenido. Es decir, que no había duda de que ninguno de los dos cedería; pero era el momento de aparentar que habían olvidado su discusión; y cuando él entró en la sala, Emma, que se encontraba con uno de los niños, creyó que aquella era una buena oportunidad que podía ayudar a recomenzar su amistad; la bebé era la menor de los hermanos y tenía unos ocho meses; era su primera visita a Hartfield, y daba la impresión de que se sentía muy agradada de estar mecida por los brazos de su tía. Y, en efecto, la oportunidad fue favorable, ya que, aunque él comenzó poniendo rostro muy serio y haciendo preguntas bruscas, no tardó en hablar de los niños en el tono ordinario y en quitarle el bebé de los brazos con toda la falta de ceremonia de una auténtica amistad. Emma notó que volvían a ser amigos; inicialmente eso le produjo una gran alegría y después le inspiró un cierto descaro, y no pudo evitar decirle mientras él contemplaba al bebé:

—El que por lo menos estemos de acuerdo en referencia a nuestros sobrinos y sobrinas es un gran consuelo. Porque, en ocasiones, tenemos opiniones muy diferentes sobre las personas mayores; pero respecto a estos niños, me doy cuenta de que estamos de acuerdo siempre.

—Si en lugar de dejarse arrastrar por sus caprichos y su imaginación al juzgar a las personas mayores se dejara guiar por los sentimientos naturales, como usted hace cuando se trata de estos niños, estaríamos de acuerdo siempre.

—Por supuesto, nuestras diferencias siempre se deben a que yo estoy errada, ¿no es así?

—Sí —dijo él, sonriendo— y hay un buen motivo para ello: yo tenía ya dieciséis años cuando usted nació.

—Verdad, es una gran diferencia de años —replicó Emma—, y no dudo de que en esa época usted tenía mucho más criterio que yo, pero, ¿no piensa que los veintiún años que han pasado desde entonces pueden haber ayudado a equilibrar mucho nuestras inteligencias?

—Sí... mucho.

—A pesar de todo, no lo bastante como para concederme la posibilidad de que sea yo la que tenga razón si en algo no estamos de acuerdo.

—Todavía le llevo la ventaja de tener dieciséis años más de experiencia y de no ser una bella joven y una niña muy mimada. Vamos, mi querida Emma, seamos amigos y no hablemos más del tema. Y tú, Emmita, dile a tu tía que no te esté dando mal ejemplo de revolver viejas ofensas, y que ahora ya no tiene razón si antes la tuvo.

—Es cierto —exclamó—, es la pura realidad. Emmita, debes llegar a ser una mujer mejor que tu tía. Debes ser mucho más inteligente, y no seas ni la mitad de vanidosa que ella. Señor Knightley, ahora permítame dos palabras más y culmino. Pienso que ambos teníamos las mejores intenciones, y debo decirle que todavía no se ha demostrado que ninguno de mis argumentos sea mentira. Solamente deseo saber si el señor Martin no ha padecido una decepción muy grande.

—Claro, no podía sufrir una más grande —fue la breve y rotunda contestación.

—¡Ah! Realmente lo siento mucho... ¡Vaya, estrechémonos las manos!

Cuando habían terminado de darse las manos, con mucha cordialidad, hizo su entrada John Knightley y los "¿George, qué tal?", "Hola, John, ¿qué tal?", se sucedieron en el tono inglés más característico, escondiendo bajo una imperturbabilidad que lo parecía todo menos indiferencia, el gran cariño que les unía y que, de requerirse, hubiera llevado a cualquiera de los dos a realizar cualquier sacrificio por el otro.

La reunión era apacible e invitaba a la charla, y el señor Woodhouse renunció completamente a las barajas con la finalidad de poder hablar libremente con su querida Isabella, y en la pequeña velada no tardaron en formarse dos grupos: por una parte, su hija y él; y por la otra, los dos señores Knightley; en los dos grupos se hablaba de cosas totalmente diferentes y, en muy raras ocasiones, se mezclaban las charlas... y Emma se unía a unos como a otros alternativamente.

Ambos hermanos charlaban de sus ocupaciones y asuntos, pero sobre todo de los del mayor, quien era el más comunicativo entre los dos y que siempre había sido el más conversador. Como magistrado siempre tenía algún tema de leyes que consultar a John, o por lo menos una curiosa anécdota que comentar; y como hacendado y administrador de la propiedad familiar de Donwell, le agradaba charlar de lo que se sembraría al siguiente año en cada campo y dar varias noticias locales que no podían dejar de interesar a un hombre que, como su hermano, había vivido allí la mayor parte de su existencia y que sentía un gran apego por aquellos sitios. El plan de construcción de una acequia, la tala de un árbol, el cambio de una cerca y el destino que iba a darse a cada acre de tierra —trigo, nabos o grano de primavera— era discutido por John con tanta pasión como lo permitía su frío temperamento; y si la previsión de su hermano dejaba algún asunto por el que preguntar, sus interrogantes llegaban incluso a tomar cierto aire de interés.

El señor Woodhouse disfrutaba abandonándose con su hija a felices añoranzas y aprensivas muestras de cariño, mientras ellos se encontraban de esa manera agradablemente ocupados.

—Mi pobre Isabella —dijo tomándole afectuosamente la mano e interrumpiendo por breves instantes el tejido que hacía para alguno de sus cinco pequeños—; ¡desde la última vez que estuviste aquí cuánto tiempo ha pasado! ¡Y se me ha hecho tan largo, hijita! ¡Y qué agotada debes estar después de este viaje! Querida, tienes que acostarte pronto... pero antes de irte a la cama te aconsejo que tomes un poco de avenate. Ambos tomaremos un buen bol de avenate, ¿eh? Imagino que todos tomaremos un poco de avenate, querida Emma.

Emma no podía imaginar tal cosa, porque sabía que a los hermanos Knightley no les gustaba aquella bebida, igual que a ella... y solamente pidieron dos boles. Después de pronunciar unas frases más elogiando el avenate, expresó en un tono gravemente reflexivo, extrañándose de que no todo el mundo lo tomara cada noche:

—No creo, querida, que hicieras bien en pasar el otoño en South End en lugar de venir aquí. Jamás he tenido mucha confianza en el aire marino.

—Papá, el señor Wingfield nos lo recomendó muy insistentemente... de no haber sido así, no hubiéramos ido. Nos lo recomendó para todos los pequeños, pero sobre todo para Bella, que tiene la garganta tan delicada siempre... baños y aire de mar.

—Querida, no sé, pero Perry tiene muchas dudas de que el mar pueda hacerle algún bien; y en cuanto a mí, hace tiempo que estoy plenamente convencido, aunque quizá jamás te lo había dicho antes de este instante, de que el mar casi nunca le trae beneficios a nadie. Estoy seguro de que una vez a mí casi me mata.

—Vamos, vamos —dijo Emma, dándose cuenta de que ese era un tema riesgoso—. No hables del mar, por favor. Me pongo de mal humor, porque siento mucha envidia; ¡yo que jamás lo he visto! De manera que queda prohibido hablar de South End, ¿estás de acuerdo, papá? Veo, querida hermana, que todavía no has preguntado por el señor Perry; y él no se olvida de ti jamás.

—¡Oh, sí! ¡El bondadoso del señor Perry! ¿Papá, cómo está él?

—Pues muy bien, pero no del todo. El pobre padece de la bilis... y él me comenta que no tiene tiempo para cuidarse... y eso es muy triste... pero de toda la comarca siempre lo están llamando. Imagino que por estos alrededores no hay nadie más de su profesión. Pero además es que no hay nadie tan inteligente como él, con toda seguridad.

—¿Y cómo están la señora Perry y sus niños? Los niños deben estar ya muy grandes... Siento mucho cariño por el señor Perry. Ojalá venga a visitarnos pronto. Le gustará ver a mis hijos.

—Creo que mañana vendrá, porque debo hacerle dos o tres consultas de alguna importancia. Y, querida, cuando venga sería preferible que examinara la garganta de Bella.

—¡Oh, papá! Ya casi no me preocupa, porque está muy mejorada de la garganta. No sé si fueron los baños de mar o si la mejoría tiene que adjudicarse a una excelente cataplasma que nos recomendó el señor Wingfield y que le hemos puesto una serie de veces desde el mes de agosto.

—No es muy probable, querida, que hayan sido los baños los que le hayan hecho bien... y si yo hubiese sabido que lo que requerías era una cataplasma hubiera hablado con...

—Me da la impresión de que se han olvidado de la señora y la señorita Bates —dijo Emma—; no los he escuchado preguntar por ellas ni en una sola ocasión.

—¡Oh, sí, pobrecitas las Bates! Me siento completamente avergonzada... pero las nombrabas en casi todas tus cartas. Imagino que se encuentran muy bien, ¿no? ¡Pobre señora Bates, con lo bondadosa que es! Iré mañana a visitarlas y llevaré a los pequeños... ¡Están siempre tan felices de ver a mis hijos! ¡Y la señorita Bates también es una persona muy buena! Lo que se dice personas realmente muy buenas... Papá, ¿cómo se encuentran ellas?

—En general, bastante bien, Isabella. Pero la señora Bates, la pobre, hace casi un mes tuvo un resfriado terrible.

—¡Ay, cuánto lo siento! Yo jamás había visto tantos resfriados como en este otoño. El señor Wingfield me dijo que él nunca había visto tantos ni tan fuertes... con excepción de cuando hay una epidemia de gripe.

—Sí, querida, ha habido muchos, pero no tantos como crees. Perry dice que ha habido este año muchos resfriados, pero no tan fuertes como él los ha visto en muchas ocasiones durante el mes de noviembre. Perry no cree que, en conjunto, esta haya sido una de las peores épocas.

—No, no creo que el señor Wingfield crea que esta época es de las peores, sin embargo...

—¡Ay, pobre hija mía! Lo cierto es que en Londres todas las épocas son malas. En Londres nadie está sano ni nadie tampoco puede estarlo. ¡Es terrible que tengas que vivir allí! ¡Tan lejos! ¡Y en un ambiente tan insalubre!

—No, lo cierto es que donde estamos viviendo no hay un ambiente insalubre en absoluto. Nuestro barrio está mucho más alto que los otros. No puedes decir, papá, que es igual habitar donde vivimos nosotros que en cualquier otro lugar de Londres. La parte de Brunswick Square es muy diferente a casi todas las demás. Allí el aire es mucho más puro. Acepto que me costaría habituarme a vivir en cualquier otro barrio de la ciudad; no me agradaría que mis hijos vivieran en otro... ¡pero allí es un sitio tan aireado! Opina el señor Wingfield que para aire puro no existe nada mejor que los alrededores de Brunswick Square.

—¡Ay, sí, querida, pero nada como Hartfield! Tú pensarás lo que quieras, pero solamente con una semana que están en Hartfield todos parecen otros; tú no pareces la misma. Por ejemplo, ahora yo no diría que ninguno de ustedes tienen muy buen semblante.

—Papá, cómo siento escucharte decir eso, pero te aseguro que, con la excepción de aquellas jaquecas nerviosas y las palpitaciones que tengo en todo el cuerpo, estoy perfectamente bien; y si los niños estaban algo pálidos antes de acostarse era solamente porque estaban más agotados de lo habitual, debido al viaje y a las emociones de llegar a Hartfield. Espero que mañana los veas con mejor semblante, porque te aseguro que el señor Wingfield me ha dicho que jamás nos había mandado al campo con mejor salud. Al menos confío en que no tengas la impresión de que mi esposo parece enfermo —dijo mirando con afectuosa ansiedad al señor Knightley.

—Pues, querida, así así, contigo no voy a hacer elogios. El señor John Knightley, en mi opinión, está muy lejos de tener un aspecto saludable.

—¿Qué sucede? ¿Acaso hablan de mí? —preguntó el señor John Knightley al escuchar que pronunciaban su nombre.

—Siento decirte, querido, que mi papá no te encuentra un semblante saludable... pero confío en que solo sea porque estás algo agotado. Aunque ya sabes que te dije que me hubiera gustado que, antes de salir de Londres, te visitara el señor Wingfield.

—Isabella querida —exclamó él impacientemente—, te suplico que no te preocupes por mi semblante. Confórmate con cuidar, mimar y suministrar medicamentos a ti misma y a nuestros hijos y, por favor, déjame a mí tener el semblante que quiera.

—No he comprendido bien lo que le estabas comentando a tu hermano —exclamó Emma— sobre tu amigo el señor Graham, que quería contratar un mayordomo escocés para que protegiera sus nuevas propiedades. ¿Tú piensas que eso dará resultado? ¿No son muy fuertes los antiguos prejuicios?

Y así continuó hablando durante tanto rato y con tan buena suerte que cuando se vio obligada nuevamente a prestar atención a su padre y a su hermana, lo más grave que escuchó fue que Isabella amablemente se interesaba por Jane Fairfax... y a pesar de que Jane Fairfax no era justamente una de sus preferidas, en esos instantes sintió un gran alivio al oír halagos para ella.

—¡Oh, Jane Fairfax! ¡Es tan amable y tan afectuosa! —dijo la señora de John Knightley—. ¡Ya hace mucho tiempo que no la veo...! Con excepción de unas cuantas ocasiones que nos hemos encontrado casualmente en Londres y hemos conversado solamente unos instantes... ¡Qué felices deben estar su anciana abuela y su tía, que son unas personas tan buenas, cuando viene a verlas! Cuando pienso en ella, lo siento tanto por mi hermana Emma, que no pueda pasar mucho más tiempo en Highbury... Pero ahora que su hija ha contraído matrimonio, imagino que el coronel y la señora Campbell no aceptarán separarse de ella. ¡Hubiera sido una compañía tan grata para Emma..! El señor Woodhouse estuvo de acuerdo con todo lo que dijo Isabella, pero agregó:

—No obstante, Harriet Smith, nuestra joven amiga, también es otra muchacha muy buena. Te gustará, Harriet. Emma no podía tener mejor amiga y compañera que Harriet.

—No te imaginas lo que me contenta escuchar... solamente que Jane Fairfax es tan elegante, tan distinguida, tan fina... Y además tiene exactamente la misma edad que Emma.

Con toda cordialidad fue discutido el tema y, después de un rato, se pasó a otro asunto de importancia similar que igualmente se debatió en medio de la mayor armonía; sin embargo, la reunión no finalizó sin que un nuevo suceso perturbara nuevamente un poco aquella tranquilidad. Trajeron el avenate brindando nuevo tema de conversación... grandes halagos y muchos comentarios... la afirmación categórica de que era saludable para toda tipo de personas, y lo que se dice severas reprimendas contra las innumerables casas en las que no se podía ingerir un avenate medianamente aceptable... pero, desgraciadamente, entre los tristes casos que su hija citó como ejemplos para reafirmar lo que decía su padre, el más actual, y por lo tanto el más importante, había sucedido en su propia casa, en South End, en donde una joven que habían contratado para la temporada jamás había sido capaz de entender lo que ella quería decir cuando hablaba de un bol de excelente avenate que no fuera espeso, sino más bien claro, pero tampoco muy claro. Ni una sola vez de las que había querido tomar avenate y se lo había solicitado fue capaz de hacerle algo que pudiera tomarse. Este era un inicio arriesgado.

—¡Ay! —dijo el señor Woodhouse moviendo la cabeza y observando a su hija con una mirada de cariñosa preocupación.

Para Emma la exclamación quería decir: "¡Ay! No tienen final las tristes consecuencias de su estancia en South End, pero sobre eso no se puede hacer ningún comentario". Y Emma confió, por unos minutos, en que no iba a hablar de ello y en que sus silenciosas reflexiones serían suficientes para devolverle al placer de degustar su avenate claro, como debía ser. Pero, después de unos minutos, agregó:

—Siempre lamentaré que este otoño hayan ido al mar en lugar de venir aquí.

—Pero papá, ¿por qué tienes que lamentarlo? Te aseguro que a los pequeños les trajo muchos beneficios.

—Además, si tenían que ir a la playa hubiera sido preferible no ir a South End. South End es un sitio algo insalubre. Perry quedó muy asombrado cuando supo que habían elegido South End.

—Papá, ya sé que hay muchas personas que opinan de esa manera, pero lo cierto es que están totalmente equivocadas... Allí hemos estado perfectamente bien de salud, y el limo no nos molestó para nada; y el señor Wingfield dice que es un tremendo error imaginar que es un sitio algo insalubre, y estoy segura de que puede confiarse en su buen juicio y criterio, porque él sabe a la perfección de qué se compone el aire y su propio hermano fue allí en varias ocasiones con su familia.

—Entiendo, querida, pero si querían tomar baños podían haber ido a Cromer; Perry hace tiempo que pasó una semana en Cromer y cree que ese sitio es el mejor de todos para los baños de mar. Tiene una playa bella y extensa, y dice que allí el aire es muy puro y sano. Y por lo que he escuchado comentar, allí podrían alojarse muy apartados del mar, a una distancia de unos cuatrocientos metros... y con todas las comodidades. Deberían consultarlo con Perry para la próxima ocasión.

—Papá querido, piensa que eso está mucho más apartado; tendríamos que hacer un viaje muy largo... por lo menos ciento sesenta kilómetros, en lugar de cuarenta.

—¡Ay, querida! Cuando se trata de la salud, como dice Perry, no se debe tener en cuenta nada más; y si se requiere viajar, tanto da recorrer sesenta y cuatro kilómetros como ciento sesenta... Es preferible no moverse de casa, es mejor permanecer en Londres que recorrer setenta y cuatro kilómetros para hallar un aire que es peor que el de la ciudad. Exactamente eso fue lo que dijo Perry. En su opinión, la decisión de ustedes no podía ser más errónea.

Fueron en vano los esfuerzos de Emma por hacer callar a su padre, y cuando las cosas alcanzaban este punto a Emma ya no le era raro que interviniera su cuñado.

—El señor Perry —dijo en un tono de voz que evidenciaba una profunda contrariedad— haría mejor en reservarse sus opiniones para quien se las solicitara. ¿Qué tiene él que ver con eso y por qué se entromete en lo que hago? ¿Por qué tiene que opinar sobre si llevo a mi familia a una playa o a otra? Espero que se me dará permiso para expresar mi opinión igual que al señor Perry... No necesito ni sus medicinas ni sus consejos —hizo una breve pausa, y tranquilizándose rápidamente añadió con sarcástica rudeza—: Si el señor Perry me puede decir cómo movilizar a mi esposa y a cinco hijos a una distancia de doscientos nueve kilómetros sin más gastos ni inconvenientes que a una distancia de cuarenta, estaré totalmente de acuerdo con él en que es mejor ir a Cromer en lugar de a South End.

—Sí, sí, eso es cierto —dijo su hermano, interviniendo rápidamente en la charla—, es la auténtica verdad. Eso es algo muy importante. Pero, John, sobre lo que te comentaba con respecto a mi plan de desviar el sendero de Langham, de hacerlo pasar un poco más hacia la derecha para que no cruce los prados de la finca, yo no veo que haya ningún problema. No seguiría adelante si representara molestias para los habitantes de Highbury, pero si recuerdas bien el trazado que tiene el sendero... Pero la única manera de probártelo es consultando nuestros planos. Imagino que mañana por la mañana te veré en la Abadía, ¿no?, y entonces podremos estudiarlos nuevamente y de esa manera me dirás lo que piensas.

El señor Woodhouse se sentía algo perturbado e incómodo por los duros comentarios que se habían hecho sobre su amigo Perry, a quien realmente, aunque de manera inconsciente, atribuyó muchas de sus propias expresiones e ideas; pero los tranquilizadores cuidados de sus hijas lograron que lentamente se fuera esfumando su inquietud, y la rápida intervención de uno de los dos hermanos y la mejor disposición y actitud del otro evitaron que la violencia de ese momento se renovara.

CAPÍTULO XIII

Durante su corta permanencia en Hartfield nadie era más feliz que Isabella visitando cada mañana a sus viejas amistades, acompañada de sus cinco hijos, y por la noche comentando a su hermana y a su padre todo lo que había hecho durante el día. No podía desear nada mejor... con excepción de que los días no pasaran tan rápido. Eran unas vacaciones perfectas, magníficas, aunque demasiado breves.

Generalmente, estaba menos ocupada con sus amigos por las tardes que por las mañanas y, aunque era Navidad, el compromiso de reunirse todos fuera de casa en una cena no había forma de evitarlo. El señor Weston no hubiera admitido una negativa; todos juntos debían cenar en Randalls, e incluso al señor Woodhouse lo convencieron de que esta idea era posible y que era preferible hacerlo de esta manera que causar la división del grupo.

El señor Woodhouse, de haber podido, hubiera puesto reparos a la manera en que iba a llevarse a todos a Randalls, pero como el coche y los caballos de su yerno estaban en Hartfield en esos días, solo se limitó a hacer una sencilla pregunta sobre aquel asunto; de modo que no pudo hacer de ello un problema, y a Emma casi no le costó nada convencerle de que en uno de los coches Harriet podría ir también.

El señor Elton, Harriet y el señor Knightley, los frecuentes visitantes de la casa, fueron los únicos invitados; la cena sería a una hora temprana y los comensales muy pocos y selectamente escogidos; y se tomaron en cuenta las preferencias y costumbres del señor Woodhouse en todos los detalles.

La proximidad de este gran acontecimiento (ya que era un gran acontecimiento que el 24 de diciembre el señor Woodhouse cenara fuera de casa), Harriet estuvo toda la tarde en Hartfield, y había regresado a su casa tan descompuesta por un fuerte resfriado que, a no ser por su insistencia en querer que la señora Goddard la cuidara, Emma no le hubiera dejado abandonar la casa. Emma la visitó al día siguiente y entendió que tendría que renunciar a su compañía en la cena de esa noche. Harriet tenía mucha fiebre y un dolor de garganta muy fuerte. La señora Goddard la cuidaba con afecto, se habló del señor Perry, y Harriet se encontraba demasiado enferma y con muchos malestares para resistir a la autoridad que definitivamente la excluía de la agradable velada de aquella noche, a pesar de que hablaba de ello derramando muchas lágrimas.

Todo el tiempo que pudo, Emma la acompañó para atenderla durante las obligadas ausencias de la señora Goddard, y animarla describiéndole cuál sería la afición del señor Elton cuando conociera su estado de salud; y finalmente la dejó muy resignada, con la confianza de que él iba a pasar una mala velada y de que todos la extrañarían mucho. Cuando Emma había caminado unas pocas yardas desde la puerta de la casa de la señora Goddard, se encontró con el señor Elton, quien, evidentemente, iba hacia allí, y como continuaron caminando juntos poco a poco, hablando acerca de Harriet (hasta él habían llegado rumores de que era una enfermedad muy grave y había ido a enterarse con la finalidad de poder informar después a los de Hartfield), fueron alcanzados por el señor John Knightley, quien volvía de su habitual visita a Don Well acompañado de sus dos hijos mayores, cuyos rostros encendidos y saludables evidenciaban todos los beneficios de un paseo por el campo, y parecían pronosticar la súbita desaparición del cordero asado y del *pudding* de arroz por los que se apresuraban a regresar a casa. Se unieron a ellos y continuaron caminando todos juntos. Emma describía los síntomas de la enfermedad de su amiga en aquellos instantes:

—... una garganta muy inflamada, con mucha fiebre y con un pulso rápido y débil...

Y comentó que la señora Goddard le dijo que Harriet era propensa a las inflamaciones de garganta y que en muchas ocasiones le había dado sustos como ese. Al escuchar esto, el señor Elton pareció muy alarmado y dijo:

—¿Qué? ¿Inflamaciones de garganta? Espero que no haya infección. No se tratará de una infección maligna, ¿verdad? ¿Perry ya la vio? Lo cierto es que usted debería cuidarse tanto como lo hace con su amiga. Déjeme aconsejarle que no se exponga mucho. ¿Por qué Perry no la visita?

Emma, que ciertamente no estaba alarmada en absoluto, calmó esos miedos exagerados, asegurándole que la señora Goddard poseía mucha experiencia y le daba los mejores cuidados, pero como todavía le quedaba una cierta inquietud, que ella no deseaba que se esfumara, sino que más bien quería avivar para que se incrementara, no tardó en agregar como si conversara de algo totalmente diferente:

—Oh, está haciendo tanto frío, tantísimo frío, y parece que va a nevar, que si se tratara de cualquier otro sitio o de cualquier otra velada, lo cierto es que trataría, en lo posible, de no salir esta noche de casa... y lo que me costó convencer a mi papá de aventurarse a cenar fuera de casa, pero como él ya se hizo la idea, e incluso da la impresión de que no siente tanto el frío, prefiero no poner inconvenientes, porque sé que sería una decepción muy grande para la señora y el señor Weston. Pero, señor Elton, le doy mi palabra de que yo, si estuviera en su posición, pondría un pretexto para no ir. Me da la impresión de que usted ya está algo afónico, y teniendo en cuenta que mañana tendrá que hablar mucho y lo agotador que será para usted ese día, creo que la más esencial prudencia aconseja que permanezca en casa y que se cuide lo mejor posible esta noche.

Parecía que el señor Elton no sabía muy bien qué contestar, y realmente eso era lo que le sucedía, ya que, aunque muy halagado por el interés tan grande que se tomaba por él una mujer tan hermosa, y sin desear negarse a seguir ninguno de sus consejos, la verdad es que no sentía el más mínimo deseo de no asistir a la velada, pero Emma, muy confiada en la idea que se había hecho de la situación para escucharle con imparcialidad y darse cuenta de su estado de ánimo en aquel instante, quedó plenamente satisfecha con escucharle susurrar aprobadoramente que hacía "mucho frío, realmente mucho frío", y continuó feliz de haberle alejado de Randalls, permitiéndole de esa manera que se interesara cada hora por la salud de Harriet.

—Usted hace muy bien —dijo—, ya nosotros lo disculparemos con los señores Weston.

Pero cuando terminaba de pronunciar estas palabras, su cuñado le ofrecía con mucha cortesía un sitio en su coche, si es que acaso el tiempo era el único inconveniente para el señor Elton, y este aceptó de inmediato el ofrecimiento con una gran alegría. No tardó mucho en ser cosa resuelta, y jamás su rostro expresó más felicidad que en aquellos momentos; jamás su sonrisa había sido más amplia ni sus ojos más brillantes de alegría que cuando miró a Emma.

"¡Vaya! —se dijo Emma—. ¡Eso sí que es extraño! Yo le encuentro un pretexto para no venir, y ahora prefiere estar con nosotros y dejar a Harriet enferma en su casa... Me parece que esto es muy raro... Aunque creo que hay muchos hombres, sobre todo los solteros, que sienten mucha inclinación, que les entusiasma tanto cenar fuera de casa, que una de las cosas que más les emociona e ilusiona es una invitación así, creen que es uno de los más grandes gustos que pueden darse, casi como un deber de su nivel social y de su profesión, y pasa a segundo plano todo lo demás... y seguro que este es el caso del señor Elton; sin ninguna duda, un muchacho de grandes virtudes, muy correcto y agradable, y muy enamorado de Harriet, pero, a pesar de eso, es incapaz de no aceptar una invitación y debe cenar fuera de casa sea donde sea que lo hayan invitado. ¡Qué cosa más curiosa es el amor! Puede ver ingenio en Harriet, pero por ella es incapaz de cenar solo".

Después de un rato, el señor Elton se despidió de ellos y Emma le hizo justicia apreciando el sentimiento que puso al mencionar a Harriet cuando se marchaba; el tono de su voz al asegurarle que lo último que haría antes de prepararse para el gusto de ver a Emma nuevamente sería dirigirse a casa de la señora Goddard a solicitar información sobre la salud de su bella amiga, y que esperaba darle mejores noticias, eso tenía mucho significado; y con un suspiro esbozó una afligida sonrisa que, definitivamente, inclinó la balanza de la aprobación en su favor.

Después de unos minutos que transcurrieron en total silencio, John Knightley comentó:

—Nunca en toda mi existencia he visto a un hombre más empeñado en ser agradable que el señor Elton. Cuando está tratando con señoras se le ve ansioso por complacerlas. Es más sensato y natural con los hombres, pero le parece bien cualquier ridiculez cuando tiene una dama a quien atender y complacer.

—El trato del señor Elton es lo que se llama perfecto —dijo Emma—, pero hay que pasar por alto muchas cosas cuando se ve que se desvive por ser agradable. Cuando un hombre hace lo que puede, aunque sea con habilidades limitadas, siempre será mejor al que sea superior, pero no tenga voluntad. El señor Elton tiene tan buena voluntad y tan buen temperamento que no es posible dejar de apreciar esas cualidades.

—Sí —dijo rápidamente, con cierta ironía, el señor John Knightley—, da la impresión de que tiene muy buena voluntad... sobre todo en lo que a ti se refiere.

—¿Qué? ¿A mí? —dijo Emma con una sonrisa de sorpresa—, ¿supones que el señor Elton tiene algún interés por mí?

—Emma, confieso que esta idea me ha pasado por la mente y, si antes jamás habías pensado en ello, tienes ya una razón para hacerlo.

—¡Enamorado de mí el señor Elton! Pero ¡a quién se le ocurre, por favor!

—No estoy diciendo que sea de esa manera, pero no estaría de más que pensaras en si es o no es cierto, para adaptar tu conducta a lo que decidas. Yo pienso que siendo tan amble con él le das muchas alas. Emma, te estoy hablando como un amigo. Sería preferible que abrieras bien los ojos y estuvieras segura de lo que haces y de lo que deseas hacer.

—Te doy las gracias por el interés, pero te aseguro que estás equivocado. El señor Elton y yo solamente somos excelentes amigos, pero nada más.

Y continuó caminando, riéndose para sus adentros de los desaciertos que frecuentemente se le ocurren a las personas que solamente conocen una parte de las situaciones y de las equivocaciones en las que incurre alguna gente que intenta tener una opinión infalible; y no muy contenta con su cuñado que pensaba que ella era tan ignorante y tan ciega y tan necesitada de consejos. Él, por su parte, ya no dijo nada más.

Se había hecho tanto a la idea de salir esa noche el señor Woodhouse, que aunque el frío era cada vez más fuerte no parecía dispuesto en absoluto a atemorizarse de él, y finalmente estuvo listo, con toda puntualidad, para emprender la marcha y se instaló en su coche junto al lado de Isabella, prestando menos atención, aparentemente, al tiempo que ninguno de los otros; muy maravillado por su propia hazaña y pensando mucho en la ilusión que les iba a proporcionar a los de Randalls para fijarse en que hacía frío... además iba muy bien abrigado para sentirlo.

Pero el frío era bastante intenso, y cuando el segundo coche comenzó a moverse cayeron unos copos de nieve, y daba la impresión de que el cielo estaba tan cargado como para requerir solamente un soplo de aire más tibio para, al cabo de un corto tiempo, dejarlo todo blanquísimo.

Emma no tardó en darse cuenta de que su compañero no estaba del mejor humor. Los arreglos para salir y la salida misma con ese tiempo, vinculado al hecho de tener que renunciar a la compañía de sus hijos después de la comida, eran obstáculos lo bastante desagradables como para molestar al señor John Knightley; la visita no le parecía ofrecer compensaciones dignas de esos contratiempos y en todo el camino hasta la Vicaría no dejó de expresar su disgusto.

—Se requiere tener una excelente opinión de uno mismo —dijo— para solicitar a las personas que dejen su chimenea y vayan a visitarlo en un día como este, sin otra finalidad que verlo. Debe sentirse alguien demasiado agradable, yo sería incapaz de hacer algo así. Es lo más ilógico e irracional que he visto... ¡Y encima ahora comienza a nevar! Esto es una locura no dejar que las personas permanezcan en su casa cómodamente... y lo que significa no quedarse cómodamente en casa cuando uno puede hacerlo. Si nos obligaran a salir en una noche así para algún negocio o para cumplir algún deber, ¡nos quejaríamos de nuestra mala fortuna, y aquí nos encontramos, probablemente con ropas más ligeras que lo habitual, continuando adelante por nuestra propia voluntad, sin ninguna razón justificada y desafiando la voz de la naturaleza que dice al hombre, de todas las maneras posibles, que puede quedarse en casa y que se proteja lo mejor que pueda; aquí nos encontramos en camino para pasar cinco horas muy pesadas y aburridas en una casa ajena, sin nada que hablar o escuchar que no se hablara o se escuchara ayer y que no pueda hablarse o escucharse mañana nuevamente. Saliendo con mal tiempo para regresar con un tiempo mucho peor, probablemente; exigiendo a salir a cuatro caballos y a cuatro criados solamente para llevar a cinco personas ociosas, desocupadas, temblando de frío a unos salones más fríos y entre peores compañeros de lo que se hubiese podido tener en el hogar.

Emma no se sentía dispuesta a ratificar complacida estos comentarios, a lo que, sin duda, él estaba habituado, para copiar el "Tienes toda la razón, querido", frase con la que le obsequiaba frecuentemente su acostumbrada compañera de viaje, pero tuvo la fuerza de voluntad suficiente para aguantarse y no contestarle nada. No estaba de acuerdo con él y le daba temor que una discusión terminara en conflicto; solamente llegaba al silencio su heroísmo. Dejó que continuara hablando, arregló los cristales y se abrigó bien en sus ropas sin mover los labios.

Finalmente llegaron, el coche dio la vuelta, se bajó el estribo y el señor Elton, muy bien ataviado, con su traje negro y sonriendo se reunió con ellos rápidamente. Emma tenía la esperanza de que el tema de conversación se cambiara. De muy buen humor, el señor Elton se deshacía en atenciones; lo cierto es que de tan buen humor que Emma imaginó que seguro había recibido noticias diferentes sobre la salud de Harriet de las que ella tenía. Al tiempo que se vestía había enviado a alguien a preguntar, y la respuesta fue: "Sigue igual, no hay ninguna mejoría".

—Las informaciones que he recibido de la casa de la señora Goddard —dijo tras un instante— no son tan buenas como yo esperaba. Me dijeron que sigue igual, que no hay ninguna mejoría.

Inmediatamente, el rostro del señor Elton se ensombreció, y cuando respondió lo hizo con una voz llena de emoción:

—¡Oh, no! Lo sentí tanto cuando lo supe... estaba a punto de decirle que cuando fui a casa de la señora Goddard, que fue lo último que hice antes de regresar a la Vicaría para vestirme, me comentaron que la señorita Harriet no había mejorado nada, lo que se dice nada, sino que más bien se encontraba mucho peor. Me quedé muy preocupado, lo sentí tanto... yo tenía muchas esperanzas de que se recuperara después de la medicina que le dieron esta mañana.

Sonriendo, Emma respondió:

—Espero que mi visita le haya traído beneficios para la parte nerviosa de su enfermedad, pero mi presencia todavía no tiene bastante poder como para hacer desaparecer una inflamación de garganta; es un resfriado realmente fuerte. Y, como seguramente ya le han informado a usted, el señor Perry la ha visitado.

—Sí... yo imaginaba... es decir... no me lo dijeron...

—Él ya la había tratado de algo similar, y espero que mañana por la mañana podrá darnos a ambos mejores noticias. Pero no es posible dejar de sentirse intranquilo. ¡Es una ausencia tan triste para nuestra velada de esta noche!

—Sí, muy triste... Usted lo dijo, esta es la palabra... la extrañaremos a cada instante.

Eso ya era un avance; el hondo suspiro que acompañó estas palabras era muy digno de tomarse en cuenta; pero hubiera tenido que durar más tiempo. Emma se desalentó cuando solamente después de medio minuto el señor Elton comenzó a hablar de otros asuntos; y en un tono de voz absolutamente alegre y despreocupado.

—Es una idea muy buena —dijo— utilizar en los coches las pieles de cordero. De esa manera se va muy cómodo; no es posible tener frío cuando se toman estas precauciones. La verdad es que esas innovaciones modernas transforman el coche de un caballero en algo totalmente completo. Se está tan defendido y protegido del tiempo que no hay corriente de aire que pueda entrar. Así el tiempo deja de ser importante. Hace una noche muy fría hoy... pero nosotros estando en este coche ni nos damos cuenta... ¡Ah! veo que ya está nevando un poco.

—Sí —respondió el señor John Knightley—, y me da la impresión de que tendremos mucha nieve.

—Tiempo de Navidad —dijo el señor Elton—. Es lo que corresponde a la estación, y nos podemos considerar como muy afortunados de que ayer no comenzara a nevar y tuviésemos que aplazar la velada de hoy, lo cual hubiera podido suceder con mucha facilidad, porque, si hubiese nevado demasiado, el señor Woodhouse no se hubiera atrevido a salir, pero ahora ya no es importante. Lo cierto es que esta es la época del año más conveniente para las veladas amistosas y familiares. Todos por Navidad invitan a sus amigos y las personas no se preocupan excesivamente por el tiempo que haga, aunque sea demasiado malo. Me quedé una vez atrapado una semana en casa de un amigo. Y fue muy agradable. Fui allá para pasar solamente una noche, pero me tuve que ir después de siete días exactos.

El señor John Knightley no parecía muy inclinado a entender este placer, pero solo dijo con frialdad:

—A mí no me agradaría mucho encontrarme atrapado por la nieve en Randalls durante siete días.

En otro momento, Emma hubiera hallado divertido todo eso, pero en aquella ocasión estaba muy sorprendida al darse cuenta del interés que el señor Elton le ponía a otros temas. Parecía que había olvidado totalmente a Harriet ante la posibilidad de una agradable reunión.

—Tenemos la seguridad de disponer de un buen fuego en la chimenea —continuó diciendo—, y todo estará dispuesto, sin duda, para darnos las más grandes comodidades. Definitivamente, la señora y el señor Weston son encantadores; la señora Weston merece todos los halagos, y él, por su parte, es un caballero admirable, muy sociable y hospitalario; por supuesto que no seremos muchos, pero las veladas en las que hay pocas personas, pero selectamente escogidas, son tal vez las más gratas de todas. En el comedor de la señora Weston no se puede acomodar debidamente a más de diez personas y en esas circunstancias, por mi parte, yo suelo preferir que sobre lugar para dos a que falte lugar para dos. Estará usted de acuerdo conmigo seguramente —dijo dirigiéndose a Emma con aire tierno—, estoy seguro de que tendré su aprobación aunque quizás el señor Knightley que está habituado a las grandes reuniones de Londres no esté completamente de acuerdo con nosotros.

—Yo jamás ceno fuera de casa, por lo tanto no sé nada de las grandes reuniones de Londres.

—¿De verdad? —preguntó en un tono entre compasivo y sorprendido—. Yo no tenía la más mínima idea de que las leyes significaran esa inmensa esclavitud. Pero usted no se angustie, ya llegará el momento en que halle la recompensa, el premio, cuando pueda disfrutar mucho y tenga que trabajar poco.

—Disfrutaré mucho más —dijo el señor John Knightley cuando ya cruzaban la reja de la casa— cuando regrese a Hartfield sano y salvo.

CAPÍTULO XIV

Cuando entraron en el salón de la señora Weston los dos tuvieron que cambiar su actitud, el señor Elton frenar un poco su emoción y entusiasmo y el señor John Knightley disimular su mal humor. Para adaptarse a la situación y al sitio, el señor Elton tuvo que sonreír un poco menos, y el señor John Knightley tuvo que sonreír mucho más. La única que pudo ser natural y espontánea fue Emma y mostrarse tan alegre como estaba realmente. Para ella era una gran felicidad estar con los Weston. El señor Weston era uno de sus amigos preferidos, y no existía nadie en el mundo con quien pudiera hablar con tanta sinceridad como con su esposa; nadie en quien tuviera tanta confianza de ser oída y entendida, despertando siempre la misma comprensión e igual interés, nadie que entendiera los pequeños conflictos, planes, ilusiones y dudas, suyos y de su padre. Todo lo que hablaba sobre Hartfield tenía para la señora Weston un vivo interés; y media hora de confidencias sin interrupción con respecto a todos esos asuntos pequeños de los que dependen la felicidad diaria de la vida íntima de cada quien, era uno de los más grandes y auténticos placeres que las dos podían permitirse.

Este era un placer del que tal vez no podrían disfrutar durante toda esa visita, en la que no sería fácil hallar media hora para sus distracciones, pero solamente la presencia de la señora Weston, su contacto, su voz, su sonrisa ya era reconfortante para Emma y resolvió pensar lo menos posible en las actitudes extrañas del señor Elton, o en cualquier otro asunto desagradable, y disfrutar al máximo de todo lo hermoso y grato que pudiera ofrecer la reunión.

Antes de que llegara ya se había conversado mucho sobre la mala suerte que tuvo Harriet al resfriarse. El señor Woodhouse hacía rato que se encontraba instalado cómodamente en un sillón relatando toda la historia, con detalles, de los incidentes del recorrido que había hecho con Isabella hasta allí; entonces anunciaron el arribo de Emma, y cuando finalizó unas frases en las que se alegraba de que James al ir con ellos tuviera oportunidad de estar con su hija, aparecieron los otros, y la señora Weston, que hasta ese momento había dedicado casi toda su atención al señor Woodhouse, lo dejó y le dio la bienvenida a su adorada Emma.

Emma halló algunas dificultades para poner en práctica su resolución de no recordar por un rato al señor Elton, ya que debido a que cuando se sentaron todos juntos resultó que el muchacho quedó a su lado. No era muy fácil apartar de su pensamiento la idea de su asombrosa insensibilidad en referencia a Harriet, mientras no solamente lo tenía junto a ella, sino que además le brindaba continuamente las más atentas sonrisas y, siempre que tenía oportunidad, le dirigía la palabra con la mayor deferencia. En lugar de no recordarle, su actitud era tal que no pudo evitar decirse a sí misma:

—¿Será posible que mi cuñado tenga razón? ¿Es posible que comience a olvidarse de Harriet y a poner su interés y su cariño en mí? ¡No puede ser, eso sería absurdo!

El señor Elton, sin embargo, se desvivía de tal manera porque Emma no sintiera frío, era tan atento con su padre y tan amable con la señora Weston y, finalmente, demostró tanto entusiasmo y tanta falta de juicio con respecto a sus dibujos, que solamente podía pensarse que estaba enamorado, y ella tuvo que hacer un esfuerzo por mantener la naturalidad y la calma. No deseaba ser descortés, en primer término por ella misma y después por Harriet, esperando que todo pudiera encauzarse bien nuevamente, como al inicio; de manera que fue muy amable con él, pero tenía que hacer mucho esfuerzo, sobre todo cuando los demás charlaban de cosas por las que ella estaba interesada, al tiempo que el señor Elton la aturdía con su insípida palabrería. Por unas palabras sueltas que pudo escuchar entendió que el señor Weston estaba hablando de su hijo; escuchó las palabras "mi hijo" y "Frank", y que decía repetidamente "mi hijo" en varias ocasiones más; y por alguna otra cosa que llegó hasta sus oídos, imaginó que estaba anunciando la próxima llegada de su hijo, pero mucho antes de que pudiera deshacerse del señor Elton, la charla se había transformado completamente, hasta el punto de que cualquier pregunta suya que hubiese despertado el tema nuevamente hubiera parecido impertinente y fuera de lugar.

Lo que sucedía era que, aunque había tomado Emma la decisión de no casarse jamás, existía algo en el nombre, en la idea del señor Frank Churchill que la había atraído siempre. Había pensado frecuentemente —sobre todo desde que el padre del joven se había casado con la señorita Taylor— que si ella tuviera que contraer matrimonio con Frank Churchill sería la decisión más acertada, tanto por su edad como por su temperamento y su nivel social. Por la unión que había entre las dos familias parecía una relación totalmente normal. Y Emma solamente podía suponer que era un matrimonio en el que debería pensar todos los que lo conocían. Estaba completamente convencida de que los Weston pensaban en ello y, a pesar de que no estaba dispuesta a que ni él ni ningún otro hombre le hiciera dejar su situación actual que consideraba más colmada de bienestar que ninguna otra nueva que pudiese sustituirla, sentía una enorme curiosidad por conocerlo, un decidido propósito de encontrarlo atractivo y agradable, y a que él también se sintiera atraído hasta cierto punto, y una especie de placer ante la idea de que en la mente de sus amistades los dos aparecieran unidos.

Bajo la influencia de estas emociones no podían ser más inoportunas las cortesías del señor Elton, pero ella se consolaba pensando que, aparentemente, era muy atenta, cuando realmente aquella situación no podía contrariarla más... e imaginando que durante el resto de la reunión obligatoriamente se hablaría nuevamente del mismo asunto que al inicio, o que por lo menos se referirían a lo esencial del tema, tratándose de una persona tan expresiva y comunicativa como el señor Weston; y así fue, y cuando finalmente se desembarazó del señor Elton y se sentó a la mesa al lado del señor Weston, este aprovechó la primera pausa que pudo hacer en sus tareas como anfitrión, la primera tregua que hubo desde que sirvieron el lomo de carnero, para comentarle a Emma:

—Para ser el número exacto solamente nos faltan dos personas más. Desearía tener a nuestro lado a dos invitados más... a la amiga de usted, la señorita Harriet Smith, y a mi hijo... solamente entonces podría decir que la reunión es totalmente completa y perfecta. No sé si me ha escuchado usted decir a los demás cuando nos encontrábamos en el salón que estábamos esperando a Frank. He recibido una carta suya esta mañana, y me dice que dentro de dos semanas estará con nosotros.

Emma no hizo muchos esfuerzos por expresar su felicidad; y estuvo totalmente de acuerdo con la idea de que la señorita Smith y el señor Frank Churchill eran los dos invitados que faltaban para completar la velada.

—A partir del mes de septiembre —continuó diciendo el señor Weston— estaba deseando venir a visitarnos; hablaba de lo mismo en todas sus cartas, pero no puede disponer de su tiempo, se ve obligado a complacer a algunas personas, y complacer a estas personas (y que eso quede entre nosotros) cuesta a veces muchos sacrificios. Pero no tengo la menor duda ahora de que estará con nosotros hacia la segunda semana del mes de enero.

—¡Qué feliz va a estar usted! Y la señora Weston está tan emocionada por conocerlo bien que debe encontrase casi tan ilusionada como lo está usted.

—Sí, tendría una gran felicidad, pero ella es del criterio de que este viaje se aplazará una vez más. Ella no está tan segura como yo de que venga. Pero el intríngulis de este asunto yo lo conozco mejor que ella. Usted verá, la situación es que... (pero sobre todo que eso quede entre nosotros, en la sala de estar yo no he dicho ni una palabra de eso. En todas las familias hay secretos, ya usted lo sabe...). Le decía que la situación es que hay un grupo de amigos que fueron invitados a pasar unos días en Enscombe, durante el mes de enero, y para que Frank venga es necesario que se aplace esta invitación. Si no se aplaza, él no puede irse de allí. Pero yo estoy seguro de que se aplazará, porque se trata de una familia por la que una señora, que tiene mucho peso e importancia en Enscombe, siente una particular antipatía; y a pesar de que se cree necesario invitarlos una vez cada dos o tres años, cuando llega ese instante siempre terminan posponiendo la visita. Va a suceder así, no tengo la menor duda. Estoy tan seguro de que Frank estará aquí antes de mediados de enero, como de encontrarme yo mismo aquí. Pero su apreciada amiga —y señaló con la cabeza el otro extremo de la mesa— tiene tan pocos caprichos, y en Hartfield estaba tan poco habituada a ellos, que no prevé los efectos que pueden tener, pero yo tengo ya una experiencia de muchos años en esos asuntos.

—De verdad lamento mucho que todavía existan dudas en este caso —replicó Emma—, pero, señor Weston, estoy dispuesta a colocarme a su lado. Si usted piensa que vendrá, yo seré de su misma opinión, porque usted conoce Enscombe.

—Sí... bien puedo decir que lo conozco, aunque en mi vida haya estado allí... ¡Es una mujer muy rara! Pero yo jamás me permito hablar mal de ella por respeto a Frank, porque sé que ella lo quiere de verdad. Yo siempre pensé que era incapaz de querer a nadie con excepción de a sí misma; pero siempre ha sido muy cariñosa con él (a su manera... consintiéndole pequeños caprichos y antojos, y deseando que todo salga según su voluntad). Y, en mi opinión, dice mucho en favor de él haber despertado un cariño así, porque, a pesar de que yo no lo diría a nadie más, lo cierto es que para el resto de las personas esa mujer tiene un corazón más duro que la piedra y un temperamento endemoniado.

Emma estaba tan interesada por ese asunto que lo abordó nuevamente, en esta ocasión con la señora Weston, cuando después de un rato se trasladaron de nuevo a la sala de estar; le deseó que pudiera cumplir este sueño... incluso aceptando que entendía que la primera entrevista debería ser más bien muy fuerte... La señora Weston estuvo de acuerdo con ella, pero agregó que con gusto aceptaría la violencia que pudiese haber en esta primera entrevista con tal de tener la seguridad de que sería cuando se había avisado...

—... porque, la verdad es que yo no confío que venga. No puedo ser tan optimista como el señor Weston. Me temo que todo esto concluirá en nada. Imagino que el señor Weston ya te ha comentado con exactitud cómo están las cosas.

—Sí... da la impresión de que todo depende exclusivamente del mal humor de la señora Churchill, que supongo que es la cosa más segura del mundo.

—Pero querida Emma —dijo, sonriendo, la señora Weston—, ¿en un capricho qué seguridad puede haber?

Y dirigiéndose a Isabella, que antes no había estado atendiendo a la charla, agregó:

—Mi querida señora Knightley, debe saber usted que en mi opinión no podemos estar seguros ni muchísimo menos de poder tener entre nosotros al señor Frank Churchill, como piensa su papá. Eso depende totalmente del buen o mal humor y del capricho de su tía; en conclusión, de si ella lo desea o no. Aquí entre nosotras, porque estamos como entre hermanas y puede decirse la verdad: en Enscombe manda la señora Churchill, y es una mujer de un carácter muy caprichoso; y el que su sobrino venga de vista aquí va a depender de que esté dispuesta, por unos días, a prescindir de él.

—¡Oh, la señora Churchill! Todo el mundo la conoce —dijo Isabella—; y yo por mi parte siempre que pienso en ese pobre joven me inspira una gran compasión. Debe ser espantoso vivir constantemente con una persona de mal carácter. Eso es algo que, por fortuna, ninguno de nosotros conoce por experiencia, pero tiene que ser una existencia horrible. ¡Qué suerte que esa mujer jamás haya tenido hijos! ¡Qué desgraciados los hubiera hecho, pobres criaturas!

Emma hubiese deseado quedarse a solas con la señora Weston, de esta manera se hubiese enterado de muchas más cosas; la señora Weston le hubiera hablado con una sinceridad que jamás se atrevería a expresar delante de Isabella; y estaba segura de que no le hubiera escondido casi nada con respecto a los Churchill, con excepción de sus planes sobre el joven de los que ya intuitivamente imaginaba algo. Pero allí nada más podía decirse. Pronto, el señor Woodhouse se reunió con ellas en la sala de estar. Permanecer durante mucho tiempo sentado a la mesa después de comer era una penitencia que no podía aguantar. No lograron retenerle ni el vino ni la charla amena, y alegremente se dispuso a reunirse con las personas con las que se encontraba cómodo siempre.

Y al tiempo que él conversaba con Isabella, Emma tuvo la oportunidad de comentar a su amiga:

—De manera que piensas que esta visita de tu hijo no es segura. Cuánto lo siento. Pero sea cuando fuere, la presentación tiene que ser un poco fuerte. Y cuanto antes se termine con eso, será mucho mejor.

—Sí, y con cada aplazamiento da temor que vengan otros más. Incluso si esa familia, los Braithwaites, aplazan otra vez su visita, todavía temo que puedan hallar algún otro pretexto y tengamos una nueva desilusión. No puedo suponerme que exista ningún inconveniente por parte de él, pero estoy segura de que los Churchill tienen un gran motivo para retenerlo con ellos. Sienten celos. Están celosos incluso del cariño que siente por su papá. En conclusión, que no tengo ninguna certeza de que venga, y preferiría que el señor Weston no se emocionara tanto con esta idea.

—Pero debería venir —dijo Emma—. Aunque solamente pudiera estar con ustedes dos días, debería venir; es muy difícil imaginarse un muchacho de su edad que no pueda ni siquiera hacer eso. Una muchacha, si cae en malas manos, puede ser alejada y apartada de aquellas personas con las que ella quisiera estar, pero no se puede concebir que un hombre esté tan sometido por sus familiares como para no poder pasar una semana con su papá si lo quiere así.

—Para conocer lo que él puede o no puede hacer —exclamó la señora Weston— deberíamos estar en Enscombe y conocer cómo es la vida de la familia. Tal vez es eso lo que siempre deberíamos hacer antes de juzgar la actuación de cualquier persona de cualquier familia, pero estoy segura de que lo que sucede en Enscombe no puede juzgarse según las normas generales. ¡Es una mujer tan caprichosa! Y absolutamente todo depende de ella.

—Pero adora a su sobrino: es su favorito, ¿no? Entonces, de acuerdo con la opinión que yo tengo de la señora Churchill, sería más normal que mientras ella no hace ningún sacrificio por el bienestar de su esposo, a quien se lo debe todo, se dejara gobernar frecuentemente por su sobrino, a quien no debe nada en absoluto, incluso sin dejar de hacerle víctima de sus caprichos permanentes.

—Tienes un carácter muy dulce, mi querida Emma, para entender a alguien que lo tiene muy agrio y malo, y poder fijar las leyes de su comportamiento; déjala que sea como quiera. De lo que yo no dudo es de que, algunas veces, su sobrino ejerce una fuerte influencia sobre ella; pero puede suceder que a él le sea completamente imposible saber por adelantado cuándo podrá ejercerla.

Emma escuchaba, y luego dijo fríamente:

—A menos que venga no me convenceré.

—Puede tener mucha influencia en ciertos asuntos —continuó diciendo la señora Weston— pero en otros muy poca; y entre estos últimos, que se encuentran fuera de su alcance, es más que factible que figure eso de ahora de separarse de ellos para venir hasta aquí.

Capítulo XV

No tardó en pedir su té el señor Woodhouse y, después que lo tomó, se mostró dispuesto a volver a su casa; y las tres mujeres que estaban con él solo consiguieron distraerlo, haciéndole olvidar que ya era muy tarde, hasta que aparecieron los demás hombres. El señor Weston era una persona expresiva, comunicativa, muy jovial y poco amiga de que sus invitados se marcharan muy temprano, pero finalmente todos fueron pasando a la sala de estar. El señor Elton, que parecía de excelente humor, fue uno de los primeros que abandonó el comedor para dirigirse al salón. Emma y la señora Weston se encontraban sentadas en el sofá, una junto a la otra. De inmediato, él se les acercó y se sentó entre las dos, casi sin pedirles permiso.

Ya que estaba también de buen humor por la noticia de la pronta llegada del señor Frank Churchill, Emma estaba dispuesta a no recordar lo enojosamente inoportuno que fue el señor Elton y a ser tan atenta con él como al inicio, y cuando Harriet se transformó en el primer tema de conversación, se dispuso a oírlo con la más amable de sus sonrisas.

El señor Elton se mostró muy intranquilo con respecto al estado de salud de su bella amiga... su bella, simpática, adorable amiga.

—¿Usted sabe algo nuevo? ¿Ha tenido alguna información sobre ella desde que estamos en Randalls? Estoy muy angustiado... confieso que esta enfermedad de la señorita Harriet me alarma mucho...

Y continuó hablando en este tono durante un buen rato, muy en su punto, sin esperar que le respondieran, verdaderamente preocupado por ese dolor de garganta tan maligno, y de esa manera llegó a atraer todas las simpatías de Emma nuevamente.

Pero lentamente el asunto degeneró en algo diferente; súbitamente dio la impresión de que si estaba tan angustiado por la malignidad de ese malestar de garganta era más por Emma que por Harriet... que más que el que la enferma se recuperara de su padecimiento, le angustiaba el que este no fuera contagioso. Suplicó encarecidamente a Emma que no visitara a su amiga, por lo menos por los momentos... insistiendo en que le prometiera a él que no se expondría a aquel riesgo hasta que él hubiese hablado con el señor Perry y conociera la opinión del doctor y, a pesar de que Emma intentó tomárselo a broma y hacer que el asunto regresara a sus cauces naturales, no hubo manera de poner fin a su extremada preocupación por ella. Estaba incómoda. Era evidente —y él no hacía ningún esfuerzo por esconderlo— que actuaba como si realmente estuviera enamorado de ella, en lugar de estarlo de Harriet; una demostración de inconstancia que, de ser cierta, era la cosa más abominable y despreciable del mundo. Y a Emma le costaba mucho esfuerzo mantener la tranquilidad. El señor Elton se dirigió hacia la señora Weston para rogar su apoyo.

—Se lo suplico, ayúdeme; ¿usted me ayudará a convencer a la señorita Woodhouse de que no visite la casa de la señora Goddard hasta que estemos seguros de que no es contagiosa la enfermedad de la señorita Harriet? Hasta que no me prometa que no irá allí no estaré tranquilo... ¿Usted no desea usar su influencia para lograr arrancarle esta promesa a la señorita Woodhouse? ¡Tanto como se preocupa por los otros —prosiguió diciendo— y tan poco que cuida de sí misma! Deseaba que esta noche permaneciera en casa para cuidarme un resfriado, y ahora no me quiere prometer que no se arriesgará a contagiarse una inflamación de garganta muy peligrosa... Señora Weston, ¿a usted le parece razonable ese proceder? Por favor, juzgue usted misma. ¿Acaso no tengo cierto derecho a quejarme? Es usted muy comprensiva para no ayudarme en esta empresa, estoy seguro de eso.

Emma se dio cuenta del asombro de la señora Weston y entendió que este debía de ser mayúsculo ante esas frases, que por su sentido y por la forma en que se habían pronunciado hacían imaginar que el señor Elton se atribuía más derecho que nadie a interesarse por ella, y en cuanto a ella misma se encontraba demasiado enojada y ofendida para poder decir algo sobre el asunto. Solamente lo miró fijamente, una mirada que creyó sería suficiente para devolverle el buen criterio, y después, levantándose del sofá se sentó en una silla junto a su hermana, dedicando toda su atención a esta.

Pero Emma no tuvo oportunidad de ver el efecto que causaba en el señor Elton aquel desprecio, debido a que de inmediato la atención de todos se centró en otro asunto; debido a que el señor John Knightley entró en la sala, después de haber estado mirando el tiempo que hacía, y les notificó que todo se encontraba cubierto de nieve y de que todavía continuaba nevando copiosamente entre fuertes ráfagas de viento, y finalizó con estas palabras dirigidas al señor Woodhouse:

—Para la primera de sus visitas de este invierno será un comienzo muy animado. Algo novedoso para su cochero y los caballos abrirse paso en mitad de una tormenta de nieve.

Al pobre señor Woodhouse la consternación lo había vuelto silencioso, pero todos los demás tenían algo que comentar. Unos se encontraban atemorizados, otros no, pero todos tenían alguna pregunta que hacer o algún consuelo que dar. Emma y la señora Weston intentaron darle ánimos a través de todos los medios posibles, distrayendo su atención de las palabras de su hijo político, que continuaba implacable en son victorioso:

—Yo estaba admirado de su valor —dijo— al atreverse a salir con un tiempo así, porque, evidentemente, usted ya veía que no tardaría mucho en nevar. Todos veían que estaba a punto de comenzar un temporal de nieve. Su valentía ha sido admirable; y espero que podamos regresar sanos y salvos a casa. A pesar de que nieve por una o dos horas más, no creo que los senderos se pongan intransitables y tenemos dos coches, si uno vuelca en el descampado del prado comunal, podemos utilizar el otro. Espero que, antes de medianoche, todos estemos sanos y salvos de vuelta en Hartfield.

También victorioso, el señor Weston, pero por otras razones, confesaba que ya hacía rato que se dio cuenta de que estaba nevando, pero que si no había dicho nada fue para no inquietar al señor Woodhouse, que así hubiera tenido un pretexto para irse rápidamente. Con respecto a lo de que hubiera caído o estuviera a punto de caer tanta nieve que no permitiera su regreso, era solamente una broma; lo que temía era que no encontraran inconvenientes para volver. Lo que él quería era que los senderos fuesen impracticables para así poder retenerlos en Randalls; y con buena voluntad estaba seguro de que se hallaría acomodo para todos; y dijo a su esposa que imaginaba que estaba de acuerdo con él en que, con algo de ingenio y creatividad, podían alojar a todo el mundo, y la verdad es que ella no sabía cómo iba a lograrse, debido a que sabía que no había más que dos habitaciones sobrantes en la casa.

—Querida Emma, ¿qué haremos... qué haremos? —fue la primera exclamación del señor Woodhouse y, por un buen rato, fue todo lo que pudo decir.

Como en demanda de auxilio vio a su hija y cuando esta lo calmó recordándole lo bueno que eran los caballos, la destreza de James y la confianza que debía inspirarle tener a tantos amigos a su lado, lo animaron un poco.

El temor de su hija mayor fue parecido al suyo. El terror de quedar bloqueados en Randalls mientras sus hijos se encontraban en Hartfield dominó su pensamiento, y pensando que los senderos solamente serían transitables para personas muy arriesgadas, pero en un estado que no aceptaba más tardanza, rápidamente propuso que su padre y Emma se quedaran en Randalls, mientras que su esposo y ella se pusieran en marcha de de inmediato desafiando todas las posibles acumulaciones de nieve y temporales que pudieran encontrarse en el camino.

—Querido, creo que lo mejor que podríamos hacer es que tú mismo condujeras el coche —dijo—; estoy segura de que de esa manera lograríamos llegar a casa si salimos en este momento; y si nos topamos con un obstáculo insuperable, yo puedo bajar y continuar caminando. No tengo ningún temor. De verdad no me importaría ir caminando la mitad del sendero. Al llegar a casa me cambiaría los zapatos, ya sabes que eso es algo que no me da frío.

—¿De verdad? —dijo su esposo—. Entonces, mi amada Isabella, eso es lo más extraordinario del mundo, porque todo te da frío generalmente. ¡Ir caminando hasta casa...! Entonces me parece que llevas buen calzado para regresar andando. Creo que ni los caballos pueden llegar.

Isabella se dirigió a la señora Weston con la esperanza de que aceptara su proyecto. La señora Weston lo aprobaba. Entonces, Isabella se dirigió a Emma, pero Emma no se resignaba completamente a abandonar la esperanza de que todos pudieran marcharse, y todavía estaban discutiendo el asunto cuando el señor Knightley, que había abandonado la sala de inmediato después que su hermano dio las primeras noticias con respecto a la nieve, volvió y les dijo que salió para examinar de cerca la situación y que les podía asegurar que no había el menor inconveniente de que volvieran a sus casas cuando lo desearan, en ese momento o después de una hora. Fue hasta más allá de la reja y había caminado un trecho del sendero en dirección a Highbury... en los sitios de mayor espesor la nieve solamente llegaba a un centímetro de grosor... en muchos sitios apenas había nieve suficiente para blanquear la tierra; en esos instantes caían unos cuantos copos, pero ya se estaban dispersando las nubes y todo parecía anunciar que no tardaría en cesar la tormenta. Estuvo conversando con los cocheros y los dos estuvieron de acuerdo con él en que no había nada de qué alarmarse.

Para Isabella estas noticias fueron un gran alivio, como también lo fueron para Emma, principalmente por su padre, quien de inmediato se calmó todo lo que se lo permitieron sus nervios; pero la alarma que se había generado no le permitía continuar sintiéndose a gusto mientras permaneciera en Randalls. Estaba plenamente convencido de que por ahora no existía ningún riesgo en volver a su casa, pero nadie podía convencerle de que no había ningún peligro en permanecer allí; y al tiempo que unos y otros continuaban discutiendo sus respectivas opiniones, Emma y el señor Knightley resolvieron el asunto en unas pocas frases muy concisas:

—Su padre no estará calmado; ¿por qué no se van ustedes?

—Si los otros me siguen, yo estoy dispuesta.

—¿Desea que llame a los criados?

—Sí, por favor.

La campanilla sonó y se dieron órdenes para que se arreglaran los coches. Emma pensó aliviada, después de unos minutos, que no tardarían en dejar en su casa al molestoso acompañante que tuvo esa noche —quizá allí recobraría la serenidad y la sensatez—, al tiempo que su cuñado regresaría a su estado natural de calma y equilibrio una vez finalizada esa embarazosa visita.

Los coches llegaron, y el señor Woodhouse, siempre la persona más solícitamente cuidada en esos momentos, fue acompañado hasta el suyo por el señor Weston y el señor Knightley; pero nada de lo que uno y otro le dijeron pudo evitar que se asustara un poco nuevamente cuando vio la nieve que había caído y al notar que la noche era mucho más oscura de lo que él había imaginado.

—Me temo que tendremos un mal viaje de regreso. No deseo que la pobre Isabella se asuste. Y mi pobre Emma que vendrá en el coche de atrás. No sé qué es lo mejor que podríamos hacer. Ambos coches tendrían que ir tan cerca el uno del otro como sea posible.

Le ordenaron a James que fuera lentamente y que esperara al otro coche.

Isabella subió detrás de su padre; olvidando que él no pertenecía a aquel grupo, John Knightley subió con toda naturalidad detrás de su esposa; de manera que Emma se encontró escoltada y seguida hasta el segundo coche por el señor Elton, notando que la puerta se cerraría tras ellos y de que harían el viaje solos. A Emma el viaje le hubiera resultado agradable antes de que se despertaran las sospechas de esa noche con el molesto incidente de momentos antes; ella le hubiera hablado de Harriet, y el kilómetro le hubieran parecido apenas medio. Pero ahora hubiera deseado que la situación fuese otra. Pensaba que su acompañante había abusado del buen vino del señor Weston, y estaba segura de que no dejaría de decir tonterías impertinentes.

Para imponerle con la frialdad de sus modales el mayor respeto posible, de inmediato se dispuso a hablarle con mucha seriedad y calma de la noche y del tiempo; pero apenas había empezado, apenas habían traspasado la reja detrás del otro coche, cuando el señor Elton le quitó la palabra de la boca, le tomó la mano, pidió su atención y comenzó a declararle su amor apasionado; aprovechando esa inmejorable oportunidad, le expresó "sentimientos que ya debían ser muy conocidos de ella", su temor, su esperanza, su adoración... Si ella lo rechazaba estaba dispuesto a morir...; pero confiaba en que lo insuperable de su amor, lo profundo de su cariño, lo ardiente de su pasión, tenían que encontrar en ella alguna correspondencia y, en conclusión, le proponía que lo aceptara de manera formal tan pronto como fuera posible. De esa manera estaban las cosas. Sin ningún escrúpulo, sin ningún pretexto, sin que al parecer se sintiera responsable de la más mínima infidelidad, el señor Elton, el enamorado de Harriet, se encontraba declarándose a Emma. Esta quiso detenerlo, pero fue inútil, él estaba dispuesto a continuar adelante y a decirlo absolutamente todo. El analizar la situación en que se encontraba, se contuvo de responderle, aunque estaba muy enojada. Creía que por lo menos la mitad de esa locura se le debía atribuir al estado de embriaguez y que, por lo tanto, era de esperar que fuese algo efímero y pasajero. Así, en un tono entre burlón y grave que confiaba sería más conveniente para su turbio estado mental, dijo:

—Señor Elton, usted me sorprende. ¿Es a mí a quien usted se dirige? Usted se está confundiendo... cree que yo soy mi amiga... si tiene algún mensaje para la señorita Smith, con mucho gusto se lo transmitiré, pero, por favor, tenga en cuenta que yo no soy Harriet.

—¿Qué dice? ¿La señorita Smith? ¿Un mensaje para la señorita Smith? ¿Usted qué quiere decir?

Y repetía las palabras de ella con tal convencimiento, demostrando tal sorpresa y estupor, que Emma solamente pudo replicar con agudeza:

—Su proceder es completamente inexplicable, señor Elton. Y solamente puedo justificarlo de una manera: usted no se encuentra en su sano juicio; de lo contrario no me hablaría de esta forma ni mencionaría a Harriet como lo acaba de hacer. Por favor, domínese y no diga nada más, y yo olvidaré sus palabras.

Pero al señor Elton le había dado ánimos el vino que había bebido, aunque no le había enturbiado la mente. Sabía perfectamente lo que decía; y después de protestar con vehemencia, considerando como muy ofensivas las sospechas de Emma, y de mencionar, aunque muy de pasada, el respeto que le merecía la señorita Smith... y asegurando que solo podía sorprenderse de que se la nombrara en aquellos instantes, insistió nuevamente sobre su gran amor, dando prisa a Emma para que le diese una respuesta afirmativa.

Emma notaba que las palabras de su interlocutor eran debidas a la inconstancia y a la presunción más que a la embriaguez, y haciendo ya menos esfuerzos para ser educada y amable, replicó:

—Ya no me es posible seguir dudando. Usted se ha expresado tal como es. No encuentro palabras para manifestar mi sorpresa, señor Elton. Tras su actuación, de la que yo he sido testigo, en el transcurso de este último mes, respecto a la señorita Smith... después de las atenciones que yo he visto da diario, como usted le prodigaba... dirigirse a mí con estas pretensiones, le juro que me parece una falta absoluta de formalidad y respeto que jamás hubiera creído posible en usted. Le aseguro que no puedo estar más lejos de alegrarme de ser el centro de su interés.

—¡Por Dios! —exclamó el señor Elton—. Pero ¿usted qué quiere decir con todo esto? ¡La señorita Harriet! Pero si en ningún instante de mi existencia he pensado en la señorita Harriet... nunca le he prestado la más mínima atención... a no ser como amiga suya; jamás he expresado el menor interés por ella, con la excepción del hecho de ser su amiga. Si ella ha imaginado otra cosa, sus propias ilusiones han sido las que la han engañado, y yo lo siento mucho... muchísimo. Pero lo cierto es que la señorita Smith... ¡Oh, señorita Woodhouse! ¿Pero quién puede pensar en la señorita Harriet cuando se tiene cerca a la señorita Emma? No, le doy mi palabra de caballero de que no es una falta de formalidad. Yo solamente he pensado en usted. Le juro que jamás he prestado la menor atención a ninguna mujer más. Todo lo que yo hacía o decía desde hace ya muchas semanas no tenía otra finalidad que manifestar mi amor por usted. ¡Usted no puede ponerlo en duda! ¡No!... —en un tono que intentaba ser insinuante— y yo estoy seguro de que usted lo ha notado y me ha entendido...

No sería posible describir cuáles eran los sentimientos de Emma al oír todo esto... que le provocaba una sensación muy molesta de contrariedad y disgusto. Quedó muy perturbada para poder darle una respuesta inmediata, y la corta pausa de silencio que siguió le dio nuevos ánimos al exaltado señor Elton, quien trató nuevamente de tomarle la mano al tiempo que decía de manera entusiasmada:

—¡Hermosa señorita Woodhouse! Déjeme que interprete este silencio tan significativo con el que usted acepta que hace ya mucho tiempo me ha entendido.

—¡No! —exclamó Emma—. Con este silencio no acepto semejante cosa. No solamente no he podido encontrarme más lejos de entenderlo, sino que hasta este mismo instante había estado totalmente equivocaba en referencia a sus pretensiones. Y por lo que a mí respecta, lamento mucho que haya estado alimentando esas ilusiones... Porque nada podía ser más contrario a mis deseos... El cariño que demostraba tener a mi amiga Harriet... la manera en que la cortejaba (al menos así lo parecía), me causaban una gran satisfacción y de todo corazón le deseaba el mayor éxito; pero si hubiera imaginado que lo que le atraía en Hartfield no era ella, de inmediato hubiera pensado que usted se equivocaba al visitarnos tan frecuentemente. ¿Tengo que creer que usted nunca ha sentido un interés especial por Harriet? ¿Que jamás ha pensado en ella seriamente?

—¡Jamás! —exclamó él, sintiéndose ofendido al mismo tiempo—; jamás, se lo puedo asegurar. ¡Yo, pensar seriamente en la señorita Harriet! Ella es una joven excelente; y me encantaría verla bien casada. Yo le deseo toda clase de dichas y mucha felicidad; y sin duda hay caballeros que no tendrían nada que objetar a... Pero pienso que no está a mi nivel, definitivamente me parece que puedo aspirar a algo mejor. ¡No tengo por qué pensar que no voy a poder contraer matrimonio con alguien de mi mismo nivel social como para tener que dirigirme a la señorita Harriet! No... en mis visitas a Hartfield el único objetivo era usted; y como allí se me animaba...

—¿Que se le animaba? ¿Que yo le animaba? Me temo que usted se haya equivocado completamente al imaginar semejante cosa. Yo solamente le consideraba como un admirador y pretendiente de Harriet. Desde cualquier otro punto de vista, usted no hubiera podido ser más que un conocido como otro cualquiera. Realmente lo lamento, pero es mejor que este error se haya aclarado. De seguir como hasta ahora, Harriet hubiera podido llegar a interpretar mal sus pretensiones; probablemente sin darse cuenta, como tampoco me había dado cuenta yo, de la gran desigualdad a la que usted da tanto valor. Pero, una vez aclarada la cuestión, todo se resume a una desilusión por parte de usted, que, espero, no durará mucho. Por ahora no tengo la menor intención de contraer matrimonio.

El señor Elton estaba muy disgustado y contrariado para responder, y el tono de Emma había sido muy cortante para invitar a nuevos ruegos; y los dos, irritados y ofendidos y profundamente molestos el uno con el otro, tuvieron que continuar juntos por unos minutos más, ya que los temores del señor Woodhouse les obligaban a ir poco a poco. De no haberse encontrado tan encolerizados, el momento hubiese sido muy embarazoso, pero la intensidad de sus emociones no permitía los pequeños zig-zags de este estado de ánimo. El coche enfiló hacia el callejón de la Vicaría y se paró, y ellos, súbitamente, se encontraron delante de la puerta de la casa del señor Elton, quien bajó sin decir ni una palabra... Le pareció indispensable a Emma decirle buenas noches, y él se limitó a corresponder, orgullosa y fríamente a la cortesía; y la muchacha, presa de una indescriptible turbación, continuó su camino hasta Hartfield.

Allí fue recibida por su padre con grandes muestras de alegría, quien temblaba de temor cuando pensaba en los riesgos que representa el que viniera sola desde el callejón de la Vicaría... y el doblar esa esquina, cuya sola idea le aterraba... y todo eso con el coche conducido por manos extrañas... por un cochero cualquiera... no por James; y dio la impresión de que todos esperaran su regreso para que comenzara todo a marchar a la perfección; debido a que el señor John Knightley, avergonzado de su mal humor de momentos antes, se deshacía ahora en amabilidades y atenciones, mostrándose especialmente afectuoso y servicial con su suegro, hasta el punto de parecer —ya que no dispuesto a tomar un bol de avenate con él— por lo menos completamente comprensivo en referencia a las grandes virtudes de esta bebida; y así fue como el día terminó en paz y sosiego para toda la familia, con excepción de Emma... que se encontraba tan nerviosa y perturbada que tuvo que hacer un gran esfuerzo por mostrarse feliz y fingir que atendía a todo lo que se decía; hasta que al llegar la hora en que habitualmente todos se fueron a descansar, se permitió el alivio de pensar calmadamente.

Capítulo XVI

Emma comenzó a meditar en sus desdichas una vez que se rizó el cabello y despidió a la sirvienta... ¡Lo cierto es que todo salió muy mal! Todos sus planes totalmente deshechos, todas sus ilusiones frustradas ¡y de qué manera! ¡Qué golpe para su amiga! Eso era lo más terrible de todo. Todas las circunstancias de ese asunto eran penosas y humillantes por una razón u otra, pero comparándolo con el daño que se había hecho a Harriet, lo demás no tenía importancia; y Emma hubiera aceptado de muy buen gusto haberse equivocado todavía más —haberse hundido todavía más en el error—, tenerse que reprochar una falta de juicio todavía mayor, con tal de que solamente ella pagara por sus errores.

—Si yo no hubiese convencido a mi amiga de que se inclinara hacia él, me sería más sencillo ahora sobrellevarlo todo. Él tal vez hubiera incrementado sus pretensiones respecto a mí... pero ¡mi pobre amiga! ¡Cómo pude estar tan ciega! Y él aseguraba que jamás pensó seriamente en Harriet... ¡jamás!

Trató de recordar lo sucedido en esas semanas, pero lo veía todo confuso. Pensó que tenía una idea fija y que había hecho que todo lo demás se adaptara a su prejuicio. No obstante, la manera de actuar del señor Elton tenía que haber sido forzosamente ambigua, incierta, poco clara o, de lo contrario, ella no hubiera podido equivocarse de esa manera.

¡Y el retrato! ¡Cómo se interesó por ese retrato! ¡Y la adivinanza! Y cien detalles más...; ¡todos parecían apuntar de forma tan clara a Harriet...! Desde luego que la adivinanza con ese "ingenio"... a pesar de que, por otra parte, lo de los "dulces ojos"... El hecho era que eso podía decirse de cualquiera; era un lío sin gracia y de mal gusto. ¿Quién hubiera podido sacar algo en claro de esa insípida bobería?

Claro está que, frecuentemente, sobre todo últimamente, Emma se había dado cuenta de que sus atenciones con ella eran galantes innecesariamente, pero creía que era una rareza suya, como una de sus exageraciones, una muestra más de su falta de tacto, de buen gusto, una evidencia más de que no había alternado con la mejor sociedad siempre; que a pesar de lo cortés de su trato, ignoraba en ocasiones lo que era la auténtica distinción; pero hasta ese mismo día, jamás ni por un instante había imaginado que todo eso significaba algo más que un respeto agradecido como amiga de Harriet.

El primer destello de la auténtica situación, la primera noticia de que eso era posible se lo debía al señor John Knightley. No se podía negar que los dos hermanos tenían el juicio muy claro. Recordaba lo que el señor Knightley le había dicho en una ocasión con respecto al señor Elton, la sensatez que le había aconsejado, la seguridad que tenía de que el señor Elton no renunciaría a un matrimonio ventajoso; y Emma se ruborizaba cuando pensaba que esas opiniones demostraban un conocimiento mucho mayor del temperamento de esa persona que a lo que ella había llegado. Era algo tremendamente angustiante, pero, en muchos aspectos, el señor Elton demostraba ser todo lo contrario de lo que ella había pensado; arrogante, lleno de vanidad, orgulloso; muy convencido de su propia excelencia, y muy poco preocupado por los sentimientos de los otros.

El señor Elton, contrariamente a lo que suele suceder, al desear rendir homenaje a Emma había perdido toda estima ante los ojos de la muchacha. Su declaración de amor y sus propuestas no le sirvieron de nada. Ella no se sintió elogiada por esta preferencia y la ofendieron sus pretensiones. El señor Elton quería hacer un matrimonio ventajoso y tenía el atrevimiento de fijarse en ella, de fingir que estaba enamorado; pero de lo que estaba completamente segura es de que no sería profunda su decepción ni había por qué preocuparse por ella. Ni en sus palabras ni en su forma de actuar había auténtico cariño. Mucha abundancia de palabras bonitas y de suspiros, pero Emma apenas podía concebir expresiones, un tono de voz que tuviesen menos que ver con el verdadero amor. No debía preocuparse por compadecerlo. Él solo quería prosperar y enriquecerse; y si la señorita Woodhouse de Hartfield, la heredera de treinta mil libras anuales de renta, no era tan sencillo de lograr como él había supuesto, no tardaría en probar suerte con otra muchacha que solamente tuviera veinte mil o diez mil.

Pero... que él dijera que Emma lo había "animado", que la imaginara enterada de sus pretensiones, aceptando sus atenciones, en conclusión, consintiendo en contraer matrimonio con él... ¡Eso significaba que creía que los dos eran iguales en inteligencia y en nivel social! Que a su amiga la miraba por encima del hombro, distinguiendo con mucho cuidado entre las categorías sociales que se encontraban por debajo de la suya, y que tenía tanta ceguera para todo lo que se encontraba por encima de él como para suponerse que fijarse en ella no era ningún excesivo atrevimiento... Finalmente, ¡era algo sencillamente indignante!

Quizá no tenía derecho a aguardar que él entendiera el profundo abismo que les separaba en delicadezas de espíritu y en talento natural. La simple ausencia de esta igualdad no permitía que notara eso; pero lo que sí debía saber era que en riqueza y en nivel social ella se encontraba muy por encima. Debía saber que los Woodhouse, que provenían de la segunda rama de una antigua familia, se encontraban instalados en Hartfield desde hacía muchas generaciones... y que los Elton no eran nadie en la escala social. Realmente las tierras que dependían de Hartfield no eran de una gran extensión, ya que solamente constituían como una clase de mella de la heredad de Donwell Abbey, a la que todo el resto de Highbury pertenecía; pero su riqueza, que procedía de otras fuentes, les colocaba en un nivel que solamente estaba por debajo en importancia de la de los dueños de la misma Donwell Abbey; y hacía mucho tiempo que los Woodhouse eran considerados como una de las familias más estimadas, elegantes y distinguidas de aquellos alrededores, a los que el señor Elton había arribado hacía menos de dos años para abrirse camino lo mejor que pudiera, sin contar con otros amigos que los comerciantes, y sin otra referencia que sus formas corteses y su cargo.

Pero había llegado a suponer que Emma estaba enamorada de él, claramente eso fue lo que le dio tanta confianza, y después de haber fantaseado un poco pensando en la poca concordancia que en ocasiones existía entre una mente engreída y unos modales corteses, Emma, con mucha honestidad, se vio obligada a hacer un alto y a aceptar que se había mostrado con él tan amable y complaciente, tan llena de atenciones y de cortesías (imaginando que él no se hubiese dado cuenta de cuál era el auténtico objetivo que la movía) que podía permitir a un hombre, cuyas habilidades de buen criterio y de observación no eran excesivas, como era el caso del señor Elton, a suponerse que ella con sus preferencias le distinguía. Si Emma se había engañado de tal manera con respecto a los verdaderos sentimientos del muchacho, no tenía mucho derecho a sorprenderse de que él, deslumbrado por el interés, también hubiera interpretado mal las pretensiones de ella.

Esa era la primera equivocación, y la más grave, de todas las que había cometido ella. Era un absurdo, un gran error empeñarse en casar a dos personas. Era ir muy lejos, hacer algo que no le correspondía, transformar en frívolo algo que debería ser muy serio, en artificial lo que debería ser natural. Estaba muy inquieta por todo aquello y sentía vergüenza de sí misma, y decidió no hacer nada parecido nunca más.

"Yo fui —se decía a sí misma— quien convenció a la pobre Harriet para que sintiera atracción por ese hombre. De no haber sido por mí, jamás hubiera pensado en él; y por supuesto nunca hubiera pensado en él alimentando ilusiones si yo no le hubiese dado la seguridad de que el señor Elton estaba interesado en ella, porque Harriet es tan humilde, sencilla y modesta como yo pensaba que era él. ¡Oh! ¡Si me hubiera alegrado con convencerla de que no aceptara al joven Martin! En eso sí que no me equivoqué. Hice muy bien, pero tendría que haberme quedado allí, me hubiese conformado con eso y dejar que el destino y el tiempo hicieran lo demás. Yo la estaba introduciendo en la buena sociedad y dándole oportunidad de que alguien de más nivel sintiera atracción por ella, no debí haber intentado nada más. Pero, pobre muchacha, ahora se le acabó la tranquilidad por algún tiempo. He sido buena amiga solamente a medias, pero es que, aparte de la desilusión que ahora pueda tener, no se me ocurre nadie más que pueda ser conveniente para ella totalmente...

¿William Cox...? ¡Oh, no! A William Cox no puedo aguantarlo... es un abogadillo vanidoso...".

De inmediato se detuvo para ruborizarse y comenzó a reírse cuando se dio cuenta de cómo reincidía, pero rápidamente comenzó a analizar más seriamente, aunque con menos optimismo, lo que había sucedido y lo que podía y debía suceder. La triste explicación que tenía que dar a su amiga y todo lo que iba a padecer la pobre Harriet, además de lo fuerte que iban a ser para ambas las próximas entrevistas, los inconvenientes de continuar con esa amistad o de terminar, de dominar su tristeza, disimular su rabia y su resentimiento e impedir que todo aquello se supiera, fueron suficiente para ocuparla en reflexiones melancólicas por algún tiempo más y, finalmente, se fue a dormir sin haber resuelto nada, pero convencida de haber cometido un terrible error.

Con su temperamento juvenil y espontáneamente alegre, Emma no podía dejar de sentirse animada nuevamente con la llegada del nuevo día, a pesar de los tristes y sombríos pensamientos que la habían invadido la noche anterior. La alegría y la juventud parecían estar en correspondencia con las de su espíritu, y ejercían sobre él una influencia muy poderosa; y si sus angustias no habían sido lo bastante graves como para evitar que cerrara los ojos, estos cuando se abrieron encontraron, sin duda, las congojas más aliviadas y las ilusiones y esperanzas más luminosas y brillantes.

Emma se levantó por la mañana más dispuesta para hallar soluciones de lo que se había ido a dormir, más decidida a mirar con optimismo los problemas que tenía que enfrentar, y con más confianza para salir de ellos triunfadora.

Para Emma representaba un gran alivio que el señor Elton no estuviese verdaderamente enamorado de ella y que no fuera un hombre de extremada delicadeza a quien sentía tener que ocasionar una desilusión... que Harriet tampoco tuviera una de esas sensibilidades superiores en las que los sentimientos son más profundos, intensos y perdurables... y que no hubiera necesidad de que nadie más supiera lo que había sucedido, que todo se mantuviera entre ellos tres, y sobre todo que su papá no tuviera ni un instante de angustia por toda aquella situación.

Definitivamente, estos eran pensamientos muy reconfortantes, y la capa espesa de nieve que cubría el suelo también acudió en su ayuda, debido a que en esos instantes cualquier cosa que justificara el que los tres estuvieran completamente alejados los unos de los otros debía ser bien aceptada.

De esa manera, pues, el tiempo le era realmente favorable; aunque era el día de Navidad no podía acudir a la iglesia. Se hubiese preocupado mucho el señor Woodhouse si su hija lo hubiera intentado y, por lo tanto, Emma de esa forma se evitaba el revivir ideas deprimentes y poco agradables. Como la nieve estaba cubriéndolo todo y la atmósfera se encontraba en este estado desequilibrado entre la helada y el deshielo, que es el que menos invita a permanecer al aire libre, y como todas las mañanas empezaban con lluvia o nieve y al atardecer helaba de nuevo, Emma, durante muchos días, tuvo la perfecta excusa para considerarse como presa en su casa. Con Harriet solamente podía comunicarse por escrito; ningún domingo podía ir a la iglesia, igual que el día de Navidad; y no tenía que poner ningún pretexto para justificar el que el señor Elton no estuviese presente.

El tiempo que hacía explicaba a la perfección que todos se encerraran en su casa y, aunque Emma estaba casi segura de que el señor Elton se consolaría tratando a alguna otra persona, era muy alentador ver que su papá se encontraba plenamente convencido de que el vicario no abandonaba su casa, y de que era muy sensato para exponerse a salir; y escucharle decir al señor Knightley, a quien ningún mal tiempo le impedía que les fuera a visitar:

—¡Ah, señor Knightley! ¿Por qué usted no permanece en su casa como el pobre señor Elton?

Esos días de encierro fueron muy agradables para todos —con excepción de para Emma, quien continuaba con sus profundas dudas—, ya que este tipo de existencia era muy grata para su cuñado, cuyo estado de ánimo era siempre de gran valía para los que estaban a su alrededor; además de haber dejado todo su mal humor en Randalls, el señor Knightley no había dejado de mostrarse amable y alegre durante el resto de su permanencia en Hartfield. Se encontraba siempre lleno de atenciones y de cordialidad, y hablaba muy bien de todos. Sin embargo, Emma, a pesar de sus esperanzas optimistas y del alivio que le brindaba aquella pausa, se sentía amenazada por la idea de que tarde o temprano tendría que enfrentar a Harriet y darle una explicación, y ello hacía que no fuese posible que la muchacha se sintiera completamente en paz.

Capítulo XVII

Por mucho tiempo más no se quedaron en Hartfield el señor y la señora Knightley. El clima no tardó en mejorar lo suficiente para que pudieran marcharse los que tenían que hacerlo; y el señor Woodhouse, como era habitual, después de haber intentado convencer a su hija para que se quedara allí con todos los pequeños, tuvo que ver cómo se iba toda la familia y regresar a sus lamentos sobre el destino de la pobre Isabella... la pobre Isabella que se pasaba la existencia rodeada de gente a quien adoraba, elogiando sus virtudes y sin ver ninguno de sus defectos, y tan cándidamente atareada siempre, podía considerarse como un auténtico modelo de alegría de mujer.

Cuando atardeció el mismo día en que ellos se marcharon, llegó una pequeña nota del señor Elton dirigida al señor Woodhouse, una cortés, ceremoniosa y larga nota, en la que, en medio de los más grandes halagos, el señor Elton participaba "que a la mañana del día siguiente saldría de Highbury para dirigirse a Bath, en donde, correspondiendo a las insistentes y repetidas invitaciones de unas amistades, se comprometió a pasar unas cuantas semanas, y lamentaba infinitamente que, motivado a una serie de situaciones producto de sus ocupaciones y del mal tiempo, no le fuera posible despedirse personalmente del señor Woodhouse, de cuyas afectuosas atenciones siempre guardaría un agradable recuerdo... y en caso de que el señor Woodhouse tuviera alguna encomienda que darle, con mucho gusto la cumpliría...".

Para Emma fue una agradable sorpresa... Precisamente en aquellos días la ausencia del señor Elton era lo mejor que le hubiera podido suceder. Le agradeció mucho habérsele ocurrido la idea de irse, pero lo que ya no le parecía tan bien era la manera en que participaba su partida. No podía haber manifestado su resentimiento de una forma más evidente que siendo solamente cortés con su padre, sin nombrarla a ella para nada. Ni siquiera se refería a ella en los cumplidos con que iniciaba la nota... Por ninguna parte aparecía su nombre... Y todo ello significaba un cambio de conducta tan evidente, y el adiós, lleno de amables frases de agradecimiento, exhalaba tal afectación que inicialmente Emma pensó que despertaría sospechas en su padre.

Pero no fue así... Su padre estaba asombrado por un viaje tan imprevisto, y por sus miedos de que el señor Elton no pudiese llegar sano y salvo, y no encontró raro el tono de la nota, que, por otro lado, les fue muy útil, debido a que les brindó un nuevo tema de conversación y reflexión durante todo el resto de aquella solitaria reunión. El señor Woodhouse hablaba de sus miedos, al tiempo que Emma, con su acostumbrado esmero, hacía todo lo posible por desvanecerlos.

Finalmente, Emma resolvió comunicar a Harriet lo sucedido. Según sus informaciones ya casi se había recobrado totalmente de su resfriado, y era mejor que tuviera el mayor tiempo posible para recuperarse de su otro mal antes de que volviera el señor Elton. Al día siguiente se fue a casa de la señora Goddard para tener esa difícil y necesaria explicación; era obligatorio que fuera un instante embarazoso... Debía destruir todas las ilusiones que ella misma estuvo alimentando con tanta dedicación... ejercer el desagradable rol de la que había sido elegida... y aceptar que había cometido un terrible error y que todas sus ideas sobre ese asunto habían sido equivocadas, como todas sus convicciones, todos los pronósticos, todas las observaciones que, durante las últimas seis semanas, ella hizo.

El sonrojo de unos días atrás regresó al rostro de Emma debido a la confesión... y cuando vio las lágrimas de Harriet, pensó que eso jamás se lo perdonaría.

Con mucha fortaleza y temple, Harriet admitió la realidad... sin realizar ninguna recriminación a nadie... y mostrando, en todos los detalles, una humildad y una inocencia que en esos instantes tenían una inmensa importancia para Emma.

Se encontraba en una buena disposición de ánimo Emma para valorar hasta el máximo la humildad, la sencillez, la modestia y la honestidad; y todo lo que era cariño, entendimiento y comprensión, todo lo que debería ser tan atractivo, le daba la impresión de que estaba de parte de Harriet, no de ella. Harriet pensaba que no tenía derecho a lamentarse de absolutamente nada. Le parecía que era una distinción muy grande para ella obtener el cariño de un hombre como el señor Elton... Jamás hubiera podido ser digna de él... Y nadie hubiera imaginado que eso fuera posible, con la excepción de una amiga tan afectuosa y tan parcial como la señorita Woodhouse.

Lloró mucho... pero su desolación era tan real, tan auténtica, tan poco artificial, que ningún otro comportamiento hubiera podido causar mayor impresión a Emma... y la oía y trataba de reconfortarla, de reanimarla, utilizando toda su inteligencia y todo su cariño...y, en esa ocasión, verdaderamente convencida de que Harriet estaba por encima de ella... y que, de asemejarse más a su amiga, alcanzaría más bienestar y dicha de lo que podrían brindarle toda su sensibilidad, todo su talento y todas sus virtudes.

Tal vez ya era muy tarde para intentar ser candorosa e inocente, pero Emma se separó de Harriet ratificándose en su intención anterior de ser sencilla, modesta, humilde y prudente, y de tratar de ponerle un freno a su excesiva imaginación por el resto de su existencia. En ese momento, su segundo deber, solamente por debajo de las obligaciones que tenía para con su padre, era el de intentar la armonía y la prosperidad de

Harriet y mostrarle su cariño de otra forma más adecuada que la de prepararle un matrimonio. Brindándole continuas pruebas de su afecto y haciendo esfuerzos por distraerla y hacer que se divirtiera, se la llevó a Hartfield, valiéndose también de la lectura y de la conversación para alejar al señor Elton de su mente.

Estaba segura de que era necesario que pasara mucho tiempo para obtener lo que se había propuesto, y Emma sabía que precisamente ella no era la más indicada para opinar sobre esos asuntos ni para compenetrarse mucho con alguien que sintiera atracción por el señor Elton específicamente; pero le parecía natural pensar que a los años de Harriet, y una vez esfumada toda ilusión, para cuando volviera el señor Elton ya se podía haber alcanzado un cierto grado de tranquilidad que permitiera a los dos hallarse nuevamente en la común cotidianidad de la amistad sin riesgo alguno de desvelar sus sentimientos ni de incrementarlos.

Harriet pensaba que él era un hombre completamente perfecto, y seguía manteniendo que no había nadie que se le pudiera comparar ni moral ni físicamente... y la realidad es que demostraba estar mucho más enamorada de lo que Emma creía; pero, a pesar de todo, le parecía algo tan inevitable, tan lógico, tener que pelear contra una inclinación no correspondida de ese tipo, que no imaginaba que durante mucho más tiempo pudiera continuar siendo tan fuerte e intensa.

Si a su regreso el señor Elton expresaba su indiferencia de una manera clara, evidente e inequívoca, como Emma estaba segura de que sería, no pensaba que Harriet continuara empeñada en que su dicha dependiera del hecho de recordarlo o verlo.

La circunstancia de que los tres estuvieran tan bien establecidos, tan profundamente enraizados en el mismo sitio, para todos y cada uno de ellos era un mal. Es que ninguno de los tres podía mudarse ni existía otra alternativa de elección en el trato social. Definitivamente, el que se encontraran unos con otros no se podía evitar, y tenían que arreglárselas como mejor pudieran.

Además, Harriet era poco afortunada por el ambiente que existía entre sus compañeras del colegio de la señora Goddard, debido a que allí el señor Elton era objeto de admiración y embelesamiento por parte de todas las alumnas mayores y de las maestras de la escuela; y Hartfield era el único sitio donde podía tener oportunidad de escuchar hablar de él con cruda verdad o fría calma. En el lugar donde se produjo la herida, allí debía ser sanada, si es que eso era posible; y Emma estaba segura de que no podría recobrar la auténtica y absoluta serenidad, hasta que no viese a Harriet en camino hacia la sanación.

Capítulo XVIII

Definitivamente, el señor Frank Churchill no llegó. Al acercarse el tiempo señalado, los miedos de la señora Weston se vieron justificados, porque llegó una carta de disculpa y pretexto. Por ahora, "con gran dolor y contrariedad por su parte", no le era posible ir a verlos, pero "esperaba que después, al cabo de no mucho tiempo, pudiera visitarlos en Randalls".

La señora Weston se disgustó mucho... y fue un disgusto mucho más grande que el de su marido, pero las personas muy impetuosas, incluso cuando siempre ponen muchas ilusiones en el porvenir, cuando se sienten decepcionadas, no siempre se deprimen en proporción a sus esperanzas frustradas. Se olvidan muy pronto de su decepción. Inicialmente tenía mucha menos confianza que él en poder ver a Frank y, muy rápidamente, volvió a concebir nuevas ilusiones. Durante media hora, el señor Weston se mantuvo apenado y desconcertado, pero después comenzó a pensar que si, al cabo de dos o tres meses, Frank les visitaba, sería todo mejor; la estación del año y el tiempo también serían mejores y que, sin ninguna duda, entonces podría permanecer con ellos mucho más tiempo que si hubiese venido durante el mes de enero.

Rápidamente, esos pensamientos le devolvieron el buen humor, al tiempo que la señora Weston, que era más inclinada a la desconfianza, solamente preveía nuevas excusas y nuevas suspensiones; y aparte de la preocupación que sentía por lo que iba a sufrir su marido, también sufría mucho más por ella.

Emma, en esos días, no estaba dispuesta a preocuparse mucho porque el señor Frank Churchill pospusiera su visita, a no ser por el dolor y la decepción que eso ocasionaba en Randalls. En ese momento no tenía algún interés particular en conocerlo. Prefería estar serena y no aproximarse a la tentación, pero, a pesar de esto, como quería mostrarse ante todos como si nada hubiese sucedido, no dejó de expresar tanto interés por el hecho y de tratar de apaciguar la desilusión de los esposos Weston, como era natural debido a la gran amistad que les unía.

Ella fue la primera en informárselo al señor Knightley, y se quejó todo lo que se esperaba (o quizá, por estar disimulando, un poco más de lo que se esperaba) de la actuación de los Churchill al tratar de retener con ellos a Frank. Después hizo varios comentarios en los que puso más interés del que en verdad sentía con respecto a lo ventajosa que sería la incorporación de un muchacho como él a una sociedad tan limitada como la del condado de Surrey; la ilusión que generaría el ver un rostro nuevo; su sola presencia sería una fiesta para todo Highbury, y finalizó haciendo nuevos análisis sobre los Churchill, lo que le llevó a discrepar de forma abierta del criterio del señor Knightley; y con íntima satisfacción por su parte se dio cuenta de que estaba defendiendo todo lo contrario de su auténtico criterio y usando la tesis de la señora Weston contra sí misma.

—Es posible que los Churchill tengan mucha culpa —dijo el señor Knightley con frialdad—, pero estoy casi seguro de que él hubiese podido venir a verlos si así lo hubiera deseado.

—No entiendo por qué usted imagina eso. Él siente muchos deseos de venir, quienes no lo dejan son su tío y su tía.

—Discúlpeme, yo no creo que si él se empeña le sea imposible venir para acá. Sin tener ninguna prueba es muy inverosímil creer algo así.

—¡Usted sí es raro! ¿Qué hizo el señor Frank Churchill para hacerle imaginar que es un hijo desnaturalizado e ingrato?

—Yo no imagino que sea un hijo ingrato y desnaturalizado, ni muchísimo menos, faltaba más; solamente digo que intuyo que le han enseñado a creerse que es muy superior a sus familiares y a preocuparse muy poco de todo lo que no le represente un placer y un disfrute, por haber convivido con gente que siempre le dio ejemplo de esto. Es mucho más lógico pensar que un muchacho formado entre personas que son amantes de la vida regalada, egoístas y orgullosas, sea también amante de la vida regalada, egoísta y orgulloso. Si Frank Churchill hubiese deseado venir a visitar a su padre se las hubiera ingeniado para venir entre septiembre y enero. Un hombre a sus años... ¿Cuántos años tiene? ¿Veintitrés o veinticuatro años?... A esa edad cuenta con muchas alternativas para hacer algo así. Es imposible.

—Pero eso es sencillo de decir, y usted que jamás ha dependido de nadie lo halla muy lógico. Señor Knightley, usted es quien menos puede opinar sobre los inconvenientes que surgen cuando dependemos de las personas. No comprende lo que es tener que enfrentarse con ciertos temperamentos.

—No se puede concebir que un hombre de veintitrés o veinticuatro años no tenga libertad física o moral para hacer algo así. No carece de dinero... y tampoco de tiempo libre. Sabemos que, por el contrario, de ambas cosas dispone abundantemente y que alegremente las derrocha como uno de los mayores perezosos del reino. Permanentemente escuchamos decir de él que se encuentra en tal o cual playa. En Weymouth estuvo hace poco. Eso muestra que, cuando lo desea, se puede separar de los Churchill.

—Sí, por supuesto que hay momentos en que puede.

—Y estos momentos siempre son cuando piensa que vale la pena; siempre que, por supuesto, se siente atraído por algún esparcimiento.

—Sin conocer íntimamente sus circunstancias no podemos juzgar el comportamiento de nadie. Quien nunca haya vivido en el seno de una familia, no puede decir cuáles son los inconvenientes con que puede enfrentarse cualquiera de los integrantes de esta familia. Para eso tendríamos que conocer Enscombe y, aparte de eso, el temperamento de la señora Churchill, antes de juzgar con respecto a lo que puede hacer su sobrino. Quizás habrá momentos en los que podrá hacer muchas más cosas que en otros.

—Existe algo que un hombre siempre puede hacer si desea, Emma: cumplir con su deber, no utilizando tretas y astucia, sino solamente con firmeza y resolución. Dar esta satisfacción a su padre es el único deber de Frank Churchill. Él está seguro de que es así, como lo evidencian sus promesas y sus misivas; y si realmente tuviera deseos, lo podría hacer. Inmediatamente, un hombre de sentimientos honestos y rectos diría a la señora Churchill, de una manera simple y decidida: "En su beneficio siempre me encontrarán dispuesto a sacrificar un gusto o un placer, pero debo ir a visitar a mi padre de inmediato. Estoy seguro de que en estos instantes iba a dolerle mucho una falta de consideración así. Mañana mismo, por lo tanto, viajaré a Randalls...". Si esto se le hubiera dicho en el tono resuelto que corresponde a un caballero jamás se hubieran opuesto a que se marchara.

—No —dijo, riendo, Emma—, pero probablemente se hubieran opuesto a que regresara. No podemos hablar de esta forma de un muchacho que depende totalmente de otras personas... Señor Knightley, con excepción de usted, consideraría posible algo así en otra persona. Pero usted no tiene idea de lo que es necesario hacer en circunstancias en las que usted jamás se ha encontrado. ¡Por Dios, el señor Frank Churchill diciendo un discurso como ese a su tío y a su tía que lo han criado y que todavía lo mantienen...! ¡En mitad de la sala, de pie, imagino, y levantando la voz todo lo posible! ¿Cómo puede suponer que sea posible actuar de esa manera?

—Emma, créame, no le parecería demasiado difícil a un hombre de corazón. Rápidamente se daría cuenta de que estaba en su derecho; y el hablarles de esta manera (por supuesto, como lo debe hacer un hombre sensato, de una forma adecuada) le sería más ventajoso, lo encumbraría más en su consideración, ante las personas de quienes depende reafirmaría más sus intereses, que toda una serie de evasivas oportunistas. No solamente sentirían cariño por él, sino también mucho respeto. Estarían seguros de que pueden confiar en él; que el sobrino que cumplía su deber para con su padre, también lo cumpliría para con ellos; porque ellos saben, como lo sabe él y como todos deben saberlo, que tiene el deber de visitar a su padre; y al tiempo que utilizan medios más ruines para ir posponiendo esa visita, en el fondo no tienen la mejor opinión de él por someterse a sus caprichos y voluntades. Una forma de actuar recta inspira respeto a todas las personas. Y si él actuara de esta manera, en concordancia con los buenos principios, con constancia y con firmeza, sus espíritus egoístas se inclinarían ante su personalidad decidida.

—Perdone, pero lo dudo. A usted le parece muy sencillo lograr que se inclinen los espíritus egoístas, pero cuando se refiere a personas ricas y autoritarias, ese egoísmo se infla de tal manera que se transforma en tan poco manejable como si no lo fuera. Me supongo que si usted, señor Knightley, de la forma que es ahora, de repente se encontrara en la situación del señor Frank sería capaz de hacer y decir lo que le aconseja; y es muy probable que lo que se propone lo pudiera lograr. Tal vez los Churchill no supieran qué responderle, pero es que usted no tendría que destruir unas arraigadas costumbres de obediencia y de sumisión; para quien las tiene, no puede ser tan sencillo transformarse súbitamente en una persona completamente independiente y no tomar en cuenta los derechos que ellos pueden esgrimir para tener su cariño y su agradecimiento. Quizás él conoce, como usted, cuál es su deber, pero en la situación específica en que se encuentra no puede actuar como lo haría usted.

—Eso quiere decir, entonces, que no lo sabe con total certeza. Si no se siente con la fuerza y el ánimo para imponerse, es que no está tan seguro como yo de que debe esforzarse para alcanzar lo que desea.

—¡No señor Knightley! Solamente piense en lo distinto de las costumbres y las circunstancias. Deseo que usted trate de entender lo que un muchacho puede llegar a padecer si se opone de manera abierta a quienes en su infancia y en su adolescencia ha considerado siempre por encima de él.

—Entonces no será un muchacho sensible, sino un muchacho débil y sin voluntad, si esta es la primera oportunidad en que tiene que llegar hasta el final con una resolución con la que cumple con su deber contra el deseo de los demás. Ya debería ser habitual en él el cumplir con su deber a la edad que tiene, en lugar de angustiarse tanto por si es o no adecuado y oportuno hacerlo. Yo puedo aceptar los miedos de un niño, pero nunca los de un hombre. Al adquirir poco a poco conciencia y uso de razón, debió despertarse, avivarse y liberarse de todo lo que considerar indigno en la potestad y la influencia que tenían sobre él. Tenía que haberse opuesto a la tentativa inicial de sus tíos para que le hiciera tantos desaires a su padre. En este momento no tropezaría con ningún obstáculo si hubiera comenzando cumpliendo con su deber.

—Definitivamente sobre este asunto jamás nos pondremos de acuerdo —dijo Emma— y no tiene nada de raro. Yo no tengo en absoluto la sensación de que sea un muchacho débil, estoy plenamente segura de que no lo es. Es que el señor Weston no podría estar tan cegado, incluso en referencia a su propio hijo; solamente que es muy posible que ese muchacho tenga un temperamento más servicial, más sumiso, más indulgente, de lo que usted cree que es propio de un hombre totalmente perfecto. No tengo casi dudas de que es de esa manera y, a pesar de que eso pueda privarle de algunas ventajas, sin embargo, le asegura otros muchos beneficios.

—Por supuesto, todos los beneficios de permanecer muy tranquilo y cómodo en su casa cuando debería estar en otro lugar, todos los beneficios de llevar una existencia de ocio y de diversiones y de creerse maravillosamente hábil para siempre hallar pretextos; de esa manera puede sentarse a redactar una hermosa y floreada carta que contenga tantas manifestaciones de cariño como mentiras, y convencerse a sí mismo de que ha hallado la mejor técnica del mundo para mantener la paz y la armonía dentro de casa y evitar que su papá tenga algún motivo de queja. Sus misivas no me gustan para nada.

—Entonces usted tiene unos gustos muy particulares. Da la impresión de que todas las personas las encuentran muy bien.

—Pero intuyo que no le parecen tan bien a la señora Weston. Pienso que no pueden ser agradables para una dama que tiene tan buen criterio y tanta inteligencia como ella; que ocupa el sitio de una madre, pero que no está cegada por el afecto que sienten las madres. Es doblemente necesaria su visita a Randalls por ella, y debe sentir doblemente esa falta de atención y el desaire. Estoy plenamente seguro de que el señor Frank Churchill ya hubiera venido a Randalls si ella hubiera sido una mujer de nivel social, y entonces poca importancia hubiese tenido el que viniera o no. ¿Usted piensa que su amiga todavía no se ha hecho todas esas preguntas y ha reflexionado? ¿Imagina usted que frecuentemente no se dice todo eso a sí misma? No, ese muchacho que usted cree tan "amable"[9] Emma, solamente lo es en francés, pero no en inglés. Puede ser muy *aimable,* tener excelentes modales y buenas costumbres, ser muy agradable de trato, pero no tiene lo que en inglés interpretamos como

9 Juego de palabras intraducible: *amiable*, en inglés, significa afectuoso, atento, cariñoso; *aimable*, en francés, amable, cortés.

delicadeza hacia los sentimientos de las demás personas; no existe nada auténticamente *amiable* en él.

—Pero usted está empeñado en tener una terrible apreciación de él.

—¿Yo? Para nada —contestó el señor Knightley algo contrariado—; no, Emma, se equivoca, no tengo ningún interés en pensar mal de él. Igual que reconozco los méritos de otros, estoy dispuesto a reconocer los del señor Frank; pero de los únicos de los que he escuchado hablar se refieren exclusivamente a su apariencia y a su trato: que es de mucha estatura y atractivo, y de trato agradable y modales finos y distinguidos.

—Pues en Highbury sería muy apreciado, a pesar de que únicamente pudiera elogiársele por esto. No tenemos muchas oportunidades aquí de hallar muchachos apuestos, de trato agradable y muy bien educados. Tampoco podemos ser tan exigentes y pedir que lo tenga absolutamente todo. Señor Knightley, ¿se imagina usted el revuelo que ocasionará la visita del señor Frank? En las parroquias de Donwell y Highbury no se hablará de otra cosa por mucho tiempo; a nadie más se le prestará atención... no habrá otro motivo de curiosidad; todas las personas tendrán las miradas fijas en el señor Frank Churchill; no conversaremos sobre ninguna otra persona ni pensaremos en nada más.

—Ya sabrán disculparme porque no me encandile e impresione tanto como ustedes. Me contentaré de conocerlo si me parece que puede cambiar, pero si solamente es un necio charlatán y vanidoso, le dedicaré muy poco tiempo y pocos análisis.

—El concepto que tengo de él es que sabe adecuar su diálogo al gusto de cada persona, y que tiene la virtud y el deseo de ser agradable para todos. Le hablará a usted de asuntos de agricultura; a mí de música o de dibujo; y así hará con todo el mundo, debido a que posee muchos conocimientos sobre todos los temas, lo que le permite continuar una charla o comenzarla, según las circunstancias, y tener siempre algo interesante que decir sobre todas las cuestiones; esta es la idea que sobre él me hago.

—Le digo, Emma, que la mía —dijo el señor Knightley— es que si es como usted lo describe, será el individuo más odioso e insoportable que hay sobre la tierra... ¡Vaya...! Pretendiendo ser el primero de todos a los veintitrés años, el que tiene más experiencia del mundo, el gran hombre, el que adivina el temperamento de cada quien y aprovecha el tema de conversación interesante para cada uno con el fin de exhibir su propia supremacía... Que, a diestra y siniestra, prodiga halagos y elogios para que todos los que están a su alrededor parezcan estúpidos en comparación con él... Cuando llegue la oportunidad, mi querida Emma, su sentido común y su criterio harán que no pueda aguantar a semejante fanfarrón.

—No le diré nada más de él —dijo Emma—; porque usted todo lo toma a mal. Ambos tenemos prejuicios, yo a favor y usted en contra; y no habrá manera, hasta que lo tengamos aquí, de que nos pongamos de acuerdo.

—¿Qué dice? ¿Prejuicios? Pero si yo no tengo prejuicios.

—Pues yo sí, y demasiados, y no siento vergüenza de tenerlos. El cariño que les tengo a los señores Weston hace que tenga un fuerte prejuicio a su favor.

—Esta es una persona en la que apenas pienso una vez al mes —dijo el señor Knightley tan enfadado que hizo que Emma cambiara rápidamente de tema de conversación, aunque no podía entender por qué se molestaba tanto.

Solamente porque parecía ser de temperamento diferente al suyo, demostrar tanta hostilidad por un joven no era propio de la gran amplitud de horizontes que Emma estaba habituada a reconocer en él, porque a pesar de la elevada opinión que él tenía de sí mismo —defecto que Emma le recriminaba frecuentemente—, antes de ese momento ella jamás hubiera imaginado ni por un instante que esa debilidad hiciera que no fuera justo reconociendo los méritos y las virtudes de otro.

Capítulo XIX

Harriet y Emma habían salido a pasear juntas esa mañana y, en opinión de Emma, ya habían hablado lo suficiente del señor Elton por aquel día. Pensó que para el consuelo de Harriet y la enmienda de sus propias culpas no había por qué hablar más de esa cuestión; de manera que, cuando volvían, hizo todo lo posible para cambiar de tema de conversación...; pero cuando Emma pensó que ya había alcanzado su objetivo, se habló de lo mismo nuevamente, y después de charlar durante unos minutos de que los pobres debían sufrir en invierno, y de obtener por toda respuesta casi un imperceptible lamento: "¡Ay, el señor Elton es tan generoso con los pobres!", Emma se dio cuenta de que debía buscar otra forma de cambiar de tema.

Justamente se encontraban muy cerca de la casa en que vivían la señora y la señorita Bates y decidió visitarlas para ver si el compartir con otros podría distraer a Harriet. Existía siempre un buen motivo para realizar esta visita: la señora y la señorita Bates eran fanáticas de recibir a las personas, y Emma sabía que las pocas que intentaban ver imperfecciones en ella la consideraban como negligente en ese asunto, comentando que no ayudaba, todo lo que debía, a los placeres muy limitados que en el pueblo podían brindarse.

Con respecto a eso, el señor Knightley le hizo muchas observaciones, y la propia Emma también notaba que esta era una de sus carencias... pero nada podía estar por encima de la impresión de que era una visita muy poco agradable... de que eran unas señoras muy aburridas... y sobre todo al espanto del riesgo que significaba encontrarse allí con las personas de clase media baja de Highbury, que siempre estaban visitándolas y, por lo tanto, en muy pocas ocasiones iba a esa casa. Pero en ese instante se decidió súbitamente a no pasar por delante de su puerta sin entrar... señalando, cuando se lo planteó a Harriet, que, según sus deducciones, en esos días estaban totalmente a salvo de una misiva de Jane.

La casa era de una familia de comerciantes. La señora y la señorita Bates habitaban en la planta de la sala de estar, y allí, en la pequeña habitación que les servía de todo, las personas eran recibidas con gran gentileza e incluso con agradecimiento; la apacible y pulcra anciana que se encontraba sentada en el rincón más cálido bordando, quería incluso ponerse en pie para ceder su lugar a la señorita Woodhouse, y su hija, más habladora y activa, continuaba como siempre colmándolas de amabilidades y atenciones, dándoles gracias por la visita, interesándose honestamente por la salud del señor Woodhouse, preocupándose por sus zapatos, dándoles buenas noticias con respecto a la salud de su madre, y ofreciéndoles el pastel que había sobre la alacena.

—Se acaba de ir la señora Cole, solamente vino por diez minutos, y ha sido tan bondadosa que permaneció una hora con nosotras, y comió un trozo de pastel y fue tan amable que nos dijo que le gustó muchísimo; confío en que la señorita Smith y la señorita Woodhouse también desearán complacernos y lo probarán.

No se podía evitar que tardaran en nombrar al señor Elton, debido a que habían mencionado a los Cole; entre ellos había mucha amistad, y el señor Cole tuvo informaciones del señor Elton después de la partida de este. Emma estaba segura de lo que vendría después, les volverían a leer la misiva, se conversaría del tiempo que hacía que se había ido, de cómo hacía vida social, de que donde él estaba siempre era el favorito y de la gran cantidad de gente que había asistido al baile del Maestro de Ceremonias; y con mucha prudencia y tacto por todo ello, demostrando todo el interés y haciendo todos los halagos que eran necesarios, y adelantándose siempre a hablar para impedir que Harriet se viese forzada a comentar algo.

Cuando Emma entró en la casa ya estaba preparada para pasar por todo esto; sin embargo, imaginaba que, una vez que hubieran finalizado de hacer grandes halagos de él, ya no las fastidiarían con ningún otro tema de conversación molesto y que divagarían ampliamente sobre todas las señoritas y señoras de Highbury y de sus partidas de barajas. Pero, definitivamente, lo que no esperaba era que Jane sucediera al señor Elton, pero, inesperadamente, la señorita Bates comenzó esta conversación; bruscamente dejó a un lado el tema del señor Elton para pasar a los Cole y, finalmente, terminar hablando de una misiva de su sobrina Jane.

—¡Oh, sí, el señor Elton!; me han dicho que baila maravillosamente... La señora Cole me dijo que bailó mucho en los salones de Bath... La señora Cole ha sido tan gentil que permaneció un rato con nosotras conversando de Jane; porque apenas llegó, preguntó por ella... Jane es su favorita, ya sabe usted... La señora Cole solamente sabe colmarla de atenciones siempre que la tenemos con nosotras; por supuesto que hay que mencionar que Jane se merece eso y mucho más; de manera que, cuando llegó, preguntó inmediatamente por ella; y dijo: "Sé que últimamente no pueden haber tenido informaciones de Jane, porque no son los días en que ella escribe"; y entonces yo le he respondido: "Pues mire, sí que tenemos informaciones, hoy por la mañana recibimos una carta suya". Creo que jamás en mi vida vi a nadie más asombrado. "¿Pero usted lo dice de verdad?", me dijo ella. "Vaya, esto sí que no lo estaba esperando. Dígame, dígame lo que comenta".

Con una sonrisa de aparente interés, Emma tuvo que demostrar su cortesía diciendo:

—¿Han tenido noticias de la señorita Jane hace tan poco? No sabe cuánto me alegro. Imagino que se encuentra bien.

—¡Es usted tan amable! ¡Muchas gracias, señorita Emma! —dijo la tía, engañada y feliz, al tiempo que se ponía a buscar con afán la carta—. ¡Oh! Ya la encontré, aquí está. No tenía dudas de que no podía estar muy lejos, pero ya ve, sin darme cuenta, le había puesto encima la cesta de la costura y quedó totalmente oculta, pero hace tan poco la tenía en las manos que estaba casi segura de que tenía que estar encima de la mesa. Se la leí a la señora Cole y, cuando ella se marchó, se la leí nuevamente a mi madre... La emociona tanto una misiva de Jane que jamás se cansa de escucharla leer; es decir, que yo ya sabía que no podía estar muy lejos, y aquí está, solamente se encontraba debajo del cesto de la costura... y ya que es usted tan gentil que quiere escuchar lo que dice... Pero, antes que todo, para que usted no se forme un mal juicio de Jane tengo que disculparla por haber redactado una carta tan breve... únicamente dos páginas, ya ve usted, solamente dos cortas páginas... y habitualmente llena toda la página y después escribe atravesado por encima hasta la mitad. Mi madre siempre se asombra de que yo sepa interpretar tan bien su letra. Al abrir una carta, ella frecuentemente dice: "Bueno, Hetty, ahora veremos si logras extraer algo en claro de este tablero de damas"... ¿verdad, mamá? Y yo le digo entonces que si no tuviera a nadie que lo hiciera por ella tendría que descifrar toda la carta, hasta la última sílaba, ella sola. Y lo cierto es que, a pesar de que la vista de mi mamá ya no es tan buena como antes, con sus gafas todavía ve extraordinariamente bien, gracias a Dios. Y eso es bastante ¿eh? Lo cierto es que mi mamá tiene una excelente visión. Cuando se encuentra aquí, Jane siempre dice: "Querida abuelita, no tengo dudas de que para ver lo que usted ve en estos momentos, seguro tuvo una vista extraordinaria... ¡Los trabajos manuales tan delicados que ha hecho usted! Yo solamente deseo que cuando tenga sus años pueda ver como usted lo hace ahora".

Ya que todo eso se dijo muy rápidamente, la señorita Bates se vio forzada a hacer una pausa para tomar aire; y Emma dijo una frase amable en referencia a las maravillas de la escritura de la señorita Jane.

—Usted es muy amable —dijo, con mucho agradecimiento, la señorita Bates—; ¡y que lo diga quien puede apreciarlo y valorarlo tan bien como usted, que tiene una letra tan hermosa y perfecta! Señorita Woodhouse, créame que ningún halago puede dejarnos tan complacidas como el suyo. Mi mamá no la ha escuchado, es algo sorda, ya usted lo sabe. Mamá —dirigiéndose a ella—, ¿escuchaste lo que la señorita Emma tuvo la gentileza de comentar sobre la letra de Jane?

Y Emma tuvo el placer de escuchar que repitiera en dos ocasiones más sus insulsos halagos antes de que la gentil anciana pudiese comprenderlos. Mientras tanto, analizaba la probabilidad de escaparse de la misiva de Jane sin dar la impresión de ser demasiado descortés, y ya casi estaba decidida a huir de allí rápidamente dando cualquier pretexto fútil, cuando la señorita Bates se giró nuevamente hacia ella y demandó su atención.

—Es algo que no tiene mucha importancia la sordera de mi mamá, sabe usted, es casi nada. Solamente con alzar un poco la voz y repetir todo dos o tres veces lo escucha a la perfección; pero lo que sucede es que está habituada a mi voz. Pero es muy evidente que siempre escucha mejor a Jane que a mí. ¡Es que Jane habla de una manera tan clara! Aunque, gracias a Dios, no encontrará a su abuela más sorda de lo que se encontraba hace dos años, a pesar de todo, que ya es mucho decir a la edad que tiene mi madre... Y, sabe usted, ya han transcurrido dos años completos desde la última vez que Jane vino aquí. Es la primera ocasión que pasa tanto tiempo sin que venga a visitarnos, y como le dije a la señora Cole, ahora sí que nos parecerá muy poco todo lo que hagamos para atenderla y hacerla sentir bien.

—¿Acaso ustedes están esperando a la señorita Jane para dentro de poco tiempo?

—¡Oh, sí, por supuesto! Para la próxima semana.

—¿De verdad? No se imagina cuánto me alegro.

—Es usted muy gentil. Muchas gracias, señorita Emma. Sí, la próxima semana. Todas las personas se quedan muy asombradas cuando lo saben; y todas demuestran mucho interés por ella; no tengo dudas de que estará muy feliz de ver nuevamente a sus amigos de Highbury, y también ellos de verla otra vez. Sí, será el viernes o el sábado; no puede precisar el día, porque uno de ellos el coronel Campbell necesitará el coche. ¡La acompañarán hasta aquí mismo, son tan bondadosos! Pero ¿sabe usted?, siempre lo hacen. Oh, sí, el próximo viernes o sábado. Esto es lo que anuncia en la misiva. Este es el motivo de que haya escrito fuera de tiempo, como nosotras decimos; porque si todo hubiese sido natural, no hubiéramos tenido informaciones suyas hasta el próximo martes o miércoles.

—Sí, eso era lo que yo me suponía. Temía que tuviera pocas probabilidades hoy de saber alguna nueva noticia de la señorita Jane.

—¡Oh, lo repito, es usted tan gentil! No, no hubiéramos tenido misiva suya de no ser por este hecho especial de que vendrá dentro de muy poco. ¡Mi mamá está tan feliz! Porque en esta ocasión permanecerá a nuestro lado por lo menos tres meses, eso es lo que afirma con toda seguridad, y lo que tendré el placer de leerle a usted. Lo que sucede, verá usted, es que los Campbell se marcharán a Irlanda. La señora Dixon convenció a sus padres para que la vayan a visitar ahora. Hasta el verano, ellos no tenían intención de viajar a Irlanda, pero su hija está muy impaciente por verlos nuevamente... porque antes de contraer matrimonio, el mes de octubre pasado, jamás se había alejado de su lado más de una semana, lo que hace que le resulte muy triste habitar, si no en otro reino, como iba a decir, por lo menos sí en un país distinto, de manera que le redactó una carta de carácter urgente a su mamá... o a su papá, confieso que no tengo idea de a cuál de los dos, pero ahora lo sabremos por la misiva de Jane... entonces, le escribió en su nombre y en el del señor Dixon suplicándoles que fueran a visitarlos lo antes posible y comentándoles que los irían a buscar a Dublín y que desde allí los trasladarían a su casa de campo, Balycraig, un sitio bellísimo, supongo yo. Jane ha escuchado hablar mucho de lo precioso que es; el señor Dixon es quien se lo ha comentado... no sé si alguien más ha elogiado el sitio; pero ¿sabe usted?, es muy normal que a él le agradara hablar de su casa cuando estaba cortejando a su novia... y como Jane salía frecuentemente a pasear con ellos... porque la señora Campbell y el coronel eran muy estrictos en que su hija no paseara sola con el señor Dixon, y yo no los critico para nada por pensar de esa manera; y claro, ella escuchaba todo lo que él le relataba a la señorita Campbell sobre su casa de Irlanda; y me da la impresión de que Jane nos escribió comentándonos que les había mostrado unos dibujos del sitio, unos paisajes que él mismo dibujó. Pienso que es un muchacho muy atento, lo que se dice fascinante. Después de escucharle hablar de su país, Jane tenía muchos deseos de visitar Irlanda.

En la mente de Emma surgió en ese instante una divertida e ingeniosa sospecha con respecto a Jane Fairfax, al fascinante señor Dixon y a la circunstancia de que ella no viajara a Irlanda y, con el malintencionado propósito de descubrir algo más, comentó:

—Ustedes deben estar muy complacidas de que la señorita Jane pueda venir a verlas esta vez. Era natural que ustedes pensaran que no podría poner pretexto para acompañar a la señora Campbell y al coronel, tomando en cuenta la amistad íntima que tiene con la señora Dixon.

—Es verdad, eso era a lo que le habíamos temido siempre, porque no nos hubiera agradado tenerla tan alejada de nosotras por meses y meses... sin que hubiera venido si hubiera sucedido algo. Pero ya usted ve que todo se ha solucionado de la mejor forma. Ellos (me estoy refirieron a los señores Dixon) estaban empeñados en que acompañara a la señora Campbell y al coronel; usted puede estar segura; y Jane dice, como usted ahora mismo escuchará, que insistieron mucho en que también hiciera este viaje; no da la impresión de que el señor Dixon sea un hombre desatento o descuidado en estos asuntos. Es un muchacho verdaderamente fascinante. Desde que salvó la vida a Jane en Weymouth cuando se encontraban paseando en una embarcación y de repente una de las velas dio la vuelta violentamente y ella hubiera caído al mar, y estaba irremediablemente perdida a no ser que él, con una gran fortaleza y seguridad, la hubiese agarrado fuertemente por el vestido... (tiemblo cada vez que lo pienso)... Sentimos un gran aprecio, mucho agradecimiento y afecto por el señor Dixon desde que supimos lo que había sucedido ese día.

—Y la señorita Jane prefiere dedicar su tiempo a la señora Bates y usted a pesar de los deseos que tenía de ver Irlanda y de la insistencia de todos sus amigos, ¿no?

—Sí... ha sido ella, por su libre voluntad, quien lo decidió; y la señora Campbell y el coronel opinan que hace muy bien, que eso es precisamente lo que ellos le hubieran aconsejado; y lo cierto es que ellos tienen un particular interés porque pase un tiempo respirando el aire de su propia tierra, porque últimamente ha estado algo delicada de salud, y no tan bien como habitualmente se encuentra.

—No se imagina cuánto lo siento, de verdad. Creo que es un razonamiento muy sensato. Pero seguro que la señora Dixon sufrió una gran desilusión. La señora Dixon, según pienso, no es una belleza muy atractiva, ¿verdad?; me estoy refiriendo a que de ninguna manera puede ser comparada con la señorita Jane, ¿no?

—¡Oh, no! Cuando dice estas cosas usted es muy gentil... pero lo cierto es que no. Entre ellas no hay comparación posible. La señorita Campbell siempre fue una muchacha que no ha llamado la atención... pero, eso sí, es de trato muy agradable y muy elegante.

—Sí, claro que sí.

—Jane sufrió un resfriado muy fuerte, la pobre muchacha, el siete de noviembre (ya se lo voy a leer a usted), y todavía no se ha recuperado. ¿Pero no es mucho tiempo para que continúe resfriada? No nos había dicho nada hasta ahora, porque no quería asustarnos. ¡Tan preocupada y considerada! ¡Siempre la misma! Pero tarda tanto en recobrarse que unas personas amigas que la aprecian tanto como los Campbell son de la opinión de que lo mejor que puede hacer es viajar hasta aquí para respirar este aire que le cae tan bien siempre; y no tienen la más mínima duda de que permaneciendo tres o cuatro meses en Highbury se recuperará totalmente... y no estando completamente bien, por supuesto que es preferible que venga aquí a que viaje a Irlanda... Nadie la dará mejores y mayores cuidados que nosotras.

—Sí, creo que muy acertada la decisión que tomaron.

—De manera que ella llegará el próximo viernes o el sábado, y el lunes siguiente los Campbell abandonarán la ciudad camino de Holyhead... como ya usted podrá ver por la misiva de Jane. ¡Todo ha sucedido tan rápido! Señorita Woodhouse, ya puede imaginar lo angustiada que estoy por todo eso. Si no fuera por las secuelas de su enfermedad... pero siento temor de que vamos a verla con muy mal semblante y muy desmejorada. Por cierto, debo relatarle algo que me ha sucedido esta mañana y que he sentido mucho... Yo tengo siempre el hábito de leer primero las misivas de Jane antes de leérselas a mi mamá en voz alta, ¿sabe usted?, por miedo a que anuncie en ellas algo que pueda intranquilizar a mamá. Jane prefiere que lo haga de esa manera, y yo lo hago así siempre; y comienzo hoy a leer la misiva con las precauciones habituales, pero apenas leo que no está bien de salud, me he alarmado tanto que no pude dominarme y dije: "¡La pobre Jane se encuentra enferma! ¡Dios mío!". Y mi mamá, que estaba prestando atención, lo ha escuchado con total claridad y se ha preocupado mucho. Pero cuando continué leyendo vi que no era algo tan grave como había supuesto inicialmente; y ahora, cuando traté de calmar a mi mamá, le resté tanta importancia que no me creyó mucho. ¡Pero no sé cómo pudo agarrarme tan desprevenida! Si Jane no se recupera pronto tendremos que llamar al señor Perry. Pero no podemos reparar en gastos; y a pesar de que él es tan generoso y quiere mucho a Jane, tanto que me arriesgaría a afirmar que no querrá cobrar nada por sus visitas, nosotras tampoco podemos aceptarlo. Él no puede perder su tiempo y tiene una esposa y una familia que sostener. Bueno, ahora que le di una idea de lo que nos comenta Jane, pasemos a la misiva, y estoy plenamente segura de que ella le relatará mucho mejor su historia de lo que yo puedo narrársela.

—Discúlpenos, pero tenemos que marcharnos, lo siento mucho —dijo Emma, mirando a Harriet y comenzando a ponerse en pie—. Mi papá nos espera en casa. Cuando entramos no tenía intención ni podía permanecer aquí más de cinco minutos. Solamente que decidimos visitarlas para no pasar por delante de la puerta de la casa sin preguntar por la señora Bates, pero ha sido una charla tan grata que el tiempo transcurrió muy rápido. Pero en este instante debemos despedirnos de la señora Bates y de usted.

Y fueron inútiles todos los esfuerzos que hicieron para intentar retenerlas más tiempo. Emma, complacida, salió a la calle..., ya que, aunque se había visto forzada a escuchar muchas cosas que para ella no eran interesantes, aunque había tenido que enterarse de todo lo que en esencia decía la carta de Jane, logró impedir que le leyeran la dichosa misiva.

CAPÍTULO XX

Era huérfana Jane Fairfax, la única descendiente que nació del matrimonio de la hija menor de la señora Bates.

El matrimonio del teniente Fairfax, miembro del regimiento de Infantería, y la señorita Jane Bates tuvo su tiempo de brillo y de atractivos, de esperanzas y de ilusiones; pero en ese instante nada quedaba de él, con excepción del taciturno recuerdo del fallecimiento del esposo en combate de guerra fuera del país... de su viuda, consumida por la tuberculosis y el sufrimiento pocos años después... y esa hija.

Jane era parte de Highbury por su nacimiento; y al cumplir los tres años, cuando perdió a su madre y se transformó en el consuelo, la responsabilidad y la niña consentida de su tía y de su abuela, todo parecía señalar que iba a vivir allí el resto de su vida; que recibiría una educación equivalente a los escasos medios de sus parientes y que crecería sin relacionarse con la buena sociedad y sin lograr perfeccionar las virtudes y dotes que la naturaleza le había otorgado: un trato agradable, ingenio, encanto personal y un corazón sensible.

Pero tuvo la oportunidad de darle un giro a su destino, gracias a los piadosos sentimientos de un amigo de su papá. Era el coronel Campbell ese amigo que había apreciado mucho al teniente Fairfax, considerándolo como un muchacho de grandes méritos y un excelente oficial; y también le debía esas atenciones, ya que durante una espantosa fiebre que se declaró en un campamento, él lo ayudó tanto que creía deberle la vida. Estas eran cosas que no olvidaba nunca, aunque transcurrieron varios años luego del fallecimiento del pobre Fairfax en los que él se encontraba fuera del país, pero su vuelta a Inglaterra permitió que realizara sus proyectos. A su regreso indagó sobre el paradero de la pequeña y se informó sobre ella. El coronel se encontraba casado y solamente tenía un hija, una niña que tenía la misma edad que Jane; y Jane se transformó en huésped frecuente de su casa, en la que permanecía por largas temporadas, siendo muy apreciada por todos; y antes de que cumpliera los nueve años, el gran afecto que su hija sentía por ella y su propio deseo de brindarle su protección, motivaron al coronel Campbell a ofrecerse para asumir todos los gastos de su instrucción. Inmediatamente fue aceptada la oferta, y desde ese momento Jane perteneció a la familia del coronel Campbell y vivió siempre con ellos, visitando a su abuela solamente en ocasiones.

Se decidió que Jane se preparara para su educación, ya que los pocos centenares de libras que heredó de su padre impedían toda independencia. Y el coronel Campbell no disponía de medios para asegurar su futuro de otra forma, ya que, aunque sus ingresos, provenientes de sus asignaciones y de su paga, eran apreciables, su riqueza no era muy grande y tenía que ser completa para su hija, pero proporcionándole una buena instrucción, esperaba brindarle los medios, más adelante, para vivir honrosamente.

Era esta la auténtica historia de la vida de Jane Fairfax. Cayó en excelentes manos, los Campbell solamente habían tenido con ella muchas generosidades y atenciones y se le dio una muy buena educación. Su entendimiento y su corazón se habían beneficiado de todas las ventajas de la disciplina y de la cultura, viviendo permanentemente con personas cultas y de criterio recto; y como el coronel Campbell vivía en Londres, sus aptitudes más sobresalientes pudieron ser completamente cultivadas gracias a la contribución de los maestros mejor preparados. Su capacidad y sus facultades eran también dignas de todo lo que esa amistad pudiera brindarle; y a los dieciocho o diecinueve años ya era, dentro de lo que a unos años tan tempranos se puede estar preparado para instruir a los pequeños, muy competente en asuntos de educación; pero la querían mucho como para permitir que se alejara de ellos. Ninguno de los dos, ni el padre ni la madre, tuvieron valor para proponerlo, y la hija no hubiera podido aguantar una separación. El fatídico día fue, entonces, pospuesto. Fue sencillo hallar el pretexto de que todavía era muy joven, y Jane continuó viviendo al lado de ellos, involucrada como una hija más en las decentes diversiones de la elegante sociedad y disfrutando de una sensata combinación de vida de hogar y de recreación, sin más angustia que la de su futuro, debido a que su buen juicio solamente podía recordarle prudentemente que todo eso no tardaría en finalizar.

El cariño que le brindaba toda la familia y, sobre todo, el gran afecto que la señorita Campbell sentía por ella, habla muy bien de ellos, debido a que el hecho era que Jane era evidentemente superior tanto en inteligencia como en belleza. Los encantos que le había otorgado la naturaleza no pasaban inadvertidos para su joven amiga, y también los padres se daban cuenta de la superioridad de sus conocimientos. Pero continuaron viviendo juntos unidos por un cariño muy cálido, hasta el matrimonio de la señorita Campbell, quien tuvo la suerte, esta buena fortuna que tan frecuentemente destruye todas las previsiones en asuntos matrimoniales, haciendo que tenga favoritismo lo medio a lo que es claramente superior, de conquistar el corazón del señor Dixon, un muchacho muy agradable y rico, casi desde el preciso instante en que se vieron por primera vez; y no tardó en contraer matrimonio y ser feliz, al tiempo que Jane todavía tenía que comenzar a pensar cómo ganarse el pan diario.

Hacía muy poco tiempo se había realizado el matrimonio, muy poco para que la menos afortunada de ambas amigas hubiera podido empezar a caminar ya el sendero del deber; a pesar de que había alcanzado la edad que ella misma se fijó para este inicio. Tenía decidido hacía tiempo que a los veintiún años comenzaría su nueva existencia. Había decidido, con la fuerza de una devota novicia, completar a los veintiún años el sacrificio y renunciar a todos los goces del mundo, a todo trato decente con los otros, a la esperanza y a la paz, a la sociedad, para continuar para siempre el sendero de la austeridad y la penitencia.

El buen criterio de la señora Campbell y del coronel no les permitió oponerse a esta resolución, a pesar de que sus sentimientos les movían a ello. Mientras los dos vivieran, no era necesario que Jane lo solicitara: siempre su casa permanecería con las puertas abiertas para ella; por su gusto, no hubieran permitido que se marchara de allí, pero eso significaba ser egoístas: lo que finalmente tenía que llegar, era preferible hacerlo muy pronto. Quizá entonces comenzaron a entender que hubiera sido más prudente y mejor para ella resistir a la tentación de ir posponiendo ese momento e impedir que Jane conociera y disfrutara los beneficios de la inacción de una existencia cómoda que ahora se veía forzada a dejar. No obstante, todavía el cariño se esforzaba por aferrarse a cualquier excusa lógica para retrasar ese doloroso instante hasta lo imposible. Desde el matrimonio de la hija de los Campbell, Jane no se había encontrado totalmente bien; y pensaron que era necesario prohibirle que iniciara algún empleo hasta que no se hubiera recobrado completamente, algo que solamente no era compatible con una delicada salud y un estado de ánimo menguado, sino que, incluso en los escenarios más favorables, daba la impresión de que demandaba un poco más que la perfección humana de espíritu y de cuerpo para poder realizarlo de una manera adecuada.

Con respecto a no acompañarlos a Irlanda, en la narración que hizo a su tía solamente decía la verdad, a pesar de que quizás existieran unas verdades que ocultaba. Ella fue quien decidió dedicar a las de Highbury el tiempo que durara la ausencia de los Campbell; tal vez para pasar los últimos meses de completa libertad rodeada de cariñosos familiares que tanto la apreciaban; y por el motivo o motivos que fuesen, los Campbell, tanto si era uno como dos o tres, rápidamente aprobaron ese proyecto y comentaron que tenían más confianza en algunos meses que pasara en su tierra para recuperar la salud que en cualquier otra medicina. Era, entonces, seguro que regresaría a Highbury, y que allí, en lugar de dar la bienvenida a una noticia novedosa que hacía tanto tiempo que se les anunciaba —el señor Frank Churchill— por ahora tendrían que conformarse con Jane Fairfax, que solamente por sus dos años de ausencia era una novedad.

Emma no estaba alegre... ¡Por tres largos meses tener que ser amable con una mujer que le desagradaba mucho! ¡Siempre tener que estar haciendo más de lo que quería y menos de lo que tenía que hacer! No sería fácil explicar por qué Jane no era una mujer que le agradara; una vez el señor Knightley le dijo que era porque veía en ella a la muchacha perfecta, como Emma hubiese deseado que él la considerara; y a pesar de que entonces la acusación fue vivamente rebatida, habían instantes de meditación en que su conciencia no se sentía completamente limpia de eso. Pero jamás pudo hacer amistad con ella, no sabía explicar por qué, pero en Jane veía mucha reserva y frialdad... una fingida indiferencia por agradar o no agradar... ¡y además su tía era una habladora tan horrible! Y cuando se trataba de ella todas las personas armaban tal algarabía... Y siempre suponían que ambas tenían que llegar a ser amigas íntimas... todos habían imaginado que era obligatorio que simpatizaran, porque tenían la misma edad... No tenían mejores motivos...

Sus razones tenían poca justificación... todos y cada uno de los defectos que le adjudicaba estaban tan ampliados por su imaginación que, cuando veía por primera vez a Jane tras una larga ausencia, tenía la impresión de haber sido muy injusta con ella; y ahora, al hacer la anunciada visita, a su llegada, después de una pausa de dos años, Emma quedó totalmente asombrada cuando vio los modales de esa joven a la que estuvo despreciando durante dos años completos. Jane era muy elegante, evidentemente elegante. Su altura era proporcionada, como para que casi todos pensaran que era muy alta, y nadie pensaría que lo era mucho; su silueta era especialmente bonita; un justo término medio, ni muy gruesa ni muy delgada, a pesar de que una leve apariencia de salud algo frágil parecía eliminar la probabilidad del más posible de esos dos riesgos. Emma se dio cuenta de todo esto; y además en su cara, en sus facciones, había mucha más hermosura de lo que ella pensaba recordar; no eran muy regulares sus facciones, pero sí de una hermosura muy agradable. Jamás había negado su admiración por esos ojos de un gris oscuro y esas pestañas y cejas negras; pero el cutis, al que siempre le había puesto reparos por pálido y descolorido, tenía un brillo y una delicadeza que realmente no requería mayor frescura. Era una especie de belleza en la que la elegancia era el signo sobresaliente y, por lo tanto, conscientemente y de acuerdo con su juicio, solamente podía admirarla... elegancia que tenía muy pocas oportunidades de hallar en Highbury, tanto en lo espiritual como en lo físico. Allí era un mérito y una distinción no ser corriente o vulgar.

En conclusión, Emma observaba a Jane Fairfax, en la primera visita, con doble satisfacción; al placer que sentía al verla se unía la necesidad que tenía de ser justa con ella, y decidió dejar su comportamiento hostil con la muchacha. Y al pensar en su historia, sus circunstancias le impresionaban tanto como su belleza; al reflexionar sobre el futuro que tendría esta elegancia, sobre cómo tendría que humillarse, sobre cómo iba a vivir, no le parecía posible que se sintiera algo por ella que no fuera respeto y compasión; sobre todo si a los hechos bien conocidos de su vida, que la hacían merecedora de mucho interés, se unía la circunstancia más que posible de que hubiera sentido atracción por el señor Dixon, sospecha que tan naturalmente surgió en la imaginación de Emma. De ser de esa manera, nada más digno de misericordia ni más noble que los sacrificios que se encontraba dispuesta a admitir. Emma en ese momento no podía estar más opuesta a creer que la joven hubiese tratado de atraer al señor Dixon rivalizando con su amiga, o que hubiese sido capaz de cualquier otra intención perversa, como inicialmente había llegado a imaginar. Si existió amor, seguro fue un sentimiento simple e inocente, que solamente fue sentido por ella y no fue correspondido. Debió absorber inconscientemente ese triste veneno al tiempo que atendía junto a su amiga las palabras de él; y ahora debía ser la más pura, la más limpia de las razones la que le hiciera negarse a ir a Irlanda y decidirse a alejarse definitivamente de él y de su familia para comenzar su vida laboral.

Entonces, Emma se alejó de Jane sintiendo por ella, en conjunto, tanto cariño y tanta simpatía que cuando volvió a su casa se vio obligada a pensar en la probabilidad de hallarle un buen pretendiente, y a quejarse de que Highbury no tuviera un muchacho que pudiese brindarle una situación de mucha independencia; pero no encontraba quien pudiese ser adecuado y conveniente para Jane.

Emma, definitivamente, tenía unos sentimientos admirables... pero duraron muy poco. Antes de que se comprometiera con alguna manifestación pública de infinita y perpetua amistad con Jane, antes de que hubiera hecho algo más por corregir sus pasados prejuicios y equivocaciones, que decir al señor Knightley: "Lo cierto es que es muy bella, más que bella", Jane estuvo en una reunión en Hartfield con su tía y su abuela, y todo volvió a como estaba antes. Aparecieron nuevamente las mismas razones anteriores de enemistad. La tía era tan antipática como siempre; más antipática todavía, porque ahora además de admirar las virtudes de su sobrina, estaba intranquila por su salud; y tuvieron que escuchar la descripción exacta del poco pan y mantequilla que ingería en el desayuno y de lo muy pequeño que era el pedazo de cordero de la comida, sin contar la exhibición de los nuevos gorros y de las nuevas bolsas que confeccionó para su abuela y para ella; y Emma se sintió molesta nuevamente con Jane. Hubo algo de música, Emma se vio forzada a tocar, y los agradecimientos y los elogios que obligadamente continuaron a su ejecución le dieron la impresión a Emma de que eran de una ingenuidad llena de afectación, de un aire de superioridad destinado tan solo a mostrar a todo el mundo que ella, Jane, estaba muy por encima. Lo más grave de todo fue que era tan cautelosa, tan fría... No había forma de conocer qué es lo que pensaba realmente. Cubierta con una capa de gentileza, daba la impresión de que estaba decidida a no arriesgarse en absolutamente nada. Su actitud de reserva y de suspicacia resultaba molesta.

Y se mostró todavía más reservada en lo referente a Weymouth y a los Dixon, si es que era posible serlo más. Parecía muy interesada en no querer hablar del temperamento del señor Dixon ni en opinar con respecto a su trato ni en realizar ningún comentario sobre lo adecuado que fue ese matrimonio. Lo aceptaba todo por igual, no existía nada de destacado ni de concreto en sus palabras. No obstante, de poco le fue útil. Esta prudencia, para Emma, era artificial, mucho disimulo, y la muchacha regresó a sus sospechas anteriores. Quizás allí había algo más que esconder que sus simples favoritismos. Probablemente, el señor Dixon estuvo a punto de dejar una amiga por otra o solamente se había decidido por la señorita Campbell pensando en sus doce mil libras futuras.

Tratándose de otros asuntos predominó la misma reserva. El señor Frank Churchill y ella habían coincidido en Weymouth. Era conocido que tuvieron cierto trato, pero Emma no pudo arrancarle ni una palabra que pudiera guiarla en referencia a la auténtica personalidad del muchacho. "¿Es atractivo?". "Creo que se le considera como un muchacho muy apuesto". "¿De trato es agradable?". "Habitualmente se le considera como muy agradable". "¿Parece un muchacho de viva inteligencia y culto?". "En una playa o en casa de un amigo común en Londres no es muy fácil hacerse una opinión sobre esas cosas. Los modales y la educación son siempre lo primero que puede valorarse, pero se necesita conocer mejor a la persona de lo que yo he logrado conocer al señor Frank. Me parece que todas las personas lo encuentran muy amable y culto". Emma no podía disculparla, definitivamente.

CAPÍTULO XXI

No podía disculparla, definitivamente... Pero como el señor Knightley, que también se encontraba en la velada, no se había dado cuenta de ningún resentimiento ni ninguna razón de provocación, y solamente vio las mayores gentilezas y amabilidades por parte de las dos, cuando regresó a Hartfield la mañana del día siguiente para tratar unas cuestiones con el señor Woodhouse, manifestó su complacencia por la reunión de la noche anterior; no de una manera tan clara como lo hubiera hecho de no hallarse presente el padre de Emma, pero siendo lo bastante explícito para que esta le entendiera perfectamente. Frecuentemente le había recriminado a Emma el que fuese muy injusta con Jane y ahora se sentía muy feliz de darse cuenta de que había mejorado la situación.

—Muy agradable la reunión —comenzó diciendo, después de haber conversado de todo lo preciso con el señor Woodhouse, de que este le hubiera dicho que había entendido y de que guardaran los papeles—; muy agradable. La señorita Fairfax y usted nos regalaron una música encantadora. No conozco mayor placer, señor Woodhouse, que estar plácidamente sentado en un sillón al tiempo que dos muchachas como estas nos dan este obsequio para los oídos durante toda una reunión; en ocasiones con música, en momentos con su charla. Emma, no tengo dudas de que a la señorita Jane tiene que haberle parecido muy agradable la reunión. Por usted no quedaría, en cualquier caso. Me contentó ver que la dejó tocar mucho, ella debe haber sentido mucha gratitud, porque en casa de su abuela no tienen ningún instrumento.

—Me hace muy feliz saber que le pareció acertado —dijo Emma con una sonrisa—; pero no creo que acostumbre a no ser cortés con las personas invitadas a Hartfield.

—¡Oh, no, querida! —dijo al momento su padre—, de eso sí que no tengo la más mínima duda. No hay nadie como tú que sea tan atenta y cortés. Yo diría que eres demasiado atenta. Ayer por la noche, los panecillos... pienso que con que hubieses ofrecido una sola vez hubiese sido suficiente.

—No —dijo, casi al mismo tiempo, el señor Knightley—; usted no suele ser descortés, ni en comprensión ni en modales, en fin, pienso que usted ya me comprende.

La pícara mirada de Emma quería decir: "Le comprendo perfectamente"; pero solamente dijo:

—Es muy reservada la señorita Jane.

—Siempre le dije que lo es... algo, pero usted no tardará en excusar la parte de su reserva que debe ser excusada, la que se origina en la timidez. Ha de respetarse lo que es discreción.

—¿Acaso le parece tímida? Pues a mí no.

—Mi apreciada Emma —dijo cambiándose a una silla que se encontraba próxima a ella— imagino que no me dirá que no le pareció agradable la reunión de anoche.

—¡Oh, no! Me divertí mucho insistiendo en hacer preguntas y obteniendo tan poca información.

—Lo siento —fue su única contestación.

—Yo imagino que todos la pasaron muy bien —dijo, con su acostumbrada placidez, el señor Woodhouse—. Por lo menos yo sí. Al comienzo estaba muy cerca de la chimenea; pero después aparté un poco la silla, muy poco, y ya dejó de fastidiarme. Estaba muy habladora y de muy buen humor la señorita Bates, como siempre, aunque habla muy rápido para mi gusto. Pero es muy agradable, y también la señora Bates, aunque de una manera diferente. Me agradan las viejas amistades; y la señorita Jane es una muchacha muy bonita y muy bien instruida. Señor Knightley, estoy completamente seguro de que, gracias a Emma, pasó una velada muy grata.

—Sin ninguna duda, y Emma gracias a la señorita Jane.

Emma se dio cuenta del tono de intranquilidad del señor Knightley y, deseando calmarle, al menos por el momento, comentó con una franqueza de la que nadie hubiese dudado:

—Es una joven muy elegante que una casi no puede dejar de mirar. Yo no me cansaba de verla con auténtica admiración; y también compadeciéndome de ella con todo mi corazón.

Parecía que el señor Knightley sentía más agradecimiento del que deseaba aparentar; y antes de que pudiera contestar, el señor Woodhouse, que continuaba pensando en las Bates, comentó:

—¡Qué triste que sus medios sean tan pocos! ¡Lo cierto es que me producen mucha tristeza! Y en muchas ocasiones he querido hacerles algún obsequio, quizás algo no muy grande, sin mucho valor, pero de lo que no hay normalmente... ¡pero es tan poco lo que uno puede atreverse a hacer! Ahora matamos un cerdo, y Emma piensa mandarles jamón o un lomo... Es un obsequio de poco valor e importancia, pero delicioso... No se comparan con otros los cerdos de Hartfield... pero, a pesar de todo, es cerdo... y mi querida Emma, si no estamos seguros de que van a cortarlo en trozos, bien fritos, como los freímos nosotros, apartando toda la grasa y sin asarlo, porque no existe estómago que aguante el cerdo asado... me da la impresión de que sería preferible que les mandáramos el jamón, ¿no lo crees así, querida hija?

—Mi adorado papá, les he mandado todo un cuarto trasero. Ya sabía que tu deseo era ese. Tendrán que salar el jamón, ya lo sabes, y es delicioso, y el lomo se lo pueden comer como deseen.

—Querida, lo hiciste muy bien... excelente. De esto yo no sabía absolutamente nada, pero era lo mejor que podía hacerse. Pero que no salen mucho el jamón; y si no está muy salado y está bien hervido, como Serle hierve el de nosotros, si se come con medida y moderación con nabos hervidos y algo de zanahoria o de chirivía, pienso que no les hará daño alguno.

—Emma —dijo el señor Knightley con brusquedad—, tengo una información para usted. A usted le encantan las informaciones... y al venir he escuchado algo que pienso que le parecerá muy interesante.

—¿Informaciones? ¡Oh, sí, siempre me encanta saber lo que sucede! ¿Pero de qué se trata? ¿Por qué sonríe usted de esa manera? ¿Usted dónde lo ha escuchado? ¿Fue en Randalls?

Él solamente tuvo tiempo para decir:

—No, no, no fue en Randalls; por allí no he ido.

Repentinamente la puerta se abrió y la señorita Fairfax y la señorita Bates entraron en la sala. Rebosando gratitud y noticias, la señorita Bates no sabía a cuál de las dos cosas dar libre curso antes que la otra. De inmediato, el señor Knightley entendió que había perdido la ocasión y que ya no le dejarían decir ni una palabra más.

—¡Apreciado señor Woodhouse! ¿Cómo se siente esta mañana? Mi apreciada señorita Woodhouse... ¡Estoy realmente agradecida! ¡Qué maravilloso cuarto de cerdo! ¡Ustedes son muy generosos! ¿Ya saben la noticia? El señor Elton va a contraer matrimonio.

En esos instantes en quien menos pensaba Emma era precisamente en el señor Elton, y quedó tan asombrada que no pudo impedir, al escuchar esas palabras, sentir un pequeño susto y un leve rubor.

—Mis noticias eran estas... Imaginé que le interesarían —dijo el señor Knightley con una sonrisa que parecía apuntar a lo que había sucedido entre ellos.

—Pero ¿usted dónde se enteró? —exclamó la señorita Bates— señor Knightley, ¿dónde es posible que usted lo haya escuchado? Porque todavía no hace cinco minutos que recibí una nota de la señora Cole... no, no más de cinco minutos... o, en fin, como máximo, diez... porque ya me había colocado el sombrero y el chal, y estaba a punto de irme... bajé solamente un instante para hablar nuevamente con Patty sobre el cerdo... Jane se encontraba esperando en el pasillo... ¿cierto, Jane?... porque mi mamá tenía temor de que no tuviéramos un envase lo bastantemente grande para salarlo. Y yo me dije, bajaré a verlo, y Jane dijo: "¿Prefieres que vaya yo? Porque me parece que estás algo resfriada, y Patty ha estado fregando la cocina". "¡Oh, querida...", dije yo... Bueno, entonces llegó la nota justamente en ese instante. Todo lo que yo sé es que se casa con una tal señorita Hawkins. Una señorita Hawkins de Bath. Señor Knightley,

¿pero cómo es posible que usted se haya enterado? Porque la señora Cole me escribió en el mismo instante en que el señor Cole se lo dijo. Sí, una señorita Hawkins...

—He estado charlando de negocios con el señor Cole hace una media hora más o menos. Cuando llegué finalizaba de leer la misiva del señor Elton y me la mostró de inmediato.

—¡Por Dios! Eso sí que... Me da la impresión de que jamás hubo una noticia que interese a más personas. Apreciado señor Woodhouse, usted es muy bondadoso. Mi mamá me encargó que le dé sus saludos más cariñosos y miles de gracias, y dice que usted nos abruma con sus gentilezas.

—La realidad —contestó el señor Woodhouse— es que pensamos (y verdaderamente es así) que nuestros cerdos de Hartfield son tan superiores como cualquier otro cerdo, que Emma y yo no podíamos sentir mayor satisfacción que...

—¡Oh, mi apreciado señor Woodhouse! Como mi mamá siempre comenta, nuestros amigos son muy bondadosos y generosos con nosotras. Si existen personas que sin tener grandes riquezas disponen de todo lo que pueden llegar a querer en esta vida, somos nosotras, no tengo dudas. Sí que podemos afirmar que a nosotras nos ha tocado la mejor parte. Bueno, señor Knightley, de manera que usted llegó a leer la misiva; mire, pues...

—Era muy breve... solamente para notificar el matrimonio... pero, por supuesto, muy alegre y entusiasta... —y cuando dijo esto vio a Emma de forma significativa—. Decía que había tenido la fortuna de... Bueno, en resumen, no recuerdo con exactitud lo que decía... es que no me interesaba tanto como para tener que recordarlo. En fin, lo que decía es lo que usted ya dijo, que iba a contraer matrimonio con una tal señorita Hawkins. Supongo que el matrimonio acababa de acordarse, lo digo por el tono de la carta.

—¡El señor Elton contraerá matrimonio! —dijo Emma cuando finalmente pudo hablar—. Todos harán votos por su felicidad eterna.

—Pero es muy joven para contraer matrimonio —fue el comentario del señor Woodhouse—. Definitivamente, hubiera hecho mejor no teniendo tanta prisa. A mí me daba la impresión de que vivía muy bien tal como se encontraba. Siempre nos hacía felices cuando visitaba Hartfield.

—¡Señorita Woodhouse, una nueva vecina para todos nosotros! —dijo, alegre, la señorita Bates—. Mi mamá está fascinada... Comenta que le parecía muy mal que en esta vieja y pobre Vicaría no hubiese un ama de casa. Definitivamente, eso sí que son buenas y grandes noticias. Jane, tú no conoces al señor Elton... no me parece raro que tengas tanta curiosidad por verlo.

La curiosidad de Jane no parecía ser lo bastante fuerte como para llamar su atención.

—No, yo no conozco al señor Elton —contestó al ser interpelada—. ¿Es... es de mucha estatura?

—¿Pero quién puede responder a esta interrogante? —dijo Emma—. Mi papá diría que sí, el señor Knightley que no y la señorita Bates y yo que es precisamente término medio. Señorita Jane, cuando usted lleve más tiempo aquí ya se irá dando cuenta de que, en Highbury, el modelo de perfección es el señor Elton, tanto en lo espiritual y moral como en lo físico.

—Señorita Emma, usted tiene mucha razón, ya se irá dando cuenta. Es un muchacho de muchas y grandes virtudes... Pero, querida Jane, recuerda que te dije ayer que era justamente de la misma estatura que el señor Perry. La señorita Hawkins... estoy segura de que es una excelente muchacha. ¡El señor Elton siempre ha sido tan atento y gentil con mi mamá! La invitaba a sentarse en los primeros bancos para que pudiera escuchar mejor, porque mi mamá es algo sorda, ¿sabe usted? No demasiado, pero algo dura de oído. Jane dice que el coronel Campbell es también algo sordo. Él cree que los baños le caen bien... baños de agua caliente... pero Jane comenta que no le dura mucho la mejoría. ¿Sabe usted? El coronel Campbell es un ángel, realmente. Y da la impresión de que el señor Dixon es un muchacho de grandes cualidades y virtudes, muy digno de ser su hijo político. ¡Es una fortuna tan grande que las personas buenas se encuentren...! ¡Y siempre terminan encontrándose! Por ejemplo, en estos momentos la señorita Hawkins y el señor Elton; y allí están los Cole, que son personas tan bondadosas; y los Perry... Yo pienso que jamás ha existido un matrimonio más dichoso que los Perry. Lo que yo digo, señor Woodhouse —dijo dirigiéndose hacia él—, es que pienso que hay muy pocos sitios en que habiten tan buenas personas como en Highbury. Siempre digo que tenemos mucha fortuna de tener vecinos como estos... Mi apreciado señor Woodhouse, si hay algo en el mundo que le gusta a mi mamá es el cerdo... lomo de cerdo muy bien asado, sí, le encanta...

—Con respecto a quién es la señorita Hawkins o qué hace o desde cuándo la conoce el señor Elton —dijo Emma—, imagino que no se sabe nada. Yo pienso que no se hayan conocido hace mucho. Él se marchó hace apenas cuatro semanas.

Pero nadie conocía los detalles; y después que se hicieran varias interrogantes más, Emma dijo:

—Señorita Jane, usted está muy callada... pero espero que llegará a interesarse por estas informaciones. Usted que ha tenido oportunidad últimamente de mirar y escuchar tantas cosas con respecto a esos asuntos y que conoció tan de cerca uno de estos hechos con el matrimonio de la señorita Campbell... no podemos disculparle el que con la señorita Hawkins y el señor Elton se muestre tan indiferente.

—Es que cuando conozca al señor Elton —contestó Jane— estoy segura de que me interesaré por él y su boda... pero me da la impresión de que para ello es necesario que lo conozca antes. Y como hace ya varios meses que la señorita Campbell contrajo matrimonio, quizá ya se han diluido mucho las impresiones de ese momento.

—Sí, señorita Woodhouse, hace cuatro semanas precisamente que se marchó, como usted muy bien lo dijo, —dijo la señorita Bates—, ayer se cumplieron cuatro semanas... Una tal señorita Hawkins... No sé, pero yo siempre supuse que contraería matrimonio con una muchacha del entorno... No es que yo jamás... Pero en una ocasión la señora Cole me dijo en secreto... Pero yo en seguida le dije: "No, el señor Elton es un muchacho que merece algo mejor...". Pero... en conclusión, yo no me creo muy inteligente para descubrir esas cosas. Y mucho menos pretendo serlo. Miro lo que tengo delante de mí. A nadie hubiera podido parecerle raro, por otro lado, que el señor Elton tuviera aspiraciones de... La señorita Emma me deja hablar, no se enoja, ¿verdad? Usted sabe que por nada de este mundo quisiera injuriar a nadie. ¿Cómo se encuentra la señorita Harriet? Creo que ya se encuentra muy bien, ¿no? ¿Han tenido nuevas noticias de la señora de John Knightley? ¡Oh, tiene unos pequeños tan hermosos! ¿Sabes Jane que siempre me imagino al señor Dixon como al señor John Knightley? Hablo de la apariencia física... alto, y con esa forma de mirar... y no muy comunicativo ni conversador.

—Querida tía, te equivocas totalmente; no se asemejan en nada.

—¿No? ¡Qué cosa más curiosa! Por supuesto que uno jamás, antes de conocerlo, puede formarse una idea perfecta y exacta de nadie. Nos suponemos algo y después no hay quien nos lo saque de la mente. Tú decías que el señor Dixon no es justamente muy apuesto.

—¿Apuesto? ¡Oh, no...! En absoluto... Ya te comenté que era un hombre más bien corriente y normal.

—Tú dijiste, querida, que la señorita Campbell no quería aceptar que fuese un hombre más bien normal y corriente, y que tú fuiste...

—¡Oh! Con respecto a mí, no tiene ninguna importancia mi opinión. Si siento aprecio por alguna persona, siempre pienso que es atractiva. Cuando dije que no era muy guapo, solamente repetía lo que imagino que piensan casi todos.

—Bueno, mi querida Jane. Creo que debemos marcharnos. El tiempo está inestable y tu abuelita estará inquieta. Mi querida señorita Emma, es usted muy gentil; pero realmente tenemos que irnos ya. Vaya, eso sí que han sido informaciones muy gratas. Pasaré un instante por casa de la señora Cole, pero solamente para estar dos o tres minutos; y tú, Jane, sería mejor que te dirijas directamente a casa... no quisiera que te sorprendiera una tormenta... Sí, será algo muy importante para Highbury... Muy agradecidas, muchas gracias, de corazón. No, no pienso que le notifique a la señora Goddard, ella solamente se interesa por el cerdo hervido; ya será otra cosa cuando preparemos el jamón. Bueno, hasta pronto, mi apreciado señor Woodhouse. ¡Oh, también viene el señor Knightley! ¡Oh, usted es tan gentil...! Si Jane está agotada, ¿usted querrá ofrecerle su brazo? La señorita Hawkins y el señor Elton... Bueno, hasta luego, hasta luego a todos.

Al quedar Emma sola con su padre, el señor Woodhouse demandó la mitad de su atención, quien se quejaba de que los muchachos tuvieran tanto apuro por contraer matrimonio... y de que además lo hicieran con personas desconocidas... y la otra mitad la pudo dedicar a analizar lo que escuchó recientemente. Definitivamente, para ella era una buena noticia, honestamente una excelente noticia, ya que evidenciaba que el señor Elton no había padecido mucho por su rechazo; pero le daba tristeza por Harriet. A Harriet sí iba a dolerle... y solamente lo que podía hacer era ser ella la primera en darle la información y evitarle de esa manera que otros le dieran la noticia de forma brusca. Era justamente la hora en que ella visitaba habitualmente Hartfield. ¡Si se encontrara con la señorita Bates por el sendero! Y Emma se vio forzada, cuando comenzó a llover, a resignarse a que el mal tiempo la retuviera en casa de la señora Goddard; iba a enterarse de todo, sin duda alguna, antes de que ella tuviese la oportunidad de alertarla.

La tormenta fue intensa, pero no duró mucho, y apenas hacía cinco minutos que había finalizado cuando Harriet llegó intranquila y acalorada por venir corriendo y con el corazón agitado. Y la primera frase que brotó de su boca evidenciaba su turbación:

—¡Oh, Emma! ¿Te puedes imaginar lo que ha sucedido?

Emma supo de inmediato que el mal ya estaba hecho y de que lo mejor que podía hacer por Harriet era oírla; y de esa manera su amiga pudo contar sin límites todo lo que sentía.

—Hace una media hora que abandoné la casa de la señora Goddard. Tenía temor de que lloviera, y parecía que comenzaría a llover de un instante a otro... pero pensé que todavía me daría tiempo de llegar a Hartfield... y vine todo lo rápido que pude; pero cuando pasé cerca de la casa de una joven que me está diseñando un vestido pensé que podía entrar un instante para ver si lo tenía adelantado y, a pesar de que solamente he permanecido allí un instante, cuando salí empezó a llover y yo no supe qué hacer; y entonces seguí caminando muy rápido y fui a guarecerme en la tienda de Ford —Ford era el dueño de la mejor tienda de mercería y pañería, la primera en importancia de Highbury por su buen gusto y su tamaño—. Y allí estuve sentada más de diez minutos, sin suponerme ni muchísimo menos lo que iba a suceder... Pero de pronto vi que entraron dos personas... ¡Por supuesto fue una gran casualidad! Aunque por supuesto que ellos son clientes de Ford... ¡Entraron, nada más y nada menos, que Elizabeth Martin y su hermano! ¿Tú te imaginas, querida Emma? Yo sentía que iba a desmayarme. No tenía idea de qué podía hacer. Me encontraba sentada al lado de la puerta... De inmediato, Elizabeth me vio, pero él no; estaba muy distraído con el paraguas. Pero no tengo dudas de que ella me vio, pero desvió la mirada e hizo como si no me conociera; y ambos caminaron hacia el extremo contrario de la tienda; y yo permanecí sentada al lado de la puerta... ¡Oh, pasé tan mal momento, querida...! Estoy segura de que estaba tan pálida como mi vestido. Pero, claro, no podía marcharme, porque seguía lloviendo; pero hubiera deseado estar en cualquier lugar del mundo, pero no allí. ¡Oh, Emma...! Bueno, finalmente, imagino que él giró la cabeza y me miró; porque en lugar de fijarse en lo que estaban comprando, los dos comenzaron a murmurar. Y no tengo dudas de que estaban hablando de mí; y yo solamente podía pensar que él la estaba convenciendo para que hablara conmigo (Emma, ¿piensas que yo estaba equivocada?)... porque de inmediato ella se acercó a mí... se me acercó... y me preguntó cómo me encontraba, y daba la impresión de que estaba dispuesta a extenderme la mano si yo así lo deseaba. No era la misma de siempre; yo noté que estaba nerviosa, pero parecía que quería hablarme de una manera amigable, y nos estrechamos la mano, y estuvimos conversando durante un buen rato; pero ya no recuerdo nada de lo que dije... ¡yo estaba temblando de los pies a la cabeza! Me acuerdo que ella comentó que le dolía mucho que ahora ya no nos viéramos, lo que a mí me pareció muy gentil de su parte. ¡Me sentí fatal, querida Emma! Y entonces comenzó a aclararse el tiempo... y yo pensé que nada me impedía marcharme... pero... ¡imagínate!... me di cuenta de que él caminaba hacia nosotras... poco a poco,

¿sabes? como si dudara sobre lo que debía hacer; y se nos aproximó y me habló, y yo le respondí... y así permanecimos durante un minuto, más o menos, y yo me sentía tan angustiada y nerviosa, con ganas de salir corriendo... ¡Oh, no puedes imaginarte!; me armé de valor entonces, dije que ya no estaba lloviendo y que tenía que marcharme, y me fui, cuando ya me encontraba en la calle y todavía no había caminado ni tres yardas desde la puerta, él vino tras de mí solamente para comentarme que si me dirigía a Hartfield, él pensaba que iría mucho mejor dando la vuelta por las caballerizas del señor Cole, porque si iba por el sendero más directo lo encontraría todo enlodado. ¡Oh, querida, yo pensé que me iba a morir! De manera que le dije que estaba muy agradecida por el interés; ya ves, no podía decirle menos; y entonces él regresó con Elizabeth y yo di la vuelta por las caballerizas... bueno, creo que sí caminé por allí, pero ahora te juro que ya no sé por dónde iba ni tampoco lo que hacía. ¡Oh, Emma! Hubiera dado todo para que eso no me sucediera; y a pesar de todo, ¿sabes?, me dio mucha felicidad ver que se comportaba de un manera tan gentil y tan atenta. Y también Elizabeth. ¡Dime algo, Emma, por favor, te lo suplico, cálmame un poco!

Emma no hubiera querido otra cosa, pero en esos instantes no estaba en sus manos el lograrlo. Se vio forzada a hacer una breve pausa y a analizar. Ella también se sentía confundida. La manera de actuar del muchacho y de su hermana daba la impresión de que respondían a unos sentimientos muy nobles y sinceros, y Emma solamente podía compadecerlos. Según la forma como lo había descrito Harriet, en su proceder hubo una extraña combinación de cariño herido y de verdadera delicadeza. Pero es que antes de ese momento ella siempre había pensado que ellos eran personas de buen corazón y honradas; sin embargo, eso no tenía nada que ver con el que relacionarse con ellos no fuese lo más aconsejable. Era una bobería angustiarse por esas cosas. Claro, él debía sentir mucho haberla perdido... toda la familia seguro lo sentía. Quizá para ellos era un fracaso doble del amor y de la ambición. Todos confiaron en elevarse de nivel social debido a las buenas amistades de Harriet. Y por otro lado, ¿qué importancia se le podía dar a la descripción de Harriet? Precisamente ella que era tan sencilla de satisfacer... de tan poco juicio... ¿qué importancia podía tener un halago suyo?

Emma hizo un esfuerzo por controlarse e intentó reanimarla, haciéndole ver que todo lo que había sucedido no tenía ningún valor, y que no valía la pena que se angustiara por eso.

—Seguro fueron unos instantes nada agradables —dijo—, pero da la impresión de que tú te has comportado muy bien, ahora todo ha finalizado; y como un primer encuentro no puede repetirse nuevamente, no debes pensar más en eso.

Harriet dijo que Emma tenía razón y que no pensaría nuevamente en ello... pero continuó charlando de lo mismo... es que no podía conversar de otra cosa, y finalmente Emma, con el objetivo de sacarle a los Martin de la mente, se vio forzada a utilizar las noticias que antes se había propuesto informarle con tanta delicadeza y previsiones; casi sin saber si tenía que contentarse o molestarse, si sentir vergüenza o tomárselo en broma, viendo el estado de ánimo de Harriet... para quien, daba la impresión, el señor Elton perdió todo interés...

Pero, lentamente, el señor Elton adquirió importancia nuevamente. Tal vez no tanta como le daba el día anterior o una hora antes, pero se interesó por él de nuevo; y antes de que finalizara ese diálogo, Harriet había expresado todos los sentimientos de sorpresa, de curiosidad, de pena, de tristeza y de ilusión en referencia a esa afortunada señorita Hawkins que, en su mente, relegó a los Martin a un sitio secundario.

Emma se llegó a sentir casi complacida de que hubiera ocurrido ese encuentro, debido a que había servido para aguantar el primer golpe sin ocasionar ninguna influencia espantosa. Con el tipo de vida que en este momento llevaba Harriet, los Martin no podían alcanzarla de no ser que la buscaran a propósito a donde no querrían ir por carencia de valor y de consentimiento; porque sus hermanas no volvieron a visitar la casa de la señora Goddard desde que ella no había aceptado al señor Martin; y de esa manera era posible que transcurriera todo un año sin que coincidieran nuevamente en algún lugar, no teniendo entonces la probabilidad y la necesidad de conversar.

CAPÍTULO XXII

Está tan predispuesta la naturaleza humana en favor de los que están en una situación extraña, que la muchacha que contrae matrimonio o fallece puede estar segura de que hablarán bien de ella todas las personas.

Todavía no había transcurrido una semana desde que en Highbury se nombró por primera vez a la señorita Hawkins, cuando de una manera u otra se le descubrían todas sus cualidades intelectuales y físicas: era preciosa, muy elegante, con excelente educación y muy agradable de trato. Y cuando llegó el propio señor Elton para disfrutar del éxito de tan dichosa nueva y para divulgar la fama de sus virtudes, solamente tuvo que decir su nombre de pila y explicar qué clase de música era su favorita.

Rebosando de dicha volvió el señor Elton. Se había marchado rechazado y herido profundamente en su amor propio... viendo frustradas sus más grandes ilusiones, después de varios hechos que él tradujo como signos favorables de aliento; y solamente no había logrado tener la aceptación de la mujer que le interesaba, sino que se vio rebajado al mismo nivel de otra por la que no sentía el más mínimo. Se marchó hondamente ofendido... volvió comprometido con otra muchacha... y con otra que era, claro está, tan superior a la primera como en esas situaciones habitualmente siempre lo es al compararse lo que se ha logrado con lo que se perdió recientemente. Volvió alegre y complacido de sí mismo, lleno de planes y activo, sin angustiarse en lo más mínimo por la señorita Emma y desafiando a la señorita Harriet.

La fascinante Augusta Hawkins agregaba a todas las ventajas correspondientes a una hermosura perfecta y a sus grandes virtudes la de encontrarse en posesión de una riqueza personal valorada en unos millares de libras que se cifraban siempre en diez mil; asunto que afectaba tanto a su dignidad como a sus intereses; los hechos evidenciaban perfectamente que no había perjudicado sus probabilidades... consiguió una esposa de diez mil libras, poco más o menos... y la había encontrado con una rapidez tan sorprendente... la primera hora después de su primer encuentro había sido tan abundante en grandes sucesos; la narración que había hecho a la señora Cole acerca del inicio y de la evolución del romance lo presentaba bajo un aspecto tan favorecedor... todo había ido tan rápido, desde su primer encuentro muy casual y espontáneo hasta la cena en casa del señor Green y la velada en casa de la señora Brown... rubores y sonrisas aumentando en importancia... dudas e inquietudes floreciendo abundantemente por todas partes... en seguida ella quedó impactada... se mostró favorablemente atenta con él... en conclusión, y para decirlo con palabras más simples y claras, mostró tan buenas disposiciones para aceptarlo que la sensatez y la presunción quedaron complacidas al mismo tiempo.

Lo consiguió todo, cariño y riqueza, y era justamente el hombre dichoso que siempre había deseado ser; hablando solamente de sí mismo y de sus asuntos... aguardando que lo felicitaran... dispuesto a sonreír a cada instante... y con amables sonrisas libres de todo miedo, dirigiendo la palabra a las muchachas del lugar, a quienes solamente unas pocas semanas antes hubiera hablado de una manera mucho más prudente y circunspecta.

El matrimonio era un gran acontecimiento que no podía estar muy alejado, debido a que los dos no habían tenido otro trabajo que el de gustarse y atraerse, y solamente tenían que aguardar los preparativos ineludibles; y cuando él regresó nuevamente a Bath, todos imaginaron, y el aire que adoptó la señora Cole no daba la impresión de que los contradecía, que cuando volviera a Highbury estaría acompañado de su esposa.

Emma, durante esta breve estancia suya, apenas lo vio; solamente lo necesario para sentir que se había roto el hielo y para que ella estuviera segura de que la vanidosa jactancia de que hacía gala ahora el señor Elton no le favorecía en absoluto; la verdad es que Emma comenzaba a preguntarse cómo fue posible que llegara a considerarlo como un hombre apuesto; y su persona iba tan inexorablemente vinculada a recuerdos nada agradables, que, con excepción de una finalidad moral, como lección, como penitencia, como raíz de una provechosa humillación para su alma, se hubiera sentido muy aliviada si tuviera la certeza de no volverlo a ver jamás. Le deseaba toda la suerte del mundo y mucha felicidad, pero su presencia la perturbaba y hubiese quedado mucho más complacida de saberlo dichoso, pero a una distancia de treinta y dos kilómetros.

No obstante, la consternación que le producía el hecho de que siguiera viviendo en Highbury, sin duda, disminuiría con su matrimonio. Se evitarían muchos cumplidos vanos y se suavizarían muchas situaciones incómodas. La presencia de una *señora Elton* sería una buena excusa para todas las transformaciones que hubiera en sus relaciones; podía desaparecer su intimidad de antes sin que a nadie le pareciera raro. Los dos podrían recomenzar su vida social nuevamente.

Emma no hubiera sabido qué decir sobre ella personalmente. Con toda seguridad era digna del señor Elton; con una instrucción suficiente para Highbury... también lo bastante atractiva... a pesar de que lo más probable es que desluciera al lado de Harriet. Con respecto a nivel social, Emma estaba muy segura de a qué atenerse; se encontraba convencida de que, a pesar de todas sus presuntuosas ostentaciones y de su menosprecio por Harriet, la realidad había sido muy diferente. La verdad parecía estar muy clara sobre este asunto. Exactamente no se conocía *qué* era; pero *quién* era sencillo saberlo; y apartando las diez mil libras, en nada parecía estar por encima de Harriet. No estaba aportando a la relación ni sangre noble ni relaciones distinguidas y de alto nivel social, ni siquiera un apellido ilustre. La señorita Hawkins era la menor de dos hijas que tenía un... comerciante —por supuesto, hay que llamarlo así— de Bristol; pero como, finalmente, los beneficios de su industria no fueron muy altos, era natural imaginar que los negocios a que se dedicó no habían sido tampoco muy fructíferos. Durante cada época de invierno pasaba habitualmente una temporada en Bath, pero su casa se encontraba en Bristol, en la misma zona central de Bristol; pues, a pesar de que sus padres hacía ya varios años que habían fallecido, tenía un tío... que era abogado... todo lo que se arriesgaron a comentar de él fue que "trabajaba con un abogado"...; y la muchacha vivía en su casa. Emma imaginaba que era el empleadillo de algún procurador y que era muy lerdo para elevarse de nivel. Y todo el esplendor de la familia daba la impresión de que dependía de la hermana mayor, que estaba "excelentemente casada" con un hombre que vivía "a lo grande" cerca de Bristol y que tenía ¡dos coches, nada más y nada menos! Este era el punto final de toda la historia, esta era la mayor razón de orgullo de la señorita Hawkins.

¡Ah, si Emma pudiese lograr que, con respecto a toda esa cuestión, Harriet pensara igual que ella! Emma condujo a Harriet hacia el amor, pero ¡ay!, ahora no era tan sencillo sacarlo de su corazón. Era imposible diluir el hechizo de algo que estaba ocupando tantas horas vacías como Harriet poseía. Solamente podía ser desvirtuado por otro y, con toda seguridad, ese instante llegaría; nada podía ser más claro, pero Emma sentía temor de que esto fuera lo único que podía sanarla. Harriet era una de esas mujeres que una vez que han conocido el amor, deben estar enamoradas durante todo el resto de su existencia. Y, ¡pobre muchacha!, ahora lo pasaba mucho peor desde que el señor Elton había vuelto. Creía ver su silueta en todos los lugares. Emma solamente lo vio en una ocasión, pero Harriet, cada día, dos o tres veces estaba segura de estar *a punto* de verlo, *o a punto* de escuchar su voz, o *a punto* de vislumbrar sus hombros, *a punto* de que sucediera algo que mantuviera vivo el recuerdo de él en su mente, con toda la favorable tibieza del asombro y de la suposición. Permanentemente, además, estaba escuchando comentar sobre él, ya que, con excepción de cuando se encontraba en Hartfield, estaba siempre rodeada de personas que no encontraban ningún defecto ni debilidad en el señor Elton y que pensaban que no había nada tan interesante como polemizar sobre sus asuntos; y por lo tanto todas las suposiciones, todas las informaciones... todo lo que ya había sucedido, todo lo que podía llegar a sucederle en la evolución de sus cuestiones, incluyendo su renta anual, sus muebles y sus sirvientes, eran temas que se discutían permanentemente en torno a ella. Al no escuchar más que halagos sobre el señor Elton, sus sentimientos se reafirmaban, su sufrimiento se avivaba, y se sentía dolida ante las incesantes exaltaciones de la dicha de la señorita Hawkins y por los comentarios incesantes en referencia a la intensidad del cariño que el vicario sentía por ella... la apariencia que tenía cuando andaba por la casa... incluso la manera en que se colocaba el sombrero... todo eran signo de lo enamorado que estaba...

Si hubiese sido posible tomarlo a burla, si no hubiese sido algo tan doloroso para Harriet y que implicaba tantas recriminaciones para sí misma, todos esos sinsabores del estado de ánimo de Harriet significarían para Emma una razón de diversión. En ocasiones era el señor Elton quien prevalecía, en otras los Martin; y uno era útil para contrarrestar las consecuencias del otro. La información de la próxima boda del señor Elton fue el mejor remedio para la pesadumbre que le ocasionó el encuentro con el señor Martin. En gran medida la tristeza que le produjo esta noticia fue superada gracias a la visita que, después de unos días, Elizabeth Martin le hizo a la señora Goddard. Harriet no se encontraba en casa, pero le escribió y le dejó una nota redactada de una manera que la conmovió hondamente; una combinación de un poco de recriminación y mucho de cariño; y hasta que volvió a aparecer el señor Elton estuvo sumamente ocupada analizando todo aquello, reflexionando con respecto a lo que debía hacer para poder corresponder, y queriendo hacer más de lo que se arriesgaba a confesarse. Pero, en persona, el señor Elton alejó todas esas preocupaciones. Al tiempo que él estuvo en Highbury, los Martin fueron lanzados al olvido; y en la misma mañana en que fue nuevamente a Bath, Emma, para disipar la difícil impresión que eso ocasionaba en su amiga, dijo que era preferible que le devolviera la visita a Elizabeth Martin.

Pero qué debía pensarse de esa visita... qué es lo que se requería hacer... y qué era lo más seguro habían sido asuntos sobre los que no era muy fácil tomar una decisión. No hacer ningún caso de las hermanas y de la madre, cuando se le había invitado, hubiese sido una ingratitud y una descortesía. Era imposible y, sin embargo, ¿y el riesgo de que esa amistad se reanudara?

Decidió, después de mucho pensar, no teniendo una mejor idea, que Harriet devolviera la visita a los Martin, pero de una manera que, si ellos eran algo despiertos, tuvieran la certeza de que eso no aspiraba a ser más que una relación reglamentaria. Emma decidió que, en su coche, acompañaría a Harriet, que la dejaría en Abbey Hill y que ella continuaría adelante por un corto trecho, y que, al cabo de un tiempo, regresaría a buscarla para evitar cualquier oportunidad de que hubiesen muchas evocaciones peligrosas e intencionadas del pasado, dando también de esa manera la prueba más irrebatible de qué nivel de intimidad, en el futuro, tenía que haber entre ellos.

Nada mejor se le ocurrió, y a pesar de que existía algo en todo ese proyecto que en el fondo no aprobaba... como una sombra de desagradecimiento poco escondida... tenía que hacerse de esa manera, porque, de lo contrario, ¿qué sería de Harriet? ¿Qué sucedería con su amiga?

Capítulo XXIII

Para ir de visita, Harriet tenía muy pocos ánimos. Solamente media hora antes de que Emma la recogiera por casa de la señora Goddard, su mala suerte la guio justamente al lugar donde en ese instante un baúl dirigido al "Reverendo Philip Elton, White-Hart, Bath" era montado en el coche del carnicero que debía conducirlo hasta donde iba a pasar la diligencia; y para Harriet todas las otras cosas de la Tierra dejaron de existir, con excepción de ese baúl y su rótulo.

Sin embargo, se puso en camino y cuando llegaron a la granja y bajó del coche, al final del limpio y extenso sendero engravillado que entre manzanos colocados a manera de protección llevaba hasta la puerta principal, el ver todas esas cosas que el otoño anterior le habían brindado tanta satisfacción comenzó a generarle un cierto sinsabor; y al separarse, Emma se dio cuenta de que Harriet veía a su alrededor con una curiosidad temerosa, lo que la decidió a no dejar que la visita se prolongara más allá del cuarto de hora que se propusieron. Emma continuó adelante para dedicar ese momento a un viejo sirviente que había contraído matrimonio y que habitaba en Donwell.

Con mucha puntualidad, después de un cuarto de hora, estaba nuevamente ante la blanca entrada, y la señorita Harriet, atendiendo a sus llamadas, no tardó mucho en reunirse con ella sin la compañía de algún peligroso muchacho. Por el camino de grava se aproximó sola... una de las señoritas Martin solamente apareció en la puerta despidiéndose de ella con unos gestos muy solemnes de estricta cortesía.

En dar una explicación medianamente clara y precisa de lo que había sucedido, Harriet tardó un poco. Eran muy intensos sus sentimientos, pero, finalmente, Emma se enteró de lo suficiente como para entender cómo había evolucionado esa entrevista y de qué clase de sufrimiento y heridas dejó en Harriet. Solamente vio a la señora Martin y a sus dos hijas. De una manera suspicaz la habían recibido, por no decir fría; y durante todo el tiempo solamente se había comentado de simples lugares comunes... hasta el último instante, cuando sorpresivamente la señora Martin dijo que le pareció que la señorita Smith había crecido, conduciendo de esa manera la charla hacia un tema más interesante y mostrándose más cariñosa. En esa misma habitación, en el pasado mes de septiembre, Harriet comparó su tamaño con el de sus dos amigas. Allí todavía se encontraban las inscripciones en el marco de la ventana y las señales de lápiz. Él lo había hecho. Daba la impresión de que todos recordaban el día, la hora, la fiesta, el momento... también haber sentido la misma intranquilidad, igual tristeza... estar dispuestos a ser los mismos de antes nuevamente, y se hacían a la idea de que todo sería igual que unos meses atrás (Harriet, como Emma sospechaba, estaba tan dispuesta como cualquiera de ellas a mostrarse nuevamente tan cariñosa y tan feliz como antes), pero al aparecer el coche, de nuevo todo desapareció. Entonces se sintieron con más intensidad el carácter de la visita y lo corta que fue. ¡Darles solamente catorce minutos a las personas a quienes hacía menos de seis meses debía agradecerles profundamente por una dichosa permanencia de seis semanas! Emma solamente podía suponerse la situación y notar que tenían que sentirse ofendidos, y de lo lógico que era que Harriet padeciera por todo ello. Era una mala cuestión. Ella hubiera hecho cualquier cosa, hubiera soportado cualquier cosa para lograr que los Martin pertenecieran a una clase social más elevada. Poseían tan buena voluntad que solamente algo más de nivel hubiera podido ser suficiente; pero, tal como se encontraba todo, ¿de qué otra forma podía actuar? No era posible... No podía sentir arrepentimiento. Debían separarse, pero esa era una situación muy triste y dolorosa... para ella en esa oportunidad, que rápidamente sintió la necesidad de hallar un poco de consuelo, y resolvió volver a su casa pasando por Randalls para buscarlo. Estaba ya muy cansada de los Martin y del señor Elton. Era totalmente necesario el refrigerio de Randalls.

Fue una excelente idea. Pero al aproximarse a la puerta les dijeron que "ni la señora ni el señor se encontraban en casa"; ambos habían salido hacía ya mucho tiempo; el sirviente imaginaba que fueron a Hartfield.

—¡Pero qué mala fortuna! —dijo Emma al volver al coche—. Y ahora cuando lleguemos allí ellos ya se habrán ido; ¡esto ya es mucho! Hacía tiempo que no me molestaba tanto algo así.

Y se apoyó en un rincón del coche para desahogar su mal humor o para borrarlo a fuerza de reflexiones, quizás un poco de las dos cosas... como habitualmente sucede con las personas buenas por naturaleza. De repente el coche se paró; alzó la vista; el señor y la señora Weston lo habían detenido, y se encontraban ante ella preparándose para hablarle. Al verlos se sintió muy dichosa, dicha que fue todavía más grande cuando escuchó el sonido de sus voces... porque el señor Weston de inmediato la abordó.

—¿Cómo está? ¿Qué tal? Visitamos a su papá... y nos alegró mucho verle con tan buen semblante. Mañana llega Frank... tuve una carta suya esta misma mañana... ya lo tendremos en casa mañana a la hora de comer, en esta ocasión es seguro... hoy se encuentra en Oxford y vendrá para pasar dos semanas; yo ya sabía que tenía que ser de esa manera. No se hubiese podido quedar con nosotros más que tres días si hubiera venido por Navidad; desde el primer instante me contenté de que no viniera por esa época; ahora podremos disfrutar de un tiempo mejor, hace unos días secos, muy claros, es estable el tiempo. De esta manera podremos disfrutar mucho más de su compañía; todo salió mejor de lo que lo hubiéramos deseado.

No había forma de resistir a estas informaciones ni probabilidades de impedir la influencia de una cara tan alegre como la del señor Weston, reafirmándolo todo las palabras y la conducta de su esposa, más reservada y menos comunicativa, pero no menos feliz por lo sucedido. Saber que ella pensara que era seguro la llegada de su hijastro era bastante para que Emma lo creyera también de esa manera, y participó honestamente de su felicidad. Era la más agradable recuperación de unos ánimos afligidos. Ante las felices perspectivas de lo que iba a suceder ya no se recordaba lo pasado y, en ese instante, Emma tuvo la esperanza de que no se hablaría nuevamente del señor Elton.

El señor Weston les relató la historia de todo lo que había ocurrido en Enscombe y que permitió a su hijo escribirles diciendo que tenía dos semanas completas, describiéndoles cuál sería el sendero que seguiría y la manera en que realizaría el viaje; y la muchacha oía, sonreía y realmente se contentaba mucho.

—Y lo llevaré a Hartfield de inmediato —dijo, concluyendo, el señor Weston.

Cuando llegó a este punto, Emma se dio cuenta de que su esposa estaba apretándole suavemente el brazo para llamar su atención.

—Querido, debemos marcharnos —dijo suavemente—, las estamos distrayendo.

—Sí, sí, cuando desees... —y dirigiéndose nuevamente a Emma—, pero ahora no piense que es un muchacho tan atractivo, ¿eh?; usted solamente lo conoce porque yo le he comentado; me arriesgaría a decir que realmente no es nada tan maravilloso...

Pero en ese instante, el brillo que tenían sus ojos decía muy claramente que su criterio no podía ser más diferente. Por su parte, Emma logró simular una total candidez y serenidad, y contestar de una manera que no la comprometiera.

—Querida Emma, mañana cerca de las cuatro piensa en mí —fue la súplica con la que se despidió la señora Weston, y había una cierta intranquilidad en esas palabras que solamente iban dirigidas a ella.

—¡A las cuatro! No tengas ninguna duda de que a las tres ya estará aquí —le corrigió el señor Weston con rapidez.

Y de esa manera finalizó ese alegre encuentro. Emma se había reanimado nuevamente y se sentía totalmente dichosa; todo parecía diferente; James y sus caballos no eran ni la mitad de lentos de lo que eran antes. Al mirar los setos pensó que los saúcos echarían brotes muy pronto, y cuando vio a Harriet también en su cara pensó mirar una señal primaveral, algo parecido a una tenue sonrisa. Pero la pregunta que hizo no era muy prometedora:

—¿Piensas que el señor Frank Churchill aparte de pasar por Oxford también lo hará por Bath?

Pero en un abrir y cerrar de ojos no se adquieren ni la calma ni los conocimientos geográficos, y en esos instantes Emma estaba dispuesta a aceptar que ambas cosas con el tiempo llegarían.

Así llegó la mañana de ese día tan esperado, y la fiel discípula de la señora Weston recordó a las diez, a las once a las doce, que a las cuatro debía pensar en ella.

"¡Mi pobre amiga! —pensaba mientras salía de su habitación y descendía las escaleras—. ¡Preocupándose siempre por el bienestar y la tranquilidad de todos y no piensa en el suyo! Ahora la veo muy atareada, entrando y saliendo mil veces de su cuarto para estar segura de que todo está organizado. —Mientras cruzaba el recibidor el reloj dio las doce—. Las doce, al cabo de cuatro horas recordaré pensar en ti. Y a esta hora, mañana, poco más o menos, o tal vez algo más tarde, imaginaré que todos estarán a punto de visitarnos. No tengo dudas de que no tardarán mucho en traerlo para acá".

Cuando abrió la puerta del salón vio a su padre conversando con dos hombres: el señor Weston y su hijo. Habían llegado hacía pocos minutos, y el señor Weston solamente había tenido tiempo de terminar de relatar por qué Frank se anticipó un día a lo previsto, y todavía su padre estaba dándoles la bienvenida y congratulándolos con sus solemnes frases cuando ella llegó para participar de la sorpresa, de las presentaciones y de la hermosa ilusión de esos instantes.

Ante ella, en persona, estaba Frank Churchill, de quien tanto se había comentado, que tanta expectación había generado... los presentaron y Emma pensó que los elogios que se habían realizado de él no fueron excesivos; era un muchacho extraordinariamente atractivo; a su elegancia, a su aspecto, a su manera de actuar no se les podía hacer ninguna crítica y, en conjunto, su apariencia recordaba mucho el buen temperamento y el ímpetu de su padre; daba la impresión de que era muy inteligente y tenía mucho talento. De inmediato, Emma se dio cuenta de que sería de su agrado; y en él vio una franqueza y sencillez en el trato y una destreza en la charla propias de alguien muy bien educado, que la convencieron de que él aspiraba a ganarse su amistad, y que pronto serían excelentes amigos.

La noche anterior había llegado a Randalls. Emma quedó muy satisfecha cuando vio el apuro por llegar que tuvo el muchacho y que le había hecho modificar el plan, encaminarse antes de lo planificado, hacer jornadas de viaje más intensas y más largas para ganar medio día.

—Ayer les decía —dijo el señor Weston lleno de emoción—, yo ya les dije a todos que antes del tiempo estipulado lo tendríamos a nuestro lado. Recordaba que yo lo hacía frecuentemente a su edad. Es que a paso de tortuga no se puede viajar; no se puede evitar que uno vaya mucho más rápido de lo que había pensado; y la ilusión de darles una sorpresa a nuestras amistades cuando no se lo esperan es mucho más valiosa que las pequeñas incomodidades que trae algo así.

—Ilusiona mucho poder sorprender a todos —dijo el muchacho—, a pesar de que no me arriesgaría a hacerlo en muchas casas, pero pensé que me lo podía permitir todo porque se trata de mi familia.

La frase "mi familia" hizo que su padre lo mirara plenamente satisfecho. Emma se convenció totalmente de que el muchacho sabía cómo hacerse agradable; y esta convicción se fortaleció escuchándolo hablar más. Elogió mucho a Randalls, dijo que era una casa perfectamente ordenada, no mencionó que era pequeña, ponderó su ubicación, el sendero de Highbury, el mismo Highbury, Hartfield todavía más, y afirmó que siempre sintió por la región el interés que solamente puede generar la propia tierra, y que siempre sintió mucha curiosidad por ir de visita. Por la mente de Emma cruzó de manera suspicaz la idea de que era raro que hubiese tardado mucho en cumplir este deseo, pero incluso si no era sincero, resultaba agradable, y era hábil y acertado. No parecía una persona amanerada o afectada. Su entusiasmo parecía completamente real y verdadero.

El tema de la charla, en general, fue el natural entre personas que se acaban de conocer. Él le preguntó si sabía montar a caballo, si le agradaba pasear por el campo, si tenía muchas amistades por esos alrededores, si estaba complacida de la vida social que podía brindarles un pueblo como Highbury —"He visto que hay casas hermosas por estos lugares"—, si hacían bailes, si realizaban veladas musicales...

Pero cuando vio satisfecha su curiosidad con respecto a todos esos puntos, y cuando su diálogo se hizo ya un poco más íntimo, el muchacho se las ideó para hallar la ocasión, al tiempo que sus padres hablaban solos aparte, para conversar de su madrastra y hacer de ella los más grandes halagos, declarándose su gran admirador y diciendo que sentía por ella mucho agradecimiento, debido a la dicha que le había dado a su padre y por la cálida bienvenida que le había dispensado a él, que venía a ser una evidencia más de que sabía cómo agradar... y de que, sin duda, creía que valía la pena tratar de acercarse a ella. No obstante, sus halagos jamás traspasaron lo que Emma sabía que la señora Weston merecía abundantemente, pero, por supuesto, él tampoco podía conocer mucho en referencia a ella. Lo que sí sabía era que sus palabras iban a ser agradables, pero era imposible que estuviera seguro de otras cosas más.

—El matrimonio de mi papá —dijo— fue una de sus decisiones más acertadas y dichosas; todos sus amigos deben estar felices; y la familia, gracias a la cual fue posible esta gran fortuna para mí, siempre será merecedora del mayor agradecimiento.

Por poco llegó a darle las gracias a Emma por las virtudes de la señorita Taylor, aunque sin parecer que no recordara totalmente que, lógicamente, era más normal imaginar que fue la señorita Taylor quien formó el temperamento de la señorita Woodhouse que la señorita Woodhouse el de la señorita Taylor. Y, finalmente, como resolviéndose a justificar su opinión atendiendo a todos y cada uno de los aspectos del asunto, expresó su sorpresa por la belleza y la juventud de su madrastra.

—Yo imaginaba —dijo— que se trataba de una mujer elegante y muy distinguida, pero confieso que, en el mejor de los casos, no esperaba que fuese más que una dama de cierta edad de buena apariencia, no suponía que la señora Weston era una muchacha tan hermosa.

—En mi opinión —dijo Emma— usted exagera un poco al hallar tantas perfecciones en la señora Weston; si usted descubriera que tiene dieciocho años, no le dejaría de dar la razón, pero no tengo dudas de que ella se molestaría con usted si supiera que dice cosas como esas. Trate de que no sepa que habla de ella como de una muchacha tan hermosa.

—Confío en que sabré ser prudente —contestó—; no, no tenga la menor duda (y cuando dijo esto hizo una cortés genuflexión) de que charlando con la señora Weston sabré a quién poder halagar sin arriesgarme de que se piense que soy inoportuno o exagerado.

Emma pensó si las mismas conjeturas que ella se había hecho con respecto a los efectos que podía generar el que los dos se conocieran, y que se habían adueñado totalmente de su espíritu, cruzaron en alguna ocasión por la mente de él; y si sus cumplidos debían interpretarse como muestras de aprobación o como un tipo de provocación. Definitivamente, tenía que conocerle más profundamente para saber qué es lo que se proponía, por ahora lo único que podía decir era que sus palabras eran muy agradables.

No tenía la más mínima duda de los planes que el señor Weston estuvo forjando sobre todo eso. Una y otra vez sorprendió su penetrante mirada fija en ellos con expresión de satisfacción, e incluso cuando él resolvía no mirar, Emma estaba completamente segura de que frecuentemente debía estar oyendo.

Era ya un hecho más tranquilizador el que su padre fuera completamente ajeno a cualquier idea de esa naturaleza, el que fuese totalmente incapaz de hacer tales conjeturas o de tener tales sospechas. Por suerte estaba tan lejos de aprobar su boda como de preverla... A pesar de que siempre ponía objeciones a todos los matrimonios, jamás padecía de antemano por el miedo de que llegara este instante; daba la impresión de que fuese incapaz de pensar tan mal de dos personas, fueran cuales fuesen, imaginando que pretendían contraer matrimonio, hasta que hubiera pruebas definitivas contra ellas. Emma bendecía esa ceguera tan oportuna y favorable. En esos instantes, sin tener que preocuparse por ninguna suposición poco agradable, sin llegar a predecir en el futuro ninguna posible traición por parte de su invitado, daba libre curso a su cortesía cordial y espontánea, interesándose honestamente por los problemas de hospedaje que tuvo Frank Churchill durante su viaje —con contrariedades tan penosas como el dormir en el camino dos noches—, preguntando con ansias si era cierto que no se había resfriado... lo que, a pesar de todo, él no pensaría totalmente seguro hasta después de haber pasado otra noche.

El señor Weston se puso de pie para marcharse, porque ya había pasado un tiempo razonable para la visita.

—Ya es tiempo de que me marche. Debo pasar por la hostería de la Corona para conversar de un heno que necesito, y la señora Weston me hizo muchos encargos para la tienda de Ford, pero no es necesario que alguien me acompañe.

Demasiado bien educado para agarrar la insinuación, su hijo también se puso de pie de inmediato diciendo:

—Al tiempo que te ocupas de todas esas cuestiones, yo aprovecharía la oportunidad para realizar una visita que debo hacer un día u otro, y de esa manera puedo quedar bien hoy mismo. Tuve el gusto de conocer a un vecino suyo —dirigiéndose a Emma—, una señora que habita en Highbury, o cerca de aquí; una familia de apellido Fairfax. Imagino que no tendré problemas en hallar la casa; a pesar de que creo que no se apellidan exactamente Fairfax... es algo así como Barnes o Bates. ¿Usted conoce alguna familia con ese apellido?

—¡Por supuesto! —dijo su padre—; la señora Bates... al pasar por delante de su casa vi que la señorita Bates se encontraba asomada a la ventana. Verdad, verdad que conoces a la señorita Fairfax; recuerdo que la conociste en Weymouth, y es una joven excelente. Sobre todo no debes dejar de visitarla.

—No es preciso que las visite esta misma mañana —dijo el muchacho—; puedo ir otro día cualquiera, pero nos hicimos tan amigos en Weymouth que...

—Nada, nada, debes ir hoy mismo; no tienes por qué posponer la visita. Jamás es muy pronto para hacer lo que debe hacerse. Y además, Frank, debo darte un consejo, aquí debes poner mucha atención en evitar todo lo que parezca una descortesía para con ella. Cuando la conociste, ella vivía con los Campbell y se encontraba al mismo nivel de todas las personas que se relacionaban con ella, pero está aquí con su abuela, que es una viejita pobre que apenas tiene lo esencial para vivir. Es decir, que si pronto no la visitas le harás un desprecio.

Frank pareció quedar plenamente convencido. Emma comentó:

—Ya le he escuchado hablar de su amistad, es una muchacha muy elegante.

Él accedió, pero con un "sí" tan conciso que casi hizo que Emma dudara de que este fuera su criterio; y no obstante, en el gran mundo se debía tener una idea muy diferente de la elegancia si Jane Fairfax solamente era considerada como una muchacha corriente.

—Si antes de este momento jamás le habían llamado la atención sus modales y maneras —dijo ella—, pienso que hoy le sorprenderán. La podrá ver en un ambiente que le da más esplendor; mirarla y escucharla... bueno, a pesar de que me temo que no le escuchará decir ni una sílaba, porque tiene una tía que no deja de hablar ni un instante.

—¿De manera que usted conoce a la señorita Jane Fairfax? —dijo el señor Woodhouse, siempre el último en tomar parte en la charla—; entonces déjame afirmarle que le parecerá una muchacha muy encantadora y agradable. Ella está pasando aquí una temporada, en casa de su tía y de su abuela, personas muy bondadosas, las conozco de siempre. Se pondrán muy felices de verle, no tengo duda, y uno de mis sirvientes lo acompañarán para mostrarle el camino.

—¡Señor Woodhouse, por Dios, de ningún modo, no faltaba más! Me guiará mi papá.

—Pero su papá no irá tan lejos, irá solamente a la Corona, que se encuentra al otro lado de la calle, y por ese sector hay muchas casas y es sencillo equivocarse, usted se puede desorientar, y se va a perder de caminar por allí si no atraviesa por el mejor paso, pero mi cochero le podrá señalar el mejor lugar para atravesar la calle.

Frank Churchill continuó sin aceptar la oferta, con toda la seriedad que le era posible, y su papá lo ayudó diciendo:

—¡Pero si es totalmente innecesario, mi querido amigo! Frank no es tan bobo como para meterse en un pantano sin mirarlo, y en un instante desde la Corona puede llegar a casa de la señora Bates.

Los dejaron irse solos, y con un amable gesto de la cabeza por parte de uno y una encantadora reverencia por parte del otro, ambos caballeros se despidieron. Emma quedó muy satisfecha con el inicio de esta amistad y, a partir de ese momento, a cualquier hora del día que pensara en la familia de Randalls, estaba totalmente segura de que todos sus miembros eran dichosos.

Capítulo XXIV

Frank Churchill se presentó de nuevo allí a la mañana siguiente. En esta ocasión fue con la señora Weston, por quien, al igual que como Highbury, parecía sentir mucho cariño. Los dos estuvieron conversando amistosamente en su casa hasta la hora en que se acostumbraba dar un paseo; y cuando el muchacho tuvo que decidir la dirección que tomarían, de inmediato se decidió por Highbury.

—Él ya sabe que caminando en todas direcciones pueden darse muy gratos paseos, pero si se le da a decidir siempre elige lo mismo. Sobre él ejerce Highbury, ese aireado, alegre y feliz Highbury, una atracción permanente...

Para la señora Weston, Highbury significaba Hartfield; y ella esperaba que para su acompañante también lo fuese así. Y encaminaron directamente sus pasos hacia allá.

Emma no los estaba esperando, porque el señor Weston, quien les hizo una muy rápida visita de medio minuto, justo el tiempo de escuchar que su hijo era muy apuesto, no conocía sus planes; y por lo tanto para la muchacha fue una grata sorpresa verlos aproximarse juntos a la casa, tomados del brazo. Estuvo deseando verlo nuevamente y, sobre todo, verlo acompañado de la señora Weston, ya que de su actuación con su madrastra dependía el juicio que se formaría de él. Si en este punto cometía un error, nada de lo que hiciera lo podría justificar ante ella. Pero cuando los vio juntos quedó completamente complacida... No era solamente con excelentes palabras ni con elogios hiperbólicos como cumplía sus deberes; nada podía ser más conveniente ni más grato que su manera de actuar con ella... nada podía evidenciar más agradablemente su deseo de ser su amigo y de ganarse su cariño; y Emma tuvo bastante tiempo para formarse una opinión más completa, ya que su visita se prolongó durante todo el resto de la mañana. Dieron un paseo los tres juntos de una o dos horas, primero por los sembradíos de árboles de Hartfield y después por Highbury. El muchacho se mostraba fascinado con todo lo que veía; su total admiración por Hartfield hubiera sido suficiente para llenar de felicidad al señor Woodhouse; y cuando resolvieron extender el paseo, manifestó su deseo de que le explicaran todo lo referente al pueblo, y encontró razones de elogio y de interés mucho más frecuentemente de lo que Emma hubiera podido imaginar.

Unas de las cosas que estimulaban su curiosidad evidenciaban que era un muchacho de buenos sentimientos. Solicitó que le mostraran la casa en la que su padre había vivido durante tanto tiempo, y que fue también la casa de su abuelo paterno; y al saber que una anciana que fue su nana todavía vivía, caminó toda la calle de un lado al otro buscando su cabaña y, a pesar de que algunas de sus preguntas y de sus comentarios no tenían ningún mérito particular, en general demostraban muy buena voluntad para todo Highbury, lo cual para las personas que estaban con él era algo muy parecido a una virtud.

Emma, que lo analizaba, decidió que con sentimientos como esos con los que ahora se expresaba no podía imaginarse que por su propia voluntad hubiera estado tanto tiempo lejos de allí; que no había estado simulando ni haciendo ostentación de frases poco sinceras y que, sin duda, el señor Knightley no fue justo con él.

Su visita inicial fue para la Hostería de la Corona, una hostería de no mucha importancia, a pesar de que era la principal en su ramo, donde tenían dos pares de caballos de refresco para el correo, aunque más para los requerimientos del vecindario que para la movilización de carruajes que había por el sendero; y sus acompañantes no esperaban que allí el muchacho se sintiese especialmente interesado por nada; pero cuando entraron le contaron la historia del gran salón que a primera vista se observaba que fue agregado al resto del edificio; hacía ya muchos años se había construido con el objetivo de ser utilizado como sala de baile, y así había sido mientras en el pueblo hubo muchos fanáticos de este entretenimiento, pero tan esplendorosos días quedaron atrás y actualmente servía solamente para alojar a un club de *whist* que formaron los señores y los medios señores de la región. De inmediato, el muchacho se interesó por aquello. Le llamó la atención que eso hubiera sido una sala de baile y, en lugar de seguir adelante, durante unos minutos se paró ante el marco de las dos ventanas de la parte alta, abriéndolas para asomarse y ver la capacidad del local y luego quejarse de que ya no se utilizara para la finalidad con la que fue diseñada. En la sala no encontró ningún defecto y no aceptó ninguno de los que ellas le comentaron. No, era lo bastante larga, lo bastante ancha y también lo suficientemente bien decorada. Las personas necesarias podían reunirse allí cómodamente. Durante el invierno deberían organizarse bailes por lo menos cada dos semanas. ¿Pero por qué la señorita Woodhouse no hacía que ese salón conociera nuevamente tiempos tan esplendorosos como los de antes? ¡Sí, ella que todo lo podía en Highbury! Se le señaló que en el pueblo no había suficientes familias de buena posición social y que no era seguro que alguien que no fuera del pueblo o de sus alrededores se aventurara a asistir a esos bailes, pero él seguía insistiendo. No se podía convencer de que con tantas bellas casas como vio en el pueblo no se pudiera reunir un número suficiente de personas para una velada de esa naturaleza; e incluso al dársele detalles y describírsele las familias, todavía se resistía a aceptar que el mezclarse con esa clase de gente fuera un inconveniente o que, a la mañana siguiente, habría problemas para que cada cual regresara al sitio que le correspondía. Argumentaba como un muchacho apasionado de la danza; y Emma más bien quedó asombrada cuando notó que el temperamento de los Weston predominaba de una manera tan evidente sobre los hábitos de los Churchill. Daba la impresión de que tenía toda la vitalidad, la emoción, la alegría y las inclinaciones sociales de su padre, y absolutamente nada del orgullo o de la prudencia de Enscombe. Lo cierto es que quizá de orgullo tenía muy poco; la poca importancia que le daba a vincularse con gente de otra clase lindaba casi con la falta de valores. No obstante, no se daba todavía plena cuenta de aquel riesgo al que daba tan poco valor. Eso no era más que una diversión de su inmensa fuerza de vida.

Finalmente lo convencieron para apartarse de la fachada de la Corona; y al encontrarse en ese momento casi enfrente de la casa de las Bates, Emma se acordó que el día anterior él quería hacerles una visita, y le preguntó si había realizado su plan.

—Sí, sí, por supuesto —contestó—; justamente ahora iba a comentar sobre ello. Una visita muy grata... Se encontraban las tres; y fue muy útil para mí la información que usted me dio, si esa señora tan habladora me hubiera cogido completamente desprevenido, le juro que hubiese sido mi muerte; y a pesar de todo me vi forzado a permanecer mucho más tiempo del que había previsto. Una visita de diez minutos era oportuna y necesaria... y yo le había dicho a mi papá que estaría de vuelta en casa antes que él; pero no había manera de marcharme, no se hizo ni la más mínima pausa; y figúrese cuál sería mi sorpresa cuando mi papá, al no encontrarme en ningún otro lugar, finalmente me vino a buscar, y noté que había estado allí casi tres cuartos de hora; antes de ese instante la bondadosa señora no me dio la oportunidad de huir.

—¿Y la señorita Jane qué impresión le causó?

—Uff, mala, muy mala... o sea, si no es muy descortés comentar de una señorita que genera mala impresión. Pero su apariencia es verdaderamente inaceptable, ¿no cree, señora Weston? Una señorita no puede tener ese aspecto tan débil y enfermizo. Y, sinceramente, la señorita Fairfax está tan empalidecida que casi parece que no goza de buena salud... Una ausencia de vitalidad deplorable.

Pero Emma no estaba de acuerdo con él y comenzó a defender apasionadamente el saludable semblante de la señorita Jane.

—Es verdad que jamás parece que rebosa salud, pero de allí a decir que tiene un color pálido y enfermizo hay un abismo; y su tez tiene una delicadeza y una suavidad que le dan una elegancia especial a su semblante.

Con cordial atención él la oía; aceptaba que había escuchado comentar lo mismo a muchas personas... sin embargo, a pesar de todo, debía decir que en su opinión nada podía compensar la ausencia de una apariencia saludable. La salud y la lozanía le daban realce e incluso hermosura a la persona cuando la belleza no era excesiva; y cuando se daban juntas la belleza y la salud... en este caso, agregó con galantería, no era necesario describir cuál era el efecto que provocaban.

—Bueno —dijo Emma—, no hay nada escrito sobre gustos... Pero por lo menos, con excepción del color de rostro, se puede decir que le produjo buena impresión.

El muchacho sacudió la cabeza y se rio:

—Sin tener en cuenta este hecho no sabría dar una opinión sobre la señorita Jane Fairfax.

—¿Usted la veía frecuentemente en Weymouth? ¿En los mismos círculos sociales se encontraban a menudo?

En ese instante se estaban aproximando a la tienda de Ford, y él se dio prisa en comentar:

—Esta debe ser la tienda a la que, según dice mi papá, vienen todas las personas cada día sin falta. Me comenta que de cada semana seis días viene a Highbury y tiene algo que hacer aquí siempre. Si ustedes no tienen problema quisiera entrar para demostrarme a mí mismo que soy del pueblo, que soy un auténtico ciudadano de Highbury. Debo hacer unas compras. Me doy por vencido, renuncio a mi independencia de opinión... Imagino que venden guantes ¿no?

—¡Oh, sí! Guantes y todo lo que usted desee. Definitivamente admiro su patriotismo. En Highbury lo amarán. Antes de que llegara al pueblo ya era muy popular por ser el hijo del señor Weston... pero tendrá mucha más popularidad de la que merece por sus virtudes si deja media guinea en casa Ford.

Entonces entraron en la tienda, y mientras traían y desplegaban sobre el mostrador los suaves y bien envueltos paquetes de *Men's Beavers* y *York Tan*,[10] el muchacho dijo:

—Señorita Woodhouse, le suplico que me disculpe, usted me estaba hablando, ¿qué me dijo en el instante de mi estallido de *amor patriae?* ¿Me lo podría repetir si es tan amable? Le juro que por mucho que se incrementara mi buen nombre en el pueblo, no me reconfortaría de la pérdida de un solo gramo de dicha en mi vida privada.

—Solamente le preguntaba si trató mucho en Weymouth a la señorita Jane.

—Ahora que comprendo su pregunta, debo asegurarle que me parece muy delicada. El derecho de decidir el nivel de amistad que se tiene con un caballero siempre se les otorga a las damas. La señorita Jane ya debe haber dado su opinión sobre el asunto. No voy a ser tan imprudente como para arriesgarme a adjudicarme más del que ella haya decidido brindarme.

—Le aseguro que responde usted con tanta prudencia y discreción como ella misma podría hacerlo. Pero siempre que ella habla de algo lo hace de una forma tan confusa e imprecisa, es tan callada y reservada, se resiste tanto a dar la menor información con respecto a cualquier persona, que pienso que usted puede decirnos lo que quiera en referencia a su amistad con ella.

—¿En serio? Entonces les comentaré la verdad, y nada me satisface tanto como hacerlo. En Weymouth la veía a menudo. En Londres yo tuve cierto trato con los Campbell; y en Weymouth solíamos frecuentar los mismos círculos sociales. El coronel Campbell es un caballero muy agradable y educado, y la señora Campbell una señora muy gentil y muy amable. Siento un gran cariño por ellos.

10 Se trata de dos especialidades de guantería: *Men's Beavers* debían de ser guantes de piel de castor para uso masculino; *York Tan* otra clase de guantes de piel curtida.

—Imagino entonces que usted conocerá la situación de la señorita Jane, la clase de vida que le aguarda.

—Sí, por supuesto —respondió vacilando—, creo que estoy enterado de absolutamente todo.

—Emma —dijo la señora Weston con una sonrisa—, esos son asuntos muy delicados, no olvides que yo estoy aquí. Frank apenas sabe qué contestar cuando le hablas de la situación de la señorita Jane. Me alejaré un poco, si no te importa.

—Lo cierto es que me olvido de pensar que estás ahí —dijo Emma—, porque para mí jamás has sido algo distinto que mi amiga, la mejor de todas mis amigas, sin duda alguna.

El muchacho pareció entender todo el sentido de las palabras de Emma y rendir homenaje a sus sentimientos. Y nuevamente en la calle, después de comprados los guantes, Frank Churchill preguntó:

—¿Ha escuchado tocar en alguna ocasión a la señorita de la que estábamos comentando?

—¿Si la he escuchado tocar? —interrogó a su vez Emma—. Usted olvida que ella ha permanecido muchas temporadas en Highbury. La he escuchado todos y cada uno de los años de nuestra existencia desde que ambas comenzamos a estudiar música. Toca de un modo fascinante.

—¿Realmente lo piensa así? Yo tenía mucho interés por saber el criterio de alguien que pudiera juzgar del tema, pero con conocimiento. A mí me daba la impresión de que tocaba bien, es decir, con mucho gusto y con destreza, pero yo no comprendo nada de estos asuntos... Me encanta la música y soy muy aficionado a ella, pero creo que soy un profano, y no me siento con derecho a criticar a nadie... Siempre que la escuchaba tocar me quedaba embelesado; y recuerdo una vez en que me di cuenta de que la consideraban una excelente intérprete: un caballero que conoce mucho de música, y que estaba enamorado de otra señorita... estaban comprometidos y faltaba muy poco tiempo para el matrimonio... ya que este señor prefería siempre que fuera la señorita Jane la que tocara en lugar de su novia... jamás parecía tener interés en escuchar a la una si podía escuchar a la otra. Yo pensé que eso era muy significativo en un hombre que sabe mucho de música.

—Por supuesto que sí —dijo, muy divertida, Emma—. El señor Dixon sabe muchísimo de música, ¿cierto? Nos enteraremos en media hora de más cosas de todos ellos gracias a usted que las que en medio año la señorita Jane nos ha dicho.

—Sí, el señor Dixon y la señorita Campbell eran las personas a que me refería; y yo pensé que era una prueba irrebatible.

—Claro, pienso que lo es, para serle franca, demasiado irrebatible para que, si yo hubiera sido la señorita Campbell, la hubiese admitido de buen ánimo. No hallaría excusas para un hombre que estuviera más atento a la música que al amor... que tuviera más oído que ojos... una sensibilidad más avivada para los sonidos melodiosos que para mis emociones y sentimientos. ¿Entonces cómo actuó la señorita Campbell?

—¿Sabe usted? Era su amiga íntima,

—¡Vaya consolación! —dijo Emma riendo—. Yo escogería verme relegada por una mujer extraña que por una amiga... por lo menos con una que no conozco existe la probabilidad de que algo así no ocurra otra vez... pero lo doloroso es que una íntima amiga está al lado de nosotros siempre, y si de paso todo lo hace mejor que una misma... ¡Oh, pobre señora Dixon! Bueno, me contento mucho de que haya resuelto vivir en Irlanda.

—Usted tiene mucha razón. Para la señorita Campbell no era agradable ni muy halagador, pero lo cierto es que daba la impresión de que ella no lo notaba.

—Mucho mejor... o peor... La verdad es que no lo sé. Pero tanto si era por dulzura de temperamento como por bobería, porque siente la amistad profundamente o porque es corta de mente, en mi opinión había alguien que debería haber notado todo aquello: la misma señorita Jane. Era ella quien debía percibir lo inadecuado y lo arriesgado de las preferencias de que era objeto.

—Por lo que a ella respecta, no creo que...

—Oh, no piense que espero que usted u otra persona me describa cuáles son los sentimientos de la señorita Jane. Ya imagino que nadie los conoce, con excepción de ella misma. Pero si continuaba tocando siempre que se lo solicitaba el señor Dixon, cada cual puede imaginar lo que desee.

—Daba la impresión, aparentemente, de que todos vivían en armonía —comenzó a decir apresuradamente, pero de inmediato agregó como corrigiéndose—: a pesar de que no me sería posible saber con exactitud en qué términos se encontraba su amistad... conocer todo lo que detrás de estas apariencias pudiera haber. Solamente puedo decir que exteriormente no parecía haber problemas. Pero usted que conoce a la señorita Jane desde la infancia debe poseer más elementos que yo para opinar sobre ella y juzgarla y para predecir cómo puede actuar en una situación de crisis.

—Por supuesto, la conozco desde que éramos pequeñas, juntas fuimos niñas y después mujeres; y es lógico imaginar que somos amigas íntimas... que nos hemos visto frecuentemente siempre que visitaba a sus amigas. Pero jamás ha sucedido de esa manera. Y de verdad no sabría explicarle exactamente por qué; tal vez haya influido un poco algo de perversidad mía que me ha conducido a sentir antipatía por una joven tan adorada y tan elogiada como ha sido ella siempre, por su abuela, por su tía y por todas las personas de su círculo social. Por otro lado está su reserva... jamás he logrado ser amiga de alguien que fuera tan excesivamente reservado y prudente.

—Verdaderamente —dijo él— es un rasgo de temperamento poco agradable. Frecuentemente, sin duda, es muy adecuado, pero jamás es grato. La prudencia ofrece seguridad, pero no es llamativa. Es imposible amar a una persona demasiado reservada.

—No, hasta que con respecto a uno abandone esta reserva, y entonces puede ser mayor la atracción. Pero por lo que a mí se refiere, hubiera debido tener mucho más necesidad de una amiga, de una compañera grata, de la que he tenido, para molestarme en tratar de conquistar la reserva de alguien. Es completamente impensable una amistad íntima entre la señorita Jane y yo. Yo no tengo razones para pensar mal de ella... ni una sola razón... pero esa permanente y excesiva prudencia en el hablar y en el actuar, ese miedo a dar un juicio claro sobre cualquier persona despierta sospechas de que tiene algo que esconder.

El muchacho estuvo completamente de acuerdo con ella y, después de haber paseado juntos por largo rato y de haberse dado cuenta de que coincidían en muchas cosas, Emma se sintió tan vinculada y familiarizada con Frank que apenas podía creer que era solamente la segunda ocasión que lo veía. No era precisamente como ella había imaginado; en algunas de sus ideas era menos terrenal, menos niño consentido del destino y de la fortuna y, por lo tanto, mucho mejor de lo que ella suponía. Sus sentimiento parecían más afectuosos y sus ideas más moderadas. Lo que más la asombró fue su comportamiento ante la casa del señor Elton, que al igual que la iglesia estuvo observando por todos los lados, sin que les diera la razón en hallarle muchos defectos. No, él no estaba de acuerdo en que esa casa tuviera tantos problemas; no era una residencia como para compadecer a su propietario. En su opinión, si tuviera que ser compartida con la mujer amada, ningún hombre podía ser compadecido por vivir allí. Obligatoriamente debía tener cuartos grandes que serían verdaderamente cómodos. El hombre que requiriera algo más tendría que ser un estúpido.

La señora Weston se rio, y le dijo que no sabía lo que decía. Que estaba habituado a vivir en una casa grande y que jamás se había detenido a pensar en los muchos beneficios y comodidades que significaba disponer de mucho espacio, y que por esa razón no era la persona más idónea para opinar con respecto a las limitaciones propias de una residencia muy pequeña. Pero, en su interior, Emma se dio cuenta que el muchacho sabía muy bien lo que decía y que evidenciaba una grata inclinación a contraer matrimonio muy pronto, y ello por razones elevadas. Quizá no se daba cuenta de los inconvenientes que obligatoriamente iban a alterar la paz del hogar: el no tener una habitación para el ama de llaves o el que la despensa del mayordomo no tuviera las condiciones adecuadas, sin embargo, notaba, sin ninguna duda, que Enscombe no podía hacerle dichoso y de que renunciaría con mucho gusto, cuando se enamorara, a muchas comodidades y lujos con tal de poder contraer matrimonio rápidamente.

Capítulo XXV

Al día siguiente, el excelente juicio que Emma se había formado de Frank Churchill sufrió un duro revés cuando escuchó que el muchacho se había marchado a Londres sin más finalidad que la de hacerse cortar el cabello. Repentinamente, a la hora del desayuno, tuvo ese capricho, había mandado a buscar una silla de postas y partió con la intención de regresar a la hora de la cena, pero sin alegar razón de más importancia que la de que le cortaran el cabello. Por supuesto no había nada malo y nada criticable en que recorriera dos veces una distancia de veinticinco kilómetros con este objetivo, pero significaba una afectación tan caprichosa y exagerada que ella no podía estar de acuerdo. Eso no coincidía con la madurez de ideas, la moderación en los gastos e incluso la gentil afectuosidad ajena a toda vanidad que pensó observar en él el día antes. Eso significaba extravagancia, engreimiento, afición a las transformaciones bruscas, inestabilidad de temperamento, esa intranquilidad de algunas personas que siempre deben estar haciendo algo, bueno o malo; falta de atención a su padre y a la señora Weston, e indiferencia para la manera en que su actuación pudiera ser juzgada por los otros; se hacía merecedor de todos estos señalamientos. Su papá se limitó a llamarlo tonto y a tomar a broma lo ocurrido, pero la señora Weston quedó muy molesta y ello se vio claramente en el hecho de que trató de cambiar el tema de conversación rápidamente y solamente comentó que "todos los muchachos tienen sus manías".

Emma, con excepción de esta pequeña falla, pensaba que hasta ese momento solamente podía juzgar de manera muy favorable la conducta de Frank. La señora Weston repetía incansablemente lo amable y atento que era siempre con ella y las muchas virtudes que, en conjunto, tenía. Era de temperamento muy sociable, abierto, alegre y vivaz; no veía nada de malo en sus valores, y sí en cambio mucho de inequívocamente bondadoso; hablaba de su tío con mucho cariño, le agradaba nombrarle en su conversación... decía que sería el hombre más bondadoso y generoso de la tierra si le dejaran actuar según su manera de ser y, a pesar de que no sentía igual afecto por su tía, no dejaba de aceptar con agradecimiento lo buena que había sido con él, y parecía que se había propuesto hablar siempre de ella respetuosamente. Todo ello forzaba a brindarle un margen de confianza, y solamente por la desafortunada fantasía de cortarse el cabello no podía pensarse que era indigno de la alta estima que en su interior Emma le tenía; estima que si no era precisamente un sentimiento de amor por él, estaba muy próxima a serlo, y cuyo único inconveniente era su terquedad (todavía se mantenía firme en su resolución de no contraer matrimonio jamás)... estima que, en conclusión, se traducía en el hecho de que Emma pensaba que estaba por encima de todos los otros hombres que conocía.

El señor Weston, por su lado, agregaba a las cualidades de su hijo una virtud que tampoco dejaba de tener su valor e importancia: le dejó entrever a Emma que Frank la admiraba excepcionalmente... que pensaba que ella era muy atractiva y encantadora y, por lo tanto, con tantos elementos a su favor Emma creía que no debía criticarle tan duramente. Como comentó la señora Weston, "todos los muchachos tienen sus manías". Sin embargo, no todas sus nuevas amistades del condado se mostraban tan benevolentes. En las parroquias de Donwell y Highbury, en general, se lo juzgaba sin malicia; no se tomaban mucho en cuenta las pequeñas extravagancias de un muchacho tan atractivo... siempre amable y siempre sonriente con todas las personas; pero había alguien que no se suavizaba de manera tan fácil, a quien sonrisas y reverencias no hacían cambiar su actitud crítica: el señor Knightley. En Hartfield le fue comentado el hecho; no dijo nada por el momento, pero luego, casi de inmediato, Emma le escuchó decir para sí mismo, al tiempo que se inclinaba sobre el periódico que tenía entre las manos:

—Hum, no estaba equivocado al imaginar que era un cretino y un presumido.

Emma por poco le contestó, pero de inmediato notó que esas palabras solamente habían sido un desahogo y que no eran para provocar, por lo que las dejó sin respuesta.

A pesar de que por un lado eran portadores de malas noticias, la visita que esa mañana les hicieron la señora y el señor Weston en otro aspecto no pudo ser más acertada. Mientras ellos se encontraban en Hartfield sucedió algo que hizo que Emma requiriera su consejo; y se dio la dichosa casualidad de que necesitaba justamente la misma recomendación que le dieron ellos.

Todo sucedió de la siguiente forma: Ya hacía varios años que los Cole se instalaron en Highbury, y eran excelentes personas... amables, generosas y sencillas; pero, por otro lado, eran de origen humilde, de familia de comerciantes y no muy refinados en sus modales y en su educación. Cuando llegaron por primera vez a la provincia, siempre se ajustaban a sus posibilidades económicas llevando una vida tranquila, teniendo muy poco roce social y, dentro de ese poco roce, sin grandes derroches; pero en los últimos dos años su fortuna se incrementó de manera considerable... su negocio de Londres les dio más beneficios y, en general, se podía decir que la suerte les había sonreído. Y cuando se vieron con más dinero, aumentaron sus ambiciones, sintieron la necesidad de tener una casa más grande y cómoda y pensaron que era adecuado tener más roce social. Ampliaron la casa, incrementaron el número de sirvientes y en todas las áreas sus gastos se multiplicaron; y en esa época en riqueza y en tren de vida solamente eran superados por la familia de Hartfield; su deseo de compartir y su comedor nuevo hicieron imaginar a todos que no tardarían en tener invitados y, efectivamente, había habido ya unas invitaciones, sobre todo a caballeros solteros. Pero Emma pensaba que no eran tan audaces como para arriesgarse a invitar a las familias más antiguas y de más nivel, como las de Donwell, Hartfield o Randalls. Nunca se hubiese decidido a aceptar una invitación suya, aunque los otros lo hicieran; y solamente se quejaba de que al ser conocidos de todos los hábitos de su padre, ello restara significado a su negativa. A su manera, los Cole eran muy respetables, pero debía demostrárseles que no eran ellos quienes establecían las normas y las condiciones en las que las familias de más nivel les irían a visitar. Y Emma sentía temor de que esta lección solamente podrían recibirla de ella misma; del señor Knightley no podía esperar mucho y del señor Weston, nada.

Pero tantas semanas antes de que el tema se plantease se había preparado para afrontar esta suposición y, cuando finalmente llegó, la ofensa la afectó de una manera muy distinta. En Donwell y en Randalls recibieron una invitación, pero no llegó ninguna para su padre y para ella; y la explicación que dio la señora Weston ("Imagino que con ustedes no se tomarán esa libertad, ya saben que jamás comen fuera de casa"), no fue suficiente en absoluto. Notaba que hubiese preferido poder decirles que no; y después, como todos los que se reunirían en casa de los Cole eran justamente sus amigos más íntimos, comenzó a darle vueltas y más vueltas al asunto y finalizó sin estar ya muy segura de que no se hubiera visto tentada a aceptar. Entre los invitados estaba Harriet, y también las Bates. Mientras daban un paseo por Highbury el día anterior estuvieron conversando de ello, y Frank lamentó intensamente su ausencia. ¿No era posible que la reunión finalizara con un baile?, había preguntado el muchacho. La sola probabilidad de que fuese así solamente contribuyó a enojar más a Emma, y el hecho de que la abandonaran en su orgullosa soledad, incluso imaginando que la omisión debiera ser interpretada como un halago, para ella era un consuelo egoísta.

Y justamente fue la llegada de esta invitación, cuando los Weston se encontraban en Hartfield, lo que hizo que fuera tan útil su presencia, porque a pesar de que sus primeras palabras al leerla fueron "por supuesto no hay que aceptarla", se apuró en preguntarles qué le aconsejaban ellos, que su consejo de que no rechazara la invitación fue más decisivo y contundente.

Emma reconoció que, teniendo en cuenta todas las situaciones, no dejaba de sentir alguna tendencia a aceptar. Con tanta sutileza se habían expresado los Coles, habían puesto tanta atención en la forma de hacer la invitación, evidenciaba tanta consideración para con su padre... "Antes hubiéramos solicitado el honor de su agradable compañía, pero estábamos esperando que nos mandaran un biombo que encargamos en Londres y que confiamos protegerá al señor Woodhouse de las corrientes de aire, imaginando que ello ayudaría a hacerle otorgar la autorización y a brindarnos de esa manera el agradable placer de su presencia...". Debido a esto Emma se mostró muy inclinada a dejarse convencer, y después de convenir de forma muy rápida entre ellos cómo se podría realizar el plan sin molestar a su padre —seguro se podía contar con la señora Goddard, o si no con la señora Bates, para que le acompañaran—, se le dijo al señor Woodhouse que, con la aprobación de su hija, querían aceptar una invitación para cenar fuera de casa un día que ya estaba cercano, lo cual quería decir que se vería privado de su hija durante unas cuantas horas. Emma prefería que su padre no creyera que era posible la idea de que él también podría ir; la velada finalizaría muy tarde y habría mucha gente. De inmediato, el bondadoso señor se resignó.

—Ya saben que no soy nada aficionado a esas invitaciones a cenar —dijo—, jamás lo he sido. Y tampoco Emma. Para nosotros no se hizo el trasnochar. Lamento que la señora y el señor Cole tuvieran esta idea.

Yo opino que hubiese sido preferible que vinieran cualquier tarde del próximo verano después de comer y tomaran el té con nosotros... y después hubiéramos paseado juntos; eso no les hubiera significado ningún esfuerzo, porque nuestro horario es muy regular, y todos hubiéramos podido estar de vuelta en casa sin tener que exponernos al sereno de la noche. La humedad de una noche de verano es una cosa a lo que yo no desearía exponer a nadie. Pero debido a que tienen muchos deseos de que Emma cene con ellos, y como ustedes dos estarán allí y el señor Knightley también, estoy seguro de que cuidarán de ella... yo no le prohibiré que vaya con tal de que el tiempo esté como debe estar, ni frío ni con mucho viento ni húmedo.

Después, dirigiéndose a la señora Weston, con una mirada de sutil recriminación, agregó:

—¡Ah, señorita Taylor! Si no hubiera contraído matrimonio se hubiese quedado conmigo en casa.

—Bueno —dijo el señor Weston—, ya que fui yo quien me llevé de aquí a la señorita Taylor, entonces yo seré el responsable de hallarle una sustituta, si es que lo logro; si a usted le parece bien, puedo ir en un instante a ver a la señora Goddard.

Pero la idea de hacer algo "en un instante" no solamente no tranquilizaba sino que incrementaba la angustia del señor Woodhouse. En cambio, ellas sabían cuál era la mejor solución. De allí no se movería el señor Weston, y todo se llevaría a cabo de una manera más pausada y serena.

Cuando se esfumaron las prisas, el señor Woodhouse no tardó en recobrarse lo suficiente como para hablar nuevamente con total naturalidad.

—Me gustaría hablar con la señora Goddard; siento mucho cariño por la señora Goddard. Emma podría enviarle una nota e invitarla. James podría llevarla. Pero antes que todo hay que responder a la señora Cole por escrito. Tú, Emma querida, ya me excusarás todo lo amablemente que sea posible. Coméntale que soy un auténtico inválido, que no voy a ningún lugar y que por lo tanto me veo obligado a no aceptar su gentil invitación; debes comenzar presentándole mis respetos, por supuesto. Pero estoy seguro de que tú lo harás todo excelentemente; no requiero decirte lo que debes hacer. Debemos recordarnos de decir a James que para el martes necesitaremos el coche. Si vas con él no tengo ningún temor de que te ocurra algo. Pienso que desde que se hizo el nuevo camino solamente hemos ido por allí en una ocasión, pero a pesar de todo estoy completamente seguro de que conduciendo James no te va a suceder nada; y cuando llegues allí debes decirle a qué hora quieres que te vaya a buscar, y sería preferible que no fuera muy tarde. Ya sabes que a ti no te agrada trasnochar. Ya estarás muy cansada cuando termines de tomar el té.

—Pero, papá, no desearás que me marche antes de sentirme ago tada, ¿no?

—¡Oh, pequeña mía, por supuesto que no! Pero te sentirás agotada de inmediato. Habrá muchas personas que hablarán al mismo tiempo. A ti no te gusta el ruido, Emma.

—Pero, apreciado amigo —dijo el señor Weston—, si Emma se marcha temprano toda la velada se terminará.

—Pues no veo que nadie salga dañado porque se termine pronto —dijo el señor Woodhouse—. Una reunión de esas cuanto antes finalice mejor.

—Pero solamente piense usted en el efecto tan malo que eso generaría en los Cole; podría parecer como un desprecio y una ofensa el que Emma se marchara inmediatamente después del té. Son personas muy buenas y no creo que sean excesivamente susceptibles; pero, a pesar de todo, deben pensar que el que alguien se marche con tanto apuro no es hacerles un gran halago, y si fuese la señorita Woodhouse la que lo hiciera, se notaría más que cualquier otro de la velada. Y no tengo dudas de que usted no quiere hacer un desaire y preocupar a los Cole; siempre han sido buenas personas, muy amables y gentiles, y han sido sus vecinos en estos últimos diez años.

—No, no, señor Weston, no aceptaría algo así por nada del mundo, le doy las gracias por habérmelo hecho ver. Me caería muy mal provocarles un enojo. Estoy seguro de que son personas muy dignas. Perry me ha comentado que el señor Cole jamás prueba ningún tipo de cerveza. Al verlo nadie lo diría, pero sufre de la bilis... Es muy bilioso el señor Cole. No, por supuesto, no puedo aceptar que por culpa mía tenga una molestia. Emma querida, debemos tener en cuenta esto. Estoy resuelto: antes que arriesgarnos a ofender al señor y a la señora Cole es preferible que te quedes hasta algo más tarde de lo que tú hubieras deseado. Intenta que no se te vea el agotamiento. No debes preocuparte por nada, recuerda que te encontrarás entre amigos.

—Por supuesto que no, papá. Por mí no tengo ningún temor, y yo, si no fuera por ti, no tendría ningún problema en quedarme hasta que se fuera la señora Weston. Solamente me angustia que me esperes durante mucho tiempo. Estoy segura de que estarás muy a gusto con la señora Goddard. A ella le encanta jugar a los cientos,[11] ya lo sabes, pero cuando

11 El "juego de los cientos" —en inglés llamado *piquet* o *picket* en su forma más britanizada— es un juego de naipes para dos personas en el que intervienen treinta y dos cartas; resulta ganador el primero que consigue apuntarse cien puntos.

ella regrese a su casa, tengo temor de que te quedes sin dormir esperándome, en lugar de acostarte a la hora acostumbrada... y solamente de pensar en esto yo ya no puedo estar calmada. Debes prometerme que no me esperarás despierto.

Y de esa manera lo hizo, aunque poniendo como condición que ella le hiciera también varias promesas tales como: que si al volver sentía frío, se recordara de calentarse adecuadamente; que si tenía hambre, comiera algo; que su criada se quedaría esperándola, y que el mayordomo y Serle comprobarían que todo estaba en orden en la casa, como era costumbre.

Capítulo XXVI

Volvió Frank Churchill, y si hizo esperar a su padre a la hora de cenar, en Hartfield no se enteraron; la señora Weston tenía mucho interés en que el señor Woodhouse tuviese un buen concepto del muchacho como para revelar detalles e imperfecciones que pudieran esconderse.

Vino con el cabello cortado, riéndose con mucha gracia de sí mismo, pero sin parecer que se avergonzara ni en lo más mínimo de lo que hizo. En querer llevar el cabello corto no veía ningún mal ni sentía que este deseo fuera reprochable; no concebía que hubiese podido ahorrar ese dinero y utilizarlo en algún otro objetivo más elevado. Se mostraba tan imperturbable y divertido como habitualmente, y después de haberlo visto, Emma reflexionaba para sí de la siguiente manera:

—No sé si debería ser de esa manera, pero la verdad es que las estupideces dejan de serlo cuando las comete alguien que no siente vergüenza por ellas y tiene mucha personalidad. La maldad siempre es maldad, pero la estupidez no siempre es estupidez... Eso dependerá de la personalidad de cada quien. El señor Churchill no es un muchacho presumido, atolondrado ni irreflexivo. Si lo fuera, esto lo hubiera hecho de una manera muy diferente. O bien se hubiera alardeado de lo que hacía o hubiese sentido vergüenza. Eso hubiese significado o el alarde de un petimetre o el miedo de alguien muy débil como para defender sus propias pedanterías. No, no tengo dudas de que no es ni un presumido ni un atolondrado.

El martes le trajo la grata perspectiva de verlo nuevamente, y en esta ocasión por más tiempo de lo que le había sido posible hasta ese momento; de juzgarle por su comportamiento en general, y después de descifrar el significado que podía tener su actitud en referencia a ella; de predecir cuándo era necesario adoptar un aire de frialdad; y de suponerse cuáles serían los comentarios que harían las demás personas cuando por primera vez los vieran juntos.

Se planteaba pasar una maravillosa velada, aunque el escenario tuviese que ser la casa del señor Cole; y a pesar de que no lograra olvidar que de los defectos del señor Elton, incluso en las épocas en que tenía su favor, ninguno le había intranquilizado más que su afición a cenar con el señor Cole.

Quedaba totalmente asegurada la comodidad de su padre, debido a que, tanto la señora Bates como la señora Goddard, podían ir a acompañarlo; y antes de abandonar su casa, su último y placentero deber fue despedirse cuando estaban de sobremesa; y al tiempo de que su padre prorrumpía en entusiastas comentarios sobre la bonito de su vestido, se esmeró por atender a ambas señoras lo mejor posible, sirviéndoles grandes pedazos de pastel y vasos llenos de vino para subsanar las posibles e involuntarias negativas que hubiera podido motivar en el transcurso de la comida el acostumbrado interés que su padre sentía por la salud de sus invitadas... Les hizo preparar una copiosa cena, pero tenía sus dudas de que su padre les hubiera permitido disfrutarla a las dos señoras.

Al llegar Emma a la puerta de la casa del señor Cole, su coche estaba precedido de otro; y quedó muy satisfecha al darse cuenta de que era el señor Knightley; porque él, que no poseía caballos y no tenía mucho dinero sobrante y sí en cambio gozaba de salud a toda prueba, de gran vitalidad y de una excepcional independencia de opinión, era, según el criterio de Emma, muy capaz de presentarse por los lugares como le provocara y de no usar su coche tan frecuentemente como correspondía al dueño de Donwell Abbey. Y entonces tuvo oportunidad de expresarle su aprobación más efusiva por haber ido en coche, debido a que él se le aproximó para ayudarla a descender.

—Definitivamente, esto sí es presentarse como se debe —le dijo—, como un caballero. Me contenta mucho darme cuenta de que ha cambiado de comportamiento.

Él le agradeció y dijo:

—¡Pero qué feliz coincidencia haber llegado al mismo tiempo! Porque, por lo que se ve, si nos hubiéramos encontrado en el salón, usted no hubiera podido darse cuenta de que hoy me mostraba más caballero que lo habitual... y por mi apariencia y por modales no hubiera podido darse cuenta.

—Oh, no, no tengo dudas de que sí me hubiese fijado. Cuando las personas se presentan en un lugar de una manera que sabe que está por debajo a lo que le corresponde por su nivel social, siempre mantiene un aire de indiferencia afectada o de provocación. Usted debe estar seguro de que le sienta muy bien esta actitud, pero en usted es una especie de bravata que le otorga cierto aire de apatía artificial; en esos casos lo noto siempre que me encuentro con usted. En cambio hoy no tiene que esforzarse. No tiene temor de que le crean avergonzado. No tiene que pretender parecer superior a los otros. Me sentiré muy complacida hoy de entrar en el salón en su compañía.

—¡Pero qué jovencita más equivocada! —fue su única respuesta, pero sin evidenciar la menor sombra de enfado.

Emma tuvo razones para quedar muy complacida tanto del señor Knightley como de los demás invitados. Fue recibida con una amable y cordial atención que la halagaba profundamente, y se le tuvieron todas las deferencias que podía desear. Al llegar los Weston, las miradas más cariñosas y la mayor admiración fueron para ella, tanto por parte del esposo como de la esposa; Frank la saludó con una alegre desenvoltura que daba la impresión de que la distinguía entre todas las demás, y al aproximarse a la mesa se encontró con que el muchacho se sentó a su lado... y por lo menos así lo creyó firmemente Emma, Frank Churchill no era ajeno a esa "casualidad".

La velada era más bien numerosa, ya que también se había invitado a otra familia —una muy digna y a la que no podía hacerse ninguna recriminación, que vivía en el campo, y que los Cole tenían la suerte de tener entre sus amigos— y a los miembros varones de la familia del señor Cox, el abogado de Highbury. El factor femenino de menos nivel social, la señorita Bates, la señorita Jane Fairfax y la señorita Smith, llegarían después de la cena; pero ya en el transcurso de esta, las mujeres eran lo bastante numerosas para que cualquier tema de conversación no tardara mucho en generalizarse; y al tiempo que se charlaba de política y del señor Elton, Emma pudo fijar toda su atención en las galanterías y delicadezas de su vecino de mesa. Sin embargo, al escuchar el nombre de Jane Fairfax se sintió forzada a prestar atención. La señora Cole parecía estar relatando algo con respecto a ella que aparentemente todos pensaban que era muy interesante. Se puso a oír y notó que era algo digno de escucharse. Su imaginación, tan desarrollada en ella, halló allí una agradable materia sobre la que actuar. La señora Cole relataba que fue a visitar a la señorita Bates y que, cuando entró en la sala, se quedó sorprendida al ver un piano... un maravilloso instrumento, muy elegante... cuadrado, no muy grande, pero sí de unas medidas formidables; y el meollo de la historia, el final de toda la conversación que siguió a esa sorpresa, y las preguntas, y la felicitación por parte de la visitante, y las explicaciones de la señorita Bates, eran que, el día anterior, el piano lo habían enviado de la casa Broadwood, con la inmensa sorpresa de ambas, tía y sobrina, ante ese inesperado y asombroso obsequio; que inicialmente, según dijo la señorita Bates, la misma Jane no sabía qué pensar de eso, y tampoco tenía la más mínima idea de quién hubiera podido mandarlo... pero que después las dos se habían convencido totalmente de que el piano solamente podía tener un origen; tenía que tratarse obligatoriamente de un regalo del coronel Campbell.

—Solamente podía haber una explicación y era esa —agregaba la señora Cole—, y a mí nada más me asombró que hubieran dudado con respecto a esto. Pero parece ser que Jane acababa de recibir una misiva de ellos y no le comentaban nada sobre el piano. Ella conoce mejor su forma de ser, pero yo no pensaría que su silencio es una razón para desechar la idea de que han sido los Campbell quienes le han hecho el obsequio. Quizá quisieron sorprenderla.

Todas las personas presentes estaban totalmente de acuerdo con la señora Cole, y al dar su opinión nadie dejó de estar plenamente convencido de que el regalo era del coronel Campbell y de contentarse de que hubiese tenido tal delicadeza; y como fueron muchos los que se dispusieron a comentar lo sucedido, Emma tuvo oportunidad de formarse una opinión personal, sin dejar por ello de oír a la señora Cole, quien seguía afirmando:

—Les juro que hace tiempo que no había escuchado una noticia que me contentara tanto... Siempre he lamentado mucho que Jane, que toca tan extraordinariamente, no tuviera un piano. Me parecía vergonzoso, sobre todo tomando en cuenta que hay tantas casas en las que hay pianos maravillosos que no sirven para nada, que son inútiles. Yo esto casi lo tomo como un bofetón para nosotros, y ayer mismo le comentaba al señor Cole que me sentía ciertamente avergonzada de ver nuestro inmenso piano nuevo del salón y de pensar que yo no diferencio una nota de otra y que nuestras hijitas, que apenas comienzan ahora a estudiar música, quizá jamás harán nada con este piano; y aquí está la pobre Jane que sabe tanto de música y que no tiene nada parecido a un instrumento ni siquiera la espineta más antigua y más lamentable[12] para entretenerse un poco... Todo eso se lo estaba comentado al señor Cole ayer mismo, y él estaba completamente de acuerdo conmigo; pero es tan maravillosamente aficionado a la música que no resistió la tentación de adquirirlo, esperando que alguno de nuestros excelentes vecinos fuera tan amable de venir en alguna ocasión a darle un uso más apropiado del que no-

12 La espineta, especie de clavicordio pequeño, uno de los antepasados del piano.

sotros podemos darle; y realmente esta es la razón de que se comprara el piano... de no ser de esta manera, estoy segura de que deberíamos sentir vergüenza de poseerlo... Pero tenemos la ilusión de que la señorita Woodhouse aceptará tocar para nosotros esta noche.

La señorita Woodhouse aceptó, y viendo que no iba a enterarse de nada más a través de las palabras de la señora Cole se dirigió a Frank Churchill.

—¿Por qué está sonriendo? —dijo ella.

—¿Yo? ¿Y usted por qué lo hace?

—¿Yo? Imagino que sonrío por la felicidad que me da el ver que el coronel Campbell es tan rico y tan generoso... Es un obsequio hermoso.

—Sí, lo es.

—Lo que me parece raro es que no se lo haya regalado antes.

—Quizás es la primera vez que la señorita Fairfax permanece aquí tanto tiempo.

—O que no le obsequiara su propio piano... que en este momento debe estar en Londres cerrado y sin que nadie lo pueda tocar.

—Seguro es un piano muy grande y debía pensar que en casa de la señora Bates no tendrían bastante espacio.

—Usted puede decir lo que quiera... pero su actitud evidencia que su opinión con respecto a esta cuestión es muy parecida a la mía.

—No sé. Más bien pienso que usted cree que soy más agudo de lo que realmente soy. Solamente sonrío porque usted lo hace, y quizá siempre sospecharé que usted sospeche; pero en este momento no acierto a ver claramente en todo eso. Si no fue el coronel Campbell, entonces, ¿quién fue?

—¿Usted no ha pensado en la señora Dixon?

—¡La señora Dixon! Verdad, usted tiene mucha razón. No pensé en la señora Dixon. Ella debe saber, como su papá, la ilusión que le haría un obsequio así, y tal vez la manera de hacerlo, el enigma, la sorpresa, todo ello es más propio de la mentalidad de una muchacha que la de un viejo. Sí, no tengo dudas de que fue la señora Dixon. Ya le dije que serían sus sospechas las que orientarían las mías.

—Si es de esa manera, usted debe ampliar sus sospechas y hacer que también alcancen al señor Dixon.

—¡El señor Dixon! De acuerdo, muy bien. En este instante me doy cuenta de que tuvo que ser un obsequio de ambos, del señor y de la señora Dixon. Ya sabe usted que el otro día estábamos conversando de que él era un apasionado admirador de sus habilidades musicales.

—Sí, y lo que usted me dijo en ese instante con respecto a este caso confirmó una sospecha que yo tenía hacía tiempo... No tengo dudas acerca de las buenas intenciones del señor Dixon o de la señorita Jane, pero solamente puedo intuir que, o bien después de haber hecho la propuesta de boda a su amiga tuvo la desdicha de enamorarse de ella, o bien se dio cuenta de que Jane sentía por él algo más que cariño. Claro está que es posible suponer siempre veinte cosas sin llegar a acertar la realidad, pero no tengo dudas de que ha tenido que haber una razón específica para que prefiera venir a Highbury en lugar de acompañar a Irlanda a los Campbell. Aquí debe llevar una existencia de privaciones y aburrimiento; en cambio allí todo hubiera sido disfrute y placeres. Con respecto a lo de que le convenía respirar nuevamente el aire de la tierra donde nació, pienso que es un simple pretexto... Todavía si eso hubiera sido en verano, pero ¿qué valor puede tener para alguien el aire de la tierra donde nació en los meses de enero, febrero y marzo? Un buen coche y una buena chimenea son más convenientes en la generalidad de los casos de una salud quebrantada, y me arriesgaría a decir que en el de ella también es así. Yo no le pido a usted que me siga en todas mis conjeturas, a pesar de que es usted tan amable intentándolo; yo solamente le digo honestamente lo que en realidad pienso.

—Y yo le aseguro que sus sospechas me parecen muy posibles. Lo que puedo decirle es que el favoritismo que siente el señor Dixon por la forma de tocar de la señorita Jane es muy marcado.

—Y también él le salvó la vida. ¿Usted ha escuchado hablar de eso en alguna ocasión? Fue en un paseo en una embarcación, no sé qué sucedió, pero ella estuvo a punto de caer al agua. Y él la agarró justo a tiempo.

—Sí, ya lo sé. Yo me encontraba en ese momento allí... iba con ellos en la embarcación.

—¿De verdad? ¡Vaya! Pero claro que entonces usted no se dio cuenta de nada, porque da la impresión de que eso no se le había ocurrido antes de este instante... De haber estado allí, yo no hubiera dejado de descubrir algo.

—No tengo ninguna duda de que lo hubiera hecho; sin embargo, yo, pobre de mí, solamente vi que la señorita Fairfax casi estuvo a punto de caer al agua y de que el señor Dixon la agarró a tiempo... Todo sucedió en un instante y a pesar de que el consiguiente asombro y el susto fueron inmensos y duraron más tiempo (lo cierto es que pienso que transcurrió media hora antes de que ninguno de nosotros se serenara nuevamente) fue una impresión muy general para que nos diéramos cuenta de los detalles y matices de las reacciones individuales. No obstante, eso no significa que usted no hubiese podido desvelar algo más.

En este punto se interrumpió la charla. Se vieron forzados a intercambiar y conversar con los demás el hastío de una pausa muy extensa entre plato y plato, y a compartir con los demás invitados las frases corteses y triviales habituales de la ocasión; pero cuando la mesa estuvo de nuevo convenientemente cubierta de platos, cuando cada fuente ocupó con exactitud el sitio que le correspondía y volvió la normalidad y la tranquilidad, Emma dijo:

—Para mí la llegada de este piano fue algo decisivo. Yo deseaba saber algo más y esto me lo muestra todo. Usted puede estar completamente seguro, no tardaremos en escuchar el comentario de que fue un obsequio de la señora y del señor Dixon.

—Y si los Dixon dijeran que no saben nada de ello, tenemos que concluir que fueron los Campbell.

—No, estoy segura de que no fueron los Campbell. La señorita Jane sabe que no fueron los Campbell o, de lo contrario, lo hubiese descubierto desde el primer instante. No hubiera tenido ninguna duda si se hubiese arriesgado a pensar en ellos. Quizás a usted no he podido convencerlo, pero yo estoy plenamente segura de que el señor Dixon tuvo el papel protagónico en esta cuestión.

—Emma, le juro que usted me ofende imaginando que no me ha convencido. Sus análisis han hecho que modifique completamente mi opinión. Inicialmente, cuando yo pensaba que usted estaba convencida de que el coronel Campbell fue quien lo obsequió, lo consideraba solamente como una demostración de cariño de padre y creía que era lo más lógico y natural del mundo. Pero cuando usted mencionó a la señora Dixon me di cuenta de que era mucho más probable que fuera un tributo de cálida amistad entre mujeres. Y ahora solamente puedo mirarlo como una prueba de amor.

No hubo oportunidad para profundizar más en el tema. Daba la impresión de que el muchacho estaba plenamente convencido, parecía sincero. Emma ya no quiso insistir más y se pasó a otros temas de conversación, y al tiempo que finalizó la cena, se sirvieron los postres, entraron los niños y ellos fueron quienes atrajeron la atención de todas las personas y motivaron las palabras acostumbradas en esos casos; se escuchaban unas frases inteligentes, muy pocas, unas muy tontas, tampoco muchas, y la gran parte no era ni una cosa ni otra... Nada más y nada menos que los comentarios habituales, los tópicos fútiles, triviales, las viejas informaciones que todos sabían y las bromas muy poco graciosas.

Cuando llegaron las demás damas en varios grupos hacía poco que las señoras se habían instalado en la sala de estar. Emma se fijó mucho en la entrada de su íntima amiga y, a pesar de que su elegancia y su distinción no fueran como para emocionarla mucho, admiró su lozanía, su ternura y lo espontáneo de sus movimientos, y se contentó de todo corazón de que tuviera ese temperamento superficial, alegre y poco inclinado al sentimentalismo, lo que le permitía entretenerse tan fácilmente en mitad de las penas de un amor no correspondido. Y estaba allí sentada... ¿Pero quién hubiera podido adivinar las innumerables lágrimas que vertió hacía tan poco tiempo? Verse rodeada de personas, luciendo un vestido tan hermoso y viendo que las otras damas llevaban también otros muy bonitos, mirarse sentada en un salón sonriendo y estando segura de que se veía muy atractiva, y no decir nada, era bastante para la dicha de ese instante. Jane Fairfax le llevaba mucha ventaja en belleza y en gracia de movimientos, pero Emma intuía que se hubiera cambiado gustosamente por Harriet, que muy a gusto hubiera permitido sentir la angustia de haber amado (sí, de haber amado inútilmente, incluso al señor Elton) a cambio de poder evitar el riesgoso placer de saberse amada por el esposo de su amiga.

En una velada con tanta asistencia no era necesario que Emma hablara con ella. No deseaba conversar del piano, se sentía dueña del secreto y no le parecía honesto evidenciar interés o curiosidad, y por eso permaneció alejada de ella intencionalmente, pero los otros de inmediato introdujeron este tema de conversación, y Emma vislumbró el rubor con el que recibía las congratulaciones, el rubor de culpa que venía acompañado por el nombre de "mi gran amigo, el coronel Campbell".

Siempre gentil y también muy aficionada a la música, la señora Weston se mostraba especialmente interesada por el tema, y Emma encontró entretenida su obstinación en tratar el asunto; y sus muchas interrogantes y comentarios con respecto al tono, al teclado y a los pedales, completamente ajena al deseo de decir lo menos posible sobre eso que podía leerse con claridad en la agraciada cara de la heroína de la velada.

Varios caballeros no tardaron en unirse al grupo; y Frank Churchill fue el primero de todos, el más atractivo de los invitados, y después de dedicar unas frases corteses a la señorita Bates y a su sobrina, se fue directamente hacia el lado opuesto del grupo, donde se encontraba la señorita Emma; y no quiso sentarse hasta que no halló lugar junto a ella. Emma intuía lo que todos los invitados debían estar pensando. Ella era el objeto de sus atenciones y preferencias y todos tenían que darse cuenta. Emma le presentó a su amiga, la señorita Harriet Smith, y después, un poco más tarde, cuando se presentó la oportunidad, se enteró de los juicios respectivos que cada uno de los dos se formó del otro. El del muchacho: "Jamás había visto un rostro tan bello y tan atractivo, me fascina su candor e ingenuidad". El de ella que, sin duda, pretendía ser un gran halago: "Él tiene algo que me recuerda al señor Elton". Emma controló su ira e indignación y solamente se limitó a volverle la espalda callada.

Emma y Frank intercambiaron unas sonrisas de suspicacia cuando los dos vieron a la señorita Jane, pero lo más sensato era evitar cualquier comentario. Él le dijo que estaba impaciente por abandonar el comedor... que no le agradaba extender la sobremesa... y que siempre, cuando lo podía hacer, era el primero en ponerse en pie... que su padre, el señor Cox, el señor Cole y el señor Knightley se quedaron allí conversando animadamente sobre cuestiones de la parroquia... pero que, a pesar de todo, el momento que estuvo con ellos no se aburrió, ya que vio que en general eran hombres distinguidos y de muy buen juicio; y comenzó a hacer tales halagos de Highbury, diciendo que era un sitio en el que predominaban extraordinariamente las familias de trato muy agradable, que Emma estuvo tentada de pensar que hasta ese momento no había sabido valorar y apreciar adecuadamente el pueblo en el que habitaba. Ella le hizo preguntas con respecto a la vida de sociedad que se llevaba en el condado de York, en referencia a los vecinos que tenían en Enscombe y otras cosas por el estilo; y dedujo de sus respuestas que por lo que respectaba a Enscombe la vida social era excesivamente limitada, que solamente se relacionaban con unas pocas familias de gran nivel, ninguna de las cuales habitaba muy cerca de allí; y que incluso cuando se había fijado una fecha y se había aceptado una invitación, no era muy extraño que la señora Churchill, ya sea por ausencia de salud, ya sea por carencia de humor, no estuviera con ánimos para abandonar su casa; que tenían como costumbre no visitar a nadie que no conocieran de hace mucho tiempo, y que, a pesar de que él tenía sus amistades especiales, se veía forzado a vencer una inmensa resistencia y a expandir toda su habilidad para que, solamente en algunas ocasiones, le dejaran realizar visitas él solo o llevar a la casa por una noche a uno de sus conocidos.

Emma notaba que en Enscombe no estaba muy a gusto y que era lógico que Highbury, visto con buenos ojos, atrajera más a un muchacho que en su casa tenía una existencia mucho más alejada de lo que hubiera querido. La influencia de que disfrutaba en Enscombe era más que notoria. A pesar de que no se vanagloriaba de ello, por sus palabras se intuía que en asuntos en los que su tío no podía hacer nada, él lograba convencer a su tía, y cuando Emma se lo hizo ver sonriendo, él aceptó y pensó que (con excepción de una o dos cosas) podía convencer a su tía de todo lo que se propusiera con tal de disponer de más tiempo. Y entonces nombró una de esas cosas en las que no tenía ninguna influencia. Estaba muy ilusionado de viajar fuera del país, y lo cierto es que insistió mucho para que le dejaran realizar un viaje, pero su tía no deseaba ni escuchar hablar de ello. Eso sucedió el año anterior.

—A pesar de que —agregó— ahora comienzo a no quererlo tanto como anteriormente.

El muchacho no mencionó otro punto en el que su tía era irreductible, a pesar de que Emma intuía que era comportarse adecuadamente con su padre.

—Hace poco hice un hallazgo desagradable... —dijo él después de una pausa muy corta—. Mañana se cumplirá una semana que estoy aquí... Es la mitad de mi tiempo disponible. Jamás pensé que los días pasarían tan rápido. ¡Pensar que mañana se cumplirá una semana! Y apenas he comenzado a disfrutar de Highbury. El tiempo preciso para conocer a la señora Weston y a otras personas... Es muy triste para mí pensar en eso...

—Quizás usted comience ahora a quejarse por haber dedicado un día completo, teniendo tan pocos, a que le cortaran el cabello.

—No —dijo él con una sonrisa—, de eso no me quejo para nada. Entre mis amigos no estoy a gusto si no tengo la certeza de que mi apariencia es impecable.

Emma se vio forzada a separarse de él por unos pocos minutos y atender al señor Cole cuando los demás invitados entraron ya en el salón. Como el señor Cole tuvo que alejarse de ella y volvió a prestar atención nuevamente al muchacho, vio que Frank Churchill estaba viendo fijamente a la señorita Jane, que se encontraba en el lado opuesto de la sala, justamente enfrente de él.

—¿Sucede algo? —le preguntó.

Él se intranquilizó y respondió apresuradamente:

—Mil gracias por llamarme la atención. Pienso que lo que estaba haciendo no era muy amable, pero es que la señorita Jane se ha peinado de una manera tan rara... tan curiosa... que no puedo alejar mis ojos de ella. ¡En toda mi existencia había visto algo tan excesivo! Por Dios, esos rizos... Seguro que esa fantasía se le ocurrió a ella. No veo que nadie más tenga un peinado igual. Debo preguntarle si es alguna moda irlandesa. ¿Pero qué hago? Sí, iré a preguntárselo... Mire usted cómo reacciona, a ver si se sonroja.

El muchacho caminó de inmediato hacia Jane; y Emma no tardó mucho en mirarlo de pie delante de ella y hablándole, pero en lo que se refiere a su reacción, Emma no apreció absolutamente nada, porque sin querer Frank Churchill se colocó entre ambas, justamente enfrente de la señorita Jane.

La señora Weston solicitó su atención antes de que él regresara a su silla:

—Una velada con tantas personas es divina —dijo—; una puede aproximarse a todos y conversar de muchos temas con todo el mundo. Hace ya mucho rato que quiero conversar contigo, mi querida Emma. Me he enterado de varias cosas y haciendo proyectos, igual que tú, y tengo que charlar contigo ahora que las ideas todavía están frescas en la mente. ¿Ya conoces cómo vinieron la señorita Bates y su sobrina?

—¿Que cómo vinieron? Imagino que las invitaron, ¿no?

—¡Oh, por supuesto que sí! Me refiero a de qué manera vinieron... quién las trajo...

—Pues imagino que vinieron caminando; ¿de qué otra forma vendrían?

—Es verdad... Pero, verás, hace poco se me ocurrió que podría ser arriesgado que Jane regresara caminando a su casa tan tarde y con lo frías que ahora son las noches. Y mientras la observaba, a pesar de que lo cierto es que jamás la había visto con un semblante más saludable, noté que estaba algo acalorada y que por eso era mucho más fácil que se resfriara cuando saliera de aquí. ¡Pobre Jane! No podía tolerar la idea de que se expusiera de esta forma. De manera que, cuando entró en el salón el señor Weston y pude hablar con él a solas le pedí que la acompañáramos en nuestro coche. Ya puedes imaginar que, de inmediato, estuvo dispuesto a complacerme; y contando con su autorización, me dirigí entonces a la señorita Bates para calmarla y comentarle que el coche estaría disponible para ellas antes de que nos condujera a nosotros a casa; porque yo pensaba que al decirle eso la aliviaría quitándole un peso de encima. ¡Vaya por Dios! Por supuesto te aseguro que demostró mucha gratitud (ya sabes, "Nadie es tan afortunada como yo"), pero después de agradecernos no sé en cuántas ocasiones, me dijo que no había razón de que nos tomáramos alguna molestia, porque vinieron en el coche del señor Knightley, y el mismo coche las dejaría nuevamente en su casa. Yo no pude quedarme más asombrada, y muy feliz, claro, pero verdaderamente atónita y sorprendida. Eso es una atención muy gentil... y además una atención premeditada con antelación... Es algo que no se les hubiera ocurrido a muchos caballeros. Y después de todo, conociendo su forma de ser, no tengo dudas de que se decidió a sacar el coche exclusivamente para llevarlas a ellas. Intuyo que para él solo no se hubiera molestado en buscar dos caballos, y que si lo hizo fue solamente para hacerles este favor.

—Sí, es posible —dijo Emma—, eso es lo más probable. No conozco a nadie más inclinado a realizar este tipo de cosas que el señor Knightley... a hacer cualquier cosa que sea verdaderamente gentil, útil, caritativa y bien intencionada. No es un caballero galante, pero sí de excelentes sentimientos, muy humano; seguro tuvo en cuenta la quebrantada salud de Jane y ha debido pensar que era un caso de humanidad; no existe nadie como el señor Knightley para realizar una obra de caridad con menos alarde. Yo supe que hoy vino con caballos... porque al llegar nos encontramos; y yo me reí de él por esta razón, pero no dejó escapar ni una palabra con respecto a todo eso.

—¡Vaya! —dijo la señora Weston con una sonrisa—. Me doy cuenta que en este caso le otorgas una bondad más desinteresada que yo, porque al tiempo que la señorita Bates me hablaba comencé a tener una sospecha, y todavía no he podido descartarla. Y cuanto más pienso en ello, más posibilidades le encuentro. Finalmente, para resumir, que estoy previendo un matrimonio entre el señor Knightley y Jane. ¡Ya ves el efecto de acompañarte! ¿Qué piensas tú?

—¿Jane Fairfax y el señor Knightley? —exclamó Emma—. ¿Cómo se te ha podido ocurrir algo parecido, querida? ¡El señor Knightley! ¡El señor Knightley no debe contraer matrimonio! No desearás que el pequeño Henry no herede Donwell, ¿cierto? ¡Oh, no, no, Donwell es para Henry! De ninguna manera consentiré que el señor Knightley contraiga matrimonio, y además no tengo dudas de que no existe la más mínima probabilidad de que eso suceda. Estoy sorprendida de que hayas podido pensar en algo así.

—Ya te he relatado lo que hizo que se me ocurriera esta idea, mi querida Emma. Yo no tengo interés alguno por que se realice este matrimonio... ni quiero dañar al pequeño Henry, ni más faltaba... pero fueron las circunstancias las que lo han insinuado; y si el señor Knightley deseara realmente contraer matrimonio no serías tú precisamente quien le haría desistir de su plan argumentando la herencia de Henry, un pequeño de seis años que ignora todo esto.

—Sí que lo lograría. No podría tolerar el que alguien sustituyera a Henry. ¡Por Dios, casarse el señor Knightley! No, jamás se me ha ocurrido esta idea y ahora no puedo admitirla. ¡Y además justamente con Jane!

—Bueno, sabes que siempre tuvo un gran favoritismo por ella.

—¡Pero un matrimonio tan inadecuado!

—Yo no digo que sea adecuado, solamente digo que es posible.

—Pero yo no veo que sea nada posible, a no ser que tengas mejores argumentos que los que me has comentado. Sus buenos sentimientos, su bondad, como ya te dije, son suficientes para explicar a la perfección lo de los caballos. Tú sabes que siente un gran cariño por las Bates, independientemente de Jane... Y siempre está preparado para hacerles un favor. Ahora no te metas a casamentera, querida. Lo haces terriblemente. ¡Por favor, Jane Fairfax la señora y dueña de Donwell Abbey! ¡Oh, no, no!... No quiero ni pensarlo. No deseo ver al señor Knightley cometer una locura así, por su propio bienestar.

—Podría ser algo inadecuado e inoportuno... pero no es una locura. Con excepción de la desigualdad de riqueza y quizás una muy pequeña diferencia de edades, no veo nada más que pueda oponerse a esa relación.

—Pero el señor Knightley no desea contraer matrimonio. No tengo dudas de que nunca ha pasado esa idea por su mente. Por favor, no se la metas en la cabeza. ¿Pero por qué se tiene que casar? Él solo es todo lo dichoso que puede querer; con su granja, sus ovejas, sus libros y toda la parroquia para manejar; y ama muchísimo a los hijos de su hermano. No tiene ninguna razón para contraer matrimonio, no lo hará ni para ocupar su corazón ni su tiempo.

—Mientras él piense de esa manera las cosas serán como tú dices, querida Emma, pero si se enamora verdaderamente de Jane Fairfax...

—¡Qué tontería! Él no piensa para nada en Jane. Fijarse en ella para enamorarse, estoy completamente segura de que no lo ha hecho. Les haría toda clase de favores a ella y a su familia, pero...

—Verás Emma —dijo la señora Weston riendo—, quizás el más grande favor que podría hacerles sería el de ofrecerle a Jane a un apellido tan respetable y distinguido.

—Es probable que esto se convirtiera en un bien para ella, pero estoy segura de que para él las consecuencias serían terribles; sería una relación poco digna de su nivel, de la que sentiría vergüenza. ¿Cómo iba a admitir que la señorita Bates formara parte de su familia? ¿Qué cara pondría cuando la viese rondando por Donwell Abbey agradeciéndole durante todo el santo día por la gran generosidad que mostró al contraer matrimonio con Jane? "¡Es un caballero tan gentil, tan amable, tan atento!... ¡Por supuesto que siempre había sido tan buen vecino!". Y continuamente interrumpiéndose en mitad de una frase para hacer comentarios sobre las faldas viejas de su madre. "No, en el fondo no es que sean unas faldas tan antiguas... porque todavía podrían durar mucho más y lo cierto es que ya puede estar feliz de que sus faldas sean todas de una tela tan resistente...".

—¡Por Dios, Emma, no la imites vejándola! Haces que me ría, a pesar de que mi conciencia me lo recrimine. Y por mi lado debo decirte que no pienso que la señorita Bates le ocasionará muchas incomodidades al señor Knightley. No lo irritan las cosas pequeñas. Por supuesto ella no cesa de hablar; y para comentar algo no tendría otra solución que hablar en voz más alta y ahogar la suya. Pero el asunto no está en si este sería un matrimonio poco digno de él, sino en si el señor Knightley lo quiere; y a mí me da la impresión de que es así. Yo le he escuchado hablar, e imagino que tú también, elogiando a Jane Fairfax. El interés que tiene por ella... lo que se angustia por su salud... se queja de que no tenga perspectivas más prometedoras... ¡Le he escuchado hablar con tanta pasión con respecto a todo eso...! ¡Es un entusiasmado admirador de su voz y de su destreza como pianista! Le he escuchado comentar que se pasaría toda su existencia oyéndola. ¡Oh! Y se me iba a olvidar decir una idea que se me ocurrió... ese piano que le obsequió alguien... a pesar de que todos nosotros estemos tan convencidos de que fue un regalo de los Campbell, ¿acaso no puede habérselo enviado el señor Knightley? Con todo esto lo mínimo que puedo hacer es sospecharlo. Me parece que es la persona más adecuada para hacer algo así, incluso sin estar enamorado.

—Este, entonces, no es un argumento que demuestre que está enamorado. Pero no me parece que sea algo propio de él. El señor Knightley no realiza nada de una manera misteriosa.

—En muchas ocasiones yo lo he escuchado quejarse de que Jane no tiene piano; en muchas más ocasiones de lo que hubiera imaginado que una circunstancia como esta, si todo hubiera sido totalmente natural, le hubiese preocupado.

—Bien, estoy de acuerdo, pero si hubiera querido obsequiar un piano se lo hubiese comentado.

—Seguro tuvo ciertos escrúpulos de delicadeza, mi querida Emma. Observé algo en él que me llamó mucho la atención. Estoy completamente segura de que cuando la señora Cole nos lo relató todo durante la cena su silencio era muy revelador.

—Cuando te empeñas en algo no hay quien te haga cambiar de opinión, querida; y conste que eso es una cosa que vienes recriminándome hace mucho tiempo. Realmente, yo no veo nada que pruebe este enamoramiento del que hablas... No creo nada de lo del piano... Y tendría que poseer pruebas evidentes para estar segura de que el señor Knightley ha pensado alguna vez en su vida en contraer matrimonio con Jane.

Durante un rato más continuaron discutiendo el asunto en términos parecidos, y daba la impresión de que era Emma la que ganaba terreno en referencia al criterio de su amiga; porque de ambas la señora Weston era la que estaba más habituada a ceder; hasta que un pequeño alboroto en el salón les señaló que el té había finalizado y que se estaba preparando el piano; de inmediato el señor Cole se les aproximó para suplicar a la señorita Emma que les hiciese el honor de tocar un tema musical. Frank Churchill, a quien ella perdió de vista en el calor de su discusión con la señora Weston, con excepción para darse cuenta de que se sentó justo al lado de la señorita Jane, llegó después del señor Cole para lograr convencerla con sus insistentes ruegos; y como en todas las áreas a Emma le correspondía ser siempre la primera, no tuvo inconveniente en aceptar.

La muchacha conocía perfectamente bien sus propias limitaciones como para arriesgarse a ejecutar algo que no se sintiera capaz de tocar con algo de brillantez; tenía gusto y talento para la música, sobre todo en las composiciones de poco empeño que se acostumbran a interpretar en esas ocasiones, y se acompañaba muy bien con su propia voz. Pero en esta oportunidad tuvo la grata sorpresa de escuchar que una segunda voz estaba acompañando su canción... la de Frank Churchill, no con mucho vigor, pero muy bien entonada. Cuando finalizó la canción, Emma se disculpó como era costumbre, y uno tras otro se sucedieron los elogios habituales. Por su parte, el muchacho fue señalado de tener una voz muy agradable y bonita y un exacto conocimiento de la música; lo cual, como era de esperar, él negó, afirmando que era completamente profano en el tema y asegurando que no tenía nada de voz. Los dos entonaron nuevamente juntos otra canción; y después Emma tuvo que darle su sitio a la señorita Jane, cuya interpretación, tanto desde el punto de vista instrumental como vocal, era muy superior a la suya, algo que Emma tuvo que reconocer en su interior.

Emma, víctima de sentimientos contradictorios, se sentó a cierta distancia de los invitados que estaban alrededor del piano para oír mejor. Frank Churchill cantó nuevamente. Los dos, al parecer, habían cantado juntos en una o dos ocasiones en Weymouth. Pero la circunstancia de mirar que el señor Knightley estaba entre los oyentes más interesados y atentos, no tardó en llamar la atención de Emma; y comenzó a analizar las sospechas de la señora Weston, y solamente interrumpían por momentos sus reflexiones las bien entonadas voces de los dos cantantes. Los obstáculos que veía para la boda del señor Knightley le seguían pareciendo muy graves. Definitivamente, era algo que solamente podía generar terribles consecuencias. Para el señor John Knightley sería una gran decepción y, por supuesto, también para Isabella. Algo que dañaría muchísimo a los pequeños... un cambio que crearía una situación muy poco agradable y que sería una enorme pérdida material para muchas personas; el propio señor Woodhouse sería uno de los que más lo sentirían, ya que vería ostensiblemente alterado el ritmo acostumbrado de su existencia... y con respecto a ella, le era inconcebible pensar en Jane Fairfax como en la señora y dueña de Donwell Abbey. ¡Una señora Knightley ante la cual todos tendrían que inclinarse! No, el señor Knightley no debía contraer matrimonio. El pequeño Henry debía continuar siendo el heredero de Donwell.

En ese instante, el señor Knightley giró la cabeza y, cuando la vio, fue a sentarse junto a la joven. Inicialmente solamente conversaron de la música. Por supuesto que la emoción que expresaba por las habilidades y destrezas de la intérprete era evidente; pero Emma pensó que ello no le hubiese asombrado de no ser por las palabras de la señora Weston. No obstante, como buscando una piedra de toque, Emma sacó a relucir su gentileza al traer a la reunión a sobrina y tía; y a pesar de que su respuesta fue la de alguien que deseaba cambiar de tema de conversación, Emma pensó que ello solamente señalaba que el señor Knightley era muy poco aficionado a hablar de los favores que hacía.

—En muchas ocasiones —dijo ella— creo que es una lástima que nuestro coche no sea más útil a los demás en estos momentos. Y no es que yo no quiera, pero usted ya sabe que no es posible que mi papá convenga que James esté al servicio de otras personas.

—Por supuesto, eso no hay ni que pensarlo, ni que pensarlo —contestó—; pero no tengo dudas de que si usted pudiera lo haría frecuentemente.

Y le sonrió como si estuviera tan complacido de esta certeza, que dio pie a Emma para dar un paso más.

—Ese obsequio que le han hecho los Campbell —dijo ella—, este piano, fue algo muy gentil por su parte.

—Sí —contestó, sin traslucir ni la más mínima sombra de incomodidad—; pero hubieran hecho mejor avisándole con antelación. Es que definitivamente estas sorpresas son una bobería. La alegría que dan no es mayor y, frecuentemente, los problemas suelen ser enormes. Yo pensaba que el coronel Campbell era un hombre de más juicio.

A partir de ese instante, Emma hubiese jurado que el señor Knightley no tenía nada que ver con el obsequio del piano. Pero de lo que todavía tenía algunas dudas era con respecto a si no sentía algún cariño especial por la muchacha... de si no tenía por ella una evidente predilección. Casi al final de la segunda canción de Jane, su voz se tornó más grave.

—Ya basta —dijo él, cuando finalizó, como si pensara en voz alta—. Ya ha cantado bastante por esta noche... que descanse ahora.

No obstante, de inmediato le suplicaron que entonara otra canción.

—Por favor, una más. Señorita Jane, no le fatigará mucho, y será la última que le solicitaremos.

Y se escuchó la voz de Frank que decía:

—Pienso que esta canción no supondrá un gran esfuerzo, la primera voz no tiene mucha importancia, la que lleva todo el peso es la segunda.

El señor Knightley se indignó mucho.

—Ese individuo —dijo enfadado— piensa solamente en exhibir su voz. Esto no puede ser, definitivamente.

Y dirigiéndose a la señorita Bates, que en ese instante estaba pasando cerca de allí, le dijo:

—¿Está usted loca, señorita Bates? ¿Cómo permite que su sobrina continúe cantando con lo ronca que ya está? Por favor, haga algo para evitarlo. Es que no tienen misericordia de ella.

La señorita Bates, que estaba ya realmente angustiada por la garganta de Jane, apenas sin oportunidad para dar las gracias por esta indicación, caminó hacia el grupo e impidió que Jane continuara cantando. Y aquí finalizó, entonces, el concierto de la reunión, ya que la señorita Emma y la señorita Jane eran las únicas muchachas presentes que sabían de música, pero rápidamente (después de unos cinco minutos) alguien —sin que se supiera con exactitud de quién había surgido la iniciativa— hizo la propuesta de bailar, y el señor y la señora Cole tomaron la idea con tanto entusiasmo que de inmediato se comenzó a despejar el salón de muebles para dejar espacio libre. Especialista en las contradanzas, la señora Weston se sentó al piano y comenzó a ejecutar un irresistible vals; y Frank Churchill, aproximándose a Emma con un gesto evidentemente galante, la tomó de la mano y los dos comenzaron el baile.

Al tiempo que esperaban que los demás muchachos se les unieran, Emma, sin dejar de escuchar los elogios que su pareja le dedicaba con respecto a su voz y a su talento musical, tuvo oportunidad de ver a su alrededor y de observar lo que hacía el señor Knightley. Podía sacar muchas deducciones del comportamiento que adoptara. En general, él no bailaba. Si ahora se daba prisa para ofrecer su brazo a Jane, el hecho sería muy revelador. Pero por ahora no parecía decidido a tal cosa. No... se encontraba conversando con la señora Cole y evidenciaba apatía; alguien invitó a bailar a Jane y él continuó charlando con la señora Cole.

Emma dejó de sentir temor por el futuro de Henry; se encontraban a salvo sus intereses, y se entregó al disfrute del baile con una espontánea y jovial felicidad. Solamente se formaron cinco parejas, pero como había sido algo tan imprevisto y un baile era algo tan poco frecuente en Highbury, el suceso ilusionaba a todos y, por otro lado, Emma estaba complacida de su acompañante. Definitivamente formaban una pareja encantadora digna de ser admirada.

Desdichadamente solamente se permitieron dos bailes. Ya era tarde, y la señorita Bates tenía mucha prisa por regresar a su casa, en donde le aguardaba su madre. De manera que, luego de varios intentos fallidos para que se les permitiera iniciar un nuevo baile, se vieron forzados a agradecer a la señora Weston y, muy a su pesar, dar por finalizada la reunión.

—Tal vez fue mejor así —decía Frank Churchill, al tiempo que acompañaba a Emma hasta su coche—. Porque de lo contrario hubiese tenido que invitar a bailar a la señorita Jane, y después de haberla tenido a usted por pareja, no me hubiese podido adaptar a su manera triste y fatigada de danzar.

CAPÍTULO XXVII

De la concesión que hizo al no rechazar la invitación de los Cole, Emma no se arrepentía. La reunión le entregó, al día siguiente, múltiples y agradables recuerdos; y todo lo que hubiese perdido de digno retiro lo compensó con creces en resplandor de popularidad. Complació a los Cole... ¡gente excelente, que también merecía que se le hiciera feliz...! Y dejó tras de sí una fama que se recordaría por mucho tiempo.

Pero incluso en el recuerdo, la dicha perfecta es muy poco frecuente; y existían dos temas que la tenían preocupada. No se sentía segura de no haber infringido el deber de fidelidad que toda mujer siente por las otras, haber revelado sus sospechas con respecto a los sentimientos de Jane a Frank. Era algo difícil de disculpar, pero su seguridad era tan fuerte que no pudo aguantarse, y el que él estuviera de acuerdo en todo lo que Emma le comentó fue un homenaje tal a su penetración que le hacía difícil convencerse a sí misma completamente de que hubiera sido preferible guardar silencio sobre lo que pensaba.

La segunda razón de inquietud era también con respecto a Jane Fairfax; y aquí sí que no había ninguna duda. A Emma le angustiaba de una manera muy clara e inequívoca su inferioridad en el canto y en la ejecución del piano. Lo que más lamentaba era la flojera de cuando era niña... y se sentó al piano y practicó por una hora y media.

La llegada de Harriet le interrumpió; y si el halago de Harriet hubiese podido complacerla, no hubiese tardado mucho en reanimarse.

—¡Oh! ¡Si yo tocara tan bien como la señorita Jane y tú!

—Harriet, no nos coloques a la misma altura. Compararme con ella es como comparar la luz del sol con una lámpara.

—¡Oh, querida...! Yo creo que de las dos, la que toca mejor eres tú.

Tú lo haces tan bien como ella. Te juro que yo prefiero oírte a ti. Todos decían ayer por la noche que tocabas muy bien.

—Seguro que los que entienden algo de música notaron la diferencia. Harriet, lo cierto es que yo solamente toco como para que se me hagan algunos halagos, pero la ejecución de Jane está por encima de todo eso.

—Emma, pues yo siempre pensaré que tocas tan bien como ella y que si existe alguna diferencia nadie lo nota. El señor Cole dijo que poseías mucho talento; y el señor Frank estuvo comentando un buen rato sobre tu gusto musical, y dijo que para él la ejecución era importante, pero el gusto lo era mucho más.

—Ah, pero es que Jane posee ambas cosas.

—¿Tú estás segura, querida Emma? Yo noté que tenía mucha práctica, pero me pareció que no poseía gusto. Nadie dijo absolutamente nada. Y a mí no me agrada el canto a la italiana. No se comprende ni una frase. Además, si toca tan bien, ¿sabes?, solamente es porque tiene que saber mucho obligatoriamente, porque tendrá que enseñar música. Los Cox se estaban preguntando ayer por la noche si podría entrar en alguna casa bien. Emma, ¿qué impresión te produjeron los Cox?

—La misma de siempre... no tienen clase, son muy ordinarios y vulgares.

—Me dijeron algo —dijo Harriet vacilando—, pero no es nada importante.

Emma se vio forzada a preguntar qué fue lo que dijeron, a pesar de que sentía temor de que fuera algo con respecto al señor Elton.

—Me comentaron que el sábado pasado el señor Martin cenó con ellos.

—¡Oh!

—Fue a visitar a su padre para conversar de negocios, y le invitó a cenar.

—¡Oh!

—Estuvieron hablándome mucho de él, sobre todo Anne Cox. Con eso no sé lo que se proponía, pero me preguntó si pensaba pasar nuevamente una temporada en su casa el verano próximo.

—Solamente intentaba ser entrometida e imprudente, como Anne Cox siempre acostumbra serlo.

—Me comentó que estuvo muy gentil y amable el día en que cenó con ellos. Durante la cena se sentó junto a ella. La señorita Nash opina que cualquiera de las Cox estaría muy feliz de contraer matrimonio con él.

—Es posible... Pienso que esas jóvenes no tienen rival en todo Highbury en cuanto a vulgaridad.

Harriet debía hacer unas compras en casa Ford. Emma consideró más sensato ir con ella. Tal vez se produjera otro encuentro casual con los Martin, y en el estado de ánimo en que se encontraba la cosa hubiera podido ser arriesgada.

Harriet se encaprichaba de todo en una tienda, no terminaba de decidirse por nada y siempre requería mucho tiempo para realizar sus compras; y al tiempo que todavía estaba comparando unas muselinas y cambiando permanentemente de opinión, Emma se asomó a la puerta para entretenerse. Del movimiento de la calle no podía esperarse mucho, incluso en las zonas más céntricas de Highbury; el señor Perry caminando rápidamente, el señor William Cox entrando en su despacho, el coche del señor Cole regresando de un paseo, o uno de los muchachos que hacían de cartero luchando con una mula rebelde que se empeñaba en conducirle en otra dirección, eran los personajes más atractivos e interesantes que podía esperar hallar; y cuando sus ojos se toparon con el carnicero con su batea, una pulcra viejecita que caminaba hacia su casa después de salir de una tienda con su cesta llena, dos perros de la calle que se peleaban por un hueso sucio y una hilera de jóvenes haraganeando delante del pequeño escaparate del panadero, como si quisieran devorarse con los ojos el pan de jengibre, Emma pensó que no tenía razones para lamentarse y que no le faltaba entretenimiento, el suficiente para permanecer al lado de la puerta. Es que un espíritu equilibrado y despierto no requiere observar grandes cosas, y para todo lo que mira encuentra respuesta.

Hacia el sendero de Randalls volvió la vista. Se amplió la escena; aparecieron dos personas: Frank y la señora Weston iban camino a Highbury; se dirigían a Hartfield, claro está. Pero se pararon primero ante la puerta de la casa de la señorita Bates; esta casa estaba algo más próxima de Randalls que el almacén de Ford; y apenas llamaron cuando vieron a Emma... De inmediato atravesaron la calle y caminaron hacia ella, y la grata reunión del día anterior pareció hacer todavía más agradable este encuentro. La señora Weston le dijo que visitaría a las Bates con la finalidad de escuchar nuevamente el piano.

—Frank —dijo ella— me recordó que ayer por la noche prometí formalmente a la señorita Bates que iría a visitarla esta mañana. Pero yo casi ni me di cuenta que se lo estaba prometiendo. Ya no recordaba que le había señalado una fecha, pero ya que él lo dice iba para allá ahora mismo.

—Y espero, mientras que la señora Weston realiza esta visita, —dijo Frank— que se me deje unirme a ustedes y esperarla en Hartfield... si es que ya regresan a su casa.

Daba la impresión de que la señora Weston se había molestado.

—Pensé que querías venir conmigo. Las Bates se contentarían mucho de verte otra vez.

—¿Qué? ¿A mí? Pienso que más bien estaría de más. Pero quizá... quizás estaré de más aquí. Creo que la señorita Emma no desea mi compañía. Cuando sale de compras, mi tía jamás quiere que la acompañe. Dice que la enfermo de los nervios; y pienso que la señorita Woodhouse si se atreviera me diría algo parecido. De manera que, entonces, ¿qué puedo hacer?

—No he venido a comprar nada para mí —dijo Emma—. Solamente espero a mi amiga Harriet. Imagino que pronto saldrá, y entonces nos marcharemos a casa. Pero usted haría mejor en acompañar a la señora Weston y escuchar cómo suena el piano.

—Bien... Si usted me lo recomienda... pero —con una sonrisa— si el coronel Campbell se hubiese apoyado para elegir el piano en un amigo muy poco cuidadoso, y si ahora resultara que el instrumento no suena perfectamente... ¿Yo qué diré? No haré quedar muy bien a la señora Weston. Ella sola podrá salir del paso a la perfección. Una verdad no muy agradable en sus labios debe resultar incluso grata, pero yo soy la persona más poco capaz del mundo para decir una mentira gentil.

—Eso sí que no lo creo... —contestó Emma—. Estoy segura de que cuando se requiere usted puede ser tan poco sincero como cualquier persona; pero no hay ninguna razón para imaginar que el piano no sea bueno. Yo pensaría más bien todo lo contrario, por lo que le escuché decir a la señorita Fairfax la pasada noche.

—Frank, ven conmigo —insistió la señora Weston—, si no es demasiada molestia. No nos quedaremos mucho tiempo. Y después iremos a Hartfield. No llegaremos mucho más tarde que ellas. La cierto es que deseo que vengas conmigo en esta visita. ¡Lo tomarán como una atención tan grande! Además, yo pensaba que querías venir.

El joven no replicó, y con la ilusión de tener después la compensación de visitar Hartfield, regresó al lado de la señora Weston hacia la puerta de la casa de las Bates. Emma observó cómo entraban y después se reunió con Harriet, que estaba confundida ante el mostrador... y colocando en juego toda su inteligencia, intentó convencerla de que si lo que deseaba era muselina lisa no tenía ninguna finalidad mirar la rameada; y que una cinta azul, por muy bonita que sea, jamás iba a armonizar con ese modelo amarillo. Finalmente, todos esos inconvenientes quedaron solucionados, incluso el sitio al que debían enviar el paquete.

—¿Usted prefiere que se lo envíe a casa de la señora Goddard, señorita? —preguntó la señora Ford.

—Sí... No... Sí, a casa de la señora Goddard. Pero la falda mándela a Hartfield. No, no, mándelo todo a Hartfield, por favor, pero entonces la señora Goddard también deseará verlo... y yo podría llevar la falda a casa otro día. Pero en seguida necesitaré la cinta... es decir, que es preferible que lo manden a Hartfield... al menos la cinta. Señora Ford, usted podría hacer dos paquetes, ¿no?

—No es necesario dar tantas molestias a la señora Ford, Harriet, y hacerle hacer dos paquetes.

—No, por supuesto.

—No es ninguna molestia, señorita Harriet, no faltaba más —dijo la gentil señora Ford.

—¡Oh! Pero es que ahora lo cierto es que prefiero que solamente me hagan un paquete. Envíelo todo a casa de la señora Goddard, por favor... pero, no sé... no, creo, Emma, que es preferible que lo manden todo a Hartfield y que yo esta noche me lo lleve todo a casa. ¿Tú qué crees?

—Lo que creo es que no debes dedicar ni medio segundo más a pensar en este asunto. Señora Ford, mándelo a Hartfield, por favor.

—Sí, eso será preferible —dijo Harriet totalmente complacida—; no me agradaría en absoluto que lo mandaran a casa de la señora Goddard.

Se escucharon unas voces que se aproximaban a la tienda... o, mejor dicho, una voz y dos señoras; la señorita Bates y la señora Weston se encontraron con ellas en la puerta.

—Mi querida señorita Emma —dijo la señorita Bates—, justamente vine a buscarla para suplicarle que viniera a nuestra casa un momento y nos diera su opinión sobre el piano nuevo; la señorita Harriet y usted. ¿Cómo se encuentra señorita Harriet? Yo muy bien, gracias... y he suplicado también a la señora Weston que viniera para contar con otra opinión de importancia y muy valiosa para nosotras.

—Espero que la señorita Fairfax y la señora Bates estén...

—Muy bien, gracias, no se imagina cómo agradezco su interés. Mi mamá se encuentra muy bien, magníficamente bien, y Jane, afortunadamente, no se resfrió ayer por la noche. ¿Cómo está el señor Woodhouse?... No sabe lo que me contenta saber que está tan bien de salud. La señora Weston me dijo que ustedes estaban aquí... ¡Oh! Y entonces yo me dije, iré de inmediato antes de que se marchen, estoy segura de que a la señorita Emma no le importará que la moleste y le solicite que venga un rato a casa; mi mamá se alegrará mucho de verla... Y ahora que somos tantos no se negará. "Sí, sí, es una estupenda idea", dijo el señor Frank Churchill, "será muy interesante conocer la opinión de la señorita Emma sobre el piano...". Pero, les dije yo, es más probable que la pueda convencer para venir si me acompaña uno de ustedes...". "¡Oh!", dijo él, "espere medio minuto a que haya finalizado mi trabajo". Porque, no sé si usted querrá creerlo, señorita Emma, pero es un muchacho tan atento y amable que estaba arreglando la montura de las gafas de mi mamá... Esta mañana los cristales se salieron de la montura, ¿sabe usted? ¡Oh, es tan gentil..! Porque mi mamá no podía usar las gafas... no podía colocárselas. Y, por cierto, todos deberían tener dos pares de gafas; sí, sí, todos. Jane ya lo dijo. Esta mañana la primera cosa que yo quería hacer era llevarlas a John Saunders, pero toda la mañana tuve que hacer otras cosas que me distraían; primero una cosa, después otra, no se termina jamás, ya sabe usted. Primero vino Patty comentándome que creía que había que limpiar la chimenea de la cocina. ¡Oh Patty!, dije yo, no me digas ahora esas malas noticias. A la señora se le rompió la montura de las gafas. Después llegaron las manzanas asadas que la señora Wallis me enviaba con su chico; los Wallis siempre son muy atentos y amables con nosotras... He escuchado decir a algunas personas que la señora Wallis en ocasiones es mal educada y responde de una manera muy grosera, pero con nosotras solamente ha tenido atenciones. Y no es porque somos clientes muy buenos, por el pan que les compramos, ¿sabe usted? Solamente tres panecillos... y eso que ahora tenemos a Jane con nosotras... Y es que ella no come casi nada... desayuna tan poco que usted se asombrará si la viera. Yo no me arriesgo a decirle a mi mamá lo poco que come... Y, mire, una vez digo una cosa y después digo otra y de esa manera va pasando. Pero casi al mediodía tiene hambre y no hay nada que le agrade tanto como esas manzanas asadas que, a propósito, es una fruta muy saludable, porque el otro día tuve la oportunidad de consultárselo al señor Perry; casualmente le encontré en la calle. No es que yo tuviera dudas de que fuera una fruta sana... En muchas ocasiones he escuchado al señor Woodhouse recomendar las manzanas asadas. Creo que es la única manera que el señor Woodhouse piensa que la fruta es completamente recomendable. No obstante, nosotras hacemos muchas veces tarta de manzana. Patty hace una tarta de manzana deliciosa. Bueno, señora Weston, pienso que ha logrado usted lo que nos proponíamos, espero que estas señoritas sean tan gentiles de venir a nuestra casa.

Emma estaba "verdaderamente encantada de ir a la casa de la señora Bates", y finalmente abandonaron la tienda sin más tardanza que la obligada por parte de la señorita Bates:

—Señora Ford, ¿cómo se encuentra usted? Le suplico que me disculpe. Hasta ahora no la había visto. Me dijeron que usted recibió de Londres un nuevo surtido de cintas que es una belleza. Jane ayer llegó a casa fascinada con ellas. ¡Ah, los guantes son maravillosos...! Solamente que muy largos, pero Jane ya les está cosiendo un dobladillo.

—¿Qué decía? —dijo comenzando nuevamente cuando todas salieron a la calle.

Emma pensó a cuál de las incontables cosas de las que había hablado se estaría refiriendo.

—Pues juro que no puedo recordar lo que estaba diciendo... ¡Ah, sí! Las gafas de mi mamá. ¡El señor Frank Churchill ha sido tan amable! "¡Oh!", dijo, "creo que puedo arreglarles la montura; ese tipo de trabajos me gusta mucho". Lo que evidencia que es un muchacho muy... lo cierto, debo decirles que aunque antes de conocerle ya había escuchado hablar mucho de él y le tenía en mucha estima, realmente es muy superior a todo lo que... La felicito, señora Weston, de todo corazón. En mi opinión posee todo lo que el padre más exigente podría... "¡Oh!", me dijo, "yo puedo arreglarles la montura; me gusta ese tipo de trabajos". Jamás olvidaré su gentileza Y cuando yo saqué de la despensa las manzanas asadas, esperando que nuestros amigos serían tan gentiles que las probarían, "¡Oh!", dijo él de inmediato, "no hay fruta mejor que esa, y además en mi vida había visto unas manzanas asadas en casa que tuvieran tan buena apariencia". Ya ve usted, eso es ser lo que se dice de lo más... Y por la manera en que lo dijo estoy segura de que no era un halago. Claro está que son unas manzanas muy buenas, y que la señora Wallis le saca todo el partido posible... A pesar de que solamente las hemos asado dos veces y el señor Woodhouse hizo que le prometiéramos que lo haríamos tres... Pero la señorita Emma será tan buena que no se lo dirá ¿verdad? Estas manzanas son las mejores que hay para asar, de eso no hay duda; todas son de Donwell... Es una parte de la generosa ayuda que nos brinda el señor Knightley. Nos manda un saco todos los años; y por supuesto no hay mejores manzanas para guardar que la de los árboles de sus campos... Pienso que solamente tiene dos manzanos de este tipo. Mi mamá dice que en su juventud el huerto ya era famoso. Pero el otro día me llevé un auténtico disgusto porque el señor Knightley nos visitó una mañana y Jane estaba comiendo esas manzanas, y nosotras nos pusimos a elogiarlas y le dijimos que a ella le agradaban mucho, y él nos preguntó si ya se nos había terminado. "Estoy plenamente seguro de que tienen que habérseles acabado", nos dijo, "les mandaré otro saco; yo tengo muchas más de las que puedo comer. William Larkins este año me entregó una cantidad mucho mayor a la habitual. Les mandaré unas cuantas más antes de que se estropeen". Yo le rogué que no lo hiciera... Pero como era cierto que se nos estaba terminando la provisión tampoco podía decirle que teníamos muchas... la verdad es que solamente nos quedaba media docena; pero las estábamos guardando todas para Jane; y yo no podía permitir que nos enviara más después de lo bondadoso y generoso que fue con nosotras. Y Jane opinó lo mismo. Y cuando él se fue, ella casi discutió conmigo... Bueno, no, no es que discutiéramos, porque entre nosotras jamás hay discusiones, pero sintió mucho que yo hubiese reconocido que las manzanas estaban a punto de acabarse; ella quería que yo le hiciese creer que todavía teníamos muchas. ¡Oh, querida!, yo le dije, no podía engañarlo. Pero esa misma tarde William Larkins se presentó con un cesto de manzanas inmenso, el mismo tipo de manzanas, por lo menos media arroba[13], y yo sentí mucha gratitud, y salí a conversar con William Larkins, y de esa manera se lo dije como ya pueden ustedes imaginar. ¡Conocemos a William Larkins hace tantos años! Siempre me contenta verlo de nuevo. Pero después supe por Patty que William dijo que esas eran todas las manzanas de ese tipo que le quedaban a su señor. Las trajo todas... Y ahora a su señor no le había quedado ni una sola para asar o para hacer hervida. Esto no parecía preocuparle lo más mínimo a William, él estaba muy alegre de pensar que su señor vendió tantas; porque ya saben ustedes que William piensa más en las ventajas y beneficios de su señor que en ninguna otra cosa; pero dijo que la señora Hodges se molestó mucho al ver que se habían quedado sin ninguna. No podía soportar que su señor no pudiese comer esta primavera tartas de manzana. Eso fue lo que William le relató a Patty, pero le dijo que no se angustiara por eso y que no nos dijera nada a nosotras, porque la señora Hodges se molesta frecuentemente, y como ya habían vendido muchos sacos no era muy importante quién se comiera las demás. Y Patty me lo dijo a mí, y yo tuve un auténtico disgusto. Por nada del mundo aceptaría que el señor Knightley supiera nada de todo esto. Lo más seguro es que se pondría... Yo quería impedir que Jane se enterara, pero, desgraciadamente, ya lo había dicho cuando me di cuenta.

Cuando apenas había terminado de hablar la señorita Bates, Patty abrió la puerta y sus visitantes comenzaron a ascender por las escaleras ya sin tener que prestar atención a historia alguna, perseguidos solamente por las expresiones incongruentes de su buena voluntad.

—Señora Weston, por favor, tenga mucho cuidado, al dar la vuelta hay un escalón. Señorita Emma, por favor, la escalera es un poco oscura... Más oscura y más estrecha de lo que se podría desear. Señorita Harriet, por favor, tenga cuidado. Señorita Emma, sufro por usted, creo que está

13 Laarroba es una antigua unidad de medida usada en la península ibérica y en América Latina, usada tanto para masa como para volumen.

tropezando. Tenga mucho cuidado con el escalón que hay cuando dé la vuelta, señorita Harriet.

Capítulo XXVIII

Era una imagen auténtica de la serenidad lo que vieron cuando entraron en la pequeña sala de estar; la señora Bates, privada de su acostumbrada distracción, cabeceaba adormilada al lado de la chimenea, Frank Churchill, sentado a la mesa y cercano a ella, estaba completamente abstraído en la actividad de arreglar las gafas, y Jane, dándoles la espalda, miraba el piano.

Aunque estaba completamente concentrado en lo que hacía, la cara del muchacho resplandeció con una sonrisa de satisfacción al ver a Emma.

—No se imaginan cuánto me alegro —dijo en voz baja—; ustedes llegan por lo menos diez minutos antes de lo que suponía. Como pueden darse cuenta estoy intentado ser útil; díganme si lo lograré.

—¡Pero cómo! —dijo la señora Weston—. ¿No has finalizado todavía? No te ganarías muy bien la vida arreglando gafas al paso que vas.

—Es que he estado también haciendo otras cosas —contestó—; ayudé a la señorita Fairfax a tratar de nivelar el piano; una de las patas quedaba suspendida en el aire; imagino que se trataba de un desnivel del suelo. Como puede darse cuenta, colocamos debajo de una pata una cuña de papel. Ustedes han sido muy amables al permitir que las convencieran de venir. Yo casi me temía que desearan irse a casa de inmediato.

Él se las arregló de manera que Emma se sentara junto a él y se mostró tan atento que para ella eligió la manzana mejor asada, tratando de que la muchacha lo ayudara o lo aconsejara en el trabajo que estaba haciendo, hasta que Jane estuvo dispuesta nuevamente a sentarse al piano. Antes de hacerlo pasó un rato y Emma intuyó que la demora era motivada a su nerviosismo. Hacía poco tiempo todavía que tenía el piano y no podía tocarlo sin sentirse conmovida; debía controlar sus nervios antes de tocar normalmente; y Emma se compadeció de ella y entendió sus reacciones, fueran cuales fuesen sus razones, y resolvió no hablar a su joven amigo nuevamente de sus sospechas.

Finalmente, Jane comenzó a tocar y, a pesar de que los primeros acordes fueron muy débiles, poco a poco se fueron poniendo de manifiesto todas las probabilidades del piano. La señora Weston, la primera vez, quedó fascinada de su sonoridad, y ahora lo estaba de nuevo; y los calurosos cumplidos de Emma se unieron a los suyos; y después de haber matizado debidamente las frases de elogio, el piano fue considerado en conjunto como un extraordinario instrumento.

—No importa quien sea la persona a quien el coronel Campbell hizo esta encomienda —dijo Frank sonriendo a Emma—, lo que importa es que no ha elegido mal. En Weymouth siempre se comentaba sobre el buen gusto del coronel Campbell; y estoy completamente seguro de que la suavidad de las notas altas es justamente lo que él y todas sus amistades de allí hubieran valorado más. Me arriesgaría a decir, señorita Jane, que o bien él mismo dio instrucciones exactas a su amigo o bien personalmente escribió a Broadwood. ¿No lo cree usted de esa manera?

Pero Jane no se volvió. No estaba forzada a oír lo que decían. En ese mismo instante, la señora Weston estaba dirigiéndole la palabra también.

—No, eso no está bien —dijo Emma susurrando—; lo único que yo le dije fue una conjetura hecha al azar. No la ponga en un apuro, por favor.

Mientras sonreía, él negó con la cabeza y adoptó el aire de alguien que tiene muy pocas dudas y muy poca misericordia. Luego, al poco rato, comenzó nuevamente:

—Señorita Fairfax, ¿se imagina usted lo felices que estarán sus amigos de Irlanda imaginando la ilusión que tendrá usted al recibir este obsequio? Me atrevería a asegurar que piensan frecuentemente en usted y que incluso calcularon el día, el día exacto en que el piano llegaría a sus manos. ¿Piensa usted que el coronel Campbell sabe que el piano ya está en sus manos? ¿Imagina usted que este obsequio fue la consecuencia inmediata de una encomienda suya o más bien que solamente dio instrucciones generales, sin concretar el asunto del tiempo y haciéndolo depender de algunas conveniencias y contingencias?

Hubo una pausa. En esta ocasión la muchacha tenía que darse obligatoriamente por aludida, no podía evitar responder...

—Pero hasta que no tenga una misiva del coronel Campbell —dijo ella con una voz forzadamente serena— no puedo asegurar nada. Solamente pueden hacerse suposiciones.

—Suposiciones... sí, en ocasiones se hacen suposiciones acertadas, y a veces erróneas. Lo que me encantaría poder suponer es lo que todavía tardaré en lograr arreglar la montura de estas gafas. ¡Cuando uno está absorbido por un trabajo y se pone a hablar, cuántas boberías dice! ¿Verdad, señorita Emma? Imagino que los auténticos trabajadores están siempre en silencio, pero nosotros los caballeros que trabajamos por afición, cuando escuchamos una palabra... La señorita Jane dijo algo sobre las suposiciones. Ya está, por fin. Señora —dirigiéndose a la señora Bates—, tengo el honor de devolverle sus gafas, por ahora arregladas completamente.

Madre e hija le agradecieron muy afectuosamente; para tratar de huir de esta última caminó hacia el piano y suplicó a la señorita Jane, que todavía estaba sentada ante el instrumento, que tocara nuevamente.

—Señorita Jane, si es usted tan gentil —dijo él—, toque usted uno de esos valses que bailamos durante la noche de ayer; me agradaría tanto escucharlos nuevamente. Usted no disfrutó de la reunión tanto como yo; parecía que todo el tiempo estaba agotada. Me parece que se contentó de que no danzáramos más, pero yo hubiera dado todo lo que tengo y lo que no, por una media hora más de baile.

Jane tocó el vals que le habían solicitado.

—¡Qué maravilla escuchar nuevamente una melodía que nos ha hecho dichosos! Si no estoy equivocado bailamos en Weymouth esta pieza.

La muchacha alzó por un instante la mirada hacia él, se sonrojó intensamente, y comenzó a tocar otra cosa. Él cogió unos cuadernos de música que estaban en una silla cerca del piano y dijo, dirigiéndose a Emma:

—Definitivamente esto es algo totalmente nuevo para mí. ¿Usted lo conoce? Cramer... y esta es una reciente colección de canciones irlandesas. Por supuesto que ya era de esperar que hubiese aquí algo irlandés. Todo eso lo mandaron con el instrumento. El coronel Campbell está en absolutamente todo, ¿verdad? Sabía que la señorita Jane aquí no tenía nada de música. Por esos detalles tan atentos yo reconozco mi admiración; se ve que es algo que emerge del corazón. Todo está hecho sin apuros, reflexionándolo bien, hasta el último detalle. Se ve aquí la mano de alguien a quien mueve un gran cariño.

Emma hubiera preferido que el muchacho se mostrara menos intencionado, pero la situación no dejaba de entretenerla; y cuando al ver de reojo a Jane notó que en sus labios flotaba una leve sonrisa, cuando se dio cuenta que al sonrojo de la responsabilidad de poco antes le había sucedido una sonrisa de oculta satisfacción, sintió menos escrúpulos de que todo eso le divirtiera y mucho menos misericordia por ella... La fascinante, digna, preciosa y perfecta Jane, al parecer, se complacía en sentimientos muy censurables.

Frank le dio a Emma todos los cuadernos de música y los dos los vieron juntos... Emma aprovechó la ocasión para murmurar:

—Usted habla muy claro. Tiene que entenderlo obligatoriamente.

—Espero que sea así. Lo que desearía es que me comprendiera. No le da vergüenza lo más mínimo de lo que estoy hablando.

—Pues le juro que yo sí estoy algo avergonzada, y desearía que la idea no se me hubiese ocurrido.

—Yo estoy muy feliz de que se le ocurriera y también de que la compartiera conmigo. Ahora ya sé cómo interpretar sus extravagancias y sus actitudes extrañas. Déjela que sienta vergüenza. Si actúa mal, debería darse cuenta de lo que está haciendo.

—A mí me da la impresión de que no deja de notarlo.

—No me parece que esté muy arrepentida. En este instante está tocando *Robing Adair*... La canción preferida de él.

La señorita Bates, poco después, cuando pasó al lado de la ventana, descubrió al señor Knightley que no lejos de allí pasaba a caballo.

—¡Qué sorpresa! ¡El señor Knightley! Debo hablar con él de inmediato, aunque solamente sea para agradecerle. Pero no quiero abrir esta ventana; todos ustedes podrían resfriarse, pero ¿saben lo que haré? Abriré la ventana de la habitación de mi mamá. No tengo dudas de que entrará cuando se dé cuenta de quién está en casa. ¡Oh, qué felicidad tenerles a todos aquí reunidos! ¡Para nuestra modesta casa es un gran honor!

Al terminar de pronunciar esta frase ya se encontraba en la habitación de al lado y, después de abrir la ventana rápidamente, llamó la atención del señor Knightley, y hasta la última sílaba de la charla que sostuvieron fue completamente escuchada por los demás, como si la escena se desarrollara en esa misma habitación.

—¿Cómo está?... ¿Cómo está?... Yo muy bien, gracias. Muy agradecida porque ayer nos prestara el coche. Sí, llegamos a muy buena hora; mi mamá nos esperaba. Por favor, entre usted, se lo suplico. Aquí encontrará a varios amigos, entre, por favor.

De esa manera empezó la señorita Bates, y el señor Knightley pareció firmemente decidido a dejarse escuchar, porque contestó de una manera tajante y resuelta:

—Señorita Bates, ¿cómo está su sobrina? Dígame usted cómo están todos, pero sobre todo su sobrina, ¿cómo está la señorita Jane? Imagino que ayer por la noche no cogió un resfriado ¿Cómo está hoy? Pero dígame cómo sigue la señorita Jane.

Y se vio forzada la señorita Bates a responder a todas estas preguntas antes de que él aceptara escucharla hablar de algo más. Los oyentes estaban sonriendo divertidos, y la señora Weston dirigió una mirada suspicaz a Emma. Pero esta movió negativamente la cabeza como reafirmándose en su incredulidad.

—¡Gracias, le estamos muy agradecidas! ¡Estamos muy agradecidas por el coche...! —continuó la señorita Bates.

Pero él, bruscamente, la interrumpió diciendo:

—¿Desea usted algo? Iré a Kingston

—¡Oh! ¿De verdad? ¿Usted de verdad irá a Kingston? La señora Cole me decía que necesitaba algo de Kingston el otro día.

—La señora Cole puede mandar a sus sirvientes. ¿Pero usted desea algo?

—Muchas gracias, pero no, gracias. Pero, por favor, entre usted un rato. ¿Quién cree usted que se encuentra aquí? La señorita Emma y la señorita Harriet; han sido tan gentiles que nos han venido a visitar para escuchar el piano nuevo. Deje usted el caballo en la Corona y entre un momento, por favor.

—Está bien —dijo de manera decidida—, pero solamente cinco minutos.

—¡Están aquí también la señora Weston y el señor Frank Churchill! ¡Ay, qué felicidad! ¡Ver a tantos amigos reunidos aquí, no lo puedo creer!

—No, no, muchas gracias, pero ahora no puedo. Es que ni dos minutos podría quedarme. Tengo mucha prisa por llegar a Kingston.

—¡Oh, entre un momento, por favor! Se contentarán mucho de verlo.

—No, no, ya usted tiene mucha gente en casa. Otro día las visitaré y escucharé el piano.

—Bueno, como desee, pero la verdad lo lamento mucho... ¡Oh, señor Knightley! ¡Qué reunión más maravillosa la de anoche! ¡Fue muy agradable! ¿Usted había visto alguna vez un baile como ese? ¿No fue realmente fascinante? ¡Pero qué pareja formaban la señorita Emma y el señor Frank! Yo jamás había visto nada semejante.

—¡Oh, sí, sí, sí, realmente fascinante! No puedo comentar una cosa distinta porque imagino que la señorita Emma y el señor Frank estarán escuchando todo lo que estamos hablando. Y —alzando todavía más la voz— no sé por qué no nombra también a la señorita Jane. Creo que la señorita Jane baila excelentemente. Y la señora Weston tocando contradanzas no tiene en toda Inglaterra rival. Ahora si sus amigos fueran algo agradecidos para corresponder tendrían que hacer algunos cumplidos en voz alta sobre usted y sobre mí, pero no puedo permanecer más tiempo para escucharlos.

—¡Oh, señor Knightley, aguarde un instante! Es algo importante... ¡Lo lamentamos tanto! ¡Jane y yo hemos lamentado mucho lo de las manzanas!

—¿Ahora de qué me habla usted?

—¡Pensar que usted nos mandó todas las manzanas que le quedaban! Usted dijo que tenía muchas, pero ahora se quedó sin ninguna. ¡Le juro que lo hemos lamentado tanto! La señora Hodges tiene razones para estar enfadada. William Larkins nos lo dijo. Usted no debería haberlo hecho. No, le aseguro que no debió hacerlo. ¡Oh! Ya se fue. No puede soportar que le agradezcan. Pero yo pensé que iba a entrar, y hubiera sido una lástima no haber dicho... Bueno —entrando nuevamente en el salón—, no tuve éxito. El señor Knightley no pudo detenerse. Iba hacia Kingston. Me preguntó si necesitaba algo de...

—Sí —dijo Jane—, ya hemos oído sus gentiles ofrecimientos, lo escuchamos todo, tía.

—¡Oh, sí, querida, ya imagino que han podido escucharlo!; porque, verán ustedes lo que sucedía, la puerta estaba abierta y también la ventana, y el señor Knightley hablaba en voz muy alta. Por supuesto, seguro que tuvieron que escucharlo todo. "¿Usted desea algo de Kingston?", me dijo; y yo, claro, me acordé... ¡Oh!, señorita Emma, ¿ya tiene usted que irse? Pero si apenas acaba de llegar... Usted fue tan gentil...

Emma pensó que ya había llegado la hora de regresar a su casa; la visita duró mucho; y al mirar los relojes se dieron cuenta de que había pasado buena parte de la mañana, de manera que la señora Weston y Frank igualmente se despidieron, y solamente pudieron acompañar a las dos muchachas hasta la entrada de Hartfield antes de irse a Randalls caminando.

Capítulo XXIX

Prescindiendo completamente del baile es posible vivir. Se conocen casos de muchachos que pasaron meses enteros sin ir a ningún baile ni a nada que se le pareciera, sin padecer por ello ningún perjuicio ni en el cuerpo ni en el espíritu, pero una vez que se ha comenzado... una vez que se ha sentido, aunque sea suavemente, el placer de girar de manera muy rápida al ritmo de una música... no es fácil renunciar a la tentación de pedir que vuelva a repetirse.

En Highbury ya Frank Churchill había bailado una vez, y ahora suspiraba por bailar de nuevo; y la última media hora de una reunión que el señor Woodhouse autorizó en pasar con su hija en Randalls, los dos muchachos la dedicaron a hacer planes sobre ese asunto. La iniciativa fue de Frank, así como el mayor interés en lograr lo que deseaba; debido a que ella prestaba gran atención a los obstáculos, y pensaba que debía ser algo digno y conveniente a las circunstancias. Pero, a pesar de todo, Emma tenía muchos deseos de demostrar de nuevo lo extraordinariamente bien que bailaban el señor Churchill y la señorita Woodhouse —algo de lo que no tenía que sonrojarse al compararse con Jane Fairfax— ...y también tantos deseos simplemente de danzar, sin que contara el maligno aguijón de la pedantería... que le ayudó inicialmente a medir el salón en que estaban para saber cuántas personas cabrían allí... y después tomar las medidas de la otra sala de estar, con la esperanza de encontrar —a pesar de todo lo que el señor Weston podía decirles que eran de las mismas dimensiones— que era algo más grande.

La primera propuesta del muchacho de que el baile que había comenzado en casa del señor Cole debía finalizar en esa casa... que estarían las mismas personas que la vez anterior... y que la que tocaría el piano sería la misma... encontró la más inmediata aprobación. Con mucho entusiasmo, el señor Weston apoyó la idea, y la señora Weston se comprometió con mucho gusto a tocar durante todo el tiempo que ellos quisieran bailar; y acto seguido se aplicaron a la agradable actividad de calcular exactamente quiénes serían las parejas y a destinar la parte de espacio disponible a cada una de ellas.

—Usted, la señorita Harriet y la señorita Jane serán tres, y las dos señoritas Cox cinco —repetía Frank una y otra vez—. Y, por otro lado, están los dos Gilbert, Cox hijo, mi padre y yo, y además el señor Knightley. Sí, seremos los suficientes para entretenernos. Usted, la señorita Harriet y la señorita Jane, serán tres, y las dos señoritas Cox, cinco; y para cinco parejas habrá espacio suficiente.

Sin embargo, no tardó mucho en modificar su opinión.

—Bueno, no sé si habrá bastante espacio para cinco parejas... Creo que no.

Y luego:

—Bueno, después de todo, no vale la pena planear y organizar nada por cinco parejas. Si uno piensa tranquilamente lo que eso significa, no son nada cinco parejas. No saldrá bien invitando solamente a cinco parejas. Fue una idea que se nos ocurrió en un mal momento.

Alguien comentó que estaban esperando a la señorita Gilbert en casa de su hermano, y que debía también ser invitada con los otros. Pero otro opinaba que la señora Gilbert, si se lo hubiesen solicitado, hubiera bailado en casa de los Cole. Se comentó también del hijo menor de los Cox; y finalmente, después que el señor Weston nombró a unos primos suyos que también tenían que ser incluidos en la lista, y de otra amistad suya muy antigua a la que no podía despreciar, se tuvo la certeza de que las cinco parejas serían por lo menos diez, y comenzaron a hacerse extraños cálculos con respecto a las posibilidades de meter en el salón a toda esas personas.

Se encontraban enfrente la una de la otra, las puertas de ambas salas.

—¿No podríamos usar ambas salas y también disponer del espacio de la puerta para bailar?

Daba la impresión de que esta era la mejor idea, pero la mayoría pidió que se buscara una solución más conveniente. Emma dijo que sería algo vulgar; la señora Weston se preocupaba por la cena; y el señor Woodhouse resueltamente se opuso por razones de salud. La cosa le hubiera intranquilizado tanto que había que desechar el plan.

—¡Oh, no! —dijo—. Esto sería el colmo de la insensatez. No puedo aceptarlo por Emma... Emma no es una joven fuerte. Iba a pescar un terrible resfriado. Y también la pobre Harriet. Igual que todos ustedes. Usted tendría que guardar cama, señora Weston; por favor, no los deje charlar de locuras como esta, no los deje hablar de esas cosas. Ese muchacho —dijo bajando la voz— no tiene ni pizca de cerebro. Pero no se lo diga a su papá, pero ese muchacho no actúa bien. Está abriendo las puertas toda la tarde a cada instante y las deja abiertas sin ninguna consideración. Ni siquiera piensa en las corrientes de aire. Yo no deseo indisponerlo con él, pero le juro que ese muchacho tiene muy poco cerebro.

Al escuchar estas frases de recriminación, la señora Weston quedó muy apenada. Estaba segura de la importancia que tenían e hizo todo lo que le fue posible por disipar sus prejuicios. Todas las puertas se cerraron, se dejó a un lado el plan de comunicar ambas salas y se regresó nuevamente al proyecto inicial de bailar solamente en el salón en el que entonces estaban; y con tan buena voluntad por parte de Frank que el espacio que un cuarto de hora antes apenas pensaban que era suficiente para cinco parejas, se trató de transformarlo en holgado para diez parejas.

—Fuimos muy generosos —dijo—; dábamos mucho más espacio del requerido. Aquí caben perfectamente diez parejas.

Pero Emma protestó:

—Sería mucha gente... un gentío terrible; no existe nada peor que bailar sin espacio suficiente para moverse.

—Sí, sí, es verdad —dijo él seriamente—, sería espantoso.

Pero continuó tomando medidas y finalmente finalizó diciendo:

—Creo que diez parejas tendrían bastante espacio, a pesar de todo.

—No, no —dijo Emma—, por favor, sea usted razonable. Sería terrible estar tan apretados. Es que no hay nada más desagradable que bailar rodeado de muchas personas... ¡y en un lugar tan pequeño ese gentío!

—Por supuesto, eso no puedo negarlo —dijo—. Estoy completamente de acuerdo con usted... Muchas personas en un lugar tan pequeño... Señorita Emma, tiene usted la virtud de describir muy gráficamente las cosas en muy pocas palabras. ¡Maravilloso, ciertamente maravilloso! Pero, después de haberle dado tanta vueltas cuesta mucho dejarlo pasar. Mi papá se decepcionaría mucho... y en resumen... aunque no sé muy bien por qué... yo más bien soy del criterio de que diez parejas cabrían aquí dentro perfectamente.

Emma notó que sus galanterías no eran muy naturales, y que él se resistiría antes de renunciar al placer de bailar con ella, pero aceptó el cumplido y no recordó todo lo demás. Si en alguna ocasión llegaba a pensar en contraer matrimonio con él, valdría la pena pensar serenamente y tratar de medir el valor de su inclinación por ella, y de entender la naturaleza de su temperamento; pero para todos los efectos de su amistad el muchacho era suficientemente gentil.

Frank Churchill llegó a Hartfield antes de las doce de la mañana del día siguiente; y entró en la sala mostrando una sonrisa tan agradable que evidenciaba bien a las claras que no había abandonado su plan. Se vio muy pronto que venía a anunciar alguna feliz idea.

—Bueno, señorita Emma —comenzó diciendo casi de inmediato—, espero que la afición que siente usted por bailar no se haya esfumado por completo con el miedo que le inspiran las pequeñas dimensiones de las salitas de la casa de mi papá. Traigo una nueva propuesta con respecto a esta cuestión: fue una idea de mi papá que solamente espera su aprobación para ponerla en práctica. ¿Puedo tener el honor de que usted me conceda los dos primeros bailes de esta pequeña reunión que pensamos podría realizarse en la Hostería de la Corona y no en Randalls?

—¿En la Corona?

—Sí, si usted y el señor Woodhouse no ven ningún inconveniente, y espero que no, mi papá espera de la amabilidad de sus amigos que le honren con ir a la hostería. Allí les puede ofrecer más comodidades y un recibimiento no menos amable que en Randalls. Fue idea suya. La señora Weston no ve ningún obstáculo, con tal de que ustedes den su aprobación. Y esta es también nuestra opinión. ¡Oh! Usted tenía toda la razón. Diez parejas en cualquiera de las dos salas de Randalls hubiera sido algo verdaderamente insoportable. ¡Qué espanto! Yo ya me daba cuenta durante todo el rato de que usted tenía mucha razón, pero tenía muchos deseos de defender algo para demostrar que cedía. ¿Entonces no le parece una idea mucho mejor? ¿Usted está de acuerdo? Espero que usted dé su aprobación.

—Me da la impresión de que es un plan al que nadie le puede poner objeciones, si no las ponen la señora y el señor Weston. En mi opinión es magnífico. Y por lo que a mí respecta, estaré muy feliz de... Sí, pienso que era la única solución que podía hallarse. Papá, ¿no te parece una excelente solución?

Emma se vio forzada a explicárselo nuevamente antes de ser entendida del todo; y después, como se trataba de algo reciente, para que lo aceptara fue necesario que le hicieran una cantidad de consideraciones.

—No, yo lo que creo es que está muy lejos de ser una excelente solución... es una idea muy poco afortunada... peor que la anterior. La sala de una posada siempre es un lugar peligroso y húmedo, jamás está bien ventilado y no es un sitio propio para ser habitado. Si tienen que bailar es preferible que lo hagan en Randalls. Jamás he estado en esta sala de la Corona... ni tampoco conozco a alguien que la haya visto por dentro... pero, ¡no, no! Creo que es un proyecto muy malo. En la Corona todos van a pescar unos resfriados peores que en cualquier otro lugar.

—Justamente le iba a decir —dijo Frank— que uno de los grandes beneficios de este nuevo plan es el poco riesgo que hay de que alguien coja un resfriado... ¡En la Corona el riesgo es mucho menor que en Randalls! Tal vez el señor Perry tuviera razones para quejarse de este cambio, pero nadie más.

—Señor —dijo el señor Woodhouse, molestándose un poco—, usted se equivoca de medio a medio si imagina que el señor Perry es un hombre capaz de algo así. El señor Perry lo siente mucho cuando uno de nosotros se enferma. Pero lo que no comprendo es por qué piensa usted que el salón de la Corona será un sitio más seguro que el de casa de su papá.

—Pues simplemente por el sencillo hecho de que tiene más espacio, es más amplio. No tendremos que abrir ninguna ventana... ni una sola ventana en toda la reunión; y es esta terrible costumbre de abrir las ventanas, permitiendo que entre el viento frío que actúa sobre el cuerpo lleno de sudor, la que (como usted sabe muy bien) es la responsable de esas tragedias.

—¡Abrir las ventanas! Señor Churchill, pero sin duda alguna, a nadie se le ocurriría abrir las ventanas en Randalls. ¡Nadie hubiera podido ser tan insensato! En mi vida he escuchado decir algo parecido. ¡Bailar con las ventanas abiertas! No tengo dudas de que ni su papá ni la señora

Weston (la pobre señorita Taylor, como antes le decíamos) lo hubieran permitido.

—¡Ah! Pero siempre hay algún muchacho alocado que se escurre detrás de una cortina sin que nadie le vea y entreabre la ventana. Yo mismo lo he visto hacer en muchas ocasiones.

—¿Lo dice de verdad? ¡Dios nos proteja! Jamás lo hubiera imaginado. Pero es que yo vivo fuera del mundo, y muchas veces me quedo sorprendido de lo que me comentan. No obstante, esto ya significa una diferencia; y tal vez, cuando hablemos otra vez de ello... pero este tipo de cosas necesitan pensárselas mucho. No se pueden resolver apresuradamente. Si el señor y la señora Weston fueran tan gentiles de venir a visitarme una mañana, podríamos charlar del tema y veríamos lo que podría hacerse.

—Pero es que, desdichadamente, tengo tan poco tiempo...

—¡Oh! —interrumpió Emma—, para hablar de todo tendremos tiempo de sobra. No hay ninguna prisa. Papá, si se pudiera lograr que el baile fuera en la Corona, sería muy adecuado para los caballos. Tendrían muy cerca las cuadras.

—Sí, en eso tienes toda la razón, querida. Esto es una gran cosa. No es que James se lamente jamás, pero siempre que se pueda es preferible tener consideración con los caballos. Si pudiera tener la seguridad de que la sala estará bien ventilada... pero ¿podemos confiarnos de la señora Stokes? Tengo muchas dudas. Yo ni de vista la conozco.

—Yo puedo responder de todos esos detalles, ya que la señora Weston personalmente se encargará de ellos. La señora Weston se ocupa de la dirección general de todo.

—¡Te das cuenta, papá! Imagino que esto te calmará... Nuestra querida señora Weston, que es el esmero y la organización personificados. ¿Recuerdas lo que dijo hace muchos años el señor Perry cuando me dio sarampión? "Si la señorita Taylor se encarga de arropar a la señorita Emma, usted no tiene que temer que se destape". En muchas ocasiones te lo he escuchado relatar como haciéndole un gran halago.

—Sí, sí, es cierto, es cierto que el señor Perry lo dijo. Jamás lo olvidaré. ¡Mi pobre Emmita! Estuviste muy mal con el sarampión; bueno, quiero decir que hubieses llegado a estar muy mal, de no ser por los esmerados cuidados de Perry. Durante una semana vino cuatro veces al día. Desde el principio ya dijo que era un sarampión muy benigno... y esto era lo que nos consolaba más, pero a pesar de todo, el sarampión siempre es una enfermedad espantosa. Espero en que cuando alguno de los pequeños de la pobre Isabella tenga el sarampión manden llamar a Perry.

—Mi papá y la señora Weston están en la Corona en estos instantes —dijo Frank— midiendo la capacidad del local. Yo les dejé allí y vine a Hartfield porque estaba impaciente por conocer su opinión, y también porque esperaba que la convencería para que se reuniera allá con ellos y pudiera exponer su criterio sobre el terreno. Ambos me suplicaron que se lo dijera de esa manera. Usted les daría una inmensa alegría si ahora me permitiera acompañarla hasta allí. No podemos tomar ninguna decisión definitiva sin usted.

Emma se sintió muy halagada al ver que la invitaban para esa asamblea; y después de hacer prometer a su padre que en su ausencia meditaría sobre todo lo que habían estado conversando, ambos muchachos salieron de inmediato en dirección a la Hostería de la Corona. Allí les aguardaban el señor y la señora Weston, muy felices de verla y de recibir su aprobación, muy ocupados y muy alegres, cada cual de una manera distinta; ella poniendo pequeñas objeciones y él hallándolo todo perfecto.

—Emma —dijo ella—, el papel de las paredes se encuentra en peor estado de lo que yo imaginaba. ¡Mira! Hay pedazos en que ya ves que está terriblemente sucio; y el arrimadero está mucho más deslucido y amarillento de lo que suponía.

—Querida, eres muy exigente —dijo su esposo—. ¿Pero qué importancia tiene? No vas a ver nada de todo eso a la luz de las velas, te parecerá tan limpio como Randalls. Cuando vamos a un club jamás nos fijamos en esas cosas.

Aquí quizá las señoras intercambiaron una mirada que se podía traducir en: "Los hombres jamás saben cuándo las cosas están limpias o no lo están"; y los caballeros probablemente pensaron para sus adentros: "Siempre las mujeres se preocupan por esas naderías y pequeñeces".

No obstante, surgió un problema que los mismos caballeros no despreciaron. Era el comedor. En el tiempo en que se hizo la sala de baile no se pensó en la posibilidad de que allí se realizaran también comidas; y el único anexo que agregaron fue una sala de juego muy pequeña. Pero esta sala de juego se usaría como tal; y, si los cuatro organizadores consideraran más adecuado prescindir del juego, ¿no era muy pequeña para que allí se pudiera cenar cómodamente? También podía usarse otro salón mucho más amplio y espacioso con ese objetivo, pero se encontraba en el otro lado del edificio, y se tenía que pasar por un corredor muy poco presentable para llegar hasta él. Eso generaba un inconveniente. La señora Weston sentía temor de que los muchachos se encontraran muy expuestos a las corrientes de aire en este corredor, y ni los dos caballeros ni Emma se resignaban a la posibilidad de cenar apretujados en una pequeña sala.

La propuesta de la señora Weston fue que no se hiciera una cena en todo el sentido de la palabra, sino que solamente se sirvieran emparedados, por ejemplo, en la salita más pequeña; pero la idea no se aceptó alegando que era poco conveniente. Un baile especial, en el que las damas y los caballeros no se pudieran sentar a la mesa para cenar, fue considerado como un fraude vergonzoso a los derechos de los invitados; y la señora Weston renunció a hablar de ello nuevamente. Pero luego se le ocurrió otra idea y comentó, asomándose a la pequeña sala de juego:

—Bueno, tampoco me parece que sea tan reducida. Finalmente, seremos pocos.

Y el señor Weston, al mismo tiempo, mientras recorría a grandes pasos el corredor, decía:

—Me da la impresión de que estás exagerando un poco con este corredor, querida; porque no es tan largo como dices y no se siente ni la más mínima corriente de aire de la escalera.

—Lo que yo deseo —dijo la señora Weston— es saber lo que quisiera la mayor parte de los invitados, debemos decidirnos por lo que sea del gusto de la mayoría de nuestros amigos... si es que puede averiguarse qué es lo que piensa el mayor número de ellos...

—Sí, esto es cierto —dijo Frank—, muy cierto. Usted desea conocer cuál es la opinión de sus amigos. Es una magnífica idea que solamente se le podía ocurrir a usted. Si lográramos preguntar a los principales... por ejemplo, a los Coles. Viven cerca de aquí. ¿Los visito? ¿O la señorita Bates? Vive más cerca todavía... A pesar de que no estoy seguro si la señorita Bates representaría la opinión de los demás invitados... Creo que necesitamos consultar con más personas. ¿Qué les parece si voy a casa de la señorita Bates y le digo que se reúna con nosotros?

—Pues... yo creo que está bien, si es usted tan gentil —dijo dudando la señora Weston—. Si usted considera que puede sernos útil...

—Pero la señorita Bates no nos resolverá nada —dijo Emma—. No nos va a solucionar el problema, solamente se deshará en agradecimientos y cumplidos. Es que ni siquiera prestará atención a lo que se le pregunte. En consultar a la señorita Bates no veo ningún beneficio.

—¡Pero es tan entretenida, tan maravillosamente entretenida! A mí me fascina escuchar hablar a la señorita Bates. Y tampoco tengo que traer a toda la familia.

El señor Weston se unió al grupo en este punto, y al escuchar la propuesta que se hizo, le dio su decidido consentimiento.

—Sí, sí, Frank, busca a la señorita Bates y finalicemos de una vez por todas con esta cuestión. No tengo dudas de que la idea le entusiasmará; y no conozco otra persona más indicada que ella para ayudarnos a solucionar estos problemas. Busca a la señorita Bates. Ya nos estamos poniendo muy escrupulosos. Ella es una lección viviente de cómo ser feliz en esta existencia. Pero, por favor, trae a las dos. Invita a las dos para que vengan a reunirse con nosotros.

—¿Las dos? ¿También a la señora anciana...?

—¿De qué hablas? ¿Qué anciana? ¡No, hombre, no, me refiero a la muchacha! Pensaré que eres un estúpido si traes a la tía sin la sobrina.

—¡Oh, entendido, entendido! No lo había captado inicialmente. Pues, por supuesto, si así lo prefiere trataré de convencerlas a ambas para que vengan para acá.

Y salió en seguida. Mucho antes de que volviera en compañía de la pulcra, menuda y vivaz tía, y de su elegante sobrina, la señora Weston, como excelente esposa y mujer equilibrada, volvió a inspeccionar las condiciones del corredor y se dio cuenta de que sus problemas eran mucho menores de lo que había pensado antes... lo cierto es qué casi insignificantes; y aquí finalizaron los inconvenientes para tomar una decisión. Por lo menos en teoría, todo lo demás no presentaba ningún obstáculo. Los detalles complementarios de las luces y la música, el té y la cena, de la mesa y las sillas, se solventarían solos; o se dejaron a un lado como pequeñeces a solucionar en cualquier instante entre la señora Stokes y la señora Weston... No había ninguna duda de que todos los invitados asistirían; Frank escribió a Enscombe proponiendo extender su permanencia en Highbury por unos cuantos días más de las dos semanas convenidas, y era imposible que no aceptaran complacerlo. Entonces, se celebraría un espectacular y maravilloso baile.

La señorita Bates, cuando llegó, se declaró completamente de acuerdo con todo lo que le propusieron. Ya no se necesitaba su apoyo para dar ideas, pero para aprobarlas (y era mucho más de fiar con respecto a esto) fue recibido con mucha amabilidad. Su consentimiento, que fue total e inmediato, pormenorizado, caluroso y continuo, complació a todos; y por media hora más estuvieron caminando de un lado a otro de las distintas salas, los unos haciendo proposiciones, los otros recibiéndolas y todos disfrutando ya con antelación de la alegre velada que se estaba organizando. No se disgregó el grupo sin que Emma antes no prometiera firmemente al héroe de la reunión los dos primeros bailes, ni sin que el señor Weston, que la había escuchado casualmente, susurrara al oído de su esposa:

—Querida, se los pidió a ella. Yo estaba seguro de que lo haría. ¡La cosa está avanzando!

CAPÍTULO XXX

Para que el plan del baile fuese totalmente satisfactorio, Emma solamente echaba de menos algo: el que la fecha prevista cayera dentro de las dos semanas que su familia había autorizado a Frank para su permanencia en Highbury; ya que, a pesar de que el señor Weston estuviera confiado, la muchacha no consideraba tan imposible que los Churchill no aceptaran que su sobrino se quedara allí un día más de los quince que le habían permitido. Pero esto no era posible. Los preparativos necesitaban tiempo, y no podía hacerse nada para antes de que comenzara la tercera semana de su permanencia, y durante unos cuantos días tenían que hacer proyectos, preparativos y concebir esperanzas en medio de la incertidumbre —en el riesgo—, según su criterio, el inmenso riesgo de que todo fuera inútil.

No obstante, en Enscombe fueron generosos, generosos en los hechos, pero no en las palabras. Por supuesto que su deseo de permanecer más tiempo allí les molestó un poco, pero no se opusieron. Ya se sentían seguros, pues, y continuaron adelante con el plan; y como una preocupación, casi siempre, cuando desaparece cede su sitio a otra, Emma, una vez ya segura de que el baile se realizaría, comenzó a considerar con intranquilidad la provocadora indiferencia que el señor Knightley tenía para con estos proyectos. Ya fuera porque él no bailaba, ya porque los proyectos se hicieron sin consultarle, parecía haber decidido que no sentía ni el más mínimo interés por eso, que no sentía ninguna curiosidad por conocer los detalles y que a él la velada no le proporcionaría ningún tipo de diversión. Cuando Emma le explicó con mucho entusiasmo de lo que se trataba, solamente obtuvo como respuesta aprobadora esta:

—Muy bien, perfectamente. Yo no tengo nada que decir en contra si los Weston creen que vale la pena organizar tanto y tomarse todas estas molestias por unas pocas horas de ruidosas diversiones, pero, por favor, que nadie elija las diversiones por mí... ¡Oh, sí! Por supuesto que tengo que ir, no me puedo negar, y trataré de estar tan animado como me sea posible; pero, definitivamente, para mí sería mejor permanecer en casa repasando las cuentas que semanalmente me entrega William Larkins; le aseguro que preferiría esto mucho más. ¿Se disfruta mirar cómo bailan los demás? No para mí, se lo puedo asegurar... Jamás me ha gustado ver bailar... ni conozco a nadie que le guste. El bailar bien, en mi opinión, como la virtud, no requiere espectadores, y es suficiente la satisfacción que brinda. Por lo general, los que se quedan a ver bailar casi siempre están pensando en otras cosas muy distintas.

Emma entendió que estaba hablando de ella, y esto la puso fuera de sí. No obstante, no era para beneficiar a Jane que se mostraba tan ofensivo e indiferente; no pensaba en ella al criticar la idea del baile, ya que Jane estaba muy entusiasmada con el plan, tanto, que parecía más feliz, más sincera, y le había dicho espontáneamente:

—¡Oh, señorita Emma! Imagino que no sucederá nada que evite que se realice el baile. ¡Nos sentiríamos muy desilusionados! Le aseguro que pienso en este baile con mucha ilusión y esperanza.

Entonces, no era para halagar a Jane que prefería la compañía de William Larkins. No... cada vez estaba más segura de que la señora Weston estaba totalmente equivocada en sus conjeturas. Lo que él sentía por la muchacha era una gran compasión, aprecio y mucha amistad... pero no amor, definitivamente.

Pero, ¡ay!, no transcurrió mucho tiempo sin que dejara de haber razones para discutir con el señor Knightley. A dos días de dichosa seguridad le siguió de inmediato el derrumbe de todas sus ilusiones. Llegó una misiva del señor Churchill exhortando a su sobrino a volver lo antes posible. La señora Churchill estaba enferma... muy enferma y rogaba por su presencia; al escribir a su sobrino dos días antes ya estaba muy mal (según decía su marido), pero resistiéndose, como era habitual en ella, a preocupar a los demás y siguiendo su inalterable costumbre de no pensar jamás en sí misma, no lo había dicho; pero ahora se había agravado tanto que esto no podía tomarse a la ligera y debía suplicarle a Frank que volviera a Enscombe en seguida, sin la menor tardanza.

La señora Weston adelantó a Emma lo fundamental de la carta en una nota que se dio prisa en mandarle. Con respecto a la partida del muchacho no se podía evitar. Al cabo de varias horas debía irse, aunque sin sentir ni el menor sobresalto por el estado de salud de su tía que pudiera contrarrestar sus pocos deseos de marcharse. Él ya sabía que sus enfermedades se presentaban solamente cuando le era conveniente.

La señora Weston agregaba que "Frank solamente tendrá tiempo de pasar un instante por Highbury, después de desayunar, para despedirse de los pocos amigos que cree que están interesados por él; de manera que no tardará mucho en ir a Hartfield".

Cuando finalizaba de tomar el desayuno, llegó a las manos de Emma esta nota tan triste. Una vez que la leyó se quejó de su mala suerte.

Adiós al baile... adiós al muchacho... ¡y cómo debía de sentirlo Frank! ¡Era mucha mala fortuna! ¡Hubiese sido una fiesta tan extraordinaria, maravillosa! ¡Todos hubiesen sido tan felices! ¡Y ella y su pareja los más dichosos de todos!

—¡Yo ya dije que esto sucedería! —así se consoló.

Su padre, mientras tanto, se preocupaba por cosas completamente diferentes; pensaba sobre todo en la enfermedad de la señora Churchill, y quería saber qué medicamentos tomaba; y con respecto al baile, le dolía mucho que su querida Emma hubiese tenido esa decepción, pero permaneciendo en casa estarían más seguros.

Ya Emma estaba preparada para recibir a su visitante mucho antes de que este llegara; pero si su tardanza no hablaba mucho en favor de su impaciencia por verla, su aire triste y el completo desánimo que reflejaba su cara cuando llegó eran suficientes para que se lo disculpara. Su ida entristecía mucho a Frank para que quisiera comentar sobre ella. Era evidente su desconsuelo. Se mantuvo callado durante unos minutos, sin saber qué decir; y cuando pudo controlarse fue solamente para comentar:

—Entre todas las cosas terribles, la peor es un adiós.

—Pero usted regresará —dijo Emma—. No será esta la única visita que hará a Randalls.

—¡Ah! —dijo moviendo la cabeza con tristeza—, ¡el día en que podré volver es tan incierto! De mi parte haré todo lo posible... Le aseguro que no pensaré en nada más, ni me ocuparé de otra cosa ... y esta primavera si mis tíos viajan a Londres... pero me temo... no salieron de Enscombe la primavera pasada... me temo que esta costumbre desapareció para siempre.

—Es decir que tendremos que abandonar la idea de nuestro baile...

—¡Ah! El baile... ¿Por qué pusimos toda nuestra ilusión en una simple esperanza? ¿Por qué cuando pasa por nuestro lado no aprovechamos la felicidad? ¡En cuántas ocasiones la felicidad queda destruida por los preparativos, los absurdos preparativos! Usted ya dijo que esto sucedería... ¡Oh, señorita Emma! ¿Por qué usted tiene tanta razón siempre?

—Le puedo asegurar que en esta ocasión lamento mucho haber tenido razón. Hubiese deseado mucho más no tenerla y ser dichosa.

—Haremos nuestro baile si puedo regresar. Mi papá no abandona la idea. Y usted recuerde la promesa que me hizo.

Emma sonrió halagada, y él continuó comentando:

—¡Qué dos semanas tuvimos! ¡Cada día más magnífico, radiante y más maravilloso que el anterior! Cada día sintiéndome menos capaz de aguantar la existencia en cualquier otro lugar. ¡Dichosos los que pueden permanecer en Highbury!

—Ya que en estos momentos es usted tan gentil con nosotros —dijo Emma riendo—, me atreveré a preguntarle si usted no vino con ciertas desconfianzas. ¿Usted no nos ha encontrado más interesantes de lo que suponía? No tengo dudas de que sí. Estoy segura de que usted no confiaba mucho en estar en este pueblo a gusto. No hubiese tardado tanto en venir para acá si hubiera tenido una buena opinión de Highbury.

Un poco forzadamente, él se rio y, a pesar de que negó haber estado predispuesto, Emma estaba convencida de que era verdad.

—Y ¿usted tiene que marcharse esta misma mañana?

—Sí, mi papá me vendrá a buscar aquí, regresaremos juntos a Randalls y de inmediato me pondré en camino. Casi tengo mucho temor que de un momento a otro se presente aquí.

—¿Y no ha tenido ni cinco minutos para decirle adiós a sus amigas la señorita Jane Fairfax y la señorita Bates? ¡Pero qué mala suerte! Tal vez hubiesen podido consolarlo los sólidos y convincentes argumentos de la señorita Bates.

—Sí... ya estuve en su casa; pasaba por delante, y he pensado que era mejor entrar. Es que tenía que hacerlo. Solamente entré para quedarme tres minutos, pero me entretuve más porque la señorita Bates no estaba presente. Ella había salido, y creí que era obligatorio aguardar a que regresara. Es una mujer de la que uno se puede, y casi diría que se debe, reír; pero a la que no se es capaz de hacer un desprecio. Es decir, que lo mejor era que aprovechara la oportunidad para realizar la visita...

Frank dudó, se puso en pie y caminó hacia la ventana. Después continuó diciendo:

—En resumen, señorita Emma, quizá... pienso que usted ya debe de haber intuido algo...

Él la vio como si deseara leer en su mente. Emma no sabía qué decir. Daba la impresión de que eso era como el anuncio de algo muy serio de lo que ella no quería enterarse. De manera que, haciendo un esfuerzo por hablar con la ilusión de que él no continuara, dijo con mucha serenidad:

—Usted actuó muy bien; era lo más lógico del mundo aprovechar la oportunidad para visitar...

Él estaba callado. Emma creía que la estaba viendo, tal vez meditaba sobre lo que ella le dijo e intentaba interpretar su actitud. Le escuchó suspirar. Era natural que se creyese con razones para suspirar. No era posible pensar que ella le estaba animando. Pasaron unos instantes incómodos y el muchacho se sentó nuevamente y, de una forma más decidida, dijo:

—Eso me hizo darme cuenta de que todo el tiempo restante de que disponía lo dedicaría a Hartfield. Por Hartfield siento un gran cariño...

Se interrumpió nuevamente, se puso en pie otra vez y parecía encontrarse muy perturbado... Estaba más enamorado de ella de lo que Emma había imaginado, y ¿quién sabe cómo hubiese finalizado esa escena si su papá no hubiese entrado en esos instantes? No tardó mucho el señor Woodhouse en aparecer en la sala y la necesidad forzó al joven a controlarse.

Pero antes de que finalizara esa triste situación todavía pasaron varios minutos. Siempre tan activo cuando había algo que hacer, y tan poco capaz de posponer un mal que era inevitable, como de prever el que era incierto, el señor Weston dijo:

—Frank, ya es hora de marcharnos.

Y el muchacho tuvo que resignarse a suspirar, afirmar con la cabeza y ponerse en pie para decir adiós.

—De todos ustedes tendré noticias —dijo—, esto es lo que me consuela. Sabré todo lo que les suceda. Le hice prometer a la señora Weston que me escribirá. Ha sido tan bondadosa que me aseguró que no dejará de hacerlo. ¡Oh! ¡Qué extraordinario es contar con una mujer que nos escriba cuando se está verdaderamente interesado por alguien que no está presente! Sí, ella me lo relatará todo. Estaré nuevamente en este querido Highbury gracias a sus cartas.

Siguieron a sus palabras un fuerte apretón de manos y un muy amable "adiós", y detrás de Frank Churchill la puerta no tardó en cerrarse. La conversación había sido breve... y muy corta su entrevista; él se fue; y Emma estaba tan triste por su partida y sentía que su ausencia sería una pérdida tan grande en su pequeño círculo de amigos, que comenzó a sentir temor de estar muy afligida y de sentirlo demasiado.

Definitivamente, Frank dejaba un vacío muy grande. Se habían visto casi todos los días desde que llegó a Highbury. Por supuesto que su presencia en Randalls animó mucho esas dos semanas que acababan de pasar... una existencia que no se podía describir; la idea, la ilusión de verlo que le trajo cada mañana, la seguridad de sus sutilezas, de su auténtica alegría, de sus elogios... Fueron dos semanas muy dichosas y en este momento costaba el resignarse a regresar al curso normal y cotidiano de la vida de Hartfield. Y, aparte de todo eso, él casi le dijo que la amaba. La constancia, la firmeza en el cariño de que era capaz ya era otro asunto, pero por ahora Emma no tenía ninguna duda de que por ella sentía una cálida admiración y una sensible y emotiva predilección; y esta seguridad, junto a todo lo demás, le hizo creer que ella también podía estar un poco enamorada de Frank, a pesar de todos sus prejuicios.

"Sí, seguro debo estarlo —se decía—. ¡Ese cansancio, ese agotamiento, ese desánimo, esa ausencia de ganas de hacer algo, esa sensación de que todo lo que tengo alrededor en la casa es insípido, aburrido, triste...! Sí, debo estar enamorada; si no lo estuviera sería el ser más raro de la creación... por lo menos durante unas semanas. Definitivamente, lo que para unos es malo, para otros es bueno. Muchos se quejarán conmigo por lo del baile y no por la ida de Frank Churchill; pero el señor Knightley estará feliz. Ahora si lo desea podrá permanecer en su casa con su apreciado William Larkins".

No obstante, el señor Knightley no demostró una extrema felicidad. Por lo que a él se refería, no podía decir que lo sentía mucho; la sagaz expresión de su cara hubiera anulado el efecto de sus palabras, pero lo que dijo, y con mucha seguridad, era que lo lamentaba por la decepción que sufrieron los demás y agregó con una evidente cordialidad:

—Emma, usted que tiene tan pocas ocasiones para bailar, sí que tiene mala fortuna; ¡ha tenido una terrible suerte, definitivamente!

Varios días pasaron antes de que la joven viera nuevamente a Jane Fairfax y pudiese juzgar cómo reaccionó ante esa terrible desilusión, pero cuando se vieron otra vez le resultó antipática la fría compostura de Jane. No obstante, en los últimos días había estado muy mal y tuvo unos dolores de cabeza tan fuertes que su tía comentó que, de haberse realizado el baile, Jane, en su opinión, no hubiese podido ir; y era más piadoso atribuir esa indiferencia y esa apatía al decaimiento que le producían las jaquecas.

Capítulo XXXI

Pasaban los días y Emma continuaba plenamente convencida de que estaba enamorada. Sus pensamientos solamente variaban con respecto a la intensidad de este amor; inicialmente le daba la impresión de que lo estaba mucho; después, más bien que poco. Sentía mucho placer en escuchar hablar de Frank Churchill; y por él, mayor placer que nunca cuando veía a la señora y al señor Weston; pensaba muy frecuentemente en el muchacho, y aguardaba sus cartas con mucha impaciencia e ilusión para enterarse de cómo se encontraba, cuál era su estado de ánimo, cómo seguía su tía de salud y qué probabilidades había de que aquella primavera regresara a Randalls. Pero, por otro lado, se resistía a aceptar que no era dichosa y, pasada esa mañana, combatía contra la tentación de entregarse a una existencia menos activa que la que habitualmente llevaba; continuaba siendo optimista y entusiasta; y a pesar de que él era tan agradable, no dejaba de imaginarle con debilidades y defectos; y más adelante, a pesar de pensar mucho en él y de concebir, al tiempo que bordaba o dibujaba, un sinnúmero de entretenidos proyectos sobre la evolución y la conclusión de sus relaciones, imaginando creativas e inteligentes conversaciones e inventando elegantes misivas; invariablemente, el final de todas las imaginarias declaraciones que él le hacía era una negativa siempre. Por las vías de la amistad debía encauzarse el cariño que les unía. Su separación estaría adornada de todo el encanto y toda la dulzura imaginables; pero debían separarse. Cuando se dio cuenta de ello, pensó que no debía estar muy enamorada, porque a pesar de su firme y previa decisión de no dejar jamás a su padre, de no contraer matrimonio nunca, un auténtico amor era obligatorio que ocasionara muchas más batallas interiores de las que Emma podía prever por sus sentimientos.

"No veo que yo jamás saque a relucir la palabra *sacrificio* —pensó—. En ninguno de mis sensatos argumentos ni de mis sutiles negativas hay la menor referencia a realizar un sacrificio. Imagino que en el fondo no lo requiero para ser dichosa. Mucho mejor. Ahora no me convenceré a mí misma de que siento más amor del que realmente existe. Ya estoy lo bastante enamorada. No deseo estarlo más".

También estaba alegre, en general, con la impresión que tuvo con respecto a los sentimientos de él.

"Él está muy enamorado, de eso no hay ninguna duda ... todo lo evidencia... ¡sí, lo que se dice muy enamorado, definitivamente! Y cuando regrese, si sigue teniéndome el mismo cariño, deberé andar con mucho cuidado para no animarlo... actuar de otra manera no sería perdonable, debido a que ya está tomada mi decisión. No es que suponga que él pueda pensar que hasta ahora le he estado alimentando y animando sus sentimientos. No, si él hubiera pensado que eran recíprocos nuestros sentimientos, no se hubiese sentido tan desdichado. Si él se hubiera considerado alentado, sus gestos y su lenguaje hubiesen sido distintos cuando nos despedimos... Pero, a pesar de todo, debo andar con mucho cuidado. Eso imaginando que su cariño por mí para entonces sea todavía lo que es en este momento; pero lo cierto es que no pienso que ocurra de esa forma; no me da la impresión de que sea un hombre como para... De su firmeza o de su constancia no me confiaría mucho... Son muy apasionados sus sentimientos, pero me parece que más bien son cambiantes. En resumen, que cada vez que pienso en este asunto estoy más alegre de que mi dicha no dependa mucho de él... Dentro de muy poco tiempo estaré nuevamente muy bien... y entonces diré que he salido bien librada; porque dicen que, por lo menos una vez en la vida, todos tienen que enamorarse, y con mucha facilidad yo habré salido del paso".

Cuando llegó la carta de Frank dirigida a la señora Weston, Emma la leyó y lo hizo con tanta admiración y placer que inicialmente le hizo dudar de sus sentimientos y pensar que no le había dado la suficiente importancia a su fuerza. Era una misiva extensa y muy bien escrita que detallaba el viaje y cómo se sentía, que manifestaba todo el agradecimiento, el cariño y el respeto que era lógico y digno de expresar, y que describía todo lo local y exterior que pudiera considerarse interesante, con agudeza y brevedad. Pero nada que delatara el tono del pretexto o del interés obligado; ese era el lenguaje de quien sentía auténtico cariño por la señora Weston; y la transición de Highbury a Enscombe, el contraste entre los sitios en algunos de las primeros beneficios de la vida en sociedad, apenas se delineaba, pero lo suficiente para que se evidenciara con qué agudeza lo había sentido el muchacho, y cuántas cosas más hubiera podido agregar de no impedírselo la caballerosidad... Tampoco faltaba el encanto del nombre de Emma. En más de una ocasión aparecía "la señorita Woodhouse", y jamás sin vincularlo con algo halagador, ya fuera un elogio para su excelente gusto, ya un recuerdo de algo que ella dijo; y la última vez que sus ojos chocaron con su nombre, despojado aquí de los ornamentos de su florida cortesía, Emma se dio cuenta del efecto de su influencia, y reconoció que ese era quizás el mayor de los halagos que le dedicaba en toda la misiva. En el único espacio libre que le quedó, en uno de los ángulos inferiores del papel, se leían apretujadas estas palabras: "Como usted ya sabe, el martes no tuve tiempo para despedirme de la hermosa amiga de la señorita Emma; le suplico que le presente mis disculpas y que, por favor, me despida de ella". Emma no dudaba de que eso iba dirigido especialmente a ella. A Harriet solamente la nombraba por ser su amiga. Por lo que decía de Enscombe se podía deducir que allí todo no iba ni mejor ni peor que antes; la señora Churchill estaba mejorando lentamente, y Frank todavía no se atrevía, ni siquiera en su mente, a fijar un día específico para volver a Randalls.

Pero, a pesar de que la carta en su redacción, en la manifestación de sus sentimientos, fuese estimulante y satisfactoria, Emma se dio cuenta, cuando la dobló y se la devolvió a la señora Weston, que no alimentó ningún fuego permanente, que ella todavía podía prescindir de su autor, y de que este también debía hacerse a la idea de prescindir de ella. No había cambiado las intenciones de la joven. Solamente su resolución de mantener su negativa se hizo más interesante al agregársele un plan del modo en que Frank podía después consolarse y hallar la dicha. El que recordara a Harriet, refiriéndose a ella galantemente como "su hermosa amiga", le dio la idea de que quizá podía ser Harriet quien le sucediera en el cariño de Frank. ¿Es que acaso no era posible? No... Por supuesto, Harriet estaba muy por debajo de él en inteligencia, pero el muchacho quedó muy impactado por el atractivo de su cara y por la cálida y dulce sencillez de su trato; y estaban en favor de ella todas las probabilidades de circunstancia y de relación... Sería algo muy beneficioso y muy deseable para Harriet.

"Pero no debo ilusionarme —se dijo— no debo pensar en eso. Ya sé lo arriesgado que es dejarse llevar por estas conjeturas. Pero cosas más raras han sucedido. Y cuando dos personas ya no sienten una mutua atracción, como ahora nosotros la sentimos, esta puede ser la manera de afirmarnos en esa especie de amistad desinteresada que en este momento puedo ya prever con gran esperanza".

Era mejor guardarse el consuelo de un posible beneficio para Harriet, aunque lo más sensato sería no dejar muy libre la fantasía, porque en asuntos así, permanentemente el peligro estaba acechando. De la misma manera que el tema de la llegada de Frank Churchill había borrado el del compromiso matrimonial del señor Elton en las charlas de Highbury, eclipsando como novedad más reciente a la otra, después de la partida de Frank Churchill, el interés por el señor Elton privó nuevamente de una manera innegable... Ya se había fijado el día de su matrimonio. Apenas hubo tiempo de comentar sobre la primera misiva que se recibió de Enscombe, antes de que "el señor Elton y su prometida" atrajeran la atención de todos, y Frank Churchill quedara en el más oscuro olvido. Cuando volvía a escuchar hablar de eso, Emma se ponía de muy mal humor. Durante tres semanas se vio libre de la pesadilla del señor Elton, y había comenzado a confiar que en ese tiempo Harriet se había recuperado claramente. Y con el baile del señor Weston, o mejor dicho, con el plan del baile, llegó a olvidarse casi completamente de todo lo demás; pero ahora estaba forzada a reconocer que no había alcanzado un nivel de sosiego suficiente como para enfrentar lo que se le venía encima... otra visita, el ruido de la campanilla de la puerta, y lo demás.

Harriet se encontraba tan confusa que necesitaba los consuelos, las atenciones y los razonamientos de toda clase que Emma pudiera darle.

Emma entendía que, a pesar de que no podía hacer mucho por ayudarla, tenía el deber de dedicarle toda su paciencia e interés, pero comenzaba a aburrirse de estar siempre tratando de convencerla sin provocar ningún efecto, de que le dieran siempre la razón sin lograr que sus opiniones concordaran. Harriet oía con sumisión y respondía que sí, que era cierto... que era tal como se lo decía Emma... que no valía la pena continuar pensando en eso... y que jamás volvería a angustiarse... pero irremediablemente hablaba nuevamente de lo mismo, y después de media hora se volvía a mostrar tan intranquila y tan preocupada por los Elton como anteriormente... Finalmente, Emma se decidió a atacarla en otro escenario:

—El que te angusties tanto y te sientas desdichada porque el señor Elton contraiga matrimonio, Harriet, es la mayor recriminación que me puedes hacer. Es la forma más directa de acusarme de la equivocación que cometí. Sí, ya sé que todo fue mi culpa. No lo he olvidado, te lo puedo asegurar... Cuando me engañé a mí misma hice que tú también te engañaras de la manera más triste... y este será siempre un recuerdo muy difícil y doloroso para mí. No pienses que haya ningún riesgo de que lo olvide.

Eso asombró tanto a Harriet como para permitirle pronunciar más que unas palabras de sorpresa. Emma continuó:

—Si te digo que trates de controlarte, Harriet, no es por mí; si te aconsejo que pienses menos en esto, que hables un poco menos del señor Elton no es por mí; sobre todo desearía que me hicieras caso por tu propio bien, por algo que es más valioso que mi comodidad, una costumbre de imponerte a ti misma, una consideración de cuál es tu deber, una genuina preocupación por tu dignidad y por tu honor, una necesidad de impedir las suposiciones de los demás, de proteger tu salud y tu buen nombre, y de recobrar la serenidad y la calma. Estas son las razones que me mueven a insistir tanto en esta cuestión. Son cosas muy valiosas, y me cae muy mal cuando veo que no te das mucha cuenta de hasta qué punto lo son como para actuar en consecuencia. Es algo muy secundario el quererme evitar una rabia. Lo que yo deseo es protegerte de una preocupación mucho mayor. En ocasiones he tenido la impresión de que no vas a disculparme jamás... ni siquiera por el cariño que sientes por mí.

Pudo más que todo el resto, esta mención al afecto que las unía. La simple idea de que estaba faltando a sus deberes de agradecimiento y de consideración para con la señorita Emma, a la que la joven quería verdaderamente, la dejó sumida en el desconsuelo, y cuando su aflicción comenzó a ceder en intensidad, todavía se encontraba lo bastante conmovida como para seguir las buenas recomendaciones de Emma, y persistir en su decisión.

—¡Emma, tú, que has sido la mejor amiga que he tenido en mi existencia! ¡Con el agradecimiento que siento por ti! ¡Es que no hay nadie como tú! ¡No me interesa nadie tanto como tú! ¡Oh, qué ingrata fui, Emma!

Estas expresiones, junto a las miradas y a los gestos más convincentes, hicieron pensar a Emma que jamás había querido tanto a Harriet, y que jamás había apreciado su cariño tanto como en ese momento.

"No existe ningún encanto que se pueda comparar con la ternura de corazón —decía, más tarde para sí misma—. Definitivamente, no hay nada que se pueda comparar. La ternura de corazón y la efusividad, junto a un temperamento afectuoso y abierto, son más importante y son más atractivos que toda la comprensión del mundo. Estoy completamente segura. Es su buen corazón, su bondad, lo que hace que todos quieran tanto a mi papá... lo que hace que Isabella sea tan apreciada y tan popular... Me doy cuenta ahora... pero ya sé cómo respetarla y valorarla... Por el encanto y la alegría que irradia, Harriet es superior a mí... ¡Mi querida amiga Harriet...! Yo nunca te cambiaría por la amiga de mejor criterio, de más claridad mental, más inteligente... ¡Oh, la insensibilidad de una Jane Fairfax...! En definitiva, Harriet vale cien veces más que las que son igual a ella... Y es inapreciable para esposa... para esposa de un hombre sensato y de buen criterio... No deseo pronunciar nombres, pero ¡eternamente dichoso el hombre que prefiera a Harriet en lugar de a Emma!".

CAPÍTULO XXXII

Fue en la iglesia la primera vez que vieron a la señora Elton. Pero, a pesar de que se perturbara la religiosidad, la curiosidad no podía quedar complacida con el espectáculo de una novia en su reclinatorio, y era obligatorio aguardar a las visitas en todo orden que entonces tenían que hacerse para decidir si era muy bella, si solamente lo era un poco o si no lo era para nada.

Menos por curiosidad que por orgullo y por sentido de la dignidad, Emma resolvió no ser la última en visitarlos; y se empeñó en que Harriet fuera con ella, con la finalidad de que lo más incómodo de esa situación se solucionara lo antes posible.

Pero no pudo entrar nuevamente en la casa, ni mantenerse en esa misma estancia a la que, utilizando un artificio que después resultó totalmente inútil, se retiró tres meses atrás con el pretexto de abrocharse la bota, sin recordar. Un sinnúmero de recuerdos poco agradables volvieron a su mente. Adivinanzas, halagos, terribles errores; y no era posible no imaginar que también la pobre Harriet tenía sus recuerdos, pero actuó muy dignamente, y solamente estuvo algo pálida y muy callada. Fue muy breve la visita; y hubo tanto interés en acortarla y tanto nerviosismo que a Emma casi no le dio tiempo de formarse una opinión objetiva de la nueva dueña de la casa y, por supuesto, más tarde no fue capaz de opinar sobre ella, aparte de las frases convencionales y acostumbradas como que "era agradable y vestía con mucha elegancia".

Verdaderamente no le agradó. No es que se obsesionara en encontrarle defectos, pero intuía que aquello no era auténtica elegancia; soltura, pero nunca elegancia... Estaba casi segura de que para una muchacha, para una extranjera, para una novia, era mucha soltura. Era más bien atractiva físicamente; las facciones eran armoniosas; pero ni su silueta, ni su porte, ni sus modales, ni su voz eran elegantes. Emma estaba casi segura de que tenía razón en esto.

Con respecto al señor Elton daba la impresión de que su actitud no... Pero no, Emma no deseaba permitirse ni una palabra punzante o ligera en referencia a su actitud. Siempre era una ceremonia incómoda recibir estas primeras visitas después del matrimonio y, para salir airoso de la prueba, un caballero requiere tener una gran personalidad. Para una mujer es más sencillo, puede ayudarse con unos hermosos vestidos y goza del privilegio de la modestia y el recato, pero el hombre solamente puede contar con su buen juicio; y cuando Emma pensaba en lo sumamente rabioso e inquieto que debía sentirse el pobre señor Elton al encontrarse con que en la misma sala estaban reunidas la mujer con la que acababa de contraer matrimonio, la mujer con la que habían querido casarle y la mujer con la que él hubiese deseado casarse, tenía que admitir que no le faltaban razones para estar bastante apagado, muy poco brillante, y para sentirse verdaderamente irritado e intranquilo.

—Bueno, Emma —dijo Harriet, cuando abandonaron la casa, después de aguardar inútilmente que su amiga comenzara la charla—; bueno, Emma —con suspiro muy leve—, ¿qué piensas? ¿Qué te ha parecido? Es encantadora, ¿verdad?

Antes de responder, Emma dudó unos segundos.

—¡Oh, sí... ! Bastante... Una muchacha muy agradable y amable.

—Yo creo que es atractiva, muy atractiva, así es.

—Ah, sí, sí, estaba muy elegante, viste muy bien.

—No me parece extraño que él se haya enamorado.

—¡Oh, no...! Ciertamente no es de extrañar... Cosas del destino y de la vida... Sus caminos tenían que encontrarse.

—Podría asegurar —continuó Harriet suspirando nuevamente—, sin temor a equivocarme, que está muy enamorada de su esposo.

—Tal vez, pero no todos los hombres terminan contrayendo matrimonio con la mujer que más les quiere. Probablemente la señorita Hawkins deseaba tener un hogar y pensó que esta era la mejor oportunidad que se le podía presentar.

—Sí —contestó Harriet en seguida—, y tiene razón, no es muy fácil tener oportunidades como esta. De verdad, yo les deseo con todo el alma que sean dichosos. Y ahora creo que no me preocupará verlos nuevamente, Emma. Él es tan superior a mí como antes, pero estando casado, ya sabes, es algo completamente diferente. No, no, Emma, te juro que no tienes por qué sentir temor. Puedo verlo ahora sin sentirme muy desdichada. Es un consuelo tan grande saber que ha hallado la felicidad. Creo que ella es una muchacha encantadora y muy atractiva, exactamente lo que él merece. ¡Feliz y afortunada de ella! Él le dice "Augusta". ¡Cuánta dicha!

Emma se preparó para observar con más atención cuando devolvieron la visita. Ahora podría mirarla con más detenimiento y de esa manera juzgar mejor. Motivado a que Harriet no estaba en Hartfield y que su padre se encontraba allí para entretener al señor Elton, dispuso de un cuarto de hora para charlar a solas con ella y le prestó toda la atención; y ese tiempo fue suficiente para quedar plenamente convencida de que la señora Elton era una mujer vanidosa, extremadamente engreída y que solamente pensaba en darse importancia; que aspiraba a deslumbrar y a estar muy por encima de los demás, pero que se había instruido en un mal colegio y que tenía unos modales afectados y corrientes; y que de un reducido y estrecho círculo de personas y de una única clase de vida provenían todas sus ideas; que si no era estúpida era ignorante, y que su compañía no traería ningún beneficio al señor Elton, sin ninguna duda.

Definitivamente, Harriet hubiera sido una mejor elección. A pesar de que no fuese ni inteligente ni distinguida, le hubiese vinculado con las personas que lo eran; pero, según se deducía claramente por su pedantería, la señorita Hawkins fue la flor y nata del ambiente en que vivió. El cuñado millonario que habitaba cerca de Bristol era el orgullo de la familia, y el orgullo del señor Elton, sus coches y su casa.

Maple Grove fue el primer tema de su conversación, "la propiedad del señor Suckling, mi hermano"... Una comparación entre Maple Grove y Hartfield. Los terrenos de Hartfield no eran muy extensos, pero sí bonitos y bien cuidados; y la casa era moderna y muy bien construida. Por el tamaño del salón, por la entrada y por todo lo que pudiera mirar o imaginar, la señora Elton parecía muy favorablemente sorprendida.

—¡Le puedo asegurar que es muy similar a Maple Grove! ¡Estoy impresionada de la semejanza! Este salón tiene idéntica forma y es igual de grande que la pequeña sala de estar de Maple Grove; la estancia predilecta de mi hermana.

Se pidió la opinión del señor Elton. ¿No era sorprendente la similitud? Casi tenía la sensación de estar en Maple Grove.

—Y la escalera... Cuando se entra, ¿sabe usted?, ya me di cuenta de que la escalera era completamente igual; situada precisamente en el mismo lugar de la casa. ¡Tuve que lanzar una exclamación de asombro! Señorita Woodhouse, le aseguro que es tan extraordinario para mí el que me recuerden un sitio por el que siento tanto afecto como Maple Grove. ¡Es que he pasado allí tantos meses dichosos! —con un leve suspiro de emoción—. ¡Ah, es un sitio fascinante! Todas las personas que lo conocen se quedan asombradas de su hermosura, pero para mí ha sido un auténtico hogar. Si en alguna ocasión usted tiene que mudarse como yo ahora, ya sabrá usted lo agradable que es encontrarse con algo tan semejante a lo que hemos dejado atrás. Yo siempre digo que este es uno de los peores problemas de casarse.

Emma respondió tan evasivamente como le fue posible, pero eso fue suficiente para la señora Elton, que solamente quería conversar.

—¡Es tan maravillosamente similar a Maple Grove! Y no me refiero solamente la casa... Le puedo asegurar que, por lo que he podido observar, las tierras que la rodean son también extraordinariamente parecidas. Los laureles crecen con tanta abundancia en Maple Grove como aquí, y están distribuidos casi de la misma manera... Justamente en mitad del césped, y me ha dado la impresión de ver también un grandioso árbol muy grueso que tenía un banco alrededor y que ha hecho que piense en otro idéntico de Maple Grove. Mis hermanos estarían fascinados de conocer este sitio. Las personas que poseen grandes tierras siempre coinciden en sus gustos y lo hacen todo de un modo similar.

De la franqueza de esta opinión Emma dudaba. Estaba completamente segura de que las personas que tienen grandes tierras se preocupan muy poco de las grandes tierras de los otros, pero no valía la pena rebatir una equivocación tan grosera como esa, y por lo tanto solamente respondió:

—Me temo que pensará que le ha dado mucha importancia a Hartfield cuando conozca mejor la región. Surry está lleno de cosas hermosas.

—¡Oh! Sí, sí, por supuesto. Es el jardín de Inglaterra. Surry es el jardín de Inglaterra, ya lo sé.

—Sí, pero no estoy segura de si en esta simple frase podemos fundar nuestro orgullo. Pienso que hay muchos condados de los que se dice también que son el jardín de Inglaterra, como de Surry.

—No, estoy totalmente segura de que no —contestó la señora Elton con una sonrisa de mucha satisfacción—, de Surry es el único condado del que lo he escuchado decir.

Emma no supo qué responder.

—Mis hermanos nos prometieron visitarnos esta primavera o, a más tardar, el próximo verano —continuó la señora Elton—, y aprovecharemos la oportunidad para realizar excursiones. No tengo la menor duda de que mientras permanezcan aquí con nosotros realizaremos muchas excursiones y paseos. Por supuesto traerán su landó en el que caben cuatro personas perfectamente; y por lo tanto, usted no necesita que le haga ningún elogio de *nuestro* coche, para que comprenda que podremos visitar con toda comodidad los sitios más pintorescos de la provincia. Es poco probable que vengan en su silla de posta, no la usan habitualmente en esta época del año. Lo cierto es que si cuando vengan hace ya buen tiempo yo les aconsejaré que traigan el landó; será preferible cuando se visita una región tan hermosa como esta, ¿sabe usted, señorita Emma?, como es lógico uno desea que los extranjeros conozcan el mayor número posible de lugares; y el señor Suckling es muy aficionado a esa clase de travesías. Dos veces recorrimos el Kings Weston de esta manera el verano pasado; fue un viaje maravilloso; a propósito, era la primera ocasión que usaban el landó. Señorita Woodhouse, imagino que todos los veranos ustedes hacen muchas excursiones de este tipo, ¿verdad?

—No, no acostumbramos a hacerlo. Highbury queda más bien lejos de los sitios más pintorescos que son atractivos para esa clase de viajeros a los que usted se refiere; y además, creo que somos personas muy sedentarias; más proclives a permanecer en casa que a planificar excursiones y viajes.

—¡Ah, de verdad, para estar cómodo y tranquilo no hay nada como permanecer en casa! Es que no existe nadie más amante de casa, del hogar, que yo. Ya eran distintivas estas aficiones mías en Maple Grove. Cuando Selina iba a Bristol decía muchas veces: "Definitivamente no sé cómo hacer que esta muchacha abandone la casa. Tengo que irme siempre sola, a pesar de lo poco que me agrada no ir acompañada en el landó, pero Augusta no quiere ir más lejos de la valla del parque". Sí, en muchas ocasiones lo decía; y, no obstante, no es que yo esté de acuerdo con estar siempre encerrada en casa. Muy por el contrario, según mi parecer, cuando las personas se retraen de esa manera y viven totalmente apartadas de la sociedad actúan de una forma muy errada; pienso que es mucho más recomendable alternar con los demás de una manera moderada, sin tener mucho trato social y sin tener muy poco. Pero, señorita Woodhouse, no crea que no me doy perfecta cuenta de cuál es su situación... —mirando al señor Woodhouse— tiene que ser un gran inconveniente el estado de salud de su padre. ¿Por qué no pasa un tiempo en Bath? Debería intentarlo. Déjeme que le recomiende Bath. Le puedo asegurar que no tengo la más mínima duda de que al señor Woodhouse le sentaría muy bien.

—Mi papá lo probó en más de una ocasión hace años, pero no sintió ninguna mejoría; y el señor Perry, cuyo nombre creo que es conocido por usted, no opina que en esos momentos sería más beneficioso que antes.

—¡Ah! ¡Qué lástima! Porque le puedo asegurar, señorita Emma, que en los casos en que están aconsejadas las aguas, los beneficios que traen son verdaderamente magníficos. ¡He visto tantos ejemplos en el tiempo en que he vivido en Bath! Y es un sitio tan alegre que, sin ninguna duda, animaría al señor Woodhouse, porque me parece que, a veces, está muy triste y deprimido. Y con respecto a las ventajas que tendría para usted, para convencerla no creo que necesite insistir demasiado. Nadie ignora los beneficios que tiene Bath para los muchachos. Para usted, que ha tenido una existencia tan apartada, sería una maravillosa oportunidad para alternar socialmente; y yo podría introducirla en varios de los círculos sociales más distinguidos y selectos de la ciudad. A usted unas letras mías le harían ganar de inmediato una pequeña turba de amigos; y la señora Partridge, mi íntima amiga, en cuya casa vivía siempre cuando me encontraba en Bath, se contentaría mucho de poder brindarle a usted muchas atenciones, y cuando haga vida social sería la persona más indicada para hacerle compañía.

Sin mostrarse descortés, eso era más de lo que Emma podía aguantar. La idea de deberle a la señora Elton lo que habitualmente se llamaba "la presentación en sociedad"... de hacer vida social bajo la tutela de una amiga de la señora Elton, quizás alguna viuda arruinada de lo más corriente que para ayudarse a malvivir tenía una casa de huéspedes... ¡Definitivamente, no podía caer más bajo la dignidad de la señorita Woodhouse, de Hartfield!

Pero logró dominarse y se guardó los insultos que hubiera podido dirigirle, limitándose a agradecer a la señora Elton fríamente; ni siquiera consideraría ir a Bath; y dudaba mucho de que el sitio fuese beneficioso para su padre como para ella misma. Y después, para evitar nuevas ofensas y la posterior indignación, cambió de tema rápidamente:

—Señora Elton, ya no le pregunto a usted si es aficionada a la música. La fama de una mujer generalmente la precede en estas ocasiones, y usted es una pianista de primera categoría, ya hace mucho tiempo que eso se sabe en Highbury.

—¡Oh, no, por supuesto que no! Tengo que rechazar esa idea tan halagadora. ¡Una pianista de primera categoría! Le puedo asegurar que estoy muy lejos de serlo. Su información debe provenir de una persona muy parcial. Soy muy aficionada a la música, eso sí... es una auténtica pasión; y mis amistades dicen que tengo cierto gusto para ejecutar el piano; pero con respecto a algo más, le juro que toco de una manera absolutamente mediocre. Pero, señorita Woodhouse, usted en cambio sé muy bien que toca fantásticamente. Le puedo asegurar que para mí ha sido un gran deleite, una alegría y un consuelo saber que iba a formar parte de una sociedad muy melómana. Yo no puedo vivir sin música. Es algo completamente necesario para mi existencia, y como he vivido siempre entre personas muy aficionadas a la música, tanto en Bath como en Maple Grove, prescindir de ella hubiese sido para mí un sacrificio muy difícil. Eso fue lo que le dije con toda franqueza al señor E. cuando él se refería a mi futuro hogar y manifestaba sus miedos de que me fuera poco grato vivir en un sitio tan apartado; y también en lo que respecta a la humildad y sencillez de la casa... Conociendo a lo que yo había estado habituada... Claro que no dejaba de sentir ciertos temores. Cuando él me planteó todo de esa manera, yo le dije honestamente que no tenía problemas de dejar *el mundo* (teatros, bailes, fiestas), porque no sentía temor a la vida apartada. El mundo no me era necesario por estar dotada de tantos recursos interiores. Sin él me lo podía pasar muy bien. Para las personas que carecen de esos recursos es muy diferente, pero mis recursos me hacen totalmente independiente. Y con respecto a que las habitaciones fuesen más pequeñas de lo que yo estaba habituada, realmente no consideré ni que valía la pena tomarlo en cuenta. Yo sabía que, incluso sacrificando unas de esas comodidades, iba a sentirme muy bien. Por supuesto que en Maple Grove yo estaba habituada a tener todos los lujos y comodidades, pero yo lo convencí de que poseer dos coches no era algo necesario para ser feliz, como tampoco tener habitaciones muy amplias. "Sin embargo", le dije, "para ser completamente franca, pienso que no pueda vivir sin conocer y tratar a personas aficionadas a la música. Yo no pongo ninguna otra condición, pero para mí la vida estaría vacía sin la música".

—No creo —dijo Emma sonriendo— que el señor Elton dudase ni un instante antes de darle la seguridad de que usted encontraría en Highbury una gran afición a la música; y espero que usted no considerará que exageró mucho más de lo que puede ser perdonable, teniendo en cuenta las razones que le motivaron.

—No, ciertamente sobre este particular no tengo la más mínima duda. Estoy complacida de hallarme entre personas como ustedes. Confío en que juntas organizaremos muchos y maravillosos pequeños conciertos. Señorita Woodhouse, a mí me parece que usted y yo deberíamos constituir un club musical y realizar reuniones frecuentes cada semana en nuestra casa o en la suya. ¿Acaso no sería una excelente idea? Si nosotras nos lo propusiéramos pienso que rápidamente tendríamos muchos seguidores. Para mí, algo así me sería muy ventajoso, como estímulo para practicar, porque, ya sabe usted, las mujeres casadas... es la misma triste historia de siempre, en general. Es tan fácil ceder a la tentación de dejar la música...

—Pero usted, sin duda no corre este peligro, ya que es tan aficionada...

—Bueno, confío en que no; pero lo cierto es que cuando miro a mi alrededor y miro lo que les ha sucedido a mis amigas comienzo a temblar. Selina abandonó la música... jamás abre el piano... y eso que tocaba magníficamente. Y lo mismo se puede decir de la señora Jeffreys (de soltera, Clara Partridge) y ambas hermanas Milman, que son ahora la señora James Cooper y la señora Beard; y de muchas otras que podría nombrarle. ¡Oh, le puedo asegurar que hay para espantarse! Yo siempre me enojaba mucho con Selina, pero lo cierto es que ahora comienzo a entender que una mujer casada tiene que estar pendiente de tantas cosas. ¿Usted me podrá creer si le digo que pasé media hora esta mañana dándole instrucciones a mi ama de llaves?

—Pero todas esas cosas —dijo Emma— pronto se transforman en una rutina diaria...

—Bueno —dijo, riendo, la señora Elton—, ya veremos si será así.

Emma, después de mirarla tan resuelta en el asunto del abandono de la música, no tuvo nada más que comentar, y después de un instante de pausa la señora Elton cambió de tema.

—Estuvimos de visita en Randalls —dijo—, y en la casa encontramos a ambos; parecen ser personas muy agradables y gentiles. Me dieron una muy buena impresión. Se ve que la señora Weston es una buena mujer...

Le aseguro que es una de mis preferidas de las que he conocido hasta ahora. Y se le ve tan bondadosa y generosa... tiene un no sé qué tan tierno, maternal y tan honesto que rápidamente se gana las simpatías. Creo que fue su institutriz, ¿verdad?

Emma estaba muy asombrada para responder, pero la señora Elton apenas esperó una respuesta afirmativa para contestar.

—Cuando lo supe me maravillé que tuviera tanto aire de distinguida señora. ¡Pero, definitivamente, es toda una gran dama!

—Siempre han sido impecables —dijo Emma— los modales de la señora Weston. Su sencillez, su humildad, su dignidad, su elegancia y su distinción pueden ser el mejor modelo para cualquier muchacha.

—Y mientras nosotros estábamos allí, ¿quién cree que llegó?

Emma estaba completamente aturdida. Por el tono daba la impresión de que estaba hablando de algún antiguo amigo... ¿pero a quién podía referirse?

—¡Knightley! —continuó la señora Elton—. Sí, el mismísimo Knightley! ¿No es cierto que fue buena suerte? Porque, como el otro día no estábamos en casa cuando él nos visitó, yo todavía no lo había podido conocer; y por supuesto, sentía mucha curiosidad tratándose de un amigo tan cercano e íntimo del señor E. "Mi amigo Knightley" era una frase que he escuchado pronunciar tan frecuentemente que estaba verdaderamente impaciente por conocerlo; y siendo sincera, debo confesar que mi *caro sposo* no tiene por qué sentir vergüenza de su amigo. Definitivamente, Knightley es todo un caballero. Me parece encantador. En mi opinión, realmente es un auténtico caballero.

Ya era hora de irse, afortunadamente. Finalmente se fueron y Emma respiró libremente sintiéndose aliviada.

—¡Por Dios, qué mujer más insoportable! —fue su primera exclamación. Peor de lo que había imaginado. ¡Completamente insufrible! ¡Knightley! Si no lo escucho no lo creo ¡Knightley! ¡Nunca en toda su vida lo ha visto y le dice Knightley! ¡Y, por favor, hace el descubrimiento de que es un caballero! Una advenediza cualquiera, un ser corriente y vulgar, con su señor E. y su *caro sposo,* Y sus "recursos", y toda su actitud engreída y presuntuosa y de elegancia ficticia. ¡Por favor, descubrir en este momento que el señor Knightley es todo un caballero! Definitivamente dudo que él le devuelva el cumplido y descubra que ella es una dama. ¡No lo puedo creer! ¡Y hacer la propuesta de que formemos un club musical ella y yo! ¡Como si fuéramos amigas desde niñas! ¡Y la señora Weston! ¡Se quedó asombrada de que la persona que me educó a mí sea una gran dama! Esto es lo peor. En mi vida vi nada semejante.

Esto trasciende más allá de lo que yo suponía. Es que no se puede ni comparar con Harriet. ¡Oh! Si Frank Churchill hubiese estado aquí, ¿qué hubiese dicho de ella? ¡Cómo se hubiese molestado e indignado y también entretenido! ¡Ah!, ya estoy otra vez en lo mismo... pensar en él es lo primero que se me ocurre. ¡Siempre la primera persona en quien pienso! Yo misma me asombro. ¡Es que Frank Churchill vuelve a mi recuerdo tan frecuentemente...!

Cruzaron tan rápidamente estas ideas por su mente, que cuando su padre se recuperó de la algarabía ocasionada por la marcha de los Elton y estuvo dispuesto a conversar, ella ya se sentía bastante capaz de prestarle atención.

—Bueno, querida —comenzó a decir con énfasis—, da la impresión de que es una joven de grandes virtudes, teniendo en cuenta que es la primera ocasión que la vemos; y no tengo dudas de que obtuvo muy buena impresión de ti. Quizá habla muy rápido. Tiene una voz algo chillona, y eso es desagradable para el oído. Pero creo que son manías mías; es que no me agradan las voces que no conozco; y nadie habla tan bonito como tú y como la pobre señorita Taylor. Creo, a pesar de todo, que es una muchacha muy gentil, amable y muy bien educada, y estoy seguro de que será una excelente esposa. A pesar de que, en mi opinión, el señor Elton hubiera hecho mejor en no contraer matrimonio. Le di toda clase de disculpas por no haber ido a visitarlos a la señora Elton y a él con motivo de este dichoso suceso; les dije que confiaba que podría visitarlos durante el próximo verano. Pero debí ir a verlos. Es una descortesía muy grave no visitar a unos recién casados... ¡Ah! Esto solamente me indica hasta qué punto soy un auténtico inválido... Pero es que aquella esquina del callejón de la Vicaría no me gusta.

—Papá, estoy completamente segura de que aceptaron tus disculpas. Ya el señor Elton te conoce y sabes cómo eres.

—Sí... pero una muchacha... una recién casada... hubiese tenido que hacer todo mi esfuerzo por ir a presentarle mis respetos... Definitivamente, por mi parte fue una falta de cortesía.

—Pero, adorado papá, tú no eres partidario del matrimonio; y siendo de esa manera, entonces, ¿por qué sientes la obligación de presentar tus respetos a una recién casada? Esto va en contra de tus convicciones. Prestarles tanta atención es estimular a la gente a que contraiga matrimonio.

—No, querida, yo jamás he estimulado a nadie para que contraiga matrimonio, pero siempre he deseado cumplir con mis deberes de educación y cortesía para con las damas... y, sobre todo, a una recién casada no se le puede hacer un desprecio. Hay más razones para considerarlas.

Querida, ya sabes, que donde se encuentra una recién casada siempre es la persona más importante, sean quienes sean los otros.

—Bueno, papá, pero si eso no es animar a las personas a que contraigan matrimonio, yo no sé lo que es. Y jamás hubiera supuesto que te prestaras a esas expresiones de vanidad de las muchachas.

—No me comprendes, querida. Es solamente un asunto de cortesía y de buenos modales, y en absoluto tiene que ver con alentar a las personas a que contraigan matrimonio.

No agregó nada más.

Emma guardó silencio. Su papá ya se estaba poniendo nervioso y no podía comprenderla. Y durante mucho rato en su mente estuvieron dando vuelta los agravios de la señora Elton.

CAPÍTULO XXXIII

De la pésima opinión que se formó de la señora Elton, ningún descubrimiento posterior hizo que Emma se retractara. Fue muy acertada su primera impresión. De la forma como la señora Elton se comportó en esta segunda entrevista, también lo hizo en todas las otras ocasiones que se vieron nuevamente... ignorante, presumida, con aire de suficiencia, con una excesiva familiaridad y mal educada. Tenía cierto atractivo físico y algunos conocimientos, pero tan poca sensatez que se consideraba a sí misma como una mujer que conoce perfectamente el mundo y que le dará diversión y brillo a un pequeño rincón pueblerino y atrasado, segura de que la señorita Hawkins había ocupado un sitio tan alto en la sociedad que solamente aceptaba comparación con lo valioso de ser la señora Elton.

No existían razones para imaginar que el señor Elton no estuviera de acuerdo en lo más mínimo con la opinión de su esposa. No solamente daba la impresión de que estuviera dichoso junto a ella, sino también muy orgulloso. Parecía que se congratulaba a sí mismo por haber traído a Highbury una dama como esa, a la que ni siquiera la señorita Emma se le podía igualar. Y la mayoría de sus nuevas amistades, permanentemente inclinadas al halago o poco habituadas a pensar por sí mismas, admitiendo el siempre bondadoso criterio de la señorita Bates, o dando por sentado que una mujer recién casada tenía que ser de trato tan agradable y tan inteligente como ella pensaba serlo, quedaron muy satisfechas; de manera que los elogios a la señora Elton pasaron de boca en boca, como era natural, sin que se produjera la nota discrepante de la señorita Emma

Woodhouse, quien estaba dispuesta a continuar fiel a sus primeras palabras y afirmaba, con primorosa gracia, que era una dama "que vestía muy elegantemente y era muy agradable".

La señora Elton, en un aspecto, empeoró con respecto a la primera impresión que produjo a Emma. Cambió su actitud para con Emma... Quizás ofendida por la fría aceptación que habían hallado sus proposiciones de amistad, se hizo, por su lado, más reservada, y poco a poco se mostró más alejada y mucho más fría; y a pesar de que ello le fue muy grato, este desapego solamente incrementó la aversión que Emma le tenía. Tanto ella como el señor Elton, por otro lado, asumieron una actitud despectiva contra Harriet; siempre se comportaban con ella con un aire de burlona prepotencia. Emma esperaba que ello contribuiría a la rápida recuperación de Harriet, pero la terrible impresión que le causaba su actuación acentuaba todavía más la antipatía que Emma sentía por los dos... Era casi seguro que el enamoramiento de Harriet fue motivo de confidencias por parte del señor Elton (quien a lo mejor creía que de ese manera favorecía la recíproca confianza marital), y lo más creíble era que hubiese hecho todo lo que estuviera a su alcance para presentar el caso de la joven bajo un aspecto poco ventajoso, al mismo tiempo que él se arrogaba el papel más favorable. Harriet, como consecuencia, ahora se veía detestada por los dos... Siempre estaba el recurso de criticar a la señorita Woodhouse cuando no tenían nada más que comentar... Y esta enemistad, que no se arriesgaban a expresar de forma abierta, hallaba una sencilla y fácil diversión en tratar a Harriet con desprecio.

La señora Elton, por el contrario, demostraba mucha simpatía por Jane Fairfax; y ello desde el inicio. No solamente cuando su enemistad con una de las dos muchachas implicó el sentirse inclinada hacia la otra, sino desde los primeros instantes; y no se alegró con manifestar una admiración razonable y lógica, sino que, sin que ella se lo solicitara o se lo insinuara, y sin que hubieran razones, se empeñó en protegerla y ayudarla... Antes de que Emma se enajenara su confianza, y hacia la tercera vez en que se vieron, ya tuvo oportunidad de notar cómo la señora Elton aspiraba a transformarse en la protectora de Jane Fairfax.

—Señorita Woodhouse, Jane Fairfax es verdaderamente encantadora,.. Usted no se imagina lo que yo llego a apreciar a Jane... ¡Es una joven tan atractiva, tan afable...! ¡Tiene tan buen temperamento y es una gran dama! ¡Y el talento que tiene! Le puedo asegurar que tiene un talento maravilloso, en mi opinión... No tengo ningún problema en reconocer que toca maravillosamente bien. Comprendo lo bastante de música para poder decirlo con toda seguridad. ¡Oh, es realmente fascinante! Quizás usted se ría de mi emoción... pero le juro que solamente sé hablar de Jane Fairfax... Y su situación es tan triste, que es obligatorio que me sienta conmovida. Tenemos que hacer algo, señorita Emma, hay que tratar de hacer algo por Jane. Hay que ayudarla. Es que no se puede permitir que permanezca oculto e ignorado un talento como el suyo... No tengo ninguna duda de que usted ha escuchado en alguna ocasión estos magníficos versos del poeta.

"Tantas flores que tienen por destino nacer para que nadie las contemple, prodigar su fragancia en un desierto".[14]

No debemos permitir que eso le ocurra a la encantadora y gentil Jane.

—No creo que exista algún riesgo —fue la tranquila respuesta de Emma—, y cuando usted conozca mejor la situación de la señorita Jane y sepa bien cómo ha vivido hasta este momento al lado de la señora Campbell y del coronel, estoy segura de que usted no tendrá miedo de que su talento permanezca oculto e ignorado.

—¡Oh!, sin embargo, mi querida señorita Emma, ahora vive tan alejada, tan abandonada, tan desconocida por todas las personas... Es tan notorio que ya han llegado a su fin todos los beneficios de que pudiera haber disfrutado con los Campbell. Y, en mi opinión, ella lo sabe. Estoy convencida. Es callada, tímida, reservada. Se ve que necesita algo de estímulo y de aliento. Eso la hace todavía más atractiva a mis ojos. Le debo confesar que es un mérito más para mí. Siento mucha preferencia por los tímidos... y estoy segura de que es poco habitual hallar personas así... Pero en las que son tan evidentemente inferiores a nosotros, ¡es una característica tan simpática! ¡Oh! Le puedo asegurar que Jane Fairfax es una muchacha extraordinaria y que siento por ella un interés mucho más grande del que puedo manifestar.

—Usted tiene mucha sensibilidad, pero no termino de ver cómo usted, o cualquier otra persona que conozca a la señorita Jane, cualquiera de las que la conocen hace mucho más tiempo que usted, pueden lograr hacer por ella algo más que...

—Mi querida señorita Emma, los que se arriesguen a actuar pueden hacer mucho. Nosotras, usted y yo, no tenemos nada que temer. Si damos el ejemplo, dentro de lo que puedan, muchos nos seguirán; a pesar de que no todos disfruten de nuestra posición. Nosotras poseemos coches para irla a buscar y regresarla a su casa, y llevamos un tipo de vida que permite que la ayudemos sin que en ningún instante nos resulte

14 De la "Elegía escrita en un cementerio de aldea" de Thomas Gray (1716-1771).

pesada. Me irritaría demasiado que Wright nos preparara una cena que me hiciese lamentar el haber invitado a Jane a compartirla, porque no era lo bastante copiosa para todos... Yo jamás he visto algo similar; ni tenía por qué verla dado el tipo de existencia a la que he estado habituada. Quizá si peco de algo en la organización y administración de la casa, es justamente por lo contrario, por hacer mucho, por no darle mucha importancia a los gastos. Tal vez copio el modelo de Maple Grove más de lo que debería hacerlo... porque nosotros no podemos aspirar a equipararnos al señor Suckling, mi hermano, en nivel económico... No obstante, yo ya he resuelto ayudar a Jane Fairfax... La invitaré frecuentemente a mi casa, la presentaré en todos los sitios en que pueda hacerlo, realizaré muchas veladas musicales para realzar sus destrezas, habilidades y virtudes, y me preocuparé permanentemente por encontrarle un trabajo conveniente. Tengo tantos amigos que estoy segura de que dentro de muy poco tiempo hallaré algo adecuado y ventajoso para ella... Por supuesto, la presentaré a mi hermana y a mi cuñado cuando nos visiten. No tengo dudas de que simpatizarán mucho con ella; y su timidez desaparecerá completamente cuando los conozca más, porque son las personas más gentiles, amables y generosas que hay en todo el mundo. Me propongo invitarla frecuentemente cuando sean nuestros huéspedes, y me arriesgaría a decir que incluso muchas veces podemos hallarle un lugar en el landó para que nos acompañe en nuestras excursiones y paseos.

"¡Pobre Jane! —pensó Emma—. ¿Qué hiciste para merecer este castigo? Quizá te comportaste mal con respecto al señor Dixon, pero esto es una condena que va más allá de todo lo que te puedas merecer... ¡La protección y el cariño de la señora Elton! Jane Fairfax, Jane Fairfax... ¡Dios santo! No deseo ni imaginármela arriesgándose a transitar por la vida, haciéndose la ilusión de que es una Emma Woodhouse... ¡Es absurdo! ¡La imprudencia y audacia de la lengua de esa mujer no tienen fin...!".

Emma no volvió a aguantar ninguna otra arenga como esta... tan exclusiva y especialmente dirigida a ella... tan aburridamente aderezada con los "mi querida señorita Woodhouse", "mi apreciada señorita Emma". No tardó en hacerse notorio el cambio de actitud de la señora Elton, y Emma quedó mucho más calmada... y no se vio forzada a ser la amiga íntima de la señora Elton ni a transformarse en una defensora muy activa de Jane Fairfax bajo el patronazgo de la señora Elton... en este momento, como cualquier otro habitante de la provincia, podía limitarse a enterarse, en general, de lo que ella pensaba, opinaba, planeaba y hacía cada día.

Todo ese ajetreo más bien le parecía entretenido... El agradecimiento de la señorita Bates por las atenciones que la señora Elton le brindaba a Jane era de una simplicidad y de una emotividad candorosas. Era la mujer más cariñosa, más afable y más encantadora que pueda haber... era una de sus más incondicionales amigas... una dama tan llena de bondad, de tantas virtudes... (exactamente como la señora Elton deseaba que la consideraran). Lo único que asombraba a Emma era que Jane aceptara todas estas atenciones y aguantara a la señora Elton, como daba la impresión de que era. Se comentaba que paseaba con los Elton, que iba de visita a casa de los Elton, que estaba todo el día con los Elton... ¡Era sorprendente! Emma no podía concebir que el orgullo y el excelente gusto de la señorita Jane soportaran la amistad y la compañía que le ofrecían en la Vicaría, en la casa de los Elton.

"¡Es un misterio, un auténtico misterio! —pensaba—. ¡Preferir permanecer aquí meses y meses, aceptando carencias y penurias de todo tipo! Y ahora admitir el castigo de que la señora Elton la acompañe a todas partes y que la fastidie y aburra con su charla, en lugar de regresar junto a personas tan superiores, que siempre le han brindado un afecto tan generoso y tan franco...".

Solamente para tres meses Jane vino a Highbury; los Campbell fueron a Irlanda por tres meses, pero ahora los Campbell habían prometido a su hija estar junto a ella por lo menos hasta mitad del verano e invitaron nuevamente a Jane a que se reuniera con ellos. Según la señorita Bates —todas las informaciones provenían de ella— la señora Dixon le escribió insistiéndole mucho. Si Jane se decidía a ir, se le arreglaría el viaje, se movilizarían amistades, se enviarían sirvientes..., no parecía haber ningún obstáculo para efectuar ese viaje, pero ella no aceptó el ofrecimiento, a pesar de todo.

"Seguro tiene alguna razón más fuerte de lo que parece para no aceptar esta invitación —concluyó Emma—. Debe estar cumpliendo un tipo de castigo, quizás impuesto por los Campbell, probablemente por ella misma. Tal vez tenga mucho temor o tenga que actuar con mucha precaución o esté obligada por alguien. El asunto es que no desea estar más con los Dixon. Alguien lo exige de esa manera. Sin embargo, entonces, ¿por qué acepta estar con los Elton? Ese ya es un misterio totalmente diferente".

Al manifestar su sorpresa sobre este asunto ante algunas de las pocas personas que conocían su opinión sobre la señora Elton, la señora Weston se atrevió a defender a Jane de esta manera:

—Mi querida Emma, no vamos a imaginar que lo pasa demasiado bien en la Vicaría... pero siempre es preferible que permanecer en casa.

Su tía es una mujer excelente, pero para estar siempre con ella debe ser muy fastidiosa. Antes de criticar su buen gusto por las casas que visita tenemos que tener en cuenta a qué está renunciando la señorita Jane Fairfax.

—Señora Weston, creo que usted tiene mucha razón —dijo el señor Knightley—, la señorita Jane es tan capaz como cualquiera de nosotros de formarse una opinión acertada de la señora Elton. Definitivamente no la hubiese elegido a ella si hubiese podido elegir las personas con quien tratar. Pero —dirigiendo a Emma una sonrisa de recriminación—, la señora Elton tiene unas atenciones con ella que nadie más tiene.

Emma advirtió que la señora Weston le lanzaba una rápida mirada, y ella misma quedó sorprendida del apasionamiento con que el señor Knightley acababa de hablar. Sonrojándose levemente, se apresuró a replicar:

—Yo siempre hubiera imaginado que la hubiesen incomodado más que complacido todas las atenciones que la señora Elton ahora tiene con ella. Me hubiesen parecido cualquier cosa las invitaciones de la señora Elton menos atrayentes[15].

—A mí no me parecería raro —dijo la señora Weston— que todo eso lo hiciera la señorita Jane en contra de su voluntad, obligada por el empeño de su tía de que aceptara las atenciones que tenía con ella la señora Elton. Es posible que la señorita Bates haya persuadido a su sobrina para que aceptara un nivel de intimidad mucho mayor del que su propio sentido común le hubiese recomendado, aparte del deseo muy lógico de cambiar un poco de tipo de vida.

Las dos aguardaban con curiosidad que el señor Knightley hablara nuevamente, y después de unos minutos de silencio comentó:

—Hay que tener también en cuenta otra cosa... definitivamente, la señora Elton no habla a la señorita Jane de la misma forma que habla de ella. Todos conocemos la diferencia que existe entre las palabras "él" o "ella" y "tú", que es la más directa en la charla. Todos sentimos la influencia de algo que se encuentra más allá de la urbanidad natural en el trato personal de los unos con los otros... algo que se ha aprendido antes de conocer las normas de cortesía. Cuando hablamos con una persona somos incapaces de decirle todas las cosas poco agradables que estuvimos pensando de ella unos minutos antes. Entonces lo vemos de una manera diferente. Y apartando eso, que podríamos considerar como un principio general, les puedo asegurar que la señorita Jane logra intimidar a la señora Elton, debido a que está por encima de ella en distinción,

15 Juego de palabras intraducible: *invitations*, (invitaciones) e *inviting* (atrayentes).

elegancia e inteligencia; y que cuando se encuentran frente a frente, la señora Elton la trata con todo el respeto que ella se merece. Quizás, antes de este momento, la señora Elton jamás había conocido a una mujer como Jane... y por muy grande que sea su pedantería, su vanidad, no deja de reconocer, sino de manera consciente al menos en la práctica, que es muy poca cosa junto a ella.

—Sí, ya sé que usted tiene muy buena opinión de Jane —dijo Emma.

En esos instantes estaba pensando en el pequeño Henry y una combinación de escrúpulo y de miedo la dejó dudando con respecto a lo que debía decir.

—Sí —respondió él—, todos saben que tengo una excelente opinión de ella.

—Y a lo mejor —dijo Emma de inmediato viéndolo intencionalmente, e interrumpiéndose rápidamente... pero era mejor saber lo peor lo antes posible... de manera que siguió diciendo—: Y quizá ni siquiera usted mismo ha notado hasta qué punto la aprecia. Probablemente un día u otro a usted mismo le asombre la trascendencia de su admiración y de su aprecio.

Estaba muy ocupado el señor Knightley con los botones inferiores de sus gruesas polainas de cuero, y cuando contestó se le subieron los colores al rostro, debido al esfuerzo que hacía al abrochárselos o por cualquier otra razón.

—¡Oh! ¿Pero todavía estamos de esa manera? Lamentablemente, usted está atrasada con respecto a las noticias. Hace ya seis semanas el señor Cole me sugirió algo.

Momentáneamente se interrumpió... Emma sentía que el pie de la señora Weston oprimía el suyo, y estaba tan aturdida que no sabía qué pensar. El señor Knightley continuó después de un instante:

—Pero le puedo asegurar que eso no sucederá nunca. Me arriesgaría a jurar que, si yo pidiera su mano, la señorita Jane Fairfax nunca me aceptaría... Y estoy totalmente seguro de que jamás la pediré.

Rápidamente, Emma devolvió con el pie la señal a su amiga y quedó tan complacida que dijo:

—Lo mínimo que yo diría de usted es que no es presumido, señor Knightley.

Él no dio muestras de haberla escuchado. Se encontraba pensativo... y no tardó en preguntar en un tono que evidenciaba la molestia:

—¿Entonces ustedes ya imaginaban que iba a contraer matrimonio con Jane Fairfax?

—No, le puedo asegurar que yo no. Usted me ha reprendido demasiado en lo de arreglar matrimonios como para que yo me tome esta libertad con usted. Lo que dije fue sin darle mucha importancia. Usted ya sabe que siempre se dicen esas cosas sin intención seria. ¡Oh, no! Le juro que no tengo el menor deseo ni de que usted contraiga matrimonio con Jane Fairfax ni de que ella se case con cualquier otro hombre. Usted ya no vendría a Hartfield, y no nos haría compañía de esta manera tan agradable si estuviera casado.

El señor Knightley se quedó pensativo nuevamente. Y este fue el resultado de sus reflexiones:

—Emma, no, no creo que mi sincera admiración por ella llegue jamás a darme alguna sorpresa... Le juro que nunca he pensado en ella de esta manera.

Y al poco rato agregó:

—Jane es una muchacha encantadora... pero ni siquiera ella es perfecta. Jane Fairfax tiene un defecto. No tiene el temperamento abierto que un hombre querría para la que ha de casarse con él.

Emma se alegró al escuchar que Jane tenía un defecto.

—Bueno —dijo—, entonces imagino que no le será muy difícil hacer que el señor Cole se calle.

—No, no me fue difícil. Él me hizo una leve insinuación, yo le respondí que estaba muy equivocado, entonces me pidió excusas y no dijo nada más. Cole no quiere ser más inteligente o más ingenioso que sus vecinos.

—¡Entonces en nada se asemeja a nuestra apreciada señora Elton, que pretende ser más ingeniosa e inteligente que todos! Me encantaría saber cómo habla de los Cole... cómo los menciona... ¿Qué fórmula habrá encontrado para llamarlos de un manera lo suficientemente íntima, dentro del género vulgar y corriente? A usted lo llama Knightley a secas... ¿Pero cómo llamará al señor Cole? Por eso no tendría que asombrarme que Jane acepte ir siempre con ella y admita sus atenciones. Tu argumento es el que más me convence, querida. Estoy más inclinada a atribuir todo esto a la señorita Bates que a creer en la victoria de la inteligencia de la señorita Jane sobre la señora Elton. No tengo la más mínima esperanza de que la señora Elton se considere inferior a nadie en gracia, en inteligencia, en el hablar ni en nada; ni que acepte otros valores que los de sus primitivas normas de cortesía; no puedo creer que permanentemente no ofenda a sus visitantes con palabras de aliento, ofrecimientos de ayuda y halagos fuera de lugar; que no esté insistiendo interminablemente en lo espléndido y desinteresado de sus propósitos, desde el procurarle una situación sólida, hasta el aceptarla en estos maravillosos paseos que tienen que hacer en el landó.

—Jane es una joven muy despierta e inteligente —dijo el señor Knightley—, yo no la estoy acusando de no serlo. Y en ella intuyo una profunda sensibilidad... y un excelente temperamento, como se evidencia por su paciencia, su dominio de sí misma y su resignación, pero carece de sinceridad. Es demasiado reservada, pienso que más de lo que era antes... Y a mí me agradan los temperamentos francos, espontáneos y abiertos. No... antes de que Cole sugiriera mi aparente interés por ella, jamás me había cruzado por la mente algo similar. He visto a Jane siempre y he charlado con ella con placer y admiración... pero sin pensar en nada más, lo aseguro.

—Bueno —dijo Emma victoriosa, cuando las dejó el señor Knightley—, entonces, ¿qué me dices del matrimonio de Jane Fairfax con el señor Knightley?

—Mi querida Emma, verás, te digo que veo que está tan obsesionado por la idea de no enamorarse de ella, que no me parecería extraño que finalizara por estarlo. No me has vencido todavía.

CAPÍTULO XXXIV

Todas las personas de Highbury y de sus alrededores, que en alguna ocasión hubiesen visitado al señor Elton, estaban dispuestas en estos momentos a obsequiarle con motivo de su matrimonio. Se organizaron varias comidas y cenas en su honor y en el de su esposa; y fueron tantas las invitaciones, que la señora Elton no tardó mucho en tener la satisfacción de comprobar que no tendrían ningún día libre.

—Ya me doy cuenta de lo que sucederá —decía ella—; ya me doy cuenta de la clase de existencia que llevaré a tu lado. Sí, llevaremos una vida disipada. Lo cierto es que parece que estamos muy de moda. Te aseguro que no es nada envidiable si eso es vivir en el campo. ¡Mira, no tenemos ni un día libre desde el lunes hasta el sábado! Ya no sabría ni donde tiene la cabeza una mujer con menos recursos de los que tengo yo.

Pero no le parecía inoportuna ninguna invitación. Estaba ya completamente habituada a cenar fuera de casa gracias a las épocas que había pasado en Bath, y Maple Grove hizo que se familiarizara con las invitaciones a comer. Y se quedó desagradablemente asombrada cuando vio que en muchas de esas casas solamente había un salón, que no se servían bebidas heladas durante las partidas de cartas de Highbury y que los pasteles eran de tamaño bastante insignificante. La señora Bates, la señora

Goddard, la señora Perry y otras carecían de mucho mundo, pero ella no tardaría en mostrarles cómo debían hacerse las cosas. Correspondería a estas atenciones antes que finalizara la primavera, invitándolas a una reunión de mucha elegancia y de gran estilo... en la que mostraría sus mesas de juego con sus propios candelabros y las barajas por estrenar, tal como se debe hacer... contratando para la cena a más criados de lo que les permitía su riqueza, con la finalidad de que sirvieran los refrescos exactamente en el orden establecido y a la hora precisa.

Emma, entretanto, no podía sentirse complacida hasta haber planificado para los Elton una comida en Hartfield. Ellos no podían ser menos que los otros, se exponía, de lo contrario, a malintencionadas conjeturas y a ser considerada capaz de un penoso resentimiento. Tenía que celebrarse la comida. Después que Emma estuvo hablando de ello durante diez minutos, el señor Woodhouse se mostró dispuesto a aceptar y solamente puso la acostumbrada condición de que él no fuera quien presidiera la mesa, creando así el inconveniente, igualmente acostumbrado, de tener que resolver quién estaría ocupando la cabecera.

No había mucho que pensar con respecto a las personas a quienes debía invitarse. Tenían que venir los Weston y el señor Knightley, además de los Elton; todo iba muy bien hasta aquí... sin embargo, no se podía evitar solicitar a la pobre Harriet que fuese el octavo invitado, pero Emma esta invitación ya no la hizo con la misma emoción, y por muchas razones se contentó de que Harriet le suplicara que le permitiera disculparse.

—Prefiero no verlo mucho, si puedo evitarlo. Todavía me siento un poco incómoda cuando lo veo acompañado de su encantadora y dichosa esposa. Yo prefería permanecer en casa, si tú no te lo tomas a mal.

Y eso era exactamente lo que Emma hubiese deseado de haber pensado que era lo suficientemente probable como para desearlo. Estaba asombrada de la entereza de su amiga... porque sabía que en ella era honestidad renunciar a una velada y elegir permanecer en casa. Y podía invitar ahora a la persona que verdaderamente quería que fuese el octavo invitado: Jane Fairfax... Sentía que su conciencia le inquietaba más que antes en lo que respecta a Jane Fairfax a partir de su última conversación con la señora Weston y el señor Knightley... Recordaba a cada instante las palabras del señor Knightley. Dijo que la señora Elton tenía atenciones para con Jane que no había tenido nadie más.

“Esta es la auténtica verdad —se dijo a sí misma—, por lo menos por lo que a mí se refiere, que es lo que en este momento me importa... y es vergonzoso... Teniendo ambas la misma edad... y conociéndonos desde la infancia... yo debí ser más amiga suya... Definitivamente, ella no deseará saber nada de mí en estos momentos. Durante demasiado tiempo la he tenido olvidada. Pero le dedicaré más atención que la que le dedicaba anteriormente".

Fueron aceptadas todas las invitaciones. Todos estaban fascinados de asistir y nadie tenía otro compromiso... No obstante, todavía surgieron problemas en los preparativos de la cena. Se produjo un hecho inicialmente poco agradable. Se había decidido que aquella primavera los dos hijos mayores del señor Knightley hicieran una visita de varias semanas a su tía y a su abuelo, y su padre propuso traerlos ahora, sin que él pudiera estar más que un día en Hartfield... justamente el mismo día en que se realizaría la cena. Sus actividades profesionales no le permitían cambiar el día, pero padre e hija quedaron muy contrariados de que las cosas sucedieran de esa manera. El señor Woodhouse pensaba que ocho personas en una cena era lo máximo que podían aguantar sus nervios... pero estarían nueve... y Emma estaba segura de que el noveno invitado se encontraría de muy mal humor ante el hecho de que no podía ir a Hartfield ni por cuarenta y ocho horas sin toparse con una fiesta o una cena.

Mejor de lo que podía consolarse a sí misma pudo consolar a su padre, haciéndole ver que a pesar de que, evidentemente, serían nueve en lugar de ocho, su yerno era tan poco comunicativo que el incremento de ruido casi no se percibiría. Pensaba, en el fondo, que ella con el cambio saldría perdiendo, ya que el puesto del señor Knightley estaría ocupado por su hermano, con su poca inclinación a conversar y su extrema seriedad.

Todo lo que sucedió fue más beneficioso, en conjunto, para el señor Woodhouse que para Emma. John Knightley llegó, pero al señor Weston se le requirió con urgencia en Londres y tuvo que ausentarse justamente ese mismo día. Cuando volviera se reuniría con ellos y participaría de la velada, pero ya no asistiría a la comida. El señor Woodhouse se calmó completamente; y cuando se dio cuenta de ello, junto a la llegada de los niños y a la filosófica resignación de su cuñado al conocer lo que le aguardaba, hizo que buena parte de la decepción de Emma se esfumara.

Entonces, por fin el día llegó, todos los invitados hicieron su aparición con mucha puntualidad y desde el primer instante daba la impresión de que el señor John Knightley se dedicaba a la tarea de parecer agradable. En lugar de llevarse a su hermano al lado de una ventana para charlar a solas al tiempo que esperaban la comida, comenzó a hablar con la señorita Jane Fairfax. Estuvo observando callado (deseando solamente formarse una idea para después poder contarle a Isabella) a la señora Elton, quien demostraba tanta elegancia como podían ofrecerle sus perlas y sus encajes, pero la señorita Jane era una antigua conocida y una joven sosegada, y con ella se podía conversar. Antes del desayuno, cuando regresaba de dar un paseo con los niños, la encontró en el mismo instante que comenzaba a llover. Decir alguna frase cortés sobre el estado del tiempo era muy natural, y él comentó:

—Señorita Fairfax, imagino que esta mañana usted no se arriesgaría a ir muy lejos, de lo contrario estoy seguro de que se mojó. Nosotros casi no tuvimos tiempo de llegar a casa. Confío en que usted también volvió de inmediato.

—Solamente iba a la oficina de correos —dijo ella—, y ya estaba nuevamente en casa cuando la lluvia arreció. Es mi paseo cotidiano. Cuando me encuentro aquí soy yo la que va a recoger las cartas siempre. Se evitan así problemas, y tengo una excusa para salir. Me sienta bien un paseo antes del desayuno.

—Pero imagino que no precisamente un paseo bajo la lluvia.

—No, pero no caía ni una gota cuando abandoné la casa.

Sonriendo, el señor John Knightley contestó:

—Eso es solamente un decir, pero da la impresión de que usted tenía mucho interés en pasear, porque cuando tuve el placer de encontrarla no había caminado usted ni seis yardas desde la puerta de su casa; y ya hacía mucho rato que Henry y John veían caer más gotas de las que podían contar. Hay una etapa de la existencia en la que la oficina de correos ejerce una gran fascinación. Cuando tenga usted mi edad comenzará a pensar que solamente para ir a buscar una carta jamás valdrá la pena mojarse con la lluvia.

Ella se sonrojó levemente y después respondió:

—No tengo ninguna esperanza de verme en la situación en que se encuentra usted teniendo a su alrededor todos sus seres más queridos y, por lo tanto, tampoco puedo imaginar que solamente por tener más años las cartas me vayan a ser indiferentes.

—¡Oh, no! ¿Indiferentes? No quise decir que le vayan a ser indiferentes. No se trata de indiferencia con las cartas. Lo que son es una auténtica peste por lo general.

—Usted está hablando de cartas de negocios, pero las mías son cartas de amistad.

—He pensado en más de una ocasión que son mucho peores que las otras —contestó él con frialdad—. Pueden dar mucho dinero los negocios, pero es muy difícil que la amistad lo dé.

—¡Ah! Usted no hablará en serio. Yo conozco muy bien al señor John Knightley... Estoy segura de que sabe tan bien como cualquier otra persona apreciar lo que vale la amistad. Entiendo perfectamente que las cartas tengan tan poco significado para usted, mucho menos que para mí, pero en el hecho de que sea usted diez años mayor que yo no está la diferencia... se trata de la situación no de la edad. Usted a su lado siempre tiene a las personas que más quiere, mientras que yo quizá no volveré a verlas reunidas a mi alrededor jamás; y por lo tanto, hasta que todos mis afectos no hayan muerto, siempre una oficina de correos tendrá bastante poder de atracción como para hacerme salir de casa, incluso con un tiempo peor que el de esta mañana.

—Cuando le comentaba que con el paso de los años, con la edad, usted cambiará —dijo John Knightley—, también me refería al cambio de circunstancia que los años traen consigo, generalmente. Son dos cosas que casi siempre van juntas, en mi opinión. El tiempo frecuentemente debilita nuestro cariño por las personas que no se movilizan dentro de nuestro círculo habitual... pero para usted no era este el cambio que yo pronosticaba. Deje que un viejo amigo le desee que al cabo de diez años usted vea reunidas a su alrededor a tantas personas queridas como yo en este momento, señorita Jane.

Realmente eran palabras honestamente amables y que no podían estar más alejadas de tener alguna mala intención. La muchacha le correspondió con un gentil "muchas gracias", como haciendo ver que lo tomaba a broma, pero su sonrojo, el temblor de sus labios y la lágrima que se asomó a sus ojos evidenciaban que lo había tomado seriamente. En seguida el señor Woodhouse reclamó su atención, quien, de acuerdo con su costumbre en estos eventos, iba saludando a cada uno de sus invitados de grupo en grupo, y sobre todo haciendo cumplidos a las damas, y finalizaba su recorrido con ella... Y con la más solemne de sus caballerosidades le dijo:

—Acabo de escuchar que esta mañana usted salió de su casa mientras llovía, señorita Fairfax... Usted no sabe cuánto lo lamento. Las jóvenes deberían tener más cuidado. Las muchachas son plantas muy sutiles y delicadas. Entonces deberían cuidar mucho más de su salud. ¿Ya se cambió las medias, querida?

—Sí, sí, por supuesto. Usted no se imagina lo agradecida que estoy porque esté tan interesado por mi salud.

—Una joven siempre es merecedora de toda clase de atenciones, mi querida señorita Jane. Imagino que su tía y su abuela siguen bien, ¿no? Ellas son parte importante de mis amigos más antiguos. Cómo desearía que mi salud me permitiera cumplir de mejor manera con mis deberes de buen vecino. ¡Ah! Usted nos hace un gran honor esta noche con su presencia, lo puede asegurar. En todo lo que vale, mi hija y yo apreciamos su bondad y nos sentimos complacidos de verla en Hartfield.

Entonces, el amable y cortés anciano podía sentarse nuevamente con la certeza de que ya había cumplido con su deber, ayudando a recibir a todas las hermosas damas que había invitado.

Mientras, la noticia del paseo bajo la lluvia había llegado a oídos de la señora Elton, y ahora fueron sus reconvenciones las que se dirigieron contra Jane.

—¿Qué es lo que he escuchado? ¡Mi querida Jane! ¡Ir a la oficina de correos cuando estaba lloviendo! No has debido hacer eso... ¡Imprudente, insensata! ¿Cómo pudiste hacer algo así? ¡Cómo se nota que yo no estaba allí para cuidarte!

Muy paciente, Jane le aseguró que no había cogido ningún resfriado.

—¡Oh! ¡Pero qué me cuentas! Eres una imprudente y no sabes cuidarte... ¡Ir a la oficina de correos! ¿Ha escuchado usted decir algo semejante, señora Weston? Por supuesto, usted y yo debemos ejercer nuestra autoridad, definitivamente.

—Me siento obligada —dijo, de una forma persuasiva y amable, la señora Weston— a dar mi opinión. Usted no debería exponerse a esos riesgos, señorita Jane... Siendo proclive a los fuertes resfriados, lo cierto es que usted debería cuidarse más, sobre todo en este tiempo del año. La primavera es una estación en la que se necesita tomar más previsiones, siempre lo he pensado así. Es preferible esperar una hora o dos, o incluso medio día, para ir a recoger las misivas, que exponerse a tener tos otra vez. ¿No le parece que esperar un poco más hubiese sido más prudente? Sí, estoy convencida de que es usted muy sensata. Creo que ya no haría algo así nuevamente.

—¡Oh! ¡No lo hará nuevamente! —intervino la señora Elton de inmediato—. ¡No la dejaremos que lo vuelva a hacer! —y agregó cabeceando como si meditara—: Hallaremos una manera de solucionarlo, sí, la hallaremos. Lo hablaré con el señor E. Un sirviente nuestro (uno de nuestros sirvientes, no recuerdo su nombre) va a recoger nuestra correspondencia cada mañana... También puede pedir tus cartas y llevártelas a tu casa. De esta manera se evitan todos los problemas; y, querida Jane, creo que tratándose de nosotros, no tendrás ninguna objeción en aceptar este favor tan pequeño...

—Es usted muy gentil —dijo Jane—; pero a mi paseo de la mañana no puedo renunciar. Me han aconsejado que tome todo el aire posible, y tengo que ir a algún lugar, y con lo de las cartas tengo una excusa; y le puedo asegurar que casi es la primera vez que por la mañana hace un tiempo tan terrible.

—No digas nada más, mi querida Jane. Ya está decidido... es decir —riendo afectadamente— hasta donde alcance mi autoridad de resolver algo sin la aprobación de mi señor. Señora Weston, ya sabe, usted y yo tenemos que hablar con mucho cuidado. Pero, mi querida Jane, yo puedo vanagloriarme de tener alguna influencia sobre mi marido. Por lo tanto, considéralo como una cosa hecha, si no tropezamos con obstáculos insuperables.

—Disculpe —dijo Jane firmemente—, pero en manera alguna puedo permitir una cosa así que obligatoriamente causará tantas molestias a su sirviente. Si no fuera un placer para mí ir a correos, ya iría la criada de mi abuela a buscar las cartas, como lo hace siempre cuando yo no me encuentro en Highbury...

—¡Oh, querida...! ¡Pero Patty tiene tanto que hacer! Y para nuestros sirvientes no es ninguna molestia...

No daba la impresión de que Jane estuviera dispuesta a permitir que la convencieran, pero en lugar de responder le dirigió nuevamente la palabra al señor John Knightley.

—Es algo extraordinario la oficina de correos —dijo—. Su prontitud y su regularidad me asombran... Es algo verdaderamente sorprendente si se piensa en todo lo que tienen que hacer y en que lo hacen muy bien.

—Está muy bien organizada, por supuesto.

—Es tan poco habitual que tengan errores u olvidos... No sucede muy frecuentemente que una carta, entre millones que van continuamente de un extremo a otro del reino, se lleve a un sitio equivocado... ¡y yo imagino que ni siquiera una de entre un millón se pierde! Y al pensarse en la variedad de letras, y en la pésima letra de muchos, que tiene que descifrarse, todavía resulta mucho más sorprendente...

—A los empleados la costumbre da mucha práctica... Al comenzar requieren poseer cierta rapidez de manos y de vista, y adquieren mucha más con la práctica. Y si quiere entenderlo mejor —continuó diciendo al tiempo que sonreía—, por eso les pagan. Definitivamente esta es la verdadera explicación de que sean tan hábiles. El público paga y deben servirle muy bien.

Después se conversó de la innumerable variedad de los tipos de letra, y se hicieron los comentarios habituales.

—Siempre me han asegurado —decía John Knightley— que los integrantes de una misma familia poseen el mismo tipo de letra; y al ser el mismo maestro, la cosa no puede ser más lógica y natural. Pero por este mismo motivo yo más bien supongo que la similitud debe estar limitada sobre todo a las mujeres, porque los pequeños apenas son algo mayores dejan ya de estudiar, y entonces tienen la letra que pueden. Isabella y Emma, en mi opinión, tienen una letra muy similar. Yo siempre he sido incapaz de distinguir entre una u otra escritura.

—Sí —dijo, dubitativamente, su hermano—, hay una similitud. Ya sé de lo que estás hablando... pero Emma tiene una letra más enérgica y fuerte.

—Isabella y Emma tienen una letra hermosa —dijo el señor Woodhouse—, y la han tenido siempre. Y también la pobre señora Weston —agregó dedicándole un suspiro y una sonrisa al mismo tiempo.

—Jamás vi una letra de caballero como... —comenzó a decir Emma, viendo también a la señora Weston.

Cuando se dio cuenta que la señora Weston estaba conversando con otra persona se interrumpió... y la breve pausa le dio tiempo para pensar. "Y ahora ¿cómo hablaré de él? ¿Si pronuncio su nombre delante de todos llamaré la atención? ¿Tendré que dar algún rodeo? Tu corresponsal del Yorkshire... Tu amigo del Yorkshire. Imagino que es lo que tendría que hacer si me sintiese muy desdichada. No, sin que me produzca el menor sinsabor puedo pronunciar su nombre. Por supuesto, cada vez me siento mejor... Hacia adelante pues...". La señora Weston le prestaba atención nuevamente, y Emma volvió a empezar:

—Definitivamente, el señor Frank tiene una de las letras de hombre más hermosas que he visto en toda mi vida.

—A mí no me gusta —dijo el señor Knightley—; es muy pequeña, carece de energía. Es parecida a la letra de las mujeres.

Con esta opinión ninguna de las damas presentes estuvo de acuerdo. Por esa dura crítica protestaron todas. No, no carecía de energía ni más faltaba... está bien, no era una letra grande, pero sí muy nítida y de mucho temperamento. Le preguntaron a la señora Weston si no tenía con ella en ese momento alguna carta suya para que la mostrara. Pero, a pesar de que había tenido noticias suyas hacía muy poco tiempo, ya había respondido a su carta y la había guardado.

—Si nos encontráramos en la otra sala —dijo Emma—, donde está mi escritorio, les podría enseñar una muestra. Poseo una nota suya que me escribió. ¿Te acuerdas que un día hiciste que me escribiera una nota en tu nombre?

—Fue él quien insistió en...

—Bueno, está bien, el hecho es que tengo la nota. Después de la cena se la mostraré para que el señor Knightley se convenza.

—¡Oh! Cuando un muchacho tan atento y cortés como el señor Frank Churchill —dijo el señor Knightley con mucha sequedad— escribe a una dama tan especial y hermosa como la señorita Emma es lógico esperar que se esfuerce en hacerlo lo mejor posible.

Ya estaba servida la cena... y la señora Elton ya estaba dispuesta antes de que le dijeran nada, y cuando el señor Woodhouse se le aproximó para ofrecerle su brazo con la finalidad de entrar juntos en el comedor, dijo:

—¿Pero tengo que ser la primera? Realmente me da un poco de vergüenza ser la primera de todos siempre...

Para Emma no había pasado inadvertido el empeño de Jane de ir personalmente a recoger sus cartas. Lo había visto y escuchado todo; y sentía mucha curiosidad por saber si había sido provechoso el paseo bajo la lluvia de esa mañana. Ella intuía que sí, que no hubiese insistido tanto en salir de no tener la certeza de recibir información de alguien muy querido... y lo más seguro era que la salida no hubiese sido inútil. Le daba la impresión de que estaba más alegre que habitualmente... que estaba más animada y se veía más saludable.

Con respecto al envío y al precio del correo para Irlanda hubiese podido hacer una o dos preguntas, las tenía a flor de labios... pero se aguantó. Estaba completamente decidida a no dejar que se le escapara ni una sola palabra que hiriera los sentimientos de Jane; y las dos muchachas, siguiendo a las demás señoras, entraron en el comedor cogidas del brazo, con una apariencia de armonía que concordaba a la perfección con la elegancia y la belleza de las dos.

CAPÍTULO XXXV

Emma se dio cuenta de que no le era posible impedir que se formaran dos grupos cuando las damas, después de la cena, regresaron a la sala de estar; tanta era la insistencia con que juzgando y actuando equivocadamente la señora Elton absorbía a Jane Fairfax y la apartaba a ella; de esa manera, la señora Weston y Emma se vieron forzadas a permanecer juntas todo el tiempo conversando entre ellas o calladas. Es que no les dio otra posibilidad la señora Elton. Si Jane lograba dominarla un poco, ella no tardaba en comenzar nuevamente; y a pesar de que la mayor parte de lo que hablaron era casi en murmullos, sobre todo por parte de la señora Elton, no dejaron de conocer los temas principales de la charla: pescar un resfriado... la oficina de correos... ir a recoger las cartas... la amistad... fueron los asuntos que se discutieron ampliamente; y a estos le siguió otro que era para Jane por lo menos tan poco agradable como los anteriores... preguntas con respecto a si tuvo información de algún empleo que le conviniera, y afirmaciones por parte de la señora Elton de que no dejaba de ocuparse de esa cuestión.

—¡Pero si ya estamos en abril! —decía—. Junio ya está muy próximo, me tienes muy preocupada.

—Pero es que yo no me puse como plazo ni el mes de junio, ni otro mes... yo solamente pensaba en el verano en general.

—Pero ¿realmente no te has enterado de nada que sea conveniente y adecuado para ti?

—Todavía no he comenzado a buscarlo; aun no deseo hacer nada.

—¡Oh, querida Jane! Pero jamás es muy pronto para eso; tú no te das cuenta que no es tan fácil conseguir precisamente lo que deseamos.

—¿Qué dice? ¿Que no me he dado cuenta? —dijo Jane sacudiendo la cabeza con tristeza—; ¿quién más que yo puede haber pensado tanto en eso, querida señora Elton?

—Pero es que tú no conoces el mundo como lo conozco yo. No te imaginas cuántos candidatos hay siempre para los puestos de trabajo más ventajosos. Sé que hay muchos por las proximidades de Maple Grove. La señora Bragge, que es prima del señor Suckling, ofrece innumerables posibilidades de esas; todos estaban deseando entrar en su casa, porque pertenece a la sociedad más elegante y distinguida. ¡Y en la salita donde se dan las clases hasta tiene velas de cera![16] ¡Ya puedes suponer la categoría de la casa! La familia de la señora Bragge es la que yo preferiría para ti de todas las del reino.

—Para mediados de verano, la señora Campbell y el coronel ya habrán vuelto a Londres —dijo Jane—. Y pasaré un tiempo con ellos; no tengo dudas de que así lo querrán. Después, quizá podré hacer lo que quiera. Pero por el momento no quiero que usted se tome tantas molestias para buscarme un trabajo.

—¿Molestias? ¡Ah! Ya me doy cuenta de qué objeciones me pones. No deseas ocasionarme molestias, pero mi querida Jane, te puedo asegurar que es difícil que los Campbell se tomen tanto interés por ti como lo hago yo. Escribiré a la señora Partridge mañana o pasado y le encomendaré que no deje de estar pendiente de cualquier cosa que pueda ser de nuestro interés.

16 En esta época la vela de cera constituía un lujo, y las familias modestas utilizaban para el alumbrado la maloliente vela de sebo.

—Se lo agradezco, pero prefiero que no le diga nada de todo eso, hasta que no llegue el momento adecuado no deseo causar molestias a nadie.

—Pero, hermosa criatura, el momento adecuado y oportuno ya está muy próximo; estamos en abril, y junio, o si quieres julio, se encuentra a la vuelta de la esquina y todavía tenemos que hacer muchas cosas. Tu carencia de experiencia casi me hace sonreír, créeme. Un buen empleo como el que mereces, y como el que tus amigos te buscarían, no sale todos los días, no se consigue en un instante; sí, sí, te lo aseguro, debemos comenzar a movernos rápidamente.

—Disculpe, pero esta no es mi intención, ni mucho menos. No quiero dar ningún paso todavía, y sentiría mucho que mis amigos lo dieran en mi nombre. Cuando esté plenamente segura de que haya llegado el momento adecuado, no tengo ningún temor de quedarme mucho tiempo sin trabajo. Hay oficinas en Londres en las que de inmediato encuentran empleo para quien lo solicita... Son oficinas para vender, no precisamente carne humana, sino inteligencia.

—¡Oh, querida Jane! ¡Qué cosas estás diciendo! ¡Carne humana! Si estás hablando de la trata de esclavos, te puedo asegurar que el señor Suckling más bien siempre ha sido defensor de la abolición de la esclavitud.

—Pero no quise decir eso, no hablaba de la trata de esclavos —contestó Jane—; le juro que solamente pensaba en la trata de institutrices; y los que se dedican a ella, por supuesto, que no tienen igual responsabilidad moral que los otros; pero en referencia a la tragedia en que están sumidas sus víctimas, no sé cuál de las dos es más terrible. Pero solamente quería decir que existen oficinas de anuncios, y que si voy a una de ellas estoy segura de que rápidamente encontraría algo que sea conveniente para mí.

—¡Algo que sea conveniente! —repitió la señora Elton—. Esto demuestra la idea tan triste que posees de ti misma; ya sé que eres una joven muy modesta y sencilla; pero son tus amistades las que no se alegrarán con que aceptes lo primero que te ofrezcan, con un trabajo por debajo de tus posibilidades, corriente, en una familia que no se mueva en un ambiente de cierto nivel y categoría, que no forme parte de un círculo elegante y distinguido.

—Usted es muy cortés y muy amable, pero no puede serme más indiferente todo eso; vivir entre ricos para mí no tendría ninguna finalidad, pienso que todavía me sería más difícil, me haría sufrir más la comparación. Solamente pongo como condición que sea la familia de un caballero.

—Te conformarías con cualquier cosa, te conozco, te conozco; pero yo seré un poco más exigente, y estoy convencida de que unas personas tan bondadosas y generosas como los Campbell estarán de mi parte; tienes derecho a vivir en los ambientes de más nivel con un talento como el tuyo. Solamente tus destrezas y habilidades musicales te permiten poner condiciones, tener tantas habitaciones como desees, y compartir la vida de la familia en el grado en que quieras; es decir... no sé... si también supieras tocar el arpa no tengo dudas de que podrías pedir todo eso; pero tocas el piano tan bien como cantas; sí, sí, estoy segura de que podrías imponer las condiciones que quisieras incluso sin saber tocar el arpa; tienes que hallar un empleo digno, agradable y conveniente, y lo hallarás, y hasta haberlo logrado ni los Campbell ni yo descansaremos.

—Es que no le faltan razones para imaginar que lo digno, lo agradable y lo conveniente puede estar reunido en un mismo trabajo —dijo Jane—; definitivamente son cosas que frecuentemente van juntas, pero estoy decidida a no dejar que nadie haga nada por mí por el momento. Señora Elton, le agradezco mucho, les doy las gracias a todas las personas que se preocupan por mí, pero vuelvo a insistir en que no deseo que nadie haga nada antes del verano. Continuaré donde estoy, y como estoy, durante dos o tres meses más, por lo menos.

—Y yo —dijo, en broma, la señora Elton— también insisto en que he decidido estar a la espera de una ocasión y hacer que mis amigos lo estén también, con la finalidad de que no se nos escape ninguna oportunidad verdaderamente excepcional.

Y así prosiguió hablando, daba la impresión de que no existía nada capaz de interrumpirla, hasta que entró en el salón el señor Woodhouse; entonces su pedantería halló otro objetivo en qué enfocarse, y Emma escuchó cómo decía a Jane, en el mismo secreteo anterior:

—¡Mira, allí está mi adorado galán maduro! Puedes estar segura que si vino antes que los demás hombres es solamente por su galantería y delicadeza. ¡Oh, es realmente encantador y fascinante! Encuentro que es de lo más agradable, te lo digo... ¡Oh, yo amo esa cortesía tan natural y tan a la antigua! Me agrada mucho más que la desenvoltura, la frescura de esta época; me molesta muchas veces la desenvoltura de ahora. Pero este bondadoso y educado señor Woodhouse... Me hubiese encantado que escucharas las galanterías que me dijo durante la cena. ¡Oh, te juro que yo comenzaba a pensar que mi *caro sposo* iba a ponerse muy celoso! Me da la impresión de que siente preferencia por mí; se fijó en mi vestido. A propósito, ¿te gusta? Selina lo eligió... Es bello, ¿verdad? Pero me parece que tiene muchos adornos; me aterra la idea de ir muy adornada... me horrorizan las cosas muy sobrecargadas. Por supuesto que ahora tenía que colocarme unos cuantos adornos, porque es lo que se esperaba de mí. Es que ya sabes que una recién casada tiene que parecer una recién casada, pero mi gusto es mucho más sencillo; un vestido simple y sencillo siempre es mejor a todos los ornamentos. Pero creo que con respecto a esto son pocos los que piensan igual que yo; pocas personas parecen valorar la sencillez de un vestido... para muchas la ostentación y los adornos lo son todo. Se me ocurrió colocarle un adorno de estos a mi popelina blanca y plateada. ¿Piensas que me quedará bien?

Cuando los invitados apenas se estaban reuniendo nuevamente en la sala de estar, apareció allí el señor Weston. Regresó a su casa para cenar, aunque algo tarde, y después de haber terminado se fue de inmediato a Hartfield. Sus amigos más íntimos le habían esperado con mucha impaciencia como para que les produjera asombro, pero sí les causó mucha alegría. El señor Woodhouse estuvo tan alegre de verle en ese momento como hubiese estado intranquilo de verle antes. Solamente John Knightley se quedó mudo, totalmente asombrado... Que un hombre que podía haber pasado la velada apaciblemente en su casa, después de un día de negocios en Londres, saliera de nuevo y anduviese un kilómetro para ir a una casa ajena, con la única finalidad de no estar solo hasta la hora de ir a dormir, para finalizar su jornada en mitad de permanentes esfuerzos para ser amable y de la algarabía de una reunión social, era algo que le dejaba completamente sorprendido. Un hombre que se levantó a las ocho de la mañana, y que ahora estaba tranquilo, que estuvo conversado durante varias horas, y que ahora podía estar callado, que estuvo rodeado de muchas personas, y que ahora podía estar completamente solo... Que en esta situación un hombre renuncie a la independencia y a la calma de su sillón al lado de su chimenea y salga de su casa nuevamente buscando la compañía de los otros en el atardecer de un día de abril frío y con aguanieve... Si hubiese logrado que su esposa le acompañara de inmediato de vuelta a su casa haciendo una simple señal con el dedo, hubiese sido una razón; pero su llegada, en lugar de contribuir a terminar la reunión, la prolongaría. Atónito, John Knightley lo observaba, después dijo, encogiéndose de hombros:

—Jamás lo hubiese creído, ni siquiera de él.

El señor Weston, mientras tanto, sin ser capaz de imaginar la indignación que estaba generando, alegre y jovial como siempre, y con todo el derecho para que le dejaran hablar que otorga un día pasado fuera de casa, dirigía palabras amables a todos los demás invitados; y después de haber respondido a las preguntas de su esposa con respecto a su cena, y de haberla dejado convencida de que ninguna de las detalladas instrucciones que había dado a los sirvientes fue olvidada, y de informar a todos las últimas noticias que supo en Londres, dio una noticia familiar que, a pesar de que era principalmente para la señora Weston, estaba seguro de que sería de mucho interés para todos los que se encontraban reunidos allí. Le dio a su esposa una carta de Frank que estaba dirigida a ella; la encontró en su casa y se tomó la libertad de abrirla y leerla.

—Léela, léela —le dijo—, te sentirás muy feliz. Solamente son cuatro letras, no tardarás mucho. Léesela a Emma, por favor.

Juntas, las dos amigas comenzaron a leer la misiva; y él, sonriendo, se sentó hablándoles todo el tiempo, en voz baja, pero completamente audible para todos.

—Bueno, ya ves que viene; excelentes noticias, pienso yo. Bueno, ¿qué dices? Yo te dije siempre que no tardaría en regresar, ¿es verdad o no? ¿No es cierto que yo siempre te lo decía y que tú no deseabas creerme, querida Anne? Te das cuenta, la próxima semana en Londres... eso imaginando que tarden mucho, porque cuando tiene que hacer algo, la señora se pone demasiado impaciente; lo más seguro es que lleguen mañana o el sábado. Con respecto a su enfermedad, por supuesto no ha sido nada. Pero tener nuevamente a Frank entre nosotros es maravilloso, es decir, tan cerquita, en Londres. Pienso que en otra ocasión estarán mucho tiempo en la ciudad, y la mitad de su tiempo, él estará con nosotros. Eso es justamente lo que yo quería. Bueno, qué excelentes noticias, de verdad, ¿no? ¿Ya has finalizado? ¿Emma también la leyó toda? Bueno, entonces ya hablaremos; ya conversaremos ampliamente en otra oportunidad, pero ahora no es el momento. Solamente les informaré a los demás sobre lo que dice en general.

Definitivamente, la señora Weston estaba resplandeciente de felicidad; y de esa manera lo evidenciaban sus palabras, su cara y sus gestos. Era dichosa, se daba cuenta de que era dichosa y también sentía que debía serlo. De una manera emocionada y sincera felicitó a su esposo. Pero Emma guardaba silencio. Estaba algo abstraída, midiendo sus propios sentimientos e intentando entender hasta qué punto estaba intranquila, pero le daba la impresión de que lo estaba mucho.

No obstante, el señor Weston, muy impaciente para ser un excelente observador, muy comunicativo para querer que los demás hablaran, se alegró con lo que ella le dijo, y no tardó en caminar de un lado a otro para hacer dichosos a sus demás amigos, para que, individualmente, cada uno conocieran una noticia que todos los del salón ya habían escuchado.

No se dio cuenta de que ni el señor Knightley ni el señor Woodhouse quedaban muy satisfechos con ella, ya que daba por descontado que la noticia iba a causarle alegría a todos. Después de Emma y de la señora Weston, ellos fueron los primeros a quienes quiso hacer dichosos; luego le hubiese dado la nueva a la señorita Jane Fairfax, pero esta estaba charlando de manera tan animada con John Knightley que interrumpirles no hubiese sido lo correcto. Y se vio forzado a comentar el asunto con la señora Elton, ya que estaba junto a ella y nadie retenía su atención en esos instantes.

CAPÍTULO XXXVI

—Espero tener el placer de presentarle a mi hijo muy pronto —comentó el señor Weston.

Inclinada a suponer que con este deseo se le brindaba una atención muy especial, la señora Elton sonrió amablemente.

—Imagino que usted habrá escuchado hablar de un joven llamado Frank Churchill —prosiguió él—, y que también sabrá que es mi hijo, aunque no tenga mi apellido.

—¡Oh, sí, por supuesto! Y tendré mucho placer en conocerle. Estoy segura de que el señor Elton lo visitará muy pronto; y tanto él como yo nos sentiremos muy complacidos de verle por la Vicaría.

—Usted es muy cortés... No tengo dudas de que Frank se alegrará de conocerla. Estará en Londres la semana que viene, quizás antes. Lo supimos por una carta suya que recibimos hoy. Esta mañana la vi y me decidí a abrirla, porque me di cuenta de que era la letra de mi hijo... a pesar de que no era para mí, sino para mi esposa. Verá usted, es ella la que se escribe frecuentemente con él. Yo casi no recibo cartas suyas.

—Pero ¿realmente usted ha abierto la carta que iba dirigida a su esposa? ¡Oh! —riendo con afectación—. Debo protestar, señor Weston... ¡Usted acaba de sentar un precedente muy peligroso! No debe dar estos malos ejemplos a sus vecinos... Le juro que si eso es lo que me aguarda a mí, las mujeres casadas tendremos que comenzar a protegernos... ¡Jamás hubiera creído algo semejante de usted, señor Weston!

—Sí, sí, usted no se fíe de los hombres. Señora Elton, tenga mucho cuidado. En esta misiva nos relata... es una misiva muy breve... escrita muy rápido, solamente para informarnos... nos dice que en seguida todos irán a Londres por causa de la señora Churchill... Durante todo el invierno no se ha sentido bien, y piensa que el clima de Enscombe es muy frío para ella... de manera que, sin pérdida de tiempo, todos vendrán para el sur.

—De modo que viven en el Yorkshire, ¿verdad? Enscombe está en el Yorkshire, ¿no?

—Sí, están a unos trescientos cinco kilómetros de Londres. Un viaje muy largo.

—Sí, claro, muy largo. Son ciento veinte kilómetros más del trayecto que hay entre Maple Grove y Londres. Pero, ¿qué son estas distancias para la gente de gran riqueza, señor Weston? Usted se quedaría asombrado si supiera cómo en ocasiones el señor Suckling, mi cuñado, viaja de un lugar a otro. Yo no sé si me va a creer, pero... él y la señora Bragge fueron a Londres con cuatro caballos y regresaron dos veces en la misma semana.

—Lo perjudicial de este viaje desde Enscombe —dijo el señor Weston— es que, según nos dicen, la señora Churchill ha estado una semana completa sin lograr levantarse del sofá. En la última misiva que le escribió a Frank, según nos contó mi hijo, se lamentaba de que estaba muy débil para ir hasta su "invernadero" sin que él y su tío la cojan de los brazos. Esto significa, ya ve usted, que ha llegado a un grado de debilidad extremo... pero entonces resulta que está tan impaciente por estar en Londres que quiere viajar solamente pasando dos noches en el camino... Esto es lo que dice textualmente Frank. Lo cierto, señora Elton, es que las damas delicadas tienen caracteres verdaderamente particulares. Tiene usted que aceptarlo.

—No, no le acepto nada de eso ni mucho menos. Yo siempre saldré en defensa del género femenino. Como en este momento. Se lo estoy advirtiendo... En este asunto hallará en mí una temible opositora. Siempre estaré al lado de las mujeres... y le puedo asegurar que si usted conociera la opinión de Selina en referencia a eso de dormir en las posadas no le parecería raro que la señora Churchill hiciera los esfuerzos más extraordinarios para impedirlo. Selina dice que a ella la aterra... y yo pienso que me ha contagiado un poco de sus escrúpulos. Cuando viaja, mi hermana siempre lleva sus propias sábanas. Una muy buena precaución. ¿Usted sabe si la señora Churchill lo hace también de esa manera?

—Usted puede tener la seguridad de que la señora Churchill hace todo lo que cualquier otra gran dama puede hacer. No va a ser menos que otra dama la señora Churchill, tratándose...

Rápidamente, la señora Elton lo interrumpió comentando:

—¡Oh! Por favor, no interprete mal mis palabras, señor Weston. Le puedo asegurar que Selina no es una gran dama. No suponga usted lo que no es cierto.

—¿No? Entonces, definitivamente, no se puede comparar con la señora Churchill, que es una gran dama como ninguna.

Comenzó a pensar la señora Elton que no había actuado bien al negar tan radicalmente el alto nivel social de su hermana; lo último que hubiera podido querer es que creyeran su afirmación de que su hermana no era una gran dama de sociedad; no supo expresarse de una manera lo bastante ingeniosa como para que la comprendiera bien; y todavía estaba pensando de qué forma podía regresar atrás para quedar bien, cuando el señor Weston continuo hablando:

—Como está ya puede imaginar, yo no siento mucha simpatía por la señora Churchill... pero, por favor, que quede entre nosotros. Yo no debería hablar mal de ella, porque quiere mucho a Frank. Por lo demás, ahora no tiene salud; aunque lo cierto es que, según sus propias palabras, jamás la ha tenido. Señora Elton, eso yo no se lo confiaría a cualquier persona, pero en la enfermedad de la señora Churchill yo no creo mucho.

—Señor Weston, si se encuentra realmente enferma, ¿por qué no va a Bath? Puede ir a Bath o a Clifton.

—Insiste continuamente en que Enscombe tiene un clima muy frío para ella, no se le quita esa idea. Imagino que lo que sucede es que está aburrida de Enscombe. Es la primera ocasión que pasa allí una temporada tan extensa, y comienza a necesitar un cambio. Es un sitio alejado. Muy hermoso, pero muy apartado de todo.

—¡Ah...! Entonces es como Maple Grove... Definitivamente nada más alejado del camino real que Maple Grove. ¡Tiene alrededor tierras de cultivo tan extensas! Allí una está aislada de todo... en un completo retiro. Y quizá la señora Churchill no tiene la salud o el excelente ánimo de Selina para saber valorar ese tipo de soledad. O probablemente no tenga dentro de sí bastantes recursos para vivir en el campo. Yo siempre digo que una mujer jamás tiene muchos recursos... y estoy muy alegre de tener tantos que me permitan ser totalmente independiente de la sociedad.

—Frank pasó con nosotros dos semanas en febrero.

—Sí, recuerdo haberlo oído decir. Cuando vuelva encontrará un aditamento más a la sociedad de Highbury; es decir, si es que puedo considerarme a mí misma como un aditamento. Pero quizá no tenga la menor noticia de que yo exista en el mundo.

Esta incitación a que se le hiciera un elogio era muy directa para que la pasara por alto, y, muy galante, el señor Weston exclamó de inmediato:

—¡Mi querida señora! Nadie con excepción de usted podría considerar posible algo parecido. ¡No haber escuchado hablar de usted! Estoy seguro de que en las últimas misivas de la señora Weston le hablaba de muy pocas cosas que no estuvieran vinculadas con la señora Elton.

El señor Weston podía ocuparse nuevamente de su hijo una vez cumplido su deber.

—Cuando Frank se marchó —continuó diciendo—, no teníamos seguridad alguna de cuándo lo podríamos ver otra vez, y por eso las noticias de hoy nos han provocado mucha más felicidad. Fue algo totalmente imprevisto. Es decir, yo he tenido siempre el presentimiento de que no tardaría en regresar, estaba seguro de que iba a suceder algo, no sabía qué, que posibilitaría su regreso... pero nadie me creyó. Tanto él como la señora Weston estaban horriblemente desanimados. "¿Cómo se las arreglará para venir? ¿Cómo vamos a imaginar que sus tíos le permitirán separarse de ellos?". Y así por el estilo... Pero yo continuaba pensando que sucedería algo que iba a ser muy favorable para nosotros; y ya ve usted que ha sido de esa manera. Señora Elton, a lo largo de mi existencia he podido comprobar que cuando las cosas nos son opuestas un mes, al siguiente siempre se acomodan.

—Señor Weston, usted tiene mucha razón, muchísima razón. Eso es justamente lo que yo le decía siempre a cierto galán en la época en que me enamoraba, cuando, porque las cosas no iban completamente a su gusto, sin la prisa que hubiera correspondido a sus sentimientos y emociones, se entregaba a la angustia y exclamaba que estaba seguro de que a este paso llegaría el mes de mayo antes de que Himeneo nos recubriese con sus amarillentas vestiduras... ¡Oh, cuánto me costó disipar esos sombríos pensamientos y hacerle concebir ideas más alegres! El coche... teníamos muchos inconvenientes con el coche; recuerdo una mañana que vino a verme totalmente angustiado...

Debido a un acceso de tos tuvo que interrumpirse, y de inmediato el señor Weston aprovechó la ocasión para proseguir.

—Usted acaba de mencionar el mes de mayo. Mayo es justamente el mes en que la señora Churchill tiene que pasar, según le han recomendado, o se ha recomendado a sí misma, en un sitio más cálido que Enscombe... en resumen, que tiene que pasar en Londres; y de esta manera tenemos la agradable perspectiva de que Frank nos visite a menudo durante toda la primavera... justamente la estación del año que hubiéramos elegido de haberlo podido hacer; cuando los días son muy extensos, la temperatura es agradable y suave, todo invita a permanecer al aire libre y no hace mucho calor para ejercitarse. Cuando estuvo aquí la otra vez se hizo lo que se pudo; pero había mucha humedad, llovió y el tiempo era desapacible; como habitualmente es en febrero, ya sabe usted; y no pudimos hacer ni la mitad de las cosas que planeamos. Ahora será la época más conveniente. La pasaremos muy bien. Y, señora Elton, yo no sé si la inseguridad de sus visitas, esa especie de permanente espera, no saber si llegará hoy o mañana ni a qué hora, no sé, le decía, si esto dará más alicientes a nuestra dicha que si le tuviéramos en casa siempre. Yo pienso que sí. Pienso que en este estado de ánimo disfrutaremos más de su compañía. Espero que usted encuentre muy agradable a mi hijo; pero no debe esperar ningún prodigio. Se le suele considerar como un joven de grandes virtudes. La señora Weston siente un gran cariño por él, lo cual, como puede usted imaginar, me halaga mucho. Mi esposa cree que no existe nadie que pueda igualársele.

—Señor Weston, y yo le aseguro, que no tengo casi ninguna duda de que mi opinión le será verdaderamente favorable. ¡He escuchado hacer tantos elogios del señor Frank Churchill...! De todas formas, me siento en el deber de advertirle que yo soy una de esas personas que siempre juzgan por sí mismas y que de forma alguna se dejan manejar por el criterio de los demás. Le advierto que la opinión que me forme de su hijo responderá a mi criterio personal... No me agrada adular a ninguna persona...

El señor Weston estaba abstraído.

—Espero —dijo de inmediato— que no haya sido muy duro al juzgar a la pobre señora Churchill. Sentiría mucho ser injusto con ella, si está enferma; pero hay ciertos rasgos de su temperamento que me hacen difícil hablar de ella con la comprensión que yo quisiera. Señora Elton, no debe usted ignorar las relaciones que he tenido con esta familia ni la clase de trato que me han brindado; y, entre nosotros, toda la culpa solamente se le puede atribuir a ella. Ella fue la instigadora. De no ser por ella, la mamá de Frank nunca hubiera sido despreciada de la manera que lo fue. El señor Churchill tiene mucho orgullo, pero su orgullo no se puede comparar con el de su esposa; el de él es un orgullo indolente, pacífico, caballeroso, que no perjudica a nadie, y que solamente contribuye a hacerle un poco más aburrido y desamparado, ¡pero el orgullo de ella es insolencia y arrogancia! Y lo que la hace todavía más insoportable es que no tiene ningún signo de nobleza de sangre o de familia. No era nadie cuando se casó con él, simplemente la hija de un caballero; pero una vez que se convirtió en una Churchill, sobrepasó a todos los Churchill en vanidad y altanería y en grandes pretensiones; pero realmente no es más que una advenediza, usted puede estar segura.

—¡Hay que ver! Eso tiene que ser muy indignante. Yo siento pánico por los advenedizos. Maple Grove ha hecho que deteste ese tipo de personas, porque en esos alrededores habita una familia cuyos integrantes tienen tantos humos, que son tan vanidosos, que resultan muy fastidiosos para mi hermana y mi cuñado... La descripción que usted hizo de la señora Churchill me hizo pensar de inmediato en ellos. Son unas personas de apellido Tupman, que hace muy poco que se instalaron allí y que se han encumbrado gracias a una serie de relaciones de lo más bajo, pero que tienen unos humos... y que aspiran a ponerse a la misma altura de las familias que hace ya muchos años se encuentran establecidas en ese sitio. Hace un año y medio que viven en West Hall, como máximo; y nadie sabe cómo han hecho su riqueza. Vienen de Birmingham, que, como usted ya sabe, señor Weston, no es exactamente una ciudad de la que pueda esperarse mucho. ¿Qué puede salir de un sitio como Birmingham? Yo siempre digo que este nombre suena de una manera desagradable; pero esto es lo único que se sabe con certeza de los Tupman, aunque, le aseguro a usted que de ellos se sospecha muchas cosas... Y, sin embargo, a juzgar por su educación y por sus modales, evidentemente se consideran a la misma altura incluso que mi cuñado, el señor Suckling, que casualmente es uno de sus vecinos más cercanos. ¡Oh, es algo verdaderamente espantoso! El señor Suckling, que hace ya once años que vive en Maple Grove, propiedad que ya había sido de su papá... por lo menos eso creo... estoy casi segura de que el padre del señor Suckling cuando falleció ya había comprado la propiedad.

Fue interrumpida su conversación. El té se estaba sirviendo y el señor Weston, como ya dijo todo lo que quería decir, no tardó en aprovechar la ocasión de dejar a la señora Elton.

Después del té, el señor y la señora Weston y el señor Elton comenzaron a jugar a las cartas con el señor Woodhouse. Las cinco personas restantes fueron abandonadas a su suerte, y Emma dudó de que pudieran arreglárselas medianamente bien, debido a que el señor Knightley parecía muy poco dispuesto a charlar; la señora Elton buscaba alguien que le prestara atención, y como nadie mostraba deseos de hacerlo, se sentía tan despreciada que prefería encerrarse en su silencio.

El señor John Knightley, en cambio, parecía más comunicativo que su hermano. Se marcharía al día siguiente por la mañana; y comenzó diciendo:

—Emma, creo que ya no tengo nada más que decirte sobre los pequeños; pero ya te he dado la misiva de tu hermana y podemos estar completamente seguros de que allí todo se explica con los más mínimos detalles. Mis consejos son mucho más breves que los suyos, y quizá no coincidirán con los de ella; todo lo que deseo pedirte es que no los mimes demasiado ni les des muchas infusiones.

—Confío en que podré complacerlos a ambos —dijo Emma—; yo haré todo lo posible para que lo pasen bien, lo cual a Isabella ya le será suficiente; y para mí el que lo pasen bien excluye el malcriarlos y el darles mucha infusiones, como tú estás diciendo.

—Y los mandas otra vez a casa si se ponen muy traviesos.

—Eso es muy probable, ¿no lo crees?

—Creo que ya me doy cuenta de que son muy bulliciosos para tu papá... y de que incluso para ti pueden llegar a ser un estorbo, una molestia, si tus compromisos sociales se incrementan tanto como en estos últimos tiempos.

—¿Qué? ¿Nuestros compromisos sociales?

—Sí, ya lo creo; imagino que habrás notado que en estos últimos seis meses has cambiado considerablemente tu tipo de vida.

—¿Cambiado? No, lo cierto es que no lo he notado.

—No hay la menor duda de que ahora sales y compartes más de lo que antes solías hacer. Por ejemplo, lo de esta noche. Solamente vengo de Londres para un día y me encuentro con que has organizado una cena con muchos invitados. ¿Cuándo sucedía una cosa así hace algunos meses? Tienes más vecinos y compartes más con ellos. Desde hace algún tiempo todas las misivas que recibe Isabella hablan de fiestas y veladas como esta; cenas en casa del señor Cole, bailes en la Hostería de la Corona... Randalls es lo que ha cambiado mucho, y solamente es Randalls la que te empuja a todo eso.

—Sí —dijo en seguida su hermano—, salen de allí todas esas cosas.

—Perfectamente... y como imagino que es improbable que Randalls vaya a tener menos influencia de la que ha tenido hasta este instante, se me ocurre pensar, Emma, que es posible que Henry y John a veces puedan ser un estorbo para ti. En ese caso solamente te suplico que los mandes a casa.

—No —exclamó el señor Knightley—, esta no tiene por qué ser la consecuencia... Yo estaré encantado con ellos. Que vengan a Donwell.

—¡Por Dios! —dijo Emma—. ¡Todo eso es absurdo! Me encantaría saber a cuántos de estos innumerables compromisos sociales que dices que tengo no has ido; y por qué imaginas que hay la posibilidad de que no tenga tiempo para cuidar a los niños. ¿Pero cuáles han sido todos esos maravillosos compromisos sociales míos? Cenar en una ocasión con los Cole y conversar de organizar un baile que jamás se ha celebrado. Entiendo perfectamente —dijo hablando con el señor John Knightley—

que la buena fortuna que tuviste al encontrar reunidos aquí a tantos de tus amigos te ha dado tanta felicidad que has otorgado mucha importancia al asunto. Pero usted —dirigiéndose al señor Knightley—, que sabe en qué pocas oportunidades me ausento de Hartfield por dos horas, no puedo concebir que imagine que yo lleve una vida tan disipada. Y con respecto a mis pequeños sobrinos, debo decir que si tía Emma no dispone de tiempo para dedicarles no creo que tío Knightley que, por cada hora que ella pasa fuera de casa él pasa cinco, y que cuando está en casa o lee o revisa sus cuentas, disponga tampoco de mucho tiempo para compartirlo con los pequeños.

Daba la impresión de que el señor Knightley estaba haciendo mucho esfuerzo para no sonreír; y cuando la señora Elton comenzó a hablarle ya no tuvo que hacerlo.

CAPÍTULO XXXVII

Fue suficiente para calmar a Emma una pequeña y tranquila reflexión sobre la naturaleza de su inquietud al escuchar esas nuevas de Frank Churchill. No tardó en convencerse de que no era por ella misma que sentía temor e incertidumbre, era por él. Lo cierto era que el cariño de ella se había transformado en algo tan tenue en lo que ya casi no valía la pena pensar; pero si el muchacho, que, indudablemente de los dos siempre fue el más enamorado, iba a volver con un sentimiento tan profundo e intenso como el que tenía cuando se marchó, la situación sería muy dolorosa; si una separación de dos meses no enfrió su corazón, ante Emma se presentaban una serie de riesgos y de males; tanto por él como por ella sería necesario tomar muchas precauciones. Emma no estaba dispuesta a que la paz de su espíritu se viera nuevamente comprometida, y por lo tanto era ella quien debía impedir cualquier cosa que pudiera darle aliento al muchacho.

Su deseo era evitar que Frank Churchill llegara a una declaración de amor. ¡Eso significaría un final tan triste y doloroso para su amistad! Pero no dejaba de prever que iba a suceder algo decisivo. Sentía que no finalizaría la primavera sin traer un estallido, un suceso, algo que alterara su actual estado de ánimo, tranquilo y equilibrado.

Entonces, no pasó mucho tiempo, aunque sí más del que el señor Weston había imaginado, antes de que tuviera ocasión de formarse una opinión con respecto a los sentimientos de Frank. La familia de Enscombe no se trasladó a Londres tan pronto como se había supuesto, pero muy poco después de su instalación el muchacho ya estaba en Highbury. En un par de horas hizo el camino a caballo, no se le podía pedir más, pero como desde Randalls se trasladó de inmediato a Hartfield, Emma pudo ejercer de inmediato sus habilidades de observación y determinar rápidamente cuál era la actitud que él tomaba y cuál la que ella debía tomar. En la entrevista reinó la máxima cortesía. No cabía ninguna duda de que él se contentaba mucho de verla nuevamente. Pero desde el primer instante, Emma sintió que ya no se interesaba por ella tanto como antes, de que la intensidad de su cariño había disminuido. Detenidamente le estuvo analizando. Era evidente que ya no estaba tan enamorado como tiempo atrás. La ausencia, unida posiblemente a la seguridad de la indiferencia de ella, produjeron este efecto tan deseable y tan natural.

Frank se encontraba de muy buen ánimo, tan alegre y comunicativo como siempre y parecía encantado de comentar de su visita anterior y de evocar recuerdos de entonces; pero no dejaba de mostrarse intranquilo. No fue precisamente su calma la que movió a Emma a pensar que en él se había producido un cambio. Se le veía inquieto; evidentemente algo le preocupaba, no tenía serenidad. Aunque jovial como de costumbre, la suya parecía una jovialidad que no le dejaba complacido. Pero lo que decidió la opinión de Emma sobre esa cuestión fue el hecho de que solamente estuvo en su casa un cuarto de hora, y que la excusa que dio para irse tan rápidamente fue la de que tenía que hacer en Highbury otras visitas.

—Me he encontrado en la calle con varios conocidos... no me he detenido a hablar con ellos, porque no tenía tiempo... pero soy lo suficientemente engreído para creer que se sentirían desencantados si no les visitara y, aunque me encantaría mucho poder extender mi visita, tengo que irme de inmediato.

Emma no tenía dudas de que él estaba menos enamorado... pero ni el sinsabor de su espíritu ni su prisa por marcharse parecían anunciar una curación perfecta; y más bien se sintió inclinada a pensar que todo eso se le debía atribuir al miedo de que se avivaran sus viejos sentimientos y a una sensata resolución de no querer frecuentar mucho su trato.

Esta fue la única visita de Frank Churchill en diez días. En varias ocasiones pensó que era posible regresar a Highbury como tanto quería... pero siempre surgía algún inconveniente que no se lo permitía. Su tía no quería que la dejara. Al menos esta era la explicación que daba a los de Randalls. Si era totalmente honesto, si verdaderamente hacía todo lo posible por visitar a su padre, debía pensarse que el traslado a Londres de la señora Churchill no significaba ninguna mejora para su salud, tanto si esta era simplemente imaginaria como si era de nervios. Era seguro que estaba realmente enferma, él había afirmado en Randalls que estaba convencido de ello. A pesar de que una buena parte de sus males no eran más que manías, comparando con tiempos anteriores el muchacho no tenía la menor duda de que la salud de su tía era mucho más delicada ahora que medio año atrás. No es que pensara que sus dolencias fuesen incurables o que los medicamentos ya no le sirvieran de nada, ni tampoco dudaba de que todavía tenía muchos años de vida por delante; pero todas las suposiciones de su padre no lograron que dijera que la señora Churchill se quejaba de males imaginarios y que estaba tan llena de salud como siempre.

Pronto se demostró que Londres no era el sitio más conveniente para ella. No podía aguantar tanto ruido. Tenía los nervios alterados y en permanente tensión; y después de diez días una misiva de su sobrino que se recibió en Randalls informaba un cambio de proyecto. Se trasladarían de inmediato a Richmond. Le habían recomendado a la señora Churchill que se colocara en las manos de una eminencia médica que vivía allí, y además se le antojó pasar una temporada en ese sitio. Se alquiló una casa amueblada en un terreno muy bien situado y se tenían muchas esperanzas de que le sería muy beneficioso el cambio de aires.

Emma escuchó que Frank escribió a su familia muy alegre por ese nuevo traslado, muy satisfecho de disponer de dos meses completos durante los cuales viviría tan cerca de sus amigos más apreciados... ya que la casa fue alquilada para los meses de mayo y junio. Por lo visto, en sus misivas manifestaba la casi seguridad de que podría estar frecuentemente con ellos, casi tan a menudo como quería.

Emma se daba cuenta de a quién atribuía el señor Weston esas felices perspectivas. Pensaba que ella era el origen de toda la dicha que iban a procurarle. Emma confiaba en que no era de esa manera. Esos dos meses iban a demostrarlo.

Era indiscutible la alegría del señor Weston. Estaba radiante de felicidad. Las cosas no podían suceder más de acuerdo con sus deseos. Ahora tendría a Frank más cerca que nunca. ¿Pero qué eran catorce kilómetros para un muchacho? Una hora de caballo. Estaría allí permanentemente. La diferencia entre Richmond y Londres en ese aspecto era tan radical como la de verle siempre y no verle jamás. Veintiséis kilómetros... mejor dicho, veintinueve (existían más de veintinueve kilómetros hasta Manchester Street) eran un inconveniente considerable. Se pasaría todo el día en ir y volver cuando le fuera posible salir de la ciudad. No era ningún beneficio tenerle en Londres; era como si estuviera en Enscombe; pero Richmond se encontraba a la distancia perfecta para que les visitara frecuentemente. ¡Era mejor que tenerlo todavía más cerca de ellos!

De inmediato, este traslado transformó en realidad un deseado e ilusionado plan de meses atrás: el baile en la Corona. No es que no lo recordaran, pero no tardaron en aceptar que era en vano toda tentativa de fijar una fecha. Pero ahora se decidió que se celebraría; se retomaron los preparativos, y muy poco después de que los Churchill se instalaron en Richmond una corta misiva de Frank anunció que el cambio le había hecho mucho bien a su tía y que estaba seguro que podría ir a Highbury por veinticuatro horas en cualquier instante que fuera necesario, suplicándoles tan solo que para lo antes posible fijaran la fecha.

Sería una realidad el baile del señor Weston. Ya muy pocos días se interponían entre la felicidad y los muchachos de Highbury.

Se resignó el señor Woodhouse. Pensó que esa estación del año era la menos arriesgada para ese tipo de diversiones. Mayo era, en todos los aspectos, preferible que febrero. Se pidió a la señora Bates que pasara la velada en Hartfield, James fue debidamente prevenido y el dueño de la casa puso todas sus ilusiones en que ni su querido Henry ni su querido John le pidiesen nada mientras su querida Emma no estuviese presente.

CAPÍTULO XXXVIII

Ningún contratiempo ocurrió que impidiera que el baile se celebrara. La fecha se fue aproximando y finalmente llegó. Y después de una mañana de una espera un tanto angustiosa, Frank Churchill, muy seguro de sí mismo, llegó a Randalls antes de la hora de comer. Todo se encontraba listo.

No se había visto nuevamente con Emma. El salón de la Hostería de la Corona sería el escenario de su segunda entrevista, pero sería algo más íntimo que un encuentro en mitad de todos los otros invitados. El señor Weston insistió tanto en que Emma llegara a la hostería antes de la hora anunciada, lo antes que le fuera posible después de los organizadores, a fin de que diera su opinión en referencia al buen orden y a la decoración de los salones, antes de que llegara nadie más, que no pudo negarse, y por lo tanto era previsible que debía pasar un rato de amigable y tranquila charla en compañía del muchacho. Tras recoger a Harriet, las dos se fueron a la Corona a una hora muy temprana, algo después que la familia de Randalls.

Frank parecía haber estado esperándolas; y aunque fue ahorrativo en palabras, sus ojos evidenciaban que se proponía pasar una velada maravillosa. Todos juntos recorrieron los salones para comprobar que todo se encontraba en orden; y después de unos minutos se les unieron los invitados que estaban llegando en otro coche; al escuchar el ruido Emma, muy asombrada, estuvo a punto de exclamar: "¡Pero si todavía es muy temprano!"; pero de inmediato vio que los recién llegados eran antiguos amigos a quienes como a ella se había suplicado que acudieran lo antes posible para ayudar con sus consejos al señor Weston; y a ese coche no tardó en seguir otro de unos primos, a quienes también se había rogado encarecidamente que llegaran temprano por la misma razón, de manera que daba un poco la impresión de que la mitad de los invitados tenían que reunirse previamente con la finalidad de proceder a la última inspección preliminar.

Emma notó que su opinión no era la única en la que confiaba el señor Weston, y pensó que ser amiga preferida e íntima de un hombre que tenía tantas amistades íntimas de toda su confianza no era lo que más podía halagar la vanidad. Le agradaba su temperamento abierto, pero un poco menos de gentileza con todos hubiese contribuido a dar más realce a su personalidad. Un hombre debía ser gentil con todos, pero no amigo de todos... Y Emma pensaba en alguien que era precisamente de esa manera...

Los invitados lo recorrieron todo, inspeccionándolo y haciendo grandes cumplidos; y después, como no tenían nada más que hacer, formaron un semicírculo frente a la chimenea, comentando cada cual a su manera, y hasta que surgieron otros temas de conversación, que a pesar de estar en mayo a la caída de la tarde un buen fuego todavía era sumamente agradable.

Emma notó que si el número de consejeros privados no era todavía mayor, no fue por culpa del señor Weston. Ya que al venir se detuvieron en casa de la señora Bates para ofrecerles su coche, pero tía y sobrina acordaron con los Elton que irían a buscarlas.

Frank se encontraba a su lado, pero no permanentemente; su intranquilidad evidenciaba una inquietud interior. Caminaba de un lado a otro, iba a la puerta, ponía atención al ruido de otros coches... impaciente por comenzar o temeroso de estar continuamente junto a ella. Se hablaba de la señora Elton.

—Imagino que no tardará en venir —dijo él—. Siento mucha curiosidad por conocer a la señora Elton, he oído hablar tanto de ella... Creo que ya no tarda en llegar...

Se escuchó el ruido de un coche, el muchacho se dispuso de inmediato a salir a recibirles, pero no tardó en volver diciendo:

—No me acordaba que no nos han presentado. Yo nunca he visto ni al señor ni a la señora Elton en mi vida. Es decir, que no puedo recibirles.

El señor y la señora Elton aparecieron; y hubo todas las sonrisas y cortesías habituales.

—Pero ¿y la señorita Bates y la señorita Fairfax? —dijo el señor Weston viendo a su alrededor—. Nosotros pensamos que vendrían con ustedes.

Era reparable el olvido y de inmediato se envió el coche para que las recogiera. Emma sentía mucha curiosidad por saber cuál sería la primera opinión de Frank sobre la señora Elton; cómo reaccionaría ante la afectada elegancia de su vestido y sus sonrisas empalagosas. Una vez realizadas las presentaciones, el muchacho se dispuso de inmediato a formarse un criterio de ella mirándola atentamente.

Después de unos pocos minutos el coche ya estaba de regreso; alguien comentó que estaba lloviendo.

—Iré a ver si encuentro un paraguas —dijo Frank a su padre—; debemos pensar en la señorita Bates.

Cuando salió, el señor Weston se disponía a seguirlo, pero la señora Elton lo paró para felicitarle por la excelente impresión que le había causado su hijo; abordándole con tanta rapidez que incluso el propio muchacho, aunque no era lento en sus movimientos, tuvo que escucharlo obligatoriamente.

—Señor Weston, un muchacho encantador, se lo aseguro. Ya le dije con toda franqueza que me agradaba opinar por mí misma, y ahora me complazco en decirle que me ha producido una excelente impresión... Usted puede creerme. Yo no elogio mucho. Me parece un muchacho muy atractivo, y con una elegancia y una distinción que es la que más me gusta... un auténtico caballero, sin nada de afectación ni de pedantería. Usted debe saber que no soporto a los jóvenes presumidos ni fatuos... no los puedo aguantar. En Maple Grove jamás los soportábamos. Ni el señor Suckling ni yo teníamos paciencia para tolerarlos; y en ocasiones les decíamos cosas muy sarcásticas... Selina, que es muy blanda (un auténtico defecto en ella), los soportaba de mejor manera.

Cuando le hablaba de su hijo, la atención del señor Weston estuvo enfocada en sus palabras; pero cuando comenzó a hablar de Maple Grove se acordó que unas damas acababan de llegar y que había que atenderlas, y con la más gentil de sus sonrisas se dio prisa en abandonar el salón.

La señora Elton entonces se dirigió a la señora Weston.

—Estoy segura de que es nuestro coche con Jane y la señorita Bates. Es que son tan rápidos nuestro cochero y nuestros caballos... Me arriesgaría a afirmar que nuestro coche va más rápido que ningún otro... ¡Qué felicidad da mandar el coche de uno a que recoja a unos amigos! Pienso que han sido ustedes tan gentiles que les han ofrecido su coche, pero ya saben para otra oportunidad que no es necesario que se molesten. Pueden estar seguros de que yo me ocuparé de ellas siempre...

Escoltadas por los dos caballeros, la señorita Bates y la señorita Fairfax entraron en el salón; y la señora Elton pensó que era su deber, tanto como el de la señora Weston, recibirlas. Sus ademanes y sus gestos podían ser entendidos por cualquiera que la estuviese viendo como Emma, pero sus frases, mejor dicho, las frases de todos, rápidamente fueron ahogadas por la permanente conversación de la señorita Bates, que entró hablando y que no finalizó de hablar hasta después de muchos minutos de haberse unido al grupo que se formaba alrededor de la chimenea. Cuando se abrió la puerta, ya se le escuchó comentar:

—¡Ustedes son tan amables! Pero si no está lloviendo... Casi ni una gota. Por mí no me preocupo. Tengo unos zapatos muy gruesos. Y Jane dice que... ¡Vaya...! —apenas hubo franqueado la puerta—. ¡Vaya! ¡Eso sí que está perfecto! ¡Me dejan asombrada! ¡Qué gran idea tuvieron...! ¡Nada falta! Jamás hubiera podido imaginarme algo así... ¡Y qué iluminación! Jane, Jane, ve... ¿Alguna vez has visto algo semejante? ¡Oh, señor Weston, obligatoriamente debe usted tener la lámpara de Aladino! La buena de la señora Stokes no reconocería su salón. Ahora cuando entré la saludé, porque la he encontrado en la puerta. "¡Qué tal, señora Stokes!", le dije, pero no tuve tiempo de decirle nada más. —En ese momento estaba frente a la señora Weston—. Muy bien, gracias, ¿y usted? Espero que siga usted bien. No sabe cuánto me alegro. ¡Tenía tanto temor de que tuviese jaqueca! He visto que pasaba tan rápido estos días por la calle, y sabiendo los quebraderos de cabeza que habrá tenido con todo esto... No sabe lo que me alegro... ¡Ah, querida señora Elton! ¡Le estamos tan agradecidas por el coche...! Sí, sí, ha llegado justo a tiempo. Jane y yo ya estábamos preparadas para salir. No hemos hecho esperar a los caballos ni un instante. ¡Y qué coche más cómodo...! ¡Ah! A propósito ya sé que también tengo que agradecerle a usted, señora Weston... Fue tan gentil la señora Elton que mandó una nota a Jane para avisarnos, de lo contrario muy gustosas hubiéramos aceptado su ofrecimiento... ¡Mi Dios, en un solo día dos ofrecimientos...! No hay mejores vecinos que los nuestros. Yo le dije a mi madre: "Puedes estar segura, mamá...". Muchas gracias, mi mamá está muy bien. Fue a casa del señor Woodhouse.

Hice que se llevara el chal porque las noches son frescas ahora... El chal grande, el nuevo... Un obsequio que le hizo la señora Dixon cuando se casó... ¡Oh, fue tan gentil de acordarse de mi mamá! Lo adquirieron en Weymouth, ¿sabe usted? y el señor Dixon lo eligió. Jane dice que había tres más y que durante un buen rato estuvieron dudando. Al coronel Campbell le gustaba uno color aceituna. Querida Jane, ¿no tienes los pies mojados?, ¿estás segura? Solamente fueron cuatro gotas, pero me da miedo con ella... Por supuesto que el señor Frank Churchill ha sido tan... Incluso al descender del coche nos colocó una estera... No puedo creer lo gentil que ha sido con nosotras... ¡Ah, señor Frank, a propósito! Debo decirle que las gafas de mi mamá no se han vuelto a romper; la montura no se ha salido nuevamente. Mi mamá se acuerda muchas veces de lo bueno que es usted. Jane, ¿verdad que sí? ¿Verdad que hablamos frecuentemente del señor Frank Churchill? ¡Ah, aquí está la señorita Emma! ¡Querida señorita Woodhouse! ¿Cómo se encuentra usted? Yo muy bien, gracias, perfectamente. ¡Ay, me parece que estoy en el país de las hadas! ¡Qué cambio! No deseo adularla, ya sé... —mirando a Emma con satisfacción— ya sé que a usted no le agrada que la adulen, pero... le juro, señorita Woodhouse, que usted parece... Por cierto, ¿le agrada el peinado de Jane? Usted comprende tanto de esas cosas... Ella sola se ha peinado... ¡Oh, es sorprendente ver cómo se peina! Estoy segura de que ningún peluquero de Londres sería capaz de... ¡Ah, allí está el doctor Hughes... y la señora Hughes...! Excúseme, pero tengo que hablar un momento con el doctor y la señora Hughes... ¿Cómo está usted? ¿Cómo está usted? Muy bien, gracias. Fascinante velada, ¿verdad? ¿Pero dónde está nuestro querido señor Richard? ¡Ah, ya lo vi! No, no, no le molesten; está muy ocupado charlando con unas jóvenes. Señor Richard, ¿cómo está usted? Lo vi el otro día cuando iba a caballo por el pueblo... ¡Caramba, pero...! ¡Si es la señora Otway! ¡Y el bueno del señor Otway y la señorita Otway y la señorita Caroline! ¡Pero cuántos buenos amigos reunidos aquí! ¡Y el señor George y el señor Arthur! ¿Cómo se encuentra usted? ¿Cómo está usted? Perfectamente. Muy agradecida. Jamás me he encontrado mejor. Me parece que escucho llegar otro coche. ¿Pero de quién podrá ser? Ya, quizá los Cole. ¡Qué buenas personas son! ¡Y qué agradable es estar rodeada de tan buenos amigos! ¡Y con una chimenea que calienta tanto! Tengo la impresión de estar asada. No, café no, gracias... jamás tomo café. Por favor, un poco de té... pero no tengo ninguna prisa, no se apresure... ¡Oh, ya está aquí! ¡Todo está tan bien organizado!

Frank regresó al lado de Emma. Y al calmarse un poco la señorita

Bates, la muchacha no tuvo otro remedio que escuchar el diálogo entre la señora Elton y la señorita Fairfax, que se encontraban detrás y no muy alejadas de ella. Al tiempo que Frank estaba pensativo; su compañera no hubiera podido asegurar si estaba también escuchando esa conversación. Después de dedicar muchos elogios al vestido y al peinado de Jane, elogios que fueron recibidos con una digna serenidad, claramente la señora Elton también quería ser elogiada... e insistía: "¿Y entonces qué te parece mi vestido? ¿Y estos adornos que me he colocado? ¿Me peinaron bien en Wright?", al lado de otras muchas preguntas por el estilo, que eran respondidas con paciente gentileza. Después la señora Elton dijo:

—No existe mujer que se preocupe menos por su vestido que yo... eso en general, pero en una oportunidad como esta, cuando todos están tan pendientes de mí y no se me pierde de vista, y además como una atención para los Weston... que estoy segura que dieron este baile sobre todo en mi honor... no desearía parecer menos que las demás. Y, con excepción de las mías, veo muy pocas perlas en el salón... Me dijeron que Frank Churchill baila extraordinariamente... Veremos si armonizan bien nuestros estilos... Por supuesto que Frank Churchill es un muchacho muy distinguido... verdaderamente encantador y fascinante.

Frank empezó en ese momento a hablar en voz tan alta que Emma solamente pudo pensar que había escuchado los elogios que se hacían de él y no quería escuchar más; y por un rato las voces de ambas quedaron ahogadas por la algarabía, hasta que hubo otra pausa que dejó escuchar con claridad a la señora Elton... El señor Elton se estaba incorporando al grupo, y su esposa exclamaba:

—¡Ah! Finalmente nos has encontrado, ¿eh? ¿Nos vienes a sacar de nuestro aislamiento? En este momento le decía a Jane que imaginaba que comenzarías a estar impaciente por saber algo de nosotras.

—¡Jane! —repitió Frank Churchill, asombrado y enojado. Ya es tener confianza... Pero veo que no le parece mal a la señorita Jane.

—¿Qué tal le parece la señora Elton? —preguntó Emma susurrando.

—Que no me agrada para nada.

—Usted es un desagradecido.

—¿Desagradecido? ¿Usted qué quiere decir?

Después, desarrugando el entrecejo y sonriendo, agregó:

—No, no me lo diga... Prefiero no saber lo que me quiere decir... ¿Dónde está mi papá? ¿Cuándo empezaremos a bailar?

Emma no terminaba de comprenderle; parecía que estaba de mal humor. Salió para ir en busca de su padre, pero no tardó en volver acompañada del señor y la señora Weston. Los encontró angustiados por solucionar un problema que querían plantear a Emma. A la señora Weston se le acababa de ocurrir que debía pedirse a la señora Elton que abriera el baile; ya que ella así esperaba que lo hicieran; lo cual iba en contra de todos sus deseos de que fuese Emma quien tuviese este honor... Emma recibió con entereza esa noticia tan poco grata.

—¿Y para ella qué pareja sería la más adecuada? —preguntó el señor Weston—. Imagino que creerá que es Frank quien debería invitarla a bailar.

Rápidamente, Frank se dirigió a Emma para recordarle el compromiso que contrajo con él; dijo que ya estaba comprometido, lo cual tuvo la aprobación total de su padre... Y entonces a la señora Weston se le ocurrió la idea de que podría ser su esposo quien bailara con la señora Elton, y suplicó a los jóvenes que le ayudaran a convencerle, para lo cual no requirieron mucho tiempo... El baile lo abrirían el señor Weston y la señora Elton, y el señor Frank Churchill y la señorita Emma Woodhouse los seguirían. Emma tuvo que aceptar un segundo lugar respecto a la señora Elton, aunque siempre había pensado que ese baile era organizado propiamente en su honor. Eso era casi una razón suficiente para hacerle pensar en contraer matrimonio.

En esa ocasión la señora Elton, indudablemente, la aventajaba en vanidad totalmente satisfecha; ya que a pesar de que había aspirado a abrir el baile junto con Frank Churchill, no perdía nada con el cambio. El señor Weston debía considerarse superior a su hijo. Emma sonreía dichosa, a pesar de este pequeño revés, observando complacida el considerable número de parejas que se iban formando, y notando que le esperaban una serie de horas de una diversión muy poco habitual... El que el señor Knightley no bailara era quizá lo que más la angustiaba de todo. Se encontraba entre los espectadores, es decir, donde no debió haberse quedado; debería estar bailando... no colocándose junto a los esposos, de los padres, de los jugadores de *whist,* que no evidenciaban ningún interés por el baile hasta que terminaron sus partidas... ¡él, que era tan joven! Quizá no hubiera resaltado tanto en medio de otro grupo. Su silueta alta, enérgica, erguida, en medio de esos hombres mucho mayores que él, obesos y de espaldas encorvadas, debía obligatoriamente llamar la atención de todos, y Emma notaba eso; y con excepción de su propia pareja, ni uno solo de los que componían esa fila de muchachos se podía comparar con él. Dio unos pasos hacia delante que bastaron para mostrar con qué elegancia, con qué gracia natural hubiese podido bailar solamente con que se tomase la molestia de proponérselo... En cada instante que sus miradas se cruzaban, ella le forzaba a sonreír;

pero estaba muy serio casi siempre. Emma hubiera querido que fuera más amigo de las salas de baile, y también más amigo de Frank... Él frecuentemente parecía estarla mirando. No creyó posible que el señor Knightley prestara atención a su forma de bailar, pero si lo que buscaba eran razones para criticar su actuación, no tenía el menor temor. Entre ella y su pareja no había ni la menor sombra de galanteo. Parecían más bien unos amigos alegres y despreocupados que enamorados. Que Frank Churchill pensaba menos en ella que unos meses atrás era indudable.

El baile se desarrolló en un ambiente muy agradable. Las angustias, los continuos desvelos de la señora Weston no fueron inútiles. Todos parecían felices; y el cumplido de que había sido un baile maravilloso, cumplido que pocas veces se otorga hasta que el baile ha finalizado, fue repetido una y otra vez desde los mismos inicios de la reunión. Sucesos muy importantes, muy dignos de ser recordados, no ocurrieron más de los que habitualmente ocurren en ese tipo de fiestas. Sin embargo, hubo uno al que Emma le concedió cierto interés... Había comenzado el penúltimo baile antes de la cena y Harriet no tenía pareja... era la única muchacha que estaba sentada; y como hasta ese momento el número de bailarines había sido tan equilibrado resultaba asombroso que alguien ahora quedara sin pareja; pero la sorpresa de Emma no tardó en disminuir cuando vio al señor Elton vagando solo por allí. Si es que le era posible evitarlo, no le pediría a Harriet que bailara con él. Emma estaba completamente segura de que no la invitaría a bailar... y esperaba de un instante a otro ver cómo escapaba hacia la sala de juego rápidamente.

No obstante, lo que se proponía hacer no era escapar. Caminó hacia un ángulo del salón en donde se hallaban reunidos los mirones, habló con unos de ellos y se paseó por allí como para exhibir su libertad y su resolución de mantenerla. No dejó de detenerse a veces enfrente de la señorita Harriet ni hablar con personas que estaban junto a ella... Sin embargo, Emma no le perdía de vista... Todavía no estaba bailando, sino que recorría el trecho que había de un extremo a otro de la hilera, por lo que podía ver a su alrededor, y con solamente volver suavemente la cabeza lo vio todo. Pero cuando estuvo hacia la mitad de la hilera, todo el grupo quedó precisamente a sus espaldas y ya no pudo continuar mirándolos; pero el señor Elton estaba tan próximo a ella que pudo escuchar hasta la última sílaba de una conversación que justamente en esos momentos se desarrollaba entre él y la señora Weston; y notó que la esposa del vicario, que precedía a Emma en la fila, no solamente escuchaba también, sino que animaba a su esposo con reveladoras miradas... La afable y bondadosa señora Weston se puso de pie para acercársele y decirle:

—Señor Elton, ¿usted no baila?

A lo cual él contestó de inmediato:

—Señora Weston, por supuesto, si usted acepta bailar conmigo.

—¿Yo? ¡Oh, no, gracias...! Le hallaré una pareja mejor que yo, que no bailo.

—Si la señora Gilbert quiere bailar —dijo él—, será un inmenso placer para mí... pues, a pesar de que ya comienzo a sentirme como un señor casado algo viejo y que ya no tengo edad de bailar, para mí sería un gran honor formar pareja con una vieja amistad como la señora Gilbert.

—Creo que la señora Gilbert no piensa bailar, pero allí está una señorita sentada que me encantaría mucho ver bailando... la señorita Harriet...

—La señorita Harriet... ¡Oh...! No me di cuenta... Es usted muy gentil, y si no fuera ya un hombre casado algo anciano... Pero señora Weston, ya me pasó la edad de bailar. Usted sabrá excusarme. Será un honor para mí complacerla en cualquier otra cosa que me solicite... estoy a sus órdenes... pero ya no tengo edad de bailar.

No insistió más la señora Weston, y Emma podía suponerse cuál sería su sorpresa y su preocupación mientras volvía a su lugar. ¡Este era el señor Elton! ¡El afable, el gentil, el atento señor Elton! Miró a su alrededor por un instante; el vicario estaba buscando al señor Knightley, a poca distancia de ella, y estaba tratando de trabar conversación con él mientras intercambiaba con su esposa sonrisas victoriosas.

No quiso continuar viendo; estaba indignada y temía que el color de su rostro delatara sus sentimientos y emociones.

Lo que vio poco después hizo que el corazón le saltara de felicidad; ¡el señor Knightley invitó a bailar a Harriet! Jamás había tenido una sorpresa tan grande y pocas veces tan dichosa como en ese instante. Estaba llena de gratitud y de alegría, tanto por Harriet como por ella misma, y deseaba fervientemente darle las gracias a él; y a pesar de que estaban muy lejos para poderse hablar, cuando sus miradas se cruzaron nuevamente, eran ya muy elocuentes los ojos de Emma.

El señor Knightley, tal como ella lo había imaginado, bailaba extraordinariamente bien; y Harriet hubiera podido sentirse casi muy dichosa de no haber sido por la penosa escena que se desarrolló poco antes, y por la expresión de placer absoluto y de perfecto entendimiento de la distinción que se le había hecho, que se leía en su feliz cara. Eso no había sido inútil, Harriet estaba más alegre que nunca y se deslizaba por entre las parejas en medio de una permanente sucesión de sonrisas.

A la sala de juego se retiró el señor Elton, con la sensación (según esperaba Emma) de haber hecho el ridículo; Emma no pensaba que era tan insensible como su esposa, a pesar de que se estaba pareciendo a ella; ella manifestó su opinión, comentando en voz alta con su pareja de baile:

—¡Knightley se ha compadecido de la pobre señorita Harriet! ¡Es que tiene un corazón tan bondadoso!

La cena se anunció y todos se dispusieron a caminar hacia el comedor; y desde ese momento, y hasta que se sentó a la mesa y cogió su cuchara, sin ninguna interrupción solamente se escuchó a la señorita Bates hablando.

—¡Querida Jane, Jane, Jane! ¿Dónde te encuentras? Toma, aquí tienes una palatina.[17] La señora Weston dice que por favor te coloques su palatina. Dice que tiene temor de que haya corriente de aire en el pasillo, a pesar de que se hizo todo lo posible para intentar... Clavaron una puerta... Y han colocado muchos ribetes... ¡tienes que ponértela, querida Jane! Señor Churchill... ¡Oh, usted es muy amable! Muchas gracias por ayudarle... ¡Muy agradecida! ¡Qué baile más hermoso!, ¿verdad? Sí, como ya te había dicho querida, he salido un instante para ir a casa y ayudar a la abuela a acostarse... y he regresado de inmediato, y nadie me ha echado de menos... Me fui sin decir una palabra a nadie, como ya te dije que lo haría. La abuelita está muy bien, ha pasado una velada muy agradable con el señor Woodhouse; han estado conversando mucho y han jugado al chaquete[18]... Sirvieron el té allí mismo antes de que se marchara, con galletas, manzanas asadas y vino; en algunas partidas ha tenido muy buena suerte; y me ha hecho muchas preguntas sobre ti, si te estabas divirtiendo y con quién bailabas. "¡Oh!", le dije, "no puedo adivinar lo que va a hacer Jane; cuando yo me fui estaba bailando con el señor George Otway; mañana ella misma te lo dirá todo; su primera pareja fue el señor Elton, pero no sé quién será la próxima, quizás el señor William Cox". ¡Por Dios, oh, qué gentil es usted! ¿De verdad no prefiere dar el brazo a la señora? Yo no soy una inválida... ¡Oh, es usted tan gentil! ¡Jane en un brazo y yo en el otro, dios mío! ¡Alto, alto, no vayamos tan deprisa que viene la señora Elton! ¡Querida señora Elton, usted está muy elegante! ¡Pero qué encajes más bellos! Ahora entraremos

---

17 Palatina: Corbata ancha, de plumas o pieles, que usaban las mujeres como abrigo.
18 El chaquete, conocido también como backgammon o tablas reales, es un juego de mesa para dos jugadores que une el azar con conocimientos estratégicos.

todos detrás de usted, que es la reina de la fiesta... Bueno, ya estamos en el corredor. Jane, dos escalones, cuidado con los dos escalones. ¡Oh, no, solamente hay uno! Bueno, pues yo estaba segura de que había dos. ¡Qué extraño! Yo estaba convencida de que había dos y solamente hay uno... ¡Oh! Jamás se había visto nada parecido en comodidad y en distinción... ¡Por todas partes hay velas! Jane, te estaba hablando de la abuelita... Solamente tuvo una pequeña decepción... Las manzanas asadas y las galletas eran muy buenas, ¿sabes?, pero para comenzar sirvieron un delicioso guisado de mollejas de ternera con espárragos, y el bueno del señor Woodhouse dijo que los espárragos no estaban bien hervidos e hizo que se los llevaran. Pero, por supuesto, a la abuelita no hay nada que le encante más que las mollejas de ternera con espárragos... es decir que se quedó algo decepcionada... pero lo que acordamos fue que no se lo comentaríamos a nadie para que no llegue a oídos de la querida señorita Emma, que se enojaría si lo supiera... ¡Vaya! ¡Eso sí que es...! ¡Estoy asombrada! ¡Jamás hubiera podido suponerme...! ¡Qué elegancia y qué lujo...! No había visto nada similar desde... Bueno, ¿y dónde nos vamos a sentar? ¿Dónde nos sentaremos? En cualquier lugar, con tal de que Jane no reciba corriente de aire. A mí me da igual sentarme en un lugar o en otro. ¡Ah! ¿Usted me recomienda este lugar? Bueno, entonces señor Churchill... solamente que me parece muy bueno... pero, en fin, como usted quiera... Lo que usted decida en esta casa no puede estar mal hecho. Jane, querida, ¿cómo nos recordaremos luego ni de la mitad de los platos para relatárselo a la abuelita? ¡Incluso sopa! ¡Dios mío! No debieron servirme tan rápido... pero huele tan bien que no puedo resistir la tentación de tomarla.

Hasta que finalizó la cena, Emma no tuvo ocasión de hablar con el señor Knightley, pero cuando se reunieron de nuevo en la sala de baile, sus ojos le invitaron de una manera irresistible a aproximársele y a recibir su gratitud. Él censuró con mucha dureza el comportamiento del señor Elton; fue una grosería y una descortesía que no tenía perdón; y su parte correspondiente de reprobación a las miradas de la señora Elton.

—Ellos se proponían algo más que humillar a Harriet —dijo él—. Emma, ¿por qué se han transformado en sus enemigos?

Él la veía sonriendo, como deseando penetrar en su mente, y al no recibir respuesta agregó:

—Creo que ella no tiene razones para estar enojada con usted, aunque él sí las tenga... Ya sé que no me aclarará nada de esta suposición mía... Pero, Emma, acepte que usted quería que se casara con Harriet.

—Sí, lo acepto —dijo Emma— y no me lo puedo perdonar.

El señor Knightley sacudió la cabeza, pero sonreía indulgentemente y se limitó a decir:

—No la reñiré. La dejo con sus meditaciones.

—¿Usted puede tener una idea tan halagadora de mí? ¿Piensa que mi vanidad puede permitir que me dé cuenta de que estoy errada?

—Su vanidad no, pero su sinceridad sí. Si algo la empuja a equivocarse, la otra la obliga a aceptar su error.

—Acepto haberme equivocado totalmente con respecto al señor Elton. Existe un egoísmo en él que yo no supe descubrir y que usted sí notó; y yo estaba plenamente convencida de que estaba enamorado de Harriet... ¡Toda una serie de grandes equivocaciones!

—Debo decirle, correspondiendo a su franqueza, y para ser justo con usted, que le había elegido una esposa mucho mejor de lo que él ha sabido elegir... Harriet Smith tiene cualidades maravillosas de las que carece en absoluto la señora Elton. Es una joven sencilla sin pretensiones, sin ningún artificio... como para que cualquier hombre de buen juicio y de buen gusto la prefiera cien veces más a una mujer como la señora Elton. La charla de Harriet me ha parecido más grata de lo que yo imaginaba.

Emma estaba muy agradecida... El alboroto que causaba el señor Weston al llamar a todos para recomenzar el baile les interrumpió.

—¡Vengan señorita Emma, señorita Otway, señorita Fairfax! ¿Qué hacen? Emma, vamos, dé usted el ejemplo a sus amigas. ¡Oh, qué flojos! ¡Todos están dormidos!

—Yo estoy lista —dijo Emma— cuando deseen me pueden invitar a bailar.

—¿Con quién bailará? —preguntó el señor Knightley.

Ella dudó un instante y después contestó:

—Si me lo pide, con usted.

—¿Usted me concede este honor? —ofreciéndole su brazo le preguntó.

—Claro. Usted ha probado que sabe bailar; y ya sabe que no somos hermanos, es decir, que no formamos una pareja nada inadecuada.

—¿Qué dice? ¿Hermanos? No, por supuesto que no.

Capítulo XXXIX

A Emma la dejó muy satisfecha esta pequeña explicación con el señor Knightley. Definitivamente, era uno de los recuerdos más gratos del baile, que a la mañana del día siguiente, paseando por la grama, la muchacha evocaba placenteramente... Se contentaba mucho de que estuviesen muy de acuerdo en referencia a los Elton, y de que sus opiniones sobre los esposos fuesen tan similares; por otro lado, su cumplido a Harriet, las concesiones que había hecho en su favor eran especialmente dignas de agradecer. La insolencia de los Elton, que por unos instantes había amenazado con dañarle el resto de la reunión, había dado oportunidad a que tuviese la mayor felicidad de la fiesta; y Emma preveía otro buen efecto... la curación del enamoramiento de Harriet... Por la forma en que esta le habló de lo sucedido antes de que salieran de la sala de baile, intuía que existían muchas esperanzas... Parecía que hubiese abierto de manera súbita los ojos, de que ya fuese capaz de ver que el señor Elton no era el ser superior que ella había pensado. Ya había pasado la fiebre, y Emma no podía abrigar muchos miedos de que el pulso se acelerara nuevamente ante una actitud tan insultantemente despreciable. Esperaba que las malas intenciones de los Elton dieran todas las situaciones de menosprecio voluntario que más tarde se requirieran... Harriet más razonable, Frank Churchill no tan enamorado y el señor Knightley sin querer pelear con ella... ¡qué verano tan dichoso le aguardaba...!

Esa mañana no vería a Frank Churchill. Él le dijo que no podría detenerse en Hartfield, porque debía estar de regreso hacia el mediodía. Emma no lo sentía.

Después de haber analizado detenidamente todo eso y de haber colocado en orden sus ideas se disponía a regresar a la casa con el ánimo avivado por las exigencias de ambos pequeños (y del abuelito de estos), cuando vio que se abría la gran reja de hierro y que dos personas entraban en el jardín, las personas que menos hubiera podido imaginar ver juntas... Frank Churchill llevando a Harriet del brazo... ¡a Harriet en persona! De inmediato se dio cuenta de que algo anormal había sucedido. Harriet estaba asustada y muy pálida, y Frank intentaba animarla... La reja de hierro y la puerta de entrada de la casa no estaban separadas por más de veinte yardas; los tres no tardaron en encontrarse reunidos en la sala y Harriet se desmayó en un sillón inmediatamente.

Al desmayarse una joven hay que hacer que recupere el sentido; después tienen que responderse una serie de preguntas y explicarse una serie de cosas que no se saben. Estas situaciones son muy alarmantes, pero su incertidumbre no puede extenderse por mucho tiempo. Para enterarse de todo lo que ocurrió le bastaron pocos minutos a Emma.

Harriet y la señorita Bickerton, otra de las pensionistas de la señora Goddard, que también fue al baile, salieron a dar una vuelta y empezaron a caminar por un sendero... el sendero de Richmond, que aunque aparentemente era muy frecuentado para que se considerara seguro, pero les dio un gran susto... A un kilómetro de Highbury, el sendero formaba una brusca esquina sombreada por grandes olmos que crecían a los dos lados, y durante un trecho considerable se transformaba en un sitio muy solo; y cuando las muchachas ya habían avanzado lo suficiente, de repente notaron a poca distancia de ellas, en un extenso claro cubierto de hierba, que había una caravana de gitanos a uno de los lados del sendero. Un pequeño que estaba ubicado allí para vigilar caminó hacia ellas para pedirles limosna; y la señorita Bickerton, mortalmente aterrorizada, gritó con todas sus fuerzas, y diciéndole a Harriet que la siguiera trepó de prisa por un terraplén empinado, franqueó un pequeño seto que estaba en la parte de arriba y tomando un atajo regresó a Highbury todo lo rápido que pudo. Pero la pobre Harriet no pudo ir tras ella. Después del baile sintió fuertes calambres, y cuando trató de trepar por el terraplén los sintió de nuevo con tanta intensidad que no fue capaz de dar un paso más... y en esta situación, presa de pánico, se vio forzada a quedarse donde se encontraba.

Si las muchachas hubiesen sido más valientes cómo se habrían comportado los vagabundos, jamás podrá saberse, pero una invitación como esa a que las atacaran no podía ser pasada por alto; y Harriet se vio rápidamente asaltada por media docena de chiquillos capitaneados por una mujer muy fornida y por un joven ya mayor, en mitad de muchos gritos y de miradas amenazantes, aunque sin que sus palabras lo fueran... Cada vez más atemorizada de inmediato les ofreció dinero, y sacando su bolso les entregó un chelín, y les rogó que no le pidieran más y que no le hicieran daño... Para ese momento se vio ya con fuerzas para caminar, aunque poco a poco, y comenzó a retroceder... pero su pánico y su bolso eran muy atractivos, y todo el grupo la persiguió, o mejor dicho, la rodeó, pidiéndole más dinero.

Frank Churchill la encontró en esta situación, ella temblando de terror y rogándoles, ellos gritando cada vez con más descaro. Por una dichosa casualidad, Frank había retrasado su ida de Highbury lo suficiente como para ir en su ayuda en ese instante de crisis. Esa mañana la bonanza del tiempo le había movido a abandonar su casa caminando y a hacer que sus caballos fueran a buscarle por otro sendero a dos kilómetros o tres de Highbury... y como la noche anterior le pidió prestadas unas tijeras a la señorita Bates y olvidó devolvérselas, se vio obligado a pasar por su casa y entrar unos minutos; de manera que emprendió la caminata más tarde de lo que había previsto; y como iba a pie los gitanos no lo vieron hasta que estuvo ya muy próximo a ellos. El pánico que la mujer y el joven habían estado inspirando a Harriet entonces les sobrecogió a ellos mismos; la presencia del muchacho hizo que huyeran despavoridos; y Harriet, apoyándose de inmediato en su brazo y apenas sin poder pronunciar palabras, tuvo bastante fuerza para llegar a Hartfield antes de caer desmayada. Fue idea de él el llevarla a Hartfield, no se le había ocurrido ningún otro sitio.

Definitivamente esta era toda la historia... lo que él, y después Harriet, apenas recuperó el sentido, le relataron... El muchacho, una vez hubo visto que ya estaba mejor, declaró que no podía quedarse por más tiempo; todas esas demoras le impedían perder ni un minuto más; y después de que Emma le hubo prometido que la dejaría sana y salva en casa de la señora Goddard y que le avisaría al señor Knightley de la presencia de los gitanos por aquellos alrededores, él se fue dando las mayores muestras de agradecimiento a Emma, tanto por ella como por su amiga.

Un acontecimiento como ese... un atractivo muchacho y una bella joven encontrándose en una situación como esa, hasta podía sugerir algunas ideas al corazón más insensible y a la mente menos fantasiosa. Eso era por lo menos lo que pensaba Emma. ¿Cómo era posible que un gramático, un matemático, incluso un lingüista hubiesen visto lo que ella, hubiesen presenciado la llegada de los dos juntos y escuchado el relato de su historia, sin pensar que las situaciones habían hecho que los protagonistas del hecho tenían que sentirse especialmente interesados el uno por el otro? ¡Cuánto más ella con toda su imaginación! ¿Cómo no iba a estar en ascuas, haciendo planes y previendo sucesos? Sobre todo teniendo en cuenta que hallaba el terreno fértil por las conjeturas que había hecho anticipadamente.

Verdaderamente fue un acontecimiento fuera de lo común... A ninguna muchacha de la región le había sucedido jamás nada similar, al menos que ella recordara; ningún encuentro como este, ningún susto de este tipo; y ahora le sucedía a una persona específica y a una hora determinada, justamente cuando otra persona pasaba por allí casualmente y que tenía oportunidad de salvarla... ¡Realmente algo extraordinario! Y conociendo como ella conocía el favorable estado de ánimo de los dos en esos días, todavía la dejaba más sorprendida. Él estaba deseando ahogar su cariño por Emma, ella apenas comenzaba a recobrarse de su enamoramiento por el señor Elton. Daba la impresión de que todo estuviera contribuyendo a prometer los efectos más interesantes. Era imposible que ese encuentro no hiciese que ambos se sintieran atraídos mutuamente...

En la corta charla que sostuvo con él, al tiempo que Harriet todavía estaba medio inconsciente, Frank le había hablado del pánico de la joven, de su ingenuidad e inocencia, de la emoción con que se había colgado a su brazo y apoyado en él de una manera que le mostraba a la vez halagado y satisfecho, y al final después que Harriet hubiera hecho su relato, él manifestó en los términos más exaltados su indignación ante la increíble insensatez de la señorita Bickerton. No obstante, todo iba a discurrir por sus cauces naturales, sin que nadie ayudara ni interviniera. Ella no daría ni un solo paso, no haría ni una pequeña insinuación. No perjudicaba a nadie teniendo planes, simples planes pasivos. Eso no era más que un deseo. No accedería a hacer nada más por nada de este mundo.

Tratar de que su padre no se enterara de lo que había sucedido fue la primera intención de Emma... para impedirle el susto y la preocupación; pero no tardó en darse cuenta de que esconderlo no era posible. Después de media hora todo Highbury lo sabía. Era un suceso de los que apasionan a los más aficionados a conversar, a los muchachos y a los sirvientes; y toda la juventud y toda la servidumbre del lugar no tardaron en poder disfrutar de emocionantes noticias. Ante lo de los gitanos, el baile de la noche anterior parecía haberse eclipsado. El pobre señor Woodhouse se puso a temblar, y tal como Emma había imaginado no se calmó hasta haberles hecho prometer que jamás se atreverían a pasar del sembradío. Sin embargo, le confortó el que fueran muchos los que vinieran a interesarse por él y por la señorita Emma (porque sus vecinos sabían que le fascinaba que se interesasen por él), y también por la señorita Harriet, durante todo el resto del día; y sentía placer de responder que nadie de ellos estaba muy bien, lo cual, aunque no era totalmente cierto, debido a que Emma estaba perfectamente y Harriet casi también, jamás era desmentido por su hija. La salud de Emma, en general, no armonizaba en absoluto con los miedos de su padre, ya que en raras ocasiones sabía lo que era estar mal, pero el señor Woodhouse no podía hablar de su hija si no le inventaba alguna enfermedad.

No esperaron los gitanos a que la justicia actuara y, en un abrir y cerrar de ojos, levantaron el campo. Las muchachas de Highbury podían pasear nuevamente con total seguridad antes de que comenzaran a sentir pánico, y toda la historia degeneró muy pronto en un acontecimiento de muy poca importancia... con excepción de Emma y sus sobrinos; esto continuaba siendo un suceso en la mente de ella, y cada día Henry y John preguntaban por la historia de los gitanos y de Harriet, y con tenacidad corregían a su tía si ella modificaba el más pequeño de los detalles en referencia a la narración que les había hecho inicialmente.

CAPÍTULO XL

Después de esta aventura habían pasado muy pocos días cuando Harriet se presentó en casa de Emma una mañana, llevando un pequeño paquete en la mano, y después de sentarse y de dudar comenzó diciendo:

—Emma... quiero decirte algo... si tienes tiempo... debo hacerte una confesión... después, ya habrá pasado, ¿sabes?

Emma quedó muy asombrada, pero le suplicó que hablara. La actitud de Harriet evidenciaba tal gravedad que la predispuso tanto como sus palabras a oír algo extraordinario.

—Siento que es mi deber, y estoy completamente segura de que también es mi deseo —siguió—, no esconderte nada de este asunto. Como, en cierta forma, y para mi fortuna, mis sentimientos se han transformado, creo que tú debes tener la satisfacción de saberlo. No quiero expresar más de lo que es estrictamente necesario... Siento mucha vergüenza de haberme dejado llevar por mi corazón, y estoy segura de que tú me entiendes.

—Por supuesto —dijo Emma—, por supuesto que te entiendo.

—¡Cómo pude imaginarme tantas cosas durante tanto tiempo...! —dijo Harriet exaltada—. ¡Me parece una completa locura! En este momento no sé ver en él nada maravilloso ni fuera de lo común... Me da lo mismo verlo o no verlo... aunque entre ambas cosas prefiero no verlo... bueno, lo cierto es que daría cualquier vuelta, por larga que fuera, para no encontrarme con él... Pero no siento envidia de su esposa; ni la envidio ni la admiro, como antes hacía... Imagino que es fascinante y todo eso, pero me parece de muy mal temperamento y muy poco agradable. Jamás olvidaré su comportamiento de la otra noche... No obstante, te juro, Emma, que no deseo para ella ningún mal... No, que sean muy dichosos los dos juntos, yo no me sentiré desgraciada por esto. Y para que quedes convencida de que estoy siendo sincera, en este instante destruiré... lo que ya hace mucho tiempo debía destruir... lo que jamás debí haber guardado... lo sé muy bien... —sonrojándose mientras lo decía—. Pero en este momento lo destruiré todo... y desearía hacerlo en tu presencia, para que veas lo sensata que soy ahora. ¿No puedes descubrir lo que contiene este paquete? —preguntó con mucha seriedad.

—No, no tengo la más mínima idea. ¿Es que en alguna ocasión te obsequió algo?

—No... no los puedo llamar obsequios, pero son cosas que para mí han tenido mucha importancia.

Le extendió el paquete y Emma leyó escrita la frase "Mis tesoros más preciados" encima del papel. Eso le produjo mucha curiosidad. Harriet abrió el paquete al tiempo que su amiga lo veía impacientemente. Envuelta en mucho papel de plata había una preciosa cajita de Tunbridge que Harriet abrió; la cajita se encontraba forrada de un algodón muy suave, pero, con excepción del algodón, Emma solamente veía un pedacito de tafetán inglés.

—Ahora —dijo Harriet— imagino que sí recordarás esto.

—Pues no, lo cierto es que no lo recuerdo.

—¡Querida! No me parece posible que no recuerdes lo que sucedió en este mismo cuarto con el tafetán una de las últimas ocasiones en que nos vimos aquí... Fue unos pocos días antes de que yo tuviera esa inflamación de la garganta... muy poco antes de que llegaran el señor John Knightley y su esposa... creo que fue esa misma tarde... ¿Recuerdas que se cortó en el dedo con su nuevo cortaplumas y que tú le recomendaste que se colocara tafetán? Pero como tú no tenías encima y sabías que yo sí lo tenía, me pediste que se lo diera; y entonces yo saqué el mío y le corté un pedacito, pero era muy grande y él lo recortó un poco y jugó con el que había sobrado antes de devolvérmelo. Y entonces yo, estúpida de mí, lo consideré como un tesoro... y lo coloqué aquí, para que nadie lo usara, y lo miraba de vez en cuando como si fuese un obsequio suyo.

—¡Mi querida Harriet! —dijo Emma tapándose el rostro con una mano y poniéndose de pie—. ¡No sabes cómo me has avergonzado! ¿Si recuerdo? Por supuesto que lo recuerdo todo; todo menos que tú escondieras esa reliquia... hasta este instante y ahora no sabía nada de eso... ¡Pero de cuando se cortó el dedo, y yo le recomendé tafetán inglés y le dije que no tenía encima! ¡Ay, sí recuerdo! ¡Pecados míos! ¡Y tanto tafetán que yo tenía en el bolsillo! ¡Una de mis tontas manías! Merezco tener que estar sonrojándome durante todo el resto de mi existencia. Bueno... —sentándose nuevamente—. Continúa... ¿qué más?

—¿De verdad que entonces lo tenías en el bolsillo? Pues te juro que no imaginé nada, lo hiciste de una manera tan natural.

—Y tú entonces escondiste este pedazo de tafetán como un recuerdo suyo —dijo Emma, recuperándose de su sentimiento de vergüenza, entre divertida y sorprendida.

Y después agregó para sí misma:

"¡Dios mío! ¡A mí cuándo se me hubiera ocurrido guardar en algodón un tafetán que Frank Churchill hubiera tocado! Jamás hubiera sido capaz de algo así".

—Hay algo aquí —continuó Harriet, regresando a su pequeña caja—, todavía más valioso, es decir, que ha sido todavía más importante y valioso, ya que es algo que le perteneció, y el tafetán no lo fue.

Definitivamente, Emma sentía mucha curiosidad por ver este preciado tesoro. Era el extremo de un viejo lápiz... la punta que carece de mina.

—Realmente esto fue suyo —dijo Harriet—. ¿Recuerdas esa mañana? No, imagino que no la recuerdas. Sin embargo, una mañana... olvidé qué día era... pero creo que era martes o miércoles antes de esa tarde, deseaba escribir algo en su libro de notas; era una cosa con respecto a la cerveza de pruche[19]. El señor Knightley le estaba relatando cómo se hacía y él quería anotarlo; pero al sacar el lápiz tenía tan poca mina que cuando le sacó punta rápidamente la acabó, y ya no le era útil, y entonces tú le diste otro, y este lo abandonó encima de la mesa con la intención de que lo tiraran. Pero yo me di cuenta; y cuando me arriesgué a hacerlo, lo cogí y desde ese instante siempre lo llevo conmigo.

—Sí, por supuesto, ya recuerdo —dijo Emma—, lo recuerdo a la perfección... Conversaban de cerveza de pruche... ¡Oh, sí! El señor Knightley y yo comentábamos que nos agradaba, y el señor Elton daba la impresión de que se empeñaba en que también le agradara. Sí, me acuerdo perfectamente... Aguarda... El señor Knightley se encontraba sentado allí, ¿no es cierto? Creo recordar que se encontraba sentado precisamente en ese lugar.

—¡Ah! Pues no lo sé. No lo recuerdo... Es extraño, pero no lo recuerdo... Lo que no olvido es que el señor Elton se encontraba sentado aquí casi en el mismo lugar en que me encuentro yo en este momento.

—Bueno, continúa.

—¡Oh! Eso es todo. Ya no tengo más que decirte ni que enseñarte... con excepción de que en este mismo instante echaré a la chimenea las dos cosas, y deseo que mires cómo voy a hacerlo.

—¡Pobrecita mi Harriet! ¿Guardando esto como si fuera un tesoro, realmente has sido dichosa?

—Sí... ¡Ah, qué estúpida fui! Pero ahora me avergüenzo mucho, y desearía olvidarlo tan simplemente como quemaré esto. ¿Sabes? Hice muy mal guardando esos recuerdos después de que él ya había contraído matrimonio. Yo estaba segura que hacía mal... pero no tenía valor para destruirlos.

19 *Spruce-beer*, una clase de cerveza que se obtiene tiñendo o aromatizando la cerveza común con los botones del llamado "abeto falso o negro", *spruce* en inglés.

—Pero, ¿crees que es preciso quemar el tafetán inglés, Harriet? No tengo nada que decir del pedazo de lápiz, pero el tafetán todavía puede servir para algo.

—Si lo quemo seré mucho más feliz —contestó Harriet—. Me trae recuerdos nada agradables. Me liberaré de todo esto... Listo, allá va... Por fin, gracias a Dios... Finalmente, terminamos con el señor Elton... "¿Y cuándo —se dijo Emma— comenzaremos con el señor Frank?". No pasó mucho tiempo para tener razones para pensar que la cosa ya había iniciado, y deseó que los gitanos, a pesar de que no le hubieran dicho su suerte, hubieran ayudado a dar suerte a Harriet... Después de unas dos semanas después de ese susto, tuvieron una explicación que dejó todo muy claro, explicación que llegó sin que ninguna de las dos se lo esperara o se lo planteara. Emma, en ese instante, estaba muy lejos de pensar en eso, lo que le hizo considerar como mucho más importante la información que recibió. En el transcurso de una conversación sin importancia, ella se limitó a comentar:

—Bueno, Harriet, cuando llegue el instante de contraer matrimonio, yo ya te daré recomendaciones.

Y no pensó nuevamente más en eso hasta que, después de un minuto de silencio, escuchó que Harriet, en un tono muy serio, decía:

—Yo no contraeré matrimonio.

Emma la vio, y de inmediato entendió de qué se trataba; y después de dudar un instante con respecto a si era preferible no hacer comentarios dijo:

—¿Que no contraerás matrimonio? ¡Vaya! Esa es una resolución reciente.

—Sí, pero no cambiaré nuevamente de opinión.

A continuación de un breve titubeo, Emma dijo:

—Confío en que esto no sea por... Imagino que no es un halago al señor Elton...

—¡Oh no! —dijo Harriet con indignación—. ¡El señor Elton!

Y susurró algo de lo que Emma solamente pudo comprender las palabras "¡... tan por encima del señor Elton!".

Se tomó entonces más tiempo para analizar. ¿No debía decir más nada? ¿Debía callarse y aparentar que no sospechaba absolutamente nada? Quizás entonces Harriet creyera que estaba muy poco interesada por ella o enojada; o probablemente si guardaba silencio solamente lograría que Harriet le solicitara que recibiera más confesiones de las que deseaba recibir; y Emma estaba dispuesta a impedir que de aquí en adelante hubiese una confianza tan grande entre ellas, tanta sinceridad y un cambio tan frecuente de ilusiones y de opiniones... Pensó que sería mejor para ella decir y saber de inmediato todo lo que deseaba decir y saber. Lo más simple era siempre lo preferible. Anticipadamente fijó las fronteras que en ningún aspecto debía traspasar. Y pensó que las dos quedarían más calmadas si Emma podía exponer de inmediato sus prudentes juicios. Estaba, pues, decidida, y comenzó:

—No fingiré que no sé lo que quieres decir, Harriet. Tu resolución, o mejor dicho, la posibilidad que crees ver de que jamás contraerás matrimonio se debe a que piensas que el hombre a quien tú podrías preferir es tan superior a ti que no va a pensar en la señorita Harriet Smith. ¿No es eso? ¿Verdad?

—¡Oh, créeme, Emma! Yo no soy tan presumida... ¡Por supuesto, no estoy tan loca! Pero es un placer para mí admirarlo de lejos... y saber lo enormemente superior que es a todos los demás, con la admiración, la veneración y el agradecimiento que se le debe, y mucho más yo.

—Harriet, no me asombra para nada, el favor que te hizo era suficiente para conmover y emocionar profundamente tu corazón.

—¡Oh, no digas nada! Fue algo que jamás podré pagarle... Cuando lo recuerdo, y todo lo que sentí en ese instante... cuando vi que se aproximaba... con aquella apariencia tan noble... y yo tan desamparada, tan poca cosa... ¡Cómo se transformó! ¡Cómo se transformó todo en un instante! ¡Del abandono más completo a la más grande de las alegrías!

—Es muy lógico. Muy lógico, y es algo que habla muy bien de ti... Sí, que te honra, eso pienso yo, al elegir con tanto agradecimiento y tan bien... Pero lo que no te puedo asegurar es si este favoritismo será correspondido. Harriet, no te recomiendo que te dejes conducir por tus sentimientos y por tus emociones. No estoy segura de que te corresponda. Solamente piensa en quién eres. Tal vez sería más prudente oponerte a esta atracción mientras te sea posible, pero no dejes, de ninguna manera, que tu corazón te lleve, a menos de que estés plenamente convencida de que él también está interesado en ti. Míralo bien. Permite que el que guíe tus sensaciones sea su comportamiento. Ahora te digo que seas precavida, porque jamás hablaré nuevamente contigo de este asunto. Estoy decidida a no involucrarme de nuevo en ningún tema de esos. Desde este instante yo no sé nada con respecto a esto. No digas ningún nombre. Hacíamos muy mal antes, tendremos más precaución ahora... Él es superior a ti, de eso estoy segura, y da la impresión de que hay problemas y obstáculos muy serios; sin embargo Harriet, a pesar de todo, cosas mucho más difíciles han sucedido, bodas más diferentes y desiguales se han celebrado. Pero cuida de ti misma; no deseo que te entusiasmes;

a pesar de todo, finalice como finalice, tienes que estar segura de que haber pensado en él es un signo de buen gusto que yo apreciaré siempre.

Como muestra de agradecimiento obediente y silencioso, Harriet besó su mano. Cada vez más, Emma se convencía de que ese amor no podía dañar a su amiga. Era algo que solamente la llevaría a refinar su espíritu y a elevarlo... y que debía salvarla del riesgo de cualquier matrimonio por debajo de su nivel.

Capítulo XLI

Comenzó el mes de junio en Hartfield estando las cosas de esa manera en cuanto a ilusiones, relaciones mutuas y planes. En general, en Highbury no hubo algún cambio específico. Los Elton seguían conversando de la visita que les harían los Suckling, y de la utilidad que le darían de su landó, y Jane se encontraba todavía en casa de su abuela; y como la vuelta de Irlanda de los Campbell se pospuso nuevamente, y se fijó el tiempo de su regreso en lugar de para mediados de verano para el mes de agosto, era posible que Jane permaneciera en el pueblo dos meses más, con tal de que pudiera anular la actividad que estaba desarrollando la señora Elton para ayudarla y salvarse de verse forzada a aceptar apresuradamente contra su voluntad un maravilloso trabajo.

Por alguna razón que solamente él sabía, el señor Knightley, desde el primer instante, demostró que sentía una profunda antipatía por Frank Churchill, y cada vez era mayor. Comenzó a sospechar que el muchacho hacía un doble juego al galantear a Emma. Era algo indiscutible que estaba enamorando a Emma. Absolutamente todo lo evidenciaba: las insinuaciones de su padre, la reveladora discreción de su madrastra; las atenciones que le brindaba, todo concordaba; comportamiento, palabras, discreción e indiscreción, todo conducía, inexorablemente, hacia lo mismo. Sin embargo, al tiempo que muchos pensaban que estaba interesado en Emma, y la misma Emma creía que tenía interés por Harriet, el señor Knightley comenzó a sospechar que el muchacho se sentía atraído por Jane. Definitivamente no podía entenderlo, pero había señales de que entre ambos sucedía algo... así le parecía, por lo menos... señales de que él sentía admiración por ella... Y después de haber observado sus actitudes, el señor Knightley, incluso proponiéndose evitar la imaginación excesiva que llevaba a Emma a equivocarse tanto, tuvo que aceptar que sus suposiciones no eran completamente erradas. La primera vez que se despertaron sus sospechas ella no se encontraba presente. Eso sucedió en la casa de los Elton, en una comida en la que estaban como invitadas Jane y la familia de Randalls; y había captado miradas, más de una, dirigidas a la señorita Jane, que en un admirador de la señorita Emma parecía algo impropio e inverosímil. La siguiente oportunidad en que coincidieron recordó lo que vio la otra vez, por lo que no pudo evitar observar muchos detalles que, a menos de pensar que era igual a Cowper, soñando al caer la tarde al lado de su chimenea, obligatoriamente confirmaban su sospecha de que existía una relación secreta entre Jane y Frank Churchill.

Un día, después de comer, el señor Knightley se fue a pasear y decidió visitar Hartfield, como lo hacía frecuentemente; encontró a Harriet y a Emma que también se preparaban para dar un paseo; él les hizo compañía y, cuando volvieron, se encontraron con un grupo mucho más grande que, como ellos, habían pensando que era más sensato salir a ejercitarse a primera hora de la tarde, debido a que parece que iba a llover. El grupo estaba formado por la señora y el señor Weston, y su hijo, y la señorita Bates y su sobrina, que se habían encontrado casualmente. Al llegar todos juntos ante la reja de Hartfield, Emma, que sabía que estas eran precisamente las visitas que le agradaban a su padre, los invitó insistentemente a que entraran y tomaran el té con él. De inmediato, el grupo de Randalls aceptó; tras un discurso realmente extenso de la señorita Bates, a quien muy pocos le prestaron atención, ella también aceptó la gentil invitación que les hizo la señorita Emma.

Cuando cruzaban el jardín, el señor Perry pasó cerca de allí a caballo, y los caballeros comentaron algo con respecto a su montura.

—A propósito —dijo rápidamente Frank hablando con la señora Weston—, ¿el señor Perry continúa pensando en comprarse un coche?

Daba la impresión de que la señora Weston estaba muy asombrada, y dijo:

—Pero yo no sabía nada de eso.

—¡Mi Dios! Pero si fue usted quien me lo comentó. Me lo dijo hace unos tres meses en una misiva.

—¿Qué dices? ¿Yo? ¡Eso no es posible!

—Sí, sí, seguro. Lo recuerdo perfectamente. Usted lo mencionaba como algo inminente. La señora Perry se lo había dicho a alguien, y estaba muy contenta. Usted decía que había sido ella quien lo había convencido, porque opinaba que cuando hacía mal tiempo era muy arriesgado hacer las visitas a caballo. ¿Todavía no lo recuerda?

—¡Te aseguro que es la primera ocasión que escucho hablar de eso!

—¿La primera ocasión? ¿Verdad? ¡Por Dios! Entonces, ¿cómo es que yo estoy enterado? Seguro lo soñé... Pero estaba totalmente convencido... Señorita Harriet, creo que usted está agotada. Imagino que estará muy feliz de estar ya en casa después de tanto caminar.

—¿Qué ocurre? ¿Qué ocurre? —dijo el señor Weston—. ¿Qué dices de Perry y de un coche? Frank, ¿Perry se comprará un coche? No te imaginas lo que me contento. Él mismo te lo dijo, ¿verdad?

—Pues no —dijo, riendo, su hijo—. Da la impresión de que no me lo dijo nadie... ¡Qué extraño! Lo cierto es que yo estaba convencido de que la señora Weston lo había dicho en una de las misivas que me escribía a Enscombe, hace muchas semanas, relatándome todos esos detalles... pero como ella señala que es la primera vez que escucha mencionar eso, no existe otra explicación que la de que lo tuve que haber soñado. Yo sueño demasiado. Cuando no estoy aquí sueño con todas las personas de Highbury... y cuando he finalizado con todos mis íntimos amigos, comienzo entonces a soñar con la señora y el señor Perry.

—Sí que es curioso —dijo su papá— que tuvieras un sueño tan lógico y tan creíble sobre personas en las que no es factible que pienses mucho en Enscombe. ¡Perry que se ha comprado un coche! ¡Y su esposa que logra convencerlo para que, por razones de salud, se lo compre! Precisamente lo que sucedería un día u otro, estoy seguro; solamente que ha sido algo muy prematuro. ¡En ocasiones se llegan a soñar cosas tan razonables!, ¿cierto? ¡Y, en cambio, otras veces qué cantidad de sueños ilógicos! Bueno, Frank, por supuesto tu sueño lo que evidencia es que piensas mucho en Highbury cuando no estás aquí. Emma, creo que tú también sueñas bastante, ¿es cierto?

Emma no lo escuchaba, estaba muy lejos como para poder hacerlo; se adelantó a los otros para anunciar a su padre la presencia de sus invitados, y no logró escuchar la interrogante del señor Weston.

—Bueno, verán, para ser sincera —dijo la señorita Bates, que en los dos últimos minutos estuvo intentando inútilmente que la escucharan—, si me dejan comentar algo sobre este asunto... no es que yo esté negando que el señor Frank pueda haber tenido... yo no deseo decir que haya tenido ese sueño... porque en ocasiones yo misma tengo los sueños más extraños que puedan pensar... pero si me interrogan con respecto a esta cuestión, debería decir que la primavera pasada ya se había hablado de eso; porque la misma señora Perry se lo comentó a mi mamá, y los Cole igualmente lo sabían... pero no lo sabía nadie más, era totalmente secreto , y solamente se habló de ello en el transcurso de unos tres días. La señora Perry deseaba mucho que su esposo tuviese un coche y vino muy feliz a ver a mi mamá una mañana, porque pensaba que lo había convencido. ¿No recuerdas, Jane, que la abuelita nos lo relató cuando regresamos a casa? No recuerdo adónde habíamos ido... posiblemente fuimos a Randalls; sí, pienso que fue a Randalls. La señora Perry ha querido mucho a mi mamá siempre... bueno, lo cierto es que todos la quieren mucho... y le relató eso como confiándole un secreto; por supuesto que no se opuso a que nos lo dijera a nosotras, pero nadie más tenía que saberlo, y desde ese instante hasta hoy a nadie le he dicho ni una palabra. Por supuesto que yo no puedo responsabilizarme si en alguna ocasión se me escapó algo, porque ya sé que en oportunidades digo cosas que no quiero decir, pero sin querer, sin darme cuenta. Es que yo soy demasiado habladora, ¿saben? Soy muy, muy habladora, y en ocasiones se me escapan cosas que definitivamente no deberían escapárseme. Yo no soy como Jane, ojalá fuera como ella. No tengo la menor duda de que a Jane jamás se le escapa nada sin querer. A propósito, ¿dónde se encuentra? ¡Ah, está aquí, precisamente detrás de mí! Sí, sí, recuerdo completamente cuando la señora Perry vino a visitarnos... ¡Lo cierto es que es un sueño muy extraño!, ¿no les parece?

Ya se encontraban en el vestíbulo. El señor Knightley miró a Jane antes que lo hiciera la señorita Bates; de la cara de Frank Churchill, en la que pensó ver seriedad y consternación reprimida, involuntariamente sus ojos se fijaron en la de ella, pero se tardó mucho y estaba entretenida con su chal. Ya había entrado el señor Weston. Los otros dos caballeros, para dejarla pasar, esperaron en la puerta. El señor Knightley intuía que Frank Churchill intentaba intercambiar con ella una mirada... y daba la impresión de que estaba esperando la oportunidad adecuada... pero, de ser de esa manera, fue inútil... Entre los dos, Jane pasó y entró en la sala sin ver a ninguna persona.

No llegó la oportunidad de dar más explicaciones ni de hacer más comentarios. Se aceptaba lo del sueño, y el señor Knightley se sentó junto con los demás alrededor de la enorme mesa redonda, muy moderna, que Emma había llevado a Hartfield, y que solamente ella tenía autoridad para poner allí y convencer a su padre de que se utilizara, en lugar de la pequeña Pembroke en la que, en el transcurso de cuarenta años, se sirvieron dos de sus comidas cotidianas. Sin incidentes pasó el té, y nadie parecía tener prisa por marcharse.

—Señorita Woodhouse —dijo Frank Churchill, después de revolver los objetos de la mesa que tenía a sus espaldas y que podía alcanzar con la mano—, ¿sus sobrinos se llevaron los alfabetos... esa caja de letras? Siempre estaba aquí. ¿Pero dónde está? Es una reunión algo triste, casi debería decirse que es de invierno más que de verano. Nos entretuvimos mucho con esas letras una mañana. Me encantaría jugar nuevamente a las adivinanzas.

A Emma le encantó la idea, trajo la caja y, pronto, la mesa quedó completamente cubierta por las letras del alfabeto, que nadie más, con excepción de ellos dos, estaba dispuesto a manejar. Comenzaron de inmediato a formar palabras que se intercambiaban entre sí o que presentaban a cualquiera que quisiera descubrir la adivinanza. Lo tranquilo del juego lo hacía especialmente agradable para el señor Woodhouse, que frecuentemente había tenido que aguantar juegos mucho más agitados que había traído a la casa el señor Weston; el padre de Emma ahora era feliz, quejándose con melancolía de la marcha de "los pobres pequeños", o comentando complacido, cuando una letra se perdía cerca del sitio donde él estaba, lo bien que Emma supo dibujarlas.

Frank Churchill colocó una palabra delante de la señorita Jane, esta, después de mirar rápidamente a su alrededor, se concentró en descifrarla. Frank estaba junto a Emma, y Jane frente a ellos... y el señor Knightley situado de tal forma que podía verlos a todos; y su intención era mirar todo lo que pudiera sin evidenciar que estaba mirándoles. La palabra fue descubierta, y Jane, con una leve sonrisa, apartó las letras. Si hubiese deseado que se mezclaran con las demás y que la palabra no pudiera volverse a formar, tenía que mirar a la mesa en lugar de ver a los que tenía enfrente, debido a que las letras no se mezclaron; y Harriet, que con mucha atención seguía todas las palabras nuevas, cuando vio que por ahora no salía ninguna, recogió la última y se puso a descifrarla. Se encontraba sentada junto al señor Knightley y se dirigió a él para solicitarle que la ayudara. La palabra era "error"; y cuando Harriet la anunció victoriosa en voz alta, la única reacción de Jane fue sonrojarse. El señor Knightley vinculó eso con el sueño, pero no atinaba a entender qué tenía que ver una cosa con la otra. ¿Pero cómo era posible que la intuición y la agudeza de Emma estuvieran tan ensombrecidas como para no darse cuenta de todo eso? Temía que había algo escondido allí. A cada instante tenía señales de que en ellos había una carencia de franqueza, un doble juego. Esas letras solamente les eran útiles para un disimulado galanteo. Definitivamente, era un juego de niños que Frank Churchill eligió para esconder otro juego secreto más importante.

Con mucha indignación siguió observándolo, y también con desconfianza y con alarma cuando vio hasta dónde llegaba la ceguera de sus dos amigas. Vio que estaba preparando para Emma una palabra corta y que se la enseñaba con una actitud de falsa seriedad. Vio que Emma la descubría rápidamente y que la encontraba muy divertida, aunque claramente había algo en ella que la forzaba a no darle su aprobación, porque le escuchó decir:

—No, por Dios, eso sí que no. Es mucho, no, por favor.

Después escuchó que Frank Churchill, mirando de reojo a Jane, le dijo:
—Sí, sí, ¿se la doy?, sí, se la daré.

Escuchó con claridad que Emma, entre risas, se oponía.

—No, no, no. Por favor, no debe hacerlo, eso sí que no, no lo haga...

No obstante, ya estaba hecho. Ese muchacho tan galante que daba la impresión de que amaba sin sentir emociones y que se halagaba a sí mismo sin satisfacción, extendió de inmediato la palabra a la señorita Jane, suplicándole con una insistencia especialmente cortés que tratara de descifrarla. La excesiva curiosidad del señor Knightley por conocer qué palabra era hizo que aprovechara todas las oportunidades para ver de reojo, y no tardó mucho en fijarse que la palabra era *Dixon.* Jane pareció haberla adivinado al mismo tiempo que él; por supuesto a ella debía de serle más sencilla la adivinanza, debido a que entraba en el sentido oculto que tenían esas cinco letras dispuestas de esa manera. Claramente quedó muy irritada, alzó los ojos y, cuando se dio cuenta de que la miraban, se sonrojó más de lo que antes había visto el señor Knightley y solamente se limitó a comentar:

—Ignoraba que también se aceptaban los nombres propios.

Enfadada apartó las letras y pareció decidida a no tratar de adivinar ninguna otra palabra que le propusieran. Giró la cara de los que la habían atacado, y miró hacia su tía.

—Sí, sí, tienes mucha razón, querida —dijo esta antes de que Jane tuviera tiempo de decir algo—. Justamente en este instante lo iba a decir. Sí, sí, ya es hora de irnos. La abuela nos espera y ya está anocheciendo. Usted es muy gentil, pero tenemos que despedirnos.

La prisa con la que Jane se puso de pie evidenció que tenía tanta prisa por marcharse como su tía lo había supuesto. De inmediato se levantó y dejó la mesa, pero fueron tantos los que también se levantaron que se generó un poco de confusión; y el señor Knightley vio como si alguien empujaba con ansias hacia la joven otra serie de letras, que ella, antes de mirarlas, alejó con un gesto brusco. Después buscó su chal... Frank Churchill la estaba ayudando a buscarlo... Estaba oscureciendo y en la sala había un gran desorden; el señor Knightley no pudo explicar cómo se despidieron.

Después que se marcharon los demás, él permaneció en Hartfield muy angustiado por todo lo que había visto; tan angustiado que, cuando se encendieron las velas, como para crear un escenario adecuado para las confidencias, creyó que debía... sí, que debía, sin ningún tipo de dudas, como amigo, como fiel amigo... sugerir algo a Emma, preguntarle una cosa. Era incapaz de verla en una situación de riesgo como esa sin intentar protegerla. Era su deber, definitivamente.

—Emma, por favor —dijo—, ¿puedo preguntarle en qué consistía la malicia, la gracia, de la última palabra que le dieron a la señorita Jane y a usted para adivinar? Vi la palabra, y tengo curiosidad por saber por qué fue tan divertida para la una y nada divertida para la otra.

Emma quedó muy consternada. No podía ni pensar en darle la explicación auténtica, ya que, a pesar de que estaba lejos de haber visto aclaradas sus sospechas, se sentía verdaderamente avergonzada de habérselas comentado a alguien.

—¡Oh! —dijo evidentemente nerviosa—. Yo no quería decir nada. Era una simple broma entre nosotros.

—Una broma —replicó él con mucha seriedad— que solamente les hizo gracia al señor Churchill y a usted.

El señor Knightley quería tener una respuesta, pero no la obtuvo. Emma prefería hacer otra cosa, menos hablar. Durante un rato, él se mantuvo callado haciendo suposiciones. Cruzó por su mente la posibilidad de que correría muchos riesgos. Interferir... interferir inútilmente. La consternación de Emma y su aceptación de su intimidad con Frank eran como la confesión de que estaba interesada en él. No obstante, debía hablar. Para él era preferible arriesgarse a que lo considerara un entrometido antes de que ella pudiera salir dañada; antes de quedarse con la terrible sensación de que pudo haberle evitado un perjuicio prefería cualquier cosa.

—Mi apreciada Emma —dijo finalmente, de la forma más cariñosa—, ¿usted cree que conoce totalmente el grado de amistad que hay entre la dama y el caballero que mencionamos anteriormente?

—¿Entre la señorita Jane Fairfax y el señor Frank Churchill? ¡Oh sí! Totalmente... ¿Por qué lo duda?

—¿En ninguna ocasión ha tenido razones para pensar que él sentía una gran admiración y mucha atracción por ella o viceversa?

—¡Oh, no, jamás, jamás! —dijo Emma con mucha vehemencia—. Jamás, ni por una milésima de segundo, he tenido esta idea. ¿Pero cómo es posible que a usted se le ocurriera?

—He creído ver indicios últimamente de que entre ellos existe algo más que amistad... unas miradas reveladoras que no creo que ellos pensaran que alguien iba a captar.

—¡Oh, casi me hace reír! Me fascina ver que usted también deja volar su imaginación... pero está en un error... lamento mucho tener que, al intento inicial, cortarle las alas... pero la verdad es que está errado. Entre ellos solamente existe una amistad, se lo puedo asegurar, y lo que usted vio es producto de una circunstancia particular... sentimientos de una naturaleza completamente diferente... no es posible explicar con exactitud... es algo muy ilógico... pero lo que puede relatarse, lo que no es ilógico del todo, está muy lejos de ser una mutua admiración o atracción. Es decir, imagino que las cosas son de esa manera por lo que a ella se refiere; por lo que se refiere a él, estoy plenamente segura. Yo le aseguro que él es totalmente indiferente.

Emma charlaba con una seguridad que hizo dudar al señor Knightley, con una complacencia que le hizo guardar silencio. Se encontraba muy feliz y hubiese querido extender el diálogo con el deseo de conocer los pormenores de sus sospechas, de que le hablara de cada mirada, de cada uno de los detalles y situaciones por los que decía sentirse tan interesado. Pero no halló eco en su interlocutor la jovialidad de ella. El señor Knightley notaba que no podía ser útil, y ese diálogo lo estaba molestando mucho. Y con la finalidad de que su molestia no se transformara en auténtica fiebre, con la chimenea que los delicados hábitos del señor Woodhouse forzaban a que se prendiera casi todas las tardes del año, se despidió de forma apresurada y comenzó a encaminarse hacia su solitaria y muy fría Donwell Abbey rápidamente.

Capítulo XLII

Después de haber alimentado durante mucho tiempo la ilusión de que la señora y el señor Suckling no tardarían en visitar el pueblo, Highbury tuvo que resignarse a la preocupante información de que les era imposible ir hasta el otoño. Por ahora, su acervo intelectual se veía impedido de nutrirse de una importación de primicias de esa dimensión. Y en el intercambio diario de informaciones nuevamente se vieron forzados a limitarse a los otros temas de conversación que por un tiempo habían ido igualando al de la llegada de los Suckling, como las últimas noticias sobre el estado de salud de la señora Churchill, que parecía brindar cada día variables distintas, y el estado de gravidez de la señora Weston, cuya dicha era de esperar que se viera aumentada por el alumbramiento de su hijo, suceso que también produciría una gran alegría entre todos sus vecinos y amigos.

La señora Elton estaba muy desilusionada. Eso significaba tener que posponer una gran oportunidad para presumir y entretenerse. Debían esperar todas sus presentaciones y todas sus recomendaciones y, por ahora, quedaban en un simple plan todas las fiestas y excursiones de las que se había hablado. Por lo menos eso fue lo que pensó inicialmente... pero, después de analizar un poco, pensó que no era necesario posponerlo todo. ¿Por qué no podían realizar una excursión a Box Hill a pesar de que los Suckling no vinieran todavía? Cuando ellos ya estuvieran allí, en otoño, la excursión se podría volver a repetir. Entonces, quedó decidido que irían a Box Hill. Todos se enteraron de este proyecto; e incluso insinuó la idea de otro. Emma jamás había estado en Box Hill; tenía mucha curiosidad por ver aquello que todos pensaban que era digno de contemplarse, y la señora Weston y ella habían acordado escoger una mañana en que hiciera buen tiempo para ir hasta ese sitio. Solamente pensaban aceptar de compañía a dos o tres personas más, cuidadosamente seleccionadas, y la excursión debía ser elegante, sin ninguna pretensión y apacible, sin que pudiera compararse con la algarabía y los ostentosos arreglos, la gran abundancia de provisiones, y toda la fastuosidad de los paseos campestres de los Suckling y de los Elton.

Entre ellos esto ya había quedado tan claro que Emma solamente pudo sentirse algo asombrada y un poco irritada al escuchar al señor Weston decir que le propuso a la señora Elton que, ya que su cuñado y su hermana posponían su visita, ambas excursiones se podían fundir en una e ir todos juntos al mismo lugar; y que, como la señora Elton había aceptado esta propuesta de inmediato, se había decidido hacerlo de esa forma, si ella no tenía problema. Entonces, como su único problema era la antipatía que sentía por la señora Elton, de lo cual el señor Weston ya debía estar completamente enterado, ya no valía la pena insistir más en eso... No podía dejar de aceptar sin desairarlo a él, lo que significaría hacer enfadar a su esposa; y de esa manera fue como se vio forzada a aceptar un acuerdo que hubiese deseado evitar por todos los medios posibles; un acuerdo que quizás incluso la exponía a la humillación de que se comentara que ella había ido a la excursión organizada por la señora Elton... Eso la enojaba mucho; y el tener que resignarse a ese aparente sometimiento dio algo de aspereza a sus íntimos criterios con respecto a la incorregible buena voluntad que describía el carácter del señor Weston.

—Estoy muy contento de que apruebe mi proyecto —dijo él complacido—. Pero ya imaginaba que lo encontraría bien. Se necesitan muchas personas para esas cosas. Jamás son demasiadas. Siempre resulta entretenida una excursión con muchos. Y no podíamos dejar a un lado a la señora Elton, ya que, en el fondo, es una excelente persona.

En nada le contradijo Emma, pero en su interior estaba en total desacuerdo con esas opiniones.

El tiempo era muy bueno y estaban a mitad de junio; y la señora Elton se encontraba impaciente por fijar el día y por terminar de acordar con el señor Weston lo referente al cordero frío y al pastel de pichones, cuando uno de los caballos del coche se torció una pata, dejando todos los planes en la más terrible de las incertidumbres. Podían pasar semanas, o quizá solamente unos pocos días, antes de que el caballo pudiera utilizarse nuevamente, pero no podían aventurarse a preparar nada, y todos los proyectos quedaron pospuestos en medio de la tristeza colectiva. Le faltaron recursos a la señora Elton para enfrentar ese contratiempo.

—Knightley, ¿no le parece indignante? —decía—. ¡Y con un tiempo tan excelente para hacer paseos campestres! ¡Esas prórrogas y la inseguridad! ¡Es algo antipático! ¿Qué haremos? A este ritmo pasará todo el año sin que hagamos absolutamente nada. Mire, antes de que llegara este tiempo, el año pasado, ya habíamos hecho una excursión maravillosa desde Maple Grove a Kings Weston.

—Sería preferible que realizaran el paseo campestre a Donwell —contestó el señor Knightley—. Para eso no requieren caballos. Si vienen comerán mis fresas. Ya están comenzando a madurar.

Si el señor Knightley lo dijo bromeando, no tardó en verse forzado a tomárselo en serio, porque su propuesta fue aceptada de inmediato y con mucho entusiasmo, y los gestos que acompañaron al "¡Oh! ¡Me encantaría!", fueron tan expresivos como las mismas palabras. Donwell era conocido y famoso por sus fresales, lo que parecía justificar la emoción con que recibió la invitación, pero era innecesario justificar absolutamente nada; para tentar a esa dama, que solamente estaba deseando ir a alguna parte, fuera donde fuese, un campo de coles hubiera sido suficiente. Una y otra vez, ella le juró que irían… con más insistencia de lo que él había imaginado... y quedó muy satisfecha ante esa demostración de íntima amistad, de tan clara deferencia, pues se empeñó en considerarlo de esta manera.

—Usted puede contar conmigo —le dijo—. Esté plenamente seguro de que asistiré. Usted mismo fije la fecha, e iré a su casa. ¿No le importa si Jane va conmigo?

—No fijaré la fecha —dijo él— hasta que no me haya comunicado con otras personas que deseo que vengan con usted.

—¡Oh! ¡Déjelo todo en mis manos! Solamente le pido que me dé libertad de acción... Permita que yo lo organice absolutamente todo, ¿eh? Es mi excursión. Ya yo invitaré amigos.

—Espero que usted lleve a Elton —le dijo—; pero no deseo que se moleste en buscar más invitados.

—¡Ah, pero qué desconfiado es usted! Mire... No debe sentir miedo de delegar en mí su autoridad. Yo no soy una muchachita inexperta. ¿Sabe usted? Puede tener plena confianza en una mujer casada como yo. Esta es mi excursión. Déjelo todo en mis manos. Yo ya me ocuparé de invitar a los otros.

—No —dijo él serenamente—, solamente hay una mujer casada a la que yo dejaré que invite a Donwell a quien prefiera, y esa mujer es...

—... la señora Weston, imagino —le interrumpió, algo molesta, la señora Elton.

—No... La señora Knightley y, mientras todavía no exista, yo mismo me encargo de esos asuntos.

—¡Ah! ¡Usted es muy original! —dijo complacida al no verse relegada por nadie—. Usted tiene un excelente sentido del humor, y queda bien todo lo que dice. Sí, mucho sentido del humor. Bueno, entonces Jane me acompañará... Jane y su tía... Los otros se los dejo a usted... No tengo ningún problema en que la familia de Hartfield venga... Ni el menor inconveniente. Ya sé que usted es muy amigo de ellos.

—Usted no tenga dudas de que vendrán si logro convencerlos; con respecto a la señorita Bates, pasaré a visitarla antes de regresar a mi casa.

—¡Oh! Pero no es necesario, a Jane yo la veo todos los días... pero como usted decida. ¿Sabe usted, Knightley? Debe ser por la mañana. Algo de lo más simple. Yo llevaré colgando del brazo una de mis pequeñas cestas y me colocaré un sombrero de alas anchas. Esta... sí, quizás esta misma, con una cinta de color rosa. No puede ser más sencilla, ya ve. Y Jane llevará otra parecida. Lo que quiero decir es que será un poco a lo gitano... sin ninguna exhibición... Daremos paseos por sus jardines, nosotros mismos cogeremos las fresas y nos sentaremos debajo de la sombra de un árbol... y todo lo demás que usted quiera brindarnos se servirá al aire libre... ¿Sabe usted? Una mesa bajo un árbol. Todo de la forma más simple y natural posible. ¿Acaso no es eso lo que usted tenía pensado hacer?

—No, para nada. Para mí, lo natural y lo simple es que se coloque la mesa en el comedor. En mi opinión, la sencillez y la naturalidad de las damas y de los caballeros, al lado de sus sirvientes y los muebles, se ve mejor cuando las comidas se sirven dentro de casa. En el comedor se servirá una comida fría cuando ustedes se aburran de comer fresas.

—Bueno... como lo desee, pero que no sea muy ostentoso. Y, por cierto, si usted cree que mi ama de llaves o yo podemos serles útil en algo... Por favor, Knightley, dígalo con toda franqueza. Si desea que hable con la señora Hodges o que cuide de algo...

—Muchas gracias, pero no hace ninguna falta.

—Bueno... pero si surge algún inconveniente mi ama de llaves es una mujer que está muy dispuesta.

—Estoy totalmente seguro de que la mía también está siempre muy dispuesta, y de que no aceptaría la ayuda de otra persona.

—Me encantaría que tuviéramos burros. Todas nosotras iríamos montadas en burritos, Jane, la señorita Bates y yo... y mi *caro sposo,* andando junto a mí. Sí, sí, debo charlar con él para que compre un burro. Me parece algo muy necesario viviendo en un campo; debido a que, a pesar de que una mujer tenga muchos medios, es imposible que siempre se quede enclaustrada en casa y, usted ya sabe, para dar paseos largos... hay polvo en verano, y todo es lodo en invierno.

—En el sendero de Highbury a Donwell usted no hallará ni una cosa ni otra. Es un sendero en el que jamás hay polvo, y en este momento no puede estar más seco. De todas formas, si lo desea, venga montada en un asno. Se lo puede pedir prestado a la señora Cole. Desearía, dentro de lo posible, que todo fuera de su agrado.

—¡Ah, de eso sí que estoy totalmente segura! No piense, mi buen amigo, que no sé valorar sus virtudes. Ya sé que usted esconde un gran corazón bajo ese manto de modales algo bruscos y de frialdad. Como siempre le digo al señor E., usted tiene un buen sentido del humor... Sí, sí, de verdad, Knightley, me doy cuenta de la cortesía que ha tenido conmigo al planificar todo ese proyecto. Usted ha elegido lo que más me satisface.

El señor Knightley tenía otra razón para negarse a que se colocara una mesa a la sombra de un árbol al aire libre. Quería convencer al señor Woodhouse para que aceptara su invitación junto con Emma, y estaba seguro de que era darle un disgusto dejar que delante de él alguien comiera al aire libre. El señor Woodhouse no se sentiría tentado a ser testigo de una imprudencia igual ni siquiera con el pretexto de hacer algo de ejercicio matutino y de pasar dos horas en Donwell.

Entonces, lo invitó de muy buena fe. Sin que lo esperaran tristes espectáculos que le hicieran arrepentirse de su ingenuidad. Y aceptó. No había estado en Donwell desde hacía dos años.

—Podemos ir hasta allí con Harriet y Emma una mañana que haga buen tiempo. Yo me quedaré sentado hablando calmadamente con la señora Weston, mientras ellas pasearán por los jardines. Creo que a esas horas del mediodía no hay mucha humedad. Me encantaría ver esa casa nuevamente, y conversar con la señora y el señor Elton y otros amigos... No tengo ningún problema en ir con Harriet y Emma, con la única condición de que sea una mañana en que haga un tiempo excelente... El señor Knightley, al invitarnos, tuvo una gran idea... es muy gentil de su parte... es un gran hombre... Y es preferible de esa manera que comer al aire libre... A mí las comidas al aire libre no me gustan.

El señor Knightley tuvo la fortuna de que todos aceptaran con mucho entusiasmo su oferta. La invitación fue tan bien recibida por todos que parecía como si, igual que la señora Elton, cada quien considerara el proyecto como una especial atención que se tenía con ellos... Harriet y Emma esperaban pasar un día muy entretenido; y, sin que se lo pidieran, el señor Weston, aseguró que haría lo imposible para que también Frank pudiese ir con ellos; una muestra de agrado y de agradecimiento que se hubiese podido ahorrar... debido a que entonces el señor Knightley se vio forzado a decir que se contentaría mucho de que pudiera venir; y el señor Weston se comprometió, sin pérdida de tiempo, a escribirle y a no limitar los argumentos para convencerlo con el fin de que viniera.

Mientras tanto, el caballo cojo se había curado tan rápidamente que se pensó nuevamente en hacer la excursión a Box Hill y, finalmente, se programó la ida a Donwell para un día y la excursión de Box Hill para el siguiente... debido a que el buen tiempo daba la impresión de que ya era estable.

En una esplendorosa mañana soleada, casi de pleno verano, el señor Woodhouse se trasladó hasta Donwell Abbey plácidamente en su coche con una ventanilla bajada; allí, en uno de los cuartos más cómodos, especialmente preparado para él con el fuego de la chimenea que estuvo encendido durante toda la mañana, se sentó en un sillón, y alegre y calmado, se dispuso a hablar amenamente de la proeza que realizó, y a sugerir a todos que se sentaran con él y que no se acaloraran mucho... La señora Weston, que parecía haber ido caminando con la única finalidad de agotarse y estar con él todo el tiempo, se quedó a acompañarlo como la más gentil y paciente de sus oyentes, al tiempo que los otros se dejaban convencer para salir al aire libre.

Emma no había estado en la Abadía desde hacía tanto tiempo que, tan pronto como estuvo convencida de que su padre se encontraba completamente a su gusto, no tuvo inconveniente en dejarle y pasear por allí; ávida de refrescar su memoria y corregir las equivocaciones de sus recuerdos, fijándose más atentamente en cada uno de los detalles, formándose una idea más clara de unas tierras y una casa que iban a estar, a ella y a toda su familia, tan íntimamente vinculadas para siempre.

Sentía todo el justo orgullo y la complacencia que su parentesco con el actual y el futuro dueño de Donwell le permitían, mientras miraba las grandes dimensiones y el estilo de la construcción de la casa, su particular ubicación tan ventajosa, en un terreno bajo y bien protegido... sus grandes y extensos jardines que bajaban hasta unas campiñas regadas por un pequeño arroyo que, desde la Abadía, motivado a la clásica indiferencia que en otras épocas se sentía por los buenos paisajes, apenas se vislumbraban... y su gran cantidad de árboles creando avenidas e hileras, árboles que ni las tendencias ni la extravagancia lograron hacer cortar... La casa era más grande que la de Hartfield y completamente diferente; ocupaba una ancha extensión de terreno de manera irregular, y poseía muchas habitaciones amplias y cómodas, y una o dos verdaderamente maravillosas... Era justamente lo que debía ser, y parecía lo que precisamente era... Emma, mirándola, sentía que el respeto que sentía por ella estaba creciendo, como la casa aristocrática de una familia de real estirpe, sin tachaduras tanto desde el punto de vista de la inteligencia como desde la sangre. John Knightley tenía algunos defectos de temperamento, pero al contraer matrimonio con Isabella hizo una boda extraordinariamente buena. Ni la familia ni el apellido ni los bienes de ella desmerecían junto a los de su esposo. Estos eran gratos pensamientos, y Emma mientras paseaba iba saboreándolos hasta que le fue necesario imitar a los demás y reunirse en los fresales con ellos... Todos se habían reunido allí, con excepción de Frank Churchill, que se esperaba que llegara de Richmond de un instante a otro; y la señora Elton, excesivamente feliz, con su pequeña cesta y su ancho sombrero, iniciaba la caminata, sin aceptar que se pensara ni hablara de algo distinto a las fresas, y solamente fresas... "Es la mejor fruta que se da en Inglaterra... la que todos prefieren... siempre cae muy bien... y estos son los mejores fresales... el mejor tipo de fresas... es maravilloso agarrarlas una misma... es la única forma de disfrutarlas realmente... por supuesto, el mejor momento del día es la mañana... jamás me aburren... todas las clases de ellas son buenas... pero la *hautboy* es muy superior a las otras...[20] nunca podrán compararse... las otras apenas se pueden comer... pero existen muy pocas *hautboy*... prefieren las de Chile... las blancas son las que tienen más olor a bosque... el costo de las fresas en Londres... son abundantes en la región de Bristol... Maple Grove... cultivos... fresales cuando se deben renovar... pero los jardineros dicen todo lo contrario... no existe una norma general... a los jardineros no hay quien les haga modificar sus costumbres... una fruta exquisita... lo malo es que son demasiado dulces como para comer muchas... no son

20 *Hautboy*, clase de fresa cuyo nombre científico es *fragaria elatior*.

tan buenas como las cerezas... las grosellas son mucho más refrescantes... el único problema de coger fresas es que hay que agacharse... el sol pica demasiado... estoy agotadísima... ya no aguanto más... debo sentarme a la sombra ahora".

Esta fue la conversación durante media hora... solamente interrumpida en una ocasión por la señora Weston que salió, angustiada por su hijastro, para preguntar si ya había llegado... Estaba algo intranquila... Tenía mucho temor de que le hubiera sucedido algo con el caballo cuando viniera por el camino.

Se hallaban sitios convenientes para sentarse a la sombra; y Emma se vio forzada a escuchar lo que conversaban Jane Fairfax y la señora Elton... El tema de la charla era un trabajo, un maravilloso trabajo. Aquella mañana la señora Elton se enteró de él, y estaba muy emocionada. No era en la casa de la señora Bragge tampoco en casa de la señora Suckling, pero era una casa casi tan digna y adecuada como cualquiera de las otras dos; era con una prima de la señora Bragge, amiga de la señora Suckling, una señora muy distinguida y conocida en Maple Grove. Encantadora, muy agradable, de alto nivel social, mucho mundo, distinción, excelentes amistades, buena sociedad, en fin, todo... y la señora Elton deseaba fervientemente que la oferta se aceptara sin pérdida de tiempo... Estaba enérgica, victoriosa, jubilosa,... y no admitió la negativa de su amiga, aunque la señorita Jane continuaba aseverándole que, por los instantes, no deseaba adquirir compromisos con nadie, repitiéndole las mismas razones que ya le había dado otras veces... Sin embargo, la señora Elton continuaba insistiendo para que se le permitiera escribir al día siguiente aceptando la oferta... Emma se asombraba de que Jane pudiese aguantar todo eso... Se le veía enfadada y hablaba con algo de agresividad... Hasta que, finalmente, muy decidida, lo que no era costumbre en ella, propuso que se marcharan de allí.

—¿Y qué tal si damos un paseo? Podría enseñarnos los jardines el señor Knightley... todos los jardines... Me encantaría verlo absolutamente todo, sería maravilloso...

La obstinación de su amiga era muy superior a lo que ella podía aguantar.

Estaba haciendo mucho calor; y después de pasear un rato por los jardines, todos dispersos, con pocos grupos de tres, gradualmente uno tras otro fueron aproximándose a la agradable sombra de una corta y ancha avenida de limeros, que, prolongándose más allá del jardín y a mitad de camino del río, parecía señalar el límite de los terrenos reservados a la recreación... No llevaba a ninguna parte; y finalizaba en un muro de piedra bajo, con elevados pilares, que parecía destinado a anunciar la cercanía de la casa, que jamás estuvo allí. No obstante, a pesar de que el gusto de quien lo había diseñado era discutible, no dejaba de ser un paseo fascinante, y el paisaje que se disfrutaba desde allí era espectacularmente llamativo... La elevada cuesta casi al pie de la cual se encontraba la Abadía se iba haciendo cada vez más abrupta a medida que iba alejándose de sus tierras; y había una ribera de magnífico aspecto, muy escarpada y bien cubierta de árboles a un kilómetro de distancia; y debajo, en un lugar muy favorable y bien protegido, se elevaba la granja de Abbey-Mill, ante la que se extendían unas campiñas y que el río abrazaba constituyendo una bella y pronunciada curva.

Era un paisaje hermoso... que halagaba el alma y los ojos. Civilización inglesa, prosperidad inglesa, verdor inglés, bajo un esplendoroso sol no muy agobiante.

La señora Weston y Emma encontraron reunidos en este paseo a todos; y la muchacha vio de inmediato, al fondo de la avenida, a Harriet y al señor Knightley, delante de los demás, a la cabeza de la caminata. ¡Harriet y el señor Knightley! ¡Un curioso *tête-à-tête!* Pero se puso muy feliz de verlo; en otra época él hubiera despreciado su compañía y, con pocos cumplidos, se la hubiese quitado de encima. Ahora daba la impresión de que disfrutaban de una grata charla. En otra época también a Emma le hubiese preocupado ver a Harriet en un sitio que beneficiaba tanto sus recuerdos de Abbey-Mill Farm, pero ahora ya no la asustaba. No existía riesgo en que admirara todas sus muestras de belleza, bienestar y bonanza, sus ricos prados, sus rebaños diseminados, su jardín floreciente y la tenue columna de humo que subía hasta el cielo. Se fue a reunir con ellos al lado del muro y les encontró más interesados en la charla que al paisaje que se disfrutaba desde ese lugar. Él le estaba hablando a Harriet de temas de agricultura... y Emma recibió una sonrisa que daba la impresión que quería decir: "Definitivamente esto es lo mío. Tengo todo el derecho de conversar sobre esas cosas sin que se piense que estoy ayudando a Robert Martin...". Pero ella no pensaba tal cosa. Era una historia muy antigua. Probablemente, Robert Martin ya dejó de pensar en Harriet... Dieron algunas vueltas por el paseo los tres juntos... Era un consuelo muy refrescante la sombra, y Emma pensó que esos eran los mejores instantes del día.

Después caminaron hacia la casa, donde todos tenían que reunirse para comer; se acomodaron en el interior y Frank Churchill no llegaba. La señora Weston, una y otra vez, salía para vigilar el sendero, pero inútilmente. Su marido no quería aceptar que estaba preocupado y se reía de sus miedos; pero ella solamente formulaba el deseo de que no viniera en su yegua negra. El muchacho les había asegurado que iría... La salud de su tía había mejorado tanto que no tenía la más mínima duda de que obtendría la autorización para marcharse... Pero, como muchos le dijeron a su madrastra, el estado de salud de la señora Churchill era inestable y con predisposición a cualquier variación imprevista que podría frustrar las más sensatas ilusiones de su sobrino... y finalmente convencieron a la señora Weston de que pensara, o al menos dijera, que no pudo llegar debido a una repentina dolencia de la señora Churchill... Al tiempo que se discutía esta cuestión, Emma no dejaba de estar pendiente de Harriet, pero la joven no evidenciaba ninguna emoción y parecía indiferente.

Cuando terminó la comida fría, todos salieron nuevamente para visitar lo que todavía les faltaba por mirar, los estanques de la vieja abadía; o quizá llegar al prado de los tréboles, que iba a comenzar a podar al día siguiente o, en cualquier caso, tener el gusto de acalorarse, para refrescarse después... El señor Woodhouse, que ya había dado una corta vuelta por la parte más elevada de los jardines, en donde ni siquiera él tuvo la sensación de darse cuenta de la humedad del río, ya no se movió nuevamente; y su hija resolvió quedarse a acompañarlo para que la señora Weston accediera a salir con su esposo, hacer algo de ejercicio y tener la diversión que su estado de ánimo parecía requerir en esos instantes.

El señor Knightley hizo lo imposible para que el señor Woodhouse no se fastidiara. Camafeos, corales, libros de grabados, cajas de medallas, conchas y todas las otras colecciones de la familia que estaban en la casa se buscaron para que, durante toda la mañana, su anciano amigo se distrajera; y su esmerado cuidado dio el resultado esperado. El señor Woodhouse estuvo sumamente entretenido. La señora Weston estuvo enseñándoselo todo, y ahora él se lo enseñaría a Emma; afortunadamente el bondadoso señor solamente era similar a los niños en su completa carencia de juicio para valorar lo que veía, ya que era constante, metódico y lento... Pero, antes de que comenzara este repaso, Emma salió al vestíbulo para mirar por unos instantes con toda serenidad la entrada de la casa y las tierras contiguas a ella, pero después de unos minutos de estar allí llegó Jane Fairfax, que venía caminando a grandes pasos desde el jardín como si escapara de alguien... Inicialmente se sobresaltó un poco, porque no esperaba hallar tan pronto a la señorita Emma, pero justamente la señorita Woodhouse era la persona a quien buscaba.

—Señorita Emma, por favor —dijo—, ¿es tan amable de decirles, cuando pregunten por mí, que me fui a casa? Ahora mismo me marcho... Mi tía no se fija en lo tarde que es ya y de que hace ya mucho tiempo que estamos ausentes... Pero no tengo dudas de que mi abuelita nos echará de menos y es mejor que me vaya ahora mismo. No le dije nada a nadie. Eso sería darles muchas molestias y hacer que se angustiaran. Unos están en el paseo de los limeros y otros han ido a ver los estanques. No me echarán de menos hasta que regresen, y entonces, ¿usted tendrá la bondad de decirles que me marché?

—Por supuesto, si es eso lo que quiere, pero... no regresará a Highbury sola y caminando.

—Sí, no existe ningún riesgo; yo camino rápido; estaré en mi casa pronto.

—Pero es muy lejos para ir caminando totalmente sola, por Dios. El sirviente de mi padre puede acompañarla... Ordenaré que preparen el coche. Estará listo en cinco minutos.

—Señorita Emma gracias, muchas gracias... Pero de verdad no es necesario... Deseo ir caminando... Y no tendré temor de ir sola... ¡Precisamente yo que pronto tendré que cuidar y vigilar a otros!

Charlaba con mucha agitación, y Emma le contestó con cariño:

—Pero eso no justifica en absoluto el que en este instante se exponga a un riesgo. Haré que preparen el coche. Incluso puede dañarla el calor... Ya está agotada...

—Sí... —contestó ella—, sí, estoy agotada, pero no es la clase de agotamiento... Caminar aprisa me hará sentir muy bien... Todos sabemos lo que es estar a veces agotado de espíritu, señorita Emma. Y le aseguro que en este momento mi espíritu está cansado. Dejar que me vaya sola y solamente decir, cuando sea necesario, que me he ido es el mayor favor que puede hacerme.

Nada más podía decirle Emma. Entendía lo que le sucedía y, sintiéndose identificada con sus sentimientos, la exhortó a que dejara la casa de inmediato y la ayudó a salir sin que nadie la viera con el celo de una amiga. Cuando se despidió, Jane la miró con agradecimiento, y las palabras que dijo, "¡Oh, señorita Emma! En ocasiones, ¡poder estar sola es un gran consuelo!", parecían emerger de un corazón consternado y manifestar algo de la permanente tensión en que se encontraba aun entre las personas que más la amaban.

Cuando Emma entraba nuevamente en el vestíbulo se dijo: "¡Con una casa como esa! ¡Y con esa tía! Me compadezco de ti. Y más afecto te tengo cuanta más sensibilidad muestras para todos estos espantos".

Había pasado apenas un cuarto de hora desde que Jane se fue y de que padre e hija solamente habían admirado unas cuantas vistas más de la plaza de San Marcos de Venecia cuando Frank Churchill entró en la sala. Y Emma se puso muy feliz de verle… aunque no pensaba en él, es más, se había olvidado de pensar en él. La señora Weston se calmaría. La yegua negra no tuvo la culpa de nada, habían tenido razón al imaginar que la señora Churchill había sido la causa. Debido a un desmejoramiento momentáneo de su salud, un ataque de nervios que duró algunas horas, se había retrasado... y el muchacho, hasta muy tarde, abandonó la idea de su ida y, según comentó, no hubiese venido de haber previsto el calor que le aguardaba durante el trayecto y de que, a pesar de toda su rapidez, iba a llegar tan tarde. Había sentido un calor espantoso... jamás en su vida había tenido tanto... casi deseó haber permanecido en casa... lo que más le incomodaba era el calor... él podía resistir todo el frío del mundo... pero el calor era insoportable para él... Y, con una apariencia verdaderamente lamentable, se sentó lo más alejado posible del fuego de la chimenea del señor Woodhouse.

—Si no se ejercita —dijo Emma— de inmediato se le pasará el calor.

—Tendré que volver cuando se me haya pasado el calor. Perfectamente podía ahorrarme el venir aquí... pero insistieron tanto... Imagino que ya no tardarán mucho en irse. Seguro ya deben estar despidiéndose. Cuando venía encontré *a alguien* que se marchaba... ¡Pero qué locura con ese tiempo! ¡Definitivamente hay que estar loco de atar!

Emma lo veía, lo oía y no tardó mucho en fijarse que el estado de ánimo de Frank Churchill podía ser definido con la explícita frase de que estaba de un auténtico humor de perros. Existen personas a las que no se les puede tratar cuando tienen calor. Y seguro él era una de esas; y como sabía que frecuentemente comer y beber calman esos estados esporádicos de mal humor, le aconsejó que bebiera algo; hallaría abundancia de todo en el comedor... y le señaló la puerta cariñosamente.

—No, no tengo hambre, no quiero comer. Me daría más calor todavía.

No obstante, después de dos minutos comenzó a pasársele el enojo y abandonó la sala murmurando algo sobre la cerveza pruche. Emma dedicó nuevamente toda la atención a su padre, diciendo para sí misma:

“Me contento de no estar enamorada de él. No me agradan los hombres que se ponen de mal humor porque una mañana sienten calor. A Harriet no le preocupan esas cosas, tiene un temperamento muy suave”.

Para haber hecho una comida considerable tardó el tiempo más que suficiente, y volvió mucho mejor... ya sin estar acalorado... y con buenos modales, como era habitual en él... capaz de aproximar una silla a donde ellos estaban e interesarse por lo que hacían; y quejarse de una manera más razonable que fuera tan tarde. No estaba de muy buen humor, pero daba la impresión de que hacía esfuerzos por estarlo; y finalmente logró hablar de insignificancias de una manera muy agradable. Contemplaban unos paisajes de Suiza.

—Me marcharé al extranjero tan pronto como mi tía se recupere —dijo—. No estaré tranquilo hasta haber visto uno de estos sitios. Ya verán mis dibujos un día u otros... o leerán mi poema o la historia de mis viajes. Estoy seguro de que algo haré y se hablará de mí.

—Es probable... pero no será por sus dibujos de Suiza. Usted jamás se irá a Suiza. Sus tíos no lo dejarán abandonar Inglaterra jamás.

—Probablemente ellos también se verán forzados a salir. Pueden aconsejarle a mi tía un clima cálido. Siempre tengo esperanzas de que todos salgamos fuera del país. Le doy mi palabra de que yo sí iré. Estoy totalmente convencido esta mañana de que no tardaré mucho en ir al extranjero. Debo viajar. Estoy agotado de no hacer nada. Requiero un cambio. Señorita Woodhouse, le hablo muy seriamente... no sé lo que están suponiendo sus penetrantes ojos, pero... estoy harto de Inglaterra... me marcharía mañana mismo si pudiera.

—Usted está lleno de comodidades y de dinero. ¿No puede inventarse un trabajo y alegrarse con mantenerse aquí?

—¿Lleno de comodidades y de dinero? ¿Yo? Usted se equivoca completamente. No creo que yo sea un hombre con comodidades ni con dinero. Todo me sale muy mal en el aspecto material. Pienso que no soy un hombre afortunado.

—Pero ya no es usted tan desdichado como cuando llegó. Coma y beba un poco más y se sentirá mejor. Otro pedazo de carne fría, otro vaso de vino de Madera con algo de agua y usted se sentirá casi tan bien como todos nosotros.

—No... prefiero no movilizarme... Es usted mi mejor medicina. Me quedo junto a usted.

—Iremos a Box Hill mañana; usted vendrá con nosotros, me imagino... No es Suiza, pero para un muchacho que quiere cambiar, algo es algo. ¿Usted se quedará e irá con nosotros?

—No, por supuesto que no; volveré a casa con el aire fresco de la tarde.

—Pero con el aire fresco de las primeras horas puede venir mañana nuevamente.

—No... no, realmente no valdría la pena. Estaré de mal humor si vengo.

—Por favor, quédese en Richmond entonces.

—Pero si me quedo allí estaré de peor humor todavía. Sufro solamente de pensar que todos ustedes estarán allá sin mí.

—Estos son inconvenientes que usted debe solucionar por sí mismo. Debe elegir su grado de mal humor. Yo ya no insistiré nuevamente.

Comenzaba a volver el resto de los invitados, y al poco tiempo todos estuvieron juntos. Unos se alegraron mucho de ver a Frank Churchill, otros expresaron menos emoción, pero cuando se habló sobre la desaparición de la señorita Jane, las lamentaciones fueron colectivas; y terminaron los comentarios cuando llegó la hora de que todos se fueran; y después de acordar rápidamente los detalles del proyecto del siguiente día, cada quien se marchó por su lado. El enojo de Frank Churchill se fue incrementando cuando se sintió excluido de todo eso, hasta el punto de que se dirigió a Emma y le dijo:

—Bueno... si usted desea que me quede y vaya con los otros mañana, entonces me quedaré encantado.

En señal de consentimiento ella le sonrió; y así, lo único en este mundo que lo haría volver con sus tíos antes de la tarde del día siguiente sería una orden de Richmond.

Capítulo XLIII

Para ir a Box Hill tuvieron muy buen día; y daba la impresión de que todas las situaciones externas de comodidad, de preparativos y puntualidad anunciaban un paseo campestre muy grato y maravilloso. El organizador, el intermediario entre Hartfield y la Vicaría, fue el señor Weston y todos llegaron a tiempo. La señorita Bates y su sobrina iban con los Elton; los hombres iban a caballo, Emma y Harriet iban juntas. La señora Weston se quedó con el señor Woodhouse. Solamente faltaba que disfrutaran del día cuando se encontraran allí. Con la ilusión de entretenerse recorrieron once kilómetros, y cuando llegaron hubo una manifestación colectiva de emoción y entusiasmo; pero, en general, el balance del día no fue muy alentador. Hubo una falta de animación, una falta de unión y compañerismo, una extrema apatía que no se pudieron superar. Rápidamente se formaron grupos independientes. El señor Knightley protegía a Jane y a la señorita Bates; los Elton caminaban juntos, y Emma y Harriet eran de Frank Churchill. E inútilmente el señor Weston intentaba lograr que entre ellos hubiese más armonía. Al comienzo, daba la impresión de que la división por grupos era casual, pero no se modificó en ningún instante. La verdad es que la señora y el señor Elton no estaban muy dispuestos a compartir con los otros ni a ser todo lo agradables que podían ser, pero en el transcurso de las dos horas completas que permanecieron en la colina reinó un ánimo tan fuerte de disgregación entre los otros grupos que era imposible cambiarlo con ninguna comida fría, ningún efusivo señor Weston, ninguna buena intención.

Inicialmente, Emma se aburría demasiado. Nunca había visto a Frank Churchill tan torpe y tan silencioso. No decía nada digno de escucharse... miraba sin ver... se asombraba sin ninguna razón... la escuchaba sin saber lo que estaba diciendo. Y cuando él estaba tan callado y tan apagado no era raro que Harriet lo estuviese todavía más, y los dos, en conjunto, eran insoportables.

La cosa fue algo mejor cuando se sentaron todos juntos; para el agrado de ella, mucho mejor, debido a que Frank Churchill estuvo más conversador y alegre, brindándole todo tipo de atenciones; tuvo para con Emma todas las atenciones que podía tener. Daba la impresión de que lo único que se proponía era entretenerla y serle agradable... y Emma, complacida, sin quejarse de que la halagara un poco, también se mostraba contenta y natural, le alentaba amigablemente permitiéndole ser galante, igual como se lo permitió en la primera y más emocionante etapa de su amistad; todo lo cual, no obstante, en esos instantes no significaba nada para ella, a pesar de que, en la opinión de la mayoría de las personas que los estaban mirando, parecía algo para lo cual en nuestro idioma solamente hay una palabra apropiada: coqueteo. "La señorita Emma coquetea mucho con el señor Frank". Es que ellos mismos provocaban que se pronunciara esta frase... y a que en una misiva se escribiera que una de esas damas iba a enviar a Maple Grove y otra a Irlanda. No es que Emma se sintiese feliz y evitara pensar en una dicha auténtica; más bien era porque se sentía menos dichosa de lo que esperaba. Se reía porque estaba desilusionada y, a pesar de que agradecía al muchacho sus cumplidos y los consideraba muy correctos, tanto si eran producto de la amistad, como de la admiración, como de un simple entretenimiento, no lograban ganar terreno en su corazón. Emma continuaba decidida a tenerlo solamente como amigo.

—No se imagina lo agradecido que estoy con usted —decía él— por haber insistido en que viniera hoy. Me hubiese perdido una excursión tan maravillosa como esta de no haber sido por usted. Yo estaba totalmente decidido a regresar ayer mismo a casa.

—Sí, se encontraba de muy mal humor; y claramente no sé por qué, si es que no era por haber llegado muy tarde para obtener las mejores fresas. Yo fui una amiga más gentil de lo que en realidad merecía. Por supuesto que usted fue humilde. Y me suplicó mucho que le ordenara acudir al paseo.

—No diga que me encontraba de mal humor, no es verdad. Estaba agotado. El calor es terrible para mí, me agota.

—Hoy hace más calor.

—No, yo no lo estoy sintiendo tanto. Estoy muy a gusto hoy.

—Está a gusto porque obedece órdenes,

—¿Órdenes de usted? Sí.

—Probablemente eso era lo que estaba esperando que me dijera, pero me refería a órdenes que usted mismo se daba. Se puede decir que ayer perdió los estribos y el control de sí mismo; hoy recuperó nuevamente este control... y como yo no puedo estar junto a usted siempre es mejor que dependa de las órdenes que se dé usted mismo y no de las mías.

—Viene a ser igual. Sin una razón yo no puedo controlarme a mí mismo. Usted me ordena, tanto si no dice nada como si habla. Y usted puede estar junto a mí siempre. Usted está conmigo siempre.

—Sí, desde las tres de la tarde de ayer. Mi influencia permanente no debía haber comenzado antes, de lo contrario, usted antes de esa hora no se hubiera puesto de tan mal humor.

—¡Las tres de la tarde de ayer! Para usted probablemente este sea el comienzo. Yo pienso que en el mes de febrero la vi por primera vez.

—En realidad no hay manera de responder a sus galanterías y halagos. Pero... —bajando la voz— solamente nosotros estamos hablando, y tal vez sea mucho decir tonterías para distraer a siete personas silenciosas, casi mudas.

—¡Yo no siento vergüenza de nada de lo que dije! —exclamó él con desenfadada viveza—. Yo la vi en el mes de febrero por primera vez. Y ya me pueden escuchar todos los de la colina. Y que el eco de mi voz llegue por una parte a Dorking y por otra a Mickleham. Sí, la primera ocasión la vi en el mes de febrero. —Y después, susurrando—: Creo que están medio dormidos nuestros compañeros. ¿Qué haremos para despertarlos? Será útil cualquier bobería. Les haremos hablar. ¡Señoras y señores! La señorita Emma Woodhouse, que en cualquier sitio en que esté siempre es la reina, me dio la orden de que les anuncie que quiere conocer en qué están pensando ahora.

Unos respondieron y rieron con mucho humor; la señorita Bates habló, y bastante; la señora Elton refunfuñó al escuchar que la señorita Emma era la reina; la respuesta más lógica y coherente fue la que dio el señor Knightley:

—Señorita Emma, ¿está segura de que le agradaría conocer todo lo que estamos pensando?

—¡Oh, no, no! —dijo Emma riendo y simulando toda la indiferencia que le fue posible—. No quisiera saberlo por nada del mundo. En estos instantes es lo que menos quiero. Dígame lo que sea menos lo que están pensando. No estoy refiriéndome a todos los presentes. Probablemente haya uno o dos —viendo primero al señor Weston y después a Harriet— cuyos pensamientos no tendría temor en conocer.

—Eso es algo —dijo con énfasis la señora Elton— que no me hubiese creído con derecho a solicitar. Aunque, por supuesto, siendo la señora de más respeto de las que nos encontramos aquí... jamás había asistido a ningún paseo... en el campo... señoras casadas... señoritas.

Protestaba dirigiéndose específicamente a su esposo; y él murmuró:

—Verdad, querida, tienes toda la razón; sí, sí, es precisamente como tú dices... yo jamás había escuchado... pero siempre hay muchachos que se arriesgan. Es mejor tomarlo como una broma. Todas las personas saben que se te debe respetar.

—No, eso no sirve —susurró Frank al oído de Emma—, casi todos se han ofendido. Con mucha más malicia los atacaré. ¡Señoras y señores! La señorita Emma me ordena que les diga que renuncia a su derecho de conocer con exactitud todo lo que están pensando, y solamente les solicita que cada uno de ustedes diga algo divertido, no importa lo que sea. Son siete ustedes, sin contarme a mí (que ya estoy diciendo algo entretenido, modestia aparte), y ella solamente solicita que cada uno de ustedes diga, en verso o prosa, algo muy ingenioso, como lo deseen, original o copiado de alguien, o diga dos cosas más o menos ingeniosas o tres cosas muy aburridas, y su compromiso es que se reirá con todas sus fuerzas de absolutamente todo lo que se diga aquí.

—¡Oh, maravilloso! —dijo la señorita Bates—. Eso sí que no me angustia. "Tres cosas muy aburridas". Eso es muy sencillo para mí, ¿eh? Solamente con abrir la boca estoy muy segura de poder decir rápidamente tres cosas muy aburridas, ¿cierto? —viendo a su alrededor como esperando humorísticamente el consentimiento de todos—. ¿A todos ustedes no les parece que será muy sencillo para mí?

Emma no pudo aguantarse.

—¡Ah, pero tal vez tenga un inconveniente! No sé... pero creo que para usted son muy pocas... solamente tres a la vez.

La señorita Bates, engañada por la solemnidad burlona de su expresión, no captó de inmediato lo que eso significaba, pero al entenderlo, a pesar de que no se enfadó, un tenue rubor evidenció que sí la había herido.

—¡Ah...! Bueno... sí, sí, por supuesto. Ya comprendo lo que quiere decir —dirigiéndose al señor Knightley—, y haré todo lo posible por callarme. Debo hacerme muy fastidiosa, porque de otra manera, la señorita Emma no habría dicho algo así a una vieja amiga.

—Me agrada su proposición —dijo el señor Weston—. ¡Aprobado, aprobado! Haré todo lo que esté a mi alcance. Estoy pensando un acertijo. ¿Qué les parece un acertijo?

—Bueno —contestó su hijo—, creo que no sea gran cosa, pero seremos condescendientes... sobre todo con quien tenga la valentía de comenzar.

—No, no —dijo Emma—, está muy bien. Un acertijo del señor Weston será útil para él y para el que sigue. Por favor, dígalo.

—Es que a mí tampoco me parece muy ingenioso —dijo el señor Weston—. Es muy fácil, pero se lo diré. ¿Cuáles son las dos letras del abecedario que expresan la perfección?

—¿Dos letras que expresan la perfección? No tengo ni la más mínima idea.

—¡Ah! Jamás podrán descubrirlo. Y tú —dirigiéndose a Emma— estoy completamente seguro de que no lo descubrirás nunca... Entonces te lo diré... La "*em*" y la "a"... Em...ma. ¿Entienden?

Las congratulaciones de todos se unieron al entendimiento. Como demostración de ingenio no era gran cosa, pero a Emma le agradó mucho y se rio bastante... e igual Frank y Harriet. Pero dio la impresión de que los demás presentes no quedaron tan satisfechos; unos lo oyeron inmutables y, con mucha seriedad, el señor Knightley dijo:

—El tipo de cosas ingeniosas que se nos pide lo ilustra muy bien este ejemplo, y el señor Weston salió airoso de la prueba, pero hubiera tenido que preguntar a los otros. Muy pronto se descubrió la "perfección".

—¡Oh! Por mi lado, les suplico que me saquen del juego —dijo la señora Elton—. Nunca sería capaz de acertar. Esa clase de cosas no me gustan ni en lo más mínimo. En una ocasión me enviaron un acróstico con mi propio nombre que no me agradó. Yo estaba segura de quien era el que me lo había enviado. Un pretendiente muy tonto. Ustedes saben de quien estoy hablando —señalando a su esposo con la cabeza—. Por Navidad ese tipo de cosas están perfectas, cuando se está sentado alrededor de la chimenea, pero, a mi juicio, están totalmente fuera de lugar cuando se realiza en verano y en un paseo campestre. La señorita Emma tendrá que disculparme. Definitivamente yo no soy una de esas personas que siempre dicen cosas ingeniosas para divertir a los demás. No tengo pretensiones de ser ingeniosa. Yo también poseo mucho ingenio, a mi manera, pero deseo que se me deje decidir cuándo debo hablar y cuándo prefiero guardar silencio. Es decir, que, le agradezco, señor Churchill, que nos omita. Omita al señor E., a Knightley, a Jane y a mí. Ninguno de nosotros tiene nada ingenioso que decir.

—Sí, sí, por favor, conmigo no cuente —agregó su esposo, con un aire de seriedad burlona—. Yo no tengo nada que comentar que pueda ser divertido para la señorita Emma o para cualquier otra muchacha. Un hombre casado y mayor... que no sirve ya para nada. Augusta, ¿paseamos?

—Sí, me encantaría. Ya estoy agotada de estar siempre en el mismo lugar. Jane, vamos, tómame del otro brazo.

No obstante, Jane no aceptó la oferta y los esposos se alejaron paseando.

—¡Aquí tienen un matrimonio dichoso! —dijo Frank Churchill cuando estuvieron lo bastante alejados para que no lo escucharan—. ¡Están hechos el uno para el otro! Eso sí que es una gran fortuna... Contraer matrimonio de manera tan acertada, conociéndose solamente de unas cuantas veladas... Pienso que en Bath solamente se trataron durante algunas semanas... ¡Qué fortuna más maravillosa! Ya que conocer profundamente el temperamento de una persona en Bath o en cualquier otro sitio parecido... no existe forma; es imposible conocerse. Solamente conociendo a las mujeres en su propia casa, en su ambiente, donde siempre se encuentran, puede tenerse una idea más o menos cercana de cómo son. Todo lo demás es intuición y buena fortuna cuando falta eso... y por lo general se tiene mala. ¡Cuántos hombres depositaron muchas ilusiones en una corta amistad y después por el resto de su existencia lo lamentaron!

La señorita Jane, que hasta ese momento había hablado muy poco, a excepción de con sus aliados, ahora se decidió a hablar.

—Esas cosas suceden, por supuesto...

Un acceso de tos la interrumpió. Frank Churchill giró hacia ella para oír.

—¿Decía usted? —dijo seriamente.

La muchacha recuperó la voz y continuó:

—Solamente iba a comentar que, a pesar de que esas situaciones tan desdichadas en ocasiones suceden tanto a mujeres como a hombres, no creo que sean tan habituales. Una atracción rápida e insensata puede ocasionarse... pero, generalmente, después hay tiempo para meditar. Lo que digo es que en el fondo solamente hay temperamentos débiles, sin poder de decisión (cuya dicha estará siempre supeditada al azar), que permitirán que una amistad poco afortunada sea una molestia y un obstáculo durante toda la existencia.

Él no respondió, continuaba viéndola e inclinó la cabeza como admitiendo su opinión y, luego, dijo en un tono muy desenfadado:

—Bueno, yo tengo tan poca confianza en mi propio juicio que espero que cuando contraiga matrimonio alguien elegirá esposa por mí. ¿Usted acepta la encomienda? —dijo dirigiéndose a Emma—. ¿Usted querrá elegirme esposa? No tengo duda de que la mujer que elija será de mi agrado. Este no sería el primer caso en mi familia, ya usted lo sabe —mirando, con una sonrisa, a su padre—. Por favor, busque alguien para mí. No tengo apuro. Instrúyala, aconséjela…

—¿Debo hacer que se asemeje a mí?

—¡Oh, por supuesto! Si eso es posible...

—Perfecto. Acepto la encomienda. Usted tendrá una esposa fascinante.

—Debe ser muy alegre y tener los ojos de color avellana. El resto me da lo mismo. Estaré dos años fuera del país y cuando regrese la visitaré para pedirle mi esposa. No lo olvide.

No había riesgo de que Emma lo pudiera olvidar. Era una encomienda que rendía honor a sus aficiones preferidas. ¿Acaso sería Harriet esa esposa que describió? Con excepción del color de los ojos, dos años más podrían transformarla exactamente en la mujer que él quería. Quizás incluso en esos instantes era en Harriet en quien él estaba pensando ¡Quién sabe! Aludir a que ella la educara daba la impresión de que se refería a la joven...

—Bueno —le dijo Jane a su tía—, ¿qué opinas si buscamos a la señora Elton?

—Querida, como quieras, me parece excelente. Yo estoy completamente dispuesta. Por mí parte ya me hubiera ido con ella, pero me da lo mismo ir ahora. De inmediato la alcanzaremos. Allí está... no, no es ella. Es una de las señoras del coche irlandés que no se le asemeja en nada... Bueno, debo confesarte...

Después de medio minuto se alejaron seguidas por el señor Knightley. Solamente se quedaron el señor Weston, su hijo, Harriet y Emma; y el buen humor del muchacho llegó ahora a extremos molestos. Emma incluso se cansó al final de tantos elogios y cumplidos, y quiso pasear calmadamente con alguien que no fuera él, o sentarse a reposar casi sola sin que nadie se fijara en ella, admirando serenamente el precioso paisaje que tenía delante de ella. La llegada de los sirvientes, que los buscaban para anunciarles que los coches estaban listos, más bien la contentó; y toda la algarabía de reunirse nuevamente y prepararse para el regreso, y el deseo de la señora Elton porque el primero que trajeran fuera su coche, lo toleró muy bien, pensando en la agradable perspectiva de una tranquila vuelta a su casa que pondría punto final a las inciertas diversiones de esa excursión campestre. Definitivamente, no iría nuevamente a otro paseo como ese al que asistieran tantas personas tan mal avenidas.

Cuando esperaba su coche, miró que el señor Knightley se le aproximaba para decirle algo. Él miró a su alrededor como para asegurarse de que nadie podía escucharles, y después dijo:

—Desearía hablar con usted una vez más, Emma, como habitualmente lo hago: un privilegio que imagino que usted más que aceptármelo, lo tolera, pero debo continuar usándolo. No puedo ver que usted actúa mal sin hacerle recriminaciones. ¿Cómo pudo ser tan inhumana con la señorita Bates? ¿Cómo pudo ser tan grosera con una mujer de su carácter, de su situación y de sus años? Jamás lo hubiera pensado de usted, Emma.

Emma recordó, se sonrojó, se sintió avergonzada, pero intentó tomarlo en broma.

—Bueno, no pude resistir la tentación de decirlo... Es que nadie la hubiera podido resistir No pienso que actué tan mal. Estoy casi segura de que no me comprendió.

—Pues le puedo asegurar que sí comprendió perfectamente lo que usted quería decir. Después lo ha estado diciendo. Y me hubiese encantado que hubiese podido escuchar con qué generosidad y con qué buena fe hablaba. Me hubiera encantado también que hubiese podido escucharla al elogiar la tolerancia, la comprensión, y la paciencia que tiene al brindarle a ella todas las atenciones que siempre ha recibido de su padre y de usted, a pesar de que su compañía debe ser muy molesta.

—¡Oh! —dijo Emma—. Estoy segura de que es la mujer más bondadosa de la tierra. Pero usted debe aceptar que en ella la ridiculez y la bondad van ligadas de la forma más terrible.

—Sí —dijo él—, acepto que son dos cosas que van ligadas en ella; y si estuviese en buena posición no tendría gran inconveniente en que, de una manera ocasional, la ridiculez predominara sobre la bondad. Si fuese una mujer millonaria dejaría que todas sus boberías inocuas tuviesen el comentario que merecen, y no la reprendería a usted por haberse permitido algunas libertades de expresión. Si su posición fuera semejante a la suya... pero, Emma, considere que este no es el caso ni muchísimo menos. Es pobre, se vino a menos y tuvo que dejar las comodidades que tenía desde que nació; y quizá, si todavía le quedan muchos años de existencia, deberá renunciar a muchas cosas más. Es obligado que en su circunstancia usted sienta compasión por ella. ¡No! ¡Usted hizo muy mal, muy mal! Usted, a quien ella ha conocido desde pequeña, que la vio crecer en un tiempo en el que su trato honraba a todos... que ahora sea precisamente usted la que, en un instante de vano orgullo y de ligereza, se ría de ella, que sea usted quien la humille de esa manera... y de paso delante de su sobrina... y delante de otros, muchos de los cuales (al menos algunos) se orientarán ciegamente por la forma en que usted la trate... Emma, eso no es digno de usted... y de ninguna manera a mí puede resultarme agradable, pero pienso que debo... sí, que debo, en lo posible, decirle estas verdades y tener el consuelo de estar seguro de que me he comportado como un auténtico y fiel amigo que la aconseja, y esperar que usted, un día u otro, se dé cuenta de que tengo razón.

Iban caminando hacia el coche, que ya estaba dispuesto, mientras conversaban; y antes de que Emma pudiera protestar, él ya la había ayudado a subir; el señor Knightley había interpretado mal las emociones que habían obligado a la muchacha a permanecer en silencio y cabizbaja. Solamente era una combinación de rabia consigo misma, de preocupación y de hondo desconsuelo. Le había sido imposible hablar, y cuando entró en el coche se dejó caer en el asiento, realmente consternada por unos momentos... después se recriminó a sí misma por no despedirse, por no haber aceptado la verdad de esas reprimendas, por haberle dado la impresión de estar molesta; se asomó a la ventana con el objetivo de enmendar su actitud de todas las formas posibles, pero ya era muy tarde. Él se alejó y los caballos comenzaban la marcha. Continuó mirando hacia atrás, pero inútilmente y, de inmediato, con lo que le pareció una rapidez mayor que la acostumbrada, se encontraron ya a media cuesta de la colina y todo quedó muy lejos. Emma se sentía más enfadada de lo que podía expresar con palabras... incluso más de lo que era capaz de ocultar. Jamás, en ningún instante de su existencia, se sintió tan preocupada, tan nerviosa, tan afligida. Esa escena fue superior a todo. Lo cierto de las recriminaciones que le habían hecho no se podía negar. De todo corazón lo sentía. ¡Cómo pudo haber sido tan cruel, tan inhumana, con la señorita Bates! ¿Cómo pudo exponerse a que los que la querían se formaran una opinión tan terrible de ella? ¿Y cómo permitió que el señor Knightley se alejara de su lado sin decirle ni una palabra de agradecimiento, de simple cariño, de aceptación de sus críticas?

No la consolaba el tiempo. Cuanto más analizaba todo lo que había sucedido, se sentía más hondamente avergonzada. Jamás había estado tan afligida. Por fortuna no era necesario que hablara, junto a ella solamente iba Harriet, que también daba la impresión de que estaba agotada, de mal humor y sin deseos de conversar; y durante casi todo el trayecto, Emma sintió que las lágrimas le corrían por la cara, sin que ningún hecho la forzara a contener esa manifestación de dolor e impotencia que en ella era muy poco habitual.

Capítulo XLIV

Emma solamente recordaba, durante toda la tarde, el sinsabor que le dejó la excursión a Box Hill. No sabía cómo los otros habían considerado ese paseo. Tal vez, cada quien en su casa y cada quien a su manera, pensarían en esa excursión con satisfacción, pero para ella fue la mañana más totalmente desperdiciada, más falta de toda indemnización sensata y que más quería que se borrara de su mente de todas las de su existencia. Significó la auténtica felicidad toda una tarde de jugar al chaquete con su padre. Ese era el mayor y el más real de sus placeres, debido a que consagraba las mejores horas de las veinticuatro de ese día a complacer a su padre; creía que, a pesar de no ser merecedora del hondo cariño y del seguro aprecio del señor Knightley, en general su comportamiento tampoco merecía una recriminación muy dura. Confiaba, como hija, en que no dejaba de tener corazón; esperaba que nadie podía decirle: "¿Cómo ha sido usted tan cruel con su padre? Pienso que debo... sí, que debo decirle esas verdades, mientras sea posible". La señorita Bates... ¡oh, no, jamás, jamás lo haría nuevamente! Si las atenciones que pudiera tener con ella en el mañana hacían que no recordara el pasado, estaba segura de que conseguiría ser disculpada. Se había comportado mal con ella frecuentemente, ahora se lo gritaba su conciencia. Tal vez se había comportado peor de pensamiento que de acción; fue poco amable y muy despectiva. Pero eso no sucedería de nuevo. Al día siguiente por la mañana iría a visitarla bajo el influjo de un auténtico arrepentimiento, y ese solamente sería, por su parte, el inicio de una relación justa, amistosa y permanente.

Seguía firme en su plan al día siguiente, y abandonó su casa muy temprano para que nada pudiese entorpecer su proyecto. Creyó que era muy posible encontrarse por el sendero al señor Knightley, o quizás él se presentara en casa de las Bates cuando ella estuviese de visita. No había ningún problema. No iba a sentir vergüenza de que vieran su castigo, tan merecido e impuesto por ella misma. Mientras caminaba, sus ojos no se apartaron de la dirección de Donwell, pero no pudo verlo.

"Están en casa todas las señoras". Palabras que jamás le produjeron mucha felicidad, como nunca antes de ese momento había caminado por ese pasillo ni subido esas escaleras con deseos de brindar un placer, sino solamente para cumplir con una responsabilidad, que no iba a darle ninguna satisfacción a no ser la del teatro de la ridiculez.

Al acercarse oyó un alboroto, palabras rápidas y pasos apresurados. Escuchó la voz de la señorita Bates que apuraba a alguien; daba la impresión de que la criada estaba confusa y asustada; le suplicó que aguardara un instante y después hizo que entrara muy pronto. Sobrina y tía huyeron al cuarto de al lado, y Emma tuvo la visión efímera de una Jane que parecía encontrarse muy mal; y antes de que la puerta terminara de cerrarse, escuchó que la señorita Bates comentaba:

—Querida Jane, diré que te acostaste y estoy completamente segura de que estás muy mal y necesitas descansar.

Humilde y cortés como era habitual en ella, la señora Bates no parecía haber comprendido muy bien todo lo que estaba sucediendo.

—Creo que Jane no está muy bien —dijo—, pero no estoy segura; ellas dicen que está bien. Pienso que mi hija vendrá inmediatamente, señorita Emma. Por favor, tome una silla y siéntese. Si Hetty no se hubiera marchado... Pero yo soy útil para tan poco... ¿Ya encontró la silla? Siéntese donde usted quiera. Mi hija viene en seguida, seguro.

Emma quería vehementemente que fuera de esa manera, por un instante sintió temor de que la señorita Bates no quisiera recibirla, pero ella apareció sin hacerla esperar mucho.

—¡Oh, qué feliz me hace verla! ¡No imagina cómo se lo agradezco!

Pero algo le decía a Emma que no hablaba con el mismo cariño de antes... que en sus modales y en sus palabras era menos natural. Esperaba que mostrarse sinceramente preocupada por Jane ayudaría a restituir la amabilidad de antes. La consecuencia fue inmediata.

—¡Ah!, señorita Emma... ¡es usted muy amable! imagino que habrá escuchado comentar... y viene a darnos consuelo. Lo cierto es que yo no doy la impresión de estar muy tranquila ni reanimada... —secándose una o dos lágrimas— pero es que para nosotras es muy doloroso alejarnos de ella después de tenerla en casa por tanto tiempo; y en este instante tiene un dolor de cabeza tan espantoso... por supuesto, que toda la mañana estuvo escribiendo... Y misivas tan extensas, ¿sabe usted?, debía escribirle a la señora Dixon y al coronel Campbell... "Jane, querida", le dije yo, "perderás la visión"... porque permanentemente tenía llenos de lágrimas los ojos. No es raro, no es raro. Es una gran transformación, y aunque tuvo una suerte asombrosa... un trabajo como este... Yo imagino que ninguna muchacha ha hallado jamás algo semejante la primera ocasión que lo intenta... Señorita Emma, no piense que no somos agradecidas...

Claro que nos damos cuenta de que ha tenido muchísima fortuna... —enjugándose unas lágrimas nuevamente— pero... ¡mi pobrecilla Jane...! ¡Si usted viera el dolor de cabeza que tiene! Cuando se sufre tanto, ya usted sabe que la buena fortuna no se puede apreciar como se debería... Y está tan afligida... Nadie si la pudiera ver diría que está tan feliz, que se siente tan contenta por haber logrado un trabajo como este. Usted ya disculpará que no salga a verla... pero es que no podría... se fue a su cuarto... yo le dije que se fuera a acostar. "Jane", le dije, "a todos les informaré que te acostaste"; pero la cierto es que no se acostó en la cama; da vueltas por el cuarto. Pero como ya tiene redactadas las misivas, dice que de inmediato se sentirá mejor. No se imagina, señorita Woodhouse, lo que lamentará el no poder verla, pero usted sabrá disculparla, ya que es muy comprensiva. La hicimos esperar en la puerta... ¡yo siento tanta vergüenza!... pero como había un poco de alboroto... ya que, verá, lo que sucedió fue que no la escuchamos llamar y hasta que estaba en la escalera no notamos que alguien venía. "Es la señora Cole", dije yo, "pueden estar completamente seguras. Solamente ella viene tan temprano". Y ella ha dicho: "Bueno, tendré que verla en algún momento, da lo mismo que sea ahora". Pero entonces entró Patty e informó que era usted. "¡Oh!", dije, "es la señorita Emma. No tengo dudas de que te encantará verla". Pero ella dijo: "No, no puedo recibir visitas de nadie", y se puso en pie y se marchó; y esta ha sido la razón por la que la hicimos esperar... lo sentimos mucho, estamos tan avergonzadas. "Querida, si tienes que marcharte, vete", le dije, "entonces diré que te fuiste a acostar".

Emma quedó auténticamente impresionada; cada vez, y desde hacía ya mucho tiempo, sentía más cariño por Jane, y la descripción de los sufrimientos por los que pasaba en esos instantes borraron de su mente todo recelo y sospecha, y solamente le inspiró misericordia. Y cuando recordó sentimientos menos gentiles y menos justos del pasado, se forzó a aceptar que era muy lógico que Jane decidiera ver a la señora Cole o a cualquier otra de sus amigas más firmes y consecuentes, y que no tolerara la simple idea de verla a ella. Entonces, habló en concordancia con sus emociones, quejándose de la situación y sintiéndose honestamente interesada por ella... deseando con sinceridad que los hechos que según le había referido en ese instante la señorita Bates eran ya una realidad, representaran los más grandes beneficios posibles para la señorita Jane. Dijo que entendía que para todos ellos era una prueba muy dura, pero que escuchó decir que se aplazaría hasta que el coronel Campbell volviera.

—¡Usted es muy amable! —dijo la señorita Bates—. ¡Pero es que usted es siempre tan gentil!

Emma no podía aguantar ese "siempre", y para evadir su terrible agradecimiento, preguntó de manera directa:

—¿Y adónde irá la señorita Jane, si me disculpa la curiosidad?

—A casa de la señora Smallridge... una mujer encantadora... de gran posición... cuidará de sus tres hijas... unas niñas hermosas y divinas. Era imposible suponer un empleo más conveniente, más ventajoso; con excepción de quizá la propia familia de la señora Suckling y la de la señora Bragge; pero la señora Smallridge es íntima amiga de ambas y vive no muy lejos de ellas...; solamente vive seis kilómetros de Maple Grove. Es decir, entonces, que Jane solamente estará a seis kilómetros de Maple Grove.

—Imagino que es la señora Elton a quien la señorita Jane debe...

—Sí, nuestra bondadosa señora Elton. La más leal e infatigable de las amigas. No hubiera admitido una negativa; no hubiese aceptado que Jane le dijera que no; porque en la primera ocasión que se lo comentó a Jane (eso fue anteayer, es decir, la mañana que visitamos Donwell), ella estaba totalmente decidida a no aceptar la oferta, y justamente por los motivos que usted ha referido; como usted ha dicho exactamente se había resuelto a comprometerse con nada hasta que regresara el coronel Campbell, y por el momento no había forma de convencerla de que aceptara ningún trabajo... y de esa manera se lo comunicó a la señora Elton una y otra vez... y Dios sabe que yo no tenía la más mínima idea de que cambiaría de opinión... Pero la señora Elton, tan bondadosa, que es tan aguda siempre, vio con más claridad que yo. Solamente ella era capaz de insistir de una manera tan gentil como lo hizo y no aceptó la respuesta de Jane... Se negó completamente a escribir ayer dando esta negativa, como Jane deseaba que lo hiciera; dijo que aguardaría... y sí señor, ayer por la tarde se convino que Jane aceptaría. ¡Quedé asombrada! ¡Yo no tenía ni idea! Jane apartó a la señora Elton y le dijo de inmediato que después de pensar sobre los beneficios del trabajo en casa de la señora Smallridge, decidió aceptarlo... Y hasta que todo estuvo resuelto yo no me enteré ni de una sola palabra de ello.

—¿En casa de la señora Elton ustedes pasaron la tarde?

—Sí, así fue, todos. La señora Elton insistió en que fuéramos. Lo resolvimos en la colina, al tiempo que paseábamos con el señor Knightley. "Todos ustedes vendrán a mi casa esta tarde, ¿cierto?", nos dijo; "quisiera que esta tarde todos vinieran a mi casa".

—El señor Knightley entonces también estuvo allí, ¿no?

—No, el señor Knightley no, él dijo ya desde el primer instante que no podía y, aunque yo pensaba que terminaría yendo, porque la señora

Elton afirmó que no aceptaba que se negara, no fue; pero mi mamá, Jane y yo, las tres, estuvimos y pasamos una tarde muy grata. Señorita Woodhouse, ya usted sabe, una siempre lo pasa muy bien entre amigos tan amables, aunque todos parecían estar algo cansados después de la excursión de la mañana. Eso ya se sabe, incluso distraerse y divertirse es agotador... y no es que pueda decir que dieran la impresión de que se hubiesen divertido bastante. Yo siempre pensaré, a pesar de todo, que fue una excursión muy grata y estoy muy agradecida con los buenos amigos que me hicieron la invitación.

—Pero imagino que la señorita Jane estuvo todo el día dándole vueltas al tema, aunque ustedes no lo notaran.

—Yo también lo imagino.

—Era obligatorio que cuando llegara este instante tanto ella, como todas sus amistades, lo sintieran... Pero espero que su empleo le sea lo más grato posible... Me estoy refiriendo al trato y al temperamento de esa familia.

—Apreciada señorita Emma, muchas gracias. Sí, lo cierto es que da la impresión de que no le faltará nada para ser completamente dichosa. Entre todas las amistades de la señora Elton, con excepción de las casas de los Bragge y de los Suckling y, no había otro cargo de institutriz en otra familia más distinguida y generosa. ¡Es una dama fascinante y encantadora la señora Smallridge! Tienen un tren de vida parecido al de Maple Grove... Y con respecto a los pequeños, con excepción de los Suckling y los Bragge, es imposible hallar criaturas más distinguidas y más finas. ¡Jane será tratada con mucho cariño y mucha delicadeza! Para con ella solamente tendrán atenciones, lo que se dice una existencia regalada... ¡Y qué salario! Señorita Woodhouse, es que yo no me arriesgo a mencionar ese salario delante de usted. Incluso usted, que está habituada a sumas tan altas, apenas podría pensar que a una mujer tan joven como Jane se le dé tanto dinero...

—Mire usted —dijo Emma—, si todos los demás pequeños son como yo recuerdo que era de niña, pienso que pagar cinco veces lo que se les da a las institutrices no es obsequiarles el dinero.

—¡Usted siempre tan generosa y comprensiva!

—¿La señorita Jane cuándo las dejará?

—Muy pronto, lo cierto es que muy pronto. Lo peor de todo es esto. Será dentro de quince días. Tiene mucha prisa la señora Smallridge. No sé cómo mi pobre mamá podrá aguantarlo. Por sacárselo de la cabeza yo hago lo que puedo y le digo: "Mamá, no pienses más en eso, vamos, por favor...".

—Sentirán mucho perderla todos sus amigos; y ¿al coronel y a la señora Campbell no les caerá mal que se haya comprometido a trabajar antes de que ellos vuelvan?

—Sí, Jane dice que no tiene dudas que lo lamentarán, pero, por supuesto, este es un trabajo que no se cree con derecho a no aceptar. ¡Yo me quedé tan asombrada cuando me contó lo que le dijo a la señora Elton, y cuando la señora Elton vino rápidamente a congratularme! Eso sucedió antes de tomar el té... no, aguarde... no pudo ser antes del té, porque comenzábamos a jugar a las barajas... pero, sí, sí, era antes del té, porque me acuerdo que pensé... ¡Oh, no! Ahora recuerdo, ya lo sé; antes del té sucedió algo, pero no esto. Al señor Elton lo llamaron antes del té, porque el hijo del anciano John Abdy deseaba charlar con él. ¡Pobre John...! Yo le tengo mucho cariño, durante veintisiete años trabajó para mi papá y ahora el pobre tiene muchos años, no puede levantarse de la cama y se siente muy mal con el reuma... Debo ir a visitarlo hoy mismo; y si Jane sale a la calle, estoy completamente segura de que también irá a verlo. Y el hijo del pobre John fue a conversar con el señor Elton para ver si podía ayudarlo en la parroquia, ¿sabe usted?, él se gana bien la vida, en la Corona le pagan bien, pero, a pesar de todo, necesita ayuda para sostener a su papá. Y cuando entró nuevamente, el señor Elton nos dijo lo que le había estado contando el mozo, John, y después se habló de que habían mandando a Randalls una carroza para buscar al señor Frank Churchill que tenía que regresar a Richmond. Exactamente eso es lo que sucedió antes del té. Y Jane, después del té, conversó con la señora Elton.

La señorita Bates escasamente le dio oportunidad a Emma de que dijera que ese hecho era totalmente novedoso para ella, pero, aunque sin pensar que fuese posible que pudiese ignorar alguno de los detalles de la ida del señor Frank Churchill, rápidamente se los contó todos, la muchacha no tuvo que hacer ninguna pregunta.

El señor Elton de lo que se había enterado a través del mozo era la suma de lo que este conocía y de lo que sabían los sirvientes de Randalls. Llegó un mensajero de Richmond, después de la vuelta de la excursión a Box Hill, que traía información que no produjo ningún asombro; el señor Churchill escribió una carta a su sobrino en la que le mencionaba el estado de salud, algo normal, de la señora Churchill, y solamente le suplicaba que volviera, a más tardar, por la mañana del siguiente día; sin embargo, el señor Frank Churchill había decidido volver de inmediato sin más demoras y, como al parecer, su caballo tenía un enfriamiento, Tom salió rápidamente a buscar la silla de posta de la Corona, y el hijo de John Abdy lo había hallado por el sendero y se había dejado adelantar por él, ya que iba conduciendo con mano muy firme y muy rápidamente.

Absolutamente nada de todo eso era ni muy interesante ni asombroso, y solamente llamó la atención de Emma cuando esta lo vinculó con el caso que la angustiaba en esos instantes. Pensando en el contraste entre los caprichos que se permitía la señora Churchill y la vida de Jane quedó completamente impactada: una lo tenía absolutamente todo, otra casi no tenía nada... Y estuvo meditando sobre la diversidad del sino de algunas mujeres, completamente ajena a lo que tenía a su alrededor, hasta que se sobresaltó cuando escuchó a la señorita Bates decir:

—¡Sí! Por supuesto, ya sé en lo que usted está pensando... el piano. ¿Qué haremos con el piano? Sí, sí, es verdad. La pobre Jane en este momento comentaba con respecto a eso. Hablaba con el piano y le decía: "Debes irte de aquí. Nos tendremos que separar. Ya no servirás para nada en este lugar...". Y después nos dijo a nosotras: "Pero hasta que regrese el coronel Campbell no lo toquen. Yo conversaré con él y luego se lo llevará; él me ayudará a solucionar todos mis inconvenientes...". Y hoy pienso que no sabe todavía si fue un obsequio del coronel o de su hija, estoy segura.

Entonces, Emma se vio forzada a pensar en el piano y el recuerdo de todas sus viejas teorías injustas llenas de fantasías le fue tan doloroso, que no tardó en pensar que la visita ya había sido lo bastante extensa y se despidió, después de repetir todo lo que consideraba necesario decir en cuanto a buenos y sinceros deseos se refiere.

CAPÍTULO XLV

Las reflexiones de Emma no fueron interrumpidas mientras volvía caminando a su casa, pero cuando entró en la sala encontró allí a quienes debían distraerla de sus pensamientos. Durante su ausencia, el señor Knightley y Harriet llegaron y se encontraban charlando con su padre. Cuando la vio, el señor Knightley se puso de pie de inmediato, y con un tono más serio que el habitual comentó:

—No me quería ir sin venir a verla, pero no puedo perder tiempo, es decir, que tengo que ir directamente a la cuestión. Viajaré a Londres a pasar unos días con Isabella y John. ¿Usted desea que les lleve o les diga algo de su parte, además del "cariño" que nunca por una tercera persona puede transmitirse?

—No, no, nada. Pero, ¿usted lo ha resuelto repentinamente?

—Pues... sí... más bien sí... Se me ha ocurrido la idea hace poco.

Emma no tenía dudas de que él no la había perdonado, su actitud era diferente. Sin embargo, el tiempo le convencería de que volverían a ser amigos. Él continuaba de pie, como dispuesto a marcharse de un instante a otro, pero sin terminar de hacerlo, su padre comenzó a hacer preguntas.

—Bueno, querida, ¿no te ha sucedido nada por el camino? ¿Cómo encontraste a mi buena amiga y a su hija? Estoy seguro de que estuvieron muy felices de que fueras a visitarlas. Emma fue a ver a la señora y a la señorita Bates, señor Knightley, como ya le dije antes. Es tan atenta con ellas siempre...

Al escuchar un halago tan inmerecido, Emma se ruborizó y, sonriendo y negando con la cabeza, gesto que no pudo ser más elocuente, vio al señor Knightley... Pensó percibir una señal instantánea en su favor, como si los ojos de él vieran en los suyos la auténtica verdad y todos esos excelentes sentimientos de Emma en un instante fueran entendidos y honrados... Él la miraba con cariño. Emma se sentía suficientemente recompensada... y más todavía cuando después de un instante él hizo un gesto que evidenciaba algo más que una amistad... Le tomó la mano con mucha ternura... En ese momento, Emma no hubiera podido decir si no fue ella quien hizo el movimiento inicial... tal vez, más bien se la ofreció sin darse cuenta... pero él le cogió la mano, la apretó suavemente y casi se la llevó a los labios... pero algo hizo que cambiara de idea y la dejó caer con brusquedad... Ella no podía intuir por qué él cambió de opinión cuando solamente faltaba completar la acción... Para Emma hubiese sido preferible llegar hasta el fin... Pero era indudable la intención; y ya fuera porque eso iba en contra de sus maneras poco galantes, ya por cualquier otra razón, pensó que nada le sentaba mejor... En él era un gesto tan simple y, a la vez, tan caballeresco... Muy complacida, Emma recordaba el intento. Demostraba una amistad tan afable... Luego, de inmediato, él se despidió... y se marchó rápidamente. Con una seguridad enemiga de toda demora y de toda indecisión, el señor Knightley siempre hacía todo, pero en esos instantes su partida parecía más súbita de lo que los tenía acostumbrados.

Emma no se quejaba de haber ido a la casa de la señorita Bates, pero para ella hubiese sido preferible haber salido de allí diez minutos antes; le hubiese encantado poder hablar con el señor Knightley sobre el trabajo de Jane... Tampoco se quejaba de que visitara a la familia de Brunswick Square, porque estaba segura de la felicidad que traería su visita... pero también hubiese preferido que eligiera una mejor época...

y que se hubiese enterado de su viaje con más anticipación... Pero se separaron de manera muy amigable. De lo que quería decir su galantería y su actitud, Emma no podía dudar, todo eso tenía por finalidad darle la seguridad de que tenía buena opinión de ella nuevamente... Más de media hora había permanecido en Hartfield el señor Knightley... ¡Pero qué lástima que no hubiese regresado antes!

Con la esperanza de poder distraer a su padre de la ingrata impresión del viaje a Londres del señor Knightley (¡un viaje tan apresurado, y teniendo en cuenta además que se iba a caballo, lo que podía significar un gran riesgo!), Emma le informó las noticias sobre Jane, y sus palabras provocaron el efecto que deseaba; logró distraerlo... e interesarlo, sin que se preocupara. Hacía ya mucho tiempo que el señor Woodhouse se hizo a la idea de que Jane iba a trabajar como institutriz y podía hablar de ello serenamente, pero el viaje tan precipitado para Londres del señor Knightley fue un golpe imprevisto.

—No te imaginas lo que me hace feliz saber que ha hallado un trabajo tan adecuado. La señora Elton es excelente persona y también muy agradable y no tengo dudas de que sus amigos son como deben ser. Espero que el clima sea seco y que cuiden de su salud. Deben darle todas las atenciones, como estoy seguro yo siempre las tuve con la pobre señorita Taylor. Querida, para esa señora, ella será igual que la señorita Taylor era para nosotros. Y confío en que será más afortunada en un aspecto y no la forzarán a irse para contraer matrimonio después de haber permanecido tanto tiempo en la casa.

Las informaciones que se recibieron de Richmond al siguiente día hicieron olvidar todos los demás sucesos. ¡A Randalls llegó alguien para notificar el fallecimiento de la señora Churchill! A pesar de que no le dieron a su sobrino razones de alarma para que volviera rápidamente, al llegar apenas le restaban treinta y seis horas de vida a su tía. Un súbito ataque, de una patología de naturaleza diferente de lo que hacía pronosticar su estado general, le había ocasionado la muerte después de una agonía muy corta. ¡Dejó de existir la gran señora Churchill!

Su fallecimiento fue muy sentido, como deben sentirse esas cosas. Todas las personas se mostraron serias, un poco apenadas; piadosas para con la que se fue, honestamente interesadas por los amigos que la sobrevivían y, después de un tiempo razonable, curiosas por saber dónde sería sepultada. Goldsmith dice que cuando una mujer fascinante y encantadora comienza a volverse algo loca es preferible que se muera; y que cuando comienza a volverse desagradable, también es esta la mejor solución para no adquirir mala fama. Después de haber sido detestada, por lo menos durante veinticinco años, la señora Churchill en este momento hubiera podido escuchar cómo se comentaba sobre ella con misericordiosa y gentil benevolencia. Había demostrado tener razón en un hecho. Jamás nadie, hasta entonces, creyó que estaba gravemente enferma. Su defunción justificó, pues, todos los males imaginarios que inventaba su egoísmo y todas sus manías,

"¡Pobrecita la señora Churchill! Sin duda había padecido demasiado, más de lo que nadie había imaginado... y el dolor y el sufrimiento continuos siempre amargan el carácter. Un suceso muy lamentable... deja un enorme vacío... a pesar de todos sus defectos... ¿Y ahora qué hará el señor Churchill sin ella? Realmente, la pérdida es irreparable para el señor Churchill. El señor Churchill jamás logrará sobreponerse a ella...". Cabeceando con tristeza y adoptando un tono solemne, el señor Weston dijo:

—¡Ah! ¡Quién lo hubiera pensado! ¡Pobre mujer!

Y decidió que su luto sería lo más riguroso posible; al tiempo que su esposa, inclinada sobre sus anchos dobladillos, suspiraba hondamente y hacía comentarios llenos de sensatez y de compasión profunda y sincera. Lo primero que se le ocurrió a los dos fue preguntarse qué consecuencias iba a tener ese hecho para Frank. También fue esta una de las primeras cosas en las que Emma pensó. El carácter de la señora Churchill, la tristeza de su esposo... con mucho respeto y compasión pensaba en ellos... y después, con una visión menos lúgubre, pensó hasta qué punto ese suceso afectaría a Frank, y hasta qué punto podía liberarle o ser ventajoso para él. En un instante pensó prever todos los beneficios posibles. Sus relaciones con Harriet ahora no encontrarían ningún inconveniente. Al señor Churchill nadie le tenía temor, ya que su esposa dejó de ejercer alguna influencia sobre él; un hombre extremadamente dócil, sumiso, con una personalidad muy blanda, a quien su sobrino podría convencer completamente, y de todo. Entonces, lo único que quedaba por desear era que el sobrino fijara su atención en una mujer específica y, a pesar de la muy buena voluntad que evidenciaba en esa causa, Emma no estaba segura de que eso fuese ya un hecho real y auténtico.

En aquella ocasión, Harriet se comportó muy bien, con mucho dominio de sí misma. Fueran cuales fuesen las ilusiones que el hecho le permitió alimentar, no reveló nada de sus sentimientos. Emma quedó muy satisfecha cuando se dio cuenta de esta muestra de que su temperamento se estaba fortaleciendo, y se abstuvo de hacer la más mínima referencia que pudiera debilitar su seguridad. Entonces, ambas amigas conversaron, con mucha prudencia, sobre el fallecimiento de la señora Churchill.

Se recibieron en Randalls varias cortas misivas de Frank Churchill, informándoles lo más importante de su presente situación y de sus proyectos inmediatos. El estado de ánimo del señor Churchill era mucho mejor de lo que pudiera esperarse y cuando el cortejo fúnebre partió hacia el condado de York, la primera visita que hizo fue a un antiguo amigo suyo que habitaba en Windsor y a quien el señor Churchill, desde hacía diez años, le había prometido que visitaría. Por ahora, nada podía hacerse por Harriet; por parte de Emma solamente le era posible expresar buenos deseos para el porvenir.

Prestar atención a Jane Fairfax era mucho más urgente, cuyo futuro se oscurecía tanto como se aclaraba el de Harriet, y cuyos inminentes compromisos no dejaban que nadie de Highbury que quisiera mostrarse amable con ella, se demorara lo más mínimo, ya que quedaba muy poco tiempo... y justamente este era el deseo que dominaba a Emma en este momento. Nunca lamentó tanto la actitud fría que en otras épocas había tenido para con ella; y la misma persona que le había sido completamente indiferente por tantos meses, en estos instantes era con la que consideraba que tenía más deudas, a quien hubiera distinguido con toda su simpatía y con su cariño. Deseaba serle útil, quería demostrarle que valoraba su compañía, que pensaba que ella era digna de consideración y de respeto. Decidió convencerla para que pasara un día en Hartfield con ella. Y redactó una nota invitándola. Con una sencilla respuesta verbal la invitación fue elegantemente rechazada. "La señorita Fairfax no está en condiciones de escribir"; y cuando esa misma mañana el señor Perry visitó Hartfield, se conoció que la muchacha estuvo tan mal que un doctor había tenido que ir a visitarla, incluso en contra de su voluntad, y que padecía un dolor de cabeza tan fuerte y una fiebre nerviosa tal que había muchas dudas sobre si pudiera visitar la casa de la señora Smallridge durante los días que se acordaron. Pero, por ahora, su salud no podía ser más frágil... perdió el apetito completamente... y, a pesar de que no existía ningún síntoma declaradamente preocupante, nada que pudiera hacer pensar en su vieja patología pulmonar, que era a lo que más le tenía temor su familia, el señor Perry estaba muy preocupado por Jane. La señorita Fairfax, según su opinión, había abusado de sus fuerzas y, a pesar de que ella entendía que era de esa manera, no quería aceptarlo. Estaba muy afligida. Para su estado de nervios —comentó el médico— la casa donde vive no es la más adecuada... siempre encerrada en un cuarto... él hubiese aconsejado otro tipo de vida... Y con respecto a su tía, a pesar de que era una vieja amiga del señor Perry, este debía decir que no era la persona más adecuada para acompañar a una enferma como Jane. No había dudas de que la atendía y cuidaba con esmero; solamente que, realmente, la atendía y cuidaba excesivamente. Y él se temía que esos cuidados, más que ayudarla a mejorar, la empeoraban. Muy preocupada, Emma le oía, cada vez más afligida por esa circunstancia y presurosa por hallar la forma de poder serle útil. Aunque solamente fuera por una o dos fallas... alejarla de su tía, hacer que cambie de aires y de paisaje, brindarle una charla sensata y serena, aunque solamente fuera por una o dos horas, le haría mucho bien. Y le escribió nuevamente, a la mañana siguiente, con las palabras más cariñosas posibles que se le ocurrieron, diciéndole que, a la hora que Jane prefiriera, iría a buscarla en su coche... señalando que tenía el consentimiento del señor Perry, quien estaba completamente de acuerdo en que su paciente hiciera algo de ejercicio. En esta corta nota llegó la respuesta:

"De parte de la señorita Fairfax, muchas gracias y cariñosos saludos, pero no está en condiciones de hacer ningún tipo de actividad física".

Tuvo la sensación Emma de que su nota era merecedora de algo mejor, pero no era posible combatir contra esas palabras, cuya temblorosa desigualdad decía muy claramente que fueron escritas por una enferma y solamente pensó en cuál podía ser la mejor manera para vencer su rechazo a ser ayudada y vista; por lo tanto, mandó a preparar el coche, a pesar de esta respuesta, y fue a casa de la señora Bates con la esperanza de convencer a Jane de que paseara con ella, pero fue inútil; la señorita Bates se dirigió hasta la puerta del coche agradeciendo infinitamente la atención y afirmando que estaba completamente de acuerdo con ella en cuanto que tomar un poco el aire sería sumamente beneficioso para Jane.. y actuando de intermediaria entre las dos hizo lo que humanamente pudo para tratar de convencer a su sobrina, pero todo fue inútil. La señorita Bates se vio forzada a volver sin haber logrado su objetivo, no había manera de que Jane dejara que la convencieran, la sencilla propuesta de pasear parecía que le hacía sentirse mucho peor... Emma quería verla y demostrar su poder de persuasión, pero antes de que pudiera manifestar su deseo, la señorita Bates le comentó que le prometió a su sobrina que no permitiría que la señorita Woodhouse la visitara.

—Lo cierto es que la pobre Jane no quiere ver a nadie... a nadie en absoluto... Por supuesto que la señora Cole ha insistido tanto... y como la señora Perry también ha demostrado mucho interés en su salud, y a la señora Elton no le hemos podido decir que no... Pero Jane no recibe visitas de nadie, claro, con excepción de estos casos que le mencioné antes.

Emma no quería colocarse al mismo nivel que la señora Perry, la señora Cole y la señora Elton, que casi por la fuerza logran entrar en todos los lugares; no pensaba tampoco tener algún derecho preferencial... se resignó, por lo tanto, y las siguientes preguntas que le hizo a la señorita Bates solamente se referían al deseo de ayudarla en lo que necesitara, al apetito de su sobrina y a lo que comía. Sobre este asunto, la pobre señorita Bates fue muy comunicativa, estaba muy abatida, Jane apenas comía... el señor Perry le aconsejaba que tomara alimentos reconstituyentes, pero ella rechazaba todo lo que le daban (y Dios sabía muy bien que nadie como ellos podían sentirse orgullosos de tener excelentes vecinos).

Cuando Emma volvió a su casa llamó de inmediato a su ama de llaves para que la ayudara a revisar las alacenas y envió rápidamente a casa de la señorita Bates una buena cantidad de arrurruz de excelente calidad, con una nota redactada en los términos más amigables. Después de media hora, devolvían el arrurruz con mil gracias de parte de la señorita Bates, pero "mi querida Jane no ha estado calmada hasta estar segura de que lo habíamos devuelto, es algo que ella no iba a poder tomar... e insiste, una vez más, en asegurar que no necesita nada, muchas gracias".

Tiempo después, cuando Emma escuchó comentar que vieron a Jane Fairfax paseando por las campiñas, cerca de Highbury, la tarde del mismo día en el que, con el pretexto de que no se encontraba en condiciones de ejercitarse, rechazó tan radicalmente su oferta de salir con ella en el coche, ya no tuvo la más mínima duda, teniendo en cuenta todas esas señales, que Jane estaba resuelta a no aceptar ninguna ayuda de ella. Emma lo sintió mucho de verdad. Estaba muy dolida viéndose en una situación como esa, tal vez la más triste de todas, sintiéndose preocupada, notando que todo lo que hiciera sería en vano y de que contra eso no podía luchar; y se sentía humillada, ya que le daba muy poco crédito a sus atenciones y buenos sentimientos y la consideraba tan poco digna de ser su amiga, pero se consolaba pensando que sus intenciones eran muy buenas y diciéndose a sí misma que si el señor Knightley conociera todos sus intentos para ayudar a Jane, si incluso hubiera logrado leer en su corazón, no hubiera encontrado razones para hacerle alguna recriminación en esta ocasión.

CAPÍTULO XLVI

Pasados unos diez días después del fallecimiento de la señora Churchill, cierta mañana, Emma bajó las escaleras rápidamente y llegó a la puerta del salón para recibir al señor Weston, que "solamente se podía quedar cinco minutos y tenía que hablar urgentemente con ella". El señor Weston, después de saludarla en su acostumbrado tono de voz, de inmediato se le acercó y le dijo al oído para que no lo escuchara su padre:

—¿Usted puede venir conmigo a Randalls ahora mismo? Venga, por favor. La señora Weston desea verla. Necesita hablar con usted.

—¿Está mal? ¿No se siente bien?

—No, no, para nada, solamente algo nerviosa. Ella misma hubiese hecho preparar el coche y venir, pero debe verla a solas y, bueno, aquí... —indicando con la cabeza a su padre—. Entonces... ¿usted puede venir conmigo?

—Por supuesto. En este instante si desea. No me es posible decir que no a algo que me pide de esta forma. Pero dígame ¿qué sucede? ¿Realmente no se encuentra enferma?

—No, no, no es nada de eso... Emma, no pregunte más. Ya lo sabrá todo. ¡No lo va a creer...! Pero ¡vamos, vamos, por favor!

A Emma incluso no le era posible presagiar el significado que todo eso tenía. Dedujo por su tono que era una cosa de mucho peso, pero como su amiga estaba bien, trató de calmarse y, tras notificarle a su padre que saldría a pasear, ella y el señor Weston no tardaron en abandonar la casa y caminar hacia Randalls.

—Señor Weston —dijo Emma, cuando ya se alejaron lo suficiente de la reja de la casa—, ahora cuénteme lo que ha sucedido.

—No, no —dijo él con mucha seriedad—, por favor, a mí no me lo pregunte. Le prometí a mi esposa que la dejaría decírselo todo. Estoy seguro de que ella se lo dirá de mejor manera que yo. Emma, no sea impaciente, lo sabrá absolutamente todo dentro de un instante.

—No, por favor, dígamelo en este instante —dijo Emma deteniéndose espantada—. Señor Weston, ¡por Dios!, dígamelo de inmediato... ha sucedido algo en Brunswick Square, ¿cierto? Sí, estoy completamente segura. En este momento cuénteme todo lo que ha sucedido, dígamelo.

—No, no, usted está en un error...

—No juegue así conmigo, señor Weston... solamente imagine cuántos seres queridos ahora tengo en Brunswick Square. ¿Pero dígame cuál de ellos es? No trate de escondérmelo, por lo más sagrado, se lo ruego...

—Le doy mi palabra, Emma...

—¿Mejor por qué no me lo jura? Si es una cosa que no tiene que ver con ellos, ¿por qué no me lo jura? ¡Por Dios santo! ¿Qué pueden tener que informarme que no se refiera a un miembro de esa familia?

—Se lo juro —dijo él seriamente— que no tiene relación con ellos. No tiene la más mínima vinculación con alguien que se apellide Knightley.

Emma se animó y continuó caminando.

—Definitivamente, me he expresado mal —continuó diciendo el señor Weston— cuando dije que era algo que teníamos que informarle. No hubiera tenido que decírselo de esa manera. Realmente a usted no le concierne... solamente me concierne a mí... es decir, eso es lo que esperamos... Sí, eso es... resumidamente, mi querida Emma, que no hay razones para que pierda la tranquilidad. No es que diga que no se trata de una cuestión desagradable... pero podrían ser mucho peor las cosas... si apresuramos el paso llegaremos rápidamente a Randalls.

Emma entendió que debía aguardar, y en ese instante ya no le exigía tanto esfuerzo, por lo que no hizo más preguntas, dedicándose sencillamente a dejar volar su imaginación, y ello no tardó en llevarle a la suposición de que debía tratarse de algún inconveniente de dinero... un hecho poco grato que se habría acabado de descubrir en el seno de la familia... algo de lo que se habrían enterado gracias a la reciente muerte de la señora Churchill. Era incansable su fantasía. Quizá media docena de hijos naturales... ¡Y desheredado el pobre Frank! Una cosa así no era muy grata, pero tampoco era como para angustiarla. Solamente le inspiraba algo más que una leve curiosidad.

—¿Pero quién es ese señor a caballo? —dijo ella al tiempo que continuaban caminando.

Emma conversaba sobre todo con la intención de ayudar al señor Weston a guardar su secreto.

—No lo sé... uno de los Otway... no es Frank; le juro que no es Frank. Usted no lo verá. Está a medio camino de Windsor a estas horas.

—Entonces es que los ha visitado, ¿no?

—¡Oh, sí! ¿No lo sabía? Bueno, no es importante.

Se mantuvo en silencio por unos instantes y después agregó en un tono mucho más grave y cauteloso:

—Sí, solamente para saber cómo estábamos, Frank ha venido a vernos esta mañana.

Apresuraron el paso y no tardaron en llegar a Randalls.

—Bueno, querida —dijo cuando entró en el salón—, ya ves que te la traje; ahora imagino que pronto te sentirás mejor. Las dejaré solas. Continuar posponiéndolo no serviría de nada. Por si me necesitan, estaré cerca.

Y Emma escuchó con claridad que agregaba en voz más baja antes de dejar el salón:

—No tiene ni la menor idea, he cumplido mi palabra.

La señora Weston tenía tan mala apariencia y parecía tan angustiada que la intranquilidad de Emma se incrementó, y apenas se quedaron solas la joven dijo con prisa:

—Mi querida amiga, ¿qué sucede? Veo que ha ocurrido algo muy desagradable, de inmediato, dime de qué se trata. Durante todo el camino he venido sin saber qué pensar. Ambas detestamos los misterios. No me mantengas en esta incertidumbre por más tiempo. Sea lo que sea, te hará mucho bien hablar de esta tragedia.

—¿Es verdad que todavía no sabes nada? —dijo, con voz trémula, la señora Weston—. Mi querida Emma, ¿no adivinas... eres incapaz de adivinar lo que vas a escuchar?

—Imagino que es algo con respecto al señor Frank Churchill, ¿no?

—Sí, acertaste. Es algo que se refiere a él, y te lo diré sin más rodeos —reemprendiendo su actividad y pareciendo resuelta a no levantar los ojos de ella—; ha venido a vernos esta misma mañana para decirnos algo inimaginable, increíble. No puedes suponer la sorpresa que tuvimos. Vino para hablar con su papá... para comunicarle que estaba enamorado...

Para tomar aliento, se interrumpió. Primero, Emma pensó en sí misma y después en Harriet.

—Bueno, realmente se trata de algo más que de un enamoramiento —continuó diciendo la señora Weston—, es todo un compromiso... un compromiso de matrimonio en todo orden... ¿Emma, qué vas a decir... qué dirán los demás cuando sepan que la señorita Jane Fairfax y Frank Churchill están comprometidos, mejor dicho, ¡que hace ya mucho tiempo que están comprometidos!?

Boquiabierta, Emma se incorporó... y, desconcertada, exclamó.

—¡Jane Fairfax! ¡Por Dios! No puedo creerlo. ¿No estarás hablando en serio?

—Entiendo que te sorprendas —continuó la señora Weston sin alzar todavía los ojos y hablando rápidamente para que Emma tuviese tiempo de recuperarse—, entiendo que te quedes sorprendida. Pero es de esa manera. Existe un compromiso formal entre ellos desde el pasado mes de octubre... la cosa sucedió en Weymouth y para todos ha sido un secreto. Nadie más lo sabía... ni la familia de ella ni la de él ni los Campbell... Es algo tan extraño y fuera de lo común que, a pesar de que estoy completamente convencida del hecho, me resulta increíble. Apenas lo puedo creer... yo que pensaba que lo conocía...

Emma apenas escuchaba lo que le decían... entre dos ideas se encontraba dividida su mente... Las charlas que ambos habían mantenido tiempo atrás con respecto a la señorita Fairfax y la pobre Harriet, y por un momento solamente fue capaz de emitir expresiones de asombro y de pedir una y otra vez que le confirmaran la noticia.

—Bueno —dijo finalmente intentando controlarse—; es algo en lo que tendré que pensar por lo menos medio día antes de lograr entenderlo del todo... ¡Vaya!... Durante todo el invierno ha estado comprometido con ella... antes de que ninguno de los dos llegara a Highbury, ¿no?

—En el mes de octubre se comprometieron... secretamente... Emma, eso me ha entristecido mucho, muchísimo. También a su papá le ha dolido mucho. Hay detalles en su comportamiento que no podemos disculpar.

Durante unos instantes, Emma reflexionó y después contestó:

—No pretenderé que no te comprendo y para consolarte, dentro de lo que me es posible, te diré que puedes estar segura que sus atenciones para conmigo no han tenido el efecto al que le tienes temor.

La señora Weston, como sin atreverse a creer lo que escuchaba, alzó la mirada, pero la actitud de Emma era tan firme como sus palabras.

—Para que tengas menos inconveniente en creer esta pedantería de que ahora me es completamente indiferente —continuó diciendo—, te diré algo más: que hubo un tiempo en los primeros momentos de nuestra amistad en que me sentía muy atraída por él, en que estaba muy inclinada a enamorarme de él... es decir, en que estuve enamorada... y quizá lo más curioso es cómo finalizó ese enamoramiento. Pero, por suerte, el hecho es que finalizó, y lo cierto es que hace ya tiempo, por lo menos estos últimos tres meses, que ya no me siento atraída por él. Esta es la auténtica verdad, puedes creerme.

Con lágrimas de alegría, la señora Weston la besó y, cuando logró articular unas palabras, le juró que lo que le había dicho recientemente le había hecho mucho bien, más que ninguna otra cosa en el mundo.

—Casi tanto como yo, el señor Weston se alegrará —dijo ella—. Este detalle nos ha preocupado mucho. Era nuestro mayor deseo el que se sintieran atraídos el uno por el otro. Y nosotros estábamos convencidos de que había sido así... suponte lo que hemos sufrido por ti cuando supimos todo eso.

—Me salvé de este peligro, y salvarme es una grata sorpresa tanto para ustedes como para mí. Pero eso no lo libera de su responsabilidad, y debo decir que su actuación me parece muy censurable. ¿Pero qué derecho tenía a presentarse aquí de una forma tan desenvuelta estando ya prometido?[21] ¿Pero qué derecho tenía a querer ser agradable (porque eso es lo que hizo), a distinguir a una joven con sus permanentes atenciones (como lo hizo), cuando realmente ya pertenecía a otra? ¿Cómo no pensaba en el daño que podía hacer? ¿Cómo no pensaba que me podía inducir a enamorarme de él? Todo esto es completamente reprobable, es indigno.

—Mi querida Emma, por algo que él dijo yo más bien supongo...

—Y ¿ella cómo podía aguantar un comportamiento semejante? ¡Mirarlo todo con tanta sangre fría! ¡Mirar cómo se tenían permanentes atenciones con otra mujer, en su presencia, sin demostrar nada! ¡Esta es una especie de impasibilidad que no puedo ni entender ni respetar!

—Emma, entre ellos había muchas desavenencias, él lo ha dicho muy claramente. No tuvo tiempo de dar muchas explicaciones. Solamente ha permanecido aquí un cuarto de hora y su emoción no le dejaba aprovechar el poco tiempo que tenía... pero que había desacuerdos entre ellos lo dijo explícitamente. Parece ser que este fue el motivo de esta crisis de ahora y, posiblemente, las desavenencias surgieron debido a lo impropio de su actuación.

—¡Oh, querida, al censurarle eres muy benigna! ¡Impropio! ¡Mucho peor que impropio, mucho peor! Fue algo que le ha desmerecido mucho a mis ojos... ¡Oh, tanto...! ¡Hacer una cosa semejante es tan indigno de un hombre! Es algo que se opone a la honestidad inflexible, a la fidelidad, a la franqueza y a los buenos valores y principios, al desdén por la mentira y la ruindad que siempre debe demostrar un caballero en todas las circunstancias de su existencia...!

—Querida Emma, me obligas a salir en su defensa, porque, a pesar de que en este caso haya actuado mal, le conozco mucho como para poder estar segura de que tiene muchas, pero que muchas buenas virtudes; y...

—¡Dios mío! —dijo Emma interrumpiendo a su amiga—. Y aparte lo de la señora Smallridge! ¡Jane que se encontraba a punto de marcharse a trabajar como institutriz! ¿Con esa espantosa falta de delicadeza qué pretendía? ¡Consentirle que asumiera el compromiso de ponerse a trabajar...! ¡Aceptarle que incluso pensara en tomar una decisión como esta!

—Emma, Frank ignoraba todo esto. Tengo que justificarlo en esa cuestión. Fue una decisión que tomó ella por sí misma... sin informárselo a Frank... o por lo menos sin informárselo de una manera decidida... Sé que, hasta ayer, él dijo que no sabía nada de los proyectos de Jane. No sé cómo se enteró... quizá fue por una carta o por alguien que se lo

21 Juego de palabras intraducible: *engaged* (prometido en matrimonio) y *disengaged* (desenvuelto, libre de maneras).

dijo... y al conocer lo que ella iba a hacer, al enterarse de este plan, fue cuando se decidió a descubrirlo todo de inmediato, a confesarlo todo a su tío y a ampararse en su bondad, y en conclusión a poner fin a esta situación lamentable de disimulos y de engaños que ya había durado mucho tiempo.

Con más atención y serenidad, Emma comenzó a oír.

—Tendré noticias suyas muy pronto —prosiguió diciendo la señora Weston—. Cuando se marchó me dijo que en seguida me escribiría; y lo dijo de una forma que parecía prometerme que daría muchos detalles más que no tenía tiempo de aclarar entonces. Por lo tanto, esperemos esta misiva. Tal vez tenga muchos atenuantes. Probablemente entonces podamos entender y disculpar muchas cosas que ahora son incomprensibles para nosotras. No seamos tan duras, no tengamos tanta prisa por condenarle. Tengamos mucha tolerancia y paciencia. Yo lo quiero; y ahora que ya me has calmado sobre un asunto que me preocupaba, un asunto muy concreto, deseo con toda mi alma que todo finalice bien y no pierdo la esperanza de que sea así. En medio de tantos secretos y tantos disimulos ambos tuvieron que haber sufrido mucho.

—¿Él? ¿Sufrir?—replicó Emma con sequedad—. No parece que todo esto le haya afectado mucho. Bueno, ¿y el señor Churchill cómo se lo tomó?

—Pues muy favorablemente para su sobrino... dio su autorización apenas sin poner obstáculos. ¡Imagínate cómo los sucesos de esta semana llegaron a introducir transformaciones en la familia! Mientras vivía la pobre señora Churchill imagino que no había ni la menor posibilidad ni una esperanza... pero al tiempo que sus restos descansan en el panteón de la familia, su esposo se deja convencer para hacer todo lo contrario de lo que ella hubiese deseado. ¡Qué gran fortuna es el que las influencias que se ejercen indebidamente no nos sobrevivan! Muy poco le costó dejarse convencer para dar su autorización.

"¡Ah! —se dijo Emma—. Hubiese sucedido igual si se hubiera tratado de Harriet".

—Frank abandonaba Richmond al amanecer y eso se acordaba ayer por la noche. Algún tiempo se detuvo en Highbury... en casa de las Bates, imagino... y después vino hacia aquí directamente, pero tenía tanta prisa por regresar al lado de su tío que ahora lo necesita más que nunca, que, como ya te dije, apenas pudo permanecer con nosotros un cuarto de hora... Se veía muy nervioso... sí, mucho... hasta el punto de que daba la impresión de que era casi otra persona diferente a la que yo conocía... Y agrega a todo lo demás la intranquilidad que tenía porque acababa de ver que Jane se encontraba muy enferma, de lo cual él no tenía la más mínima sospecha... y por todas las apariencias, yo intuí que eso lo tenía muy preocupado.

—¿Pero piensas realmente que este asunto fue llevado tan en secreto como dice...? Los Campbell, los Dixon... ¿ninguno de ellos conocía lo de su compromiso?

Sin un leve rubor, Emma no podía mencionar el nombre de Dixon.

—No lo sabía nadie, nadie. Insistió en que no lo sabía absolutamente nadie, con excepción de ellos dos.

—Bueno —dijo Emma—, imagino que ya nos iremos habituando lentamente a la idea, y les deseo que sean muy dichosos. Pero siempre creeré que lo suyo ha sido una actuación antipática. ¡Fue algo más que toda una red de mentiras e hipocresías... de falsedades y de intrigas! Presentarse aquí simulando sinceridad, espontaneidad... y haber urdido toda esa combinación secretamente para poder conocernos y juzgarnos a todos... Vivimos totalmente engañados todo el invierno y toda la primavera, suponiendo que todos éramos igualmente sinceros y francos, mientras entre nosotros había dos personas que se comunicaban sin que nadie lo supiera, que comparaban y juzgaban sobre sentimientos y palabras de las que jamás hubieran debido enterarse ninguno de los dos... Ahora tienen que atenerse a las consecuencias si han escuchado hablar el uno del otro de una manera no del todo grata...

—La verdad es que eso no me preocupa para nada —dijo la señora Weston—. Estoy totalmente segura de que jamás he dicho nada a uno de los dos en referencia al otro que ambos no pudieran escuchar.

—Eres muy afortunada... yo fui la única que supe de tu equivocación... cuando supusiste que un amigo nuestro estaba enamorado de esta señorita.

—Sí, es verdad. Pero como he tenido siempre una excelente opinión de la señorita Jane, ninguna equivocación ha logrado hacerme hablar mal de ella, y con respecto a criticarlo a él, nunca me he sentido tentada a hacerlo.

El señor Weston apareció a cierta distancia de la ventana en ese instante, vigilando, evidentemente, lo que sucedía. Con un gesto, su esposa lo invitó a entrar y, al tiempo que él iba a dar la vuelta, la señora Weston agregó:

—Mi querida Emma, ahora te suplico que le digas a mi esposo todo lo que pienses que pueda ser útil para calmarlo y hacerle ver esta relación como algo beneficioso. Debemos hacer lo que podamos para convencerlo... y al fin y al cabo, sin necesidad de engañar, se pueden hacer casi todos los halagos de ella. No es que sea un matrimonio como para quedar excesivamente complacido, pero si el señor Churchill no pone inconvenientes, ¿por qué los pondremos nosotros? Y en el fondo quizá sea una suerte para él... Quiero decir que puede ser muy ventajoso para Frank haberse enamorado de una joven de tanta firmeza de carácter y de tanto juicio, como yo siempre he creído que tiene Jane... y todavía estoy dispuesta a pensarlo, a pesar de que esta vez se haya desviado tanto de las normas que rigen un comportamiento leal. Y, a pesar de todo, no sería muy difícil justificar un error como este en una situación como la suya...

—Sí, es cierto —dijo vivamente Emma—. Es en una situación como la de Jane Fairfax cuando se puede disculpar a una mujer por solamente pensar en ella misma... Casi puede decirse en esos casos que "no pertenece a las normas del mundo ni al mundo...".

Con un aspecto sonriente, Emma recibió al señor Weston y dijo:

—¡Vaya! Me doy cuenta de que me ha gastado una buena broma... Imagino que todo eso estaba dirigido a estimular mi curiosidad y ejercitar mis facultades de adivinación. Pero lo cierto es que usted me asustó. Yo ya pensaba que por lo menos había perdido la mitad de su riqueza. Y ahora resulta que en lugar de ser algo como para consolarles es una cosa que merece que los feliciten... Señor Weston, lo felicito de todo corazón, porque usted va a tener por nuera a una de las muchachas más encantadoras y de mejores virtudes de toda Inglaterra.

Una mirada o dos que intercambiaron los esposos terminaron de convencerlo de que todo iba tan bien como parecían manifestar esas palabras, y el beneficioso efecto de esta convicción de inmediato se dejó sentir en su estado de ánimo. Su apariencia y su voz recuperaron su acostumbrada jovialidad. Lleno de agradecimiento, estrechó la mano de la muchacha con mucha cordialidad y comenzó a charlar del asunto en un tono que demostraba que ahora solamente requería persuasión y tiempo para creer que, después de todo, ese compromiso matrimonial no era algo demasiado malo. Ellas solamente le sugirieron lo que podía atenuar la imprudencia y suavizar los inconvenientes; y una vez que todos juntos hablaron de ello, y el señor Weston volvió a hablar con Emma en el camino de vuelta a Hartfield, se habituó completamente a la idea y llegó a no estar lejos de pensar que había sido lo mejor que Frank pudo hacer.

Capítulo XLVII

—¡Pobre Harriet, mi amiga Harriet!

Eran estas las palabras que resumían los tristes pensamientos de los que Emma no podía liberarse, y que para ella significaban el peor de los males de ese tema. Frank Churchill se había comportado muy mal con ella... muy mal en muchos aspectos... pero lo que le hacía estar más rabiosa con él no era solamente su actuación para con ella. Lo que más le dolía era la incertidumbre a que la había inducido en referencia a Harriet... ¡Pobre Harriet! Iba a ser víctima de las equivocaciones y del deseo de casamentera de su amiga por segunda ocasión. Habían sido proféticas las palabras del señor Knightley cuando le dijo una vez: "Emma, usted no es una buena amiga para Harriet Smith...". Ahora temía que solamente le hubiera ocasionado daños... Por supuesto que en esta ocasión no podía acusarse, como la anterior, de haber sido la exclusiva y única responsable de la desdicha; entonces había insinuado la posibilidad de unos sentimientos que, de otra manera, Harriet jamás se hubiera arriesgado a concebir; mientras que en este momento, Harriet reconocía su admiración y su preferencia por Frank Churchill antes de que ella hubiese insinuado nada con respecto al asunto, pero se sentía completamente culpable de haber animado unos sentimientos que hubiese debido ayudar a disipar; hubiese evitado que Harriet se entregara a esta idea y alimentara ilusiones. Su influencia hubiera sido suficiente para ello. Y en ese instante se daba cuenta de que hubiese debido evitar esa situación... Entendía que había estado exponiendo la dicha y el porvenir de Harriet sin tener razones lo suficientemente firmes. De haberse guiado por el sentido común, le hubiese dicho a su amiga que no debía pensar en él, y de que Frank llegara alguna vez a fijarse en ella solamente existía una posibilidad entre quinientas.

"Pero me temo —agregaba para sí— que no he tenido mucho sentido común".

Se encontraba muy enfadada consigo misma y, de no estar enfadada también con Frank Churchill, hubiese sido mucho peor su estado de ánimo. Con respecto a Jane Fairfax, por lo menos podía desentenderse de sentir intranquilidad por ella. Ya suficientemente Harriet le preocupaba, no necesitaba, entonces, continuar preocupándose por Jane, cuya falta de salud y cuyos problemas, como tenían, por supuesto, el mismo origen, debían tener igualmente la misma cura... Su existencia de desdichas y de penurias había terminado... Recobraría la salud muy pronto, sería dichosa y disfrutaría de un buen nivel social... Ahora Emma entendía por qué su solicitud por ella había sido desestimada. Esa revelación aclaró otros muchos asuntos de menos importancia. Sin duda, el motivo fueron los celos. Ella había sido una rival para Jane, y naturalmente tenía que rechazar todo lo que quisiera ofrecerle como ayuda o atenciones. Hubiese sido una tortura dar un paseo en el coche de Hartfield, hubiese sido un veneno el arrurruz proveniente de las alacenas de Hartfield. Lo entendía todo, y cuando lograba abandonar los sentimientos injustos que le inspiraba su orgullo herido, aceptaba que Jane merecía de sobra todo el encumbramiento y la dicha que sin duda ahora iba a tener. Pero ¡para ella la pobre Harriet era una recriminación viviente! No podía dedicar sus atenciones a nadie que lo necesitase más. A Emma le dolía mucho que esta segunda desilusión fuese todavía más grave que la primera. Teniendo en cuenta que esta vez sus aspiraciones eran mucho más grandes, debía serlo; y a juzgar por los efectos poderosos que en apariencia ese enamoramiento produjo sobre el espíritu de Harriet, motivándola al disimulo y al dominio de sí misma, así era... Pero debía informarle aquella triste verdad lo antes posible. Cuando se despidió de ella, el señor Weston la había exhortado a guardar el secreto.

—Por los momentos —le dijo— toda esta cuestión debe seguir en total secreto. El señor Churchill lo ha exigido de esa manera como demostración de respeto por la esposa que perdió hace tan pocos días, y todos estamos de acuerdo en que es a lo que nos obliga el decoro más esencial.

Emma lo prometió, pero Harriet, a pesar de todo, debía ser una excepción; pensaba que este era un deber superior.

Solamente pudo encontrar casi ridículo, a pesar de su mal humor, el que en ese momento tuviera que dar a Harriet la misma triste y delicada noticia que la señora Weston le acababa de dar a ella misma. El secreto que con tanto miedo se le había informado, ahora era ella quien, con no menos desasosiego, debía informarlo a otra persona. Cuando oyó los pasos y la voz de Harriet sintió que los latidos de su corazón se aceleraban; pensó que igual le ocurrió a la pobre señora Weston cuando ella entró en Randalls. ¡Ojalá la charla tuviera un desenlace igualmente dichoso! Pero, desgraciadamente, de ello no había posibilidad alguna.

—Bueno, Emma —entrando rápidamente en la sala—, ¿no te parece la noticia más fuera de lo común, extraordinaria, que nunca se ha escuchado?

—¿Pero de qué noticia me hablas? —preguntó Emma, incapaz de adivinar por sus gestos o su voz si Harriet ya sabía algo.

—La noticia sobre Jane Fairfax. ¿Has escuchado alguna vez una cosa tan extraña? ¡Oh!, no tienes que tener ningún inconveniente en decírmelo, porque el señor Weston ya me lo contó todo. Lo acabo de encontrar. Me dijo que para todos era un secreto, y por lo mismo yo no pensaba contárselo a nadie excepto a ti, pero me dijo que tú ya lo sabías.

—¿Pero qué te contó el señor Weston? —preguntó Emma, todavía sin saber qué pensar.

—Pues... Me lo contó todo, que Jane Fairfax y el señor Frank Churchill van a contraer matrimonio y que desde hace mucho tiempo han estado comprometidos secretamente. ¡Qué cosa tan extraña!, ¿cierto?

Realmente era muy extraña, la reacción de Harriet era tan extremadamente extraña que Emma no sabía cómo descifrarla. Daba la impresión de que su carácter hubiese cambiado completamente, como si se propusiera no mostrar ninguna emoción, ninguna decepción, ningún interés especial por esa situación. Muda de sorpresa, Emma la miraba.

—¿Tú imaginabas —preguntó Harriet— que ellos estaban enamorados? Bueno, a lo mejor tú sí que lo imaginaste... Como lees tan bien —dijo sonrojándose— en los corazones de todas las personas..., pero nadie más.

—Te juro —dijo Emma— que comienzo a dudar de que tenga semejante virtud. Pero, Harriet, ¿cómo puedes preguntarme en serio si yo imaginaba que estaba enamorado de otra mujer cuando (si no de un manera declarada, sí tácitamente) te estaba alentando a concebir ilusiones y esperanzas? Jamás, hasta hace una hora, tuve ni la más mínima sospecha de que el señor Frank Churchill se sintiese atraído por la señorita Fairfax. Puedes estar segura de que si yo hubiese sospechado algo parecido te hubiera alertado de acuerdo con mis suposiciones y sospechas.

—¿A mí? —dijo Harriet sonrojándose y muy sorprendida. ¿Por qué tenías que advertirme? No imaginarás que yo me interesaba por el señor Frank Churchill...

—No te imaginas lo que me contenta escucharte hablar de este tema con tanta tranquilidad —dijo Emma con una sonrisa—, pero no me negarás que hubo un tiempo... que por cierto, no está todavía muy lejos... en que me diste razones para imaginar que te interesabas por él...

—¿Por él? ¡Oh, jamás, jamás! ¿Cómo pudiste entenderme tan mal, querida Emma? —dijo Harriet, girando la cara, muy dolida.

—¡Harriet! —dijo Emma, después de un instante de silencio. ¿Pero qué quieres decir? ¡Dime qué has querido decir, por lo que más quieras...! ¿Que no te entendí bien? Entonces, tengo que imaginar...

No pudo continuar hablando... Perdió la voz y se sentó aguardando con mucha ansiedad a que Harriet respondiera. Harriet, que se encontraba de pie, a poca distancia, volviéndole la espalda, en hablar tardó unos minutos y, cuando finalmente lo hizo, su voz estaba tan entrecortada como la de Emma.

—Jamás me hubiese parecido posible —comenzó diciendo— que no me entendieras tan bien... Ya sé que estuvimos de acuerdo en que jamás le mencionaríamos... pero teniendo en cuenta lo muy superior que es a todos los otros hombres, jamás hubiese creído posible que pensaras que estaba hablando de otra persona. ¡El señor Frank Churchill! Estando presente el otro nadie puede fijarse en él. Pienso que no tengo tan mal gusto como para estar pensando en el señor Frank Churchill, que al lado de él no es nadie. ¡Y que precisamente tú hayas tenido esta confusión...! ¡No lo comprendo! Estoy plenamente segura de que si no hubiera pensado que tú aprobabas y alentabas mis sentimientos, al inicio hubiese considerado casi como una excesiva vanidad por mi parte el osar pensar en él; al principio, si no me hubieras dicho que cosas más difíciles e increíbles habían sucedido; que se habían celebrado bodas más desiguales (estas fueron las palabras que usaste)...; de haberme dicho todo esto, yo no me hubiera arriesgado a tener ilusiones... Definitivamente lo hubiese considerado imposible... Pero si justamente tú, que eres tan amiga de él...

—Harriet... —dijo Emma, dominándose con decisión—. Es preferible que ahora ambas nos entendamos, sin que haya posibilidad de que nos equivocamos otra vez... Hablas de... del señor Knightley, ¿no?

—Por supuesto. No pude haber pensado en nadie más... y pensé que tú debías saberlo. No podía quedar más claro cuando hablamos de él.

—No tan claro —dijo Emma, con aparente tranquilidad—, porque todo lo que en ese momento dijiste me pareció que se refería a una persona diferente. Casi hubiera podido asegurar que habías citado al señor Frank Churchill. Recuerdo a la perfección que se comentó sobre el favor que te hizo el señor Frank Churchill cuando te defendió de los gitanos.

—¡Oh! ¡Cómo olvidas las cosas, Emma!

—Recuerdo muy bien lo que sustancialmente te dije aquella vez, mi querida Harriet. Te dije que no me parecía raro que te hubieses enamorado; que teniendo en cuenta el favor que te había hecho era lo más lógico del mundo... Y tú estuviste de acuerdo y dijiste, con mucha pasión, que sentías mucho agradecimiento, e incluso te referiste a las emociones que sentiste cuando lo viste venir en tu ayuda... Definitivamente, fue una impresión que me quedó grabada en la mente.

—¡Querida! —dijo Harriet—. ¡Recuerdo ahora lo que quieres decir! Pero es que entonces yo estaba pensando en algo muy distinto. No me estaba refiriendo al señor Frank Churchill... ni a los gitanos ¡No! —adoptando un tono más ceremonioso—. Pensaba en otra situación más importante... Yo estaba pensando en el señor Knightley aproximándose a mí e invitándome a bailar, después que el señor Elton no quiso bailar conmigo, cuando en el salón no había ninguna otra pareja. Esta fue una gran ayuda que me prestó; esta fue su amable comprensión, su gran generosidad; eso fue lo que hizo que comenzara a notar que estaba muy por encima de todos los demás hombres del mundo.

—¡Por Dios! —dijo Emma—. ¡Qué equivocación más terrible...! ¡Oh, qué triste! ¿Y qué puede hacerse ahora?

—¿Si entonces hubieses sabido a lo que me refería no me hubieras alentado? Por lo menos en este momento mi situación no es peor que lo que lo hubiera sido de haberse tratado del otro caballero; y ahora... es posible...

Hizo una corta pausa. Emma no tenía ánimos para charlar.

—No me extraña, Emma —continuó diciendo— que entre los dos veas una gran diferencia... tanto en mi caso como en el de cualquier otra mujer. Seguro piensas que está más por encima de mí que el otro. Pero, Emma, yo confío que imaginando... que si... por raro que pueda parecer... Ya sabes que fueron tus propias palabras: Cosas más difíciles han sucedido, bodas más desiguales se han realizado, que la que hubiera podido celebrarse entre Frank Churchill y yo; y me parece, por lo tanto, que si, incluso una cosa así puede haber sucedido antes de ahora... y si yo tuviese tanta suerte, tanta, que... si el señor Knightley llegara... si él no diera importancia a la desigualdad, espero, querida Emma, que tú no te opongas... que no nos crees problemas. Pero estoy segura de que eres muy buena para hacer algo así.

Al lado de una de las ventanas, Harriet estaba de pie. Emma se giró para mirarla llena de consternación y rápidamente preguntó:

—¿Posees alguna señal de que el señor Knightley corresponde a lo que sientes?

—Sí —dijo, con humildad, pero sin temor, Harriet—. Creo que sí la tengo.

Emma, rápidamente, desvió la mirada. Y por unos minutos se mantuvo en silencio, reflexionando con los ojos fijos. Algunos minutos fueron suficientes para revelarle lo que había en su propio corazón. Una vez que concebía una sospecha, una inteligencia como la suya hacía rápidos progresos hacia su objetivo. Emma imaginaba... aceptaba... reconocía toda la verdad. ¿Entonces por qué era mucho peor que Harriet estuviera enamorada del señor Knightley en lugar de estarlo de Frank Churchill? ¿Por qué esa contrariedad adquiría dimensiones tan grandes con el hecho de que Harriet tuviera ilusiones justificadas de ser correspondida? Con la rapidez de una flecha, una convicción se abrió paso en el ánimo de Emma: ¡el señor Knightley solamente podía contraer matrimonio con ella!

Entendió, en ese breve espacio de tiempo, cuál había sido su comportamiento y miró con mucha nitidez en su propio corazón. Todo lo vio con una lucidez como hasta ese momento jamás había tenido. ¡Se había estado comportando tan mal con Harriet! ¡Con qué falta de delicadeza y de atención! ¡Su actuación había sido tan insensata y cruel! ¿Cómo pudo dejarse llevar por esa ceguera, esa locura? Sabía perfectamente lo que había hecho y estaba tentada a aplicarse a sí misma los adjetivos más duros. Pero algo de respeto por sí misma, a pesar de todas sus culpas... la angustia por cuidar las apariencias y un profundo deseo de ser justa con Harriet... (no requería compasión la joven que se creía amada por el señor Knightley... pero era justo que ahora ella no pudiera sentirse dolida cuando se vio tratada fríamente)... motivaron a Emma a aguardar y a aguantarlo todo con tranquilidad e incluso con una afabilidad aparente... Era preciso, por su propio bien, que se enterara de todo lo posible referente a las ilusiones de Harriet, y Harriet no había hecho nada para que le negara el afecto y el interés que ella le había brindado voluntariamente... ni ahora merecía ser despreciada por la persona cuyos consejos habían sido desacertados siempre... De esa manera, pues, dejando a un lado sus reflexiones y controlando su emoción, se giró nuevamente hacia Harriet y, en un tono más dulce y familiar, retomó la conversación, porque el tema que lo había comenzado, la asombrosa historia de Jane Fairfax, ya había perdido todo interés; las dos solamente pensaban en ellas mismas y en el señor Knightley.

Harriet, que había estado abstraída en sus agradables ensueños, no dejó de sentirse agradada cuando la despertaron de ellos, cuando vio la alentadora invitación a conversar que le hizo una persona de tanto criterio, una amiga como la señorita Emma, y no requirió más que una insinuación para contar toda la historia de sus ilusiones con gran satisfacción, pero temblando de emoción... Al tiempo que hacía preguntas y recibía las respuestas, Emma lograba esconder su emoción mejor que Harriet, que no era más pequeña que la suya. Su voz no estaba temblorosa, pero su alma no podía encontrase más turbada por ese descubrimiento que acababa de hacer, por el surgimiento de ese peligro tan amenazante, por la incertidumbre que ocasionaban todas esas emociones tan imprevistas... Con un gran sufrimiento interior, oyó el relato de Harriet, pero aparentando una gran tranquilidad. No podía esperar de su amiga que se expresara de una manera metódica, ordenada ni tampoco demasiado clara; pero, cuando distinguió los errores y las repeticiones de la historia, esta contenía todavía bastante sustancia como para dejarla muy afligida... sobre todo teniendo en cuenta las circunstancias que ahora su propia memoria evocaba y que confirmaban el hecho de que el señor Knightley tenía cada vez una opinión más favorable de Harriet. Desde esos dos bailes decisivos, Harriet había notado que el comportamiento del señor Knightley respecto a ella era diferente... Emma sabía que, aquella vez, él la había encontrado muy por encima de todo lo que esperaba. Desde ese día, o por lo menos desde el instante en que Emma la estimuló a pensar en él, Harriet había comenzado a darse cuenta de que su amigo conversaba con ella mucho más de lo que antes lo hacía y de que la trataba de una forma completamente distinta; en su trato había una amabilidad, un cariño... Iba siendo más consciente de ello cada vez. Cuando estaban paseando todos juntos, ¡él se le había acercado tan frecuentemente para caminar a su lado y le había hablado de una manera tan afectuosa! Daba la impresión de que quisiera ser más amigo de ella. Emma sabía que esta impresión correspondía a una realidad. Ella misma, en muchas ocasiones, había observado el cambio casi tanto como su amiga... Harriet repetía frases de aprobación y de halago que él le había brindado... y Emma notaba que concordaban a la perfección con lo que ella conocía de sus opiniones con respecto a Harriet. La elogiaba por no ser artificial ni afectada, por ser humilde, sencilla, generosa, sincera... Sabía que él veía todas estas virtudes en Harriet; en más de una ocasión le había hablado de ellas... Muchas de las cosas que ella tenía en su memoria, muchos pequeños detalles que evidenciaban la atención que él le prestaba, una mirada, una frase, el hecho de ir de una silla a otra, un elogio disimulado, un favoritismo sobreentendido, para Emma habían pasado inadvertidos, porque no había sospechado nada igual. Circunstancias que hubieran sido suficientes para llenar una historia de media hora, y que contenían millares de señales para quien las había presenciado, Emma las había pasado por alto, y en este instante oyendo a Harriet se enteraba por primera vez, pero las dos últimas señales que mencionó, las que eran las más grandes esperanzas para la joven, tuvieron como testigo a la misma Emma... La primera era el diálogo que habían mantenido ambos solos en el paseo de los limeros de Donwell, donde estuvieron paseando por un rato antes de la llegada de Emma, y donde él tuvo mucho interés (según ella estaba segura) en que los dos se apartaran de los demás... E inicialmente, él le había hablado de una forma muy especial, como no lo había hecho jamás antes de ese momento, sí, de una manera muy especial... (al recordarlo, Harriet no pudo evitar ruborizarse.) Daba la impresión de que él estaba casi preguntándole si había entregado su corazón a alguien... Pero cuando apareció (la señorita Emma) y dio la impresión de que se reuniría con ellos, él cambió de tema y comenzó a conversar sobre sus cultivos... La segunda señal era la charla que mantuvo con ella, por casi media hora antes de que Emma volviera de su visita, la última mañana en que el señor Knightley estuvo en Hartfield... a pesar de que al llegar dijo que solamente podía quedarse cinco minutos... y durante la conversación le comentó que, a pesar de que debía ir a Londres, era contra su voluntad que abandonaba su casa, lo que era mucho más (como notó Emma) de lo que ante ella había reconocido su amigo. El que, como este hecho señalaba, tuviera más confianza con Harriet, dejó muy afectada y dolida a Emma.

Con respecto a la primera de estas dos señales, después de reflexionar un poco, Emma se arriesgó a hacer la siguiente pregunta:

—¿Y si acaso hubiese deseado decir otra cosa? ¿Es imposible que al preguntarte, según pensaste entender, si ya habías entregado tu corazón, se estuviese refiriendo al señor Martin? ¿Acaso no podía estar pensando en los intereses del señor Martin?

Pero Harriet rechazó la suposición con mucha energía:

—¿El señor Martin? No, no, por supuesto que no. No se refería para nada al señor Martin. Creo que en estos momentos tengo mucha experiencia para pensar en el señor Martin o para que se suponga que pienso en él.

Cuando Harriet terminó su relato apeló a Emma para que le dijera si tenía razones o no para alimentar ilusiones.

—Yo jamás me hubiese arriesgado a pensar en él —le dijo Harriet— si no hubiese sido por ti. Me dijiste que le mirara bien, y que mis sentimientos se dejaran conducir por su actuación... y eso es precisamente lo que he hecho. Pero ahora comienzo a pensar que tengo razones justificadas para sentir lo que siento; y que si él me elige, no me parecerá una cosa tan fuera de lo común.

El sufrimiento, el horrible sufrimiento que Emma sintió dentro de sí cuando escuchó estas palabras, le obligó a hacer un esfuerzo sobrehumano para dominarse y poder responder:

—Harriet, lo único que yo puedo decirte es que el señor Knightley es un hombre totalmente incapaz de dar a entender de forma deliberada a una mujer que siente por ella más atracción de la que realmente siente.

Por una frase tan agradable, Harriet pareció casi dispuesta a adorar a su amiga, y Emma solamente logró impedir sus expresiones de emoción y de afecto que en ese instante le hubieran sido especialmente dolorosas, gracias a que se escucharon los pasos de su padre que se dirigía hacia el salón. Harriet se encontraba muy perturbada para presentarse ante él.

—No me podría dominar... El señor Woodhouse se asustaría... Es preferible que me vaya...

Y de esa manera, con la rápida aprobación de su amiga, salió por otra puerta... Y cuando salió, en una espontánea exclamación los sentimientos de Emma se evidenciaron:

—¡Ojalá jamás la hubiese conocido! ¡Dios mío!

Lo que quedó del día y de la noche siguiente apenas fueron suficientes para sus pensamientos... Se encontraba turbada por la incertidumbre de todo lo que había sucedido en su existencia en esas últimas horas... Cada instante había aportado una sorpresa nueva, y cada sorpresa era una razón más de humillación para ella... ¿Cómo podía entenderlo todo? ¿Cómo podía entender que hubiera estado mintiéndose a sí misma de aquella manera hasta entonces, viviendo en aquella farsa? ¡Esas equivocaciones, esa ceguera de su corazón y de su mente! Se mantuvo sentada, paseó, caminó de una a otra habitación, probó a pasear por la plantación... En todos los sitios, en todas las posiciones no podía dejar de pensar que había actuado insensatamente; que se dejó mentir por los demás de una manera mortificante; que se engañó a sí misma de una forma más mortificante todavía; que se sentía desdichada y que tal vez ese día no era más que el inicio de su infelicidad.

Por ahora lo primero que debía hacer era ver claramente, mirar completamente claro en su propio corazón. Hacia este fin convergieron todos los instantes de ocio que le permitían tener sus obligaciones para con su padre, y todos los instantes de ensimismamiento involuntario.

¿Pero cuánto tiempo hacía que sentía ese cariño por el señor Knightley que ahora sus sentimientos le revelaban? ¿Desde cuándo había comenzado a ejercer su influencia, esa clase de influencia, sobre ella? ¿Cuándo había conseguido ocupar en su cariño el sitio que Frank Churchill, por un corto espacio de tiempo, había también ocupado? Trató de recordar, comparó a ambos... les comparó según la estimación que había sentido por cada uno de ellos desde el tiempo en que conoció a Frank... y como tarde o temprano hubiera tenido que establecer comparación... ¡Oh! ¡Qué dichosa ocurrencia hubiese tenido si antes hubiera ideado hacer esa comparación! Se daba cuenta de que había considerado al señor Knightley en todo momento como muy por encima del otro, que siempre sintió por él un cariño mucho mayor. Notaba que al convencerse a sí misma de lo contrario, al suponerse que debía ser de esta manera y actuar en consecuencia, se había mentido, ignorando por completo lo que había en su propio corazón... y en resumen... ¡que realmente jamás había sentido la más mínima atracción por Frank Churchill!

Esta fue la conclusión de sus primeras meditaciones. Esta fue la primera certeza sobre sí misma a la que llegó contestando a los primeros interrogantes que se había formulado, y sin que requiriera mucho tiempo para ello... A la vez, se sentía avergonzada y enfadada... Y le daban vergüenza todos sus sentimientos, menos el que descubrió hace poco... su cariño por el señor Knightley... Le asqueaba todo lo demás que encontraba en su interior.

Se creía, con una vanidad imperdonable, poseedora del secreto de los sentimientos de todo el mundo; con una arrogancia inexcusable se había propuesto solucionar las vidas de todos. Y se demostró que se había equivocado en todo, y ni siquiera no había hecho nada... porque había ocasionado desdichas... Trajo la desdicha a Harriet, a ella y mucho se temía que también al señor Knightley.... Si esa relación, la más disímil de todas las que podían suponerse, llegaba a ser una certeza, ella sería la responsable de haberla alentado en sus comienzos, porque solamente podía pensar que ese mutuo cariño no había surgido de otra cosa que del comportamiento de Harriet y, aunque no hubiera sido de esa manera, él jamás hubiera conocido a Harriet de no ser por las fantásticas y maravillosas ideas de Emma.

¡Harriet Smith y el señor Knightley! Una relación como para hacer olvidar la sorpresa que pudiera provocar cualquier otra unión... Junto a este, el amor entre Jane Fairfax y Frank Churchill era una cosa vulgar, corriente, que no despertaba ningún asombro ni brindaba ninguna desigualdad, que no se prestaba a comentar ni a decir absolutamente nada... ¡Harriet Smith y el señor Knightley! ¡Pero cómo se encumbraría ella y cómo se rebajaría él! A Emma le aterrorizaba pensar en cómo iba a empequeñecerse su amigo ante la opinión general, le espantaba imaginar las burlas, las sonrisas, las mofas que se harían a sus espaldas; el desdén y la humillación de su hermano, las millares de dificultades que eso significaría para él mismo... ¿Eso era posible? No, definitivamente no lo era. Y sin embargo estaba lejos, muy lejos de ser algo no posible... ¿Sería la primera ocasión que un caballero de grandes virtudes sintiera una atracción por una mujer tan por debajo de su nivel? ¿Acaso sería la primera ocasión que alguien, tal vez muy ocupado en sus negocios para buscar por sí mismo, se dejara seducir por una joven interesada en gustarle? ¿Sería la primera vez que en el mundo sucedía algo incongruente, desproporcionado, inconsistente... y que el azar o unas situaciones, como segundas causas, condujeran el porvenir humano?

¡Oh! ¡Ojalá no se le hubiera ocurrido jamás la idea de querer mejorar el nivel social de Harriet! ¡Ojalá la hubiera dejado en el lugar que debía ocupar y que él siempre le dijo que era el suyo! ¡Ojalá jamás hubiese evitado, cometiendo una insensatez que no tenía suficientes palabras para expresar, que contrajera matrimonio con un muchacho irreprochable que la hubiese hecho dichosa y respetada dentro del género de vida del que debía formar parte y no hubiese sucedido nada de todo aquello! Ninguna de esas terribles consecuencias se hubiera producido.

¿Pero cómo era posible que Harriet se atreviera a pensar en el señor Knightley? ¿Cómo podía atreverse a suponer que era la elegida de un hombre como ese antes de que él formalmente le diera la seguridad? Pero Harriet era menos humilde y sumisa, tenía menos escrúpulos que antes... Daba la impresión de que se sentía menos inferior, tanto intelectualmente como de nivel social... Parecía haberse sorprendido más de que el señor Elton aceptara contraer matrimonio con ella, de que el señor Knightley fuese quien lo hiciese... ¡Pero, ay! ¿También no era esta su propia obra? ¿Quién si no ella se preocupó tanto por lograr que Harriet se valorara a sí misma? ¿Quién sino ella le inculcó que iba a llegar a la cumbre social, dentro de lo posible, y que tenía muchas virtudes y condiciones para aspirar a un nivel mucho más elevado? También era su obra si Harriet dejó de ser sencilla y humilde para transformarse en una mujer vanidosa.

Capítulo XLVIII

Jamás Emma se detuvo a pensar en lo mucho que su felicidad dependía del hecho de ser la primera para el señor Knightley, la primera en su interés y en su cariño... hasta ese instante que corría el riesgo de perderlo. Convencida de que era de esa manera, y pensando que era su derecho, sin detenerse a meditar que había disfrutado; y solamente ante el miedo de verse sustituida advirtió lo indeciblemente valioso que había sido para ella... Sabía que era la primera hacía mucho tiempo, mucho tiempo; debido a que, al no tener mujeres en su familia, solamente Isabella podía aspirar a compararse con ella, y Emma siempre supo con exactitud hasta qué punto quería y apreciaba a Isabella. Emma siempre había sido su amiga preferida durante muchos años. Ella no lo merecía; frecuentemente se había mostrado indiferente, e incluso con mala intención, había despreciado sus consejos y muchas veces incluso se opuso voluntariamente a él, sin reconocer ni la mitad de sus virtudes, peleando con él porque no aceptaba la falsa e insolente idea que tenía de sí misma... pero, a pesar de todo, por el vínculo familiar y por la costumbre, y gracias a su espíritu superior, él la había querido y había cuidado de ella desde que era una niña con el objetivo de que fuera mejor persona y con un deseo de que actuara correctamente que nadie más compartió con él. Emma estaba segura de que la quería, a pesar de todos sus defectos; quizá podía decir que la quería mucho... Pero al pensar en las posibilidades del porvenir, no las veía muy prometedoras. Harriet Smith podía pensar en sí misma como una mujer digna de ser amada de una manera especial, apasionadamente, exclusivamente por el señor Knightley. Ella no. No podía mentirse a sí misma pensando que él estaba ciego al sentirse atraído por Harriet. De su imparcialidad y objetividad tenía una prueba muy reciente... ¡Cómo se había molestado al ver su actuación con la señorita Bates! ¡De qué manera tan clara y tan enérgica se había manifestado sobre aquel caso! Si se tenía en cuenta la ofensa, no era demasiado enérgico... pero sí, con mucho, muy enérgico, como para imaginar que detrás de esa actitud había un sentimiento menos fuerte y sólido que el de una inexorable justicia y una buena voluntad intuitiva... No tenía esperanzas, nada que mereciera el nombre de esperanzas de que pudiera sentir por ella ese tipo de cariño en el que ahora pensaba, pero existía una esperanza (a veces poca, otras mayor) de que Harriet se hubiese engañado a sí misma y diera al cariño que el señor Knightley sentía por ella más valor del que realmente tenía... por el bien de su amigo debía desear... que ella fuera la única en pagar los resultados, pero que continuara soltero hasta el final de su existencia. Si Emma hubiera estado segura de esto, de que él jamás iba a contraer matrimonio, estaba convencida de que quedaría plenamente complacida... Solamente que continuara siendo el mismo señor Knightley para ella y para su padre, el mismo señor Knightley para todos; que Donwell y Hartfield no perdieran nada de su inapreciable trato amable y amistoso, y la tranquilidad de Emma quedaría para siempre asegurada... realmente el matrimonio no estaba creado para ella. Con sus deberes para con su padre y con lo que sentía por él sería totalmente incompatible. Nada podría separarla nunca de su padre. No contraería matrimonio, ni siquiera si el señor Knightley se lo pidiera.

Su más ferviente deseo debía ser que Harriet tuviera una decepción, y esperaba que cuando pudiera verlos juntos de nuevo por lo menos podría deducir qué posibilidades habían para ello. Desde ese momento les observaría con la mayor atención y, por desdicha, como hasta entonces, ni siquiera había sabido entender a las personas que había estado vigilando, no sabía cómo llegar a aceptar que también en esa ocasión podía cometer un error... Esperaba ver al señor Knightley de nuevo un día u otro.

No tardaría en ejercitar sus habilidades de observación... aun le parecía muy pronto cuando pensaba en el camino que las cosas podían tomar. Mientras tanto decidió no ver a Harriet nuevamente... A ninguna de las dos beneficiaría ni se sacaría ventaja alguna al hablar más de ese tema... Estaba decidida a no dejarse convencer mientras pudiera dudar, pero no tenía razones para oponerse a las ilusiones de Harriet. Hablando solamente lograría enfadarse... Entonces, le escribió de una manera cortés, pero decidida, suplicándole que por ahora no visitara Hartfield; aceptando que estaba plenamente convencida de que era mejor evitar toda nueva polémica discusión secreta con respecto a cierto tema; y diciendo que estaba confiada en que si dejaban transcurrir unos cuantos días sin verse, excepto al lado de otras personas... solamente se oponía a un *tête-à-tête...* podrían actuar como si hubiesen olvidado la charla del día anterior... Harriet aceptó, aprobó la idea y expresó su agradecimiento.

Cuando acababa de solucionar este asunto, tuvo una visita que vino a distraerla un poco de esa única cuestión en la que había pensado, tanto dormida como despierta, durante las últimas veinticuatro horas. La señora Weston, que había ido a ver a su futura nuera, cuando volvía a su casa decidió ir a visitar Hartfield, considerando como un deber para con Emma y un disfrute para ella misma el contarle todos los detalles de una conversación tan interesante.

El señor Weston la acompañó a casa de la señora Bates, y allí había desempeñado con toda dignidad el rol que le correspondía; pero después su esposa había convencido a la señorita Jane para que pasearan juntas, y ahora regresaba con muchas más cosas que relatar y muchas más cosas que decir con satisfacción, de las que un cuarto de hora pasado en la sala de la señora Bates, en la incómoda situación que se hubiera generado allí, hubiesen podido insinuarle.

Emma sentía algo de curiosidad, a todo lo que le iba contando su amiga le prestó mucha atención La señora Weston había realizado esa visita en un estado de ánimo muy dudoso e inicialmente había pensado que por el momento era mejor no ir a verlas y conformarse con escribir a la señorita Jane aplazando esta solemne visita hasta que hubiera transcurrido un tiempo más, y el señor Churchill aceptara que el compromiso se hiciese público, debido a que había que tener en cuenta que, en su opinión, una visita como esa no podía realizarse sin que se diera motivo a comentarios... Pero el señor Weston pensaba de un manera muy diferente, estaba demasiado ansioso por demostrar a su familia y a la señorita Jane que aprobaba la decisión de su hijo, y no concebía que eso pudiese levantar ninguna sospecha; y en caso de ser de esa manera, no tendría importancia alguna, porque "esas cosas", según dijo, "siempre terminan por conocerse". Emma sonrió y pensó que el señor Weston tenía muy buenos motivos para opinar de esta manera. En conclusión, que habían ido... encontrándose con que la incertidumbre y la turbación de la muchacha no podían ser más grandes. Apenas pudo decir ni una palabra, y toda su apariencia y sus actitudes demostraban que estaba hondamente afectada. La amable y tranquila satisfacción de la anciana y la entusiasta felicidad de su hija, que resultó ser tan intensa que ni siquiera le dejaba hablar tanto como habitualmente, en medio de todo constituyeron un agradable espectáculo emocionante y casi conmovedor; tan respetable parecía su dicha, tan desinteresada en sus expresiones; pensaban tanto en Jane, tanto en todos, y tan poco en ellas mismas, que incitaban los sentimientos más afectuosos. La enfermedad reciente de la señorita Jane le brindó a la señora Weston un excelente pretexto para invitarla a dar un paseo; inicialmente se había mostrado retraída y no aceptó el ofrecimiento, pero al darse cuenta de que se insistía, finalmente aceptó y durante ese paseo en coche, la señora Weston, estimulándola con palabras llenas de cariño, venció su reserva e hizo que charlaran sobre el asunto que a las dos les interesaba más. Jane comenzó por pedir disculpas por el poco amable silencio con que recibió a los dos esposos y expresó la gran gratitud que siempre sintió por el señor Weston y por ella; pero una vez finalizadas estas atenciones, conversaron durante un buen rato del presente y futuro de ese compromiso matrimonial. La señora Weston estaba convencida de que esa charla debía significar un gran alivio para su compañera que, por mucho tiempo, estuvo tan encerrada en sí misma, y quedó muy satisfecha con todo lo que ella le dijo con respecto al asunto.

—Sobre todo lo que había padecido, escondiéndolo durante tantos meses —siguió la señora Weston—, me ha hablado enérgicamente. Una de las cosas que me dijo: "No voy a decir que desde que me comprometí con él no he tenido instantes de alegría, pero sí que desde ese momento no he disfrutado de una sola hora de paz...". Y cuando dijo esto los labios le temblaban, Emma, y te aseguro que fue algo que me ha tocado en lo más profundo.

—¡Pobre muchacha! —dijo Emma—. Ella piensa, entonces, que hizo mal al aceptar comprometerse secretamente, ¿no?

—¿Pero que hizo mal? Pienso que ella, más que nadie, está dispuesta a hacerse recriminaciones. "Las consecuencias", me decía, "para mí han sido un estado de continuo desasosiego; y así debía ser; pero a pesar de todo el castigo que una mala actuación puede provocarnos, la actuación no por eso deja de ser menos mala. Padecer no es expiar. No puedo perdonarme. He estado actuando contrariamente a lo que yo pensaba que era justo; y el dichoso final que ahora ha tenido todo y las atenciones que recibió es lo que mi conciencia me dice que no merezco. Usted no se imagine", también me ha dicho, "que he recibido malas enseñanzas. No piense que pueden tener la culpa los valores que me dieron ni las amistades que se cuidaron de enseñarme. La equivocación ha sido solamente mía; y le juro que, a pesar de todas las disculpas que los presentes hechos puedan en apariencia darme, espero con mucho temor el instante en que tenga que relatar esta historia al coronel Campbell".

—¡Pobre muchacha! —dijo nuevamente Emma—. No tengo ninguna duda de que lo quiere con mucha pasión. Solamente el amor ha podido motivarla a aceptar una situación como esta. Más que su razón, pudieron sus sentimientos.

—Sí, no tengo la más mínima duda de que está muy enamorada de él.

—Creo —replicó Emma suspirando profundamente— que yo, en muchas ocasiones, contribuí a que se sintiera desdichada.

—¡Oh, querida Emma! No podías ser más ingenua e inocente. Pero tal vez ella estaba pensando en algo de eso cuando se ha referido a los desacuerdos de los que Frank ya nos dijo algo. Me decía que una consecuencia lógica de esta situación que no se puede sostener en la que ella misma se había colocado era que se había vuelto muy poco comprensiva. Al ser consciente de que actuaba mal, se encontraba expuesta a mil incertidumbres y se había vuelto irritable y suspicaz, hasta un extremo que obligatoriamente tenía, como de esa manera fue, que ser nada fácil de aguantar para él. "Yo no era comprensiva, como tenía que haber sido", me dijo, "con su forma de ser, con su temperamento expansivo, alegre, con su inclinación a tomarlo todo un poco como un juego, que en cualquier otra situación estoy segura de que me hubieran hechizado permanentemente como me hechizaron inicialmente". Después me empezó a hablar de ti, de lo gentil que habías sido con ella cuando estuvo enferma; y sonrojándose de una manera que me demostró hasta qué punto estaba vinculada una cosa con la otra, me ha rogado que cuando tuviera oportunidad te agradeciera... Yo jamás podré agradecerte lo suficiente todos tus buenos deseos y todos tus intentos de apoyarla. Ella notó que jamás te ha correspondido como tus buenas intenciones y acciones lo merecían.

—Si en este momento yo no supiese que ella es dichosa —dijo Emma seriamente—, y debe serlo, a pesar de los escrúpulos de conciencia que pueda tener en estos instantes, no aceptaría que me agradeciera... Porque si hacemos un recuento de todo el bien y todo el mal que yo le hice a Jane Fairfax... Bueno —dominándose, y tratando de mostrarse más feliz—, no debemos recordar todo eso. Fuiste muy amable al darme todos esos detalles tan importantes e interesantes. Demuestran lo mucho que vale esta joven. Estoy segura de que es excelente... y confío en que será muy dichosa. Es mejor que, ya que la suerte está totalmente de parte de él, todas las virtudes estén de parte de ella.

La señora Weston no podía dejar de replicar a esta conclusión. Ella continuaba pensando que Frank en casi todos los aspectos era bueno; y, más todavía, lo quería mucho, y por lo tanto su defensa fue muy vehemente; motivada por su gran cariño, expuso varios argumentos muy razonables... pero todo eso no era suficiente para lograr mantener la atención de Emma; esta no tardó en pensar en Brunswick Square o en Donwell y no oyó más. Y cuando la señora Weston finalizó comentando "Todavía no hemos recibido la carta que esperamos con tanto interés, pero creo que no tardará mucho...", se vio forzada a hacer una pausa antes de responder y, finalmente, a contestar al buen tuntún, antes de que recordara qué carta era esa que tanto interés tenían por recibir.

—¿Emma te encuentras bien? —fue la última pregunta de la señora Weston cuando se despidieron.

—¡Oh! Muy bien... ya lo sabes, yo siempre me encuentro bien. Recuerda decirme algo de la carta apenas la recibas.

Las confesiones de la señora Weston le brindaron a Emma más materia para meditaciones desagradables al incrementar su compasión y su estima por la señorita Jane Fairfax y al revivir el recuerdo de lo injusta que fue con ella tiempo atrás. Amargamente lamentaba no haber tratado de tener una amistad más íntima con ella, y enrojecía avergonzada al pensar que, en buena parte, el motivo de su comportamiento no había sido otro que la envidia que sentía. Si hubiese escuchado los consejos del señor Knightley, prestando estas atenciones a la señorita Jane, como era su deber en todos los aspectos; si hubiese tratado de conocerla mejor; si hubiese hecho, por su parte, lo imposible porque se estableciera un trato más cercano; si hubiese intentado hacer de ella su amiga en lugar de haber elegido a Harriet... De haber actuado de esa manera, según todas las posibilidades en este momento, se hubiese ahorrado esas angustias que la estaban acosando entonces... Por sus aficiones, por su educación, por su cuna parecía predestinada a ser su amiga, a que ella la recibiera con mucho agrado; y por parte de Jane... ¿Cómo era esa joven? Imaginando incluso que jamás hubieran llegado a ser grandes amigas; que Jane no hubiese tenido la confianza suficiente con ella como para revelarle el secreto... lo que quizás era lo más probable... pero a pesar de todo, conociéndola como hubiese podido y debido conocerla, se hubiese evitado tener esas antipáticas sospechas con respecto a un indigno enamoramiento con el señor Dixon, sospechas que no solamente había creado y alimentado en su pensamiento, sino que también había confiado de una manera imperdonable a otros; una idea que ella mucho temía que hubiera sido una de las mayores razones de sufrimiento para los delicados sentimientos de Jane, por la ligereza y la irreflexión de Frank Churchill. De todo lo que podía perjudicar a la muchacha desde su llegada a Highbury, estaba completamente convencida de que ella fue la fuente principal de sus desasosiegos. Tenía que mirar en ella a un enemigo permanente. Los tres jamás habían estado juntos sin que Emma no hubiese perturbado la calma de Jane en mil detalles; y en Box Hill quizá conoció unos sufrimientos espirituales que le hicieron pensar que ya no podía tolerar más.

En Hartfield el atardecer fue muy triste y muy largo ese día. Y el tiempo pareció ayudar a hacer más lúgubres esas horas. Comenzó una borrasca de lluvia fría, y julio solamente era patente en los arbustos y los árboles que el viento, poco a poco, desnudaba, y en la duración de la luz, que extendía todavía por más tiempo ese taciturno espectáculo.

Al señor Woodhouse le afectaba el mal tiempo; y la única forma de que se sintiera aceptablemente a gusto era recibir permanentes atenciones por parte de su Emma, que a ella le significaron un doble esfuerzo del que hasta ese momento había necesitado en esas circunstancias. Esa tarde le recordaba la primera ocasión en que padre e hija se quedaron solos, la tarde del día en que contrajo matrimonio la señora Weston; pero después del té, el señor Knightley fue a visitarlos, disipando de esa manera hasta la última sombra de tristeza y melancolía. Pero, ¡ay!, esas agradables muestras de la atracción que ejercía Hartfield, como lo demostraba ese tipo de visitas, no tardarían mucho en finalizar. Las perspectivas de aburrimiento que en ese momento había previsto Emma para la época siguiente de invierno habían resultado equivocadas; ningún amigo les había dejado, no habían perdido ninguna atención... Pero en ese instante temía que no iba a tener tanta suerte como entonces en el resultado de sus tristes y lúgubres pronósticos... El futuro que se presentaba ante ella era tan amenazador que no podía ser completamente conjurado... que ni siquiera en parte parecía llegar a ser más alentador. Si todo lo que podía pasar en el círculo de sus amigos sucedía, Hartfield debía quedar un poco abandonado y ella tendría que animar a su padre con el poco entusiasmo que le quedaba de su desaparecida dicha.

Un lazo mucho más fuerte y profundo que el que representaba ella misma crearía el niño que iba a nacer en Randalls; y el tiempo y el corazón de la señora Weston serían totalmente absorbidos por él. Definitivamente la perderían. Y quizás, en gran parte, también perderían a su esposo... Frank Churchill no regresaría más; y era natural imaginar que la señorita Jane Fairfax pronto dejaría de formar parte de Highbury. Contraerían matrimonio y se ubicarían en Enscombe o muy cerca de allí. Perdería a las personas por las que más aprecio sentía; y si a estas pérdidas se les agregaba la de Donwell, ¿cerca de ella qué amigos amables e inteligentes quedarían? ¡El señor Knightley ya no les haría compañía por las tardes! ¡Ya no los visitaría a todas horas, como si siempre estuviera dispuesto a cambiar su propia casa por la suya! ¿Cómo aguantaría todo eso? Y si Harriet era la razón de que le perdieran; si a partir de ese momento había que resignarse a la idea de que hallara al lado de Harriet todo lo que él requería y deseaba; si para él Harriet iba a ser la elegida, la primera, la amiga más apreciada, la esposa, la mujer en quien debía resumir toda la dicha del mundo, ¿para Emma qué idea podía ser más triste y desconsoladora, sino la que no podría nunca alejarse de su mente, de que todo habría sido culpa suya?

Cuando sus meditaciones alcanzaban este punto extremo, no podía evitar sentir un gran estremecimiento, suspirar profundamente e incluso caminar por la habitación durante unos cortos segundos... y el único pensamiento del que podía sacar algo semejante a un consuelo, a una resignación, era su resolución de que a partir de ese momento iba a enmendarse, y la ilusión de que, a pesar de que el invierno próximo y todos los demás inviernos que llegaran no pudieran tener comparación con los pasados en alegría y entusiasmo, iban a hallarla más equilibrada y juiciosa, conociéndose mucho más a sí misma, y finalizarían dejándole menos cosas por las cuales sentir arrepentimiento.

CAPÍTULO XLIX

Continuó haciendo el mismo tiempo durante toda la mañana siguiente, y parecía reinar la misma melancolía e igual soledad en Hartfield... pero el cielo se despejó a primera hora de la tarde; el viento aminoró su fuerza; se disiparon las nubes; brilló el sol; regresó el verano; Emma decidió salir al aire libre lo antes posible con todo el ímpetu que inspira un cambio de tiempo como este. Jamás el magnífico espectáculo, la sensación de la naturaleza serena, brillante, cálida, después de una tormenta, los olores, le habían parecido más atractivos y hermoso; deseaba con ansias la tranquilidad que todo ello iba a introducir poco a poco en su espíritu; y cuando los visitó el señor Perry, un rato después de comer, con toda una hora libre para dedicar a su padre, aprovechó de inmediato la oportunidad para salir al jardín... Con el ánimo más tranquilo y los pensamientos un poco en paz, allí dio unas vueltas; cuando vio al señor Knightley cruzando la puerta del jardín y caminando hacia ella... Era la primera información que tenía de que había regresado de Londres. Emma, un instante antes, había estado pensando en él, imaginando, sin la menor duda, que se encontraba a veinticinco kilómetros de distancia. Solamente tenía tiempo para hacer una rápida composición de sitio. Debía sosegarse y dominarse. Después de medio minuto se encontraban el uno enfrente del otro. Los "¿Usted cómo se encuentra?" fueron calmados y moderados por una y otra parte. Ella le preguntó por sus mutuas amistades; todas estaban muy bien.

—¿Pero cuándo salió de Londres?

—Salí esta misma mañana.

—Seguro se mojó por el camino.

—Sí.

Emma se dio cuenta de que quería que pasearan juntos.

—Miré hacia el comedor y, como vi que no me necesitaban, prefiero caminar al aire libre.

Por sus gestos y su forma de hablar parecía contrariado, y la muchacha, inspirada por sus miedos, pensó que quizás el motivo de ello era que probablemente había comunicado sus planes a su hermano y estaba angustiado por la actitud con que este los había recibido. Comenzaron a caminar juntos. Él estaba callado. Emma tenía la impresión de que de vez en cuando la veía de reojo como si deseara leer en su cara más de lo que a ella le era conveniente dejar vislumbrar. Y este supuesto le provocó otro miedo. Tal vez quería comentarle sobre su amor por Harriet; quizá solamente aguardaba que ella le diera pie para hacerle confesiones... Sin embargo, Emma no lo hacía, no podía hacerlo, no sentía las fuerzas necesarias para hacer que la charla convergiera hacia ese tema. Él tendría que hacerlo absolutamente todo. Pero no podía aguantar ese silencio que, tratándose de él, era algo totalmente fuera de lo común. Estuvo reflexionando... se decidió... y, finalmente, tratando de sonreír, comenzó:

—Ahora que ha vuelto, usted se enterará de noticias que más bien le asombrarán.

—¿De verdad? —dijo él tranquilo, viéndola—. Y ¿de qué tipo?

—¡Oh! Las mejores noticias del mundo... un matrimonio.

Después de hacer una pausa muy corta, como para estar seguro de que ella no iba a comentar nada más, dijo:

—Si se trata del matrimonio de Frank Churchill con la señorita Fairfax, ya me lo dijeron.

—¿Pero cómo es posible? —dijo Emma, volviendo hacia él su cara encendida.

Pero al tiempo que hablaba se le ocurrió que caminando hacia allí podía haberse detenido para ver a la señora Goddard.

—Recibí una carta del señor Weston esta mañana sobre cuestiones de la parroquia y, al final, me hizo un breve resumen de todo lo que había sucedido.

Emma se sintió más tranquila y, al instante, pudo decir con algo más de calma:

—Entonces quizá le habrá asombrado menos que a los otros, porque usted ya tenía sus sospechas... Recuerdo que en una ocasión usted trató de advertirme... Y ojalá hubiera atendido a sus consejos... pero —bajando la voz y suspirando profundamente— está muy claro que estoy condenada a no saber ver jamás esas cosas...

Se produjo un silencio durante unos instantes y Emma no se dio cuenta de que sus palabras ocasionaron una profunda impresión en su interlocutor, hasta que sintió que le cogía la mano y se la llevaba al corazón, y le escuchó decir en voz baja en un tono lleno de emoción:

—Mi querida Emma, el tiempo curará esta herida... Usted tiene mucho sentido común... debe hacer un esfuerzo pensando en su papá... ya sé que para usted misma...

Apretó nuevamente la mano de la joven, al tiempo que agregaba con voz mucho más cálida y entrecortada:

—El más fiel de los amigos... qué indignación... ese antipático canalla... —Y en un tono más bajo, más decidido—: Se irá pronto... Pronto se marcharán al Yorkshire. De verdad lo siento por ella. Merece mejor fortuna.

Emma lo entendió y, cuando pudo recuperarse de la profunda e intensa sensación de placer que le había ocasionado esa prueba de cariño por parte de él, contestó:

—Usted es muy bueno... pero está en un error... Y debo decirle cuál es la auténtica verdad... No requiero de esta clase de misericordia. Mi ceguera ante todo lo que estaba sucediendo me llevó a comportarme de una forma tal de la que siempre me sentiré avergonzada, y me vi tontamente tentada a decir y a hacer muchas cosas que pudieron permitir las suposiciones más desagradables, pero este es el único motivo que tengo para lamentar el no haber conocido antes el secreto.

—¡Emma! —dijo él mirándola fijamente—. ¿Es verdad lo que dice? —Pero de inmediato, dominando su emoción—: No, no... ya la comprendo. Discúlpeme... me alegro de que pueda decir eso... No, realmente no vale la pena lamentar su pérdida. Y espero que no pase mucho tiempo antes de que no sea solamente su razón la que acepte todo eso... ¡Usted ha tenido suerte de que su corazón no se hubiera comprometido más! Le confieso que, por su actitud, yo jamás pude estar seguro de hasta dónde llegaban sus sentimientos... solamente tenía la certeza de que había una preferencia... una preferencia de la que yo jamás lo consideré merecedor. Es alguien que deshonra la palabra caballero... ¿Y una persona así recibirá en recompensa una joven tan encantadora? ¡Jane, Jane! ¡Qué desdichada serás!

—Usted me coloca en una situación muy delicada, señor Knightley —dijo Emma, intentando mostrarse animada, pero sintiéndose realmente en medio de la más grande confusión e incertidumbre—. No debo permitir que continúe en este error y, sin embargo, ya que mi actuación le dio esta impresión, no me faltan razones para sentirme muy avergonzada de aceptar que jamás me he sentido enamorada del hombre del que estamos hablando, como podría sentirse una mujer que confesara justamente todo lo contrario... ¡Jamás...!

En silencio, él la oyó. Emma hubiese preferido que le hablara, pero él continuaba callado. Imaginó que antes de hacerse merecedora de su piedad debía agregar algo más, pero no aceptaba verse forzada a rebajarse a sí misma ante él. No obstante, continuó diciendo:

—Tiene pocas disculpas mi actuación... Sus atenciones me deslumbraron y me permití a mí misma mostrarme satisfecha... La vieja historia... quizás un caso muy natural... algo que les habrá sucedido a centenares de mujeres antes que a mí; sin embargo, no es la más disculpable la que como yo se sienta "inteligente". Muchas circunstancias confluyeron en ese deslumbramiento. Él era el hijo del señor Weston... lo tenía permanentemente a mi lado... siempre lo encontraba muy atento y agradable... y, en conclusión —con un suspiro—, no voy a esconderle con frases ingeniosas cuál ha sido la razón más importante de todo esto... halagaba mi vanidad, y acepté sus atenciones. Pero en estos últimos tiempos... lo cierto es que durante algún tiempo yo no pensaba que eso significara algo... solamente lo consideraba como un juego, algo habitual... nada que seriamente me comprometiera ante mí misma... En cierta forma triunfó sobre mí, pero sin perjudicarme. Jamás estuve enamorada de él. Y casi puedo, en estos momentos, interpretar su comportamiento. Él jamás quiso enamorarme. Eso no era más que una pantalla para esconder su auténtica situación con otra mujer... Su intención era engañar a todas las personas que lo rodeaban; y estoy segura de que nadie pudo engañarse de una manera más clara que yo... solamente que no me engañé... esta fue mi mayor fortuna... me libré de él, por la razón que fuera.

Cuando llegó a este punto, Emma hubiera deseado que él le contestara... aunque solamente fueran unas pocas palabras para decir que por lo menos su comportamiento era comprensible; pero continuaba callado, y por lo que ella podía suponer, sumido en sus ideas. Finalmente, casi en su tono acostumbrado, comentó:

—Jamás he tenido una buena opinión de Frank Churchill... No obstante, puedo imaginar siempre que no haya sabido apreciar sus virtudes... ha sido muy superficial mi relación con él. E incluso aceptando que hasta este instante le haya juzgado como merece, pienso que puede ser mucho mejor... Tiene una posibilidad con una mujer como Jane... No tengo ninguna razón para desearle mal... y por el bien de ella, cuya dicha va a depender de su buen temperamento y de su comportamiento, por supuesto le deseo todo el bien posible.

—No tengo ninguna duda de que serán felices juntos —dijo Emma—; estoy segura de que están sinceramente enamorados el uno del otro.

—¡Es un hombre con mucha suerte! —dijo enfáticamente el señor Knightley—. A los veintitrés años, tan joven todavía, a una edad en la que, generalmente, cuando un hombre elige esposa, elige mal... ¡Conseguir algo de tanto valor a los veintitrés años! Dentro de los límites de lo que es humanamente posible prever, ¡cuántos años de dicha le aguardan! Conquistar el amor de una dama como ella... un amor sin interés, porque la forma de ser de Jane Fairfax es la de una mujer del máximo desinterés; él tiene todo a su favor... igualdad de posición..., me estoy refiriendo a lo que respecta a la sociedad, y todos los modales, educación y costumbres que verdaderamente cuentan; en todos los aspectos hay igualdad, con excepción de uno... y este, ya que es imposible poner en duda la pureza de intenciones de ella, todavía contribuirá a la dicha de él, ya que le permitirá brindarle los únicos beneficios de los que ella carece en estos momentos... Un hombre siempre quiere dar a una mujer un hogar mejor que el que ella tenía antes; y quien puede hacerlo, cuando no hay dudas con respecto al amor de ella, debe ser, en mi criterio, el más dichoso de los seres humanos... Sí, Frank Churchill es un preferido de la fortuna. Todo lo que le sucede es en su beneficio... En un balneario conoce a una muchacha, conquista su cariño, ni siquiera la atemoriza con la ligereza de su temperamento... y si toda su familia y él hubiesen dado la vuelta al mundo tratando de encontrarle una esposa perfecta, no la hubiesen hallado por encima de ella... Se opone su tía... su tía fallece... Solamente tiene que hablar... Sus amigos están dispuestos a ayudarlo a ser dichoso... Se comportó mal con todos... y todos están encantados de perdonarlo... ¡Realmente es un hombre con mucha suerte!

—Pero usted está hablando como si lo envidiara.

—Sí, Emma, lo envidio. Le aseguro que lo envidio en algo.

Emma no dijo nada más. Daba la impresión de que ya estaban a medio camino de hablar de Harriet, y en aquel instante todo lo que quería, si era posible, era evitar ese tema. Se trazó un plan, hablaría con él de algo totalmente diferente... los pequeños de Brunswick Square; y cuando ya estaba dispuesta a hablar, el señor Knightley la sorprendió comentando:

—Usted no me va a preguntar en qué lo envidio... Me doy cuenta de que está decidida a no sentir curiosidad... Usted es muy sensata y prudente... pero, lo siento, yo no puedo serlo. Le debo decir, Emma, lo que no va a preguntarme, a pesar de que tal vez un instante después me sienta arrepentido de haberlo dicho.

—¡Oh! No me lo diga entonces, no me lo diga —dijo ella con rapidez—. No se precipite, analice, tómese más tiempo.

—Gracias, muchas gracias —dijo él en un tono resentido.

Y no agregó ni una palabra más. Emma no podía aguantar la idea de haberlo dañado. Quizás él deseaba hacerle una confesión... quizá consultarle algo...; por mucho que le costara, lo oiría. Podía contribuir a decidirse o a confirmarle en su opinión. Podía limitarse a halagar a Harriet o, recordándole la importancia de su independencia, sacarle de ese estado de incertidumbre que para un espíritu como el suyo debía de ser más intenso y doloroso que cualquier opción... Llegaron frente a la puerta de la casa.

—Emma, ¿entra usted? —le preguntó él.

—No —dijo Emma, muy segura ya de su resolución, al ver la aflicción que él mostraba al hablar—. Me agradaría continuar el paseo. Todavía no se ha ido el señor Perry.

Y luego de dar unos pasos agregó:

—Señor Knightley, le he interrumpido con mucha brusquedad hace unos instantes, y creo que lo he ofendido... Pero si desea conversar sinceramente conmigo como amiga, o solicitar mi opinión sobre cualquier asunto que usted tenga proyectado... estoy a su disposición como amiga. Oiré todo lo que quiera decirme. Y le diré con total exactitud lo que piense con respecto a eso.

—¡Como amiga! —volvió a decir el señor Knightley—. Lo que temo,

Emma, es una palabra... No...no, prefiero que no... Sí... quédese... ¿por qué voy a dudar? Ya he ido muy lejos para poder esconderlo en este momento... Acepto su oferta, Emma... Por extraño que pueda parecerle, la acepto y me confío a usted como amiga... Pero dígame... ¿Puedo albergar alguna esperanza?

Se interrumpió como para dar más énfasis a su pregunta, mientras que con la mirada dominaba completamente a la joven.

—Emma, mi querida Emma —continuó diciendo—, porque para mí usted siempre será querida, sea cual sea la consecuencia de esta hora de conversación, mi querida Emma, mi amada Emma... respóndame de inmediato. Diga "no" si es eso lo que desea decir.

Emma no era capaz de decir algo, y, muy emocionado, él exclamó:

—¡Pero no dice nada! ¡Se calla usted! No pregunto más por ahora.

Por la emoción de esos instantes, Emma estaba a punto de desmayarse. Entonces el sentimiento más evidente en ella era el miedo a despertar del más dichoso de los sueños.

—Emma, yo no soy hombre de muchas palabras —continuó diciendo en un tono tan franco, tan resuelto, tan cariñoso, que solamente podía convencer—. Quizá podría hablar más si la quisiera menos. Pero usted ya sabe cómo soy... Solamente ha escuchado la verdad de mi parte... Yo le he regañado y le hecho reproches, y usted los ha soportado como ninguna otra mujer en toda Inglaterra lo hubiese hecho... Ahora, mi querida Emma, aguante las verdades que tengo que decirle, como siempre las ha aguantado... Quizá mis modales no ayudan mucho. Sé muy bien que no he sido un enamorado perfecto ni ejemplar... Pero usted ya me entiende... Sí, usted ve, usted entiende lo que siento... Y, si puede, también corresponderá a ellos. Ahora solamente le suplico que me deje escuchar, aunque solamente sea una vez, que me deje escuchar su voz, mi querida Emma.

Al tiempo que el señor Knightley charlaba, la mente de ella estaba en plena acción y había podido, con toda la prodigiosa rapidez del pensamiento, sin perder ni una palabra, captar y entender cuál era la auténtica verdad de todo eso; ver que las ilusiones de Harriet habían sido completamente infundadas, un engaño, una equivocación, un engaño tan completo como cualquiera de los suyos... que Harriet no significaba nada para él; que definitivamente ella lo era todo; que lo que ella había estado comentando con respecto a Harriet fue tomado como manifestación de sus propios sentimientos, y que sus dudas, su agitación, su desánimo, su contrariedad, él los había tomado como una manera de desanimarle que Emma había adoptado... y no solamente tenía que ir asumiendo todas esas cosas que significaban tanta dicha y alegría para el futuro; también había que alegrarse de no haber descubierto el secreto de Harriet y de decidir que ya no era necesario ni se haría... En ese momento era todo lo que podía hacer por su pobre amiga, ya que, por lo que respecta al heroísmo del sentimiento que podía haberla motivado a intentar que él trasladara su amor de Emma a Harriet, como la más digna, totalmente más digna, de ambas... o incluso a la actitud mucho más sublime y simple de decidir no aceptarlo al instante, y para siempre, sin confesar las razones, por el hecho de que no pudiera contraer matrimonio con las dos... No, a esos sacrificios Emma no estaba dispuesta. Con pena y arrepentimiento pensaba en Harriet, pero en su alma el impulso de bondad y generosidad no llegó a extremos de insensatez que se hubieran opuesto a todo lo que podía ser razonable o probable. Había desencaminado a Harriet, y para ella esta sería siempre una recriminación viviente; pero era tan sólido su buen juicio como también sus sentimientos, tan sólido como siempre lo había sido, y para él no podía aceptar una relación como esa, tan impropia y desigual. Era muy claro el sendero que Emma veía delante de ella, pero no sin obstáculos... Se vio obligada a hablar ante su insistencia... ¿Pero qué es lo que dijo? Justamente lo que debía decir, por supuesto... Como hace una dama siempre... Dijo lo esencial para darle a entender que no tenía por qué angustiarse... invitándolo a decir un poco más. Él había perdido las esperanzas por un instante, al ver que se le exhortaba al silencio y a la prudencia, como si eso representase una negativa... ella había comenzado por negarse a escucharlo... Después había sido algo brusco el cambio de actitud... Su propuesta de continuar paseando, la manera en que Emma había retomado la charla que ella misma acababa de interrumpir no había dejado de producirle asombro... Ella notaba que había actuado de una manera inadecuada, pero el señor Knightley fue tan gentil que ella no le pidió más explicaciones y prefirió no recordar el asunto.

En pocas ocasiones, muy pocas, ocurre que las personas pueden actuar evidenciando la verdad total acerca de sus acciones; casi siempre algo permanece un poco escondido, algo en una cierta sombra; pero cuando, como en este caso, si hay algo escondido en la forma de actuar, pero no en los sentimientos, no tiene mucho peso... El señor Knightley no podía hallar un corazón más dispuesto a aceptar el suyo, un corazón más enamorado que el de Emma.

Realmente, él no había tenido ni la más mínima sospecha de la influencia que ejercía sobre la muchacha; salió a su encuentro en el jardín sin la pretensión de ponerla a prueba. Acudió a Hartfield angustiado por ver cómo ella había tomado la información de la boda de Frank Churchill, sin ningún motivo egoísta, sin ninguna intención de ningún tipo, con excepción de la de intentar, si ella lo aceptaba, aconsejarla o darle consuelo... Lo demás había sido producto de las circunstancias, la consecuencia inmediata de lo que escuchó y también de sus sentimientos. La agradable certeza de que a Emma le era indiferente Frank Churchill, de que nunca le entregó su corazón, hizo que en él naciera la esperanza de que podía llegar a conquistarlo para él con el tiempo; pero no había sido una ilusión de algo inmediato, concreto... tan solamente, en esos instantes en los que el ímpetu de su anhelo dominó su razón, aspiraba a escuchar que ella no se oponía a su intento de conquistar su amor... Las esperanzas de algo más que poco a poco se le fueron ofreciendo le dejaron lleno de felicidad... Ya era suyo el cariño que él había estado suplicando que le dejara crear dentro de lo posible... Había pasado, en media hora, de un estado de ánimo totalmente afligido, a algo tan parecido a la felicidad absoluta, que definitivamente este era el único nombre que podía darle.

Fue parecida la transformación experimentada por ella... Esa media hora había dado a los dos la misma imperceptible seguridad de ser amados, en uno y otro había disipado las mismas sombras de la incomprensión, de la desconfianza, de los celos... Habían sido unos celos muy viejos por parte de él, que se remontaban al tiempo de la llegada de Frank Churchill, e incluso mucho antes, cuando todavía se le esperaba... Estaba enamorado de Emma y celoso de Frank Churchill desde esos días en los que tal vez un sentimiento le había permitido notar el otro... Fueron sus celos de Frank Churchill los que le habían hecho abandonar Highbury... El paseo a Box Hill le había motivado a irse. Pensó que por lo menos de esa manera evitaría el ser testigo nuevamente de todas esas atenciones que ella alentaba y permitía... Se fue para aprender a ser distinto... Pero para ello había elegido un mal sitio. En la casa de su hermano había demasiada dicha hogareña; allí la mujer representaba un rol muy atractivo; es que Isabella se parecía mucho a Emma... solamente diferenciándose de ella en varias cosas en las que era evidentemente inferior, y que no hacían más que recordarle con mucha más fuerza a su amiga; por mucho que hubiese hecho, a pesar de que hubiese permanecido allí mucho más tiempo, hubiese sido en vano. Pero se mantuvo allí tercamente cada día... hasta que esa misma mañana el correo le trajo la historia de Jane Fairfax... Entonces, junto a la felicidad que obligatoriamente debía sentir, y que no sentía el más mínimo escrúpulo en sentir, porque jamás había creído que Frank Churchill mereciera a

Emma, en su ánimo surgió una solicitud tan cariñosa, una intranquilidad tan profunda e intensa por ella, que no pudo permanecer ni un día más en Londres. Regresó a Highbury bajo la tempestad; y de inmediato, después de comer, se dirigió a Hartfield para ver cómo el mejor y el más fascinante de todos los seres humanos, totalmente perfecto a pesar de sus imperfecciones, recibía la noticia.

Estaba nerviosa y deprimida cuando la encontró... Frank Churchill era un canalla... Emma le dijo que jamás lo había querido... Frank Churchill, al fin y al cabo, no era un asunto tan vil como podría imaginarse... Cuando los dos regresaron a la casa, Emma era ya "su" Emma, sus palabras y su mano lo certificaban; y si en ese momento hubiera podido pensar en Frank Churchill, quizá le hubiera considerado como un excelente joven.

Capítulo L

¡Había una gran diferencia entre los sentimientos de Emma cuando salió de su casa y cuando entró en ella nuevamente! Salió al jardín sin atreverse a esperar más que un respiro muy breve para sus desasosiegos... Y en ese momento se sentía invadida por una magnífica sensación de dicha... dicha que, además, sabía que iba a ser todavía mayor cuando hubiese pasado la incertidumbre de esos primeros instantes.

Entonces se sentaron a tomar el té... ¡En cuántas ocasiones se habían reunido los tres en ese mismo sitio! Las mismas personas reunidas alrededor de la misma mesa... ¡Y en cuántas ocasiones se habían posado los ojos de Emma en los mismos arbustos que crecían entre la hierba y habían admirado el bello efecto de la puesta de sol! Pero jamás en ese estado de ánimo, jamás como en esa ocasión; y ahora no le resultaba fácil dominarse lo suficiente para ser la atenta ama de casa de costumbre, incluso la hija afectuosa de siempre.

No podía estar más lejos de sospechar el pobre señor Woodhouse lo que se estaba tramando contra él en el corazón de ese hombre a quien había recibido con tanta amabilidad, a quien había preguntado con mucho interés si no se había resfriado al venir de Londres bajo la tormenta... Seguro que, de haber podido entrar en su corazón, muy poco se hubiera preocupado por sus pulmones; pero sin tener ni la más remota sospecha de los riesgos que le acechaban, sin darse cuenta de la menor diferencia anormal en el aspecto o la actitud de ninguno de los dos, les repitió dichoso y calmado todas las noticias que le acababa de dar el señor Perry, y continuó charlando con ellos muy complacido de sí mismo, no siendo capaz de sospechar las informaciones que ellos, a su vez, hubieran podido decirle.

La agitación de Emma no se calmó mientras el señor Knightley estuvo en la casa, pero cuando se fue logró dominarse y comenzó a tranquilizarse un poco... y durante toda la noche que pasó despierta, que fue el precio que pagó por una tarde como esa, vio que había uno o dos asuntos muy graves sobre los que meditar y que le hicieron notar que incluso su dicha no iba a dejar de tener algunas sombras. Su papá... y Harriet. No podía permanecer a solas sin fijarse en la inmensa importancia que tenían los derechos de ambos para ella; y lo más difícil era lograr para los dos la mayor dicha posible. Con referencia a su padre, el problema solamente admitía una salida. Apenas sabía lo que el señor Knightley iba a pedir, pero después de un breve sondeo de su propio corazón, tomó la firme resolución de no dejar jamás a su padre... Desechó incluso la simple idea de hacerlo, como si solamente al pensarlo se hiciese responsable de una culpa muy grave. Mientras él viviera solamente debía comprometerse, no contraer matrimonio; pero se dijo a sí misma que, alejado el riesgo de perderlo, incrementaría el bienestar y la seguridad de su padre... Con respecto a la mejor manera de actuar en referencia a Harriet, la decisión no era nada fácil... ¿Pero cómo le evitaría un dolor innecesario? ¿Cómo, dentro de lo que fuera posible, sacrificarse por ella? ¿Cómo lograría demostrarle que no era su enemiga? En lo referente a estos temas, sus dudas y su intranquilidad no podían ser mayores... y tuvo que evocar nuevamente una y otra vez esas amargas recriminaciones, esas tristes lamentaciones que no dejaron de obsesionarla en los últimos días... Solamente pudo decir, por último, que continuaría evitando encontrarse con ella y que le informaría todo lo que tuviera que decirle por carta; pensó que en esa circunstancia lo mejor sería que, por algún tiempo, Harriet se fuera de Highbury, y pasando ya a trazar otro plan, casi concluyó que se podría lograr que la invitaran en Brunswick Square... Isabella estaría fascinada de tener a Harriet junto a ella... y no dejarían de distraerla unas cuantas semanas en Londres... Por otro lado, no creía que Harriet fuese ese tipo de muchacha que olvidaba sus tristezas distrayéndose con cosas nuevas y diferentes, con niños, calles y tiendas. Sería, en todo caso, una prueba de atención y de afecto por parte de ella, que era la verdadera culpable de todo; una separación transitoria; un aplazamiento de ese triste día en el que era obligatorio que todos juntos se encontraran nuevamente.

Emma se levantó muy temprano y redactó la carta a Harriet; una tarea que la dejó tan pensativa, casi podría decirse tan afligida, que cuando el señor Knightley llegó a Hartfield para desayunar todavía le dio la impresión de que llegaba muy tarde; después requirió media hora de pasear con él y de charlar sobre los últimos sucesos, para lograr recobrar la misma sensación de dicha de la tarde anterior.

Trajeron una carta procedente de Randalls al poco tiempo de haberla dejado, muy poco para que Emma todavía tuviese la menor tentación de pensar en alguien más... era un sobre muy abultado; Emma intuyó lo que contenía y creyó que necesariamente había que leerla... En esos instantes se sentía muy benévola para con Frank Churchill; no deseaba explicaciones... solamente quería que la dejaran a solas con sus pensamientos... y por otro lado no se sentía capaz de entender nada de lo que él podía escribir; pero tenía que desembarazarse de ese asunto. Segura de lo que contenía, abrió el sobre... Una nota muy corta dirigida a ella de parte de la señora Weston, junto a la carta que Frank Churchill escribió a la señora Weston:

«Con el mayor placer te envío la misiva adjunta, querida Emma. Sé que sabrás apreciarla en todo lo valiosa que es y que no tendrás la más mínima duda de las excelentes consecuencias que ha tenido... No creo que jamás volvamos a disentir gravemente en nuestra opinión con respecto a quien la ha escrito; pero haciendo un prólogo muy largo no quiero entretenerte más... Todos estamos bien... Esta misiva ha sido el mejor remedio para todas las pequeñas alteraciones nerviosas que he tenido últimamente... No me dejó tranquila el semblante que tenías el martes, pero la mañana no era de las más adecuadas; y a pesar de que tú jamás quieres aceptar que el tiempo influye en tu estado de ánimo, creo que todas las personas se resienten cuando el viento del noreste sopla. Recordé mucho a tu querido padre durante la tempestad del martes por la tarde y de ayer por la mañana, pero ayer por la noche me tranquilicé cuando supe por el señor Perry que no se había sentido mal. Recibe un afectuoso saludo de

A. W.[22]»

«(A la señora Weston)
»Windsor. Julio.

»Querida señora:

22 Annie Weston.

»Si supe expresarme ayer como era mi auténtico deseo, ustedes habrán estado aguardando esta misiva; pero tanto si la esperaban como si no, sé que la leerá con indulgencia y buena voluntad... Usted, tan buena, pienso que requerirá recurrir a toda su generosidad para perdonar algunos aspectos de mi pasado comportamiento... Sin embargo, ya fui perdonado por alguien que tenía más razones para sentirse ofendido. Me siento con más valor a medida que voy escribiendo. Para el afortunado es difícil ser humilde. Las dos veces en las que he solicitado perdón, yo he tenido tanta suerte, que corro el riesgo de creerme muy seguro de obtener ahora el de usted, y después el de esos sus amigos que tengan alguna razón para considerar que me he comportado muy mal con ellos. Todos ustedes deben tratar de entender cuál era mi situación exacta cuando por primera vez llegué a Randalls; usted debe pensar que entonces tenía un secreto que debía continuar siéndolo costara lo que costase. La realidad era esta. Pero ya es otra cuestión el derecho que tenía a ponerme en una situación que requería tal disimulo. Eso no lo discutiré aquí. En lo que respecta a mi tentación de considerarlo un derecho, remito a quien no opine de esa manera a una casa de ladrillos de Highbury, una casa con ventanas muy sencillas en la planta baja y con puertas y ventanas en el primer piso. Abiertamente yo no me arriesgaba a dirigirme a ella; mis problemas, en la situación que había entonces en Enscombe, son ya lo suficientemente conocidos para que requiera explicarme más; y tuve tanta fortuna que logré mi objetivo antes de que nos separáramos en Weymouth, y convencí a la dama más recta de toda la creación para que, dadas las circunstancias, consintiese en un compromiso matrimonial oculto... Me hubiera vuelto loco si ella se hubiese negado... Imagino que usted me preguntará qué esperaba lograr con todo eso... Cuáles eran mis planes... Yo esperaba cualquier cosa, todo... que transcurriera el tiempo, que surgiera una posibilidad, que se diese una situación favorable... de los efectos lentos lo esperaba todo, de los estallidos inesperados, de la constancia y del agotamiento, de la salud y de la enfermedad. Ante mí tenía todas las posibilidades de dicha, y asegurada la mayor de las alegrías al lograr que correspondiera y que prometiera fidelidad. Mi apreciada señora, si usted requiere más explicaciones, solamente le diré que tengo el honor de ser el hijo de su marido, y la ventaja de haber heredado su predisposición a aguardar que todo siempre salga bien, herencia que siempre será mucho más importante que la de tierras y casas... Entonces piense usted en mí, en esta situación, realizando mi primera visita a Randalls; en este punto

tengo conciencia de haber actuado mal, porque esa visita debiera haberla hecho mucho antes. Si usted recuerda esos meses se dará cuenta que yo no fui hasta que la señorita Jane estuvo en Highbury; y como usted era justamente la persona a quien hice el desprecio, sabrá disculparme de inmediato; pero diré, para atraerme el perdón de mi papá, que debo recordarle que si me mantuve tanto tiempo alejado de su casa, fue tiempo en el que no pude gozar del bien de conocerla a usted. Espero que mi comportamiento en aquellas dos semanas tan dichosas que pasé con ustedes no merezca ningún reclamo, con excepción de un aspecto. Y en este momento entro en lo principal, el único aspecto valioso de mi comportamiento mientras permanecí en su casa que me tiene intranquilo y que necesita explicaciones más detalladas. Con el mayor respeto y con los sentimientos de la más cariñosa de las amistades, debo mencionar aquí a la señorita Emma; mi papá quizá pensará que debería agregar "y con la más grande y profunda humillación"... Por unas palabras que se le escaparon ayer vi cuál era su criterio, y acepto que yo mismo considero justas ciertas recriminaciones... Mi trato con la señorita Woodhouse, a mi entender, se interpretó de una manera exagerada... A fin de ayudar a ocultar ese secreto tan importante para mí, me vi obligado a hacer un uso inadecuado de la amistad que de inmediato se estableció entre los dos... No negaré que la señorita Emma era manifiestamente el objeto de todas mis atenciones... Pero estoy muy seguro de que usted me creerá si le digo que de no haber estado yo completamente convencido de que le era indiferente, no hubiese permitido que mis miras personales me motivaran a continuar adelante... La señorita Emma, incluso siendo tan cariñosa, tan encantadora, jamás me dio la impresión de ser una muchacha fácil de enamorar; y el que ella fuese totalmente ajena a cualquier inclinación a enamorarse de mí, era no solamente mi convicción, sino también mi deseo... Recibía mis atenciones de forma amistosa, desenvuelta, jovial, que a mí más me convenía. Daba la impresión de que nos entendíamos muy bien. Y en nuestras respectivas circunstancias, yo estaba obligado a tener aquellas atenciones, y ella también lo pensaba de esa manera... No sabría decir si la señorita Emma comenzó a comprenderme de verdad antes de que finalizaran esos quince días, cuando fui a verla para despedirme de ella, recuerdo que estuve a punto de decirle la verdad, y que entonces supuse que ella no dejaba de tener algunas sospechas; pero no tengo la más mínima duda de que desde ese instante me descubrió, aunque no sé hasta qué punto... Tal vez no descubrió todo, pero con su agudeza tuvo que notar algo...

Estoy seguro, no me cabe la menor duda. Usted ya comprobará, cuando pueda hablarse más libremente que ahora de todo este tema, que no se va a sorprender. Muchas veces me lo insinuó. Recuerdo que me dijo en el baile que yo tenía que tener mucho agradecimiento con la señora Elton por las atenciones que tenía con la señorita Jane. Espero que toda esta historia de mi actuación con ella sea aceptada por usted y por mi padre como un considerable atenuante de lo que ustedes hayan considerado censurable en mi comportamiento. Mientras piensen que me he comportado terriblemente mal con Emma Woodhouse, no merezco la estimación de ninguno de los dos. Perdónenme en este punto y aboguen por mí cuanto sea posible, para que la señorita Emma me disculpe y me dé su amistad nuevamente; díganle que siento por ella un cariño muy fraterno, de auténtico hermano, y que solamente deseo que se enamore y que sea tan dichosa como yo lo soy en este momento... Ahora ustedes ya saben cómo interpretar todas las cosas raras que dije o hice en esas dos semanas. Mi corazón se encontraba en Highbury, y yo solamente intentaba trasladarme allí tan frecuentemente como me era posible sin levantar sospechas. Si usted recuerda alguna extravagancia mía, sepa ahora a lo que debe adjudicarla. Por lo que respecta a aquel piano del que tanto se comentó, solamente creo necesario decir que lo adquirí sin que la señorita Jane tuviera la menor información de ello, debido a que en caso de habérselo dicho jamás lo hubiese aceptado... Mi apreciada señora, la delicadeza de sentimientos de la que ha dado muestra durante todo este tiempo, va muchísimo más allá de todo lo que yo podría explicarle. Como deseo vivamente, no tardará usted en conocerla bien por sí misma. Absolutamente nada de lo que yo le diga serviría para describirla. Ella misma le mostrará a usted cómo es... pero no de palabra, ya que existen muy pocas personas tan empeñadas como ella en esconder sus propias virtudes. Al tiempo que estaba escribiendo esta misiva, que será más extensa de lo que yo tenía previsto, he tenido noticias suyas... Excelentes noticias en referencia a su salud... pero como jamás se lamenta, sobre este tema no me atrevo a estar seguro. Para mí es preferible tener su opinión acerca de su estado de salud. Sé que usted no tardará en visitarla; ella teme esta visita. Tal vez la haya hecho ya. Explíqueme, lo antes posible, algo acerca de esto; estoy muy impaciente por que me dé muchos detalles. Solamente recuerde que muy pocos minutos permanecí en Randalls, y en qué estado de ánimo tan exaltado y perturbado; todavía no me encuentro mucho mejor. Todavía emocionado y turbado tanto por la dicha como por el dolor. Al pensar en la amabilidad y el cariño que me han brindado, en su valía y en la paciencia que ha tenido, y en la bondad de mi tío, me vuelvo loco de felicidad; pero al recordar todos los trastornos que he provocado y lo poco que merezco que me disculpen, me pongo loco de rabia. ¡Si la pudiese ver de nuevo! Pero todavía no debo hacer eso. Mi tío ha sido muy bueno conmigo para que yo abuse de esta forma... No he finalizado todavía con esta extensa carta. Todavía no le he dicho todo lo que usted debería saber. No pude darles muchos detalles más ayer; pero lo imprevisto, y de cierta manera lo inoportuno, de la forma en que se ha descubierto el secreto, requiere explicación; ya que, a pesar de que el suceso del pasado día 26, como usted ya habrá imaginado, para mí significó la posibilidad de las más dichosas perspectivas, yo no hubiera tomado medidas tan inmediatas de no obligarme a ello situaciones muy particulares que me forzaron a no perder ni una hora. Yo hubiese deseado evitar todo esta rapidez, y todos mis escrúpulos ella los hubiese compartido con mucha más intensidad y una delicadeza mucho mayor que la mía... Pero no pude elegir... El imprevisto compromiso que contrajo con esa señora... Mi apreciada señora, aquí me veo obligado a interrumpir esta carta bruscamente, y a calmarme un poco... He estado paseando por el campo y ahora pienso que estoy lo bastante calmado para escribir el resto de la misiva como debo hacerlo... Realmente estos son recuerdos muy tristes para mí. Me comporté de una manera vergonzosa. Y aquí puedo aceptar que mi conducta con la señorita Woodhouse, de querer ser desagradable para la señorita Fairfax, fue totalmente indigna. Ella quedó muy contrariada y esto hubiera debido ser suficiente para fijarme en lo que hacía; no consideró justificado mi pretexto de hacer todo lo posible por esconder la verdad... Se quedó muy contrariada; yo creía que sin base; yo pensaba que muchas veces era innecesariamente precavida y escrupulosa; incluso me daba la impresión de que era muy fría. Pero tenía razón siempre. Si yo hubiese seguido su criterio y hubiese dominado mi temperamento hasta el punto en que ella lo creía conveniente, hubiese evitado los mayores padecimientos que he conocido en toda mi existencia... Peleamos... ¿Usted recuerda la mañana que pasamos en Donwell? Allí todas las pequeñas divergencias que habíamos tenido hasta entonces confluyeron en una auténtica crisis. Yo llegué muy tarde; la encontré volviendo sola a su casa y quise acompañarla, pero ella no lo aceptó. Rotundamente se negó a permitírmelo, lo que en ese momento me pareció lo más ilógico e irracional del mundo. Pero ahora solamente veo en ello una actitud de sensatez muy lógica y muy fundada. Al tiempo que yo, para mentirles a todos escondiendo nuestro compromiso, dedicaba todas mis atenciones a otra dama, de una forma muy poco agradable para ella, ¿cómo iba a aceptar una propuesta al día siguiente que podía hacer totalmente vanas todas las precauciones anteriores? Si en el sendero entre Donwell y Highbury alguien nos hubiera visto juntos, seguro hubiese sospechado la verdad... No obstante, yo fui lo suficientemente necio y loco como para ofenderme... Dudé de su afecto. Dudé todavía más al día siguiente en Box Hill; cuando, provocada por mi comportamiento, por esa indiferencia humillante e insolente que yo le demostraba y por la aparente preferencia que expresaba por la señorita Woodhouse, hasta un extremo que ninguna dama sensible hubiera podido aguantar, manifestó su resentimiento con unas palabras que yo entendí a la perfección. Mi apreciada señora, en resumidas cuentas, fue una pelea de la que ella no tenía la más mínima culpa, y yo la tenía toda; a pesar de que hubiese podido permanecer en casa de usted hasta la mañana siguiente, yo regresé a Richmond esa misma tarde, sencillamente porque no podía estar más rabioso con ella. Todavía entonces no fui tan tonto como para no pensar que ya me reconciliaría con ella nuevamente; pero yo era el ofendido, ofendido por su dureza y su frialdad, y me marché decidido a que fuese ella quien diera el primer paso. Siempre estaré muy feliz de que usted no asistiera a la excursión de Box Hill. De usted haber presenciado mi comportamiento allí, dudo que jamás hubiera tenido una buena opinión de mí nuevamente. El efecto que tuvo en ella se vio por la rápida resolución que tomó; tan pronto como se enteró de que yo de verdad me había ido de Randalls, aceptó la oferta de la entrometida de la señora Elton; cuya manera de tratarla, dicho sea de paso, siempre me produjo indignación e hizo que la considerara muy antipática. Ahora no puedo hablar contra un espíritu de tolerancia del que han dado muestras tanta gente para conmigo; pero de no ser así, airadamente protestaría por la forma en que se le soporta todo a esta mujer... ¡Jane!"... ¡Santo Dios! Usted se habrá dado cuenta de que todavía no me permito llamarla por este nombre, ni siquiera cuando me dirijo a usted. Entérese usted de lo insoportable que me era el escucharlo citado continuamente por los Elton con toda lo corriente y vulgar de las repeticiones innecesarias y toda la insolencia de una supuesta superioridad. Por favor, tenga paciencia conmigo, no tardaré en finalizar... Aceptó esta oferta decidida a romper de forma definitiva conmigo, y me escribió al siguiente día diciendo que jamás volveríamos a vernos. Decía que se dio cuenta de que nuestro compromiso solamente nos había traído sufrimientos e infelicidad a ambos, y que por lo tanto lo daba por terminado... Esta misiva llegó a mis manos la misma mañana en que falleció mi pobre tía. Después de una hora ya la había respondido. Pero debido a la incertidumbre de mi alma y a los innumerables asuntos que tenía que solucionar de inmediato, mi respuesta, en lugar de mandarse con las otras muchas misivas de ese día, permaneció encerrada dentro de mi escritorio; y yo, pensando que ya le había dicho lo suficiente para calmarla, aunque solamente eran unas cortas líneas, me quedé muy tranquilo... Reconozco que me decepcionó un poco no tener respuesta suya inmediatamente; pero la disculpé, y estaba muy atareado, y ¿me lo permite decirlo?, muy feliz con las perspectivas que se me brindaban para reparar en eso; entonces nos marchamos a Windsor... y después de dos días recibí de ella un paquete que contenía todas mis misivas... y al mismo tiempo unas líneas cortas por correo en las que manifestaba el gran asombro que sintió cuando no recibió ninguna respuesta a la última de sus misivas; y agregaba que como mi silencio sobre ese asunto no podía interpretarse más que de una forma, lo mejor para los dos era que todos los detalles secundarios se solucionaran lo antes posible, que me enviaba por medio seguro todas mis misivas, y me suplicaba que si no podía enviarle las suyas a Highbury antes de una semana, que se las mandara a su nombre a... Total, que tenía ante mis ojos la dirección de la casa de la señora Smallridge, cerca de Bristol. Yo conocía el nombre, el sitio, estaba enterado de toda aquella cuestión, y de inmediato entendí lo que había resuelto. Algo que estaba completamente de acuerdo con un temperamento tan decidido como yo sabía que era el suyo; y el secreto que mantuvo en su última carta respecto a este propósito, también evidenciaba su extremada delicadeza... Por nada de este mundo hubiese aceptado decirme algo que se hubiese escuchado como una amenaza... Suponga usted mi asombro y mi contrariedad; suponga cómo maldije al servicio de correos, hasta que noté que solamente se trataba de un descuido mío. ¿Pero qué podía hacer? Solamente una cosa era posible... Tenía que comunicarme con mi tío. No podía esperar que volviera a oírme sin su consentimiento... Entonces le hablé... Me eran completamente favorables las circunstancias; el fallecimiento tan reciente de su esposa suavizó su orgullo, y mucho antes de lo que yo pensé, se ajustaba a mis deseos. Y todavía finalizó diciendo, con un profundo suspiro, pobre hombre, que me deseaba que fuera tan dichoso en el matrimonio como él lo fue... Yo pensé que sería muy distinto al suyo... ¿Usted se siente inclinada a compadecer-

me por todo lo que padecí al explicarle mi situación, y por mi incertidumbre mientras todo parecía todavía muy confuso? No; no me compadezca por eso, sino por cuando llegué a Highbury y noté todo el perjuicio que le causé; no me compadezca sino por el instante en que la vi pálida y enferma. Arribé a Highbury a una hora en la que, por lo que sabía acerca de sus hábitos sobre el desayuno, estaba seguro de tener posibilidades de hallarla sola... Y no me equivoqué; como tampoco me equivoqué al decidir hacer ese viaje. Debía disipar una contrariedad muy razonable y justa por su parte. Pero lo logré; ya estamos reconciliados, y nos queremos mucho más que antes, y en ningún instante habrá una nueva inquietud que se interponga entre nosotros otra vez. Mi apreciada señora, ahora tengo que finalizar; pero no pude hacerlo antes. Mil y mil gracias por todas las atenciones que usted siempre me ha dispensado, y diez mil gracias por todas las bondades que su corazón quiera tener de ahora en adelante para con ella. Si usted piensa que en el fondo soy más dichoso de lo que merezco, yo le doy toda la razón... La señorita Woodhouse me llama el niño consentido del destino. Espero que tenga razón. Por un lado, al menos mi buena suerte no tiene discusión: en el de considerarme como su cariñoso y agradecido hijo,

F. C. WESTON CHURCHILL"

CAPÍTULO LI

Emma se sintió conmovida por esta carta. Y, aunque estaba predispuesta en contra de él, se vio obligada a considerarle de una manera mucho más benévola, como ya lo había imaginado la señora Weston. Al llegar al sitio en el que aparecía su propio nombre, se hizo irresistible el efecto; todo lo referente a ella era muy interesante, y casi cada línea de la misiva la consideraba agradable; y cuando cesó esta razón de interés, el asunto continuó apasionándola por la normal evocación del cariño que había profesado al muchacho y el poderoso atractivo que para ella siempre tenía toda historia de amor. Hasta haberlo leído todo no se interrumpió, y a pesar de que no le era posible dejar de reconocer que él había actuado mal, pensaba que, en el fondo, su comportamiento había sido menos censurable de lo que había supuesto... Y había padecido tanto y sentía tanto arrepentimiento... y evidenciaba tanto agradecimiento para con la señora Weston, y tanto amor para con la señorita Jane, y

Emma era entonces tan dichosa, que no podía ser muy fuerte y severa; y si en aquel instante Frank Churchill hubiese entrado en la sala, ella, como siempre, le hubiese estrechado la mano con mucha amabilidad.

Emma quedó tan bien impresionada por la misiva que cuando regresó el señor Knightley deseó que él la leyera; estaba muy segura de que la señora Weston no se opondría a ello; sobre todo, tratándose de alguien que, como el señor Knightley, había encontrado muy cuestionable su comportamiento.

—Me encantaría leerla —dijo—. Pero da la impresión de que es algo extensa. La leeré esta noche, por eso me la llevaré a casa.

Sin embargo, esto era imposible. Aquella tarde, el señor Weston les visitaría y tenía que devolvérsela.

—Yo preferiría conversar con usted —contestó él—, pero ya que, según parece, se trata de un asunto de justicia, entonces la leeremos.

Comenzó la lectura... pero inmediatamente se interrumpió para comentar: —Si me hubieran ofrecido hace unos meses leer una de las cartas de este muchacho a su madrastra, le juro, Emma, que no me lo hubiese tomado con tanta ligereza.

Continuó leyendo para sí, y después comentó con una sonrisa:

—¡Vaya! Una introducción de lo más ceremoniosa... Es su forma de ser... No va a ser norma obligatoria para todas las demás personas el estilo de uno... No debemos ser tan exigentes.

Después de un rato agregó:

—Mientras leo yo preferiría expresar mi opinión en voz alta; así me daré cuenta de que estoy junto a usted. De esa manera no será perder el tiempo del todo, pero si a usted no le gusta...

—Sí, sí, lo prefiero, realmente.

Con mayor celo el señor Knightley retomó la lectura.

—Eso de la "tentación" —dijo— es difícil creer que se lo tome en serio. Sabe que carece de razón y no tiene argumentos firmes para convencer... Hizo mal... No debió haberse prometido... "la predisposición de su padre...". No, no es justo para con su padre... El señor Weston siempre ha puesto su temperamento vehemente al servicio de empresas honrosas y dignas... Pero antes de intentar lograr algo, el señor Weston se ha hecho merecedor de ello siempre... Sí, eso es cierto... No vino hasta que la señorita Jane ya estuvo aquí.

—Y yo recuerdo —dijo Emma— lo seguro que estaba usted de que si él hubiese deseado, hubiera podido venir antes. Usted es muy amable al pasar por alto este tema... pero tenía toda la razón.

—Yo no era completamente imparcial en mi juicio, Emma... pero, a pesar de todo, creo que... incluso si usted no hubiese estado en medio... yo tampoco hubiese tenido confianza en él.

Al llegar al pasaje en que se mencionaba a la señorita Woodhouse se vio obligado a leerlo todo en voz alta... todo lo referente a ella, con una mirada; con una sonrisa, con un movimiento de cabeza; una palabra o dos de afirmación o de desaprobación; o sencillamente de amor, según requería el tema; no obstante, después de unos instantes de reflexión, terminó diciendo con mucha seriedad:

—Sí, muy mal... aunque hubiese podido ser peor... Ha estado realizando un juego muy arriesgado... ¡Confiar tanto en que el azar se lo va a arreglar todo! No juzga bien el comportamiento que ha tenido con usted... Realmente se ha dejado engañar por sus propios deseos, sin tener la más mínima consideración por todo lo que no fuera su beneficio... ¡Suponerse que usted había descubierto su secreto! ¡No puede ser más lógico! Enigma... intriga... todo esto empaña el juicio... ¿No cree que cada vez con más evidencia todo nos demuestra la belleza de la sinceridad en nuestras mutuas relaciones, mi querida Emma?

Emma afirmó, pero no pudo evitar sonrojarse cuando pensó en Harriet, a quien no podía dar una explicación franca de lo sucedido.

—Es mejor que continúe —dijo ella.

De esa manera lo hizo, pero de inmediato interrumpió nuevamente la lectura para comentar:

—¡El piano! ¡Ah! Eso es algo propio de un joven, de un joven de pocos años, demasiado joven para entender que en ocasiones en un obsequio así pesan más los problemas que la ilusión que ocasiona. ¡Sí, es una idea de niño! No puedo entender que un hombre se empeñe en darle a una mujer una prueba de su cariño que sabe que ella elegiría no recibir; y sabía que, de haber podido, ella no hubiese permitido que le mandara el piano de regalo.

Después de esto continuó leyendo por unos minutos sin hacer más pausa. La confesión de Frank Churchill de que había actuado de una forma vergonzosa fue lo primero que le incitó a dedicarle algo más que unas concisas palabras.

—Amigo mío, estoy completamente de acuerdo contigo —fue su comentario—. Usted se comportó de una manera imperdonable. En su vida usted ha escrito una frase más auténtica.

Y después de leer seguía hablando acerca del desacuerdo de los dos y de su insistencia en actuar de una manera diferente a lo que parecía más justo a Jane Fairfax, realizó una pausa más larga para comentar:

—Pero eso es increíble... Obligarla por el interés de él a colocarse en una situación muy incómoda y difícil, cuando su mayor preocupación tendría que haber sido evitarle toda tristeza innecesaria... Definitivamente, ella tuvo que haber exigido una igualdad de circunstancias. Y él tenía que haber respetado aun los escrúpulos con poca base, en caso de que lo hubieran sido, que ella tuviese; y todos tenían muchas bases. Tenemos que atribuirle a ella una equivocación, y recordar que actuó muy mal aceptando aquel compromiso, aguantando el que se le colocara en una situación que solamente podía traerle aflicciones.

Emma se sintió incómoda, porque sabía que en ese momento estaban llegando al pasaje en que se hablaba de la excursión a Box Hill. ¡En esa ocasión su actitud había sido tan poco digna! Sentía muchísima vergüenza y un poco de temor de que él la mirara nuevamente. No obstante, todo lo leyó sin ni siquiera pestañear, con mucha atención y sin hacer el más mínimo comentario; con excepción de una rápida mirada que dirigió a Emma, y que solamente fue instantánea, porque tenía miedo de avergonzarla... y tampoco se hizo la más mínima alusión a Box Hill.

—La educación y la delicadeza de los Elton, nuestros buenos amigos, no quedan muy bien parados —fue el comentario que siguió—. Entiendo la actitud de él. ¡Vaya! ¡De manera que ella se decidió a romper de forma definitiva...! Un compromiso que solamente trajo sufrimientos y sinsabores para ambos... que lo creían deshecho... ¡Cómo se ve aquí que ella notaba lo reprochable del comportamiento de él! Bueno, desde luego este joven es de lo más...

—Espere, espere... Continúe leyendo... Ya verá cómo él ha padecido mucho también.

—Así lo espero —contestó el señor Knightley con frialdad, al tiempo que volvía a concentrarse en la lectura de la carta—. ¿Smallridge? ¿Pero qué quiere decir? ¿Todo eso qué significa?

— En casa de la señora Smallridge ella aceptó un empleo de institutriz... es una íntima amiga de la señora Elton... que vive cerca de Maple Grove y, además, no sé cómo la señora Elton va a tomarse esta burla.

—No me distraiga, mi querida Emma, debido a que me obliga a leer... ya no me diga nada, ni siquiera de la señora Elton. Solamente falta una página. Ya se termina. ¡Vaya con la cartita del muchacho!

—Me agradaría que la leyera con mayor y mejor inclinación hacia él.

—Parece que aquí hay algo de sentimiento... Da la impresión de que se alarmó mucho cuando la vio enferma... Por supuesto, no tengo la más mínima duda de que está enamorado de ella. "Nos queremos mucho más que antes...". Espero que siempre sepa reconocer lo valiosa que es una reconciliación como esta... ¡Ah! No puede ser más generoso en agradecer... distribuye las gracias a miles... "Más feliz de lo que en realidad merezco...". ¡Vaya! Aquí evidencia que se conoce a sí mismo. "La señorita Woodhouse me llama el niño consentido del destino...". ¿Ah, sí? ¿Es así cómo le dice la señorita Woodhouse? Y un hermoso final... Bueno, listo. "Niño consentido del destino...". ¿Era de esta manera como usted le decía?

—Da la impresión que usted no quedó tan complacido como yo con esta carta, pero confío en que por lo menos le haya dado una idea más favorable de él. Espero sinceramente en que ahora tenga una mejor opinión.

—Sí, por supuesto. Se le puede acusar de egoísmo, de ligereza, de culpas graves; y estoy plenamente de acuerdo con él en que quizá será más feliz de lo que en realidad merece; pero como, sin ninguna duda y a pesar de todo, está verdaderamente enamorado de la señorita Jane, y espero que no tarde en disfrutar del privilegio de estar siempre con ella, estoy dispuesto a pensar que su temperamento mejorará y que, gracias a ella, obtendrá una delicadeza y una firmeza de sentimientos que no tiene en este momento. Y ahora permítame hablarle de algo diferente. Mi corazón está tan interesado por otra persona en estos instantes, que ya no puedo ni quiero dedicar más tiempo a pensar en Frank Churchill. Desde que nos hemos separado esta mañana, Emma, no he dejado de pensar en un inconveniente.

E inmediatamente se lo planteó; el asunto, expresado en un lenguaje simple, sencillo y caballeresco, como el que el señor Knightley siempre usaba incluso con la mujer de quien estaba enamorado, era el de qué manera le pediría que contrajera matrimonio con él sin perjudicar por ello la dicha de su padre. Desde que él pronunció la primera palabra, Emma tenía preparada la respuesta.

—No puedo pensar en cambiar de estado mientras mi papá viva. No puedo dejarlo solo.

Pero solamente una parte de esta respuesta fue aceptada. El señor Knightley estaba plenamente de acuerdo con ella en la imposibilidad de dejar a su padre. Pero no podía admitir el que fuera inaceptable el que se produjese cualquier otra transformación. Había estado pensando mucho en aquella cuestión; inicialmente concibió la esperanza de poder convencer al señor Woodhouse para que se trasladara con ella a Donwell; se había empeñado en considerarlo como algo posible, pero conocía muy bien al señor Woodhouse como para engañarse a sí mismo por mucho tiempo; y en ese momento confesaba que estaba convencido de que este cambio de casa influiría en el bienestar de su padre e incluso en su vida, que en forma alguna debía ponerse en peligro. ¡El señor Woodhouse fuera de Hartfield! No, notaba que era algo que no debía ni siquiera intentarse. Pero por el plan que había forjado, después de descartar el otro, confiaba que en ningún aspecto sería rechazado por su querida Emma; se trataba de que él fuese aceptado en Hartfield; de que, mientras la tranquilidad y el bienestar de su padre —en otras palabras, su existencia— exigiese que Hartfield continuara siendo el hogar de Emma, también fuese para él un hogar.

Con respecto a la posibilidad de trasladarse todos a Donwell, Emma también había reflexionado y también, después de meditar, había rechazado el plan; pero no se le había ocurrido la otra alternativa. Notaba el cariño que demostraba por parte de él; se daba cuenta del señor Knightley sacrificaba gran parte de su independencia en cuanto a horarios y a hábitos al abandonar Donwell; y el vivir permanentemente con su padre y en una casa que no era la suya, para él significarían muchas, muchísimas molestias. Emma hizo la promesa que lo pensaría y le aconsejó que también él siguiera analizándolo, pero el señor Knightley estaba totalmente convencido de que por mucho que lo pensara no cambiaría sus deseos ni su opinión en lo referente a esa cuestión. Según aseguró, lo había estado meditando, con calma y tiempo; había estado rehuyendo a William Larkins durante toda la mañana para poder estar a solas con sus pensamientos.

—¡Ah! —dijo Emma—. Pero no ha pensado en un problema. Estoy segura de que no le gustará la idea a William Larkins. Antes de pedir mi consentimiento, tendría que pedir el suyo.

Emma, sin embargo, hizo la promesa de que lo pensaría, y luego prometió también que lo pensaría con la intención de encontrar que era una solución muy buena.

Es muy digno de resaltarse que Emma, cuando consideró ahora desde muchos puntos de vista la posibilidad de habitar en Donwell Abbey, en ningún instante tuvo la sensación de dañar a su sobrino Henry, cuyos derechos como posible heredero tanto la habían inquietado tiempo atrás. Era necesario pensar en la posible diferencia que eso significaría para el pequeño y, no obstante, cuando lo pensó, solamente se dedicaba a sí misma una sonrisa insolente y significativa, y hallaba muy divertido el reconocer las auténticas razones de su fuerte oposición a que el señor Knightley contrajera matrimonio con Jane Fairfax o con otra, que para entonces había adjudicado exclusivamente a su preocupación como tía y como hermana.

Con respecto a esa propuesta suya, ese plan de contraer matrimonio y de continuar viviendo en Hartfield... creía encontrarle más alicientes mientras más lo pensaba. Sus inconvenientes parecían disminuir, sus ventajas incrementar, y el bienestar que proporcionaría a los dos parecía solucionar todos las problemas. ¡Tener junto a ella a un compañero como ese en los instantes de desaliento y de intranquilidad! ¡Una ayuda como aquella en todos los cuidados y deberes que el tiempo debía ir haciendo cada vez más difíciles y laboriosos irremediablemente!

De no ser por la pobre Harriet, su dicha hubiese sido perfecta, pero cada una de las alegrías que ella iba obteniendo parecía representar un incremento de las desdichas de su amiga, a la que en ese momento también debían excluir de Hartfield. Como medida de beneficiosa sensatez, la pobre Harriet debía quedar al margen de ese placentero ambiente familiar con el que ya soñaba Emma. Saldría perdiendo en todos los aspectos. Emma no podía sentir su futura ausencia como algo que extrañaría para su bienestar y su felicidad. Harriet, en ese ambiente, siempre sería algo parecido a un peso muerto, pero para la pobre muchacha daba la impresión de que era una necesidad muy terrible y cruel tener que verse en una situación de castigo totalmente inmerecido.

Claro que el señor Knightley sería olvidado con el transcurrir del tiempo, es decir, sustituido, pero no era lógico aguardar que ello sucediera en un plazo muy corto. Para contribuir a la curación el señor Knightley no podía hacer nada; definitivamente no podía hacer como el señor Elton. Siempre tan amable, el señor Knightley, tan comprensivo, tan cariñosos con todos, jamás sería merecedor de que se le tributara un culto inferior al de ese momento; y verdaderamente era mucho esperar, aun de Harriet, que pudiera llegar a enamorarse de más de tres caballeros en un año.

CAPÍTULO LII

Fue un gran consuelo para Emma ver que Harriet estaba tan deseosa como ella de evitar un reencuentro. Por carta ya eran muy tristes sus relaciones. ¡De haber tenido que verse hubiese sido mucho peor!

Harriet, como puede imaginarse, se manifestaba prácticamente sin hacer ningún reclamo, sin parecer que se considerase molesta u ofendida; pero Emma vislumbraba en su actitud un poco de resentimiento o algo que estaba muy cercano a ello, y que todavía incrementaba sus deseos de que no tuvieran una relación más personal y directa... Tal vez todo eran suposiciones suyas, pero ante un golpe como ese ni un ángel hubiese dejado de sentir algo de resentimiento.

Para que Isabella la invitase no tuvo inconvenientes, y fue afortunada al encontrar una excusa satisfactoria para solicitárselo sin necesidad de usar su creatividad. Harriet tenía una muela con caries, y ya hacía mucho tiempo que debía ir a un dentista. Isabella se mostró encantada de poder ayudarla, todo asunto relacionado con médicos despertaba el interés más grande en ella... y, a pesar de que no era fanática de ningún dentista como del señor Wingfield, de inmediato aceptó a Harriet en su casa... Cuando se puso de acuerdo con su hermana, Emma le hizo la propuesta a su amiga, a quien resultó sencillo convencer... Harriet viajaría a Londres, por lo menos durante dos semanas estaba invitada, y el viaje lo haría en el coche del señor Woodhouse. Así se hicieron todos los arreglos, se solucionaron todos los inconvenientes, y muy pronto Harriet llegó sana y salva a Brunswick Square.

Emma ahora podía disfrutar en calma de las visitas del señor Knightley; ahora podía charlar y podía oír, sintiéndose auténticamente dichosa, sin el aguijón de ese sentimiento de culpabilidad, de injusticia, de algo todavía más triste y doloroso que la intranquilizaba cada vez que pensaba que cerca de ella, en esos mismos instantes, un corazón padecía por unos sentimientos que ella misma había colaborado a desarrollar de manera errónea.

Tal vez no era muy natural que Emma considerase tan diferente el que Harriet estuviera en Londres o en la casa de la señora Goddard, pero cuando pensaba que se encontraba en Londres se la imaginaba ocupada, siempre distraída por la curiosidad, sin recordar el pasado, sin oportunidades para encerrarse en ella misma.

Emma no deseaba consentir que ninguna otra preocupación sustituyera de inmediato a la que había sentido por Harriet. Por delante tenía una confesión que hacer, en la que no podía ayudarla nadie... confesarle a su padre que estaba enamorada; pero por ahora no tenía que pensar en eso... Decidió posponer la revelación hasta que la señora Weston diera a luz. En esos instantes no quería ocasionar todavía más preocupaciones a las personas que amaba... y hasta que llegase el tiempo que ella misma se había fijado, no quería entristecerse con amargos pensamientos... Se tomaría por lo menos dos semanas de paz de espíritu y de calma para saborear esos perturbadores e intensos deleites.

De inmediato decidió que, tanto por gusto como por deber, dedicaría a visitar a la señorita Fairfax media hora de esos días de ocio espiritual... Tenía que ir... y sentía muchos deseos de verla; lo similar de las situaciones en que las dos estaban en aquellos instantes daba más valor todavía a todas las demás razones de buen entendimiento. Constituiría un desagravio oculto, pero, sin duda, el hecho de que en ese momento los planes para el porvenir de ambas fueran tan semejantes, no dejaría de incrementar el interés con que Emma tomaría cualquier confidencia que pudiera hacerle Jane.

Y hacia allí caminó... en los últimos tiempos, en una oportunidad llamó inútilmente a esa puerta, pero no había entrado en la casa desde la mañana del día siguiente al de la excursión a Box Hill, cuando la pobre Jane se encontraba en tan mal estado de salud que la había compadecido, a pesar de que entonces ni imaginaba la peor de sus desdichas... Por el temor a no ser bien recibida, decidió, a pesar de que estaba segura de que la muchacha se encontraba en casa, que se haría anunciar y esperaría en el pasillo... Escuchó cómo Patty anunciaba su visita, pero no se produjo ningún alboroto como el que en una ocasión la pobre señorita Bates hizo tan claramente perceptible... No, solamente escuchó la respuesta inmediata de: "Dígale que suba, por favor..." Y tras un instante, la propia Jane salió a recibirla a la escalera, adelantándose a las demás de forma apresurada, como si no hubiese considerado suficiente y adecuado ningún otro tipo de recibimiento... Jamás Emma la había visto con un semblante más saludable, tan bella, tan atractiva. Todo en ella era armonía, equilibrio, efusividad y felicidad; parecía rebosar, en sus modales y en su apariencia, de todo lo que hasta entonces había carecido... Tendiéndole la mano salió a su encuentro, y dijo en voz no muy alta, pero sí muy cariñosa:

—¡Señorita Woodhouse, qué amable ha sido usted...! No sé cómo manifestarle... Confío en que me crea... Usted sabrá disculparme, porque ahora no hallo las palabras, definitivamente...

Muy complacida quedó Emma, y no hubiese tardado mucho en hallar las palabras apropiadas, de no contenerse al escuchar la voz de la señora Elton, que llegó desde la sala, motivándola a limitar todos sus sentimientos de agradecimiento y amistad en un afectuoso apretón de manos.

Las señoras Bates y Elton estaban conversando. La señorita Bates salió, lo que explicaba la falta de agitación a la llegada de la muchacha. A Emma le hubiese agradado más que la señora Elton se encontrara en cualquier otro sitio menos allí, pero estaba dispuesta a tener tolerancia y paciencia con todos, y como la señora Elton la recibió con atenciones poco acostumbradas en ella, confió en que la charla podría fluir por cauces tranquilos.

No tardó Emma en creer adivinar los pensamientos de la señora Elton y en entender por qué ella también se encontraba de tan buen humor; el motivo era la confidencia que le acababa de hacer la señorita Fairfax, ya que pensaba que ella era la única en saber algo que todavía era un secreto para los otros. Inmediatamente, Emma pensó descubrir señales de esta suposición en los gestos de su cara. Y al tiempo que prestaba atención a la señora Bates, y aparentaba oír las respuestas de la bondadosa anciana, vio que ella, con una especie de teatral misterio, doblaba una misiva que, aparentemente, estuvo leyendo a la señorita Fairfax en voz alta, y la guardó nuevamente en el bolso metálico pintado de purpurina que tenía junto a ella, al tiempo que, con significativos movimientos de cabeza, comentaba:

—Ya culminaremos cualquier otro día; a nosotras nos sobrarán oportunidades y realmente ya te he leído lo elemental. Solamente deseaba demostrarte que la señora S. no se ha ofendido y acepta nuestras disculpas. Te das cuenta qué maravillosamente escribe... ¡Oh, es una dama fascinante y encantadora! En su casa hubieses estado muy bien... Pero de esto ni una palabra más. Por favor, seamos discretas... Es lo más acertado... ¡Ah! ¿Te acuerdas de aquellos versos? En este instante no recuerdo a qué poema pertenecen: "Cuando a una dama se menta todo lo demás no cuenta".

Querida, y ahora yo digo: cuando se menta, no a una mujer, sino a... pero... ¡chist! A buen entendedor... Pienso que hoy me encuentro de muy buen humor, ¿cierto? Pero lo que quiero es calmarte en referencia a la señora S... Ya ves que he apaciguado por completo mi mediación.

Y, rápidamente, cuando Emma giró la cabeza para observar la labor que estaba realizando la señora Bates, agregó en un susurro:

—Te has dado cuenta que no he nombrado a nadie... ¡Oh, no! Diplomática y excesivamente prudente como un ministro de Estado. Es que sé muy bien cómo llevar esos asuntos.

No le cabía la más mínima duda a Emma. Eso era una fastuosa exhibición, repetida hasta la saciedad todas las veces posibles, de lo que ella pensaba era un secreto para los otros. Después de que todas hubieran hablado armoniosamente durante un buen rato en referencia a la señora Weston y al tiempo, de repente vio que la señora Elton, inesperadamente, se dirigía a ella:

—Señorita Woodhouse, ¿no le parece que nuestra pícara amiguita se ha recuperado de una manera milagrosa? ¿No le da la impresión de que es una curación que honra mucho al señor Perry? —mirando de reojo a Jane—. Sí, sí, Perry logró que se repusiera en un tiempo asombrosamente corto... ¡Oh! ¡Si usted la hubiera visto como yo la vi en los días en que estaba muy mal!

Y cuando la señora Bates comentó algo que distrajo la atención de Emma, agregó en un murmullo:

—No, no, nada diremos de la colaboración que le hayan podido dar a Perry; no diremos nada de un médico muy joven de Windsor... ¡Oh, no! Se llevará toda la fama Perry.

Y comenzó nuevamente al cabo de unos instantes:

—Señorita Woodhouse, me da la impresión de que no había tenido el placer de verla nuevamente desde la excursión a Box Hill. ¡Qué agradable fue esa excursión! Aunque, a pesar de todo algo faltaba, en mi opinión. Parecía como si... como si hubiera alguien de malhumor... Bueno, al menos eso fue lo que me dio la impresión, pero muy bien pude equivocarme... Pero yo creo que salió tan bien como para tentarnos a repetir el paseo. ¿Qué piensan si nos reunimos nuevamente los mismos y realizamos otra excursión a Box Hill, mientras permanezca el buen tiempo? Deben ir los mismos, ¿eh? Sí, exactamente los mismos... sin excepción alguna.

La señorita Bates llegó un poco después, y Emma solamente sonrió cuando vio la vacilación con que contestó a su saludo, titubeo motivado, según imaginó, a que estaba impaciente por decirlo absolutamente todo y dudaba de lo que podía decir.

—Señorita Woodhouse... Es usted muy bondadosa... Muchísimas gracias. Yo no sé cómo manifestarle... Sí, sí, entiendo totalmente... los planes de nuestra querida Jane... Bueno, no es que quiera decir... Pero se ha recobrado de una manera sorprendente, ¿cierto? ¿Cómo sigue su padre?... No se imagina cuánto me alegro... sí, no está en mis manos, se lo aseguro... Ya ve usted la pequeña velada, tan dichosa, que usted encuentra aquí... Sí, sí, por supuesto... ¡Qué muchacho más encantador...! Bueno, quiero decir... ¡qué amable! Estoy hablando del bueno del señor Perry... ¡Con Jane es tan atento!

Al ver que la señora Elton les había visitado, y por su efusividad, por sus extraordinarias expresiones de alegría y de agradecimiento, Emma imaginó que en la Vicaría se sentían algo resentidos por la resolución de Jane, y que ahora se habían superado los obstáculos. Y después de unas cuantas murmuraciones más, de las que Emma no pudo enterarse, hablando en voz más alta, la señora Elton comentó:

—Sí, mi buena amiga, ya ve que aquí estoy; y hace ya tanto rato que vine, que antes que todo creo necesario dar una explicación; pero lo cierto es que estoy esperando a mi señor y dueño. Me prometió que me vendría a buscar y aprovecharía la oportunidad para saludarlas a todas ustedes.

—¿Pero qué está diciendo usted? ¿Que tendremos el gusto y el honor de recibir la visita del señor Elton? Pues, eso sí que se lo agradeceremos... Porque estoy segura de que a los caballeros no les agrada visitar por la mañana, y el señor Elton siempre está tan ocupado en sus asuntos...

—Definitivamente sí, señorita Bates, le aseguro que lo está mucho... Realmente está todo el día muy ocupado, desde la mañana hasta la noche... No se pueden contar las personas que van a verle por un motivo u otro... Superintendentes, capilleros, magistrados, todos quieren conocer su opinión y pedir consejos. Da la impresión de que no saben hacer nada sin él. Hasta el punto de que yo, en muchas ocasiones, le digo: "Verdaderamente, es preferible que te molesten a ti y no a mí; yo solamente con la mitad de todos estos importunos ya no sabría dónde tengo mi piano ni mis lápices...". Aunque lo cierto es que no pienso que las cosas pudieran ir peor, porque he dejado totalmente, de una forma imperdonable, la música y el dibujo... Creo que hace dos semanas que no he tocado ni una nota... Pero, vendrá, se lo digo yo; sí, sí, él quiere saludarlas a todas.

Y colocándose la mano junto a la boca, como para no permitir que Emma escuchara sus palabras, agregó:

—Es para felicitarles, ¿saben? ¡Oh, sí! Es algo totalmente necesario.

De mucha felicidad se esponjó la señorita Bates.

—Me prometió que tan pronto como terminara de hablar con Knightley me vendría a buscar, porque Knightley y él han tenido que reunirse para cuestiones muy importantes... Es que el señor E. es el brazo derecho de Knightley.

Por nada del mundo, Emma no hubiese sonreído, y solamente se limitó a decir:

—¿El señor Elton fue a pie a Donwell? Entonces habrá sentido mucho calor.

—¡Oh, no! En la Hostería de la Corona era la entrevista, una de esas reuniones habituales; con ellos también estará Cole y Weston, pero solamente vale la pena hablar de los que lo dirigen... Tanto el señor E. como Knightley saben muy bien lo que hacen, estoy segura.

—¿Usted no se equivoca de día? —interrogó Emma—. La reunión de la Corona no se celebrará hasta mañana, estoy casi segura. Ayer estuvo en Hartfield el señor Knightley y dijo que sería el sábado.

—¡Oh, no! Estoy segura de que la reunión es hoy —fue la brusca respuesta que evidenciaba la poca posibilidad de que la señora Elton cometiese algún error—. Estoy plenamente convencida —continuó diciendo— de que tiene más problemas en todo el país. Ni siquiera sabíamos lo que eran esas cosas en Maple Grove.

—Es que debía ser pequeña su parroquia —dijo Jane.

—Mira, querida, eso no lo sé, porque jamás escuché hablar del asunto.

—Sin embargo, se ve porque la escuela es muy pequeña, que, según comenta usted, está dirigida por su hermana y por la señora Bragge; la única escuela que existe y que solamente tiene veinticinco niños.

—¡Ah! ¡Eres muy inteligente! Tienes mucha razón. ¡Qué inteligencia más despierta tienes! Jane, te digo que de ambas saldría una mujer perfecta. Alcanzaríamos la perfección con mi vivacidad y agudeza y con tu seguridad y buen juicio... Y no es que yo me arriesgue a insinuar que no existan personas que ya piensen que eres perfecta... Pero... ¡chist! No agreguemos ni una palabra más.

Sensatez que no parecía necesaria; Jane deseaba hablar, pero no con la señora Elton, sino con Emma, como esta lo veía con claridad; no podía ser más evidente su voluntad de prestarle mayor atención, dentro de lo permitido por la cortesía y la buena educación, a pesar de que la mayoría de las veces no pudiese expresarse más que mediante miradas.

El señor Elton hizo su aparición. Con su chispeante y característica agudeza lo recibió su esposa.

—Hacer que viniera hasta aquí para que esté molestando a mis amigos, y tú llegas mucho más tarde de lo que me habías dicho que lo harías. ¡Vaya, muy bonito!... ¡Ay! Tú te sientes muy seguro de tener una esposa dócil... Sabías que de aquí no iba a moverme hasta que mi dueño y señor apareciera... Y aquí, he permanecido una hora completa, dando a estas jóvenes un ejemplo de verdadera obediencia conyugal... porque, quién sabe, a lo mejor no tardarán mucho en practicar esta virtud.

Estaba tan acalorado y tan cansado el señor Elton que parecía que con él su esposa estaba desperdiciando su agudeza. Tenía que saludar a las demás señoras antes que todo; y después lo primero que hizo fue quejarse del calor que había pasado y de la caminata que inútilmente había realizado.

—Al llegar a Donwell —dijo— resultó que Knightley no se encontraba allí. ¡Qué extraño! ¡Definitivamente no me lo puedo explicar! Después de la nota que le mandé esta mañana y de la respuesta que me devolvió diciéndome que seguro estaría en su casa hasta la una de la tarde.

—¡Donwell! —exclamó su esposa—. Mi querido señor E., tú no has estado en Donwell; querrás decir la Corona; debes venir de la reunión de la Corona.

—No, no, eso se hará mañana; y justamente quería ver a Knightley hoy para comentarle de la velada... ¡Uf! Esta mañana está haciendo un calor terrible... He ido caminando por el campo —conversaba en un tono ofendido— y todavía he sentido mucho más calor. ¡Y después para no hallarle en casa! Estoy muy enojado, les aseguro. Y ni siquiera dejó una nota ni una disculpa. Me dijo el ama de llaves que no sabía que yo iba a ir... ¡Todo esto es tan raro! Y absolutamente nadie sabía dónde había ido. Tal vez a Hartfield, tal vez a Abbey-Mill, tal vez a los bosques... Eso no es propio de nuestro amigo Knightley, señorita Woodhouse... ¿Usted se lo puede explicar?

Asegurando que era verdaderamente muy extraño, Emma se divertía y decía que no sería ella quien intentaría defenderlo.

—Es que no puedo entender —dijo la señora Elton, sintiéndose ofendida como debía sentirse una buena esposa—, no puedo entender cómo él pudo hacerte algo semejante, justamente él... Es la última persona del mundo que yo hubiese imaginado que olvidara algo de esa manera. Mi querido señor E., estoy segura de que, por fuerza, tuvo que dejarte un recado; ni siquiera Knightley ha podido hacer una cosa tan absurda, y los sirvientes se han olvidado. Puedes estar seguro de que eso es lo que ha sucedido; y es muy probable que haya sucedido de esa manera, por los sirvientes de Donwell, que, según he podido ver muy frecuentemente, son todos muy descuidados y torpes. Yo no quisiera tener a mi servicio a un criado como Harry, por nada de este mundo. Y en lo que respecta a la señora Hodges, Wright tiene muy mal concepto de ella... le prometió a Wright una receta y jamás se la manda.

—Al estar cerca de Donwell —continuó diciendo el señor Elton— encontré a William Larkins y me comentó que no iba a hallar en casa a su señor, sin embargo, yo no le creí... daba la impresión de que William estaba de mal humor. Me comentó que no sabía lo que le sucedía a su amo en estas últimas épocas, pero que no había manera de extraerle ni una palabra; yo no tengo absolutamente nada que ver con los lamentos de William, pero es que era necesario que hoy mismo viera al señor Knightley; y por lo tanto para mí es un contratiempo muy serio haber caminado con este calor, para nada finalmente.

Emma entendió que lo mejor que podía hacer era regresar de inmediato a su casa. En aquellos instantes, con toda seguridad, alguien le estaba esperando allí. Tal vez de esa forma pudiera conseguirse que el señor Knightley fuera más cordial con el señor Elton, y con William Larkins también.

Cuando se despidió, se alegró mucho de ver que la señorita Fairfax abandonaba con ella la estancia para acompañarla hasta la puerta de la calle; se le ofrecía de esa manera una ocasión que aprovechó para decir de inmediato:

—Quizás es preferible que no haya habido ocasión. De no estar en compañía de otros amigos, me hubiese visto tentada a abordar algún tema, a realizar preguntas, a charlar con más sinceridad de lo que tal vez hubiese sido rigurosamente correcto... Entiendo que sin duda hubiera sido poco pertinente...

—¡Oh! —dijo Jane, sonrojándose y evidenciando una incertidumbre que a Emma le dio la impresión de que le sentaba mucho mejor que toda la elegancia de su acostumbrada dureza y frialdad—. No existía ningún riesgo. El único riesgo hubiese sido que yo la aburriera. Usted no podía hacerme más dichosa que manifestando un interés... Lo cierto, señorita Woodhouse —charlando ya con más tranquilidad—, soy muy consciente de que he actuado mal, muy mal, y debido a eso me da más consuelo el que aquellas de mis amistades, cuya buena opinión vale más la pena de mantener, no están molestas hasta el punto que le... Pero no tengo tiempo para expresarle ni la mitad de lo que quería decirle. Usted no se imagina lo que quiero excusarme, pedir disculpas, decir algo que me justifique. Pienso que es mi deber. Pero, por desgracia... Si usted no puede aceptar que sigamos siendo amigas, a pesar de su comprensión...

—¡Por Dios! Usted es muy escrupulosa —dijo, efusivamente, Emma, tomándole la mano—. No debe disculparse, y todas las personas a quienes usted podría suponer que lo deben hacer, están tan complacidas, incluso dichosas...

—Es muy amable, pero yo sé cómo me he comportado con usted... ¡De una manera tan poco natural, tan fría! Siempre estaba representando mi papel... ¡Era una existencia de fingimiento, de máscaras! Estoy segura de que se ha disgustado con mi actitud...

—No diga nada más, por favor. Creo que soy yo la que debería pedirle disculpas. En este momento perdonémonos la una a la otra. Y es preferible que lo que tengamos que decirnos lo digamos de inmediato, y pienso que en eso no vamos a perder el tiempo en halagos. Imagino que ha recibido buenas noticias de Windsor.

—Sí, excelentes.

—Y las siguientes imagino que serán que la perderemos, ¿no? Justamente ahora que comenzaba a conocerla.

—¡Oh! De eso aun no puede pensarse en nada. Hasta que me reclamen la señora Campbell y el coronel permaneceré aquí.

—Tal vez todavía no se puede decidir absolutamente nada —replicó, sonriendo, Emma— pero ya tiene que pensarse en todo, si no me equivoco.

Mientras respondía, Jane le devolvió la sonrisa:

—Sí, está en lo cierto; ya pensamos en ello. Y también le confesaré (porque no dudo de su absoluta discreción) que ya está decidido que el señor Churchill y yo iremos a vivir a Enscombe. Habrá tres meses de luto riguroso, por lo menos; pero una vez que transcurra este tiempo, espero que ya no haya que esperar nada más.

—Gracias, muchas gracias... Eso es precisamente lo que yo deseaba saber con seguridad... ¡Oh! ¡Si usted supiera cuánto me agradan las situaciones claras y sinceras...! Hasta luego...

Capítulo LIII

Con su feliz alumbramiento todos los amigos de la señora Weston sintieron una dicha inmensa. Y a la alegría de saber que todo había salido perfectamente bien, para Emma se agregó la de que su amiga hubiese sido mamá de una pequeña. Ella siempre había manifestado sus deseos por tener una señorita Weston. No reconocía que era con la idea de un futuro matrimonio con alguno de los hijos de Isabella, sino que comentaba que estaba totalmente segura de que una niña sería mucho mejor tanto para la madre como para el padre. Para el señor Weston sería una inmensa ilusión, ya que comenzaba a hacerse viejo... y cuando él tuviera ya una edad más avanzada, diez años después, vería su hogar alegrado por las ocurrencias, los caprichos, los antojos y los juegos de esa niña que pertenecía a la casa; y con respecto a la señora Weston... no había dudas de lo que significaría para ella una hija; y hubiese sido una tristeza que una excelente maestra como ella no hubiese podido enseñar nuevamente.

—Tuvo la fortuna de haber practicado conmigo —decía Emma—, igual que la baronesa de Almane con la condesa de Ostalis, en *Adelaida y Teodora,* de Madame de Genlis, y ahora nos daremos cuenta cómo instruirá mejor a su hija Adelaida.

—Ya verá —replicó el señor Knightley— cómo le consentirá incluso más de lo que le consentía a usted, y estará convencida de que no le consiente nada. Esta será la única diferencia.

—¡Ay, pobre criatura! —dijo Emma—. Entonces, ¿qué será de ella?

—Pero no hay que preocuparse mucho. Es el porvenir de millones de niños. Durante su infancia estará muy mal criada y, poco a poco, cuando vaya creciendo, se enmendará a sí misma. Mi querida Emma, ya no soy tan fuerte y severo con los pequeños mimados. Yo que le debo a usted toda mi dicha, ¿no sería una ingratitud terrible de mi parte ser severo para con los pequeños mimados?

Emma se echó a reír y replicó:

—Pero yo contaba con todos sus esfuerzos para neutralizar la inmensa benevolencia de las otras personas. Me temo que sin usted, solamente con mi sentido común, hubiese llegado a corregirme.

—¿De veras? Yo no tengo la menor duda. La naturaleza le dotó de inteligencia. La señorita Taylor le inculcó buenos principios. Tenía usted que terminar bien. Mi intervención tanto podía hacerle daño como beneficiarla. Era lo más natural del mundo que pensara: ¿Qué derecho tiene a sermonearme? Y me temo que era también lo más natural que pensase que yo lo hacía de un modo desagradable. No creo haberle hecho ningún bien. El bien me lo hice a mí mismo al convertirla a usted en el objeto de mis pensamientos más afectuosos. No podía pensar en usted sin mimarla, con defectos y todo; y a fuerza de encariñarme con tantos errores, creo que he estado enamorado de usted por lo menos desde que tenía trece años.

—Estoy completamente segura de que me hizo mucho bien —dijo Emma—. En muchas ocasiones me dejaba influir por usted... muchas más veces de lo que quería reconocer en esos instantes. Estoy totalmente convencida de que fue muy útil para mí. Y si a la pobre Anna Weston también la mimaran, usted realizaría una gran obra de caridad haciendo por ella exactamente todo lo que ha hecho por mí... con la excepción de enamorarse de ella cuando tenga trece años de edad.

—¡Cuando era usted una niña, en cuántas ocasiones, con su mirada arrogante, me dijo: "Señor Knightley, haré esto y aquello; papá dice que me lo permite"; o "La señorita Taylor me dio permiso"... Por supuesto que era algo que usted sabía en lo que yo no iba a estar de acuerdo. Al intervenir, en estos casos yo le daba dos muy malos impulsos en lugar de uno.

—¡Pero era una niña muy encantadora! No me es raro que usted recuerde mis palabras de una manera tan afectuosa.

—"Señor Knightley". Siempre me decía "señor Knightley"; y con la costumbre dejó de escucharse tan solemne y respetuoso... No obstante, lo es. No sé cómo, pero me agradaría mucho que me llamara de alguna otra forma.

—Hace unos diez años recuerdo que en una ocasión le llamé "George", durante una de mis encantadoras rabietas, lo hice porque pensé que de esa manera se ofendería, pero como usted no reclamó, no lo volví a llamar así jamás.

—¿No puede llamarme "George" ahora?

—¡Oh, no, no es posible! Yo solamente le puedo decir "señor Knightley". No puedo ni siquiera prometerle que lo llamaré con la elegante abreviatura de la señora Elton diciéndole "señor K"... Pero lo que sí le prometo —agregó seguidamente, riéndose y sonrojándose a la vez—, le prometo que una vez le diré por su nombre de pila. Eso sí, ahora no puedo decirle cuándo, pero tal vez sea capaz de intuir dónde... en aquel sitio el que dos personas aceptan vivir unidos en la adversidad y en la dicha.

Se lamentaba Emma de no poder hablarle con más sinceridad de uno de los favores más valiosos que él, con su gran juicio y sentido común, hubiese podido hacerle, aconsejándole de manera que le hubiese evitado incidir en la más grave de todas sus demencias femeninas: su obstinación en fraternizar con Harriet Smith, pero era un asunto muy delicado, no podía hablar sobre ella. En sus charlas solamente, en muy raras ocasiones, nombraban a Harriet. Ello podía adjudicarse, por su lado, sencillamente a que no se le ocurría pensar en la joven, pero Emma se inclinaba a atribuirlo a su delicadeza y tacto y a las suposiciones que debía de tener, gracias a algunos detalles, de que la amistad entre las dos amigas empezaba a debilitarse. Notaba que, en cualquier otra circunstancia, era natural esperar que se hubiesen enviado más cartas entre ellas, y que la información que recibiera de ella no tuviese que ser solamente, como entonces sucedía, la que incluía en sus cartas Isabella. Él también debía haberse dado cuenta. Casi tan grande como el sinsabor que sentía por haber hecho desdichada a Harriet era el que le ocasionaba el verse obligada a esconderle una cosa así.

Las noticias que Isabella le daba con respecto a su invitada eran las que se podían esperar; cuando llegó le había parecido que estaba de mal humor, lo cual le dio la impresión de que era completamente lógico, teniendo en cuenta que el dentista les estaba esperando; pero una vez resuelto ese contratiempo, no parecía que Harriet se mostrara diferente a como ella la había conocido anteriormente... Por supuesto, Isabella no era una observadora muy aguda; no obstante, si Harriet no se hubiera puesto a jugar con los pequeños, su hermana no hubiese podido dejar de notarlo; Emma disfrutaba más de sus esperanzas y consuelos sabiendo que la permanencia de Harriet en Londres iba a ser larga; probablemente, las dos semanas se iban a transformar en un mes, por lo menos. La señora y el señor Knightley regresarían a Highbury en agosto, y la invitaron a quedarse con ellos hasta entonces para volver todos juntos.

—Pero John ni siquiera nombra a su amiga —dijo el señor Knightley—. Aquí traigo su repuesta por si desea leerla.

Era la respuesta a la misiva en la que le anunciaba su decisión de contraer matrimonio. Rápidamente, Emma la aceptó llena de curiosidad por saber lo que diría de aquello y sin preocuparse por la noticia de que no nombraba a su amiga.

—John comparte mi dicha como un auténtico hermano —continuó diciendo el señor Knightley—, pero no es de los que se deshacen en halagos; y a pesar de que sé perfectamente que siente un afecto muy fraternal por usted, es tan poco amigo de los elogios que cualquier otra muchacha podría pensar que es más bien frío en sus halagos. Pero yo no tengo ningún temor de que usted lea lo que escribe en la carta.

—Escribe como un hombre muy juicioso —dijo Emma después que leyó la carta—. Aplaudo su franqueza. Se ve con mucha transparencia que opina que de los dos en este matrimonio la más afortunada seré yo, pero que no deja de tener alguna esperanza de que con el transcurrir del tiempo llegue a ser tan digna de mi futuro esposo como usted ya me considera. No le hubiese creído si hubiese dicho algo que diera a entender otra cosa.

—Emma, él no quiso decir esto. Solamente quiso decir que...

—Es que su hermano y yo diferiríamos muy poco en nuestro criterio con respecto al valor de nosotros dos —le interrumpió ella con una sonrisa algo pensativa—, tal vez mucho menos de lo que él piensa, si pudiéramos discutir el asunto, sin elogios y con total sinceridad.

—Mi querida Emma...

—¡Oh! —dijo ella, mostrándose más contenta—, si usted supone que su hermano no es justo conmigo, espere a que mi querido papá sepa de nuestro secreto y opine. Puede estar completamente seguro de que él todavía será mucho más injusto con usted. Le dará la impresión de que todas las ventajas estarán de su lado; y que yo tengo todas las virtudes y cualidades. Espero que para él no me transforme de inmediato en su "pobre Emma"... Su compasión por las virtudes ignoradas se reduce siempre a eso.

—Es que no lo sé —dijo él—, solamente espero que su papá se convenza, aunque solamente sea la mitad de fácil de lo que se convencerá John, de que tenemos todos los derechos que la igualdad de virtudes puede brindar para ser dichosos juntos. En la carta de John hay algo que me parece divertido. ¿No se ha dado cuenta? Aquí, donde dice que mi noticia no le ha tomado por sorpresa del todo, que casi estaba aguardando que le anunciara algo parecido.

—Pero si no interpreto mal a su hermano, solamente se refiere a que tuviera usted planes de contraer matrimonio. Ni remotamente pensaba en mí. Da la impresión de que esto le haya sorprendido completamente desprevenido .

—Sí, sí... pero para mí es muy divertido que haya visto tan claramente mis sentimientos. No entiendo qué es lo que puede haberle hecho imaginar eso. No adivino qué puede haber visto de diferente en mi manera de ser o en mi charla como para que piense que estaba más decidido a contraer matrimonio que en cualquier otro momento de mi vida... Pero imagino que debió de ver algo. Me arriesgaría a afirmar que se ha dado cuenta de la diferencia estos días que he permanecido en su casa. Imagino que no jugué con los niños tanto como lo hago habitualmente. Sí, recuerdo una tarde en que los pobres pequeñines comentaron: "Ahora el tío parece que está agotado siempre".

Entonces llegó el momento en que la noticia debía difundirse y ver cómo reaccionaban los demás. Cuando la señora Weston se repuso lo suficiente como para recibir la visita del señor Woodhouse, Emma, pensando que los disuasivos argumentos de su amiga influirían favorablemente en su padre, decidió dar la noticia primero en su casa y después en Randalls... Pero ¿cómo le haría esa confesión a su papá? Decidió notificárselo cuando el señor Knightley no estuviera presente, o cuando su corazón no pudiera esconder por mucho más tiempo el secreto y se viera obligada a revelarlo; entonces, al poco rato, preveía la llegada del señor Knightley, y él sería quien completaría la tarea de convencimiento comenzada por ella... Debía hablar, y hablar además de una manera alegre y casual. No podía utilizar un tono melancólico y taciturno dando la impresión de que para él era como una tragedia. No debía parecer que Emma lo considerase como un mal para su papá... Lo preparó, haciéndose fuerte, para recibir una noticia imprevista, y después, en pocas palabras, le dijo que si él le daba su aprobación y su consentimiento... lo cual no dudaba que él autorizaría sin obstáculos, ya que eso no tenía otra finalidad que hacerlos a todos más dichosos... el señor Knightley y ella pensaban contraer matrimonio; de esta manera Hartfield tendría un habitante más, un hombre que era el que su padre más quería, como ella sabía perfectamente, después de sus hijas y de la señora Weston.

Tuvo un sobresalto considerable al instante y trató de persuadir a su hija por todas las vías posibles. ¡Pobre hombre! Una y otra vez le recordó que ella siempre dijo que no pensaba casarse, y le aseguró que sería muchísimo mejor para ella permanecer soltera; y le habló de la pobre señorita Taylor y de la pobre Isabella... Pero todo fue inútil. Afectuosamente, Emma lo abrazaba, le sonreía y le decía insistentemente que tenía que ser de esa manera; y que no podía comparar su caso con el de

Isabella o el de la señora Weston, cuyos matrimonios, al obligarlas a irse de Hartfield, significaron un cambio de vida muy triste; pero ella no abandonaría Hartfield; allí se quedaría para siempre; si se hacía alguna transformación en la casa era solamente con la finalidad de incrementar su bienestar; y estaba totalmente segura de que él sería mucho más dichoso teniendo siempre al lado al señor Knightley, una vez se hubiese habituado a la idea... ¿Acaso no le tenía mucho aprecio al señor Knightley? Por supuesto que no podía negar que sí que le apreciaba mucho, estaba segura de eso. ¿No era con el señor Knightley con quien siempre quería consultar los asuntos de negocios? ¿Quién siempre estaba dispuesto a redactarle sus cartas, quién le ayudaba en todas las cosas con tan buena disposición, quién le prestaba tantos servicios? ¿Quién era más fiel, más atento, más amable que él? ¿No le agradaría tenerlo en casa siempre? Sí, esta era la auténtica verdad. Jamás se cansaba de recibir las visitas del señor Knightley, le encantaría verlo todos los días, pero hasta ese momento lo había visto casi a diario... ¿Por qué todo no podía ser igual que hasta ese instante?

Pero el señor Woodhouse no se dejó convencer de inmediato, pero lo peor ya había sucedido, ya se había lanzado la idea; el tiempo, la paciencia y la perseverancia debían hacer el resto... A los argumentos muy persuasivos de Emma le siguieron los del señor Knightley, cuyos grandes halagos sobre ella ayudaron a dar una perspectiva mucho más favorable a la propuesta y, pronto, el señor Woodhouse se habituó a que uno y otro le hablaran permanentemente del tema, todas las veces propicias... Los dos contaron con toda la ayuda que Isabella podía prestarles a través de cartas en las que manifestaba su más resuelta aprobación; y la señora Weston, en la primera ocasión que tuvo para hablarle del asunto, no dejó de presentar el plan en los mejores y más favorables términos... primeramente, como algo ya decidido y, después, como algo lleno de bondades y beneficios... debido a que era muy consciente de que esos argumentos tenían casi el mismo valor y significado para el señor Woodhouse... Entonces, se convenció de que no podía ser de otra manera; y todas las personas por quienes se dejaba aconsejar le aseguraban que aquel matrimonio solamente ayudaría a hacerle más feliz. En su interior casi llegó a aceptar esa posibilidad... y comenzó a pensar que quizás un día u otro... tal vez dentro de un año o de dos... no sería una gran tragedia el que se celebrara aquella boda.

No tenía que fingir al expresar que estaba a favor del plan de matrimonio, definitivamente, la señora Weston decía lo que pensaba... Inicialmente se había sorprendido mucho cuando Emma le reveló el secreto, pero era algo en lo que solamente podía ver un motivo de mayor felicidad para todos, y no tuvo ningún reparo en transformarse en fanática defensora del plan... Por el señor Knightley sentía mucho cariño y creía que era merecedor y digno de casarse con su adorada Emma; y en todos los aspectos era una relación tan conveniente, tan inmejorable, tan adecuada y, concretamente en un aspecto, tal vez el más importante, tan especialmente deseable, una elección tan afortunada, que daba la impresión de que Emma nunca debió sentirse atraída por ningún otro hombre, y que hubiese sido la más tonta de las mujeres si no hubiera pensado en él y, desde hacía mucho tiempo, no hubiera deseado contraer matrimonio con él... ¡Qué pocos caballeros cuyo nivel social les hubiera permitido pensar en Emma hubiesen renunciado por Hartfield a su propia casa! ¡Y quién como el señor Knightley podía conocer y tolerar al señor Woodhouse hasta conseguir que una decisión como esa fuese algo posible! Siempre, los Weston tuvieron que plantearse el inconveniente de lo que debía hacerse con el pobre señor Woodhouse, cuando hacían planes con respecto a una posible boda entre Emma y Frank... De qué manera conciliar los intereses de Enscombe y de Hartfield había sido siempre uno de los obstáculos más graves con que se habían encontrado... el señor Weston le daba menos importancia que su esposa... pero, de todos modos, jamás había sido capaz de resolver el asunto, por lo que se limitaba a decir:

—Ellos ya hallarán la manera de solucionarlo, esas cosas no se resuelven solas.

Pero no era necesario en ese caso posponer ningún conflicto ni hacer vagas figuraciones sobre el porvenir. Todo era claro, perfecto, satisfactorio. Nadie hacía un sacrificio digno de ese nombre. Era un matrimonio que brindaba las mayores perspectivas de dicha, y en el que no había ningún inconveniente razonable, efectivo, para que alguien se opusiera a él o para que fuera necesario posponerlo.

Con su hija en el regazo, la señora Weston se hacía todas estas reflexiones, definitivamente era una de las mujeres más dichosas del mundo. Y si algo había que pudiese incrementar todavía más su felicidad era el darse cuenta de que el primer juego de gorritos no tardaría mucho en quedarle pequeño al bebé.

Fue una verdadera sorpresa para todos cuando se divulgó la noticia, y el señor Weston fue uno de los más asombrados durante unos cinco minutos, pero cinco minutos fueron suficientes para que se familiarizara con la idea gracias a su agudeza mental... De inmediato vio las ventajas de aquel matrimonio, y su felicidad no fue menor a la de su esposa, pero no tardó en olvidar la sorpresa que le había ocasionado la noticia y, después de una hora, casi estaba a punto de pensar que él siempre había supuesto que algo así terminaría sucediendo.

—Imagino que tiene que ser un secreto —dijo—. Esas cosas tienen que ser un secreto siempre, hasta que uno se entera que todas las personas las saben. Solamente quiero saber cuándo se puede hablar del matrimonio... No sé si Jane sospechará algo...

Fue a Highbury durante la mañana del día siguiente y despejó sus dudas sobre este tema. Le informó las nuevas noticias, ¿acaso no era Jane como su hija, una hija ya adulta? Sí, por supuesto que tenía que decírselo, y como la señorita Bates estaba allí, como es natural, no tardó en saberlo la señora Cole, la señora Perry y después la señora Elton; los protagonistas del suceso habían previsto este tiempo; por la hora en que se supo en Randalls, ya habían determinado lo que tardaría en saberlo todo Highbury, y con mucha intuición habían imaginado que esa noche todas las familias del entorno solamente hablarían de ellos.

Todo el mundo, en general, aprobó animadamente el plan de matrimonio. Unos creyeron que era él el afortunado, otros pensaban que la afortunada era ella. Unos aconsejarían que todos se trasladaran a Donwell y que dejaran Hartfield para John Knightley y su familia; y otros pronosticaban conflictos entre los criados de las dos casas, pero, en su mayoría, nadie esgrimió razones muy graves, con excepción en una habitación de la Vicaría... Allí el asombro no se suavizó por ninguna felicidad. Comparado con su esposa, el señor Elton apenas se interesó por la noticia, solamente se limitó a decir que "ya podía estar satisfecha aquella orgullosa"; y a imaginar que "había querido siempre pescar a Knightley"; y sobre el que se quedaran en Hartfield se arriesgó a exclamar: "¡De buena me libré!"... Pero con mucha menos serenidad se lo tomó la señora Elton... "¡Pobre Knightley! ¡Pobre hombre! ¡Hace un mal negocio!". Se sentía muy apenada, porque, aunque él era muy excéntrico, tenía muchas y muy buenas virtudes... ¿Pero cómo era posible que se hubiese dejado atrapar? Estaba completamente segura de que él no estaba enamorado... no, para nada... ¡Pobre Knightley! Eso sería el final de la agradable relación que tuvieron con él... ¡Siempre que lo invitaban estaba tan feliz de ir a cenar a su casa! Todo esto había concluido... ¡Pobre hombre! No se harían nuevamente visitas a Donwell organizadas por ella...¡Oh, no! Habría ahora una señora Knightley que les agriaría todas las fiestas y las veladas... ¡Era muy lamentable! Pero no estaba arrepentida en absoluto de haber criticado, hace unos días atrás, al ama de llaves de Knightley... ¡Qué absurdo vivir todos juntos! Definitivamente eso no saldrá bien. Ella sabía de una familia que habitaba cerca de Maple Grove que lo intentó y, después de unos pocos meses, tuvo que separarse.

Capítulo LIV

El tiempo transcurrió rápidamente y, en unos días más, llegaría la familia de Londres. Esto atemorizaba un poco a Emma; y una mañana que estaba pensando en los inconvenientes que podía traer la vuelta de Harriet, llegó el señor Knightley y todas las ideas oscuras y tristes se esfumaron. Después de intercambiar las primeras palabras del feliz encuentro, él se mantuvo callado y, después, dijo luego en un tono más serio:

—Emma, tengo unas noticias que darle.

—¿Son buenas o malas? —dijo ella rápidamente mirándolo a los ojos.

—Bueno, no sé cómo podrían considerarse.

—¡Oh! Yo estoy completamente segura de que serán buenas, lo noto por los gestos que hace, se está esforzando para no sonreír.

—Me temo —dijo él enseriándose—, me temo mucho, mi apreciada Emma, que usted no sonreirá cuando las escuche.

—¿Y por qué no? No puedo suponer que exista algo que le agrade a usted y que le parezca divertido y que no me agrade ni me parezca divertido a mí también.

—Existe un tema —contestó—, espero que sea solamente uno, en el que pensamos diferente.

Sonrió nuevamente, hizo una breve pausa y, sin apartar los ojos de su cara, agregó:

—¿No supone lo que puede ser? ¿No recuerda...? ¿No recuerda a Harriet Smith?

Emma, al escuchar este nombre, enrojeció y tuvo temor de algo, pero no sabía con exactitud de qué.

—¿Esta mañana tuvo noticias de ella? —interrogó él—. Sí, ya me doy cuenta de que sí y que lo sabe absolutamente todo.

—No, no recibí ninguna carta, yo no sé nada; por favor, dígame de qué se trata.

—Me doy cuenta de que está preparada para lo peor... y ciertamente no es una buena noticia. Harriet Smith contraerá matrimonio con Robert Martin.

Emma tuvo un sobresalto que no pareció fingido... y la luz que pasó por sus ojos daba la impresión de que quería decir: "No, es imposible...". Pero sus labios continuaron cerrados.

—Pues así es —siguió el señor Knightley—. El mismo Robert Martin me lo dijo. Hace menos de media hora acabo de dejarlo.

Con el más elocuente de los asombros, ella continuaba mirándolo.

—La noticia la ha contrariado, como ya lo esperaba... Ojalá en esto también nuestras opiniones coincidieran. Pero quizá con el tiempo coincidirán. Usted puede estar segura de que el tiempo hará que el uno o el otro cambiemos de manera de pensar; y mientras tanto no es necesario que hablemos mucho del tema.

—No, no, usted no me comprende, no es eso —dijo ella tratando de dominarse—. No es que la noticia me moleste... es que casi no puedo creerlo. ¡No me parece posible! ¿Usted quiere decir que Harriet Smith aceptó a Robert Martin? No querrá decir que él pidió su mano nuevamente... Querrá decir que piensa hacerlo...

—Quiero decir que ya lo ha hecho... —contestó el señor Knightley sonriendo, pero decidido— y que fue aceptado.

—¡Dios mío! —dijo ella—. ¡Vaya!

Y después de recurrir a la cesta de la costura con el fin de tener una excusa para bajar la cabeza y esconder el intenso sentimiento de alegría que debía delatar su rostro, agregó:

—Entonces, cuéntemelo todo ahora, a ver si lo comprendo. ¿Cuándo, dónde, cómo? Por favor, dígamelo todo; nunca había tenido una sorpresa igual en mi vida... pero puede tener la completa seguridad de que no me produce ningún disgusto... ¿Cómo... cómo fue posible...?

—Es muy simple esta historia. Él fue hace tres días a Londres por cuestiones de negocios y yo le entregué unos papeles que debía enviar a John. Fue a visitar a John a su despacho, y mi hermano le invitó a ir con ellos al Astley esa tarde. Querían llevar a los dos niños mayores al Astley. Irían su hermana, mi hermano, Henry, John... y la señorita Harriet. No podía negarse mi amigo Robert. Fueron a recogerlo y se divirtieron mucho; al día siguiente, John le invitó a cenar con ellos... él fue... y durante esta visita (por lo que se ve) tuvo oportunidad de conversar con Harriet, y por supuesto no fue inútil. Ella lo aceptó y de esta manera hizo a Robert tan dichoso como se lo merece. Volvió en la diligencia de ayer, y esta mañana, después del desayuno, vino a visitarme para comentarme el resultado de sus gestiones: primero de las que yo le había encargado, y después de las suyas propias. Eso es todo lo que le puedo comentar con respecto al cuándo, cómo y dónde. Cuando se vean, Harriet ya le contará muchas más cosas... Le dirá hasta los detalles más pequeños, esos a los que solamente el lenguaje de una mujer puede darle importancia... Solamente hemos hablado en general en nuestra charla... Pero debo confesar que Robert Martin me ha parecido muy detallista, sobre todo conociendo su manera de ser; sin que fuera muy importante, me estuvo contando que cuando salió del palco, en el Astley, mi hermano estaba con su esposa y con el pequeño John, y él iba caminando detrás con la señorita Harriet y con Henry; y que hubo un instante en que se vieron rodeados de tantas personas, que la señorita Smith incluso se sintió algo indispuesta...

Él se quedó callado... Emma no se decidía a darle una respuesta de inmediato... Se encontraba segura de que decir algo significaría evidenciar una felicidad que no se podía explicar. Debía aguardar un poco más, porque, de lo contrario, él pensaría que se había vuelto loca. Pero al señor Knightley le preocupó este silencio y agregó, después de mirarla durante unos instantes:

—Querida Emma, usted dice que esto en este momento no le representa una molestia, pero temo que le preocupe más de lo que esperaba usted. El nivel social de él podría ser un inconveniente... pero tiene usted que pensar que para su amiga eso no es un obstáculo; y yo le contesto que tendrá cada vez mejor opinión de él a medida que lo conozca más. La rectitud de sus principios y su sentido común le cautivarán... En lo que respecta a él como persona, usted no podría desear que su amiga se encontrara en mejores manos; en cuanto a su nivel social, si pudiese, yo lo mejoraría; y, Emma, le aseguro, que ya es mucho decir por mi parte... Usted se ríe de mí porque no puedo prescindir de William Larkins, pero tampoco puedo prescindir de Robert Martin en absoluto.

Él deseaba que lo mirara y sonriera; y como ahora Emma tenía un pretexto para sonreír libremente, lo hizo de esta manera, diciendo de una manera alegre:

—No tiene usted que mortificarse tanto por hacerme ver el lado positivo de este matrimonio. Harriet ha actuado muy bien, en mi opinión. Las amistades de ella tal vez sean peores que las de él; sin duda lo son en respetabilidad. Si he guardado silencio ha sido solamente por la sorpresa; definitivamente, recibí una gran sorpresa. Usted no puede imaginarse lo imprevisto que ha sido esto para mí... también lo desprevenida que me encontraba... Porque tenía razones para pensar que en estos últimos tiempos se encontraba más predispuesta contra él que antes.

—Usted debería conocer mejor a su amiga Harriet —contestó el señor Knightley—; yo hubiese dicho que era una joven de muy buen temperamento, de corazón muy dulce, que es muy difícil que puede llegar a estar predispuesta en contra de un muchacho que le dice que la adora.

Mientras respondía, Emma solamente pudo reírse:

—Le juro que pienso que usted la conoce tan bien como yo... señor Knightley, ¿usted está usted totalmente seguro de que le ha aceptado de inmediato, sin ninguna objeción? Yo hubiese podido imaginar que con el tiempo... pero ¡tan rápido...! ¿Usted está seguro de que le comprendió bien a su amigo? Ambos debieron estar charlando de otras cosas más: de ferias de ganado, de nuevos tipos de arados, de negocios... ¿Será posible que al charlar de tantas cosas diferentes usted le comprendiera mal? ¿De lo que él estaba tan seguro era de la mano de Harriet? ¿No eran las medidas de algún famoso buey?

El contraste entre el porte y la apariencia del señor Knightley y Robert Martin se hizo tan evidente para Emma en aquellos instantes, era tan profundo e intenso el recuerdo de todo lo que le había sucedido a Harriet recientemente, tan actual el eco de esas palabras que pronunció con tanto énfasis —“No, pienso que ya tengo mucha experiencia para pensar en Robert Martin”, que esperaba que, en el fondo, esta reconciliación fuese todavía muy temprana. No podía ser de otra manera.

—¿Pero cómo dice algo así? —dijo el señor Knightley—. ¿Cómo puede imaginar que soy tan tonto como para no enterarme de lo que me comentan? ¿Entonces qué merecería usted?

—¡Oh! Ya que no me conformo con ningún otro, yo siempre merezco el mejor trato; y por eso debe darme una respuesta sencilla y clara. ¿Usted está totalmente seguro de que comprendió la situación en que están ahora Harriet y el señor Martin?

—Estoy plenamente seguro —respondió él con mucha energía— de que me comentó que ella le había aceptado; y de que no había ninguna sombra, nada dudoso en las palabras que utilizó; y pienso que puedo darle una demostración de que las cosas son de esa manera. Me preguntó si yo sabía lo que había que hacer en este instante. La señora Goddard es la única persona a quien él conoce para poder pedir informes sobre sus amigos o familiares. Yo le dije que era preferible dirigirse a la señora Goddard. Y él me respondió que hoy mismo trataría de verla.

—Yo estoy completamente convencida —dijo Emma con la más esplendorosa de sus sonrisas—, y les deseo que sean muy felices, de todo corazón.

—Desde la última vez que hablamos de este tema usted ha cambiado mucho.

—Espero que sea así... porque en esos momentos yo era irreflexiva.

—Yo también he cambiado, en estos momentos estoy dispuesto a aceptar que Harriet tiene todas las buenas virtudes. Por usted, y también por Robert Martin (de quien he pensado siempre que sigue tan enamorado de ella como antes), he hecho el esfuerzo por conocerla mejor. Varias veces he charlado mucho con ella. Usted ya se habrá dado cuenta. Lo cierto es que en ocasiones yo pensaba que usted tenía sospechas de que estaba abogando por el pobre Martin, lo cual no era verdad. Pero, gracias a esas conversaciones, me convencí de que era una joven natural y cariñosa, de pensamientos muy rectos, de buenos y arraigados principios, y que toda su dicha la cifraba en el afecto y la utilidad de la vida hogareña... que gran parte de esto se lo debe a usted, no tengo la menor duda.

—¿Cómo? ¿A mí? —dijo, negando con la cabeza, Emma—. ¡Ah, mi pobre Harriet!

Pero se supo dominar y se resignó a que la halagaran más de lo que merecía realmente.

No tardó mucho en ser interrumpida su charla por la llegada de su padre. Pero Emma no lo lamentó. Quería encontrarse a solas. Su exaltación y su asombro no le permitían estar acompañada por otros. Definitivamente se hubiera puesto a cantar, a bailar, a gritar; y hasta que no comenzara a caminar y se hablara a sí misma, riera y analizara, no se veía con ánimos para hacer nada correcto.

Llegaba su padre anunciando que James fue a enganchar los caballos, labor preparatoria del ahora habitual viaje a Randalls, por lo que Emma tuvo una excelente justificación para esfumarse.

Ya puede suponerse cuál sería el agradecimiento, el júbilo maravilloso que la dominaba. Con esas halagüeñas perspectivas que se abrían para Harriet, el único inconveniente que se oponía a su felicidad, su única preocupación, se esfumaba y Emma sintió que corría el riesgo de ser muy feliz. ¿Pero qué más podía desear? Absolutamente nada, con excepción de hacerse más digna cada día de él, cuyas pretensiones y cuyo juicio siempre habían estado muy por encima de los suyos. Nada, solamente aguardar que las lecciones de sus locuras pasadas le enseñaran, para el futuro, sensatez y humildad.

Sintiendo aquellos impulsos de gratitud y tomando esas decisiones estaba muy seria y, sin embargo, en aquellos mismos instantes no podía evitar la risa. Era muy forzoso reírse de aquel final. ¡Qué desenlace para todos sus sufrimientos de cinco semanas atrás! ¡Santo Dios, qué corazón el de Harriet!

En ese momento le ilusionaba pensar en su regreso... todo le producía esperanzas. Tenía mucha ilusión por conocer a Robert Martin.

Algo que ahora contribuía a su dicha era pensar que muy pronto no tendría que esconder nada al señor Knightley. Todas aquellas cosas que tanto odiaba podrían finalizar pronto; los enigmas, los equívocos, los disimulos. En el mañana podría tener confianza plena, perfecta, en él, que por su forma de ser creía que era un deber.

Alegre y feliz como nunca antes se puso en camino acompañada por su padre, no siempre oyéndolo, pero dándole la razón siempre a todo lo que comentaba; y en silencio o conversando, aceptando la agradable convicción que tenía su padre de que estaba obligado a ir a Randalls diariamente, debido a que, de lo contrario, la pobre señora Weston tendría una decepción.

Finalmente llegaron... En la sala de estar solo estaba la señora Weston, pero cuando apenas recibió las últimas informaciones sobre la niña y le agradeció al señor Woodhouse por las molestias que se había tomado, agradecimiento que él reclamó, se divisaron dos siluetas, a través de los postigos, que estaban pasando al lado de la ventana.

—Son la señorita Fairfax y Frank —exclamó la señora Weston—. En este momento iba a comentarles que esta mañana tuvimos la sorpresa agradable de verlos llegar. Permanecerán aquí hasta mañana y convenció a la señorita Jane para que pase con nosotros el día… Creo que entrarán ahora.

Entraban en la sala después de medio minuto. Emma se puso feliz de verlo nuevamente, pero los dos quedaron algo perturbados... Existían muchos recuerdos incómodos por ambas partes. Sonriendo, se estrecharon las manos, pero con una consternación que inicialmente les impidió hablar fluidamente; todos se sentaron de nuevo y después de unos instantes se hizo un silencio tal que Emma comenzó a poner en duda que el deseo que tuvo durante tantos días de ver nuevamente a Frank Churchill y de verlo en compañía de Jane le provocara alguna satisfacción. Sin embargo, cuando el señor Weston se les unió y trajeron a la niña, abundaron la alegría y los temas de conversación... y Frank Churchill tuvo la oportunidad y la valentía de aproximarse a ella y comentarle:

—Debo darle las gracias, señorita Woodhouse, por unas afectuosas palabras de disculpa que en una de sus misivas me transmitió la señora Weston... espero que el tiempo que ha pasado no la haya hecho menos benevolente. Espero que usted no se retracte de lo que entonces dijo.

—No, por supuesto —exclamó Emma muy feliz de que se rompiera el hielo—, en absoluto. Estoy muy alegre de verlo y poder saludarlo... y también de felicitarlo.

De todo corazón, él le dio las gracias y por un rato siguió conversando con mucha seriedad acerca de su felicidad y de su agradecimiento.

—Tiene buen semblante, ¿verdad? —dijo mirando a Jane—. Mejor del que tenía siempre, ¿cierto? Ya ve cómo la están consintiendo la señora Weston y mi padre.

Sin embargo, no tardó mucho en mostrarse más feliz, y con la risa en la mirada, después de mencionar el esperado regreso de los Campbell, pronunció el nombre de Dixon... Emma se sonrojó y le prohibió que pronunciara ese nombre en su presencia.

—Cuando pienso en todo aquello me siento muy avergonzada —dijo.

—Es toda para mí —respondió él— la vergüenza o debería serlo. ¿Es posible que usted no tuviera alguna sospecha? Me refiero a los últimos tiempos. Ya sé que inicialmente no sospechaba nada.

—Jamás tuve ni la menor sospecha, se lo aseguro.

—Pues lo cierto es que me deja asombrado. Una vez estuve casi a punto... y ojalá lo hubiera hecho... quizás hubiese sido mejor. Pero aunque continuamente me estaba comportando mal, me comportaba mal de una manera poco digna y que no me reportaba beneficio alguno... Hubiese sido una transgresión más tolerable el que yo le hubiese revelado el secreto y se lo hubiese dicho absolutamente todo.

—Ahora ya no vale la pena lamentarlo —dijo Emma.

—Todavía tengo muchas esperanzas —continuó él— de convencer a mi tío para que venga a Randalls; desea que le presente a Jane. Cuando hayan regresado los Campbell, todos nos reuniremos en Londres y espero que permanezcamos allí hasta que podamos llevárnosla al norte... pero en estos momentos estoy tan lejos de ella... ¿Verdad que es triste señorita Woodhouse? No nos habíamos visto desde el día de la reconciliación hasta esta mañana. ¿No siente compasión por mí?

Emma lo compadeció en términos tan efusivos que el joven, en un repentino exceso de alegría, dijo:

—¡Ah, por cierto! —Y entonces bajó la voz y se puso serio por un instante—. Ojalá que el señor Knightley siga bien.

Hizo una pausa... ella se ruborizó y se rio.

—Ya sé —dijo— que leyó mi misiva e imagino que recuerda el deseo que formulé para usted. Ahora permita que sea yo quien la felicite... le aseguro que al recibir la noticia he sentido una inmensa satisfacción y un gran interés... es un hombre de quien jamás se podrá decir que se lo elogia mucho.

Emma estaba fascinada y solamente deseaba que él siguiese por aquel sendero, pero al cabo de un instante el joven regresaba a sus asuntos y a su Jane. Y estas fueron las palabras que siguieron:

—¿Usted ha visto alguna vez un cutis semejante? Esa delicadeza, esa suavidad... y sin embargo no puede decirse que sea verdaderamente bella... no puede llamársele bella. Es una clase de hermosura especial, con ese cabello tan negro y esas pestañas... Un tipo de belleza tan especial... Y tan distinguida... Tiene el color indicado para que pueda llamársele preciosa.

—La he admirado siempre —replicó, intencionadamente, Emma—, pero si no recuerdo mal hubo un tiempo en que usted pensaba que su palidez era un defecto... la primera vez que conversamos de ella. ¿No lo recuerda?

—¡Oh, no! ¿Pero cómo pude atreverme...? ¡Qué impertinente fui!

Pero cuando lo recordaba se reía de tan buena gana que Emma solamente pudo comentar:

—En medio de todos los conflictos que tenía usted por entonces, sospecho que se divertía mucho jugando con todos nosotros... Estoy convencida de que era así... eso le servía de consuelo, estoy segura.

—Oh, no, no... ¿Pero cómo puede creerme capaz de algo así? ¡En el mundo yo era el hombre más desdichado!

—No tan desdichado como para, ante la risa, ser insensible. Tengo la certeza de que usted se divertía mucho pensando que estaba engañándonos a todos... y quizá si tengo esta sospecha es porque, para serle sincera, me da la impresión de que si yo hubiese estado en su misma posición también lo hubiera encontrado entretenido. Veo que en nosotros hay una cierta semejanza.

Él le hizo una reverencia muy leve.

—Si no en nuestros temperamentos —agregó de inmediato con un tono de hablar en serio—, sí en nuestro destino; ese destino que nos conducirá a contraer matrimonio con dos personas que se encuentran tan por encima de nosotros.

—Es verdad, tiene toda la razón —contestó él apasionadamente—. No, no es cierto en lo que a usted respecta. No existe nadie que esté por encima de usted, pero en cuanto a mí, sí es verdad... ella es un auténtico ángel. Véala. ¿Con todos sus gestos no parece un verdadero ángel? Mire la curva de su cuello, fíjese en sus ojos ahora que está mirando a mi padre... Sé que usted se alegrará de saber —bajando la voz, muy serio, e inclinándose hacia ella— que mi tío piensa entregarle todas las joyas de mi tía. Haremos que las engarcen nuevamente. Estoy decidido a que algunas de ellas sean para hacer una diadema. ¿Verdad que le quedará muy bien con un cabello tan negro, color azabache?

—Seguro que le sentará de maravilla —dijo Emma.

Y habló con tanto entusiasmo, que él exclamó, lleno de gratitud:

—¡Qué feliz estoy de verla nuevamente! ¡Y de ver que tiene tan buen aspecto! No hubiese querido perderme este encuentro por nada del mundo. Por supuesto que yo hubiera ido a visitarla a Hartfield si usted no hubiera venido.

Todos habían estado hablando de la pequeña, debido a que la señora Weston les había contado que habían tenido un pequeño sobresalto, ya que la noche anterior la niña se había sentido mal. Ella pensaba que había exagerado, pero tuvo un susto y había estado casi a punto de mandar llamar al señor Perry. Tal vez debiera avergonzarse, pero el señor Weston había estado tan preocupado como ella. No obstante, después de diez minutos, la niña se encontraba completamente bien nuevamente; esto fue lo que contó; el señor Woodhouse fue quien se mostró más interesado, y le recomendó que recordara siempre a Perry y que le mandara llamar, y que solamente lamentaba que no lo hubiese hecho.

—Llame siempre a Perry cuando la niña no se encuentre bien del todo, aunque dé la impresión de que no sea casi nada y aunque solamente sea por un instante. Uno jamás se asusta muy pronto ni llama demasiado a menudo a Perry. Tal vez ha sido una lástima que no viniera ayer por la noche, ahora la niña parece encontrarse muy bien, pero hay que tener en cuenta que si Perry la hubiera visto quizá ya estaría mejor.

Frank Churchill anotó el nombre.

—¡Perry! —dijo a Emma, tratando de que, al tiempo de que hablaba, su mirada se cruzase con la de la señorita Fairfax—. ¡Mi amigo el señor Perry! ¿Pero qué están comentando del señor Perry? ¿Vino esta mañana? ¿Iba en coche o a caballo? ¿Se compró ya el coche?

De inmediato, Emma recordó y lo entendió; y al tiempo que unía sus risas a las suyas creyó advertir, por la actitud de Jane, que ella también lo había escuchado, a pesar de que intentaba disimular y parecer que no oía.

—¡En aquella ocasión qué sueño más extraño tuve! —exclamó—. Me río cada vez que me acuerdo de aquello... Nos escucha, nos escucha, señorita Woodhouse. Mírela. Se lo veo en la sonrisa, en la mejilla, en su inútil intento de fruncir el ceño. ¿No ve que en este momento tiene ante los ojos aquel pedazo de su carta en el que me lo dijo...? ¿No ve que no puede prestar atención a nada más, aunque finja oír a los otros, porque está pensando en mi torpeza?

Jane se vio obligada por un instante a sonreír abiertamente; y todavía, en parte, continuaba sonriendo cuando se giró hacía él y, llena de firmeza y convicción, le dijo en voz baja:

—¡No entiendo cómo puedes sacar a relucir esas cosas! Tendremos que recordarlas a veces muy a pesar nuestro... ¡Pero que seas capaz de disfrutar recordándolas!

Alegando muchos argumentos en su defensa, todos muy hábiles, él le respondió, pero Emma le daba la razón a Jane; y al marcharse de Randalls y, como era natural, al comparar a aquellos dos hombres, entendió que a pesar de que se había sentido muy feliz de ver nuevamente a Frank Churchill y de que sentía por él un gran aprecio y amistad, jamás había notado con tanta claridad lo superior que era el señor Knightley. Y la alegría de aquel día feliz fue completa al comprobar con inmensa satisfacción las cualidades de este, gracias a aquella comparación.

CAPÍTULO LV

Emma no tardó mucho tiempo en verse libre de la incertidumbre. Si en algunos instantes todavía se sentía inquieta por Harriet, si no dejaba de tener dudas de que le hubiera sido posible olvidar su amor por el señor Knightley y aceptar a otro hombre con un sincero cariño, eso había quedado en el pasado. Después de unos pocos días llegó la familia de Londres y, apenas pasó una hora a solas con Harriet, quedó totalmente convencida, aunque le parecía inverosímil que Robert Martin había suplantado completamente al señor Knightley, y de que su amiga ahora acariciaba nuevamente todos sus sueños de felicidad y amor.

Un poco temerosa se encontraba Harriet... Al inicio parecía algo afligida, pero cuando reconoció que había sido necia y presumida y que se había estado engañando a sí misma, su turbación y desasosiego se desvanecieron junto con sus palabras, dejándola sin inquietud alguna por el ayer y llena de esperanza por el hoy y el mañana; porque, dado que en lo referente al consentimiento de su amiga, Emma había disipado al instante todos sus miedos al recibirla dándole su más sincera felicitación, Harriet se sentía dichosa narrando todos los detalles del día que estuvieron en el Astley y de la cena del día siguiente; se tardaba en el relato con el mayor disfrute. Pero ¿qué demostraban esos detalles? La realidad era que, como Emma ahora podía reconocer, a Harriet siempre le había gustado Robert Martin; y el hecho de que él hubiera seguido amándole había sido determinante... Para Emma todo lo demás era incomprensible.

No obstante, solamente había razones para estar feliz por aquel noviazgo y cada día que transcurría le daba nuevos motivos para creerlo así... Se presentaron los padres de la joven. El padre era un comerciante lo suficientemente rico para asegurarle a su hija la vida holgada que hasta entonces había llevado y lo sobradamente honorable para haber querido esconder siempre su nacimiento... Entonces, llevaba en sus venas sangre de personas gentiles y distinguidas, como Emma había supuesto tiempo atrás... Quizá sería una sangre tan noble e ilustre como la de muchos caballeros, pero ¡qué matrimonio le había estado preparando al señor Knightley! ¡O a los Churchill... o incluso al señor Elton...! La mancha de ilegitimidad que no podía lavar ni la riqueza ni la nobleza hubiera seguido siendo una mancha, a pesar de todo.

El joven fue tratado con todo respeto y liberalidad, el padre no puso ningún impedimento y todo fue como debía ser, y al conocer Emma a Robert Martin, a quien finalmente presentaron en Hartfield, distinguió en él todas las cualidades de valía y buen criterio que eran las más deseables para Harriet. Estaba segura de que su amiga sería dichosa con cualquier hombre de buen carácter, pero con Robert, y en el hogar que le estaba ofreciendo, se podía esperar mucho más, una estabilidad, una seguridad y una mejora en todos los ámbitos. En medio de los que la querían y que poseían más sentido común que ella, Harriet se vería ubicada lo suficientemente alejada de la sociedad para sentirse segura y lo suficientemente ocupada en sus tareas para sentirse feliz. Jamás podría caer en la tentación. Ni tampoco tendría oportunidad de ir a buscarla. Sería feliz y respetada, y Emma admitía que era la persona más dichosa del mundo por haber despertado en un hombre como aquel un cariño tan perseverante y sólido; o si no la más dichosa del mundo, la segunda más feliz después de ella, por supuesto.

Aunque no era de lamentar, a Harriet cada vez se la veía menos por Hartfield, vinculada, como era lógico, a sus nuevos compromisos con los Martin... la intimidad entre Emma y ella debía disminuir; su amistad debía transformarse en una especie de mutuo cariño más sereno y, por fortuna, lo que hubiese sido preferible y que debía suceder comenzaba ya a insinuarse de una manera espontánea y paulatina.

Emma asistió al matrimonio de Harriet antes de terminar septiembre y vio cómo concedía su mano a Robert Martin con una felicidad tan completa que ningún recuerdo, ni siquiera los que tenían que ver con el señor Elton, a quien en aquel instante tenían delante, podía ensombrecer... Lo cierto es que entonces no miraba al señor Elton sino al clérigo, cuya bendición desde el altar no tardaría en caer sobre ella misma... La primera pareja en casarse fue la formada por Robert Martin y Harriet Smith, a pesar de haber sido la última de las tres que se habían comprometido.

Jane Fairfax ya se había ido de Highbury y había regresado a las comodidades de su amada casa con los Campbell... también estaban en Londres los dos señores Churchill, y solamente esperaban a que llegara noviembre.

Emma y el señor Knightley se habían arriesgado a señalar para su matrimonio el mes de octubre... Decidieron que este se celebrara mientras John e Isabella todavía estuvieran en Hartfield, con el fin de poder realizar un viaje de dos semanas por la costa como habían planeado... John e Isabella, y todos los demás amigos, aprobaron este proyecto. Pero el señor Woodhouse... ¿Cómo iban a convencer al señor Woodhouse, quien solamente se refería al matrimonio como algo muy lejano?

Cuando tocaron el asunto por primera vez se mostró tan afligido que casi perdieron las esperanzas... Pero pareció afectarle menos una segunda alusión sobre el tema... Comenzó a pensar que tenía que suceder y que él, por más que quisiera, no podía evitarlo... Una alentadora evolución en el sendero de la resignación. Sin embargo, no se le veía alegre. Más aún, estaba tan triste y decaído que su hija se descorazonó. No soportaba verlo sufrir, saber que se sentía abandonado y, a pesar de que la razón le decía que los dos señores Knightley estaban en lo cierto al afirmarle que una vez pasada la boda su tristeza y abatimiento también pasaría, Emma no terminaba de decidirse...dudaba.

En esta situación de incertidumbre vino en su ayuda un factor de este mismo sistema obrando en sentido contrario y no una repentina iluminación de la mente del señor Woodhouse ni ninguna transformación espectacular de su sistema nervioso... Una noche todos los pavos del gallinero de la señora Weston desaparecieron... Claramente por obra del ingenio humano. La misma suerte tuvieron otros corrales de los alrededores... En los miedos del señor Woodhouse un hurto pequeño se transformaba en un gran robo con allanamiento de morada incluido... Se encontraba muy intranquilo, y de no ser porque se sentía totalmente seguro y protegido por su yerno hubiese pasado terriblemente atemorizado todas las noches. La presencia de ánimo, la fuerza y la decisión de los dos señores Knightley le dejaron totalmente a su merced... Pero, a finales de la primera semana de noviembre, el señor John Knightley tenía que regresar a Londres.

Emma pudo fijar el día de su boda, y la clara consecuencia de estas inquietudes fue que lo logró con un consentimiento más espontáneo y emocionado de lo que hubiese podido jamás llegar a esperar en aquellos instantes... Y después de un mes de la boda del señor y de la señora Robert Martin, se le solicitó al señor Elton que uniera en matrimonio a la señorita Woodhouse y al señor Knightley.

Muy parecido a cualquier otro matrimonio, en el que los novios no se inclinan hacia la ostentación y el lujo, fue este matrimonio; y, por los detalles que le dio su esposo, la señora Elton lo consideró como muy por debajo del suyo y demasiado modesto...

"Cuando se lo cuente a Selina se asombrará y abrirá sus ojos como platos… hubo muy poco raso blanco, casi nada de velos de encaje; en resumen, algo de lo más triste y gris......". Sin embargo, y a pesar de esas carencias, las esperanzas, la confianza, los buenos augurios y deseos del pequeño grupo de auténticos amigos que asistieron a la boda se vieron recompensados por la perfecta y real felicidad de los nuevos esposos.

LADY SUSAN

Carta 1

Lady Susan Vernon al señor Vernon
Langford, diciembre.

Estimado hermano:

No puedo ya continuar privándome de la alegría de aprovechar la cariñosa invitación que me hiciste al despedirnos la última vez cuando en Churchill pasé varias semanas a tu lado; entonces, si a la señora Vernon y a ti no os va bien recibirme en estos instantes, confío en que dentro de unos días me puedas presentar a esa hermana que quiero conocer desde hace mucho tiempo. Los grandes amigos que tengo aquí me ruegan, con el mayor afecto, que alargue mi estancia con ellos, pero su temperamento hospitalario y festivo hace que lleven una vida social excesivamente animada para mi actual situación mental y la circunstancia que estoy atravesando. Aguardo impacientemente el instante en que seré aceptada en tu agradable retiro.

Ansío que me conozcan tus amados hijos y, para lograr despertarles gran interés en sus corazones, me desviviré. Requeriré toda mi fuerza de ánimo, ya que pronto me tendré que separar de mi hija. La prolongada enfermedad de su amado padre me ha imposibilitado prestarle la atención que dictaban el deber y el afecto, y tengo muchos motivos para sentir temor de que la institutriz a la que encomendé su enseñanza no será capaz de hacerlo. Así que decidí mandarla a una de las mejores escuelas privadas de la ciudad. Cuando vaya a tu casa tendré la oportunidad de hacerle compañía. Como ves, estoy resuelta a no dejar que la entrada en Churchill se me niegue. Saber que te es imposible recibirme me dolería mucho.

Recibe de tu hermana un saludo muy cordial,

S. Vernon

Carta 2

Lady Susan a la señora Johnson
Langford.

Alicia, mi apreciada amiga, me duele mucho decírtelo, pero estabas muy equivocada al pensar que en todo el invierno no me movería de aquí. Muy pocas veces he pasado tres meses tan gratos como estos que acababan de transcurrir. Pero todo es conflictivo en este instante. Se han unido contra mí las mujeres de la familia. Presagiaste lo que sucedería cuando llegué a Langford. No pude más que sentir aprensión, porque Manwaring es tan extrañamente fascinante. Me acuerdo que, cuando me aproximaba a la mansión, pensé: "¡Este hombre me gusta; suplico al Señor que eso no ocasione mal alguno!". Pero ya había decidido ser prudente, no olvidar que había quedado viuda hacía solamente cuatro meses y quedarme callada lo más que pudiera. Mi apreciada y pequeña criatura, lo he hecho de esa manera. De nadie he aceptado las atenciones, con excepción de las de Manwaring. Evité toda coquetería y a nadie de aquí hice caso, únicamente a *sir* James Martin, al que, para alejarlo de la señora Manwaring, le he prestado algo de atención. No obstante, si el mundo conociera cuáles fueron mis razones, por ello me alabarían. Han dicho que soy una madre poco atenta y, sin embargo, el sagrado impulso del afecto maternal y el bienestar de mi hija han sido lo que me ha servido de estímulo; se me habría recompensado por mis esfuerzos como lo merecía si mi hija no fuera la más grande pánfila de la Tierra.

Sir James me hizo propuestas para Frederica, pero esta, que nació para amargarme la existencia, decidió oponerse tan vehementemente al emparejamiento que resolví que, por el momento, era preferible olvidar el proyecto. Yo misma, en más de una oportunidad, me he arrepentido de no haber contraído matrimonio con él y, si fuera un poco menos débil, indudablemente que lo haría. Acepto que en ese aspecto más bien soy romántica y que no me satisfacen las riquezas por sí solas. La consecuencia de todo esto es que *sir* James se ha ido, María está enojada y la señora Manwaring se muestra terriblemente celosa. Está tan extremadamente celosa e indignada conmigo que, en un arrebato de rabia, no me asombraría, si pudiera acceder a él con total libertad, que acudiera al señor Johnson. Sin embargo, tu esposo continúa siendo mi amigo, y la acción más gentil y generosa de su existencia ha sido librarla del casamiento para siempre. Que mantengas su rencor es mi único encargo. Nos encontramos muy desconsolados ahora. La familia completa está en pie de guerra y Manwaring casi no me habla. Una casa jamás vio tanta alteración. Llegó el momento de que me marche. Por tanto, he resuelto dejarles y esta misma semana pasaré, confío, un día agradable contigo en la ciudad. Tendrás que venir a visitarme a la calle Wigmore, número 10, si el señor Johnson continúa demostrando, como siempre, algo de antipatía por mí, pese a que confío en que este no sea el caso, ya que el señor Johnson, a pesar de todos sus defectos, es un individuo al que todo el tiempo se le puede adjudicar esa gran palabra que es "respetable"; además, su desaire conmigo se podría ver extraño, ya que es conocida la confianza que tenemos su esposa y yo. De camino a ese insoportable sitio, pasaré por la ciudad, esa aldea campestre, ya que al final iré a Churchill. Discúlpame, mi estimada amiga, pero es el último recurso que me queda. Si en Inglaterra hubiera para mí otra casa abierta, sería preferible. Detesto a Charles Vernon y le tengo miedo a su esposa. No obstante, en Churchill me quedaré hasta que, en perspectiva, haya algo mejor. Me hará compañía mi jovencita hasta la ciudad, allí la dejaré con la señora Summers, en la calle Wigmore, para que la cuide hasta que razone, por lo menos un poco. Como allí todas las chicas provienen de las familias más distinguidas, podrá hacer excelentes contactos. Es muy elevado el precio, mucho más de lo que me puedo permitir costear.

En cuanto llegue a la ciudad te escribiré, adiós.

Un abrazo muy afectuoso,

S. VERNON

CARTA 3

SEÑORA VERNON A LADY DE COURCY
Churchill.

Amada mamá:

Lo siento mucho, pero tengo que comunicarle que la promesa de pasar la Navidad con usted no la podremos cumplir. Por una situación que, me temo, no nos será útil como compensación, nos ha sido despojada esa felicidad. En una misiva a su hermano, *lady* Susan ha expresado su intención de venir a visitarnos casi de inmediato y no es posible adivinar cuánto durará, ya que esa visita es probablemente por un asunto de conveniencia. Yo no me encontraba preparada en absoluto para esta situación y tampoco logro comprender el comportamiento de *lady* Susan. En todos los aspectos, daba la impresión de que Langford era el lugar apropiado para ella, tanto por su especial afecto por la señora Manwaring, como por el estilo de vida costoso y elegante del sitio, de manera que no aguardaba tan pronto ese honor, pese a que siempre pensé, visto el cariño en aumento que, a partir del fallecimiento de su esposo, sentía por nosotros, que en algún instante nos veríamos forzados a recibirla en nuestra casa. Pienso que el señor Vernon fue excepcionalmente cordial con ella cuando estuvo en Staffordshire. El comportamiento de ella con él, aparte de su temperamento general, ha sido tan injustificablemente poco amable, nada generoso y artero, desde que empezó a considerarse nuestro casamiento, que otra persona menos indulgente y condescendiente que él no lo habría obviado; pese a que lo correcto era darle apoyo económico, ya que se trataba de la viuda de su hermano que estaba pasando por instantes de agobio, no puedo dejar de creer que no es necesario que él la invitara insistentemente a que viniera a visitarnos en Churchill. De todas maneras, como siempre se muestra dispuesto a pensar bien de todas las personas, sus expresiones de remordimiento, sus muestras de dolor, y, en general, su actitud de sensatez fueron bastantes para confiar en su sinceridad y ablandarle el corazón. No obstante, yo continúo sin estar convencida de todo eso y, como quien ha escrito ha sido ella misma, no lograré cambiar de opinión hasta que pueda entender la auténtica razón de su visita. Mi apreciada señora, , ya usted puede descubrir con qué ánimo aguardo su llegada. Con esos atractivos poderes que todos ensalzan en ella, tendrá la ocasión de ganarse mi respeto, aunque indudablemente intentaré resguardarme de su influencia, si no vienen junto a algo más trascendente. Ha expresado su más vehemente deseo de conocerme, nombrando con respeto a mis hijos, pero no soy tan sensible e impresionable como para pensar que una mujer que ha actuado tan despreocupadamente, por no decir cruelmente, con su misma hija vaya a sentir afecto por los míos. Antes de que su madre venga a nuestra casa, la señorita Vernon entrará en un colegio de la ciudad, lo cual me provoca una enorme alegría, tanto por mí como por ella. Separarse de su madre le será provechoso y, siendo una joven de dieciséis años que recibió una enseñanza tan lamentable, no es una compañía muy aconsejable. Reginald desea desde hace tiempo, lo sé bien, encontrarse con la cautivadora *lady* Susan y confiamos en que muy pronto se reúna con nosotros. Me alegra saber que mi padre continúa bien.

Con afecto,

Cath.

Carta 4

Señor De Courcy a la señora Vernon
Parklands.

Amada hermana:

Al señor Vernon y a ti los felicito, ya que recibirán en su familia a la cautivadora más consumada de Inglaterra. Me han hablado siempre de ella como de una elegante conquistadora, pero recientemente he podido conocer varios detalles de su comportamiento en Langford que evidencian que no se limita a ese tipo de seducción decente que agrada a la gran mayoría de las personas, sino que anhela la más apetitosa gratificación, que no es más que hacer desdichada a una familia entera. Con su conducta en referencia al señor Manwaring sembró los celos y la infelicidad en su esposa, y con sus atenciones para con un muchacho enamorado de la hermana del señor Manwaring, despojó a una encantadora muchacha de su amado. Supe todo esto por un tal señor Smith, que ahora habita en esta área (cené con él en Hurst y Wilford) y que llegó hace poco de Langford, donde estuvo quince días en la casa con *lady* Susan y, por tanto, sus comentarios son muy cualificados y fidedignos.

¡Pero qué mujer debe ser! Ya tengo deseos de conocerla y, sin dudarlo, acepto tu cordial invitación. De esa manera me podré formar una idea de ese embrujo tan poderoso que es capaz de atraer la atención, a la vez y en la misma casa, de dos caballeros que no se encontraban en posición de brindarle libremente su cariño. ¡Y todo eso sin la fascinación de la juventud! Me contenta saber que la señorita Vernon no le hará compañía a su madre en Churchill, ya que su comportamiento y modales no parecen hablar mucho en su favor y, según lo que narra el señor Smith, es tan presumida como aburrida. Cuando la estupidez y el orgullo se unen, con el disimulo no se puede combatir, y la señorita Vernon solo merece el más inexorable desprecio. Pero, por todo lo que he podido deducir, *lady* Susan tiene una capacidad para mostrarse sagazmente seductora que debe ser muy interesante poderlo presenciar y detectar. Estaré con ustedes muy pronto.

Quien te ama, tu hermano,

R. de Courcy

Carta 5

LADY SUSAN A LA SEÑORA JOHNSON
Churchill.

Mi apreciada Alicia, recibí tu misiva precisamente antes de marcharme de la ciudad y me alegra saber con certeza que sobre tu compromiso de la víspera, el señor Johnson no sospechó absolutamente nada. Llegué bien y no me quejo para nada del recibimiento del señor Vernon, a pesar de que tengo que confesar que no puedo aseverar lo mismo de la conducta de su mujer. Indudablemente tiene una excelente educación y da la impresión de que es una dama con buenos modales, pero su comportamiento no logra convencerme de que esté muy inclinada a mi favor. Deseaba que estuviera fascinada conmigo solamente verme (fui tan agradable como me fue posible), pero todo fue inútil. No le agrado. Por supuesto, si tenemos en cuenta que ciertamente me tomé unas molestias para impedir que mi cuñado contrajera matrimonio con ella, esta ausencia de amabilidad no es asombrosa. Todavía así, evidencia ser un espíritu lleno de venganza e intolerante, continuando resentida por un proyecto que hace seis años me ocupó y que no fue exitoso finalmente. En ocasiones estoy casi dispuesta a arrepentirme de no haber dejado que Charles adquiriera el castillo de Vernon, cuando nos vimos forzados a venderlo, pero se dio una situación difícil, especialmente al coincidir con exactitud la venta con su casamiento. La gente debería respetar la fragilidad de esos sentimientos que no permitían que la dignidad de mi esposo se viera rebajada por la circunstancia de que quien se quedara con los bienes de la familia fuera el hermano menor. Habría actuado de una manera completamente opuesta y no habría convencido a mi esposo de vendérselo a otro si se pudiera haber logrado un acuerdo que nos hubiera impedido la obligación de tener que dejar el castillo y si hubiéramos podido vivir con Charles sin que él contrajera matrimonio. No obstante, Charles se estaba a punto de casarse con la señorita De Courcy y me ha justificado esa circunstancia. Hay muchos niños aquí y, si él hubiera adquirido Vernon, ¿qué provecho habría obtenido yo? Puede haberle causado una impresión desfavorable a su esposa haberlo impedido, pero cuando uno se encuentra predispuesto, es sencillo hallar una razón. En lo que se refiera a asuntos de dinero, él para ayudarme jamás ha visto un impedimento en lo ocurrido. En realidad, tiene todo mi respeto. ¡Abusar de él es tan fácil!

Todo muestra abundancia y distinción: la casa es buena, el mobiliario es de excelente gusto. Estoy completamente segura, Charles es muy rico. Cuando un hombre logra que su nombre figure en una empresa bancada es que el dinero le llueve. Sin embargo, no saben qué hacer con él, reciben pocas visitas y jamás se aproximan a la ciudad por asuntos de negocios. Seré tan estúpida como pueda, es decir, para, a través de los pequeños, ganarme el corazón de mi cuñada. Sus nombres ya me los sé y me ganaré el cariño con la más grande sensibilidad de uno en especial, el joven Frederic, al que, al tiempo que suspiro por su amado tío, siento en mi regazo.

¡Pobre Manwaring! No es necesario que te diga cómo está permanentemente en mi mente y cuánto le echo de menos. He hallado una misiva muy triste de él cuando llegué aquí, llena de quejas sobre su esposa y su hermana, y plena de lamentaciones sobre la crueldad de su destino. Le dije a los Vernon que la misiva era de su esposa y, cuando le escriba a él, para no ser descubierta, tendré que hacerlo utilizándote a ti.

Atentamente,

S. V.

CARTA 6

SEÑORA VERNON AL SEÑOR DE COURCY
Churchill.

Mi apreciado Reginald, bueno, ya vi a esa peligrosa criatura y debo hacerte una descripción de ella, aunque confío en que muy pronto por ti mismo te puedas formar una opinión. Es verdaderamente muy bella. Por mucho que desees debatir el atractivo de una mujer que no es joven ya, debo aseverar que en rara ocasión he mirado a una dama tan fascinante como *lady* Susan. Es una rubia muy delicada, con unos preciosos ojos de color gris y muy oscuras pestañas. Se podría decir, por su apariencia, que no pasa de veinticinco años, pese a que, de hecho, seguro tiene diez años más. Indudablemente, yo no estaba muy inclinada a sentir admiración por ella, pese a haber escuchado permanentemente que era una dama hermosa, pero no puedo dejar de sentir que tiene una poco habitual mezcla de elegancia, simetría y resplandor. Habló conmigo con tanta cordialidad, sinceridad e incluso afecto que, de no haber sabido lo poco que le gusté por haber contraído matrimonio con el señor Vernon y porque jamás nos habíamos visto, me habría dado la impresión de que era una íntima amiga. La seguridad de uno mismo frecuentemente se tiende a vincular con la coquetería y a pensar que unas maneras insolentes responden a un pensamiento insolente. Por lo menos me encontraba preparada para un cierto grado de impropia confianza, pero su comportamiento es totalmente agradable y son irresistiblemente dulces su voz y sus gestos. De verdad siento mucho que sea de esa manera, ya que, ¿qué otra cosa es, sino una mentira? Desgraciadamente, la conocemos excesivamente bien. Es muy agradable e inteligente, tiene muchos conocimientos, lo que hace sencilla la charla, habla muy bien, con un gracioso control del lenguaje que se usa muy frecuentemente, pienso yo, para hacer que parezca blanco lo negro. Ya casi me ha convencido de que siente auténtico cariño por su hija, pese a que por demasiado tiempo he estado totalmente segura de todo lo contrario. De ella habla con mucha angustia y ternura, se queja con demasiada amargura que su enseñanza ha sido muy negligente y, sin embargo, todo lo muestra como algo tan inevitable, que me tengo que esforzar en tratar de recordar cómo permanecía en la ciudad una primavera tras otra, al tiempo que su hija se quedaba en Staffordshire, cuidada por sus sirvientes o por una institutriz poco adecuada, para evitar creer todo lo que comenta.

Si en mi corazón rencoroso su conducta ejerce tanta influencia, te podrás hacer una idea de que actúan, todavía de manera más poderosa, en el carácter generoso del señor Vernon. Me gustaría estar tan convencida como él de que fue verdaderamente una decisión suya dejar Langford y venir a Churchill. Si no hubiera estado allí durante tres meses, antes de descubrir que el estilo de existencia de sus amigos no se adaptaba a su circunstancia y estado anímico, habría pensado que esa preocupación por la muerte de un esposo como el señor Vernon, con el cual ella actuaba de manera más bien poco excepcional, le hacía querer un tiempo recluida. Pero no puedo dejar de recordar lo extenso de su permanencia con los Manwaring y, cuando recapacito sobre la clase de existencia que llevaba con ellos, tan distinta de la que en este momento debe aceptar, solamente puedo imaginar que la voluntad de aseverar su reputación, caminando, aunque muy tarde, el sendero de la honorabilidad, fue lo que ocasionó que se apartara de una familia con la que, de hecho, debía sentirse particularmente dichosa. El relato de tu amigo, el señor Smith, no puede ser totalmente correcto, debido a que se comunica a través de carta y regularmente con la señora Manwaring. Indudablemente, debe ser muy exagerada. Es muy poco posible que haya podido engañar de tal forma, y al mismo tiempo, a dos caballeros.

Afablemente,

Cath. Vernon

Carta 7

Lady Susan a la señora Johnson
Churchill.

Apreciada Alicia:

Te doy las gracias por ocuparte de Frederica, eres muy buena y me estás demostrando tu amistad, pero pese a que no dudo del afecto de esa amistad, no deseo exigirte un sacrificio tan molesto. Nada habla en su favor, es una muchacha muy estúpida. Bajo ningún concepto voy a permitir que malgastes un solo instante de tu valioso tiempo enviándola a buscar a la calle Edward, ya que cada visita le quita horas a su enseñanza, algo que deseo que sea verdaderamente su mayor ocupación durante el tiempo que esté con la señorita Summers. Deseo que cante y toque con un mínimo de gusto y obtenga una buena parte de confianza en sí misma, debido a que tiene una voz aceptable y ha heredado mis dedos. Durante mi niñez a mí me consintieron tanto que jamás se me forzó a aplicarme en nada y, como consecuencia, ahora carezco de las capacidades que actualmente son necesarias para completar una bella dama. No es que yo defienda la tendencia actual de obtener un perfecto conocimiento de todas las ciencias, artes y lenguas. Eso es perder el tiempo. Una mujer conseguirá algunos aplausos si logra dominar el alemán, el italiano, el francés, el dibujo, la música, el canto, y otras habilidades, pero no le permitirán agregar a la lista un amante más. Después de todo, lo más importante son la distinción y los modales. Por tanto, no intento que sean más que superficiales los conocimientos de Frederica y me siento orgullosa de que no estará tanto tiempo en la escuela como para no aprender nada en absoluto. Confío en verla, dentro de un año, casada con *sir* James. Tú ya sabes en qué sustento mi esperanza, indudablemente bien fundada; a parte de eso, para una joven de la edad de Frederica el colegio debe ser algo denigrante. Y, a propósito, será preferible que no la invites más por este mismo motivo: quiero que su situación sea tan poco agradable como se pueda. En cualquier momento cuento con *sir* James y, con unas cortas líneas, podría hacerle renovar su petición. Por el momento, te molesto para que impidas que cuando visite la ciudad asuma algún otro compromiso. De vez en cuando hazle una invitación a tu casa y para que la recuerde siempre háblale de Frederica.

Alabo mucho mi propio comportamiento en esta cuestión y creo que es una agraciada mezcla de ternura y sensatez. Sé que algunas mamás habrían insistido a su hija para que, en la primera propuesta, aceptara una oferta tan buena, pero yo no me habría sentido complacida conmigo misma obligando a Frederica a aceptar un casamiento que rechazaba su corazón. En vez de asumir una actitud tan inflexible, sencillamente intento hacer que ella misma lo quiera, generándole todo tipo de incomodidades, hasta que ella lo acepte. Pero ya no hablemos de esa muchacha tan pesada.

Probablemente te estarás preguntando cómo me las ingenio para pasar aquí el tiempo. Me he aburrido insufriblemente en la primera semana. No obstante, ahora las cosas están mejorando. Con la llegada del hermano de la señora Vernon, el grupo ha aumentado, es un atractivo muchacho que promete algún entretenimiento. En él hay algo que me llama la atención, una especie de familiaridad y picardía que le enseñaré a modificar. Es divertido y da la impresión de que es inteligente y será muy agradable coquetear con él, cuando le haya inspirado más respeto que el que le han inculcado los oficios de su hermana. Proporcionan un exquisito placer someter a un espíritu insolente y hacer que una persona predispuesta a aborrecerte acepte tu superioridad. Con mi reservada calma ya he logrado desconcertarlo y me propondré rebajarles el orgullo a estos presumidos De Courcy, todavía más, a persuadir a la señora Vernon de que era infundada la cautela de su hermana y a convencer a Reginald de que, de una manera escandalosa, me ha calumniado. Este plan será útil para entretenerme y para impedir el terrible dolor por encontrarme alejada de todos los que quiero y de ti.

Se despide,

Atentamente,

S. Vernon

Carta 8

Señora Vernon a lady De Courcy
Churchill.

Amada mamá:

Durante algún tiempo no debe aguardar a que Reginald vuelva. Me ha pedido que le informe que el excelente clima actual le ha llevado a aceptar la invitación del señor Vernon para extender su permanencia en Sussex y, de esa manera, ir a cazar con él. De inmediato enviará a buscar sus caballos y es poco posible decir cuándo volverá a verlo en Kent. Mi estimada señora, no trataré de ocultar mis sentimientos sobre este cambio con usted, pese a que pienso que será preferible que no los comente con mi padre, cuya excesiva angustia por Reginald le haría preocuparse, y se correría el riesgo de que se afecte gravemente su ánimo y su salud. En el tiempo de una quincena, *lady* Susan se las ha arreglado para lograr agradar a mi hermano. Sinceramente, estoy convencida de que la extensión de su permanencia aquí, más allá del instante inicialmente fijado para que volviera, en gran parte se debe a una cierta atracción por ella, tanto como por el deseo de ir con el señor Vernon a cazar. Ello hace, lógicamente, que la prolongación de la estancia de mi hermano no me dé el placer que en otra situación me daría. Las tretas de esta mujer inescrupulosa me indignan. ¿Qué prueba más evidente de sus peligrosas habilidades se puede dar que esta transformación en el criterio de Reginald, quien, cuando llegó a esta casa, era resueltamente opuesto a ella? Él mismo, en su última misiva, me dio pormenores de su conducta en Langford, tal como se los había relatado un hombre que la conocía a la perfección y solamente pueden producir reprobación, de ser verdaderos. El propio Reginald se encontraba dispuesto a creerlo. Sobre ella tenía la opinión de que era la peor mujer de Inglaterra y, al llegar, era notorio que la consideraba como una mujer poco digna de respeto y consideración. Él pensaba que parecía fascinada con las atenciones de cualquier hombre que se propusiera a enamorarla.

Confieso que ella ha calculado su conducta para borrar esa idea y en ello no he detectado la más mínima falta de recato. Nada de pedantería, ni suntuosidad, ni ligereza y es, indudablemente, tan encantadora que no me parecería extraño que él estuviera fascinado con ella, si no hubiera conocido nada sobre ella antes de que se conocieran personalmente. Pero, contra toda convicción, contra toda razón, me sorprende muchísimo que se muestre tan entusiasmado con ella, como no tengo dudas que él lo está. Inicialmente, era muy fuerte la admiración, pero no superaba lo lógico y natural y no me pareció extraño que su distinción y sus modales le impresionaran, pero, últimamente, cuando la nombra, lo hace en términos sorprendentes de halago. Llegó a decir ayer que no le asombraría cualquier efecto en el corazón de un hombre ocasionado por sus cualidades y su encanto y, cuando yo le respondí quejándome de la maldad de su actitud, él contestó que los errores que quizá cometió había que adjudicárselos a haber recibido una escasa educación y a su casamiento prematuro; y que, realmente, se trataba de una dama maravillosa.

Esta inclinación a disculpar su comportamiento, o a olvidarlo, por la influencia de la admiración, me sulfura en demasía y, si no supiera que Reginald cuando está en Churchill se encuentra como en casa como para requerir una invitación para que extienda su permanencia, lamentaría que se lo haya propuesto el señor Vernon.

Sin duda, las intenciones de *lady* Susan son la del deseo de recibir una admiración universal y la de la coquetería más absoluta. Por ahora, no puedo imaginar que esté planeando algo más serio, aunque me preocupa ver cómo ha enredado y engañado a Reginald, que es un muchacho tan sensato.

Se despide,

CATH. VERNON

Carta 9

Señora Johnson a lady Susan
Calle Edward.

Estimadísima amiga:

Estoy muy contenta por la llegada del señor De Courcy y te recomiendo encarecidamente que contraigas matrimonio con él. Ya sabemos que son considerables los bienes y propiedades de su padre y pienso que ya está fijada su herencia. *Sir* Reginald tiene la salud frágil y es poco probable que durante mucho tiempo sea un obstáculo. De él me han hablado muy bien, y mi muy querida Susan, pese a que nadie te merece, el señor De Courcy quizá valga la pena. Lógicamente, Manwaring se encolerizará, pero con facilidad podrás calmarla. Además, ni el honor más inflexible requeriría que aguardaras su emancipación. Vi a *sir* James. La semana pasada vino unos días a la ciudad y en varias ocasiones nos visitó en la calle Edward. Le hablé sobre ti y tu hija y está tan lejos de haberte olvidado que no tengo dudas de que con mucho placer contraería matrimonio con cualquiera de las dos. Diciéndole que Frederica aceptará, alenté sus esperanzas y le hablé de los avances de ella. Le regañé por galantear a María Manwaring. Él protestó diciendo que había sido tan solo bromeando y, por la desilusión de la muchacha, ambos nos reímos a carcajadas. En pocas palabras, en todo nos entendimos. Como siempre, continúa tan tonto.

Con todo cariño,

Alicia

Carta 10

Lady Susan a la señora Johnson
Churchill.

Apreciada amiga, te doy las gracias por tu consejo en referencia al señor De Courcy, que estoy segura de que nació de la certeza sincera de su utilidad, pese a que no lo seguiré. En terrenos tan serios como el del casamiento no puedo tomar una decisión. Actualmente, no necesito dinero y, probablemente, hasta el fallecimiento de su padre, de ese matrimonio obtendría poco beneficio. Es verdad que mi vanidad me hace pensar que está a mi alcance. He logrado que sea muy sensible a mi poder y en estos momentos puedo gozar del placer de haber triunfado sobre una mente predispuesta a no agradarle y plena de prejuicios contra mis actuaciones del pasado. Igualmente, su hermana se ha convencido, o confío en eso, de lo inútiles que son los comentarios poco generosos sobre alguien para predisponerlo contra una persona cuando con la influencia inmediata del intelecto y los modales se pueden anular. Miro con claridad que está muy incómoda, porque está evolucionando para bien la opinión que su hermano tiene de mí y deduzco que para neutralizarme no escatimará esfuerzos. Sin embargo, en cuanto logre que dude de la justicia de su opinión en referencia a mí, pienso que podré desafiarla exitosamente. Ver sus progresos hacia una intimidad mayor ha sido muy placentero, particularmente ver sus reacciones alteradas cuando yo me mostraba reservada asumiendo una dignidad muy sosegada ante sus tentativas de aproximarse con una directa familiaridad. Desde el inicio, mi comportamiento ha sido igualmente comedido y jamás había actuado de manera menos coqueta en toda mi existencia, aunque quizá jamás había sido tampoco tan rotundo mi deseo de dominio. Con la sensibilidad y la charla seria lo he sometido completamente a él y he logrado, me arriesgo a decir, que esté algo enamorado de mí, sin la más mínima señal de lo que comúnmente recibe el nombre de coqueteo. La certeza por parte de la señora Vernon con respecto a que piensa merecer algún tipo de venganza, la que esté en mi mano infligirle por sus manejos perversos, será suficiente para que pueda percibir que tengo una conducta de lo más honesta y bondadosa. No obstante, permitamos que piense y actúe como desee. Jamás he visto que el consejo de una hermana no le permitiera a un muchacho enamorarse, si de esa manera lo resolviera él. En estos momentos estamos avanzando hacia la confianza y nos sentiremos unidos, muy pronto, en una amistad platónica. Puedes estar segura, por mi parte, de que esto no irá a más, porque si yo no estuviera ya unida a otro hombre, de todas maneras no permitiría que mi cariño los recibiera un hombre que, en su momento, hubiera osado a pensar tan mal de mí.

Reginald es un muchacho de muy buena planta y es merecedor de los elogios que has escuchado de él. Pero es inferior, con todo, a nuestro amigo de Langford. Es menos insinuante, menos refinado que Manwaring y, comparándolos, muestra menos efectividad para decir todas esas cosas tan fascinantes que hacen que uno se ponga de excelente buen humor consigo misma y con toda la tierra. Sin embargo, es muy agradable y me brinda el entretenimiento suficiente para transcurrir las horas de manera placentera; de otra forma, estaría dedicada a vencer la resistencia de mi cuñada y a escuchar la insípida charla de su esposo.

Son de lo más satisfactorias tus informaciones sobre *sir* James y muy pronto le haré saber mis intenciones a la señorita Frederica.

Con mucho afecto,

S. Vernon

Carta 11

Señora Vernon a lady De Courcy

Mi querida madre, me hace sentir muy disgustada darme cuenta cómo crece tan rápidamente la influencia de *lady* Susan sobre Reginald. En estos momentos mantienen una amistad muy especial, entablan frecuentemente largas charlas y ella se las ha arreglado para, utilizando la más astuta coquetería, someter su voluntad a sus intenciones. No es posible observar la intimidad que ha surgido entre ellos con tanta rapidez sin inquietarse, aunque me resisto a imaginar que las intenciones de *lady* Susan lleguen hasta el casamiento. Si con cualquier excusa creíble pudieras hacer que Reginald volviera a casa. En absoluto está dispuesto a irse, y, tanto como la decencia me permite hacerlo estando en mi propia casa, le he hecho insinuaciones con respecto a la frágil salud de mi padre. Ahora, el poder de ella sobre él debe ser sin límites, ya que ha logrado eliminar completamente la opinión anterior que él tenía y lo ha convencido no solamente para que no la recuerde, sino para que la justifique. Las noticias del señor Smith con respecto al comportamiento de *lady* Susan en Langford, en las que la acusaba de haber enamorado al señor Manwaring y a un muchacho que era novio de la señorita Manwaring, y que Reginald creía con firmeza cuando llegó a Churchill, son en este momento, está completamente seguro, tan solo un escandaloso invento. De esa manera me lo ha dicho, con una sinceridad que evidenciaba que se sentía arrepentido por haber creído lo contrario anteriormente.

¡Pero cómo estoy arrepentida de que haya venido a esta casa! Esperé siempre su llegada con incomodidad, pero estaba muy lejos de sentir esta angustia por Reginald. Estaba esperando un poco de compañía agradable para mí, pero no podía suponer que mi hermano corría el riesgo de ser embrujado por una mujer cuyos valores y principios conocía muy bien y cuyo temperamento repudiaba hondamente. Será para bien si logras que se aleje de aquí.

Atentamente,

Cath. Vernon

Carta 12

Sir Reginald de Courcy a su hijo
Parklands.

Yo sé que, generalmente, los muchachos no aceptan que se averigüe en sus cuestiones del corazón, ni siquiera por parte de sus familiares más próximos, pero, confío, querido Reginald, en que demuestres estar por encima de esas personas que ni para impedir la angustia de un padre piensan que es necesario dejar a un lado el privilegio de negarle la confianza y hacer caso de su recomendación. Como hijo único y representante de una antigua familia, debes tener en cuenta que tu comportamiento en la vida afecta a tus parientes. Especialmente donde más se arriesga es en la muy importante cuestión del casamiento: el crédito de tu apellido, tu dicha y la de tus padres. Ya imagino que no vas a adquirir un compromiso de esa naturaleza sin informárselo a tu madre y a mí o, por lo menos, sin estar seguro de que aprobaríamos tu decisión, pero no puedo alejar el miedo de que te veas lanzado al casamiento por una dama que recientemente ha intimado contigo, algo que toda tu familia, la más y la menos próxima, no aceptaría vehementemente.

En sí misma, la edad de *lady* Susan es una objeción material, pero la ligereza de su temperamento es un elemento mucho más grave que, en comparación, transforma la diferencia de doce años en una insignificancia. Sería totalmente ridículo por mi parte repetirte los ejemplos de su conducta inadecuada, conocidos por todos, si no estuvieras encandilado y deslumbrado por la fascinación. Han sido tan evidentes la desidia y la negligencia con que trató a su esposo, el animar a otros caballeros, su extravagancia y comportamiento disipado que en su momento nadie los pudo ignorar ni en estos momentos se pueden olvidar. Siempre en nuestra familia se ha visto representada con los trazos suavizados por la magnanimidad del señor Charles Vernon. Con todo y, pese a sus generosos esfuerzos para disculparla, sabemos que hizo todo lo posible para impedir que contrajera matrimonio con Catherine, solo movida por su egoísmo.

Mi amado Reginald, mi estado de salud, cada vez más frágil, y mi edad me hacen querer verte bien establecido. Me es totalmente indiferente la riqueza de tu mujer, debido al buen estado de la mía, pero, por igual, su familia y sus virtudes deben ser excepcionales. Cuando en esos dos ámbitos a tu elección no se le pueda hacer ninguna objeción, te doy mi palabra de que te daré mi consentimiento entusiasta e inmediato, pero es mi deber oponerme a una relación que solamente la astucia puede haber hecho posible y que, al final, solamente engendraría desdicha.

Es posible que su conducta se deba tan solamente a la pedantería o al deseo de obtener la admiración de un muchacho del que debe pensar que está especialmente predispuesto contra ella, pero es más probable que sus pretensiones sean más grandes. Es pobre y buscará, por naturaleza, una relación que le pueda ser beneficiosa. Tus derechos los conoces y en mi mano ya no está impedir que seas el heredero de los bienes familiares. Sería una venganza, a la que difícilmente me rebajaría en cualquier situación, infligirte sufrimientos por lo que me quede de existencia. Mis sentimientos e intenciones te las comunico con total honestidad. No deseo apelar a tus miedos, sino a tu juicio y cariño. Saber que has contraído matrimonio con *lady* Susan Vernon destruiría toda la tranquilidad de mi vida; sería la muerte del orgullo sincero que hasta este instante he sentido por mi hijo; sentiría vergüenza de pensar en él, de verlo y de saber de él.

Quizás esta misiva no haga ningún bien, apartando el de tranquilizar mi mente, pero he pensado que es mi deber informarte que no es un secreto para tus amigos tu interés por *lady* Susan y para prevenirte en referencia a ella. Me encantaría escuchar tus motivos para contradecir la inteligencia del señor Smith. De ella no tenías dudas hace un mes.

Si me puedes afirmar que no albergas ningún proyecto más allá de deleitarte con la charla de una dama inteligente, durante un corto tiempo, y de tan solo rendir admiración a sus cualidades y a su hermosura, sin por ello cerrar los ojos a sus defectos, me devolverás la dicha, pero si no puedes hacer esto, dime, al menos, en tu opinión sobre ella qué ha producido una transformación tan grande.

Afablemente,

Reginald de Courcy

Carta 13

Lady De Courcy a la señora Vernon
Parklands.

Estimada Catherine:

Lamentablemente, cuando llegó tu última misiva estaba postrada en la cama. No pude leerla yo misma debido a un resfriado que me afectó los ojos. Por tanto, tampoco pude rechazar la oferta de tu padre para leérmela. De esa manera fue como supo, para enojo mío, de todos tus miedos relacionados con mi hermano. Tenía el propósito de escribir yo misma a Reginald, en cuanto me lo permitieran mis ojos, haciéndole la advertencia sobre el riesgo de una relación íntima con una mujer tan sagaz y maliciosa como *lady* Susan, para un muchacho de sus expectativas y de su edad. Deseaba, además, recordarle que en este momento estamos muy solos y que le necesitamos para animarnos durante las largas tardes invernarles. Si eso fue útil para algo, ahora jamás lo sabremos, pero me tiene muy enojada que *sir* Reginald ignore todo de una cuestión que ya sentíamos el temor le iba a ocasionar un gran sinsabor. Entendió todos tus miedos en cuanto leyó tu misiva y estoy convencida de que, desde entonces, no se lo ha sacado de la mente. De inmediato, escribió a Reginald una extensa misiva sobre el asunto, pidiendo una explicación sobre qué fue lo que dijo *lady* Susan para contradecir las noticias escandalosas de antes. Esta mañana llegó su respuesta y te la mando adjunta porque pienso que te interesará conocerla. Me gustaría que fuera más satisfactoria, pero da la impresión de que fue escrita con tanta resolución para tener una buena opinión de *lady* Susan que no me calman el corazón sus aseveraciones en lo referente al casamiento y todo eso. No obstante, hago todo lo posible para tranquilizar a tu padre e indudablemente está más sereno desde que Reginald escribió esta misiva. Mi querida Catherine, ¡qué molesto resulta que esta poco oportuna invitada no solamente no nos permita vernos en Navidad, sino que además sea motivo de conflicto y enojo! De mi parte dales un beso a los pequeños.

Tu madre que te ama,

C. DE COURCY

CARTA 14

SEÑOR DE COURCY A SIR REGINALD
Churchill.

Apreciado señor:

Acabo de recibir su misiva en este instante y me ha llenado de sorpresa como antes jamás me había sucedido. Imagino que es debido a la descripción que mi hermana ha hecho de mí que a sus ojos he quedado tan poco favorecido y le he producido tanto sobresalto. No comprendo por qué ha decidido preocuparse, y preocupar a su familia, imaginando un hecho que nadie, con excepción de ella misma, estoy convencido de ello, ha pensado como posible. Atribuir esa intención a *lady* Susan sería quitarle esa inmensa y excelente sutileza que sus enemigos más tenaces jamás han negado en ella. Asimismo, mis pretensiones de tener sentido común deberían quedar muy bajas si se sospecha que tengo intenciones de casamiento en mi conducta para con ella. Es una objeción que no se puede superar la diferencia de edad y le suplico, mi querido señor, que se calme y ya no alimente más desconfianzas que perturbarán tanto la relación entre nosotros como su propia paz.

Al estar con *lady* Susan no puede ser otro mi propósito que el de disfrutar, durante un corto tiempo (tal como lo ha manifestado usted mismo) de la charla de una dama con inmensas y excelentes cualidades mentales. La señora Vernon sería más justa con todos nosotros si admitiera un poco del cariño que durante mi estancia les he brindado a ella y a su esposo. Pero, por desgracia, mi hermana está predispuesta en contra de *lady* Susan irremediablemente. Por el cariño que le une a su esposo, que en sí mismo honra a los dos, no puede disculpar los esfuerzos que *lady* Susan hizo para evitar su casamiento. Se adjudicaron a su egoísmo, sin embargo, en este caso, como en muchos otros, todos han difamado a esa mujer, imaginando que las razones de su comportamiento eran dudosas.

Había escuchado *lady* Susan una cosa materialmente tan inadecuada sobre mi hermana que se convenció de que la dicha del señor Vernon, a quien siempre se ha sentido muy vinculada, quedaría destruida por el casamiento. Y este hecho, que explica la auténtica razón de la conducta de *lady* Susan y anula toda la culpabilidad que se le ha imputado, debe servir para persuadirnos del poco crédito que, en general, hay que dar a las noticias sobre otros, ya que ninguna conducta, por muy recta que sea, puede huir a la calumnia. Si en la seguridad de su retiro, mi hermana, con tan escasas ocasiones de ser tentada por el mal, no logró evitar la crítica, no debemos condenar de forma apresurada a esas personas que, viviendo en el mundo y teniendo a su alrededor muchas tentaciones, son culpadas de errores que se sabe que podrían llegar a ejecutar.

Con mucha severidad, me culpo a mí mismo de haber creído de una manera tan fácil los relatos difamatorios inventados por Charles Smith contra *lady* Susan, ya que ahora estoy seguro de cómo la han calumniado. Con respecto a los celos de la señora Manwaring, son algo totalmente inventado por él y tenía todavía menos fundamento su historia de cómo ella se aproximó al pretendiente de la señorita Manwaring. Esa muchachita indujo a *sir* James Martin a prestarle algo de atención y, siendo un caballero de mucha riqueza, era sencillo comprender que los proyectos de ella incluían el casamiento. Es muy bien sabido que la señorita Manwaring está abiertamente a la caza de un esposo y, por lo tanto, nadie puede compadecerse de ella por no poder aprovechar una ocasión para hacer desdichado a un caballero de mérito, por el atractivo superior de otra dama. Ni de lejos, *lady* Susan intentaba esa conquista y, al saber cuánto afligía a la señorita Manwaring la evidente indiferencia de su enamorado, decidió dejar la familia, pese a las súplicas del señor y la señora Manwaring. No tengo ninguna razón para pensar que ella recibiera propuestas firmes por parte de *sir* James, pero el hecho de que se fuera inmediatamente de Langford, cuando descubrió la relación de él con la señorita Manwaring, hace que cualquier mente honesta la absuelva de toda imputación. Estoy convencido de que pensará que todo esto es verdad y que, a partir de este momento, sabrá cómo hacer justicia con las cualidades de una dama lesionada en su reputación seriamente.

Sé que al acudir a Churchill, *lady* Susan actuaba movida solamente por las intenciones más sinceras y honestas. Son admirables su sensatez y discreción, su respeto por el señor Vernon incluso llega a igualar lo que él mismo merece, y su deseo de lograr una favorable opinión de mi hermana debería ser correspondido de mejor manera de lo que se ha hecho. No se le puede hacer ninguna objeción como madre. Queda demostrado el cariño sólido por su hija por el hecho de haberla confiado a las manos de quien cuidará su enseñanza apropiadamente. No obstante, al no tener la ciega y frágil parcialidad de la mayor parte de las madres, se la culpa de ausencia de instinto maternal. Sin embargo, cualquier persona juiciosa sabría cómo valorar y alabar su afecto bien dirigido y estaría de acuerdo conmigo en que Frederica Vernon debería hacer más esfuerzos de lo que hasta este momento ha hecho para merecer la atención sensible de su madre.

Querido señor, he escrito, pues, lo que sinceramente siento por *lady* Susan. Con esta misiva sabrá lo mucho que aprecio sus cualidades y tengo en elevada consideración sus facultades, pero si usted no queda convencido con mi solemne y sincera aseveración de que sus miedos son infundados, ello para mí será razón de gran angustia y preocupación.

Afablemente,

R. DE COURCY

Carta 15

Señora Vernon a lady De Courcy
Churchill.

Amada mamá:

Le devuelvo la misiva de Reginald contentándome de todo corazón de que mi padre se haya tranquilizado con ella. Coméntaselo y, asimismo, transmítale mis felicitaciones. Sin embargo, entre nosotras, tengo que aceptar que solamente ha servido para convencerme a mí de que, por el momento, mi hermano no tiene ninguna intención de contraer matrimonio con *lady* Susan, no que no corra el riesgo de tenerla dentro de tres meses. Brinda una versión muy creíble de su conducta en Langford. Ojalá fuera verdad, pero la inteligencia detrás de esto tiene que ser la de *lady* Susan. Me encuentro menos inclinada a creérmela que a quejarme del nivel de intimidad entre ellos, que implica el hecho de que conversaran sobre un tema como este.

Lamento mucho haber provocado su enojo, pero mientras él esté dispuesto a justificar tan vehementemente a *lady* Susan, no se puede esperar nada mejor. Ciertamente es muy duro conmigo, pero confío en no haberla juzgado a ella apresuradamente. ¡Pobre mujer! Pese a que tengo sobrados motivos para despreciarla, no puedo evitar sentir compasión por ella, ya que está verdaderamente afligida y con justificada razón. Esta mañana recibió una misiva de la dama a la que confió su hija y pide que vaya a buscar a la señorita Vernon de inmediato, debido a que fue sorprendida tratando de huir. Por qué o a dónde trataba de ir, eso no está claro, pero ya que la resolución tomada por *lady* Susan daba la impresión que era la conveniente, ahora la situación es muy dolorosa y, lógicamente, la ha entristecido mucho.

Ya Frederica debe tener dieciséis años y tendría que ser más responsable, pero, por lo que ha indicado su madre, me temo que es una muchacha malévola. No obstante, ha sido una joven desatendida y su madre no debería olvidar ese hecho.

En cuanto decidió qué era lo mejor, el señor Vernon viajó hacia la ciudad. Tratará, si eso es posible, de persuadir a la señorita Summers para que permita que Frederica continúe con ella. Si no lo logra, de momento la traerá a Churchill, hasta que se halle otro sitio para ella. *Lady* Susan, mientras tanto, se reconforta dando paseos por el jardín con Reginald, beneficiándose de los dulces sentimientos de él, supongo, para superar este infortunado instante. De todo esto ha conversado mucho conmigo. Logra expresarse muy bien y siento temor de ser muy poco generosa si comento que excesivamente bien, para lamentarlo tan hondamente. Pero no tengo que buscar defectos. Quizá llegue a ser la esposa de Reginald. ¡Dios, qué el cielo no lo permita! Pero, ¿por qué yo iba a ser más sagaz que cualquier otro? El señor Vernon asevera que jamás vio un desconsuelo más hondo que el suyo cuando leyó la misiva. ¿Acaso mi criterio es superior al suyo?

De que se permitiera a Frederica ir a Churchill no se veía muy deseosa. Me parece prudente, debido a que da la impresión de que es una especie de recompensa por su conducta, cuando lo que merece es algo muy diferente. No obstante, no era posible llevarla a ningún otro sitio y tampoco estará aquí mucho tiempo.

Me dijo: "como entenderás, mi amada hermana, será totalmente necesario tratar a mi hija con algo de severidad mientras permanezca aquí. Me esforzaré por acatarla, aunque sea una necesidad muy dolorosa. Me temo que muy frecuentemente he sido indulgente, pero el carácter de mi desdichada Frederica jamás ha sabido aceptar bien la contrariedad. Debes darme apoyo y animarme, si me ves excesivamente condescendiente, tienes que recordarme la necesidad de reprobación…".

Parece muy razonable todo esto. ¡Reginald está tan enfadado con esa pobre bobita! Que él se muestre tan enfadado con su hija no dio mucho en favor de *lady* Susan. La imagen que tiene de ella solamente puede venir de las descripciones de su madre. Pero bueno, sea cual sea su destino, tenemos el consuelo de saber que hemos hecho todo lo posible por salvarle. A una instancia más elevada tendremos que confiar el desenlace.

De corazón,

CATH. VERNON

CARTA 16

LADY SUSAN A LA SEÑORA JOHNSON
Churchill.

Mi apreciada Alicia, jamás en mi existencia me había sobresaltado tanto como esta mañana, cuando recibí una misiva de la señorita Summers. Esa terrible hija mía trató de huir. No sabía ni tenía idea de que fuera tan malévola. Daba la impresión de que tenía la apatía de los Vernon, pero cuando recibió la carta en que le expresaba mis intenciones en referencia a *sir* James, trató de escaparse. Si no es por eso, no sé a qué otra razón atribuirla. Imagino que pretendía llegar a casa de los Clarke en Staffordshire, ya que no tiene otras personas conocidas. Pero la voy a castigar, contraerá matrimonio con él. Envié a Charles a la ciudad para que, si puede, trate de resolver las cosas, porque, bajo ningún concepto, la quiero aquí. Tendrás que encontrarme otro colegio si la señorita Summers no la admite, a menos que logremos casarla inmediatamente. Me ha escrito la señorita S. comentando que no logró que la muchachita le dijera el motivo de un comportamiento tan extraño, lo que me confirma la explicación que yo di.

Frederica es excesivamente tímida, pienso yo, y me teme mucho para decir mentiras, pero si la ternura de su tío le pudiera sacar algo, no me da temor. Estoy plenamente convencida de poder narrar una historia tan buena como la suya. Si de algo puedo estar orgullosa es de mi oratoria. Indudablemente, el respeto y la estima se obtienen del dominio del lenguaje, de la misma manera que la admiración depende de la hermosura. Y tengo aquí muchas ocasiones de ejercitar mis habilidades, ya que hablo la mayor parte del tiempo. Reginald jamás se siente cómodo, a menos que nos encontremos solos y paseemos juntos por el jardín durante horas cuando el tiempo es soportable. Me agrada mucho en general. Tiene muchas cosas que contar y es inteligente, pero en ocasiones es problemático e impertinente. Evidencia un tacto absurdo, debido, quizá, a lo que haya escuchado en mi descrédito y jamás se da por complacido hasta que está seguro de haber aclarado el inicio y el fin de todo.

Esto evidencia un cierto tipo de amor, pero debo confesar que no es el que prefiero ni deseo. Es preferible para mí, infinitamente, el espíritu dulce y liberal de Manwaring, quien, deslumbrado y seguro hondamente de mis méritos, se complace creyendo que todo lo que yo hago debe estar muy bien. No puedo dejar de considerar, con algo de desprecio, las especulaciones, dubitativas e inquisitivas, de ese corazón que da la impresión de debatir permanentemente la sensatez de sus sentimientos. Lógicamente, y sin comparación, Manwaring es muy superior a Reginald. Sí, superior en todo, con excepción de la posibilidad de estar a mi lado. ¡Infortunado hombre! Lo han alterado los celos, algo de lo que no me quejo, ya que no conozco mejor manera de avivar el amor. Ha estado molestándome para que le permita aproximarse a la región y hospedarse de incógnito en algún sitio, pero yo le prohibí que haga nada parecido. Esas mujeres que no recuerdan qué se espera de ellas y no toman en cuenta lo que los demás puedan pensar no tienen justificación.

S. Vernon

CARTA 17

SEÑORA VERNON A LADY DE COURCY
Churchill.

Amada mamá:

El jueves por la noche, el señor Vernon volvió y traía a su sobrina consigo. En el correo del día, *lady* Susan recibió una misiva de él, en la que le notificaba que la señorita Summers se negó terminantemente a dejar que la señorita Vernon siguiera en su colegio. Por lo tanto, estábamos preparados para su llegada y durante toda la tarde esperamos impacientemente. Por fi, a la hora del té llegaron y jamás había visto a una pequeña tan llena de temor como Frederica cuando entró en la sala.

Lady Susan, que había estado llorando y estaba muy alterada por la idea de tener que recibirla, la saludó sin dejarse traicionar por el más pequeño gesto de ternura y con un dominio extraordinario de sí misma. Casi no le habló y, cuando Frederica rompió a llorar una vez que tomamos asiento, la sacó de la sala y no regresó hasta después de un buen rato. Al hacerlo, volvió con los ojos rojos y se encontraba tan intranquila como anteriormente. A su hija no la volvimos a ver.

Reginald estaba sumamente preocupado al mirar a su amiga tan alterada y la miraba tan dulcemente que yo, que pude sorprenderla a ella mirando la cara de él con alborozo, casi perdí la paciencia. Toda la tarde duró esta patética representación y esa demostración tan desvergonzada y artera me convenció de que no sentía nada realmente.

Desde que he visto a su hija yo estoy más enojada con ella. A la infortunada joven se la ve tan desdichada que me duele en el corazón. Sin duda, *lady* Susan es excesivamente inflexible, ya que no da la impresión de que Frederica tenga un carácter que haga necesaria la rigidez y severidad. Parece asombrosamente afligida, tímida y abatida.

Es muy bella, aunque no tanto como su madre, y no la veo parecida a ella. Es de piel clara y delicada, sin llegar a ser pálida, aunque tampoco evidencia tanta energía como *lady* Susan. Tiene la fisonomía de los Vernon, la cara ovalada y los ojos moderadamente negros, con una especial ternura en su mirada cuando habla conmigo o con su tío. La tratamos con mucha amabilidad y eso ha logrado que tengamos su agradecimiento. Su madre ha insinuado que es de carácter intratable, pero jamás he visto una cara menos indicativa de actitud perversa que la suya y, por lo que he visto de la relación entre ambas, la implacable inflexibilidad de *lady* Susan y el silencioso abatimiento de Frederica, me inclino a creer que la madre no siente por su hija un amor sincero y jamás la ha tratado con afecto ni ha sido justa con ella.

Todavía no he tenido oportunidad de entablar una charla con mi sobrina. Es tímida y pienso que se esfuerzan para impedir que pase mucho tiempo conmigo. No ha trascendido nada satisfactorio que explique la razón de su huida. Su benevolente tío, puedes tener la seguridad, sintió temor de perturbarla si durante el viaje le hacía demasiadas preguntas. Me hubiera encantado poder ir yo a buscarla en vez de él. Pienso que, durante ese viaje de cincuenta kilómetros, habría podido descubrir la verdad.

A petición de *lady* Susan, el pequeño pianoforte fue trasladado al salón de su cuarto y Frederica pasa la mayor parte del día con él, practicando, dicen, pero apenas he logrado escuchar ningún sonido cuando paso cerca de la habitación. No sé lo que hace allí. En el salón hay muchos libros, pero una jovencita que, durante los primeros quince años de su existencia, ha crecido salvaje, ¿cómo va a poder o desear leer? ¡Pobre pequeña! No es muy instructivo el panorama desde su ventana, debido a que ese cuarto da al prado, teniendo en un lateral el jardín de arbustos, donde ella puede ver a su madre dando paseos durante horas acompañada por Reginald, los dos enzarzados en charlas muy serias. Para que esas cosas no la afecten, una joven de la edad de Frederica tiene que ser muy infantil. ¿Acaso dar un ejemplo así a su hija no es imperdonable? Reginald continúa pensando que *lady* Susan es la mejor de las madres y ¡continúa condenando a Frederica como una pequeña poco útil! Está seguro de que su intento de evasión no tiene ningún motivo justificable y que no hubo nada que lo indujera. Lógicamente, no puedo afirmar que lo hubo, pero, aunque la señorita Summers asegura que durante su permanencia en la calle Wigmore la señorita Vernon no demostró maldad ni obstinación hasta que se descubrió su proyecto, tan fácilmente no puedo dar crédito a lo que *lady* Susan le ha hecho creer a él y desea hacerme creer a mí: que fue sencillamente la poco paciencia ante la disciplina y el deseo de huir de la tutela de sus maestros lo que ocasionó el plan de su evasión. ¡Oh, Reginald!, ¡cómo ha esclavizado tu razonamiento! Ni siquiera acepta que sea bella; cuando hablo de su hermosura, responde solamente que: ¡en sus ojos no hay brillo alguno!

Está convencido en ocasiones de que es deficiente la capacidad de razonamiento de la jovencita y, a veces, el culpable es su carácter. En pocas palabras, cuando alguien desea mentir permanentemente, no le es posible ser consistente. Para justificarse ella misma, *lady* Susan necesita que Frederica sea la culpable y, probablemente, ha creído adecuado acusarla, en algunas ocasiones, de maldad y, en otras, quejarse de su ausencia de juicio y sensatez. Reginald solamente repite lo que dice *lady* Susan.

Con cariño,

CATH. VERNON

CARTA 18

DE LA MISMA A LA MISMA
Churchill.

Estimada señora:

Estoy muy contenta de saber que le ha interesado mi descripción de Frederica Vernon, ya que, realmente, pienso que ella merece su respeto y consideración y, en cuanto le haya informado una noción que últimamente se me ha hecho notaria, estoy convencida de que se verán acentuadas sus gentiles opiniones en su favor. No puedo evitar pensar que ha comenzado a tomarle afecto a mi hermano. ¡Tan frecuentemente miro sus ojos fijos en su cara con un evidente gesto de meditabunda admiración! Indudablemente, él es muy atractivo, y todavía hay más, hay una sinceridad en sus modales que debe ser muy atrayente y ella lo percibe, estoy convencida. Generalmente pensativa y meditabunda, ella tiene su rostro alegre todo el tiempo; cuando Reginald dice algo divertido, ella esboza una sonrisa y, si es tan serio el tema que él no cesa de charlar, mucho me equivoco o a ella no se le escapa ni una sola sílaba de las que él dice.

Que él se dé cuenta de todo esto es mi propósito, porque ya conocemos la fuerza del agradecimiento en un corazón como el suyo. Si el cariño libre de artería de Frederica pudiera alejarle de su madre, definitivamente podríamos bendecir el día que llegó a Churchill. Mi estimada señora, pienso que como hija no la reprobaría. Es, verdaderamente, muy joven, ha tenido una enseñanza muy descuidada y un horrendo ejemplo de ligereza en su madre, sin embargo, con todo, pienso encontrarme en condiciones de decir que sus cualidades naturales son muy buenas y es excelente su predisposición. Y pese a que le faltan condiciones, no es para nada tan ignorante como se podría esperar. Valora los libros y pasa leyendo la mayor parte del tiempo. Su madre le da más libertad en este momento que antes y yo, siempre que me es posible, estoy con ella, haciendo muchos esfuerzos para vencer su timidez. Ya somos excelentes amigas y, pese a que jamás habla delante de su madre, sí lo hace bastante cuando estamos solas, como para que no me quede ninguna duda de que si *lady* Susan la tratara apropiadamente, en cualidades ganaría mucho. Sus pequeños primos la quieren mucho. Cuando se comporta libre de restricciones no existe un corazón más tierno ni afectuoso, ni modales más agradecidos.

Afablemente,

Cath. Vernon

Carta 19

Lady Susan a la señora Johnson
Churchill.

Estoy segura de que estarás deseosa por saber más cosas de Frederica y por no haberte escrito antes quizá me hayas juzgado como apática o indolente. Hace ya quince días llegó con su tío y, lógicamente, le pregunté de inmediato por el motivo de su conducta y, en seguida, noté que había acertado totalmente al atribuirlo a mi misiva. Lo que en ella notificaba hizo que se aterrorizara de tal manera que, para llevarme la contraria de modo infantil, al mismo tiempo que movida por la poca sensatez y sin considerar que, aunque escapara de la calle Wigmore, no tenía forma de huir de mi autoridad, decidió marcharse de esa casa e ir directamente a la casa de los Clarke, que son sus amigos. Se pudo alejar dos calles cuando, por fortuna, notaron que se había ido y le dieron alcance.

Entonces, la primera gran aventura de la señorita Frederica Susanna Vernon fue de esa manera. Si tomamos en cuenta que la realizó a la dulce edad de dieciséis años, para su futuro renombre podemos albergar los más halagadores presagios. Con todo, me han enfadado demasiado las invocaciones al recato que han permitido a la señorita Summers no aceptar nuevamente a la pequeña. Me da la impresión de que ha tenido una gran delicadeza, considerando las relaciones de los parientes de mi hija, que no puedo imaginar algo distinto que lo que teme es que jamás obtendrá su dinero. Frederica, sea como fuere, ha regresado a mí y se dedica a seguir con sus planes románticos que ya comenzó en Langford, debido a que no tiene nada que hacer. ¡Se está enamorando de Reginald de Courcy, de hecho! No le es suficiente desobedecer a su madre, no aceptando una propuesta a la que no se le pueden hacer objeciones, quiere entregar sus cariños sin contar con la aprobación de su madre. Jamás he visto a una jovencita de su edad hacerles las cosas tan fáciles a los hombres para que la tomen como un entretenimiento. Son tolerablemente intensos sus sentimientos y se comporta con una ausencia de astucia encantadora para demostrarlos, así que solamente se puede esperar que la ridiculice y desprecie cualquier individuo que se cruce con ella.

En cuestiones amorosas la falta de astucia jamás logrará nada y esa muchacha es una cándida de nacimiento. Esa ausencia de astucia le viene por amaneramiento o por naturaleza. Todavía no estoy segura de que Reginald haya notado qué está tramando ni tampoco le interesa demasiado. Por ahora, él solo demuestra indiferencia. Él solo la menospreciaría si llegara a darse cuenta de sus emociones. Los Vernon admiran su hermosura, pero en él eso no ha producido ningún efecto. Disfruta completamente de los favores de su tía, porque, lógicamente, a mí no se parece en nada. Para la señora Vernon es la compañera perfecta, a la que le fascina ser la mejor y la más sensata e ingeniosa durante una charla. Frederica jamás la podrá eclipsar. Me esforcé cuando llegó para que no pudiera permanecer mucho tiempo con su tía, pero en estos momentos me he relajado, ya que creo que respetará las reglas que he fijado para su relación, siento que puedo confiar en ella.

Sin embargo, no pienses que tanta condescendencia ha hecho que abandone ni por un instante mis proyectos en relación con su casamiento. No; en lo referente a este tema no voy a cambiar mis propósitos, aunque todavía no he resuelto la forma en que los ejecutaré. Ocuparse del asunto aquí no sería una buena idea, porque estoy expuesta a las sensatas opiniones del señor y la señora Vernon, pero tampoco me puedo permitir ir a la ciudad. Entonces, tendrá que esperar un poco la señorita Frederica.

Afectuosamente,

S. VERNON

CARTA 20

SEÑORA VERNON A LADY DE COURCY
Churchill.

Mamá querida, tenemos un inesperado invitado. Vino ayer. Escuché que un coche se detenía en la puerta mientras me encontraba con mis hijos que estaban cenando. Al imaginar que me necesitarían, dejé a los pequeños y encontré, lívida como la luna, a Frederica, en mitad de la escalera, que subía corriendo. Pasó rápidamente a mi lado en dirección a su dormitorio. Al instante la seguí y le pregunté qué sucedía. "¡Oh! —exclamó—, ¡vino *sir* James, vino! ¿Qué haré?". Esta respuesta no era explicación alguna y le supliqué que me aclarara de qué estaba hablando. En ese momento, alguien que estaba llamando a la puerta nos interrumpió. Era Reginald, que venía de parte de *lady* Susan a buscar a Frederica. "¡Es el señor De Courcy! —dijo ella, sonrojándose ostensiblemente—. Mamá me está pidiendo que baje y debo hacerlo".

Los tres bajamos y me di cuenta de que mi hermano escrutaba con asombro la cara aterrorizada de Frederica. A *lady* Susan la encontramos en el salón para desayunar, al lado de un muchacho de apariencia refinada, que me presentó con el nombre de *sir* James Martin. Como recordará, el mismo hombre que ella había hecho todo lo posible por alejar de la señorita Manwaring. Daba la impresión de que su conquista no tenía como objetivo la misma *lady* Susan o, en todo caso, ahora la transfirió a su hija. *Sir* James está enamorado de Frederica con desesperación y, además, su madre lo anima totalmente a ello. Sin embargo, a la infortunada joven estoy convencida de que él la enoja mucho. A pesar de que son muy apropiados su persona y su trato, tanto al señor Vernon como a mí nos parece que es un muchacho muy débil.

Cuando entró en la sala, Frederica estaba tan retraída y confundida que sentí pena por ella. *Lady* Susan le brindaba muchas atenciones a su visitante, aunque pienso que pude darme cuenta que no se sentía particularmente dichoso de verle. *Sir* James charlaba mucho y me presentó muchas excusas sensatas por haberse tomado la libertad de venir a Churchill (al tiempo que ofrecía más disculpas de lo que el asunto requería, se reía muy frecuentemente). Muchas veces repitió lo mismo y, en tres ocasiones, le dijo a *lady* Susan que hace unos días había visto a la señora Johnson. Se dirigía a Frederica de vez en cuando, aunque normalmente charlaba con su madre. La desdichada muchacha estuvo sentada sin decir nada, con los ojos bajos, al tiempo que, a cada instante, los colores de su cara iban cambiando. Mientras tanto, Reginald, en total silencio, miraba todo lo que sucedía.

Lady Susan, finalmente, pienso que agotada por la situación, propuso que paseáramos y dejamos a los dos hombres para ir a abrigarnos un poco.

Lady Susan, cuando subíamos, me pidió permiso para acompañarme a mis habitaciones, ya que estaba deseosa por charlar en privado conmigo. No fuimos juntas y dijo cuando cerré la puerta: "Jamás en la vida había tenido una sorpresa como con la llegada de *sir* James. Lo imprevisto de su visita requiere que te pida disculpas, mi amada hermana, aunque para mí supone un gran halago como madre. No ha podido resistir por más tiempo el venir a ver a mi hija, porque está muy enamorado de ella. *Sir* James es un muchacho de excelente trato y con muy buen temperamento. Quizás un poco demasiado alocado, pero lo habrá rectificado dentro de unos dos años. Por todo lo demás, es una pareja totalmente conveniente y apropiada para Frederica y siempre, con el más grande de los placeres, he aceptado su cariño. Estoy convencida de que tanto tú como mi hermano darán su sincero consentimiento a la alianza. Hasta este momento no había hablado de la posibilidad de que este hecho se realizara, porque pensaba que sería preferible que no se supiera mientras Frederica se encontrara en el colegio. No obstante, ahora que estoy segura de que Frederica es ya muy mayor para ser sometida al aislamiento de un colegio, he empezado a considerar como algo no muy lejano el casamiento con *sir* James. Había pensado en notificarte dentro de unos días a ti y al señor Vernon de todo el tema. Mi querida hermana, estoy convencida de que me perdonarás por haberme quedado callada sobre ese asunto durante tanto tiempo y estarás de acuerdo conmigo en que la situación necesita discreción, mientras el desenlace continúe de momento en suspenso. Cuando al cabo de unos años, disfrutes de la dicha de entregar a tu encantadora Catherine a un hombre igual de extraordinario, por familia y por temperamento, sabrás lo dichosa que me siento yo en este momento. A pesar de que, ¡Dios sea glorificado!, no tendrás tantas razones como tengo yo por alegrarte de que algo así suceda. Catherine será una dama muy dotada, no como mi Frederica, que para disfrutar de una existencia confortable depende de un matrimonio afortunado".

Finalizó pidiéndome que le diera mis felicitaciones. Lo hice, aunque pienso que un poco incómoda. De hecho, me dejó sin ánimo para conversar con sinceridad la revelación tan súbita de una cuestión tan significativa. Sin embargo, me agradeció con grandes demostraciones de cariño, por estar pendiente del bienestar de su hija y de ella misma y dijo entonces: "Querida hermana, no sirvo para mostrar mi cariño y jamás he tenido el talento que se requiere para manifestar sentimientos extraños a mi corazón. Espero, por lo tanto, que me vas a creer cuando te comente que, pese a los elogios que había escuchado en tu favor antes de conocerte, nunca esperé llegar a quererte tanto como en este momento te quiero; debo agregar que me es particularmente gratificante tu amistad, porque tengo razones para pensar que hubo tentativas para ponerte en mi contra. Me encantaría que ellos, quienes quiera que sean y con los cuales estoy en deuda por tan generosos propósitos, pudieran mirar la relación que hoy nos une y comprobaran el cariño auténtico que sentimos ambas. Bueno, ya no te entretengo más. Que el Señor te cubra de bendiciones por tu generosidad y bondad con mi hija y conmigo, y que la dicha que disfrutas no te abandone".

Querida madre, ¿qué se puede comentar de una mujer así? ¡Es que al hablar es tan solemne y seria! No puedo, con todo, dejar de sospechar que en lo que dijo no hay nada de verdad.

Con respecto a Reginald, pienso que no sabe cómo actuar ante esta circunstancia. Se quedó perplejo y asombrado cuando llegó *sir* James. Lo dejaron absorto el arrojo del muchacho y la confusión de Frederica. Continúa mostrándose dolido a pesar de que *lady* Susan le ha soltado un pequeño discurso en privado que parece haber surtido su efecto. Estoy segura de que ella ha permitido las atenciones hacia su hija de un hombre así.

Con mucha elegancia, *sir* James se invitó a sí mismo a estar aquí unos días. Dijo que confiaba en que no íbamos a pensar que era inapropiado y que era consciente de su desfachatez, pero se tomó las libertades de un pariente y, con una carcajada intercalada, finalizó manifestando su deseo de que pronto podría serlo. Daba la impresión de que, por ser tan directo, incluso *lady* Susan estaba un poco desconcertada. Estoy convencida, en el fondo, de que preferiría que se marchara.

Sin embargo, si sus sentimientos son los que tanto su tío como yo creemos que son, por esta infortunada muchacha habrá que hacer algo. No debemos dejar que por intereses o por ambición la sacrifiquen. No podemos permitir que por miedo a ello sufra. Una joven cuyo corazón sabe estimar a Reginald de Courcy es merecedora de un futuro mejor que el de ser la mujer de *sir* James Martin. Descubriré la verdad en cuanto nos encontremos solas, aunque da la impresión de que quiere evitarme. Confío en que esto no sea motivado por nada malo y que ahora no descubra que la he juzgado con mucha indulgencia. Indudablemente, su actitud con el pretendiente muestra una gran prudencia demostrando su incomodidad, pero en ello no logro ver otra cosa que no sea una manera de alentar a *sir* James.

Mi querida señora, reciba un afectuoso saludo.

Cordialmente,

Cath. Vernon

Carta 21

Señorita Vernon al señor De Courcy

Caballero:

Confío en que me perdone esta libertad que me estoy tomando. Por la mayor de las preocupaciones me veo forzada a ello. Me avergonzaría por importunarle de esa manera, si no fuera así. Debido a *sir* James Martin soy muy desdichada y no hallo otra forma para solucionarlo que escribiéndole a usted, ya que me han prohibido hablar del tema con mi tío y mi tía. Creo que recurrir a usted será probablemente una equivocación, como si solamente atendiera a la letra y no al espíritu de las órdenes de mi madre. Sin embargo, si usted no se coloca de mi lado y la convence de que cambie de actitud, no me sentiré tranquila, debido a que no aguanto a ese hombre. Aparte de usted ninguna persona tiene oportunidad alguna de poder influir en ella. Le estaré más agradecida de lo que me es posible manifestar si tuviera la inmensa bondad de protegerme ante ella y de convencerle de que obligue a *sir* James a marcharse. Es una persona que me desagrada desde un principio, no es algo repentino, se lo puedo asegurar. Lo he considerado siempre impertinente, nada agradable y tonto, y ahora incluso ha ido a peor. Por esta misiva no sé cómo disculparme con usted. Sé que es tomarse una libertad muy grande, pero correré ese riesgo, aunque sé lo terriblemente enojada que se pondría mamá si se entera.

Su más humilde servidora siempre,

F. S. V.

Carta 22

Lady Susan a la señora Johnson
Churchill.

¡Definitivamente esto no se puede tolerar! Jamás antes me había sentido tan rabiosa, mi estimada amiga, y me tengo que desahogar escribiéndote a ti, que sé que entenderás cómo me siento. ¿El martes quién vino? ¡*Sir* James Martin! Imagínate mi sorpresa y enojo. Tú sabes bien que no quería verlo en Churchill. ¡Es una verdadera lástima que no conocieras sus propósitos con antelación! Pero no se quedó satisfecho con venir, si no que se invitó a sí mismo a permanecer unos días. ¡Lo habría envenenado! Sin embargo, reconduje la situación lo mejor que me fue posible y le relaté mi historia con mucho éxito a la señora Vernon, quien, fuera cual fuera su verdadero sentir, no se opuso a mi criterio. Asimismo, forcé a Frederica a que actuara con mucha cortesía hacia *sir* James y le di a comprender que estaba totalmente decidida a su casamiento con él. Ella susurró algo sobre su infortunio, pero eso fue todo. He creído últimamente que ese matrimonio era la mejor decisión, particularmente al ver cómo el cariño por Reginald progresaba con mucha rapidez y al no estar completamente convencida de que ese cariño no finalice siendo correspondido. A mis ojos, un afecto basado en la compasión me hace menospreciar a los dos, pero no tengo la certeza de que este desenlace no vaya a producirse. Es verdad que Reginald no se ha distanciado de mí ni un poco, pero recientemente ha hablado de Frederica espontáneamente y sin que fuera necesario. Una vez incluso dijo algo halagándola.

Cuando llegó mi visitante, él fue quien mostró más sorpresa y, al principio, miraba con mucha atención a *sir* James. Ello me satisfacía, aunque los celos también intervenían, pero, por desgracia, no me ha sido posible mortificarlo, puesto que *sir* James, a pesar de ser muy caballeroso conmigo, dio a entender muy pronto a todos que su corazón estaba dedicado a Frederica.

Cuando estuvimos a solas, no tuve muchas dificultades en persuadir a De Courcy de que mi deseo de que contrajeran matrimonio estaba plenamente justificado. Daba la impresión de que la cuestión había quedado resuelta cómodamente. Expresamente le prohibí a Frederica que se quejara a Charles Vernon o a su esposa, aunque ninguno de ellos pudo evitar notar que *sir* James no es ningún Salomón. De esa manera ellos no podrían tratar de inmiscuirse. No obstante, mi impertinente hija no quería otra cosa, según pienso, que hallar la ocasión de acudir a ellos.

Las cosas transcurrían tranquilamente y, pese a que yo vivía contando las horas hasta la marcha de *sir* James, mi mente estaba totalmente complacida con el estado de las cosas. Suponte, pues, lo que sentí cuando se alteraron todos mis proyectos. Y, además, por quien menos motivo me había dado para desconfiar. Esta mañana, Reginald vino a mis habitaciones con un semblante extraordinariamente solemne y, después de algunos preámbulos, me notificó con mucha locuacidad que quería hablar conmigo sobre lo impropio e inhumano que sería el dejar que *sir* James Martin, en contra de la voluntad de mi hija, se comprometiera con ella. Me quedé muda de sorpresa. Cuando me di cuenta de que no podía tomarme a broma lo que él estaba diciendo, le exigí con calma una explicación y le he suplicado que me dijera las razones de ese comportamiento y quién le encomendó que me reprendiera. Me dijo, entonces, agregando a sus palabras unos pocos cumplidos insolentes y demostraciones de ternura inoportunas que yo he oído con total indiferencia, que Frederica le había notificado algunos hechos que implicaban a *sir* James, a mí y a ella misma, que le habían inquietado mucho.

En pocas palabras, descubrí que ella le escribió una carta, pidiéndole que interviniera y que, cuando la recibió, él fue a conversar con ella sobre el asunto para confirmar sus auténticos deseos y para conocer los detalles.

No tengo la más mínima duda de que la muchacha aprovechó la ocasión para intentar enamorarlo. Estoy segura de ello, debido a la forma en que él hablaba de ella. ¡A él mucho bien le hará un amor así! Siempre despreciaré al hombre que puede complacerse con un amor que jamás estuvo en su ánimo inspirar ni pedir. Los aborreceré a los dos para siempre. Es imposible que sienta un cariño sincero por mí; si fuera de esa manera, no habría oído a mi hija. Y ella, ¡entregarse al amparo de un muchacho con el que solo había intercambiado un par de palabras! Me siento igualmente humillada por su credulidad y por su desfachatez. ¿Cómo se atrevió a pensar lo que le dijo en mi contra a Reginald? ¿No debió mostrar confianza en que yo, para todo lo que he hecho, debía tener razones inconfesables? Su fe en mi buen criterio y bondad hacia ella, ¿dónde está? ¿Dónde la desconfianza que el verdadero amor habría opuesto a una persona que me difamaba más todavía tratándose no de una persona, sino de una pequeña desconfiada, sin educación ni talento, y a quien yo le había enseñado a repudiar?

Traté de mantenerme calmada, pero incluso la más grande paciencia termina por ceder y confío en haber sido lo suficientemente punzante. Hizo muchos esfuerzos con mucha vehemencia para aplacar mi resentimiento, pero es una incapaz la mujer que, habiendo sido humillada por una acusación, se deja influir por los elogios. Al final, se marchó, tan sobresaltado como yo, habiendo demostrado, no obstante, su enojo de manera más evidente que yo. Yo aparentaba estar calmada, pero él dio rienda suelta a la furia más violenta. Eso me conduce a pensar que se tranquilizará aun más rápidamente y, quizá, desaparezca para siempre, mientras encontrará mi indignación fresca e inclemente.

Ahora se encerró en su habitación. "¡Deben ser tan amargos sus pensamientos!", se podría pensar, pero son totalmente incomprensibles los sentimientos de algunas personas. Todavía no estoy lo bastante calmada como para ver a mi hija. Lo que hoy ha sucedido, ella no lo va a olvidar fácilmente. Definitivamente, se dará cuenta de que expuso su dulce historia de amor inútilmente y que, para siempre, se expuso al rencor más estricto de su ofendida madre y al desprecio de todo el mundo.

Cordialmente,

S. Vernon

Carta 23

Señora Vernon a lady De Courcy
Churchill.

¡Mi queridísima madre, déjeme felicitarle! Se está acercando a un feliz desenlace el asunto que nos había creado tanta angustia. Las perspectivas son de lo más placenteras y, ya que todo dio un giro muy favorable, ahora lamento haberle transferido mis miedos, ya que quizá la delicia de saber que ya pasó el peligro es un precio muy alto para compensar los sufrimientos que ha padecido.

Casi no puedo sostener la pluma, porque estoy muy emocionada. No obstante, he decidido mandarle unas líneas a través de James, para que tenga una explicación de lo que indudablemente le sorprenderá: Reginald volverá a Parklands.

Me encontraba hace media hora sentada en el salón, donde desayunamos habitualmente con *sir* James, cuando mi hermano me llamó para que saliera un momento. De inmediato me di cuenta de que sucedía algo. Su cara estaba alterada y hablaba con mucha angustia. Ya usted conoce su vehemencia cuando algo le importa.

Me dijo: "Catherine, hoy vuelvo a casa. No me gustaría dejarte, pero me tengo que marchar. Ya hace mucho tiempo que no veo a mi padre y a mi madre. Enseguida enviaré a James con mis caballos. Si tienes alguna misiva que mandar, él la puede llevar. Hasta el miércoles o el jueves yo no llegaré a casa, debido a que primero pasaré por Londres, donde tengo cuestiones importantes que atender. Pero antes de marcharme —ha agregado, bajando mucho la voz, aunque todavía con bastante energía—, te tengo que advertir sobre algo: no permitas que ese Martin haga desdichada a Frederica. Él desea contraer matrimonio con ella y su madre promueve el casamiento, pero ella no tolera esa idea. Puedes estar segura de que hablo con la convicción de que todo lo que estoy diciendo es correcto. Yo sé que Frederica es desdichada por el hecho de que *sir* James continúe aquí. Es una joven muy buena y merece un mejor futuro. Haz que se vaya en seguida. Él es solamente un tonto, pero ¡solo Dios sabe lo que pueda tramar su madre! Adiós —ha añadido, extendiéndome la mano con mucha seriedad—, no sé cuando me verás nuevamente, pero no olvides lo que te he comentando de Frederica. Para que se haga justicia con ella debes ocuparte de este asunto. Es una muchacha sincera y es más inteligente de lo que habíamos pensado".

Se fue entonces corriendo escaleras arriba. No he tratado de detenerlo, porque me imaginaba lo que estaba sintiendo. No es necesario que describa la naturaleza de lo que yo he sentido mientras le oía. Me quedé inmóvil en ese sitio durante dos minutos, presa del asombro, un asombro de lo más grato, lógicamente. Para poder sentirme dichosa y serena necesité reflexionar un poco.

Después de diez minutos de haber regresado al salón, *lady* Susan entró. Obviamente, deduje que ella y Reginald discutieron y escruté su cara con una curiosidad ansiosa para confirmar mis sospechas. No obstante, la maestra del engaño parecía totalmente despreocupada y, después de conversar durante un rato de temas triviales me dijo: "Me enteré por Wilson que perderemos al señor De Courcy. ¿Es verdad que esta mañana abandona Churchill?". Le respondí que efectivamente era verdad. Y riendo ha contestado: "Anoche, no nos dijo nada de eso, ni siquiera esta mañana durante el desayuno. Quizá ni él mismo lo sabía. Frecuentemente, los muchachos son impulsivos en sus decisiones e igual de apasionados para tomarlas que poco constantes para realizarlas hasta el final. No me asombraría que cambiara nuevamente de parecer y no se fuera". Ella, entonces, abandonó el salón. Mi querida madre, espero que no haya razones para temer más cambios en sus actuales proyectos. Ya las cosas fueron muy lejos. Seguro que han discutido. Indudablemente, sobre Frederica. Me sorprende su serenidad. El poder verlo de nuevo como es da mucho placer y poder considerarle todavía merecedor de su autoestima; es aun capaz de proporcionar alegría y dicha.

Cuando le escriba otra vez, confío en poder comentarle que *sir* James ya se ha ido, que Frederica está serena y que *lady* Susan desapareció. Todavía tenemos mucho que hacer, pero ya se hará. Estoy ansiosa por saber cómo se produjo este cambio sorpresivo. Finalizo como comencé, con mi más amable enhorabuena.

Cordialmente,

CATH. VERNON

Carta 24

De la misma a la misma
Churchill.

¡Cuando envié mi última carta, mi querida madre, no podía imaginar que el delicioso estado de ánimo que entonces me embargaba con tanta rapidez se transformaría en tristeza! Jamás lamentaré lo suficiente haberle escrito en ese momento. Pero, ¿quién podía pronosticar lo que ha sucedido? Se ha esfumado todo lo que me llenaba de esperanza hace dos horas, querida madre. Fue inútil la discusión que enfrentó a *lady* Susan y a Reginald, y se reconciliaron. Nos encontramos como estábamos antes. Solamente hemos ganado algo: *sir* James Martin ya se marchó. ¿Ahora qué debemos esperar? Lógicamente, estoy muy desencantada. ¿Pero quién no se habría podido sentir a salvo? ¡Reginald casi iba a partir, ya estaba preparado su caballo y solamente faltaba que lo aproximaran a la puerta!

Durante media hora estuve esperando el instante de su partida. Cuando le mandé a usted la misiva, fui a ver al señor Vernon y me senté con él para discutir y hablar sobre toda esta cuestión. Después, resolví ir a buscar a Frederica, a la que desde el desayuno no había visto. La hallé en las escaleras, me di cuenta de que estaba llorando y mantuvimos la siguiente conversación:

—Tía querida —dijo—, el señor De Courcy se va y todo es por mi culpa. Usted estará muy enfadada, pero yo no sabía que todo iba a acabar de esta manera.

—Mi amor —contesté—, no es necesario que me pidas disculpas. Con cualquier persona que sea el motivo de que mi hermano se marche a casa me sentiré en deuda, porque sé —agregué con mucha cautela— que mi padre desea mucho verlo. Pero, ¿tú qué es lo que has hecho para ser la causa de todo este asunto?

Se sonrojó y contestó:

—Por el asunto de *sir* James era tan desdichada, que no lo pude evitar. Sé que hice algo malo, pero no sabe la angustia en que vivo. Mi madre me prohibió que hablara de ello con usted o con mi tío y...

—... y de ahí que hayas conversado con mi hermano, para lograr su intervención —interrumpí yo, para evitarle las explicaciones.

—No, pero le escribí. Sí, lo hice. Me he levantado esta mañana, antes del amanecer, cuando todavía faltaban unas dos horas y, cuando finalicé la carta, pensé que jamás tendría la valentía de dársela. No obstante, después de desayunar, cuando iba a mi cuarto, me crucé con él y entonces, como si intuyera que todo dependía de ese instante, me forcé a entregársela. No me atreví a mirarlo y al instante salí corriendo. Apenas podía respirar, porque estaba muy asustada. No sabe la zozobra en que vivía, querida tía.

—Frederica —dije—, debiste haberme contado a mí todos tus sufrimientos. En mí habrías encontrado a una amiga dispuesta a apoyarte siempre. ¿Piensas que tu tío y yo no habríamos abrazado tu causa con tanta seguridad como mi hermano?

—Claro que sí, no tengo dudas de su bondad —contestó, sonrojándose nuevamente— pero yo pensaba que el señor De Courcy tenía poder para todo con respecto a mi madre. Estaba en un error. Sobre ese tema han tenido una terrible discusión y él se marcha. Mamá jamás me va a perdonar y sufriré mucho más que antes.

—No, no vas a sufrir —respondí—. En una circunstancia como esta, no debería haberte impedido hablar conmigo sobre el tema la prohibición de tu madre. Ella no tiene ningún derecho a hacerte desdichada y no lo hará. No obstante, que hayas acudido a Reginald será beneficioso y bueno para todos. Todo está bien como está. Puedes estar segura que no te vas a sentir desdichada nuevamente.

Mi sorpresa fue enorme cuando vi a Reginald salir de las habitaciones de *lady* Susan en ese momento. Al instante mi corazón desconfió. Era notaria su confusión cuando me vio. Frederica desapareció enseguida.

—¿Ya te vas? —pregunté—. En el salón encontrarás al señor Vernon.

—No, Catherine —respondió—, no me marcho. ¿Tienes un instante para que hablemos?

—Me di cuenta —dijo, cuando ya estábamos en mi cuarto—, que me he comportado con mi insensato arrebato acostumbrado. Interpreté mal por completo a *lady* Susan y casi me he marchado de esta casa con una falsa impresión de su comportamiento. Ha habido una enorme equivocación. Creo que todos cometimos un error. Definitivamente, Frederica no conoce a su madre. *Lady* Susan solo quiere el bien de Frederica, pero ella no desea ser su amiga. Por lo tanto, *lady* Susan no siempre sabe qué es lo que puede hacer dichosa a su hija. Yo, además, no tenía ningún derecho a entrometerme en ese asunto. Al acudir a mí la señorita Vernon cometió una equivocación. En pocas palabras, Catherine, todo fue por mal camino, pero dichosamente se ha aclarado todo. Pienso que *lady* Susan, si te parece bien, desea conversar contigo de ello.

—Indudablemente —respondí, suspirando hondamente al escuchar un relato tan patético. Evité hacer comentarios, ya que las palabras habrían sido inútiles.

Reginald se contentó de poder alejarse y fui a ver a *lady* Susan, curiosa, lógicamente, por escuchar su versión de la situación.

—¿No te dije —preguntó, sonriendo— que después de todo tu hermano no nos dejaría?

—Sí, efectivamente —contesté yo, seriamente—, pero quise creer que no sería de esa manera.

—Yo no me habría arriesgado a dar tal opinión —contestó—, si no hubiera notado, en ese instante, que su decisión de marcharse estaba probablemente motivada por una charla que esta mañana habíamos mantenido y que había finalizado de manera poco satisfactoria, y todo como consecuencia de no haber entendido uno el sentido de las palabras del otro. En ese momento me he dado cuenta de eso y de inmediato he decidido que no debía privarte a ti de tu hermano una discusión anecdótica, de la que probablemente ambos somos culpables. Si lo recuerdas, salí del salón inmediatamente. No deseaba perder el tiempo y debía aclarar, hasta donde me fuera posible, esos malentendidos. El asunto era este: Mi hija se había negado furiosamente a contraer matrimonio con *sir* James...

—¿Y te asombras por ello? Frederica ha demostrado tener algo de sensatez y *sir* James carece de ella —pregunté, con algo de vehemencia.

—Mi querida hermana, estoy muy lejos de lamentarlo —contestó ella—. Por el contrario, me contenta una demostración tan favorable del buen juicio de mi hija. Indudablemente, *sir* James es inferior (sus modales infantiles hacen que todavía parezca peor), pero si Frederica tuviera la sagacidad y las virtudes que me hubiera encantado que tuviera mi hija, o si hubiera sabido que tiene tantas como efectivamente posee, no habría deseado tanto ese casamiento.

—Es muy extraño que seas la única persona que desconoce la sensatez de Frederica.

—Mi hija jamás se hace justicia a sí misma. Tiene una personalidad infantil y tímida. Me tiene terror, además. Casi no me quiere. Fue una joven muy malcriada cuando su pobre padre estaba vivo. Su afecto se ha visto enajenado por la severidad que, desde ese momento, me he visto forzada a aplicarle. Tampoco posee esa fuerza mental, esa brillantez intelectual y ese talento que la harán avanzar.

—¡Mejor di que ha tenido una poco afortunada educación!

—Querida hermana, Dios sabe lo consciente que soy de eso, pero para mí es preferible no recordar unas circunstancias que deshonrarían la memoria de alguien cuyo nombre para mí es sagrado.

Simuló en este punto hacerme creer que estaba llorando. Definitivamente, había agotado mi paciencia.

—¿Pero sobre el desacuerdo con mi hermano qué es lo que me ibas a comentar? —interrogué.

—Surgió por una acción de mi hija que igualmente evidencia su falta de sensatez y el desafortunado miedo por mí que he comentado. Le escribió al señor De Courcy.

—Sí, ya sé que lo hizo. Tú le prohibiste que hablara con el señor Vernon o conmigo sobre el motivo de su tribulación. ¿Entonces, qué podía hacer, sino acudir a mi hermano?

—¡Dios mío! —dijo—. ¡Debes tener una opinión terrible de mí! ¿Realmente imaginas que yo conocía su infelicidad? ¿Que era mi meta hacer que mi propia hija fuera desdichada y que yo le prohibí hablar contigo sobre el tema por temor a que perturbaras un diabólico proyecto? ¿Crees que estoy desprovista de todo sentimiento natural de piedad? ¿Acaso yo soy capaz de condenar a mi hija a la desdicha eterna, cuando mi primer deber en la Tierra es lograr su bienestar? La idea es aterradora.

—Entonces, cuando le insististe para que se quedara callada, ¿cuál era tu propósito?

—Querida hermana, ¿de qué iba a servir acudir a ti, estuviera como estuviera esa cuestión? ¿Por qué debía permitir que te sometiera a súplicas que yo misma rechazaba escuchar? Podía una cosa así ser deseable ni por tu bien ni por el suyo ni por el mío. Al tomar mi decisión, no podía permitir la interferencia de otra persona, por muy amistosa que fuera. Cometí un error, es verdad, pero pensaba que estaba actuando de manera correcta.

—Pero, ¿de qué se trata ese error, al que aludes con tanta frecuencia? ¿De dónde emergió un malentendido tan sorpresivo, en relación con los sentimientos de Frederica? ¿Sabías que no le gustaba *sir* James?

—Sabía que él no era el hombre que ella habría escogido, pero estaba segura de que de la percepción de sus defectos no provenían sus objeciones hacia él. No obstante, mi querida hermana, no debes juzgarme demasiado minuciosamente en referencia a ese asunto —añadió, tomándome la mano cariñosamente—. Acepto, con sinceridad, que tengo algo que ocultar. ¡Frederica me hace muy desdichada! Me ha afectado mucho que acudiera al señor De Courcy.

—¿Con este misterio qué intentas dar a entender? —pregunté—. Si piensas que tu hija siente un cariño especial por Reginald, el hecho de que se opusiera a *sir* James merecería ser tan atendido como si el motivo de su oposición fuera la conciencia de su torpeza. Y, ¿por qué se iba a producir una discusión entre mi hermano y tú por una interferencia que, tú ya lo deberías saber, no está en su personalidad ni en su naturaleza rechazar, cuando se le pide de ese manera?

—Ya lo sabes, su temperamento es vehemente y se dirigió a mí para recriminarme, sintiendo compasión por esta chica maleducada. ¡Esta heroína en problemas! Entre nosotros se produjo un malentendido; creía que yo tenía más culpa de la que realmente me corresponde y yo pensé que su interferencia era menos excusable de lo que pienso en este momento. Realmente lo estimo y me afligió mucho comprobar cómo había malversado esa estima. Los dos nos acaloramos y, lógicamente, ambos tenemos la culpa. Su decisión de irse de Churchill se corresponde con su temperamento acostumbrado. Sin embargo, cuando supe sus propósitos, al mismo tiempo que comenzaba a pensar que habíamos cometido la misma equivocación, me resolví, antes de que fuera muy tarde, a pedirle una explicación. Sentiré siempre un buen grado de cariño por cualquier miembro de tu familia y acepto que me habría dolido demasiado que mi relación con el señor De Courcy hubiera finalizado de una forma tan triste. Solamente deseo agregar que, ya que me he asegurado de que mi hija tiene razones sensatas para no aceptar a *sir* James, le notificaré a él, al momento, de que debe olvidar toda esperanza de casarse con ella. Peleo conmigo misma por haberle ocasionado infelicidad, aunque de una manera inocente, por ese asunto. Con todo lo que esté en mi mano hacer la voy a recompensar. Ella puede estar tranquila si valora su dicha igual que yo, si juzga con ecuanimidad y actúa como debe. Querida hermana, perdóname por abusar de tu tiempo de esta forma, pero me lo debía a mí misma y, después de esta explicación, confío en que no haya riesgo de perder parte de tu aprecio.

Podría haberle respondido: "¡No mucho, lógicamente!", pero me fui sin decir nada. Fue la más grande dosis de paciencia que pude utilizar. Si hubiera comenzado a hablar no habría logrado contenerme. Su falsedad, sus garantías... pero no me recrearé en ello. Tú ya podrás haberte hecho una idea suficiente y a mí el corazón se me encoge.

Regresé al salón en cuanto pude recobrar un poco de compostura. En la puerta ya se encontraba el carruaje de *sir* James y él, contento como siempre, se despidió de inmediato. ¡Qué fácilmente anima o se deshace de los amantes!

A Frederica, pese a todo, todavía se la ve infeliz. Quizá sigue temiendo la ira de su madre y, tal vez, también teme que mi hermano se marche, celosa como está, de que se quede aquí. Me he dado cuenta con qué atención ella lo mira a él y a su madre. Pobre muchacha, ahora mismo, para ella no albergo ninguna esperanza. No tiene oportunidad alguna de que su cariño sea correspondido. Ahora mi hermano la ve de una manera muy diferente y le hace cierta justicia, pero su reconciliación con la madre no le permite alguna esperanza de afecto.

Mi querida señora, prepárese para lo peor. Indudablemente, las probabilidades de que terminen contrayendo matrimonio han aumentado. Con más seguridad que antes, él le pertenece a ella. Y Frederica deberá pertenecernos a nosotros completamente cuando ese desdichado evento ocurra.

Estoy muy contenta de que mi última misiva haya precedido a esta con tan poco espacio de tiempo, debido a que cuenta cada instante que pueda ahorrarse de sentir una felicidad que tan solo conduce a la desilusión.

Con afecto,

CATH. VERNON

CARTA 25

LADY SUSAN A LA SEÑORA JOHNSON
Churchill.

Mi querida Alicia, acudo a ti para que me felicites. Soy yo misma de nuevo: ¡feliz y triunfadora! Estaba realmente indignada, y con justificada razón, cuando te escribí el otro día. Ignoro si ahora debería sentirme serena, ya que restaurar la paz me ha costado más esfuerzo de lo que hubiera querido. ¡Vaya espíritu, que se cree de una integridad superior y que es particularmente desvergonzado! Te aseguro que no le perdonaré con facilidad. ¡Estuvo a punto de irse de Churchill! Cuando Wilson me notificó su marcha acababa de finalizar mi última misiva. Por lo tanto, decidí que tenía que hacer algo, debido a que no deseaba dejar mi reputación en manos de un hombre tan resentido y violento. Si le hubiera dejado irse con una impresión tan desfavorable de mí, la habría puesto en riesgo. Era necesario ser condescendiente en esta situación.

Mandé a Wilson para que le dijera que quería conversar con él antes de que se marchara. De inmediato vino a mi lado. Había desaparecido, en parte, la rabia que había mostrado en cada rasgo de su rostro la última vez que hablamos. Parecía sorprendido de que yo le hubiera mandado llamar y casi quería, al mismo tiempo que temía, ser tranquilizado por lo que yo pudiera comentarle.

Si mi semblante expresaba mis propósitos, era entonces compuesto y digno, con un matiz pensativo que debía de convencerle de que no estaba complacida. Le dije: "Te pido disculpa por la libertad que me tomé al hacerte venir, pero como supe que hoy mismo intentas abandonar esta casa, siento que es mi deber suplicarte que no acortes tu visita aquí por mi culpa. Soy totalmente consciente de que después de lo sucedido entre nosotros sería muy difícil para los dos estar en esta casa por más tiempo. Una transformación tan grande y tan notaria en la intimidad de una amistad haría que fuera un riguroso castigo cualquier trato futuro. Tu resolución de abandonar Churchill es apropiada a nuestra situación y a esos sentimientos tan vivos que sé que tienes. No obstante, a la vez, yo padecería el sacrificio que para ti debe representar el dejar a unos parientes que te son tan queridos y a los que estás tan unido. Al señor y a la señora Vernon mi estancia aquí no puede darles el placer que les ofrece tu compañía. Quizá mi visita se ha prolongado mucho. Por lo tanto, mi partida, que tiene que producirse pronto sea como sea, puede acelerarse de manera conveniente. Te suplico que no me transformes en el arma de separación de una familia unida tan afectuosamente. Poca importancia tiene para nadie dónde yo vaya. Incluso para mí misma. Pero para tu familia tú eres muy importante". De esa manera finalicé y confío en que te sentirás muy orgullosa de mi pequeño discurso. En parte, el efecto en Reginald justifica mi vanidad, porque no solamente fue favorable, sino que además fue inmediato. ¡Oh, qué satisfacción obtuve cuando vi las variaciones de su semblante al tiempo que yo hablaba; ver el combate entre la ternura y los restos de enojo! Al influir en los sentimientos tan fácilmente hay algo que proporciona un inmenso júbilo. No es que envidie esa posesión, ni yo desearía por nada del mundo ser de esa manera, pero cuando se desea intervenir en los sentimientos de otra persona son tan útiles. Y, con todo, este Reginald, al que han ablandado unas pocas palabras mías, sometido completamente y transformado en alguien más sensato, apegado y más creyente de mí que nunca, se habría ido con la primera explosión de ira de su orgulloso corazón, sin dignarse a pedir explicación alguna.

No puedo perdonarle ese instante de orgullo, aunque se muestre muy humilde en este momento, y dudo si no debería castigarlo: contrayendo matrimonio con él, para fastidiarlo durante toda la vida o rechazándolo, después que nos reconciliemos. Sin embargo, estas medidas son extremadamente serias para ejecutarlas sin meditar. Ahora mi mente fluctúa entre varios proyectos. En este momento tengo muchas cosas que atender; debo castigar a Frederica, y con mucha severidad, por recurrir a Reginald. También debo castigarlo a él, por recibirla con tan buena voluntad y por el resto de su conducta. Debo atormentar a mi cuñada, por la insolente victoria que su mirada y sus maneras exhiben desde que *sir* James se marchó. No pude salvar a ese infortunado muchacho cuando me reconcilié con Reginald. Y debo hacer votos de humildad. Tengo muchos planes para realizar todo esto. Tengo también el propósito de venir a la ciudad muy pronto. Probablemente pondré ese proyecto en marcha, sean cuales sean mis decisiones. Emprenda el camino que emprenda, Londres siempre será el mejor escenario de actuación. Allí, sea como fuere, me veré recompensada con tu compañía y algo de entretenimiento después de estar en Churchill durante diez semanas de penitencia.

Pienso que, después de haberlo deseado durante tanto tiempo, tengo en mi mano decidir el compromiso entre Frederica y *sir* James. Permíteme saber lo que opinas sobre este tema. Tú sabes que no estoy ansiosa por poseer atributos como la flexibilidad mental y una predisposición fácilmente ineludible por los demás. A expensas de los deseos de su madre, Frederica no puede reclamar mi condescendencia. ¡Y su amor ilógico por Reginald! Mi deber es desalentar ese absurdo romanticismo, de eso no hay duda. Entonces, considerándolo todo, parece oportuno que la lleve a la ciudad y la case con *sir* James de inmediato.

Me será muy útil estar en buena relación con Reginald, cosa que, por ahora, de hecho, no es así, cuando mis deseos sean contrarios por esta razón. Aunque se encuentra en mis manos, he cedido en el punto que ocasionó nuestro altercado y no es fácil saber a quién corresponde el triunfo.

Querida Alicia, envíame tu opinión sobre todas estas cuestiones, y hazme saber si puedes hallar, cerca de ti, un hospedaje apropiado.

Cordialmente,

S. VERNON

CARTA 26

SEÑORA JOHNSON A LADY SUSAN
Calle Edward.

Por tus atenciones me siento muy halagada y esta es mi recomendación: sin perder más tiempo, ven a la ciudad, pero deja allí a tu hija. Es prioritario, sin duda, lograr tu estabilidad contrayendo matrimonio con el señor De Courcy que enojarlo a él y al resto de su familia haciendo que Frederica se case con *sir* James. Deberías pensar menos en tu hija y más en ti. No tiene el carácter para que te puedas sentir orgullosa de ella ante los demás. Y da la impresión de que Churchill, con los Vernon, es el sitio más apropiado para ella. Pero es una pena tenerte exiliada, porque tú sí estás hecha para la sociedad. Deja que tu hija se castigue a sí misma por los problemas que te ha hecho pasar, permitiéndole esa ternura romántica que solo le traerá desdichas y tú ven a la ciudad tan pronto como te sea posible.

Para pedirte que lo hagas tengo otro motivo: esta semana, Manwaring llegó a la ciudad y, a pesar del señor Johnson, se las ha ingeniado para lograr verme. Por tu causa se siente totalmente desdichado y celoso hasta tal punto por los De Courcy que sería muy poco aconsejable que ellos se encontraran en este momento. Y, no obstante, si no aceptas en verlo aquí, no te puedo asegurar que no cometa la imprudencia que llevaría al mismo resultado y que sería, por ejemplo, la de ir a Churchill. ¡Sería aterrador! Además, si sigues mi recomendación y resuelves contraer matrimonio con De Courcy, te será indispensable desentenderte de Manwaring. Para enviarlo nuevamente al lado de su esposa solo tú tienes la suficiente influencia. Todavía tengo otra razón para que vengas: el próximo martes, el señor Johnson se marcha de Londres. Irá a hacer una cura de salud a Bath, donde la gota lo retendrá varias semanas, si las aguas son favorables a su cuerpo y a mis deseos. Podremos decidir qué compañía queremos y entretenernos de verdad durante su ausencia. Te podría invitar a la calle Edward, pero una vez, él hizo que le prometiera que jamás te invitaría a mi casa. Y acepté concederle ese deseo solamente por haber necesitado dinero. No obstante, te puedo conseguir un bello estudio en la calle Seymour y, allí o aquí, podemos estar siempre juntas. Creo que mi promesa al señor Johnson solamente comprende (por lo menos en su ausencia) que no te quedes a dormir en casa.

El infeliz Manwaring me relata historias de los celos de su esposa. ¡Qué ingenua es esa mujer: esperar constancia de un hombre tan fascinante! Pero ha sido una ingenua siempre y al contraer matrimonio con él lo demostró suficientemente. ¡Él, sin un penique, y ella, la heredera de una inmensa fortuna! Además, un título, cierto, de baronía, sí que logró. Al formalizar la unión su equivocación fue tal que, aunque avalado por el señor Johnson, con el que generalmente no comparto sus sentimientos, nunca la podré disculpar.

Cordialmente,

Alicia

CARTA 27

SEÑORA VERNON A LADY DE COURCY
Churchill.

Querida madre, esta misiva te la va a entregar Reginald. Por fin, su extensa visita está a punto de finalizar, pero me temo que la separación sucede muy tarde para hacernos ya ningún bien. Ella se marcha a Londres a visitar a su amiga, la señora Johnson. Inicialmente, era su propósito que Frederica la acompañara para ser confiada a nuevos maestros, pero logramos que desistiera de esa decisión. Con la idea de partir, Frederica estaba desconsolada y yo no podía tolerar dejarla a la disposición de su madre. Ni todos los maestros de Londres podrían compensar la alteración de su tranquilidad. Por su salud, y por todo, habría sufrido, con excepción por sus principios. En eso, no creo que su madre o todos los amigos de su madre le puedan hacer daño. No obstante, con esos amigos (una pésima colección, indudablemente), se habría visto forzada a relacionarse o bien habría sido relegada a la soledad más grande y no sé decir qué hubiera sido peor para ella. Además, si estuviera con su madre estaría, ¡ay de mí!, probablemente con Reginald y eso sería lo más siniestro y malévolo de todo.

Con el tiempo, aquí recuperamos la serenidad. Nuestras costumbres, nuestros libros y charlas, unidas al ejercicio, los niños y todos los placeres hogareños que estén en mi mano brindarle, harán, espero, que supere gradualmente este juvenil enamoramiento. No me cabría la más mínima duda, si no fuera porque la ofensa la ha ocasionado su propia madre.

Ignoro cuánto tiempo permanecerá *lady* Susan en la ciudad o si regresará a Churchill. No debería ofrecerle una invitación amable, pero si decide venir, no será mi falta de amabilidad la que no le permita hacerlo.

En cuanto me enteré que los pasos de *lady* Susan se encaminaban en esa dirección, no pude evitar preguntarle a Reginald si tenía el propósito de estar durante este invierno en la ciudad. Aunque contestó con firmeza, en su mirada y en su voz había algo que contradecía lo que hablaba. Dejo de quejarme. Creo que el acto está decidido inevitablemente y, con desesperación, me resigno a él. Entonces, todo es ya inevitable si va pronto a Londres.

Amablemente,

CATH. VERNON

Carta 28

Señora Johnson a lady Susan
Calle Edward.

Mi muy querida amiga:

Te escribo con la más grande de las preocupaciones. Ha sucedido el hecho más desafortunado. El señor Johnson halló la forma más efectiva de dañarnos. Supo, imagino, de una u otra manera, que ibas a estar en Londres pronto y, enseguida, se las ha ingeniado para sufrir una crisis de gota que le obliga a postergar su viaje a Bath, si no a cancelarlo completamente. Estoy completamente segura de que puede invocar o evitar a voluntad las crisis de gota. Igual sucedió cuando quise ir con los Hamilton a los lagos y, hace tres años, cuando yo deseaba ir a Bath; nada logró que tuviera un solo síntoma de su padecimiento.

Recibí tu misiva y te reservé hospedaje. Me contenta saber que la mía logró tener efecto en ti y que, sin duda, De Courcy está a tu alcance. En cuanto llegues, ponte en contacto conmigo y dime qué quieres hacer con Manwaring especialmente. No me es posible saber cuándo podremos vernos. Será extremo mi aislamiento. Enfermarse aquí en lugar de en Bath es un truco tan detestable que apenas si puedo contenerme. Sus ancianas tías le habrían mimado en Bath, pero aquí tengo que hacerlo yo y él aguanta el dolor tan pacientemente que no tengo ni el más pequeño pretexto para perder la serenidad.

Amablemente,

Alicia

Carta 29

Lady Susan Vernon a la señora Johnson
Calle Seymour.

Apreciada Alicia:

Para que yo aborreciera al señor Johnson no era necesario este último ataque de gota, pero en este momento es incalculable el alcance de mi rencor. ¡Tenerte encerrada en su casa como una enfermera! ¡Qué equivocación cometiste cuando contrajiste matrimonio con un hombre de su edad, mi apreciada Alicia! Muy joven para morir y demasiado viejo para ser agradable.

Ayer llegué casi a las cinco y, apenas finalicé de comer, cuando apareció Manwaring. No te esconderé el placer que me dio el verlo, ni cómo el contraste entre él y sus modales con los de Reginald me afectó, para enorme desventaja del segundo. Dudé incluso sobre mi decisión de contraer matrimonio con él durante un par de horas y, aunque era una idea muy ilógica como para que estuviera durante mucho tiempo en mente, no me siento muy dispuesta a concretar mi casamiento, ni deseo con excesiva impaciencia el instante en que Reginald, según convenimos, llegara a la ciudad. Probablemente, con una u otra excusa retrasaré su llegada. Hasta que no se haya ido Manwaring no debe venir.

A veces sigo dudando en lo referente al casamiento. Si falleciera su anciano padre, no tendría dudas, pero no se ajusta a la libertad de mi espíritu estar atenta a los caprichos de *sir* Reginald. Si decidido esperar ese suceso, será pretexto suficiente, por ahora, el hecho de que quedé viuda hace apenas diez meses.

A Manwaring no le he dado ninguna señal de mis propósitos ni he dejado que considerara mi relación con Reginald nada más que como un sencillo coqueteo y se ha conformado con eso. Hasta que nos podamos ver me despido de ti. Estoy fascinada con mi hospedaje.

Atentamente,

S. VERNON

CARTA 30

LADY SUSAN AL SEÑOR DE COURCY
Calle Seymour.

Recibí tu misiva y, aunque no trataré de ocultar que me complace extremadamente tu impaciencia para que nos encontremos, siento la necesidad de postergar esa entrevista. Por ejercer un poder así no me consideres cruel ni me acuses de inestabilidad sin primero escuchar mis motivos. Tuve tiempo para reflexionar sobre la situación actual de nuestras relaciones en el curso de mi viaje desde Churchill y, en cada ocasión que lo he meditado, me he convencido de que necesitan un tacto y una precaución en el comportamiento que hasta este momento hemos menospreciado. Por nuestros sentimientos nos hemos apresurados hasta un nivel de arrebato que se ajusta muy mal con las opiniones de nuestros amigos y las de los demás. Al concretar este compromiso acelerado no hemos tomado precaución alguna, pero no debemos finalizar nuestra imprudencia ratificándolo cuando hay muchos motivos para temer que la boda recibirá la oposición de los amigos de quienes dependes.

A tu padre no podemos culparlo de sus expectativas para que logres un casamiento beneficioso y que te dé muchas ventajas. Siendo tan extensas las riquezas de tu familia, el deseo de incrementarlas, si no es totalmente razonable, es usual. Y es natural que nuestra relación le provoque rencor y cierto asombro. Él tiene el derecho de exigir por nuera a una dama con riquezas y, en ocasiones, peleo conmigo misma por hacerte sufrir con una relación tan inadecuada. No obstante, la voz de la razón es habitualmente oída muy tarde por esos que sienten lo mismo que yo.

Enviudé solamente hace unos meses y, por poco que me deba al recuerdo de mi esposo y a la dicha que me brindó durante nuestro casamiento, no puedo dejar de recordar lo poco correcto que sería un segundo casamiento tan rápido: me ganaría la crítica de todos y ocasionaría, lo que todavía sería más inaguantable, un gran enojo al señor Vernon. Quizá, con el tiempo, me sienta más fuerte para enfrentarme a la injusticia de las censuras en general, pero, no me encuentro, como bien sabes, preparada para aguantar la pérdida de su aprecio. Y si a esto agregamos la conciencia de haberle hecho daño a tu familia, ¿cómo lo sobrellevaré? Con sentimientos tan delicados como los míos, la seguridad de haber alejado a un hijo de sus padres, me transformaría, incluso estando a tu lado, en el ser más infeliz.

Es recomendable, por tanto, postergar nuestra boda, retrasarla hasta que la situación dé un giro más favorable, hasta que sea más prometedor el momento. Pienso que la ausencia será necesaria para colaborar a ello. Ya no debemos vernos. Dolorosa y cruel como puedan parecer estas palabras, la necesidad de decirlas, que solamente es culpa mía, será evidente para ti cuando hayas meditado sobre nuestra situación, en el contexto en que yo me he visto imperiosamente forzada a formularlas. Puedes y debes estar completamente seguro de que nada, sino la más exacta convicción del deber, me podría llevar a herir mis propios sentimientos pidiéndote una larga separación. Tampoco debes acusarme de insensibilidad hacia tus seres queridos. Digo pues, una vez más, que no deberíamos, que no debemos, encontrarnos. Estando separados unos meses, tranquilizaremos los miedos fraternos de la señora Vernon, quien, habituada ella misma a disfrutar de las riquezas, cree que son imprescindibles para todos. No puede entender nuestra sensibilidad, porque la suya es de distinta naturaleza.

Por favor, escribe pronto, muy pronto. Dime que aceptas mis motivos y no me recrimines haberlos expresado. No aguanto las recriminaciones.

Como para aceptar regaños mi ánimo no es tan elevado. Haré muchos esfuerzos por entretenerme en la ciudad. Afortunadamente, muchos de mis amigos están en Londres, los Manwaring, entre ellos. Ya sabes que a ese matrimonio lo aprecio mucho. Con mi cariño permanente,

S. Vernon

Carta 31

Lady Susan a la señora Johnson
Calle Seymour.

Apreciada amiga:
Está aquí Reginald, esa criatura de mis martirios. Mi misiva, que intentaba mantenerlo en el campo por más tiempo, hizo que se diera prisa en venir a Londres. Por mucho que quisiera que estuviera lejos, no puedo dejar de sentir un inmenso placer por esa muestra de cariño. En cuerpo y alma se ha entregado a mí. Él mismo te dará esta nota y servirá de presentación, porque quiere conocerte. Deja que pase la tarde contigo, para que no haya riesgo de que regrese a mi lado. Le dije que no me siento bien del todo y que deseo estar sola. Si me visita nuevamente, podría dar pie a confusiones. En los sirvientes no se puede confiar. Te lo suplico, haz que se quede en la calle Edward. Te darás cuenta de que no es un compañero molesto y te permito que coquetees con él cuanto desees. Recuerda, al mismo tiempo, cuál es mi interés verdadero. Para convencerlo de que me hará muy desdichada si se queda aquí, di todo lo que te sea posible. Ya sabes cuáles son mis argumentos: no es lo apropiado, etcétera. Yo misma intentaría convencerlo, pero estoy impaciente por quedar libre de él, ya que, dentro de media hora, llegará Manwaring.
Me despido con afecto.

S.V.

Carta 32

Señora Johnson a lady Susan
Calle Edward.

Apreciada amiga:

Me encuentro verdaderamente desesperada y no tengo idea de lo que voy a hacer, ni tampoco qué puedes hacer tú. Precisamente cuando no debía, llegó el señor De Courcy. En ese momento, la señora Manwaring acababa de entrar en la casa y se acercó al señor Johnson, aunque de ello no supe nada hasta después, ya que yo me encontraba fuera cuando vinieron Reginald y ella. Le habría despachado a él en caso contrario. Mientras él me esperaba en el estudio, ella estaba encerrada con el señor Johnson. Ayer, ella llegó, después de su esposo, aunque eso quizá ya lo sepas por él. Llegó a esta casa para suplicarle a mi marido que interviniera y, antes de que yo tuviera información alguna, se enteró de todo lo que pudieras haber querido que no se enterara y, por desgracia, ella había logrado sonsacarle al sirviente de Manwaring que desde que tú llegaste a la ciudad, todos los días te había visitado y que ella misma lo vio frente a tu puerta. ¿Pero qué podía hacer? ¡Los hechos son algo tan horrendo! El señor De Courcy, a estas alturas, ya sabe todo y se encuentra a solas con el señor Johnson. A mí no me culpes, no era posible impedirlo. Desde hacía algún tiempo, el señor Johnson tenía sospechas de que De Courcy tenía el propósito de contraer matrimonio contigo y, en cuanto supo que estaba en la casa, quiso conversar en privado con él.

La señora Manwaring, esa aborrecible mujer, debes saber, para que te consueles, que está más fea y más flaca que nunca, continúa aquí y los tres juntos se han encerrado. ¿Pero qué puede hacerse? En todo caso, él, más que antes, martirizará a su esposa. Me despido, con mucha angustia.

Atentamente,

Alicia

Carta 33

Lady Susan a la señora Johnson
Calle Seymour.

Esta situación es de lo más molesta. ¡Pero qué mala suerte que no te encontraras en casa! Pensaba que, siendo las siete de la tarde, estarías allí. No obstante, no desfallezco. Por mí no te tortures, puedo hacer que mi relato sea creíble para Reginald, puedes estar segura de ello. Manwaring se acaba de marchar. Me contó la llegada de su esposa. ¡Qué mujer más imbécil! ¿De estas maniobras qué espera sacar? Todavía así, ojalá hubiera permanecido en Langford tranquilamente.

Al principio, Reginald se mostrará algo irritable, pero todo se habrá arreglado mañana, a la hora de la cena.

Me despido, cordialmente.

S. V.

CARTA 34

SEÑOR DE COURCY A LADY SUSAN
Hotel.

Escribo solamente para decirle adiós. Se rompió el encanto. En este momento la veo como es. Ayer, desde que nos despedimos, una autoridad que no admite cuestionamientos me ha narrado una historia sobre usted que me convenció definitiva y tristemente que fui objeto de abuso por parte de usted y de la completa necesidad de una separación eterna e inmediata. No creo que tenga duda sobre lo que estoy hablando. Langford, esa palabra es suficiente. En casa del señor Johnson, de boca de la misma Manwaring, recibí esas informaciones.

Usted sabe lo mucho que la he amado y mis sentimientos presentes los puede juzgar, pero no soy tan débil como para caer en la condescendencia de describírselos a una mujer que presume de haber ocasionado mis tribulaciones sin haber permitido que ganaran su cariño.

R. DE COURCY

CARTA 35

LADY SUSAN AL SEÑOR DE COURCY
Calle Seymour.

La nota que acabo de recibir de ti me ha causado mucha sorpresa, pero no trataré describirla. Estoy anonadada y confusa y hago esfuerzos para llegar a una suposición lógica de qué te puede haber dicho la señora Manwaring para provocar en tus sentimientos un cambio tan radical. ¿No te he explicado todo lo que podría imputarse a una conducta dudosa por mi parte y que la tendencia infame del mundo ha interpretado en contra mía? ¿Ahora qué puedes haber escuchado para cuestionar el afecto que sientes por mí? ¿En alguna ocasión te he escondido algo? Me perturbas más de lo que pueden expresar las palabras, Reginald. Es que no puedo creer que la antigua historia de los celos de la señora Manwaring haya reaparecido, ni tan solamente oída nuevamente. Ven enseguida a verme y te podré explicar lo que te parece totalmente incomprensible en este momento. Por sí sola, la palabra Langford no encierra un contenido tan inteligente como para que una explicación sea inútil, créeme. Como mínimo, si nos vamos a separar, sería educado por tu parte que vinieras a despedirte personalmente. Mi corazón no está para bromas. Te lo estoy diciendo muy seriamente. Aunque solamente sea por una hora, perder tu aprecio es una humillación a la que no sé cómo me voy a enfrentar. Contaré los minutos que tardes en llegar a mi lado.

S. V.

Carta 36

Señor De Courcy a lady Susan
Hotel.

No entiendo. ¿Por qué me escribe? ¿Por qué me pide pormenores? Pero ya que así lo desea, me veo forzado a aseverar que las historias sobre su conducta perversa, mientras su esposo estaba vivo y después de su fallecimiento, que llegaron hasta mí, y que yo creí totalmente antes de conocerla, ¡pero que usted, ejecutando sus habilidades malignas, logró que yo no creyera!, de forma irrefutable han sido demostrados como verdaderos. Me aseguran, más aun, que una relación, que yo ni siquiera había supuesto, desde hace algún tiempo existe, y todavía no ha finalizado, entre usted y el individuo a cuya familia, a cambio del abrigo y hospitalidad que se le ofreció, le robó la tranquilidad. Que desde que se fue de Langford ha mantenido correspondencia con él (no con su esposa, sino con él) y que le visita todos los días ahora. ¿Se atreve, puede acaso a negarlo? ¡Y sucede todo esto, al tiempo que yo era el novio aceptado y alentado! ¡De qué me he salvado! Solo puedo sentir mucho agradecimiento. Nada más alejado de mi propósito que todo sean lamentos y suspiros de quejas. Mi arrojo me ha colocado en riesgo y le debo mi salvación a la integridad y la amabilidad de otras personas. La desdichada señora Manwaring, cuyas agonías al tiempo que narraba estos hechos parecían amenazar su cordura... ¿A ella cómo se le podrá consolar?

No creo que pueda simular más estupor por las razones de mi despedida después de manifestaciones como esta. Recobré la sensatez y me dice que debo detestar los ardides a los que me han sometido, tanto como aborrecerme a mí mismo, porque ellos fundamentaron su poder en la debilidad.

R. de Courcy

Carta 37

Lady Susan al señor De Courcy
Calle Seymour.

No te molestaré más, después de haber mandado estas líneas, y me doy por satisfecha. Ya es incompatible con tus opiniones el compromiso que anhelabas hace una quincena y me contenta darme cuenta de que no ha sido inútil el sensato consejo de tus padres. No tengo la menor duda de que este acto de obediencia filial te devolverá la tranquilidad rápidamente y, con la esperanza de sobrevivir a mi parte de decepción, trato de confortarme.

S. V.

Carta 38

La señora Johnson a lady Susan Vernon
Calle Edward.

Tu rompimiento con el señor De Courcy me entristece, aunque no puedo decir que me asombre. Por carta, él mismo acaba de informar del mismo al señor Johnson. Dice que hoy mismo se marcha de Londres. Ten la seguridad de que comparto tus sentimientos y no te enojes si te digo que, incluso por carta, debemos interrumpir el contacto. Esto hace que me sienta desgraciada, pero, si insisto en mantenerlo, el señor Johnson jura que se marchará a vivir al campo el resto de su existencia y ya sabes que, mientras haya otras alternativas, no es posible aceptar tal extremo.

Lógicamente, te habrás enterado de que los Manwaring están a punto de marcharse y me temo que la señora nos verá nuevamente. Pero quizá no viva mucho tiempo, porque todavía está tan apegada a su marido y sufre tanto por él.

Para estar con su tía, la señorita Manwaring está a punto de llegar a la ciudad y dicen que ha asegurado que no se marchará de Londres sin haber encontrado a *sir* James Martin. En tu lugar, yo me quedaría con él. Por poco se me olvidaba darte mi opinión sobre el señor De Courcy. Estoy fascinada con él. Creo que es tan atractivo como Manwaring, y con un carácter tan abierto y alegre que, a primera vista, no se puede evitar quererlo. Los amigos más unidos del mundo son el señor Johnson y él. Mi querida Susan, adiós. Me hubiera encantado que todo no se torciera tanto. ¡Esa visita a Langford tan desafortunada! Pero me arriesgo a decir que todo lo que hiciste fue para bien y que al destino no se le puede retar.

Con verdadero cariño,

Alicia

Carta 39

Lady Susan a la señora Johnson
Calle Seymour.

Apreciada Alicia:

Definitivamente cedo a la necesidad de alejarnos. No puedes actuar de otra forma vistas las circunstancias. Por ello nuestra amistad no puede ser destruida y, en otro tiempo más dichoso, nos volverá a unir con la misma confianza de siempre cuando tu situación sea tan independiente como la mía. Con impaciencia esperaré ese instante. Te puedo asegurar, mientras tanto, que jamás me he sentido más serena ni más complacida conmigo misma y con todo lo que a mí me concierne que en el instante actual. Detesto a tu esposo, a Reginald le aborrezco, y estoy convencida de no ver nuevamente a ninguno nunca. ¿No tengo motivos para estar complacida? Manwaring está más entregado a mí que nunca y dudo que yo pudiera resistirme al casamiento que él me propusiera, si ambos estuviéramos libres. Si su mujer vive contigo, este hecho puede estar en tus manos el apresurarlo. Bien puede mantenerla viva la violencia de sus sentimientos, que deben cansarla. En nuestra amistad confío mucho. Estoy feliz de no haber logrado contraer matrimonio con Reginald e, igualmente, estoy decidida a que mi hija jamás lo haga. Iré mañana a buscarla a Churchill y ¡que se ponga a temblar María Manwaring! Antes de que se marche de mi casa, Frederica será la esposa de *sir* James. Poco importará si ella se pone a llorar y si los Vernon se rebelan. Me siento agotada de doblegar mis deseos a los caprichos de los otros, de no seguir los dictámenes de mi propia conciencia en atención a los que nada debo y por los que no siento respeto. Ya cedí mucho y, con demasiada facilidad, me he dejado convencer, pero mi hija comprobará ahora que eso cambió.

Mi estimada amiga, adiós. ¡Confiemos en que nos sea más favorable el próximo ataque de gota!

Y piensa que seré tu amiga siempre.

S. VERNON

CARTA 40

LADY DE COURCY A LA SEÑORA VERNON
Parklands.

Apreciada Catherine:

Para ti tengo excelentes noticias y si esta mañana no te hubiera mandado mi misiva, te habría ahorrado el enojo de saber que Reginald se marchó a la ciudad, ya que ha vuelto. Reginald regresó y no para pedirnos la autorización para contraer matrimonio con *lady* Susan, sino para informarnos que: ¡se despidieron para siempre! Solamente hace una hora que llegó y todavía desconozco los pormenores, debido a que está tan desanimado que no he tenido corazón para preguntarle, pero confío en que pronto lo sabré todo. Desde que nació, este es el instante más gozoso que jamás nos ha dado. Solamente nos falta tenerte a ti aquí y queremos y te suplicamos que vengas tan pronto como te sea posible. Nos debes la visita hace semanas. Confío en que no le resulte inadecuado al señor Vernon y trae a mis nietos y, por supuesto, incluye a tu querida sobrina, por favor. Tengo muchos deseos de verla. Sin Reginald y sin ver a nadie de Churchill ha sido un invierno duro y muy triste. Jamás había pensado que fuera una época tan desolada, pero este feliz encuentro nos devolverá la juventud, estoy segura de ello. En Frederica pienso mucho y cuando Reginald haya recuperado su buen ánimo de siempre (como espero que sucederá muy pronto), intentaremos robarle el corazón nuevamente. Tengo grandes esperanzas de que, no muy tarde, podremos ver sus manos unidas.

De tu madre, con mucho cariño.

C. DE COURCY

Carta 41

Señora Vernon a lady De Courcy
Churchill.

Estimada señora:

¡Me ha asombrado mucho su misiva! ¿Será verdad que se separó para siempre? Si me atreviera a creerlo mi felicidad se desbordaría, pero, después de todo lo que he presenciado, ¿cómo puedo estar convencida? ¡Y de verdad Reginald, está con ustedes! Mi sorpresa es más grande, debido a que el miércoles, el mismo día de su llegada a Parklands, nos visitó de la manera más inoportuna e inesperada *lady* Susan, muy dichosa y con excelente humor. Más bien daba la impresión de que iba a contraer matrimonio con él de regreso a Londres que no que se fueran a separar para siempre. Permaneció aquí durante casi dos horas. Se comportó tan amable y tan cordial como siempre y no evidenció ni una sola palabra, ni siquiera una señal de frialdad o desacuerdo con él. Le pregunté si desde su llegada a la ciudad había visto a mi hermano. Como puede imaginar, no es que lo dudara; lo hice simplemente para ver cómo reaccionaba. De inmediato contestó, sin ningún apuro, que cuando la visitó el lunes él fue muy amable, pero que pensaba que ya había vuelto a su casa, algo que no creí ni en lo más mínimo.

Con mucho placer aceptamos su cordial invitación y todos vendremos el próximo jueves. ¡Supliquemos a Dios que por entonces Reginald no se encuentre nuevamente en la ciudad!

También me gustaría haber podido traer a Frederica, pero lamentablemente tengo que decir que la intención de su madre al venir aquí fue para llevársela y fue imposible impedírselo, pese a la pobre muchacha se sintió muy desdichada. Su tío y yo estábamos decididos a no permitir que se fuera. Insistimos todo lo que pudimos, pero *lady* Susan afirmó que, ya durante varios meses se iba a establecer en la ciudad, si su hija no estuviera con ella no estaría a gusto y que había que encontrar profesores para ella y otras cosas. Lógicamente, sus modales fueron exquisitos y apropiados, y el señor Vernon piensa que tratará a Frederica con cariño. ¡Ojalá, yo pudiera pensar igual!

Cuando se despedía de nosotros, el corazón de la desdichada muchacha casi se rompió. Le supliqué que nos escribiera frecuentemente y que no olvidara que siempre seríamos sus amigos, si en alguna ocasión se encontraba en problemas. Para poderle decir todo esto, me ocupé de lograr que estuviéramos solas, y confío en que eso la consolara un poco.

No obstante, hasta que pueda ir a la ciudad y comprobar su situación por mí misma no me sentiré en paz.

Estaría encantada de que las posibilidades para el casamiento que menciona al final de su misiva fueran más halagüeñas de lo que son en este momento. No parece muy posible ahora.

Cordialmente,

CATH. VERNON

EPÍLOGO

En menoscabo de los ingresos de la oficina postal, este intercambio epistolar no pudo seguir, porque varios de los protagonistas se reunieron y otros se alejaron. La correspondencia entre la señora Vernon y su sobrina le habrá prestado escasa ayuda al estado, ya que la primera percibió rápidamente, debido al estilo de las misivas de Frederica, que las estaba escribiendo bajo la supervisión de su madre, así que, hasta que pudo ir personalmente a la ciudad, pospuso todas sus preguntas, escribiendo muy ocasionalmente y con muy poco detalle.

Por su extrovertido hermano supo lo suficiente sobre lo que había sucedido entre él y *lady* Susan, como para disminuir la opinión que tenía de ella a los niveles más bajos y, en proporción, sentirse más deseosa de tomarla bajo su protección a Frederica y librarla de una madre así. Se decidió, aunque con poca seguridad en el triunfo, a no dejar de intentar todo lo que pudiera dar una ocasión de lograr para ello la aprobación de su cuñada. Su angustia por este asunto la hizo ir rápidamente a Londres. Como ya se puede haber deducido, el señor Vernon, que vivía solamente para hacer lo que se le pidiera, pronto halló unas cuestiones que era necesario tratar en la ciudad. La señora Vernon, entregada completamente a este tema, cuando llegó a Londres visitó a *lady* Susan y fue recibida con una amabilidad tan jovial y espontánea que, horrorizada, casi sale huyendo. Ni una sola mirada de apuro, ninguna reminiscencia de Reginald y ninguna conciencia de culpabilidad. Estaba de un excelente humor y daba la impresión de que se encontraba ansiosa por prodigar todo tipo de atenciones a su hermano y a su hermana, para demostrar su gentileza y el placer de su compañía.

Frederica demostró estar más perturbada que *lady* Susan. A su tía la misma mirada tímida de todo el tiempo y los mismos modales contenidos frente a su madre confirmaron que su situación era desdichada y le ratificaron su propósito de transformarla. No obstante, *lady* Susan no mostró su falta de humanidad. Parecían haber finalizado los proyectos en referencia a *sir* James. Su nombre fue sutilmente mencionado para decir que no se encontraba en Londres. Lógicamente, en palabras de *lady* Susan, ella solamente demostraba sus esfuerzos por lograr el bienestar y los avances de su hija, aceptando, en términos de gran satisfacción, que cada día más su hija se aproximaba a lo que una madre puede desear y esperar.

Asombrada e incrédula, la señora Vernon no supo qué pensar y, sin cambiar de opinión, solamente temió que, para llevar a cabo su plan, tendría que vencer problemas más grandes. La primera señal de mejora importante fue cuando *lady* Susan le preguntó si pensaba que Frederica tenía tan buena apariencia como en Churchill, debido a que, en ocasiones, dudaba que Londres fuera un sitio apropiado para su hija.

Alentando esa duda, la señora Vernon propuso claramente a su sobrina que regresara al campo con ellos. *Lady* Susan no supo manifestar su agradecimiento, aunque no imaginaba, por varias razones, cómo alejarse de Frederica y, ya que sus proyectos todavía no estaban determinados completamente, esperaba poder llevar a su hija al campo personalmente, y en un corto plazo. Terminó por declinar la invitación, por tanto, aprovechar una oferta tan extraordinaria. No obstante, la señora Vernon, insistió en la proposición y, aunque *lady* Susan continuó resistiéndose, con el paso de los días, daba la impresión de que su resistencia era menos vehemente.

Lo que logró que se tomara una decisión que de otra manera hubiera tardado mucho más fue una afortunada epidemia de gripe. Los miedos maternales de *lady* Susan hicieron entonces que solo pensara en alejar a Frederica del peligro de infección. Por la complexión de su hija, ¡la que más temía era la gripe por encima de todas las enfermedades del mundo! Frederica regresó a Churchill con sus tíos y *lady* Susan anunció su casamiento con *sir* James Martin, tres semanas más tarde.

Entonces, la señora Vernon tuvo la convicción de lo que anteriormente solo había sido una sospecha: todos los esfuerzos para lograr que Frederica se alejara de ella se los podría haber ahorrado, ya que, indudablemente, *lady* Susan lo tenía previsto con anterioridad. Inicialmente, la visita de Frederica era para seis semanas, pero su madre, aunque la invitó a regresar en un par de misivas afectuosas, para honrar a sus anfitriones se mostró dispuesta a permitir que extendiera su permanencia. Dejó de escribir sobre su ausencia después de dos meses, y, después de dos más, dejó de escribir totalmente.

Por lo tanto, Frederica pasó a integrar la familia de sus tíos hasta el instante en que Reginald de Courcy pudiera ser persuadido, agasajado y delicadamente halagado, para que sintiera cariño por ella. Contando que tenía que olvidar el afecto que sentía por su madre, renegar de todo compromiso futuro y aborrecer al sexo opuesto, se podía calcular que podría tardar un año más o menos. En general, tres meses serían suficientes, pero los sentimientos de Reginald eran tan intensos como perdurables.

No sé cómo podría comprobarse si *lady* Susan fue o no dichosa en su segunda elección, porque, en cualquiera de los dos sentidos, ¿quién se fiaría de sus aseveraciones? Todos tendrán que juzgar según lo que piensen posible, aparte de su esposo y su conciencia, no tenía nada en contra.

Daba la impresión como si *sir* James se hubiera quedado con una carga más pesada de la que merecía su simple arrojo. Por lo tanto, le concedo toda la compasión que se le quiera dar. En lo que a mí se refiere, debo confesar que por la señorita Manwaring solamente puedo sentir compasión, ya que ella, acudiendo a la ciudad y gastando demasiado dinero en vestuario para conquistarle finalmente —hecho que durante dos años hizo que pasara penurias—, vio como una mujer, diez años mayor que ella, frustró sus esperanzas.

Índice

Emma

Lady Susan